EN

Die Tage des letzten Nomadenkönigs Apophis, der sich vormals Aram nannte, sind gezählt: Nachdem er und seine Mitverschwörer den geistig verwirrten Herrscher Salitis beseitigt haben, trübt nun eine Prophezeiung von Joseph, seinem Wesir, seine despotische Regentschaft: Joseph hat vorausgesehen, dass ein illegitimer Sohn des Königs aus dem Süden kommen und ihn mit einem Schwert aus Eisen niederstrecken wird. Daraufhin mobilisiert Apophis alle Männer seines Reiches und fordert ganze Söldnerscharen aus anderen Teilen der bekannten Welt an, um endlich das verfeindete Oberägypten, wo der letzte rechtmäßige Pharao Dedmose und sein Sohn Sekenenre regieren, zu unterwerfen. Fast scheint es so, als ob ihm dies auch gelingen würde, denn Apophis' Truppen können sich weit auf oberägyptisches Land vorkämpfen. Die Stadt Lischt wird zerstört, und einige der lebenswichtigen Oasen für die Stadt Theben fallen in die Hände der Angreifer. Unterdessen formiert sich in Unterägypten der Widerstand gegen die verhassten Unterdrücker immer stärker, und eines seiner ersten Opfer ist Hakoris, der berüchtigte Verwalter des Kinderlagers.

In äußerster Eile schmiedet Baliniri, der Wesir des Pharaos Sekenenre, einen umfassenden Verteidigungsplan und entsendet Riki, einen seiner tapfersten Soldaten, in die Wüste, um das dringend benötigte Schwert aus Eisen zu suchen. Dort in der Wüste stößt Riki auf ein Lager von Frauen, die alle von Teti, einem Kind des Löwen und Waffenschmiedin, mit Eisenschwertern ausgerüstet werden und von Ebana, der Anführerin des Schwarzen Windes, ausgebildet werden. Diese Elitetruppe von bestens trainierten Kämpferinnen ist es schließlich auch, die den Kampf um Theben entscheidend beeinflussen wird und Josephs Prophezeiung wahr werden lässt.

Peter Danielson stammt aus dem amerikanischen Süden und ließ sich nach seinem Militärdienst mit seiner Familie in Kalifornien nieder. Erste schriftstellerische Arbeiten entstanden neben seiner Tätigkeit als Journalist. Dann wandte sich Danielson jedoch zunächst einer ganz anderen Tätigkeit zu, machte sozusagen sein Hobby als Musiker zum Beruf und arbeitete fünfzehn Jahre lang als Musikmanager. Erst nach dem Ende dieser zeitraubenden Tätigkeit wurde er vollends zum Autor und schuf die mehrbändige Chronik der ›Kinder des Löwen‹.

Bisher erschienen: ›Im Zeichen des Löwen‹ (Bd. 14348), ›Die Insel der Göttin‹ (Bd. 14349), ›Die Nomadenkönige‹ (Bd. 14672), ›Der Löwe in Ägypten‹ (Bd. 14813), ›Die Rache des Löwen‹ (Bd. 14812), ›Der goldene Pharao‹ (Bd. 14893) und ›Der Herrscher vom Nil‹ (Bd. 15023).

Unsere Adresse im Internet: www.fischer-tb.de

Peter Danielson

Die Prophezeiung

Roman

Aus dem Amerikanischen
von Monika Koch

Fischer Taschenbuch Verlag

Deutsche Erstausgabe
Veröffentlicht im Fischer Taschenbuch Verlag GmbH,
Frankfurt am Main, November 2001

Die amerikanische Originalausgabe erschien 1986 unter dem Titel
›The Prophecy‹ im Verlag Bantam Books, New York

Published by arrangement with Book Creations Inc.
Dieses Werk wurde vermittelt durch die Literarische Agentur
Thomas Schlück GmbH, 30827 Garbsen
Für die deutschsprachige Ausgabe:

Satz: Pinkuin Satz und Datentechnik, Berlin
Druck und Bindung: Clausen & Bosse, Leck
Printed in Germany
ISBN 3-596-15024-8

Die Prophezeiung

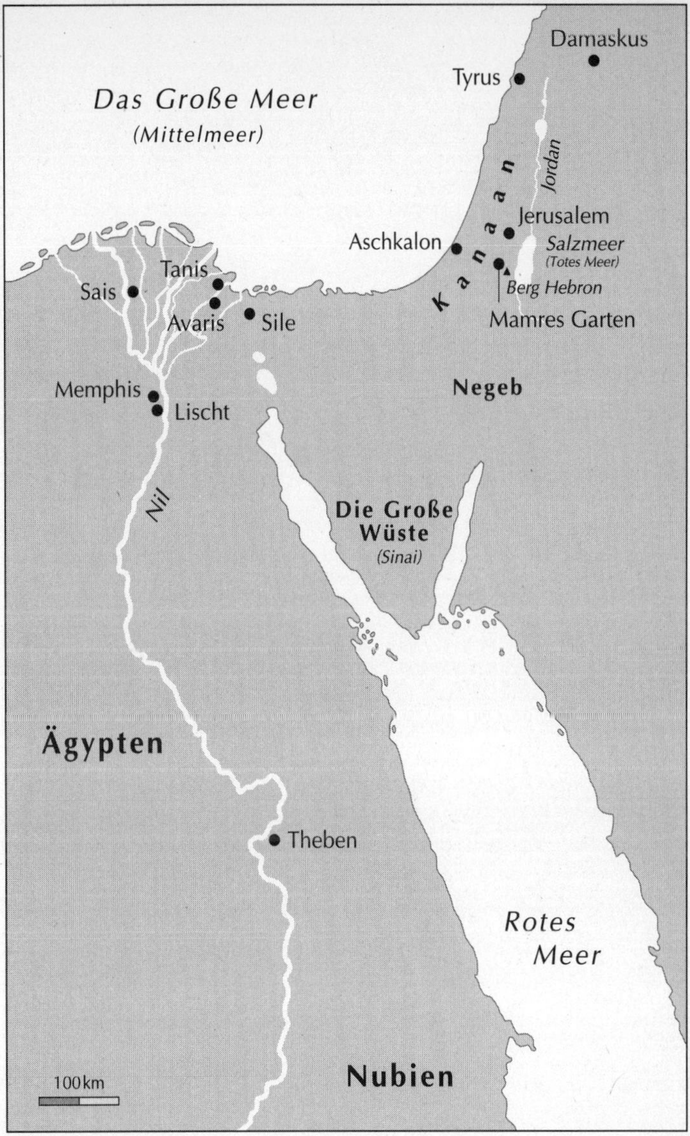

Damaskus
Tyrus
Das Große Meer
(Mittelmeer)
Jordan
Kanaan
Jerusalem
Aschkalon
Salzmeer
(Totes Meer)
Tanis
Sais
Berg Hebron
Avaris
Sile
Mamres Garten
Memphis
Lischt
Negeb
Nil
Die Große
Wüste
(Sinai)
Ägypten
Theben
Rotes
Meer
100 km
Nubien

Verzeichnis der wichtigsten Personen

Die Schwarzen Provinzen von Ägypten (Unterägypten)

Apophis (Aram)	neuer König der Hay-Nomaden
Neferhotep	Heiler und Magier
Hakoris	Verwalter des Kinderlagers
Joseph	Wesir des Königs und Seher
Asenath	Josephs Frau
Petephres	Josephs Schwiegervater und Oberpriester des Amun
Rasmik	Feldherr der Hay
Jakob	Josephs Vater
Reuben, *Judah*, *Simeon*, *Benjamin*	Josephs Brüder
Aset und Isesi	Geschwister; planen den Sturz von Apophis
Mara	Sklavin in Hakoris' Haus und spätere Frau von Kamose
Kamose	illegitimer Sohn von Apophis
Buchis	Josephs Spion
Sutek	Aufseher im Kinderlager

Die Roten Provinzen von Ägypten (Oberägypten)

Sekenenre	Pharao von Oberägypten
Ah-Hotep	Seine Frau
Baliniri	Wesir des Pharaos
Riki	Offizier in Baliniris Armee
Ketan	Kind des Löwen; Kunstschmied
Teti	Kind des Löwen; Waffenschmiedin
Sinuhe	Ketans Sohn

Tuia	Ben-Hadads Witwe
Seth	Sohn von Ben-Hadad und Tuia
Kedar	Seths Lehrer
Meni	Straßenjunge
Baba aus El-Kab	Offizier in Theben
Weret	Gefährtin von Teti

Nubien

Akilleus	verstorbener König von Nubien
Ebana	Seine Witwe und Anführerin des »Schwarzen Windes«
Nehsi	König von Nubien
Sagmak	Nubierin aus Gebelein

Prolog

Wenige Minuten zuvor war die Sonne hinter dem Horizont im Westen versunken, und für Augenblicke hing ihr Widerschein noch über der Gruppe, die sich um das Feuer nahe bei der Oase geschart hatte. Selbst im vergehenden Licht war die Wolkenwand noch deutlich zu erkennen. Seit einer Stunde schob der Wind aus Norden dunkle Regenwolken heran und türmte sie hoch in den Himmel empor – deutliche Anzeichen eines nahenden Unwetters.

Die Luft, sonst trocken und klar, war mit einem Mal klamm und deutlich kühler als sonst, und jeder wusste, was das bedeutete. Endlich würden dicke Regentropfen auf die ausgedörrte Erde niederprasseln. Wahrscheinlich noch vor Tagesanbruch. Ein kühler Windstoß ließ die Flammen kurz auflodern und erstarb sofort wieder. Stille breitete sich aus. Und die vielen Seufzer aus menschlichen Kehlen übertönten schließlich den letzten vergehenden Lufthauch. Zwischen hoch aufragenden Palmen war eine hagere Gestalt in abgetragenen Kleidern erschienen. Die Gesichtszüge waren unbewegt. Doch während sich die Gestalt mit bedächtigen Schritten, den Schritten eines alten Mannes, dem Feuer näherte, wanderten seine glühenden Blicke hypnotisierend von einem Gesicht zum nächsten. In einiger Entfernung von den Flammen blieb der alte Mann stehen.

Der Geschichtenerzähler!

Im Halbdunkel blickte er einmal kurz zum Wolkengebirge empor, doch gleich darauf beleuchtete der helle Schein der flackernden Flammen zum ersten Mal den schmalen Kopf mit dem weißen Bart und spiegelte sich in den dunkel glänzenden Augen. Als der Mann zu sprechen begann, drang seine Stimme in der erwartungsvollen Stille mit Leichtigkeit auch bis zu den Ohren derer, die am äußersten Rand des Halbkreises lagerten.

»Im Namen des Allmächtigen, der gnädig ist und mitfühlend …«

Wie immer begann die Stimme des Geschichtenerzählers in

rhythmischem Singsang, und der ausgemergelte Körper wiegte sich sanft im Takt der Worte.

»Hört nun die Geschichte der ›Kinder des Löwen‹, der Männer und Frauen, die heimatlos von Volk zu Volk wandern.«

Der grauhaarige Kopf sank zurück, als ob die einsame Gestalt den drohenden Wolkenbruch herausfordern wollte.

»Ihr habt gehört, wie Dürre die Länder entlang des Großen Meeres befallen und arm gemacht hat. Nur das Land am Nil wurde verschont. Der Preis für die Nahrung, den die hungernden Völker an Ägypten entrichten mussten, war hoch und machte viele von ihnen zu Sklaven der regierenden Hay. Doch von allen, die nach Ägypten flohen, war allein der Familie von Jakob, dem Vater des ägyptischen Wesirs, Wohlstand beschieden.

Ihr habt vernommen, wie Aram, der Sohn eines Hauptmanns der Hay, gegen den verrückten König Salitis rebellierte und ihm den Thron entriss – und wie er die Weissagung missachtete, dass sein eigener Sohn ihn töten und die Nomadenkönige vom Boden Ägyptens vertreiben würde, den sie uns einst gestohlen hatten. Er konnte nicht ahnen, dass dieses Kind, sein eigener Sohn, sein eigen Fleisch und Blut, als namenloser Sklave im schlimmsten Gefängnis des Deltas schmachtete.

Ihr habt außerdem gehört, wie sich die Krieger des verjagten ägyptischen Pharaos Dedmose der nubischen Invasoren aus dem Süden erwehrten und sich gleich darauf der feindlichen Grenze im Norden zuwenden mussten, wo Aram, der sich inzwischen Apophis nannte, zum letzten Angriff auf die Überreste des einst mächtigen ägyptischen Reiches rüstete.

Im Verlauf der Geschichte habt ihr außerdem vernommen, wie Ben-Hadad, eines der ›Kinder des Löwen‹, einen einsamen Tod durch die Hand des ruchlosen Abtrünnigen Hakoris starb, wie Ketan und Teti, die Zwillinge des Schobai, heranwuchsen, wie Teti, die erste Frau mit dem Zeichen des Löwen, den Beruf des Waffenschmieds erwählte und in einem selbst auferlegten Exil das Geheimnis der Eisenschmelze erlernte – jenes schwarzen, stumpfen Metalls, dem keine bronzene Waffe widerstehen kann …«

»Hört nun«, sagte er nach einer kleinen Pause, wobei fernes Donnergrollen seine Worte untermalte, »hört nun, wie die Dürre durch einen großen Sturm beendet wurde, hört, wie der Widerstand in den Herzen des Landes wuchs, wie ein neuer König auf geheimnisvollen Wegen nach Ägypten kam und den Kampf gegen die Hay aufs Neue entfachte. Hört, wie Dunkelheit das ägyptische Land einhüllte, bevor die ersten Strahlen der Dämmerung endlich die Rettung brachten.

Vernehmt nun …« Inzwischen war seine Stimme zu einem heiseren Flüstern herabgesunken, das kaum noch zu hören war. »Vernehmt nun den Bericht vom großen Kampf zwischen Ägypten und den Nomadenkönigen und von der Suche nach dem Schicksalsschwert, das alles enden und die Prophezeiung endlich erfüllen soll …«

Kapitel 1

I

Der Thraker starb irgendwann nach Mittag. Er war im Morgengrauen beim Reffen des Segels von der Rahe gestürzt und hatte das Bewusstsein seitdem nicht mehr wiedererlangt. Der andere Mann, nun der letzte Überlebende, ließ das Steuerruder für einen Augenblick im Stich, um nach seinem Gefährten zu sehen. Weit geöffnet starrten die braunen Augen ins Leere, das sonnengebräunte Gesicht war eingefallen und fahl, und der Körper erkaltete bereits.

Ohne lange zu überlegen, beugte sich der Mann hinunter und schob seine Arme unter den bewegungslosen Körper. Mit einem einzigen Ruck hob er ihn hoch. Die starken Muskeln seiner Oberarme wölbten sich. Einen Augenblick lang hielt er in der Bewegung inne und überlegte, wie die Thraker wohl ihre Toten bestatteten. Aber er kannte keine Riten, und Zeit für irgendwelche Sentimentalitäten blieb ohnehin nicht – der Wind frischte bereits wieder auf und im Westen drohte erneut eine pechschwarze Wolkenwand. Noch eine gewaltige Anstrengung – dann versank der leblose Körper im aufspritzenden Wasser des Großen Meeres.

»Lebe wohl«, sagte der Mann und konnte sich einer gewissen Rührung nicht erwehren. Ungefähr einen Monat lang hatte er den Thraker als verlässlichen, tatkräftigen Kameraden erlebt. Doch nun regte sich ganz tief in seinem innersten Herzen, geboren aus Ungeduld, der Wunsch, den Gefährten dafür zu verfluchen, dass er so plötzlich gestorben war und ihn diesem hässlichen, ungebärdigen Schiff alleine ausgeliefert hatte. Schon unter normalen Bedingungen erforderten die breiten phönizischen Handelsschiffe eine Besatzung von mindestens sechs starken Seeleuten, um sie auf Kurs zu halten, doch für einen einzelnen Mann wurden sie unweigerlich zu hasserfüllten Ungeheuern, die ihm nach dem Leben trachteten.

Erst recht in einem Unwetter. Und das nächste stand unmittelbar bevor. Dringend hätte er ein zweites Paar Hände gebraucht, um das massige Schiff auch nur annähernd auf Kurs zu halten. Schon jetzt gönnte er dem wuchtigen Gefährt nur ein paar Handbreit Segel, um die Kontrolle nicht ganz und gar zu verlieren. Gleichzeitig versuchte er mit dem Steuerruder einer Seite den Kurs zu halten, obwohl das Schiff zwei solche Ruder besaß, die jeweils von einem Mann auf der Steuer- und Backbordseite bedient werden mussten. Doch im auffrischenden Wind gebärdeten sich das unbemannte Ruder und das Segel bereits jetzt wie wilde Tiere in einem Käfig. Lauthals verfluchte der Mann den Thraker und die drei anderen Seeleute, die schon vor Tagen gestorben waren, und spuckte über Bord.

Während er noch etwas ratlos seine salzverkrusteten Haare zauste, setzten die ersten stärkeren Böen ein, fuhren stürmisch in das verbliebene Tuch und zerrten ungestüm an der Takelage. Ohne zweites Ruder kreiste das Schiff immer schneller um sich selbst, sodass es den Mann fast von den Füßen riss. In der nächsten Sekunde prasselten dicke, eiskalte Tropfen auf ihn herunter und ließen seine Haut augenblicklich gefrieren. Sie spülten das Salz aus seinen Haaren, dass ihm die Augen brannten, und wieder verfluchte er den Regen, den Sturm und das Meer in lautesten Tönen. Doch aller Vernunft zum Trotz stürzte er sich in der blinden Hoffnung auf das Steuerruder, das Schlimmste doch noch irgendwie verhindern zu können.

Genau in diesem Moment heulte der Wind zum ersten Mal mit voller Wucht über ihn hinweg, blähte das Segel und spannte die Brassen zum Zerreißen. Wild bäumte sich das Schiff gegen das Ruder auf und riss es dem Mann fast aus der Hand. Und wieder stieß er in vier Sprachen die schrecklichsten Flüche aus, die ihm in den Sinn kamen.

Wohl oder übel musste er die Segelfläche noch weiter verkleinern, denn die Böen waren sogar für das schmale Stück Tuch, das unter der oberen Rahe hervorschaute, viel zu heftig. Wenn der Gewittersturm erst in voller Stärke losbrach, würde das Schiff unweigerlich kentern. Und dass Schlimmeres folgen würde, war klar. Richtung Westen war die Sicht gleich null, und die Wellen türmten sich von Minute zu Minute höher empor.

Mit unglaublicher Anstrengung richtete der Mann das Ruder erneut aus und stolperte dann mit unsicheren Schritten über das rollende Deck zu den sieben Tauen hinüber, die das Segel sicherten. Er lockerte das erste und zerrte mit aller Kraft daran. Trotz des wild heranbrausenden Windes gelang es ihm, das schwere Tuch wenigstens ein kleines Stück weiter zu reffen. Dann folgte das nächste Tau und dann das nächste.

Doch noch bevor das Manöver beendet war, fiel der Sturm mit ungeheuer kreischender Wucht über das Schiff her. Das noch unbefestigte Stück Segel blähte sich bis zum Zerreißen, der plötzliche Ruck ließ die mit klammen Fingern nur notdürftig geknüpften Knoten aufspringen und in einer gewaltigen Bö, für die es nicht geschaffen war, entfaltete sich das Segel mit einem lauten Knall zu voller Größe. Mit ohrenbetäubendem Krachen knickte der Mast, das Schiff rollte zur Seite, und der Mann wurde mit voller Wucht auf die Planken geschleudert.

Laut knallend peitschten die Enden der Taue über ihm durch die Luft, der Wind heulte und der Regen trommelte ohne Pause auf sein Gesicht herunter. Er konnte kaum nach Luft schnappen, denn bei jedem Atemzug füllten sich Mund und Nase mit beißendem Salzwasser. Er versuchte, auf die Füße zu kommen, aber das Schiff rollte führerlos vor- und seitwärts. Als er sich endlich auf die Knie hochgerappelt hatte, schlugen die durch die Luft sausenden Taue wie die Peitsche eines enthemmten Sklavenhalters auf ihn ein.

Eine übermannshohe Welle krachte auf den Bug des Schiffes herunter und überflutete das Deck auf der Steuerbordseite hüfthoch mit eiskaltem Wasser. Mit beiden Händen klammerte sich der Mann an die Reling und kam gerade mühsam hoch, als ihn die nächste Welle schon mitten ins Gesicht traf. Das Schiff kreiste und kreiste immer schneller um sich selbst. Verbissen versuchte der Mann, den Maststumpf zwischen den beiden Steuerrudern zu erreichen. Auch wenn er wusste, dass es völlig abwegig war, so hoffte er doch noch immer, das Schiff noch einmal unter Kontrolle bringen zu können.

Selbst der geübteste Seemann wäre in dieser Situation rettungslos verloren, dachte er. Und er? Er war nicht einmal ein Seemann, sondern hatte als Rudersklave stundenlang stumpfsinnig im Takt der Trommel rudern müssen und sich jahrelang als Söldner und Pirat verdingt. All diese Qualen hatten nur dem einen Ziel gedient, ihn eines Tages nach Ägypten zurückzubringen und ...

Er schluckte heftig. Und während er sich auf das nächste Aufbäumen des Schiffes gefasst machte, warf er einen verzweifelten Blick auf den verschwimmenden Horizont jenseits der Reling. Er hatte nicht die leiseste Vorstellung, wo er sich befand. Er wusste nur, dass das Land, das sie vor sechs Tagen auf der Leeseite gesichtet hatten, Libyen gewesen war. Irgendwann hatten sie das weite, rosettenförmige Mündungsdelta des Nils passiert, doch danach hatte er die Orientierung verloren. Ein Fieber hatte die Mannschaft niedergeworfen und drei der Männer waren gestorben, nachdem sie ihr Innerstes auf die schmierigen Planken ausgekotzt hatten. Der Thraker und er hatten sich davon noch kaum erholt, als der Wind, der sie während der zermürbenden Zeit des Fiebers stetig vorangetrieben hatte, plötzlich gedreht hatte und das erste Unwetter über sie hereingebrochen war.

Es war das Schlimmste, was in dieser Lage passieren konnte. Für den Mann war das Meer ein unkontrollierbares Ungeheuer. Die phönizischen Schiffe waren zwar leistungsfähig, aber sehr beliebt waren sie nicht. Sobald der Wind von vorn kam, erforderte es eine eingespielte Mannschaft, um das Schiff durch Halsen vorwärts zu bewegen. Doch wer nur mit Hilfe eines einzigen Steuerruders solch einem gewaltigen Sturm und den aufgewühlten Elementen trotzen musste und sich nicht einmal mehr auf den Füßen halten konnte, verlor zwangsläufig jede Orientierung.

Der Mann hatte den Gedanken noch nicht beendet, als eine gewaltige Bö und unmittelbar darauf eine mächtige Welle so heftig gegen die Breitseite des Schiffs donnerten, dass es zur Seite gedrückt und er ins eiskalte Wasser geschleudert wurde. Nach dem ersten Schock kämpfte er sich zur Oberfläche empor und schnappte gierig nach Luft. Im selben Augenblick sah er, dass die Ladung des sinkenden Schiffs auf ihn herabstürzte. In blinder Panik tauchte er unter, und das keine Sekunde zu früh. Die Reling durchschnitt das Wasser und prallte mit betäubender Wucht gegen eines seiner Beine. Blindlings begann er mit wütender Energie zu schwimmen. Als er endlich wieder den Kopf über Wasser bekam, erfasste ihn eine gewaltige Welle und trug ihn hoch über das langsam versinkende Schiff empor. Auf dem höchsten Punkt erblickte er den gesplitterten Mast und bekam ihn gerade noch zu packen, bevor er in die Tiefe des Wellentals hinabgerissen wurde. Dort entglitt ihm der Stamm, aber er kämpfte wie besessen, bis er ihn wieder zu fassen bekam. Und während der Regen auf ihn herunterprasselte und die aufgewühlte See ihn wie einen Ball hin und her warf, klammerte er sich mit aller Kraft an den Stamm.

Hoch über seinem Kopf zuckte ein greller Blitz über den Himmel, und gleich darauf dröhnte der Donner über das Wasser. Auf den Spitzen der Wellenkämme flackerten kleine Irrlichter auf und erloschen. Wieder und wieder schwemmte es den Stamm die Wellen empor und wieder hinunter, und der Mann klammerte sich mit eisernem Griff wie eine Klette an das Holz. Er tat das ganz automatisch, ohne dass sein Kopf auch nur einen einzigen Gedanken daran verschwendete.

Wieder blitzte es, dieses Mal sehr viel näher, und wieder hatte er das Gefühl, als ob der Donner direkt über ihn hinwegrollte. Seine Beine spürte er längst nicht mehr, aber seine Arme hielten den Stamm mit eisernem Griff gepackt. Halbblind starrte er in das Tosen des Sturms, in den peitschenden Regen und das graue Nichts, das die Welt vor ihm verbarg. Nur hin und wieder beleuchteten grelle Blitze die riesigen Wellenberge um ihn herum …

Einen so schlimmen Sturm hatte Aset in all den Jahren, in denen sie sich mit ihrem Bruder Isesi hier an der Nordküste Ägyptens erholte, noch nicht erlebt. Den ganzen Tag über hatte der Wind an ihrem Lehmhaus gerüttelt, hatte ganze Wedel von den Palmen gerissen und krachend auf das Dach geschleudert, und den ganzen Tag über hatte es wie aus Eimern geschüttet. Als sie nach dem Abendessen am Feuer saß und einige Kleidungsstücke flickte, zuckte sie bei jedem heftigen Donnerschlag zusammen. Da Isesi um ihre Ängste wusste, blickte er sie öfter ermutigend an. Doch sobald er sich erneut seiner Schreibarbeit zuwandte, kroch sie vor Angst wieder fast in sich hinein.

Kurz vor Tagesanbruch flaute der Sturm endlich ab, und zu Asets Überraschung stieg ein wunderbar klarer, rosiger Morgen über dem frisch gewaschenen Land empor. In ihrem Gewand stand sie am Fenster und blickte erleichtert hinaus. »Sieh nur, Isesi«, sagte sie, während ihr Bruder sich gerade blinzelnd aufrichtete. »Der Himmel ist völlig klar. Es wartet ein wunderbarer Tag auf uns.«

»Sehr schön«, meinte Isesi wortkarg und erhob sich gähnend.

»Das Wetter ist wirklich herrlich«, bekräftigte sie ihre Worte. »Und weißt du, was ich glaube? Ich habe das Gefühl, dass wir von nun an bis zu unserer Abreise nur noch schönes Wetter haben werden.«

»Umso besser«, entgegnete Isesi abwesend. Er kratzte seinen Schädel, während er den Papyrus studierte, an dem er gestern Abend gearbeitet hatte. »Wo habe ich nur den Pinsel hingelegt? Hier ist ein Fehler. So oft, wie ich den Text gelesen habe, hätte er mir wirklich schon gestern Abend auffallen müssen! Manchmal komme ich mir wie ein Idiot vor.«

»Da spricht der geborene Schreiber«, bemerkte Aset voller Zuneigung. »Sieh lieber hinaus, Isesi! Kannst du den Papyrus nicht einmal für kurze Zeit vergessen und stattdessen den wundervollen Morgen genießen?«

»Hör zu, liebe Schwester, diese Proklamation ist sehr wichtig. Jedes Wort muss stimmen. Außerdem darf man meine Handschrift nicht erkennen, damit niemand den Text mit uns in Verbindung bringt. Für diese Arbeit brauche ich größtmögliche Ruhe und Abgeschiedenheit – deshalb sind wir doch aus Avaris hierher geflüchtet.«

Lächelnd schüttelte sie den Kopf. »Mag sein, dass *du* aus diesem Grund hierher gereist bist – *ich* jedenfalls wollte vor allem dem Lärm der Stadt und den Menschenmassen entrinnen, die aus lauter Unzufriedenheit nur ständig streiten und einander anschreien. Ich werde jetzt schwimmen gehen und mir das zartrosa schimmernde Meer nicht entgehen lassen! Du bist herzlich eingeladen, mich zu begleiten.« Erwartungsvoll sah sie ihn an, aber sie merkte sehr schnell, dass er nur Augen für den Papyrus hatte, der vor ihm auf dem Tisch ausgebreitet lag.

»Nun gut«, sagte sie schließlich resigniert. »In einer Stunde ungefähr bin ich wieder da.« Auf dem Weg zur Tür gab sie ihrem Bruder einen aufmunternden Klaps auf den Rücken, aber er brummte nur und hob nicht einmal den Kopf.

Die morgendliche Luft war frisch und angenehm lau. In tiefen Zügen atmete Aset den salzigen Duft nach Tang ein und lauschte den durchdringenden Schreien der Vögel am Strand. Mit bloßen Füßen erkletterte sie eine Düne und grub dabei ihre Zehen tief in den Sand. Vom höchsten Punkt aus ließ sie ihre Blicke über die weite Sandfläche und das viele Treibgut wandern, das der Sturm angeschwemmt hatte. Wahrscheinlich war weit draußen vor der Küste ein Schiff gekentert, dachte sie angesichts der vielen Planken. Ein Stück weit entfernt ragte sogar ein abgebrochener Mast empor. Angeschwemmter Tang hatte sich am Brandungssaum zu kleineren Klumpen zusammengeballt, und in größerer Entfernung war noch sehr viel mehr Treibgut zu erkennen.

Das rosafarbene Wasser war einfach herrlich und so verlockend! Ohne lange zu überlegen, ließ Aset ihr Gewand fallen und rannte leichtfüßig die Düne hinunter. Die kühle Luft auf der Haut zu spüren, war wunderbar belebend und die Bewegung steigerte dieses Vergnügen noch zusätzlich. Ihr Kleid lag weit hinter ihr, aber natürlich würde niemand kommen. Das war ja gerade das Schöne an diesem kleinen Haus, das ihre Eltern ihnen hinterlassen hatten. Es war das allerletzte Überbleibsel einer einst blühenden Stadt, die während der großen Hungersnot von ihren Bewohnern verlassen und anschließend geplündert worden war. Das alles war lange vor ihrer Geburt geschehen. Seitdem hatte man an diesem verlassenen Ort keine Menschenseele mehr gesehen. Im Grunde war es kein Wagnis, hier nackt herumzulaufen – genauso gut hätte sie ihr Gewand auch gleich im kleinen Haus zurücklassen können. Doch die Lust am Abenteuer beflügelte ihre Phantasie, und sie genoss dieses Spiel ...

Zitternd vor Entzücken rannte sie dem Wasser entgegen und warf sich hinein. Um die plötzliche Kälte zu vergessen, schwamm sie rasch ein gutes Stück weit in die Brandung hinaus, bevor sie sich umwandte und zum Strand zurückblickte.

Wo genau hatte sie ihr Kleid fallen lassen? Guter Gott – sie konnte sich doch unmöglich so weit entfernt haben! Oder doch? Sie strebte wieder dem Strand zu und gleichzeitig suchten ihre Augen den Strand unablässig nach irgendwelchen Lebenszeichen ab ...

Natürlich war niemand da. Weit und breit nur Sand und Strandgut. Damit die noch schwachen Strahlen der Morgensonne ihre Haut einigermaßen trocknen würden, wanderte sie langsam, in Gedanken versunken, den Strand entlang und sank im weichen Sand immer wieder bis zu den Knöcheln ein. Ab und zu blieb sie stehen, um eine Muschel oder einen kleinen Stein aufzuheben.

Irgendwann hielt sie inne.

Was war das dort vor ihr?

Vorsichtig setzte sie einen Fuß vor den anderen und machte sich darauf gefasst, sofort davonzulaufen, falls sich das Etwas vor ihr bewegen sollte.

Auf den ersten Blick schien der Körper des jungen Mannes mit Fetzen bekleidet zu sein, aber dann sah sie, dass er halb unter angeschwemmtem Tang begraben war. Er lag im flachen Wasser, und winzige Wellen spielten um seine Knöchel. *Oh, der arme Mann*, dachte sie. *Er ist ertrunken –*

Sie erstarrte und Sekunden später erschauerte sie vor Entsetzen, als die braune Hand sich plötzlich bewegte und die Finger sich zuckend in den Sand gruben.

Er lebte! Er war am Leben!

II

Im ersten Moment dachte Aset, dass der Mann aufwachen würde, doch gleich darauf lag die Hand wieder still. Auch der Kopf hob sich nicht. Vorsichtig schlich sie sich noch etwas näher heran, doch erst als sie sich nahe über den reglosen Körper beugte, sah sie, dass sich sein Brustkorb ganz sacht hob und senkte. Ratlos blickte sie einige Augenblicke auf den Mann hinunter und überlegte, was zu tun war.

Sekunden später führte das nächste krampfartige Zucken die Entscheidung herbei. Als die Finger sich erneut in den Sand krallten, sprang Aset mit einem kleinen Entsetzensschrei auf den festen Sand zurück.

Es war klar, dass sie Hilfe holen musste. Isesi würde wissen, was zu tun war. Er war älter als sie und bereits weit herumgekommen. Sogar sein ruhiges Leben als Schreiber war sehr viel abwechslungsreicher als ihr eigenes. Sie hatte bisher nur zu Hause gesessen und sich um ihre Mutter gekümmert, bis diese gestorben war. Aset warf dem Mann einen letzten Blick zu – hatten seine Lider geblinzelt, oder hatte sie sich das nur eingebildet? Rasch machte sie kehrt und eilte wie ein aufgescheuchtes Wild zu der Stelle zurück, wo sie ihr Gewand hatte fallen lassen.

Keuchend stürzte sie durch die Tür des kleinen Hauses. »Isesi!« Sie schnappte nach Luft. »Am Strand liegt ein Mann ... er wurde angeschwemmt, und er lebt, soweit ich das sehen kann. Komm schnell! Beeile dich!«

Mit fragendem Blick sah Isesi von seiner Schreibarbeit auf. »Ein Mann? Hier? Habe ich richtig gehört?«

Aset begann noch einmal von vorn, und dieses Mal schilderte sie ihr Erlebnis etwas zusammenhängender. »Wir müssen ihm helfen! Ich denke, dass sein Schiff im Sturm untergegangen ist. Wahrscheinlich ist er bis zum Strand geschwommen und dort ohnmächtig geworden.«

Mit gerunzelter Stirn hörte Isesi zu. Wortlos rollte er den Papyrus umsichtig ein und legte ihn beiseite. Dann nahm er das Schwert seines Vaters von der Wand. »Nimm vorsichtshalber Pfeil und Bogen mit. Wir dürfen kein Risiko eingehen, denn wir sind hier draußen ganz auf uns allein gestellt. Wenn es sich um einen Freund handelt, werden wir ihm helfen, aber falls er ein Widersacher sein sollte –«

»Oh, Isesi! Beeile dich lieber! Er ist verletzt! Vielleicht stirbt er!« Doch als sie kurz darauf aus der Tür eilten, drückte sie Pfeil und Bogen eng an sich. Isesi hatte Recht. Es war nur vernünftig, nicht das Geringste zu riskieren.

Als sie sich dem Mann näherten, lag der Tang noch immer auf ihm. Seine Haut sah scheckig aus.

»Seid Ihr wach?« Gespannt starrte Isesi in die geschwollenen

Augen, die zu ihm aufsahen. »Sprecht Ihr unsere Sprache? Wer seid Ihr?«

Mit größter Anstrengung stützte sich der Mann auf einen Ellenbogen hoch. Er musste zwinkern, um überhaupt etwas zu sehen, und gab einen krächzenden Laut von sich. »Demnach ist dies Ägypten ... Ich bin wieder zu Hause«, stieß er unter größter Mühe fast unhörbar leise hervor. Dann sank er zurück und lag wieder wie tot auf dem Sand.

Er war schwerer, als er auf den ersten Blick aussah, und die Muskeln unter der eiskalten Haut waren stark und fest. Die Geschwister konnten nichts weiter für den Mann tun, als ihn in das kleine Haus zu schleppen. Seine Beine konnten sein Gewicht kaum tragen, und er musste sich schwer auf die beiden jungen Leute stützen. Im Grunde trugen sie ihn mehr, als dass er lief. Sobald sie ihn auf das freie Bett bugsiert hatten, sank er für einen ganzen Tag und eine Nacht in abgrundtiefen Schlaf.

Von Zeit zu Zeit sah Aset nach ihm. Seine Barttracht war zwar etwas altmodisch, aber das Gesicht darunter war unzweifelhaft jung – nicht viel älter als zwanzig, schätzte sie. Es war ein gutes Gesicht. Ein starkes Gesicht mit ausgeprägten Zügen, die im Schlaf sehr entspannt und sanft wirkten. Eine der Hände hing über die Bettkante herunter. Eine kräftige Hand, kräftig und doch wohlgeformt. Aus den dicken Schwielen schloss Aset, dass der Mann sein Leben lang hart gearbeitet hatte. Andererseits war die raue Hand so unwiderstehlich schön, dass Aset sie einfach berühren musste.

Sie kehrte aus dem kleinen Zimmer in den Hauptraum zurück. »Hast du eine Vorstellung, wer er sein könnte?«

»Ich habe nicht die leiseste Ahnung«, antwortete ihr Bruder, »aber wir werden es bald genug erfahren. Ich halte es nach wie vor für besser, die Waffen in Reichweite zu haben. In unserer Reichweite, wohlgemerkt. Hier – ich würde mich sehr viel besser fühlen, wenn du dieses Messer in deinem Gürtel bei dir trügest.«

Sie setzte sich ihm gegenüber an den Tisch und sah ihn mit großen, ernsten Augen an. »Oh, Isesi! Du bist immer so ängstlich und vorsichtig.«

Er erwiderte ihren Blick. »Was erwartest du?«, fragte er mit einem gewissen Erstaunen und fast etwas vorwurfsvoll. »Wie sollte ich mich denn sonst verhalten? Unser Vorhaben ist nun einmal mehr als nur gefährlich. Du hast keine Vorstellung, welch schlimme Dinge uns erwarten, sollte man unser Tun entdecken ...«

»Nun ... noch ist es nicht zu spät. Du kannst deine Meinung noch ändern. Wie du dich sicher erinnerst, habe ich die Sache lange abgelehnt. Seit du dich mit dieser Idee beschäftigst, hast du dich verändert. Ein solches Unternehmen ist nicht nur gefährlich, weil man erwischt werden kann. Genauso gut kann es auch deine Seele aus dem Lot bringen. Du warst schon immer viel zu –« Wie konnte sie ihm nur erklären, dass er schon immer viel zu gutherzig war, ohne seine Gefühle zu verletzen? Zusammen mit jungen Gleichgesinnten steckte er mitten in den Vorbereitungen zu einem Aufruhr, der es einigen von ihnen ermöglichen sollte, sich ungesehen ...

»Ich weiß, dass ich schon immer ein Feigling war«, ergänzte er ihren Satz. »Ich gebe das nicht gern zu, aber es ist die Wahrheit. Ich muss dem ins Auge sehen. Ich habe immer lieber zurückgesteckt und einen sicheren Ausweg gesucht. Selbst Ungerechtigkeiten habe ich geduldet und mir auch noch eingeredet, dass sie mich nichts angingen. Aber sie gehen mich etwas an – genau wie dich, liebe Aset. Sie gehen jeden Menschen auf der Welt an, der so etwas wie ein Gewissen besitzt. Einfach zuzusehen ... wie dieses Schwein davonkommt –«

»Ich weiß!«, unterbrach ihn Aset. »Ich weiß, Isesi. Dieser Gedanke entsetzt mich ebenso wie dich. Vergiss nicht, dass ich an der Versammlung teilgenommen habe. Auch ich habe gehört, was die Kinder berichtet haben. Ich träume oft von den Schrecklichkeiten, die sie uns geschildert haben. Eine entsetzliche Vorstellung, dass Menschen so brutal und so schlecht sein können! Aber –«

»In diesem Fall gibt es kein ›aber‹«, unterbrach Isesi seine Schwester. Er sprang auf und schlug mit seiner schmächtigen Faust aufgebracht auf den Tisch. »Es ist an der Zeit, endlich zu handeln, Aset! Seit einem Jahr können wir zum ersten Mal an so etwas wie konkretes Handeln denken. Die Armee sammelt sich an der Grenze, und die örtliche Polizei ist hoffnungslos unterbesetzt. Im Moment befinden sich so wenige Wachen in Avaris, dass sie schon mit den täglichen Schwierigkeiten nicht fertig werden. Und der Aufstand, den wir inszenieren werden, wird sie hoffnungslos überfordern. Während Soldaten und Wachen abgelenkt sind, können wir das Haus stürmen, und mit etwas Glück wird es uns gelingen, die Kinder aus ihrem schrecklichen Gefängnis zu befreien.«

Stumm sah Aset zu Isesi auf. Sie mochte es nicht, wenn ihr Bruder sich so ereiferte und die Lautstärke seiner Stimme offenbarte, wie wütend er war. Normalerweise war ihr Bruder ein ruhiger, gebildeter Mensch, dem jede Gewalttätigkeit fern lag.

Doch die Zeiten, in denen sie lebten, waren hart und brutal. Ob es am Stand der Gestirne oder einfach nur in der Luft lag – jedenfalls war diese Atmosphäre der Gewalt der eigentliche Grund, der Isesi und seine Mitverschworenen überhaupt auf den Gedanken gebracht hatte, einen blitzschnellen Angriff auf das Kindergefängnis zu wagen. Und zwar im Schutz eines kleinen Aufstandes in einem anderen Stadtteil, der die Wachen dort konzentrieren und die Aufmerksamkeit von ihnen und ihrem Tun ablenken würde.

In den etwas ärmeren Stadtvierteln von Avaris, wo sie lebten, war es ein offenes Geheimnis, dass Apophis, der Hay-König von Unterägypten, einen Angriff auf Oberägypten plante. Er wollte endlich den letzten Widerstand gegen die Herrschaft der Nomadenkönige brechen und das riesige Land von der nubischen Grenze bis zum Großen Meer zum ersten Mal seit dreihundert Jahren wieder unter einer gemeinsamen Herrschaft vereinigen.

Aus diesem Grund hatte der König die Straßen der unterägyptischen Städte von brutalen Werbern durchkämmen und alle jungen Männer, die nicht einer lebensnotwendigen Tätigkeit nachgingen, in die Armee pressen lassen. Sogar den schwächlichen, kleinen Isesi hatten sie aufgegriffen, und wenn er nicht Mitglied der offiziellen Schreibergilde und mit der Registrierung der königlichen Viehherden beauftragt gewesen wäre, hätte ihn dasselbe Schicksal ereilt.

Isesi hatte eigentlich allen Grund, sich still und unsichtbar wie ein Mäuschen zu verhalten und diesem verzweifelten Versuch, das öffentliche Unrecht zu berichtigen, zu entsagen – schließlich konnte der geringste Fehler während der Aktion sie alle ins Unglück stürzen.

Isesi ... Er war schon früher ein überaus liebenswertes Kind gewesen, und als junger Mann hatte er sich nicht verändert. Noch immer beseelte ihn das unbestechliche Gewissen, das ihn schon früh zu einem Verfechter der Gerechtigkeit gemacht und ihn einmal sogar fast um seinen Platz in der Schreiberschule gebracht hatte.

Als Ziel ihres Plans hatten sie sich zweifellos die verabscheuungswürdigste Einrichtung ihrer Stadt ausgesucht. Das schreckliche Kindergefängnis war ursprünglich von einer freigelassenen Sklavin als Zufluchtsort für heimatlose Kinder gegründet worden – ein ehemaliger Kommandeur der Hay-Truppen hatte seiner früheren Sklavin ein Vermögen hinterlassen, und dafür schenkte sie den Kindern der Armen einen Zufluchtsort, wo sie Unterschlupf und Essen erhielten, erstes Geld verdienen konnten, kleine Pflichten übernahmen und nebenbei einen Beruf erlernten. Eine wunderbare Sache.

Doch nach Gründung der Stiftung hatte die reiche Wohltäterin Ägypten verlassen. Binnen kürzester Zeit hatten sich skrupellose Männer die Kontrolle über die Finanzen angeeignet und den Zweck der Einrichtung schnell in das absolute Gegenteil verkehrt. Anfangs hatte noch ein Gremium die Geschicke des Hauses geleitet, doch rasch hatte sich alle Macht in der Hand eines einzigen Mannes konzentriert, der brutaler und schlimmer war als alle anderen. Dieser Mann hieß Hakoris.

In den darauf folgenden Jahren hatte der kaltherzige Fremde mit dem stechenden Blick eine wahre Schreckensherrschaft errichtet. Über seine Herkunft war nichts Näheres bekannt, aber sein Akzent und seine Kopftracht ließen vermuten, dass er einem Nomadenstamm der nördlichen Wüste angehörte. Die Kinder betraten das Haus als freie Menschen und wurden in kürzester Zeit zu Sklaven gemacht. Sie wurden ausgebeutet, geschlagen, hungerten und mussten sich sogar als Lustsklaven an wohlhabende Perverse vermieten lassen. In Avaris, der Hauptstadt des Hay-Reiches, herrschte das Laster, und das war auf die Kupplertätigkeit des Hakoris angewiesen. Wenn hin und wieder eines der misshandelten Kinder verschwand und gleichzeitig die Truhen des Hakoris vor großzügigen Geschenken überquollen, seine Macht und sein Einfluss ins Unermessliche wuchsen – wen kümmerte das schon?

Zu allem Übel verschlimmerte sich die Lage von Tag zu Tag, denn die Zahl der Kinder wuchs und wuchs. Ständig durchkämmten die Lakaien des Hakoris die Stadt nach heimatlosen Kindern, von denen nie jemand wieder etwas hörte, sobald sie hinter den finsteren Mauern dieser angeblichen Zufluchtsstätte verschwunden waren.

Diese furchtbare Tortur vieler Kinder hatte bereits unter Apophis' Vorgänger Salitis begonnen. Als ihm sein kluger Wesir namens Joseph eines Tages geweissagt hatte, dass in Ägypten ein Knabe heranwuchs, der als Erwachsener zum Befreier des Volkes werden, die Hay für immer aus dem Land vertreiben und für lange Jahre eine stabile Regierung auf ägyptischem Boden errichten würde, hatte Salitis seine Soldaten ausgeschickt und alle zehnjährigen, männlichen Kinder im Delta entführen und töten lassen.

Und nun wurde sein Nachfolger Apophis von Tag zu Tag nervöser, weil inzwischen eine neue Prophezeiung davon sprach, dass eines Tages ein leiblicher Sohn den König absetzen und seinen Thron beanspruchen würde. Jedermann wusste, dass der König diese neue Weissagung als Bekräftigung der ersten betrachtete und sich jämmerlich fürchtete. Doch niemand wusste, auf wen sich diese Weissagung bezog. Es ging das Gerücht um, dass Apophis einmal mit einer längst verstorbenen Frau ein Kind gezeugt hätte, aber niemand konnte sagen, ob dieses Gerücht der Wahrheit entsprach. Auf jeden Fall lieferte die beängstigende Stimmung, die augenblicklich den Palast beherrschte, Hakoris und seinen Schergen den idealen Vorwand, mit ihrem grausigen Tun in unverminderter Brutalität fortzufahren.

Vor kurzem jedoch hatte sich eine kleine Gruppe junger Leute, die weder mächtig noch einflussreich waren, zusammengetan, um die elenden, missbrauchten Jungen und Mädchen zu befreien. Anschließend sollten die Kinder über einen lange zuvor organisierten Plan in Familien verteilt werden, die ihnen eine wirkliche Zuflucht garantierten. Ein höchst ehrenwertes Unterfangen – aber zugleich auch schrecklich gefährlich!

Aset musste die letzten Worte unwillkürlich laut ausgesprochen haben. »Gefährlich?« Isesi starrte seine Schwester ärgerlich an. »Natürlich ist ein solches Unternehmen gefährlich, aber es ist seit langem überfällig! Je länger wir zusehen und solche Zustände dulden, desto weniger können wir uns über die Hay erheben!«

»Aber was soll werden, wenn Hakoris dich ergreift und du kämpfen musst? Könntest du ... könntest du ihn töten? Könntest du ihn mit deinen eigenen Händen umbringen? Sag, Isesi, könntest du das?«

Diese Frage traf Isesi völlig unvorbereitet. Mit offenem Mund starrte er seine Schwester an und fühlte sich mit einem Mal zwischen dem heißen Wunsch nach Rache und seiner friedlichen Natur hin und her gerissen.

So stand er noch, als plötzlich der Fremde schwach und ausgemergelt unter der Tür erschien. Unruhig wanderten seine Blicke zwischen Aset und Isesi hin und her. Als er schließlich sprach, klang seine Stimme zwar noch immer heiser, aber der Hass in seiner Stimme war nicht zu überhören.

»Hakoris?« Er spuckte das verhasste Wort förmlich aus. »Habe ich Euch soeben von Hakoris sprechen hören?«

III

Aset und Isesi wechselten einen besorgten Blick. Wie viel hatte er gehört? Falls er ein Spion der Hay-Regierung war ...

Sprachlos starrten sie den Fremden im Türrahmen an. Seine Knie zitterten erbärmlich, und er drohte jede Sekunde ohnmächtig zu werden. Rasch lief Aset hinüber und fing ihn solange auf, bis Isesi ihr zu Hilfe eilte. Gemeinsam betteten sie den Fremden wieder auf sein Lager.

Mit gespielter Freundlichkeit redete Isesi auf ihn ein. »Schon gut, mein Freund, Ihr solltet lieber noch eine Weile ausruhen. Ihr seid noch zu schwach.«

Der Fremde ließ sich zurücksinken und betrachtete die Geschwister mit erschöpftem Blick. »Ihr habt Recht«, gestand er fast unhörbar. »Ich habe meine Kräfte überschätzt. Aber als ich Euch von –«

Aset ließ ihn nicht aussprechen und wechselte das Thema. »Ihr müsst hungrig sein! Ich werde etwas Brühe aufwärmen. Etwas anderes wird Eurem Magen wohl kaum bekommen.«

Sicher wäre der Fremde wieder auf das Thema zu sprechen gekommen, wenn Isesi es seiner Schwester nicht gleichgetan und ein unverfängliches Thema angeschnitten hätte. »Ich nehme an, dass Euer Schiff untergegangen ist.«

Der Fremde wandte den Blick ab und starrte zur Decke empor. »Ja. Uns hat ein Fieber heimgesucht. Nur der Thraker und ich haben überlebt. Später ist er ebenfalls gestorben. Aber allein konnte ich das Schiff nicht mehr steuern.«

Isesi setzte sich neben den Fremden aufs Bett. »Demnach seid Ihr Seemann?«

»Nein, nein«, entgegnete sein Gegenüber fast ungeduldig. »Wir wurden zum Dienst auf dem Schiff gezwungen – damals in Kreta. Unterwegs haben wir gemeutert und das Schiff übernommen, obwohl wir es nicht richtig segeln konnten. Es sei ein verfluchtes Schiff, behauptete jedenfalls der Thraker, aber mir war das gleichgültig. Ich wollte nur wieder zurück nach Ägypten.« Und in verändertem Tonfall fügte er hinzu: »Ich muss hier dringend etwas erledigen!« Diesen Nachsatz stieß er mit schneidender Stimme hervor.

»Ist ja gut«, besänftigte ihn Isesi. »Lasst Euch nur Zeit. Meine Schwester wird Euch gleich einen Teller Suppe bringen. Vermutlich habt Ihr seit dem Fieber nichts mehr gegessen …«

»Seit Tagen …«, räumte der Mann ein. »Seit Tagen habe ich nichts mehr zu mir genommen.« Die großen, kräftigen Hände wischten über das Gesicht, als ob sie unliebsame Gedanken verscheuchen wollten. »Wo genau befinde ich mich hier?«

»Dieses Haus steht sehr weit draußen am Strand, in der Nähe des Manzala Sees, zwei Tagereisen östlich von Damietta. Früher war es einmal Teil einer Stadt. Mein Vater hat es meiner Schwester und mir hinterlassen. Wir flüchten gern hierher in die Ruhe, wenn wir die Zustände in Avaris nicht länger ertragen können. Ich bin –«

Aber weiter kam er nicht, denn der Fremde unterbrach ihn. Mit bohrenden Blicken starrte er Isesi an. »Avaris? Ihr kommt aus Avaris? Demnach habe ich vorhin doch richtig gehört. Ihr habt seinen Namen erwähnt – Hakoris. Lebt er denn noch? Ist mir noch niemand zuvorgekommen?«

Während der Mann sprach, stützte er sich auf, und in seiner Stimme lag so viel Hass, dass Isesi unwillkürlich zurückschreckte und blinzelte. In diesem Augenblick erschien Aset mit einem Tablett und einem dampfenden Teller Suppe auf der Schwelle.

Sie blickte ihren Bruder an. »Zumindest scheint er kein Freund von Hakoris zu sein«, sagte sie und lächelte. »Das ist doch wenigstens ein Anfang. Isesi, würdest du ihn etwas aufrichten. Ich werde versuchen, ihm die Suppe zu löffeln.«

»Ein Freund von Hakoris?«, fauchte der Fremde. Nachdem Isesi ihn aufgerichtet hatte, verfolgten die Geschwister, wie er mühsam um Beherrschung rang. Schließlich spielte ein bitteres Lächeln um seine Lippen. »Gebt mir einfach das Tablett«, schlug er vor. »Vielen Dank.« Er richtete sich weiter auf und stellte das Tablett auf seinen Schoß. »Falls Ihr Hakoris hasst – und davon gehe ich aus –, befinde ich mich offensichtlich unter Freunden. Dieser Mann ist einer der Gründe für meine Rückkehr.« Der Fremde umfasste die Schale mit beiden Händen und hob sie an die Lippen. Dann blies er kurz über die Flüssigkeit, bevor er trank. »Ah – das tut gut! Ich danke Euch.«

Aset setzte sich auf einen Stuhl auf der anderen Seite des Betts. »Ich heiße Aset«, erklärte sie. »Und dies ist mein Bruder Isesi. Er ist Schreiber. Da Ihr über Hakoris Bescheid wisst, wisst Ihr sicher auch, warum wir ihn nicht mögen.«

»Aset, du solltest nicht so …«

»Bitte, Isesi! Ich sehe ihm an, dass er Hakoris ebenso hasst wie wir.« Als der Fremde keine Anstalten machte, ebenfalls seinen Namen zu nennen, sprach sie weiter. »Wir haben nämlich einen Plan. Wir wollen die Kinder aus ihrem Gefängnis befreien und sie an einen sicheren Ort bringen.«

Angesichts ihrer Offenheit verdrehte Isesi die Augen, doch Aset übersah das geflissentlich. Stattdessen beobachtete sie, wie der Fremde genüsslich die Suppe schlürfte.

»Mögen die Götter Euch dafür danken», sagte der Mann begeistert. »Euer Geheimnis wird bei mir stets sicher aufgehoben sein – allerdings stelle ich zwei Bedingungen.«

»Wie bitte?« Isesi schien beunruhigt.

»Erstens möchte ich mich Euch gern anschließen«, antwortete der Fremde. »Und falls Hakoris bei der Erstürmung aufgegriffen wird, verbitte ich mir jede Einmischung, wenn ich ihn töte.«

»Ihn töten …?«, echote Isesi und kniff die Augen zusammen. »Wir sind uns eigentlich einig, so wenig Gewalt wie nur möglich anzuwenden. Wir wollen ihn gefesselt den Wachen überlassen …«

»Damit er unverzüglich Eure Namen verrät«, vollendete der Mann den Satz lakonisch. »Er wird Euch dem König ausliefern –« Er brach ab. »Ich nehme an, dass Apophis noch immer regiert, oder nicht? Er thront doch nicht etwa noch immer oben auf dem Misthaufen und teilt sich die Macht mit diesem Scharlatan, diesem Neferhotep, und dem Priester … wie war noch sein Name?«

»Petephres. Ja. Und der Kanaaniter Joseph, von dem die Prophezeiung stammt, ist nominell noch immer Wesir des Landes. Aber in Wirklichkeit ist er machtlos. Er ist nur noch im Amt, weil Petephres sein Schwiegervater ist. Vor einigen Jahren ist er mit seinem Vater, seiner Familie, seinem Vieh und allen seinen Besitztümern in dieses Land gekommen, doch als Petephres vor einiger Zeit erkrankte, hat Apophis sich den größten Teil von Josephs Gütern angeeignet. ›Zum Wohl des Staates‹ – Ihr wisst sicher, wie man sich das vorstellen muss. Nun, zumindest gehe ich davon aus … Verzeiht, aber ich kann mich nicht mehr an Euren Namen erinnern.«

Der Fremde ignorierte den Hinweis. »Petephres ist krank? Das ist nicht gut. Er war lange Zeit der Einzige, der Apophis etwas in Schach halten konnte. Jedenfalls damals, bevor ich Ägypten verließ. Wie krank ist er denn? Ist es ernst? Wie steht es um ihn?«

»Offenbar nicht gut«, antwortete Isesi. »Im Augenblick plant Apophis eine große Militäraktion, gegen die Petephres sicher Einwände erhöbe, wenn er dazu in der Lage wäre. Ich denke, dass er sterben wird. Einer meiner Freunde, der im Dienst von Neferhotep steht, hält es durchaus für denkbar, dass Petephres keines natürlichen Todes sterben wird. Für den Scharlatan wäre es ein Leichtes, Gift in Petephres' Medizin zu mischen.«

Der Fremde starrte Isesi durchdringend an. Die Schale mit der Suppe stand unbeachtet auf dem Tablett. »Demnach ist die Lage noch sehr viel schlimmer, als ich dachte. Ich bin genau im richtigen Augenblick zurückgekommen.«

»Verzeiht«, begann Isesi nach einem Augenblick des Schweigens. Seine Neugier ließ sich nicht länger bezähmen. »Durch dieses Gespräch haben wir uns sehr weit vorgewagt. Falls jemand davon erfährt, für dessen Ohren es nicht bestimmt ist ...«

Ausdruckslos sah der Fremde ihn an, und als er sprach, klang seine Stimme völlig ruhig. »Oh ... natürlich wollt Ihr meinen Namen erfahren, und Ihr wollt sicher auch wissen, woher ich komme und aus welchem Grund ich nach Ägypten zurückgekehrt bin, nicht wahr?«

»Genauso ist es«, antwortete Aset. »In unserer Situation ist das sicher nicht zu viel verlangt.«

Um die Mundwinkel des Fremden zuckte es, aber das leise Auflachen, das sich seiner Kehle entrang, klang überhaupt nicht amüsiert. »Natürlich habt Ihr Recht. Ja, wer bin ich eigentlich? Nun, ich bin ... ja, wie soll ich das sagen? Wenn ich nicht vor ungefähr fünf Jahren davongelaufen und aus Ägypten verschwunden wäre, dann säße ich heute noch in dem Kinderhaus in Avaris, das Ihr erstürmen wollt. Nein, vermutlich wäre ich längst tot ... Wer weiß das schon. Ich hatte Glück. Vielleicht hat mir einer der Götter oder ein glücklicher Stern den Weg gewiesen.«

»Ihr wart in diesem Haus?«

»Ja. Nun wisst Ihr, warum ich so über Hakoris denke. Aber das ist noch nicht alles. Damals, als Apophis sich noch Aram nannte, hat er meine Mutter ermordet. Lange vor der Zeit, als er gegen Salitis rebelliert und ihm die Krone gestohlen hat. Bestimmt hätte er mich auch umgebracht, aber ich rannte davon und sprang in den Fluss. Mein Überleben verdanke ich den Gesellen des Hakoris, die mich aufgefischt und in das Kinderhaus gebracht haben. Zum Glück war ich so geistesgegenwärtig, einen falschen Namen zu erfinden.«

»Aha«, ließ Isesi sich vernehmen. »Und wie lautet Euer richtiger Name?«

Der Fremde runzelte die Stirn. »Verzeiht, ich möchte niemanden täuschen, aber ich habe meinen wirklichen Namen viele Jahre lang nicht mehr benutzt. Wenn Ihr ihn zu diesem Zeitpunkt erführt, brächte Euch das in noch weit größere Gefahr, als es Eure kleine Verschwörung ohnehin schon tut. Für den Augenblick möchte ich es bei Neko belassen. Diesen Namen hat mir ein libyscher Matrose verpasst.«

Isesi überdachte die Entgegnung einige Minuten lang. Ganz offensichtlich war er nicht zufrieden. »Nun gut, dann bleibt es vorerst bei Neko. Allerdings nur unter der Bedingung, dass Ihr uns nach dem Überfall Euren wirklichen Namen nennt. Nach dem Überfall werden wir alle so weit in die Sache verwickelt sein, dass es keine Geheimnisse mehr zwischen uns geben darf.«

»Inzwischen solltet Ihr erst einmal Eure Suppe aufessen«, bemerkte Aset. »Ich fürchte, sie wird langsam kalt.«

Nachdem der Fremde wieder in einen erholsamen Schlaf gesunken war, verließen Bruder und Schwester das kleine Haus und kletterten auf die erste Düne, um sich zu besprechen. »Nun, Aset«, begann Isesi, »was hältst du von allem?«

Aset zögerte. Als Erstes dachte sie an den Moment, als der Fremde in der Tür gestanden hatte. Sein muskulöser Körper hatte das viel zu enge Gewand von Isesi beinahe gesprengt. *Ein wunderschöner Mann*, hatte sie gedacht. Aber das war sicher nicht die Antwort, die Isesi von ihr erwartete. »Ich denke, dass man ihm trauen kann«, sagte sie. »Meinem Gefühl nach ist er ein anständiger Mensch. Keine Ahnung, warum ich so empfinde – aber so ist es nun einmal.«

Isesis schmales Gesicht legte sich in besorgte Falten. »Ich muss zugeben, dass ich etwas geteilter Meinung bin. Einerseits scheint mir der Hass auf Hakoris – und Apophis – ehrlich zu sein. Wahrscheinlich könnte er uns auch bei der Ausführung unseres Plans von größtem Nutzen sein. Er macht den Eindruck, dass er mit Überlegung handelt und sich in jeder Situation zu helfen weiß, aber –«

Isesi hielt längere Zeit inne, und als er wieder sprach, rang er förmlich um die richtigen Worte. »Aber warum ... warum kann ich einem Mann nicht voll und ganz vertrauen, der mir seinen richtigen Namen nicht nennen will? Einerseits speist er uns ab, aber andererseits ist er bereit, zusammen mit uns seinen Hals zu riskieren.«

Aset legte besänftigend ihre Hand auf den Arm ihres Bruders. »Sieh es doch einmal anders«, schlug sie Isesi vor. »Er hat uns immerhin nicht im Unklaren gelassen. Wenn er gewissenlos wäre, hätte er auch irgendeinen falschen Namen erfinden können. Er hätte einfach ›Ich heiße Neko‹ sagen und es dabei bewenden lassen können, oder etwa nicht?«

Nachdenklich blickte Isesi über die ruhige See bis zu den weit entfernten Wolken am Horizont, den letzten Erinnerungen an das gestrige Unwetter, hinüber. »Ich möchte dir nur zu gern zustimmen, denn mir geht es nicht anders als dir ... Ich habe auch das Gefühl, dass er mir gefällt.« Lächelnd strich er über die Hand seiner Schwester. »Ganz nebenbei ist er ein attraktiver Mann, nicht wahr? Ich habe deine Augen beobachtet, als du mit ihm gesprochen hast. Du bist sehr angetan von ihm, oder etwa nicht? Sei ehrlich!« Nach einer kleinen Pause sprach er sehr viel sanfter weiter. »Arme Aset. Ohne Mitgift ist dein Leben nicht gerade leicht, nicht wahr? Wenn ich doch nur besser bezahlt würde oder die Steuereintreiber ein klein wenig mehr von unserer Erbschaft übrig gelassen hätten ...!«

Aset umschlang ihren Bruder und drückte ihn an sich. »Du darfst so etwas nicht einmal denken! Ich führe doch ein wunderbares Leben und bin bestimmt nicht unglücklich. Ich ertrage es nicht, wenn du dich ständig wegen Dingen sorgst, die wir beide nicht ändern können. Seit die Hay unser Land besetzt halten, kann niemand mehr ein ganz normales Leben führen.«

Voller Dankbarkeit für so viel Verständnis drückte Isesi seine Schwester an sein Herz. »Stell dir nur vor, wie unser Leben aussähe, wenn die Hay endgültig von hier vertrieben würden? Stell dir nur vor, es käme tatsächlich jemand und würde Josephs Prophezeiung erfüllen? Ein starker junger Mann, der den Widerstand der Menschen organisieren und die Hay endgültig zurück in die Wüste schicken würde ...«

In dieser Sekunde dachten sie beide dasselbe. Sie rückten ein wenig voneinander ab und sahen einander schweigend in die Augen.

Dann ergänzte Aset im Flüsterton, was ihr Bruder unausgesprochen gelassen hatte. »Jemand, der Apophis töten, die Herrschaft übernehmen und dem ägyptischen Volk sein Land zurückgeben würde. Sicher denkst du jetzt auch an die Prophezeiung, die den Befreier genau beschreibt. Der Mann, der den König absetzen wird ...«

Mit offenem Mund blickte Isesi seine Schwester an, aber in Wirklichkeit sah er durch sie hindurch. »... ist sein Sohn«, vollendete er. »Sein eigen Fleisch und Blut.«

IV

Sobald Aset in den darauf folgenden Stunden nach dem tief und fest schlafenden Fremden sah, dachte sie stets an das, was Isesi ihr in den Kopf gesetzt hatte. Konnte der Fremde tatsächlich ein Sohn des Apophis sein? Aufmerksam musterte sie die ausgeprägten Züge und suchte nach Ähnlichkeiten, die diese gewagte und zugleich hoffnungsvolle Vermutung bestätigten oder widerlegten.

Natürlich wusste sie, wie Apophis aussah. Jedermann in Avaris wusste das, denn jeder kannte Aram, den Sohn und Enkel der Nomadenkönige. Um eine möglichst weitreichende Unterstützung für seine Herrschaft zu erlangen, hatte er sich in den zwei Jahren seit seinem Regierungsantritt ständig in der Öffentlichkeit sehen lassen. Dem Aussehen nach war Apophis unzweifelhaft ein Abkömmling der Nomaden: Dunkle Haare, schwarze Augen und eine ausgeprägte Nase. Nekos Züge dagegen waren sehr viel schwieriger einzuordnen. Außer der ausgeprägten Nase und den dunklen Augen erinnerte nur wenig an die Hay. *War seine Mutter eine Hay ... oder eine Ägypterin?*

Insgeheim wunderte Aset sich, dass Isesi der Gedanke, kaum dass er ihn ausgesprochen hatte, schon nicht mehr zu interessieren schien. Konzentriert beugte er sich über seine Proklamation, die er und seine Freunde vor der Erstürmung des Kinderhauses verteilen wollten.

Aset blieb mit den beunruhigenden Gedanken allein, und entsprechend unsicher und verwirrt reagierte sie. Im Laufe des Abends steigerte sich das anfängliche Missbehagen zu regelrechter, nie gekannter Unruhe, bis ihr Körper schließlich von Kopf bis Fuß vibrierte.

Als Isesi ihr einige Zeit später eine gute Nacht wünschte und zu Bett ging, blieb Aset noch auf und warf immer wieder besorgte Blicke zu der halb geöffneten Tür hinüber, hinter der der Fremde schlief. Sie war viel zu beunruhigt, um überhaupt an Schlaf denken zu können.

Unvermittelt erhob sie sich und trat in die Nacht hinaus. Die helle Kugel des Mondes hing hoch oben am Himmel und tauchte die Welt in einen unwirklichen, geheimnisvollen Schimmer. Ein wunderbar warmer Wind strich liebkosend über ihre Haut, und der Sand kühlte ihre nackten Füße. Das leise Murmeln der Brandung, die Meerluft und der salzige Geschmack des Windes – dieser Zusammenklang würde ihr auch heute die ersehnte Ruhe schenken. Sie wollte nur noch laufen, immer weiter am Strand entlanglaufen und nicht mehr denken ...

Aber die seltsame Unruhe wollte nicht weichen. Aset konnte ihre Empfindung nicht benennen, aber sie wusste sehr genau, dass sie mit dem Fremden zusammenhing. Sie dachte an den nackten Körper, wie sie ihn am Strand gefunden und wie sie sich einige Sekunden lang fast auf Armeslänge über ihn gebeugt hatte ...

Aus einem Impuls heraus zog sie ihr Gewand über den Kopf. Aber dieses Mal warf sie es nicht achtlos beiseite, weil sie es in der Dunkelheit niemals wiedergefunden hätte. Stattdessen legte sie es über ihren Arm. Und während sie am Strand entlangwanderte, genoss jeder Zentimeter ihres Körpers die herrlich erfrischende Brise.

Allein. Es waren immer die glücklichsten Stunden, wenn sie mit dem Meer und ihren Gedanken und Gefühlen allein war. Aber heute hatte sie zum ersten Mal Sehnsucht nach Gesellschaft ...

Falls Neko in diesem Moment auftauchte ... Was würde sie tun? Sie hielt inne und betrachtete ihren nackten Körper. Gleich darauf kam sie sich närrisch vor. Aber was würde sie tun, falls *tatsächlich* jemand kam? Jemand, dem sie nicht vertrauen konnte?

Und wenn es Neko wäre? Was würde sie tun? Was würde sie sagen? Und falls er ... nun, falls er sie begehrte, wie ein Mann eine Frau begehrte? Wäre sie imstande, ihn wegzuschicken? *Wollte* sie das überhaupt?

Oder würde sie ihn ohne jede Scham umarmen, ihn vielleicht sogar bitten, sie gleich hier auf dem Sand unter dem Mond und den Sternen zu lieben? Gab es einen Teil in ihr, der zu so etwas fähig war?

Erschrocken schüttelte sie den Kopf. Nein, das waren nur jungfräuliche Phantasien. Rasch zog sie das Kleid über den Kopf und beschämt hob sie den Kopf und blickte zur Düne empor. Und dann sah sie ihn. Mit verschränkten Armen stand er oben auf dem Kamm – und blickte auf sie hinunter!

Im ersten Moment glaubte sie, dass ihr Herz stehen bleiben müsse. Mit offenem Mund starrte sie unverwandt zu ihm hinauf.

»N- neko!«, stieß sie hervor. »Ihr habt mich erschreckt!«

Mit etwas unsicheren Schritten kam er langsam den Abhang herunter und blieb am Fuß der Düne stehen. »Das tut mir Leid«, sagte er. »Ich konnte nicht mehr schlafen. Ich hatte ja keine Ahnung, dass ich Euch hier begegnen würde.«

Schüchtern ging sie einige Schritte auf ihn zu. »Wie lange habt Ihr dort oben gestanden?«

Sie konnte sehen, dass seine Zähne im Mondlicht blitzten, als er lächelte. »Lange genug. Aber macht Euch keine Gedanken. Das wird für immer unser Geheimnis bleiben.« Er setzte sich auf einen angeschwemmten Baumstamm und sah zu ihr empor. »Ich bitte Euch, setzt Euch. Wir wollen uns ein wenig unterhalten.«

Aset zögerte einen Moment, aber der Vertrauen erweckende Klang seiner Stimme stärkte ihren Mut. Sie ließ sich auf dem äußersten Ende nieder. »Offenbar erholt Ihr Euch schnell.«

»Ja«, antwortete er. »Der Sturm war zwar schrecklich, doch ich hätte das Schiff vielleicht retten können, wenn mich das Fieber zuvor nicht so geschwächt hätte. Ich denke, ich werde bald wieder ganz bei Kräften sein. Dank Eurer Hilfe und Fürsorge«, fügte er nach einer kleinen Pause mit bewegter Stimme hinzu.

»Was hätten wir denn sonst tun sollen? Hätten wir Euch etwa liegen lassen sollen, nachdem wir Euch gefunden hatten?«

»Nun, seid versichert, dass Ihr und Euer Bruder einen Freund fürs Leben gewonnen habt. Lebt Ihr eigentlich allein?«

»Ja. Unsere Eltern sind tot. Isesi ist Schreiber.«

»Und seine Ausbildung hat alles Geld verschlungen, sodass nichts für Eure Mitgift übrig blieb?«

»Nun ...«

»Grämt Euch nicht. Dank der Fremdherrschaft geht es fast allen Ägyptern ebenso. Ihr werdet auch ohne Mitgift einen Mann finden, der Euch die Füße küssen und Euch wie eine Prinzessin behandeln wird. Ihr seid wirklich ein ganz reizendes Mädchen.«

»Ich bin kein Kind mehr!«

»Oh, doch.« Er sagte das ganz ernst. »Dasselbe gilt für Isesi. Es ist naiv zu glauben, dass man in Hakoris' Machtbereich eindringen, ihn berauben und dann einfach so davonspazieren kann – ohne jede Gewaltanwendung! Versteht mich bitte nicht falsch. Ich achte Eure Beweggründe und danke den Göttern, dass es noch immer Menschen wie Euch gibt. Was hätte ich darum gegeben, das vor zehn Jahren erfahren zu dürfen!« Einige Augenblicke lang versagte ihm die Stimme. »Keinesfalls werde ich erlauben, dass Euch auch nur ein Haar gekrümmt wird.«

Sie blickte ihn direkt an.

Aber er sprach weiter, als ob sie gar nicht vorhanden wäre. »Nein, keinesfalls. Ich werde Euch bei der Organisation helfen und alles so arrangieren, dass niemand getötet werden wird.«

»Wir fürchten uns nicht«, protestierte Aset.

»Das ist mir klar. Aber Euch fehlt jede Erfahrung, um abschätzen zu können, wie sehr Ihr Euch eigentlich fürchten müsstet. Ich dagegen *kenne* Hakoris. Als ich dreizehn war, hat er meinen besten Freund vor meinen Augen umgebracht. Ich habe viele Jahre in seiner Hölle geschmachtet – davon kann ich mich wahrscheinlich nie wieder frei machen.«

Aset konnte nicht länger an sich halten. »Neko«, fragte sie fast unhörbar, »ist König Apophis Euer Vater?«

Sie war auf jede Antwort gefasst, aber er sagte gar nichts. Nur das leise Plätschern der kleinen Brandungswellen war in der plötzlichen Stille zu hören. Mit unbewegter Miene starrte Neko lange aufs Meer hinaus. »Ich denke, es ist sogar leichter, ihn zu töten, als so plötzlich über alles zu reden. In den Jahren seit meiner Flucht aus dem Kinderhaus habe ich niemals von meiner Herkunft gesprochen. Stattdessen habe ich mich hinter verschiedenen Identitäten versteckt und meinen wirklichen Namen und meine wahre Herkunft verschleiert.«

Er wandte sich Aset zu. Da der Mond in seinem Rücken stand, lag sein Gesicht in tiefem Schatten. Aber sie fühlte, dass seine dunklen Augen sie ansahen. »Ich stelle fest, dass es mir unmöglich ist, Euch zu belügen, kleine Aset«, fuhr er seufzend fort. »Eure Aufrichtigkeit und Würde beeindrucken mich zutiefst – solche Tugenden habe ich viel zu lange vermissen müssen. Euch weiter im Unklaren zu lassen, wäre in meinen Augen ein zu großer Vertrauensbruch – an Euch, an mir selbst und auch an Eurem närrischen, tapferen Bruder. Ihr seid gute Menschen – und Ihr weckt in mir alte, längst verschüttete Tugenden. Nach so vielen Jahren in den Händen eines Wahnsinnigen war nicht mehr viel davon übrig, fürchte ich, und den Rest habe ich in den darauf folgenden Jahren gründlich verdorben.«

»Oh, nein. Sagt so etwas nicht!« Aset war tief bewegt. »Ihr seid nicht schlecht, Neko. Ihr seid ein guter Mensch. Dessen bin ich sicher. Ein schlechter Mensch hätte uns einfach hintergangen. Ich dulde nicht, dass Ihr so abfällig von Euch sprecht!«

»Ich danke Euch für so viel Vertrauen«, entgegnete Neko mit großer Herzlichkeit. »Ihr könnt nicht abschätzen, was es für mich bedeutet, wieder solche Worte zu hören. Aber ich darf mir nichts vormachen, und Euch erst recht nicht. Ich kann zu meiner Verteidigung nur vorbringen, dass alles Schlechte, was ich in der Welt gesehen, und alle Grausamkeiten, zu denen ich gezwungen war, uns hoffentlich in der Zukunft nützen werden.«

»Das verstehe ich nicht«, sagte Aset.

»Das könnt Ihr auch nicht verstehen«, erklärte der Mann, der sich Neko nannte. »Ihr habt meine Herkunft erraten, und darum bitte ich Euch nun inständig: Tut mir den Gefallen und entdeckt Euer Wissen niemandem. Nicht einmal Eurem Bruder. Je weniger Menschen das Geheimnis kennen, desto besser.«

Aset schluckte heftig. Sie war überwältigt und bewegt zugleich, dass er ihr, und nur ihr allein, sein Vertrauen geschenkt hatte. »Ich verspreche es«, hauchte sie. »Ich werde mit niemandem darüber reden, Neko.«

Einige Augenblicke lang sah er sie nur schweigend an. Dann hob er einen Zweig auf, der vom Stamm abgebrochen war, und grub damit im Sand. »Es ist schon seltsam«, sagte er nachdenklich. »Ich habe mir oft vorgestellt, wie ich meine Herkunft in würdigen Sätzen vor einer großen Versammlung erklären würde – und nun stelle ich fest, dass ich bei Euch einen völlig anderen Ton anschlage, weil Ihr eine Frau seid.«

»Normalerweise reden Männer mit Frauen nie über solche Themen. Aber Isesi ist anders. Er bespricht alles mit mir.«

»In dieser Beziehung kann ich ihn nur zu gut verstehen. Wirklich, ich hätte mir nicht träumen lassen, dass ich mich einmal einem Mädchen offenbaren würde. Aber ich spüre, dass ich Euch vertrauen kann, und genau das tue ich.« Sie sah das spöttische Lächeln sehr wohl, als er nachdenklich den Kopf schüttelte. »Ein weiterer Beweis dafür, dass Männer sich immer wieder selbst überraschen.«

Aset wollte schon darauf antworten, doch plötzlich sagte ihr eine innere Stimme, dass sie lieber schweigen und zuhören sollte.

»Aber nun zu Eurer Frage. Ja, ich bin Arams Bastard. Er hat mich niemals anerkannt. Als ihm damals die Prophezeiung zu Ohren kam, dass ein zehnjähriger Junge ihn eines Tages töten und die Hay aus Ägypten vertreiben würde, versuchte er, mich umzubringen, so wie er zuvor meine Mutter getötet hatte. Mein mutiger Freund Riki aus Theben hat mich damals gerettet. Das werde ich ihm niemals vergessen ...«

»Riki?«, wiederholte Aset fragend. »Woher kenne ich nur diesen Namen? Doch das ist jetzt gleichgültig. Sprecht bitte weiter.«

»Eines weiß ich sicher: Falls Aram – falls Apophis, wüsste, dass ich am Leben bin, würde er jeden Verräter reich belohnen.«

»Euer Geheimnis ist bei mir sicher«, versprach Aset ein weiteres Mal.

»Ich weiß.« Diesmal lächelte der Fremde zum ersten Mal offen und herzlich. »Ich danke Euch von Herzen. Aber hört nun den

Rest der Geschichte: Nackt und ohne Freunde wurde ich an diese Küste gespült. Aber ich bin aus einem bestimmten Grund nach Ägypten zurückgekehrt – und weder Apophis noch seine Armee können mich aufhalten. Nicht einmal der Tod persönlich vermag das.«

»Das glaube ich Euch aufs Wort, Neko.«

»Ich werde Euch stets zu großem Dank verpflichtet sein. Doch nun hört den Grund. Meine Mutter war Ägypterin, und in unserer Gesellschaft richtet sich die Herkunft nach der Mutter. Ich bin gekommen, um Ägypten von den Hay zu befreien, wie der Kanaaniter es einst prophezeit hat. Ich bin gekommen, um die Soldaten meines Landes gegen den Feind zu führen und um meinen Vater und die Seinen für immer in die Wüste zurückzujagen. Ich bin gekommen, um den ägyptischen Thron zu beanspruchen und das Rote und das Schwarze Land zum ersten Mal seit dreihundert Jahren wieder zu vereinen.«

Das Beben seiner Stimme rührte Aset bis ins Herz. »Ich glaube an Euch!«, erklärte sie voller Begeisterung. »Ja, ich glaube an Euch!«

Kapitel 2

I

Wie an jedem Tag während der vergangenen zwei Monate wurde Joseph im Morgengrauen von lautem Trommeln geweckt. Wilder Trommelklang – durchdringend und kriegerisch. Heiße Wut durchfuhr ihn, als er sich aufsetzte. Unwillkürlich ballten sich seine Hände zu Fäusten. Seine Frau Asenath schlief noch tief und fest. Sie hatte der Lärm nicht geweckt. Seufzend setzte er die Füße auf den kalten Steinboden.

Während er sich mit den Handballen die Lider rieb, überlegte er, warum er aufgewacht war, seine Frau aber nicht. Nun, dies war sein Kampf – seiner ganz allein. Asenath zog es vor, politische Querelen zu ignorieren, solange sie ihr eigenes Leben nicht berührten. Solange die Armee sie selbst, ihren Mann und ihre Söhne in Frieden ließ, übersah sie die bedrohliche Aufrüstung im Nildelta geflissentlich. Ja, sie würde ihn höchstwahrscheinlich für närrisch halten, weil er sich in dieser Sache dem Willen des Königs Apophis noch immer widersetzte.

Gähnend verzog er das Gesicht, als der Rhythmus der Trommeln wechselte, und erhob sich. Nackt stand er im dämmrigen Licht. Er war immer noch schlank und muskulös und sah mindestens ein Dutzend Jahre jünger aus als er war. Aus diesem, aber auch aus anderen Gründen wurde er von seinen Gegenspielern am Hof häufig wie ein jüngerer Mann behandelt. Besonders von dem Magus und Heiler Neferhotep und seinem mörderischen Kumpan Hakoris. Dabei waren sie alle ungefähr gleich alt wie der König.

Wahrscheinlich erleichterte ihnen dieses abfällige Benehmen den Umgang mit ihm ... und gleichzeitig raubte es ihm Tag für Tag mehr von seinem früheren Einfluss. Der einzige Garant seiner Macht bei Hofe war inzwischen sein Schwiegervater Petephres. Aber Petephres war krank und wurde von Tag zu Tag schwächer. Joseph wusste sehr wohl, dass somit auch seine eigenen Tage gezählt waren und seine zweiundzwanzigjährige Machtstellung als Wesir am unterägyptischen Hof sich ihrem Ende näherte.

Kopfschüttelnd runzelte er die Stirn, während er sich das Lendentuch umlegte. Wie dumm war er doch gewesen, als er vor ungefähr einer Dekade seinen Vater und die ganze Familie von Kanaan hierher geholt hatte in dem Glauben, in einem Land voller Überfluss besser für sie sorgen zu können!

Er fuhr sich mit den Fingern durch die Haare und begab sich in das äußere Zimmer. *Dumm*, dachte er. *Dumm und naiv.* Damals jedoch war ihm diese Lösung als die einzig vernünftige erschienen. Jakob war alt und müde gewesen und hatte, bedingt durch die schreckliche Hungersnot, weder seine Söhne und ihre Familien noch all die anderen Menschen ernähren können, die von ihm abhängig waren. Noch klar bei Sinnen hatte er sich jedoch geweigert, seine Rolle als Oberhaupt des Stammes an einen seiner Söhne abzutreten. In dieser Situation war Josephs Vorschlag die ideale Lösung gewesen: Sein Vater, sein Bruder Benjamin und seine Halbbrüder sollten samt allen Frauen und Nachkommen nach Ägypten ziehen und dort an Josephs Reichtum teilhaben. Schließlich war Ägypten als einziges Land von der Hungersnot verschont geblieben.

Kurz nach der Ankunft der Familie aus Kanaan hatten Aram und seine Mitverschwörer die Macht im Palast an sich gerissen. Aram – inzwischen König Apophis – hatte sich dabei vor allem auf den Magus Neferhotep gestützt, der Joseph am liebsten sofort entlassen, wenn nicht gar getötet hätte.

Doch Asenaths Vater, der Hohepriester Petephres, war von Beginn an in Arams Verschwörung eingeweiht gewesen und hatte bei der Errichtung des neuen Königreiches eine unverzichtbare Rolle gespielt. Aram hatte den Oberpriester des Amun mit voller Absicht in sein Machtspiel einbezogen, um sich durch ihn der Anerkennung und Unterstützung des Gottes zu versichern.

Petephres war nur unter der Bedingung einverstanden gewesen, dass die königliche Protektion auch auf seinen Schwiegersohn Joseph und alle seine Angehörigen ausgedehnt wurde. Seit dieser Zeit hatten Jakob und seine Kinder zehn Jahre lang als einflussreiche Familie im Ägypten des Königs Apophis gelebt und trotz aller Wirren zahlreiche Leibeigene und beträchtlichen Wohlstand erworben.

Doch mit der Krankheit des Petephres hatten die Veränderungen eingesetzt. Um die ständig wachsende Zahl seiner Soldaten ausreichend trainieren und ernähren zu können, hatte Apophis Güter und Besitztümer vermögender Familien eingezogen, die nur wenig Protektion bei Hofe genossen. Dasselbe Schicksal hatte auch Jakob und seinen Stamm ereilt. Mittlerweile war der Einfluss der Kanaaniter auf einen Bruchteil seiner ehemaligen Bedeutung geschrumpft, und es war abzusehen, dass er sich weiter verringern würde. Mit Petephres' Tod würde die Familie endgültig den letzten Rückhalt im Delta verlieren.

Bisher hatte Joseph seine Söhne davor bewahren können, in der Armee Dienst tun zu müssen, aber wie lange ihm das auch in Zukunft noch möglich sein würde, wusste er nicht zu sagen. Apophis legte ein höllisches Tempo vor, um in möglichst kurzer Zeit eine schlagkräftige Truppe aus dem Boden zu stampfen und die schon heute zahlenmäßig unterlegene Armee von Oberägypten endgültig zu vernichten. Für dieses Ziel war ihm jedes Mittel recht.

Dafür waren die Trommeln das beste Beispiel. Die neue Einheit, deren Lager Apophis unmittelbar neben Josephs Besitz errichtet hatte, bestand aus Maaziou Beduinen, denen er viel Geld versprochen hatte und die er mit der Aussicht auf noch reichere Beute aus ihrer libyschen Heimat ins Delta gelockt hatte. Normalerweise waren die Maaziou die erklärten Feinde der Menschen im Delta. Seit Jahrhunderten überfielen sie die Gehöfte, mordeten die Bauern und vergewaltigten und verschleppten Frauen und Kinder in die Sklaverei. Doch nun befanden sie sich plötzlich aufgrund der persönlichen Einladung des Königs auf ägyptischem Boden, und prompt häuften sich die Schwierigkeiten. Als die Beduinen die ersten Frauen vergewaltigten, kam es kurz danach zu Messerstechereien mit jungen Ägyptern, die diese Untaten rächen wollten.

Aber die barbarischen Horden unterstanden nicht dem ägyptischen Recht, das für die regulären Soldaten zuständig war. Nach diesem Gesetz durften nur Offiziere und Unteroffiziere Waffen tragen, wenn sie sich nicht im Dienst befanden. Auch alle militärischen Übungen wurden nur mit Nachbildungen absolviert. Die Maaziou jedoch beharrten auf ihrer althergebrachten Sitte, stets und immer Waffen zu tragen. Als Folge forderten auch die ägyptischen Truppen dieses Vorrecht für sich und weigerten sich, Gesetze anzuerkennen, die nicht auch für die Fremden galten.

Als ständig mehr und mehr fremde Soldaten ins Land strömten, wuchs die Furcht, dass ihre Zahl eines Tages die Zahl der einheimischen Soldaten und Hay-Truppen übertreffen könnte. Um das zu verhindern, wurden immer mehr Jugendliche zum Militärdienst gepresst. Zum ersten Mal wurde so etwas wie eine Dienstpflicht eingeführt, sodass die Leistungsfähigkeit der Armee ständig wuchs. Tag für Tag mussten sich weitere Söhne von Reichen und Armen gleichermaßen bei bestimmten Stellen einfinden und sich von Offizieren mustern lassen, und täglich wurde eine größere Zahl von jungen Männern in die Übungslager eingewiesen.

Anfangs hatte Joseph einigen dieser Tribunale vorgesessen. Aber schon bald hatte er es abgelehnt, weiter die Verantwortung dafür zu übernehmen, dass immer jüngere Knaben eingezogen wurden. Außerdem war allgemein bekannt, dass er sich gegen jede Vergrößerung der Armee aussprach und einen Angriff gegen Oberägypten ablehnte.

Während Joseph sich ankleidete und für den Gang zum Palast vorbereitete, schüttelte er nur traurig den Kopf. Apophis hegte tatsächlich die Hoffnung, dieses Mal den Feind in einem einzigen Schlag überrennen und vernichten zu können. In den vergangenen zwanzig Jahren waren die Hay-Truppen mehrere Male jämmerlich an der Armee des Pharao und seinem genialen Heerführer Baka gescheitert. Doch Apophis beharrte darauf, dass Baka inzwischen alt geworden und Oberägypten längst nicht mehr so stark war wie früher. Wenn es der Hay-Armee gelänge, mit Hilfe von Söldnern aus allen Ländern entlang des Großen Meeres doppelt so viele Soldaten gleichzeitig an allen Stellen der Grenze in Wellen angreifen zu lassen, müssten sich Bakas Truppen niederzwingen lassen.

Joseph seufzte. Natürlich war es richtig, dass Baka alt geworden war. Doch er war nicht untätig geblieben. Im Lauf der Jahre hatte er Baliniri aus Babylonien zu einem gleichwertigen Kommandeur herangebildet, der jederzeit an seine Stelle treten konnte. Zusammen mit seinem alten Freund Mekim hatte Baliniri die kleine oberägyptische Armee reformiert und so lange trainiert, bis sie, Mann für Mann, zum Besten gehörte, was Ägypten jemals gesehen hatte.

Joseph kannte Baliniris Wert sehr genau, da der Babylonier in früheren Jahren als Offizier in der unterägyptischen Armee Dienst getan hatte. Als man ihm jedoch nach Josephs Weissagung den Massenmord an zehnjährigen Jungen befohlen hatte, hatte Baliniri sich auf die oberägyptische Seite geschlagen.

Jetzt konnten die Hay mit eigenen Augen sehen, was ihnen entgangen war. Die Moral der Soldaten des Roten Landes war hoch, ihre Disziplin bewundernswert und ihre Ausbildung untadelig. Im Vergleich dazu hatte Apophis in großer Hast vielleicht mehr Männer um sich gesammelt, aber Heerführer wie Baliniri oder Mekim befanden sich nicht darunter.

Doch die Lage war noch sehr viel bedenklicher. Die Männer, die Apophis im Schwarzen Land gesammelt hatte, waren größtenteils unerfahrene Soldaten und hatten sich noch in keinem Kampf bewährt. Baliniris Veteranen dagegen hatten sich erst vor zehn Jahren im Krieg gegen die Nubier ausgezeichnet.

Seit dieser Zeit herrschte zwischen Oberägypten und Nubiens jungem König Nehsi und seiner Mutter Ebana Frieden. Um seine Soldaten aber nicht zur Untätigkeit zu verurteilen, hatte Baliniri sie kurzerhand dem nubischen König ausgeliehen, um eine Rebellion im Süden seines Landes niederzuschlagen – eine unersetzliche Erfahrung, die Baliniris Truppen noch weiter trainiert, gestärkt und zusammengeschweißt hatte.

Diese und andere Informationen erhielt Joseph regelmäßig von seinen Spionen, die in Oberägypten für ihn tätig waren. In einem ihrer Berichte hatten sie auch ein Frauen-Corps erwähnt, das irgendwo in der Wüste südlich von Fayum die Handelswege zwischen den Oasen gegen feindliche Übergriffe sicherte und durchziehende Karawanen dafür mit Steuern belastete. In den letzten Monaten jedoch hatte Baliniri ganz offensichtlich die Sicherheitsvorschriften verschärft, denn mit einem Mal waren einige der

Spione verstummt. Wahrscheinlich hatte man sie aufgegriffen, ihnen ein Geständnis abgepresst und sie anschließend hingerichtet.

Als Joseph aus der Tür seines Hauses trat und nach dem Wagenlenker rief, schüttelte er zum wiederholten Mal den Kopf. Eine solch unüberlegte, hastige Offensive war zwangsläufig zum Scheitern verurteilt, und er fragte sich, wen Apophis für sein Scheitern verantwortlich machen würde. Welche Unschuldigen traf es diesmal?

Alles in allem war die Situation äußerst schwierig – und seine eigene Position wurde von Tag zu Tag unsicherer. Wie sein Schwiegervater diese Angelegenheit wohl beurteilte? Welchen Rat konnte er ihm geben? Schließlich kannte er Apophis schon sehr lange. Ja, er wollte Petephres noch heute aufsuchen. Es musste doch ein Mittel geben, um diese Situation noch zu entschärfen, bevor sie völlig außer Kontrolle geriet ...

II

Als Joseph gerade in den Wagen steigen wollte, wurde er auf einen Wortwechsel am Tor aufmerksam. Er bedeutete dem Lenker, noch einen Augenblick zu warten. Dann ging er langsam zum Tor hinüber, wo sein Bruder Reuben mit einem der Wächter stritt. Obwohl längst grau und runzelig, war Reuben unverändert ungestüm und leicht erregbar.

»Schluss damit«, herrschte Joseph den Wächter an. »Lass ihn eintreten. Habe ich nicht angeordnet, dass meine Brüder jederzeit Zutritt zu mir haben sollen?«

Er hätte sich noch weiter erregt, wenn der Grund für den Streit nicht so offensichtlich gewesen wäre. Die beiden jungen Wächter waren neu. »Verzeiht, Herr ...«, begann der eine. »... dieser Mann hat sich widersetzt und seinen Namen nicht genannt –«

Reuben wollte schon wütend widersprechen, doch Joseph hob beschwichtigend die Hand. »Es ist in Ordnung«, sagte er. »Aber ich will so etwas nicht noch einmal erleben.« Er schickte die Wächter fort und sah seinen Bruder an. Ihr Verhältnis, das nie besonders herzlich gewesen war, wurde inzwischen von kühler Freundlichkeit bestimmt. »Was kann ich für dich tun, Reuben?«

Es war Reuben anzumerken, dass er nur mit Mühe die barschen Worte zurückhielt, die ihm auf der Zunge lagen. »Ich wollte dich eigentlich bitten, dafür zu sorgen, dass uns unsere Güter zurückgegeben werden«, sagte er. »Aber inzwischen muss ich feststellen, dass derartige Forderungen nicht mehr in deiner Macht stehen.«

»Genauso wenig habe ich die Möglichkeit, dich nach Kanaan zurückgehen zu lassen«, ergänzte Joseph mit trauriger Miene. »Wenn ich gewusst hätte, wie sich die Lage entwickeln würde, hätte ich keinen von euch hierher geholt. Was soll ich noch sagen?« Er hielt inne, weil er keine Antwort wusste. »Wie geht es Vater?«, fragte er dann.

»Nicht sehr gut. Ich habe das Gefühl, dass seine Tage gezählt sind«, antwortete Reuben. Jakob war seit fast einem Jahr erblindet und konnte seine Söhne nur selten noch an ihren Stimmen erkennen. »Er hat mich gebeten, alle zum Segen zu versammeln. Ich denke, er möchte sich von uns verabschieden.«

Joseph seufzte. »Das habe ich befürchtet. Ich werde Asenath bitten, auch die Kinder mitzubringen. Er wird sie sicher sehen wollen.«

»Ich hatte gehofft, dass er oben im Norden, im Land seiner Geburt, sterben könnte. Er spricht immer wieder davon, dass Gott ihm gesagt hat, dass sein Volk auf fremdem Boden niemals gedeihen würde – so weit entfernt vom Gelobten Land.«

»Vor einigen Jahren«, erklärte Joseph leicht indigniert, »hätte ich das noch bestritten. Ich habe in diesem fremden Land sehr wohl großen Erfolg gehabt. Aber inzwischen ist mein Vermögen auch nicht mehr das, was es einmal war.« Mit schmerzvollem Lächeln dachte er an seinen ihm noch verbliebenen Besitz. »Ich weiß, das klingt beinahe hochmütig, denn ich lebe, gemessen an den normalen Umständen, noch immer sehr gut. Aber früher habe ich große Ländereien und Güter besessen.«

»Wenn ich dich richtig verstehe, so ist dein Einfluss beträchtlich kleiner geworden«, erklärte Reuben voll Mitgefühl. »Da wir nun schon einmal beim Thema sind – wie geht es deinem berühmten Wohltäter, dem heidnischen Priester?«

»Petephres? Ich bin auf dem Weg zu ihm. Wenn du allerdings meinst, dass die Sache mit Vater dringender ist …«

»Wer kann das schon wissen?«, entgegnete Reuben mit hilflosem Achselzucken. »Vielleicht ist er ja bereits gestorben, während wir uns hier unterhalten haben. Genauso gut kann er aber auch noch viele Monate leben. Er möchte, dass wir uns in zwei Tagen alle morgens bei ihm einfinden. Geh du und halte deine Verabredung ein. Die Gesundheit des Priesters ist schließlich für uns alle von großer Wichtigkeit, nicht wahr? Halte uns auf jeden Fall auf dem Laufenden.«

Reuben wandte sich zum Gehen, doch dann drehte er sich noch einmal um. »Übrigens«, erklärte er mit undefinierbarer Miene, »Judah glaubt, dass er ihn gesehen hat … aber das ist jetzt nicht weiter wichtig. Sicher hat er sich geirrt.«

»Judah hat sich noch nie geirrt«, erklärte Joseph. »Und das weißt du auch.«

Reuben runzelte die Brauen. »Vielleicht hat ihm auch das Licht einen Streich gespielt. Er hat gegen Abend im Basar ein Gesicht gesehen. Es war schon dämmrig, deshalb ist er sich nicht sicher – aber er hatte den Eindruck, als ob die Person *ihn* erkannt hätte. Sie haben einander lange angesehen.«

»Wer?«, fragte Joseph mit wachsender Ungeduld.

»Nun, der Mann trug die Kopfbedeckung eines Beduinen … wie die Ismaeliten sie tragen … Irgendetwas an seinen Gesichtszügen kam Judah vertraut vor … und er sagte ›Diese Augen würde ich überall erkennen‹ …«

Josephs Geduld war so gut wie am Ende. »Sicher hat dieser Beduine auch einen Namen!«

»Er war nicht wie ein Beduine gekleidet, sondern wie ein Ägypter. Wie ein wohlhabender Ägypter. Judah mag sich irren, aber er sagte, dass es Schamir ben-Haschum war. Erinnerst du dich an ihn? Er hat deinen Freund Ben-Hadad ständig geärgert und gequält, als wir noch jung waren.«

»Natürlich erinnere ich mich.« Joseph musterte seinen Bruder genau. »Einen so tückischen Mann wie Schamir vergisst man nicht so leicht.«

»Ach … noch etwas … Er hatte … nun, er hatte seine Kopfbedeckung tief in die Stirn gezogen. Bis ... bis ungefähr hierher.« Reuben deutete auf seine Augenbrauen. »Nach deinem Weggang haben wir Schamir eines Tages auf Befehl unseres Vaters als Schurken gebrandmarkt.« Bei der Erinnerung schauderte er. »Ich selbst habe das Eisen gehalten. Ich werde nie vergessen, wie hasserfüllt mich seine Augen angesehen haben, bevor das Eisen seine Haut berührt hat.«

Als Reuben »nach deinem Weggang« sagte, warf Joseph ihm einen scharfen Blick zu, doch dann entschied er sich, die Bemerkung zu überhören. »Ich *dachte* immer, dass es einen Zusammenhang ...« Er schnitt eine Grimasse. »Aber dann habe ich es mir aus dem Kopf geschlagen. Nun, von der Brandmarkung habe ich ja nichts gewusst. Durch diesen Turban habe ich mich täuschen lassen und ihn eigentlich immer für den gehalten, der zu sein er vorgab.«

»Du *kennst* ihn also?«, fragte Reuben verwundert. »Nun ja ... Wenn du das alles bereits gewusst hättest, als du noch im Vollbesitz deiner Macht warst, hättest du sicher etwas gegen ihn unternommen.«

Joseph runzelte die Stirn. »Ich wünschte, ich hätte es getan. Falls es der Mann ist, an den ich denke, dann hat er sich genau zu dem entwickelt, was man damals von ihm erwartet hat – zum übelsten Gesellen im gesamten Delta nämlich.«

»Und obendrein ist er nicht nur reich, sondern wahrscheinlich auch mächtig.« Voller Verachtung spuckte Reuben auf die Erde. »Es kann gar nicht anders sein.«

»Mächtig ist er, das stimmt«, bestätigte Joseph. »Mächtiger jedenfalls, als es ein Mensch wie er verdient. Oh, Reuben, hoffentlich irren wir uns. Der Mann, den ich im Sinn habe, gehört nämlich zu den Verschwörern, die Apophis zum König gemacht haben. Außer Neferhotep steht niemand dem König näher als er.«

Reuben war zutiefst entsetzt. »Schamir? Der drittmächtigste Mann im Königreich?«

»Ja«, stellte Joseph trocken fest. »Inzwischen nennt er sich Hakoris.«

Reuben schluckte. »Aber, Joseph, wie hast du trotz seiner Macht so lange überlebt? Wie habt ihr das geschafft, du und deine Familie? Sicher will er sich doch für das Brandmal und die Vertreibung aus Kanaan rächen.«

»Falls unsere Annahme richtig ist, glaube ich das auch. Aber noch ist Petephres mein Schwiegervater – der Mann, den du als Heidenpriester bezeichnest«, bemerkte Joseph mit gewisser Ironie in der Stimme, »steht zwischen uns und dem Tod. Solange er lebt und bei Sinnen ist, wird uns nichts geschehen. Denn wer ihm zu nahe tritt, verliert Amuns Unterstützung, und ohne diese wird Apophis' Regierung binnen einer Woche in sich zusammenstürzen. Falls Petephres jedoch stirbt oder handlungsunfähig wird, wird sein Nachfolger im Priesteramt einen neuen Pakt mit Apophis schließen – und der wird mich mit Sicherheit nicht mehr einschließen.«

Reuben pfiff leise durch die Zähne. »Und ohne Protektion sind wir verloren.«

Schweigend sahen die Brüder einander lange in die Augen, während hinter ihnen Josephs Araber unruhig schnaubte und das Geschirr des Pferdes leise rasselte.

Als Joseph zum Palast seines Schwiegervaters fuhr, sah er gerade noch, wie die hohe Gestalt des Neferhotep an der Spitze einer Schar bewaffneter Wachen das Haus verließ. Er war zutiefst beunruhigt und fürchtete, dass man ihn entdecken könnte, aber zum Glück studierte Neferhotep gerade einen Papyrus, als Josephs Wagen an ihm vorbeirollte.

An der Tür wurde Joseph von Hesi, einem der Ärzte der Amun-Priesterschaft, begrüßt. Mit dem Kopf deutete Joseph nach hinten, wo der Leibarzt des Königs soeben verschwunden war. »Was hat *er* hier gewollt? Ich habe doch angeordnet, dass niemand ohne meine Erlaubnis zu meinem Schwiegervater vorgelassen wird!«

»Das ist richtig, Herr«, entgegnete Hesi, »aber ... um die Wahrheit zu sagen – ich bin nur ein *sunu*. Er dagegen ist ein *semsu* und steht in der Rangfolge der Ärzteschaft weit über mir. Außerdem besitzt er andere Mittel, die ich nicht übersehen kann ... wenn Ihr versteht, was ich meine.«

»Ich weiß ... immerhin acht bewaffnete Soldaten«, sagte Joseph. »Nun, ich hoffe, Ihr sorgt zumindest dafür, dass er meinem Schwiegervater keine Medizin verabreicht. Wenn ich mich nicht irre, darf nicht einmal ein *semsu* einen Patienten ohne Eure Einwilligung behandeln, nicht wahr?«

»Das ist richtig, aber …«

Joseph besah sich den Mann von oben bis unten: fett, schwach und unentschlossen. *Auf Dauer wird das nicht gut gehen*, dachte er. *Ich muss ihn einschüchtern, damit er nicht schwach wird.* »Kann ich Euch etwas anvertrauen? Die Sache ist jedoch delikat und sollte besser niemandem zu Ohren kommen.«

»Oh … aber ja! Nur zu«, antwortete Hesi eilfertig.

»Nun gut, aber Ihr versprecht, dass Ihr mit niemandem darüber redet.« Wieder ein eifriges Nicken. »Nun gut, ich habe Grund zu der Annahme, dass Petephres vom Magus Neferhotep vergiftet werden soll.«

»Aber nicht doch! Herr –«

»Hört mich an! Ich weiß, wovon ich spreche. Die beiden Männer sind seit Jahren politische Feinde.«

»Aber der *semsu* spricht immer mit solcher –«

»Vertraut mir! Hat Neferhotep Petephres irgendwelche Arzneien verabreicht?«

»Mein Herr hat geschlafen, aber der *semsu* hat dies hier für ihn hinterlassen.« Der Mann hob ein Fläschchen in die Höhe.

»Ah, wunderbar!«, sagte Joseph und nahm es in Verwahrung. »Ich werde eine Analyse anfertigen lassen. Und Ihr stellt sicher, dass Ihr alles, was Petephres einnehmen soll, sofort zu mir bringt!«

Der *sunu* riss die Augen auf. »Seid Ihr wirklich so sicher?«

»Dass dies Fläschchen Gift enthält?«, fragte Joseph. »Das nicht, aber ich bin sicher, dass es sich um eine Verschwörung handelt. Ich habe meine Spione überall und kann Euch zum Beispiel aufzählen, was Ihr vor zwei Wochen zu Mittag gegessen habt.« Dies war natürlich nicht wahr, aber der Arzt glaubte ihm und erbleichte. »Nun gut«, fuhr Joseph lächelnd fort. »Außerdem weiß ich auch noch ein oder zwei andere Sachen über Euch.« Das war wiederum erfunden, aber der ängstliche Blick sprach Bände. »Sorgt Euch nicht. Solange Ihr meine Anweisungen befolgt, habt

Ihr keine Schwierigkeiten zu befürchten. Ein Fehler allerdings ... wenn Ihr mich hintergeht ...«

»Aber nein, Herr! Niemals!«, versprach Hesi.

Als Joseph das Schlafgemach betrat, war Petephres wach, doch als er sich aufrichtete, wirkte er alt und gebrechlich. »Joseph!«

»Vater!«, begrüßte Joseph ihn höflich. »Wie geht es dir?«

»Ich fühle mich geschwächt und mir ist schwindlig. Aber ich bin noch Herr meiner Sinne. Zumindest so weit, dass ich mich schlafend gestellt habe, als Neferhotep mich besucht hat.«

»Sehr gut. Nimm keine Medizin ein, die er dir gibt. Ich meine es ernst. Ich habe Hesi dieses Fläschchen abgenommen.« Er zeigte es seinem Schwiegervater. »Ich werde es auf Giftspuren untersuchen lassen.«

Petephres war nicht im Mindesten überrascht. »In Ordnung. Bei seinem letzten Besuch gab er mir eine Honigwabe, in die etwas eingebettet war. Ich wartete, bis er gegangen war, und habe sie dann ausgespuckt.«

»Ich hätte wissen müssen, dass man dich nicht täuschen kann.« In Josephs Stimme schwang sehr viel Herzlichkeit mit. In den vergangenen Jahren hatte er ein immer engeres Verhältnis zu dem Vater seiner Frau gewonnen. »Ich wollte dir aber auch noch etwas anderes berichten – meine Brüder glauben, dass sie herausgefunden haben, wer Hakoris ist.«

Der alte Mann runzelte die Brauen. »Aha! Und wer ist er?«

»Ein Dieb und Verbrecher aus meinem Heimatland mit Namen Schamir.«

Petephres' Stimme klang schwach, aber entschlossen. »Kannst du etwas gegen ihn vorbringen, worauf man unsere Gesetze anwenden könnte?«

»Nicht genug für einen Mann, der Apophis so nahesteht.«

»Also werden wir uns etwas einfallen lassen müssen. Oder ...« Die beiden Männer tauschten einen wissenden Blick.

»Bisher habe ich meine Stellung am Hof behaupten können, ohne jemanden umzubringen. Diese Gewohnheit würde ich nur ungern durchbrechen«, bemerkte Joseph.

»Würden es deine Skrupel gestatten, eine Situation herbeizuführen, in der ein anderer Hakoris tötet?« Petephres sah Joseph in die Augen. »Das soll nicht heißen, dass du einen Mörder engagieren sollst. Ich denke dabei eher an Beweise, die eine Todesstrafe nach sich ziehen. Vielleicht gelingt es ja auch, jemanden so wütend zu machen, dass er Hakoris den Tod wünscht.«

Joseph erforschte sein Gewissen. »Ich ... ich bin mir nicht sicher«, antwortete er.

III

Als die Träger um die Ecke bogen und sich dem Eingang des Palastes der Hay-Könige näherten, erkannte Neferhotep beim Blick aus seiner Sänfte ein bekanntes Gesicht. »Haltet ein!«, rief er laut. »Ich werde hier aussteigen.«

Die vier Träger waren an solch schroffe Befehle gewöhnt und setzten die Sänfte zu Boden. Eilig stieg Neferhotep aus. »Entlohne die Träger!«, befahl er dem Führer der Wachen kurz angebunden. »Ich gehe das letzte Stück zu Fuß.«

»Aber *semsu* ...«, stotterte der Mann. »Ich habe strikten Befehl, Euch nicht aus den Augen zu lassen.«

»Dann widerrufe ich ihn hiermit«, erklärte Neferhotep. Dabei richtete er sich zu imposanter Größe auf und durchbohrte den Mann mit seinen Blicken. Die buschigen Augenbrauen beschatteten stahlblaue Augen, und die gebogene Nase verlieh ihm einen hochmütigen Ausdruck. »Geh mir aus den Augen!«

Erst dann drehte er sich zu Hakoris um. Beim Blick in das ausdruckslose Gesicht unter dem Beduinenturban fragte er sich wieder einmal wie so oft, warum Hakoris diesen seltsam fremden Kopfputz nicht endlich ablegte, wo ihn Sprache und Benehmen doch längst als gebildeten Ägypter auswiesen. »Ich grüße Euch. Was gibt es?«

»Kommt.« Hakoris deutete die schmale Gasse entlang. »Im Gasthaus sind wir unter uns.«

Mit raschen Schritten eilten sie durch die Menschenmenge und dann eine Treppe am Ende der Gasse empor. In diesem Gasthaus hatten sie schon häufig geheime Gespräche geführt, weil es sich in der Abgeschiedenheit leichter sprach als in aller Öffentlichkeit, wo jeder Zeuge ihrer Unterhaltung werden konnte. Ein rundlicher Mann führte sie in einen separaten Raum und schloss die Tür hinter ihnen.

»Petephres siecht dahin«, sagte Neferhotep, als sie sich setzten. »Diesen Monat wird er wohl kaum überleben. Seit ich seine Medikation übernommen habe, nähern wir uns unserem Ziel mit Riesenschritten.«

»Wenn er gestern gestorben wäre, wäre es keinen Tag zu früh gewesen«, bemerkte Hakoris. »Es gibt Schwierigkeiten mit Josephs Kanaanitern.« Er hätte fast noch mehr gesagt, aber er hatte sich noch nicht entschieden, wie weit er Neferhotep in die Wahrheit einweihen sollte.

»Und? Ich spüre doch genau, dass da noch mehr ist. Spuckt es aus, mein Freund!«, forderte ihn der Hofarzt auf. »Habt keine Angst! Ihr wisst genug über mich – und umgekehrt ich über Euch. Wenn wir einander jetzt noch nicht trauen können ...«

Doch Hakoris gefiel dieser Gedanke ganz offensichtlich nicht. Nach einigen Minuten Bedenkzeit stieß er einen unterdrückten Fluch aus. »Diese verdammten Brüder von Joseph! Sie halten zusammen, obwohl sie einander im Grunde nicht ausstehen können! Aber sobald einer beleidigt wird, zücken die anderen die Waffen ...«

Interessiert beugte sich Neferhotep nach vorn. »Habt Ihr etwa mit einem von ihnen Schwierigkeiten?«

Hakoris warf dem Heiler einen wütenden Blick zu. Man sah ihm an, dass er am liebsten nichts gesagt hätte, dass er aber auch nicht wusste, wie er sich geschickt aus der Affäre ziehen konnte. »Ich ... in meiner Jugend ... ich ... nun, damals kannte ich sie. Allerdings nicht sehr gut. Wir haben uns nie vertragen. Sie nahmen immer Partei für ... die, die ich nicht ausstehen konnte.«

»Ich nehme an, dass Ihr von Eurem Stiefbruder Ben-Hadad sprecht, den Ihr vor Jahren getötet habt«, erklärte Neferhotep mit Unschuldsmiene.

Diese einfache Feststellung traf Hakoris völlig unvorbereitet. »Woher wisst Ihr davon?«, stieß er mit erstickter Stimme hervor.

Der Magus lächelte. »Ihr dachtet, dass niemand es wüsste, und das wäre auch fast so gewesen. Die Spione, die mir die Information geliefert haben, wurden alle – bis auf einen einzigen – getötet. Letzterer wurde geblendet. Außerdem hat man ihn wohlweislich seiner Hände und der Zunge beraubt. Solange unsere Wege sich nicht trennen, mein lieber Freund, werde ich das Geheimnis für mich behalten.«

Neferhotep sah, wie Hakoris für den Bruchteil einer Sekunde überlegte, ob er den Magus gleich mit Joseph und seinen Brüdern töten sollte, und lächelte überlegen. »Ich«, sagte er dann, »ich habe die ganze Geschichte niederschreiben lassen und die Papyrusrollen sicher verwahrt, wo niemand sie zu Gesicht bekommt ... Wenn mir allerdings etwas zustößt ...«

Aber Hakoris hatte sich wieder gefasst und den Gedanken von sich geschoben. »Bah!«, stieß er abfällig hervor. »So enge Bundesgenossen wie wir sitzen hier und drohen einander – entspannt Euch, mein Freund! Ich habe nichts Böses im Sinn. Aber sagt, was wisst Ihr sonst noch von mir?«

»Ich kenne zum Beispiel Euren Namen – Schamir ben-Haschum. Und ich kenne auch Eure Geschichte bis zu einem ganz bestimmten Punkt. Ich kenne den Grund für Eure Feindschaft gegenüber Joseph. Dann wart Ihr lange Jahre verschwunden, bevor Ihr hier im Delta aufgetaucht seid.«

Hakoris klopfte sich lächelnd gegen seinen Turban. »Nun gut«, sagte er auf einmal sehr viel sanfter. »Einer der Kanaaniter, Josephs Bruder Judah, hat mich wiedererkannt. Falls er mich bei Joseph verrät ... nun, ich muss nicht noch betonen, dass nichts davon unserem *hochverehrten* König zu Ohren kommen darf.« Ein kalter Unterton begleitete die spöttische Bemerkung über Apophis.

»Seid unbesorgt«, versicherte Neferhotep. »Wir wollen Wein und Oliven bestellen. In dem Maße, wie Petephres dahinschwindet, nehmen auch Josephs Macht und Einfluss bei Hof ab. Ihr wisst ja, wie Aram – ich meine, Apophis – über ihn denkt.«

»Dessen bin ich mir nicht so ganz sicher«, meinte Hakoris vorsichtig. »In Apophis' Augen ist Joseph nach wie vor ein begnadeter Seher – obwohl ihm diese Fähigkeit in der letzten Zeit abhanden gekommen zu sein scheint.«

»Sein Ansehen bei Hof zu untergraben war in der Vergangenheit eine meiner wichtigsten Aufgaben. Sobald Petephres in die Nachwelt eingeht, wird sein Schwiegersohn noch weniger Ansehen als der zerlumpteste Zauberer im Basar genießen.«

»Es sollte besser heute als morgen geschehen«, erklärte Hakoris. »Es beunruhigt mich –« Er hielt inne, um nicht noch mehr zu verraten.

In derselben Sekunde bedauerte Neferhotep, dass er dem vermeintlichen Beduinen offenbart hatte, wie wenig er im Grunde über ihn wusste. Was genau war in den Jahren dazwischen vorgefallen? Gab es vielleicht einen Zusammenhang mit Hakoris' Weigerung, den exotischen Kopfputz nach so vielen Jahren endlich abzulegen? Was hatte der Kanaaniter gegen ihn vorzubringen?

Ein Gedanke schoss ihm durch den Kopf: Wie wäre es, wenn er sich Josephs Bruder näherte und ihn ausfragte? Das könnte sich als Vorteil erweisen, wenn es eines Tages zur unvermeidlichen Konfrontation mit Hakoris kam.

Er merkte, dass Hakoris auf seine Antwort wartete. »Sorgt Euch nicht«, sagte er hastig. »Josephs Tage sind gezählt. Während wir uns unterhalten, entfaltet das Gift in Petephres' Adern seine Wirkung. Sobald Joseph die Unterstützung der Priesterschaft des Amun verliert, ist er ein toter Mann. Dafür garantiere ich.«

»Zieht die Sache nicht unnötig in die Länge«, erwiderte Hakoris mit drohendem Unterton. »Falls ich das Gefühl habe, dass Ihr die Angelegenheit verzögert, werde *ich* die Dinge selbst in die Hand nehmen. Das verspreche ich Euch.«

Nachdem der Magus den Raum verlassen hatte, blieb Hakoris noch einige Augenblicke vor seinem unberührten Becher mit Wein sitzen und dachte nach. *Demnach weiß Neferhotep, wer ich bin!* Er war noch immer bestürzt. Offenbar war der Magus auch über die Ereignisse informiert, die zum Bruch mit Josephs Stamm und der Brandmarkung geführt hatten.

Unbewusst betasteten seine Fingerspitzen den Turban. Die Brandmarkung ... Noch immer empfand er unglaublichen Hass. Schon damals hatte er geschworen, sich an Joseph und seinen Brüdern für sein zerstörtes Leben zu rächen. Der Richterspruch hatte ihn in die höllischen Gruben von Timna im glühendheißen Arabah verbannt, und er hatte noch einige Male töten müssen, um dieses Geheimnis zu hüten.

Die schlimmsten Erinnerungen jedoch verband er mit dem Arzt Sesetsu, der versucht hatte, seine Narbe zu entfernen, und jämmerlich daran gescheitert war. In einem Wutanfall hatte er den Arzt getötet. Als darauf die Tochter des Arztes, Mara, zur Begleichung der Schulden ihres Vaters in die Sklaverei verkauft wurde, hatte er sie gekauft und sie wieder und wieder durch schlimmste Erniedrigungen und Gewalttätigkeiten für das Versagen ihres Vaters büßen lassen.

Beim Gedanken an ein anderes Ereignis verdunkelte blinder Hass seine Miene. Diesmal strichen seine Finger über seine Schläfe und ertasteten eine empfindliche Stelle. Vor zehn Jahren hatte Mara ihn mit einem harten Gegenstand verletzt, als sie ihm mit Hilfe dieses Straßenbengels Riki entkommen war. Dafür sollte sie büßen – und zwar bald! Aus verlässlichen Quellen hatte er erfahren, dass sie nach einigen Jahren im oberägyptischen Roten Land ins Delta zurückgekehrt war. Sobald ihm das erste Gerücht darüber zu Ohren gekommen war, hatte er die Kumpane, die ihm normalerweise den Nachschub für das Kinderhaus lieferten, auf sie angesetzt: *Macht Mara ausfindig und bringt sie zu Hakoris – aber unbedingt lebend!*

Er runzelte die Stirn. Viele Jahre hatte er im unterägyptischen Hay-Reich Erfolg gehabt, weil ihn der Wall des Geheimnisses umgeben und abgeschirmt hatte. Doch nun war er entdeckt, und zahlreiche Menschen kannten plötzlich seine Herkunft. Das war unerträglich und musste auf der Stelle geändert werden!

»Bist du ganz sicher?«, fragte Joseph.

Judah ging ruhelos im großen Zimmer auf und ab. »Es besteht überhaupt kein Zweifel. Er hat mich ebenfalls erkannt.«

»Weißt du was, Judah? Ich möchte wetten, dass Ben-Hadad ihn ebenfalls erkannt hat. Ich wette, dass er ihm die Wahrheit ins Gesicht gesagt hat und dafür umgebracht wurde.« Nachdenklich schüttelte Joseph den Kopf. »Wir müssen etwas unternehmen. Mein Schwiegervater meint, dass ich ihn ermorden lassen sollte.

Du dagegen weißt, dass ich so etwas nicht vermag. Solches Handeln verstößt gegen die Gesetze Gottes und die unseres Volkes. Andererseits kann ich den Dingen nicht einfach ihren Lauf lassen. Solange er lebt, sind wir Brüder und unsere Frauen und Kinder in größter Gefahr.«

»Es gibt sicher einige unter uns, die mit Petephres übereinstimmen«, entgegnete Judah. »Aber du weißt, wie Vater eine solche Entscheidung treffen würde.« Er hielt inne und sah seinen jüngeren Bruder an. »Ich wünschte, dass er wach gewesen wäre, als du kamst. Vielleicht hätte er uns einen Rat geben können.«

»Ich bin nicht sicher, ob ich es ihm überhaupt erzählen soll. Es macht keinen Sinn, ihn aufzuregen. Es hat ihn schwer genug getroffen, als er erfahren hat, was mit Ben-Hadad geschehen ist. Er hat den Jungen immer gern gehabt. Lange bevor Danataja Haschum geheiratet hat und Schamir ihn so schrecklich gequält hat, hat er schon wie ein zweiter Vater für ihn gesorgt.«

Joseph stellte überrascht fest, wie sehr ihn allein die Nennung der Namen schmerzte. Ben-Hadad und er waren am selben Tag zur Welt gekommen, und seitdem waren ihre Schicksale eng miteinander verknüpft. Danatajas unglückliche Heirat mit Haschum hatte sie einander für lange Jahre entfremdet. Später jedoch war Ben-Hadad als missachteter Stiefsohn eines brutalen Mannes, dessen noch brutalerem leiblichen Sohn Schamir er hilflos ausgeliefert war, wieder auf Jakobs Land zurückgekehrt. Jakob hatte eingegriffen und Ben-Hadad unter seine Fittiche genommen. Von diesem Tag an waren Ben-Hadad und Joseph endlich wieder vereint gewesen und glücklich wie Brüder miteinander aufgewachsen.

Kurz darauf jedoch war es zu dem Vorfall gekommen, der Josephs Brüder letztlich dazu veranlasst hatte, ihren kleinen Bruder nach Ägypten zu verkaufen. Die beiden Jungen wurden erneut auseinandergerissen, und als sie einander Jahre später wiedertrafen, war Ben-Hadad zu einem Trunkenbold und Herumtreiber geworden. Joseph dagegen war vom Sklaven zum Wesir der Hay-Könige aufgestiegen und hatte damals große Mühe mit dem zunehmenden Wahnsinn von König Salitis gehabt. Vielleicht hatte er deshalb Ben-Hadads misslicher Lage nicht so viel Aufmerksamkeit geschenkt …

Eines Morgens jedenfalls hatte man Ben-Hadads Leiche unten am Fluss gefunden. Er war erstochen worden, und niemand hatte es sich erklären können … Jedenfalls bis heute nicht – bis Joseph die einzig mögliche und einzig logische Erklärung durch den Kopf geschossen war: Ben-Hadad hatte Hakoris getroffen und ihn wiedererkannt.

Joseph hob den Blick und las in Judahs verängstigten Augen seine eigenen Befürchtungen. Einige Sekunden lang schwiegen sie beide. »Früher hat Gott in Zeiten der Gefahr mit Vater gesprochen«, stieß Judah schließlich hervor. »Du hast diese Gabe geerbt. Ich frage dich: Spricht Gott nicht mehr zu dir? Falls das so ist, dann möchte ich den Grund wissen.«

Josephs Augen konnten ihren Schmerz nicht verhehlen. Die Antwort auf Judahs erste Frage stand ihm nur zu deutlich im Gesicht geschrieben. Aber auf die zweite Frage hatte auch er keine Antwort.

IV

In theatralisch würdevoller Haltung schritt der Leibarzt des Königs durch die lange Säulenhalle des Palasts. Selbst hier waren die Auswirkungen der hektischen Aufrüstung deutlich zu erkennen. Statt der üblichen Bittsteller, die auf die spätmorgendliche Audienz warteten, füllte ein buntes Durcheinander der verschiedensten Soldaten die große Halle. Neferhotep kannte die Bekleidung der Truppen der ägyptischen Provinzen sehr genau und konnte auch anhand der oft bizarren Aufmachung sagen, aus welchem der zahlreichen Länder die fremden Soldaten stammten.

Zum ersten Mal fragte er sich, ob er und seine Mitverschwörer das Richtige getan hatten, indem sie Aram, besser gesagt Apophis, nach ihrem gemeinsamen Mord an König Salitis zum Nachfolger ausersehen hatten. Im Grunde war Apophis eine jammervolle Gestalt, doch im Vergleich zu Salitis, der oft genug Menschen grundlos und ohne jede Skrupel zu Tode hatte peitschen lassen, waren seine unkontrollierten Wutanfälle gerade noch zu ertragen.

Doch wer wäre sonst für dieses Amt infrage gekommen? Auf

keinen Fall hätten die Hay einen Ägypter toleriert, denn jeder Schritt in diese Richtung hätte ihre Kontrolle über das Delta gefährdet. Aram jedoch gehörte zum Stamm der Nomaden und war obendrein von vornehmer Herkunft. Genauso wenig hätten die Verschwörer einen Mann aussuchen können, der der Priesterschaft des Amun missfiel. Jedenfalls nicht zu Beginn des Umsturzes, als Petephres seine Macht über die Armee demonstriert hatte. Es war ihnen keine andere Wahl geblieben, als Aram zu ernennen – welche Fehler er auch immer besaß.

Doch wie standen die Dinge heute? Neferhotep überlegte, wie man Aram zu Zugeständnissen bewegen konnte. Sein Plan, alle Kräfte Unterägyptens in einer gewaltigen Attacke gegen Bakas gesicherte Positionen nördlich von Lischt anrennen zu lassen, war eine Ausgeburt des Wahnsinns. Umso mehr, als Apophis seine Bereitschaft erklärt hatte, alle Männer und alles Geld der Region zur Vernichtung Bakas aufzubieten …

Auf jeden Fall hatte er inzwischen genügend Soldaten gesammelt, um seinen Plan durchzuführen. Aber besaß er auch geniale Anführer? In den letzten Jahren jedenfalls hatte sich niemand besonders hervorgetan. Zu allem Unglück konnten Fremde in der Hay-Armee auch nicht in die höheren Ränge aufsteigen.

Baka jedoch, der im Roten Land dem Pharao Sekenenre als Wesir diente, hatte fähige Männer gefunden, die ihn an der Spitze der oberägyptischen Armee ersetzen konnten. Baliniri aus dem Zweistromland, der bereits König Hammurabi gedient hatte, hatte die Armee zu einer höchst effektiven Kampftruppe umgebaut und bisher die Grenze des Roten Landes glänzend gegen jeden Angriff der Hay verteidigt.

Und ausgerechnet mit ihm wollte es Aram aufnehmen? Welch ein Narr!

Plötzlich durchzuckte Neferhotep ein Gedanke, sodass sein Schritt unwillkürlich stockte. Falls Aram so knapp scheitern würde, dass Baka keinen Gegenangriff mehr führen und das Delta zurückerobern konnte, und falls auf Dauer das Vertrauen so mächtiger Gruppen wie der Armee und der Priesterschaft des Amun in ihn schwände …

Möglicherweise ließe sich eine weitere Revolution anzetteln, in deren Verlauf es ihm gelingen könnte, einen genehmeren Kandidaten auf den Thron zu setzen ... Vielleicht einen seiner alten Freunde ...

Aber wen? Natürlich kam wiederum nur ein Hay infrage – ein Mann von vornehmer Abstammung. Doch wo konnte er einen solchen Kandidaten finden – noch dazu einen, den zwei Generationen des Wohllebens nicht bereits so verdorben hatten, dass er für seinen Plan nicht taugte?

Er musste umgehend einen geeigneten Mann ausfindig machen und ihn auf die bevorstehende Aufgabe vorbereiten ... Gleichzeitig musste er dafür sorgen, dass er etwas Gravierendes gegen ihn in die Hand bekam ... Etwas, das ihm die Loyalität des Mannes auf alle Zeiten sicherte.

»Herr, ich möchte Euch ja nicht stören, aber –«

Als Neferhotep plötzlich eine bekannte Stimme hinter sich vernahm, fuhr er herum. Arams ältlicher Diener Mehu verbeugte sich und presste dabei die Handflächen gegeneinander. Sein kahler Schädel glänzte im Licht, das durch eine Öffnung im Dach in die große Halle fiel. »Nun«, fragte Neferhotep, »was gibt es?«

»Verzeiht, Herr. Der König sucht seit Tagesanbruch nach Euch. Es ist sehr dringend.«

Mit Habichtsblick sah Neferhotep unter seinen buschigen Brauen hervor und auf den kleinen Diener hinunter. »Nun, dann bring mich zu ihm! Unterwegs kannst du mir erklären, worum es geht.«

Der Magus schlug einen schnellen Schritt an, sodass Mehu immer zwei Schritte auf einmal machen musste. »Es geht um seinen Lieblingssohn Jahi. Er hatte einen Anfall von Fallsucht. Schrecklich. Er fiel zu Boden und verdrehte die Augen. Alle dachten, dass er sterben müsse.« Mehu sprach abgehackt und keuchend, weil er mit dem großen Magus Schritt halten musste.

»Wo befindet sich Jahi jetzt?«

»Bei seinem Vater. König Apophis wartet in seinem Arbeitszimmer auf Euch.«

»Zum Teufel! Ausgerechnet wenn ich Petephres besuche, um – nun, um sein Leiden endgültig zu kurieren, passiert so etwas! Wie aufgebracht ist Aram – ich meine, König Apophis?«

»Sehr aufgebracht, Herr ... anfangs jedenfalls. Inzwischen ist er eher besorgt. Dem Jungen scheint es wieder gut zu gehen, aber das ist bei der Fallsucht ja immer so.« Inzwischen keuchte der Mann so sehr, dass er immer nur zwei oder drei Wörter auf einmal hervorstieß und dazwischen nach Luft schnappte. »Wenn er Euch sieht, wird er sofort ruhiger werden – der König, meine ich.«

»Mit Sicherheit.« Als sie eine Wache passierten und den Palastflügel mit den Privaträumen des Königs betraten, verfiel Neferhotep in Schweigen und überdachte die Situation. In erster Linie war er ärgerlich. Jede andere Krankheit wäre ihm sehr viel lieber gewesen als ausgerechnet die Fallsucht. Er wusste genau, dass es keine Heilung gab. Meistens verschlimmerte sich das Leiden sogar mit zunehmendem Alter. Für Ärzte und Heiler war das nichts Neues, aber Alleinherrscher wie Aram konnten das nicht akzeptieren. Von einem Heiler erwartete man, dass er jede Krankheit kurierte, und falls das nicht gelang ...

So ein Pech aber auch! Obendrein ging es um den Lieblingssohn des Königs – den Abkömmling eines heißen Abenteuers mit Arams Lieblingsmädchen, der Kleinen mit den schwarzen Schlehenaugen und dem sanft gerundeten, kleinen –

Mit einem Mal wanderten seine Gedanken in die Vergangenheit zurück, und er erinnerte sich. Jahi war damals von seinem Vater bereits als möglicher Erbe anerkannt worden. Aber ... gab es denn nicht noch einen älteren Sohn, dessen Mutter Aram allerdings nie geheiratet – und den er auch nicht als seinen Sohn anerkannt hatte? Beim besten Willen konnte Neferhotep sich nicht mehr an den Namen des Jungen erinnern. Doch er erinnerte sich sehr gut, wie sehr Aram die Prophezeiung entsetzt hatte, dass ein damals Zehnjähriger eines Tages den König töten und die Hay aus Ägypten vertreiben würde ...

Falls dieser Junge noch am Leben war, so war er inzwischen neunzehn oder zwanzig Jahre alt. Womöglich wartete er nur darauf, dass seine Zeit kommen möge ...

Der Magus und Mehu passierten einen weiteren Wachposten und hetzten schließlich die flachen Stufen zu Arams Gemächern empor.

Wieder schoss Neferhotep ein Gedanke durch den Kopf. Wie wäre es, wenn er Arams Sohn ausfindig machen und sich mit ihm anfreunden würde? Schließlich konnte er ihm behilflich sein, um in Arams Nähe zu gelangen und die Prophezeiung zu vollenden ...

Falls der Knabe überlebt hatte, träumte er sicherlich seit langem davon, den Thron einzunehmen. Die Zeit hatte den Hass auf seinen Vater genährt, der seine Mutter ermordet und ihm nach dem Leben getrachtet hatte. Und wenn jemand wie Neferhotep die Verachtung des Jungen für seinen Vater Apophis teilte, sollte es ein Leichtes sein, sich in das Vertrauen des jungen Mannes einzuschleichen, um ihn für seine Pläne gewinnen zu können.

Inzwischen näherten sich Neferhotep und Mehu den Gemächern des Königs. Laut hallten ihre Schritte durch den hohen Gang. Mit verzweifelter Miene und zerzausten Haaren stürzte Apophis aus einer der Türen Neferhotep entgegen.

»Da seid Ihr ja endlich!«, bellte er. »Wo habt Ihr gesteckt? Ich habe Euch schon seit Stunden verzweifelt suchen lassen! Ich schwöre bei allen Göttern, dass ich Euch die Kehle aufschlitzen und Euch auf einen Pfahl spießen lasse, bevor es Abend wird – sollte so etwas noch einmal vorkommen! Herein mit Euch!«

Neferhotep trug eine undurchdringliche Miene zur Schau. »Ich bin sofort zu Euch geeilt, als ich davon erfuhr«, entgegnete er kühl. »Ich habe Petephres aufgesucht.« Lauter und energischer fügte er hinzu: »Wie Ihr Euch sicher erinnert, habt Ihr mich ausdrücklich zu diesem Besuch ermuntert.« Er wartete einen Herzschlag oder auch zwei, bevor er dramatisch eine Augenbraue in die Höhe zog.

Augenblicklich veränderte sich Arams Miene. »Und mit welchem Resultat?«

»Er wird ständig hinfälliger. Diesen Monat wird er sicher nicht überleben, vielleicht nicht einmal diese Woche. Dafür sorgt schon die Arznei, die ich ihm gegeben habe.« Er hatte den Satz noch nicht vollendet, als er sich erinnerte: Mehu stand noch immer hinter ihm und hatte alles gehört!

Er musterte den kleinen Mann mit einem durchdringenden Blick, aber dank seiner langen Erfahrung bei Hof hatte Mehu sich längst unauffällig abgewandt. Er legte Datteln und Feigen auf ein Tablett, um es Arams Sohn zu bringen, und ließ mit keiner Miene erkennen, ob er überhaupt zugehört hatte.

Neferhotep wartete, bis Mehu im benachbarten Raum verschwunden war. Dann zog er den König beiseite und sprach mit leiser Stimme weiter. »Keine Sorge«, sagte er. »Es verläuft alles so, wie ich es angekündigt habe. Wie geht es dem Jungen?«

»Ein wenig besser. Der Gedanke, dass er diese Krankheit hat ... bringt mich um den Verstand! Ich herrsche über das größte Reich, aber wenn mein Sohn diese Anfälle bekommt, kann ich ihm nicht helfen! Ich kann nichts daran ändern!«

Neferhotep betrachtete den König eingehender und sah, dass Aram ehrlich besorgt war. Einen Augenblick lang rang er mit sich und überlegte, ob er ihm die Wahrheit entdecken sollte: *Niemand kann ihm helfen. Solange der Junge lebt, werden diese Anfälle wiederkehren. Diese Krankheit gehört zu den Dingen, mit denen man sich einfach abfinden muss ...*

Nein. Neferhotep musste sich eingestehen, dass die Zeit für solche Ehrlichkeit noch nicht gekommen war. Vielleicht später einmal, wenn Aram ruhiger war. »Ich werde zu ihm gehen und sehen, ob ich etwas tun kann.«

Während er den Jungen untersuchte, gingen ihm die widersprüchlichsten Gedanken durch den Kopf. *Wenn ich mich in diesem Fall geschlagen gäbe, wäre es durchaus denkbar, dass ihn ein anderer Magus – einer, der ihm womöglich nicht wohlgesinnt war – aus seiner Position in der Nähe des Königs verdrängte. Was sollte einen machtgierigen jungen Priester des Amun daran hindern, sich nach Petephres' Hinscheiden des Jungen anzunehmen und einen Neferhotep aus seiner Machtposition zu verdrängen?*

Und was – dieser Gedanke traf ihn wie ein brutaler Schock – was sollte werden, wenn Joseph eines Tages seine Seherfähigkeit wiedererlangte? Was, wenn dieser exotische Gott ihm vielleicht sogar die Macht verlieh, eine wundersame Heilung zu bewirken?

Neferhotep erschauerte bei dem Gedanken, dass Joseph im neuen Königreich wieder in seine alte Machtposition zurückkehren könnte. Möglich war alles! Hakoris hatte Recht – Joseph musste sterben. Und zwar bald – und am besten die gesamte Familie mit ihm. Allerdings erst, wenn er ihnen das Geheimnis des Hakoris entlockt hatte.

Neferhotep sah zu Aram hinüber, der ihn mit furchtsamer Miene beobachtete. Da räusperte sich der Magus und begann, mit dunkler, tragender Stimme zu sprechen. »Es gibt eine Arznei, die bei dieser Krankheit schon manchmal Wunder gewirkt hat. Ich glaube, dass ich alle Zutaten besitze, aber das Rezept ... In meiner Jugend habe ich es einmal auswendig gelernt, aber leider habe ich es inzwischen vergessen. Es stammt von den Hethitern, doch nach meinem Wissen wurden die Aufzeichnungen vernichtet. Mein Lehrer konnte es auswendig und hat es an mich weitergegeben. Wenn ich allerdings einen Oberschreiber und zwei Gehilfen bekäme, könnte ich in der königlichen Bibliothek nach möglichen Aufzeichnungen forschen ...«

Arams Miene erhellte sich augenblicklich. »Nehmt, was und wen immer Ihr braucht, aber heilt meinen Sohn so schnell wie möglich!«

V

Hinter einer langen Reihe hoher Palmen und dichtem Unterholz kauerten die drei Verschwörer und beobachteten die fremden Truppen bei ihren Übungen. Die Geschwister Aset und Isesi hatten Neko inzwischen als Gleichgesinnten in ihrer Mitte akzeptiert.

Isesi schüttelte den Kopf. »Es ist wirklich unglaublich«, sagte er, »aber so fremdartige Menschen habe ich noch nie gesehen, obwohl schon Söldner aus Padan-aram, Assyrien, Schinar und Elam im Delta stationiert sind. Sogar einige Hethiter sind darunter.«

Aset sagte nichts darauf, weil sie vollauf damit beschäftigt war, nicht ständig auf einen bestimmten Teil der Anatomie dieser Soldaten zu starren. Bronzene Rüstungen bedeckten Brustkorb, Bauch und Schienbeine, und dazu trugen die Soldaten große Helme, die Schläfen und Hinterkopf schützten. Seltsamerweise jedoch waren weder ihre Arme noch ihre Lenden bedeckt. Eine seltsame Sitte. Fürchteten sie denn nicht, ausgerechnet *dort* von einem Speer oder Schwert getroffen zu werden? Bei diesem Gedanken errötete Aset. Schämten sie sich ihrer Nacktheit denn überhaupt nicht?

Offenbar nicht! Ganz im Gegenteil. Als die Übung beendet war, tätschelten die Männer einander so hingebungsvoll, als ob sie sich gerade im Bad befänden. *Welch schamloses Benehmen! Abstoßend!* Und dennoch ... Aset musste einfach immer wieder hinsehen. Schrecklich!

»Woher kommen sie denn?«, fragte Isesi. »Für unsere Verhältnisse sind sie erstaunlich hellhäutig.«

»Sie stammen ja auch nicht aus unserem Teil der Welt«, erklärte Neko, »sondern vom hellenischen Festland. Ihre Vorfahren sind wahrscheinlich vor hundert Jahren oder noch früher dorthin eingewandert. Sie bezeichnen sich selbst als *hoplites*, die immer zu ungefähr hundert Mann einen *lochos* bilden. Mehr kann ein Vorgesetzter nicht kontrollieren, weil die Männer sich nur äußerst ungern unterordnen. Ein *lochos* besteht aus zwei *pentekostyes*, und die jeweils aus zwei *enomotiai*, die immer in Gruppen zu ungefähr acht Mann nebeneinander Aufstellung nehmen. Ein Anführer geht vorneweg, und ein anderer schützt den Trupp von hinten, damit niemand wegläuft. Ich weiß, dass die Rechnung bezüglich der Anzahl nicht immer haargenau aufgeht – auf jeden Fall sind diese Truppen im Kampf stärker als im Rechnen.« Sein Grinsen war als Kompliment zu verstehen.

»Woher weißt du so viel über sie?«, fragte Aset.

»Ich wurde einmal von einigen in Bithynia gefangen genommen. Damit sie mich nicht umbrachten, musste ich für den *lochagos* arbeiten. So heißt der Anführer der hundert Mann.« Sein Auflachen klang bitter. »Ich bin ein Meister, was das Stehlen von Nahrungsmitteln angeht. Das habe ich im Kinderhaus zur Genüge gelernt.« Vor Verachtung konnte er das Wort kaum aussprechen. »Im Großen und Ganzen bin ich aber gut mit ihnen ausgekommen.«

»Ich frage mich, was sie hier zu suchen haben«, sagte Aset. »Zu unseren Truppen passen sie ja nicht gerade. Ihr wisst doch, wie die Hay über ... über Knabenliebe denken.« Verlegen wandte sie den Blick ab.

»Meinst du diese Männer hier?« Neko brach in lautes Gelächter

ter aus, und Isesi blickte sich nervös um, ob sie auch keiner der Männer gehört hatte. »Ihr Benehmen darfst du nicht so ernst nehmen. Nach einer Schlacht benehmen sie sich wie die Tiere und steigen auf alles und jedes – ganz gleich, ob Frau oder Mann. Ich hatte manches Mal Mühe, mich vor ihnen in Sicherheit zu bringen, aber auch das habe in den Jahren im Gefängnis gelernt. Diese Griechen sind jedoch anders. Sobald sie merken, dass man nicht interessiert ist, lassen sie einen in Ruhe. Ganz im Gegensatz zu den Wächtern im sogenannten Kinderhaus.«

»Oh.« Aset hatte das Gefühl, als ob jedes Wort von ihr schreckliche Erinnerungen für Neko heraufbeschwor. Weshalb konnte sie nicht einfach ihren Mund halten?

Neko bemerkte ihre Betroffenheit und streichelte ihr, trotz seiner schwieligen Hände, mit einer federleichten Berührung über die Wange. »Sei nicht traurig«, sagte er. »Wenn wir erst das Gefängnis und vielleicht sogar Hakoris vernichtet haben, wird es besser werden. Die Erinnerungen sind einfach zu mächtig – ich bin überempfindlich und zutiefst verletzt. Ich sollte nicht jedes deiner Worte auf die Goldwaage legen.« Er zog seine Hand erst zurück, als ein kleines Lächeln über ihr Gesicht huschte.

Dann wandte er sich an Isesi. »Es überrascht mich, wie schlecht ich mich an dieses Gebiet erinnere. Wo genau liegt Avaris von hier aus?«

»Nicht allzu weit entfernt«, erklärte Isesi. »Die Straße vor uns ist neu. Die Hay haben sie angelegt, um die Erzeugnisse der Höfe, die sie sich angeeignet haben, besser abtransportieren zu können. Sicher erinnerst du dich besser, wenn du hörst, dass wir uns kurz vor der Gabelung des Flusses befinden. Mitten im Strom liegt eine Insel, aber das Gut darauf wird nicht mehr bewirtschaftet. Dort könnten wir dich verstecken, wenn wir in die Stadt gehen, damit du nicht den Werbern in die Hände fällst.«

Neko war einverstanden und nickte. »Mein glorreicher Einzug in Avaris«, sagte er voller Zynismus, »kann bis zu unserem Überfall auf das Kinderhaus warten!«

»Isesi!«, rief Aset aufgeregt. »Wie wäre es denn, wenn wir unser Treffen vor der Aktion auch auf die Insel verlegten? Du hast doch gesagt, dass es in der Stadt sehr gewagt ist.«

Isesis Augen weiteten sich vor Begeisterung. »Diese Idee ist einfach phantastisch! Dort sind wir absolut sicher. Wir könnten uns in Baliniris altem Haus treffen und –«

Als er Nekos erschrockenes Gesicht bemerkte, verschlug es ihm die Stimme. »Was ist los?«, fragte er. »Habe ich etwas Falsches gesagt? Du bist ja leichenblass.«

»Es ist nichts«, versuchte Neko nach einer angespannten Pause zu beschwichtigen. »Ich kenne Baliniris Haus. Ganz in der Nähe hat Apophis meine Mutter umgebracht. Direkt vor dem Tor, unten am Fluss.«

»Das tut mir schrecklich Leid!«, sagte Isesi. »Wir werden uns doch besser an einem anderen Ort treffen.«

Neko war noch immer ganz blass. »Nein«, widersprach er energisch. »Und das ist mir ernst. Deine Idee ist viel zu gut. Eine Bedingung allerdings habe ich.«

»Und die wäre?«, fragte Isesi.

»Ihr dürft nur Menschen auf diese Insel bringen, denen ihr auch euer Leben anvertrauen würdet.« Neko sprach sehr ernst. »Das gilt für uns alle, denn wir alle setzen unser Leben aufs Spiel.«

Aset schloss die Augen und schluckte ... Tapfer lächelnd wand te sie sich dann an Neko. »Das ist uns klar«, versicherte sie mit tiefem Ernst. »Wir werden allergrößte Vorsicht walten lassen. Sorge dich nicht! Niemand, für den wir uns nicht mit absoluter Sicherheit verbürgen können, wird an unserem Treffen teilnehmen!«

Isesi wirkte etwas irritiert. »Wir sind doch keine Narren, Neko! Wir haben jedes Mitglied unserer Verschwörung längst von einer Person überprüfen lassen, die Hakoris und seine Machenschaften bestens kennt – vielleicht ebenso gut wie du. Möglicherweise hasst sie ihn sogar noch mehr als du.«

»Das ist unmöglich«, erklärte Neko mit versteinertem Gesicht. »Das kann niemand.«

»Mara schon«, widersprach Isesi energisch. »Falls irgendjemand –«

»Aber, Isesi!«, fuhr Aset ihren Bruder tadelnd an. »Es war verabredet, dass du ihren Namen unter keinen Umständen nennst!

Schließlich hat Hakoris eine Belohnung auf ihren Kopf ausgesetzt!«

Isesi sah betreten drein. »Es tut mir Leid. Es wird nicht wieder vorkommen. Ein schöner Verschwörer bin ich!«

Neko runzelte die Stirn. »Mara ...«, sagte er nachdenklich. »Ich kenne diesen Namen –«

»Vergiss ihn«, unterbrach ihn Isesi. »Ich denke, dass wir uns wirklich an einem anderen Ort treffen sollten. Wir wollen dir schließlich nicht noch mehr Kummer machen.«

Erst als die Sonne hinter der Stadtmauer versunken war und die Dunkelheit bereits den Himmel überzog, wagte sich Mara auf die Straße. Über ihrem Kleid trug sie einen weiten Umhang, und Haar und Gesicht hatte sie mit einem Schleier verhüllt. Unhörbar hastete sie auf leisen Sohlen durch die Gasse und spähte dabei vorsichtig in jede Türöffnung. Dabei umklammerte sie in den Falten ihres Umhangs mit beiden Händen einen Dolch, den sie stets bei sich trug.

Seit Hakoris erfahren hatte, dass sie lebte und ins Delta zurückgekehrt war, konnte sie sich bei Tageslicht nicht mehr auf der Straße blicken lassen. Er hatte eine große Belohnung auf ihre Ergreifung ausgesetzt. Aber nachts war es durch die vielen Soldaten und den bevorstehenden Krieg kaum sicherer. Überall trieben sich Söldner herum, die Apophis in die Stadt gelockt hatte, es kam häufig zu Gewalttaten, weil die Fremden mit den ägyptischen Gebräuchen nicht vertraut waren, und Vergewaltigungen waren an der Tagesordnung.

Sobald Mara an Hakoris dachte, durchfuhr sie glühender Hass. Gleich darauf packte sie schreckliche Angst und sie erschauerte bei dem Gedanken, dass sie dem Ungeheuer erneut in die Hände fallen könnte. Es hatte unendlich lange gedauert, bis sie endlich den Grund für seinen Hass und alle Erniedrigungen begriffen hatte. Erst als sie dem jungen Riki begegnet war, waren ihr nach und nach die Zusammenhänge klar geworden. Unglücklicherweise hatte ihr Vater, der Arzt gewesen war, die Narbe nicht entfernen können, die man Hakoris für eine Untat oben im Norden auf den Schädel gebrannt hatte. Daraufhin hatte Hakoris ihren Vater wegen seiner Mitwisserschaft und seines Unvermögens ermordet.

Aber damit nicht genug. Als Mara zur Begleichung der Schulden ihres Vaters in die Sklaverei verkauft werden sollte, hatte Hakoris sie erstanden und jahrelang elendiglich gequält und wie ein Stück Vieh gehalten. Damals hatte sie Riki kennen gelernt ...

Der gute Riki! Mitleid überkam sie bei dem Gedanken an den kleinen dürren Straßenjungen, der sich mit ihr angefreundet und ihr zur Flucht verholfen hatte, nachdem sie zusammen über Hakoris hergefallen waren. Damals hatten sie geglaubt, dass sie ihn getötet hätten. Sie waren nach Süden geflüchtet, nach Oberägypten, und hatten dort zum ersten Mal in Sicherheit gelebt. Sie verdankte diesem Jungen so viel! Warum hatte sich eigentlich nie eine körperliche Beziehung zwischen ihnen beiden entwickelt? Selbst als er zum Mann und sie zu einer wunderschönen Frau gereift war, waren sie immer nur Freunde geblieben, obwohl sie ihn früher in ihrer Jugend verzaubert hatte.

Mara seufzte, als sie daran dachte, wie stark und mutig Riki geworden war und wie gut er aussah. Unwillkürlich fragte sie sich, ob etwas mit ihr nicht stimmte, weil sie nie eine wirklich starke Zuneigung zu ihm entwickelt hatte? Lag es vielleicht daran, dass sie ihn stets nur als Freund und Bruder erlebt hatte? Oder war ihr Rachedurst so groß, dass für ein anderes Gefühl kein Platz mehr war?

Sie hatte ihren Vater so sehr geliebt! Seit sie erfahren hatte, wie er ums Leben gekommen war, hatte sie Tag und Nacht für ihre Rache gelebt.

An der nächsten Ecke verhielt sie ihren Schritt und spähte vorsichtig nach beiden Seiten. Als sie jedoch nichts Verdächtiges bemerkte, wandte sie sich nach rechts und huschte lautlos weiter.

Der Krieg! Wieder packte sie schreckliche Angst – dieses Mal jedoch um Riki. Er hatte sich freiwillig der oberägyptischen Armee angeschlossen, die von seinem Mentor Baliniri, dem Helden der Belagerung von Mari, geleitet wurde. Er wollte von seinem großen Vorbild die Kriegskunst erlernen und benahm sich wie ein Verliebter, der endlich den Sinn seines Lebens gefunden hatte. Erleichtert, dass er ihr die Entscheidung über ihr weiteres Verhältnis zueinander abgenommen hatte, hatte Mara ihn mit einem Kuss in sein neues Leben verabschiedet.

Sie hielt inne. Ihr Herz hämmerte. Nicht weit vor ihr fiel plötzlich ein schmaler Lichtstreifen über ihren Weg. Eine Tür war nur angelehnt. Sekunden später erschien eine große Gestalt im Türrahmen und winkte.

»Mara!«

»Seid Ihr es, Mei?«, flüsterte sie.

»Ja. Komm herein! Schnell!« Das Erkennungszeichen – die kratzige Falsettstimme des alten Mei war unverwechselbar. Mara huschte ins Haus, und der alte Mann schloss geräuschlos die Tür.

»Ich freue mich, dich zu sehen«, sagte er. »Ich habe gute Neuigkeiten. Aset hat mir geschrieben, dass sie und Isesi morgen in die Stadt kommen werden.«

»Oh, wie wunderbar!«, rief Mara. »Genau rechtzeitig! Nach allem, was ich erfahren habe, verlegt Apophis immer mehr Truppen an die Grenze. Die Maaziou wurden heute in Marsch gesetzt. Die Griechen werden ihnen morgen folgen. Das wird die ganze Woche über so weitergehen. Der Zeitpunkt für unseren Plan ist wirklich günstig.« Sie nahm das Tuch ab und bemerkte das Aufleuchten in den Augen des alten Mannes sehr wohl, als sie ihre üppigen Locken schüttelte.

»Das ist aber noch nicht alles«, sagte Mei. Dabei ging er an Mara vorbei ans Ende des Tisches und holte eine Papyrusrolle. »Sie bringen noch jemanden mit ... jemand ganz Besonderen, wie Aset sich ausdrückt. Jemand, der Euch sehr nützlich sein wird.«

»Jemand Neuen?«, fragte Mara zutiefst verstört. »Das gefällt mir ganz und gar nicht! Woher sollen wir wissen, ob wir –«

»Aset verbürgt sich mit ihrem Leben für ihn! Sie schreibt, dass sie ein Treffen verabreden werden, sobald sie noch eine Stunde von der Stadt entfernt sind. Hier – du kannst dich selbst überzeugen.« Der alte Mann reichte ihr die Rolle, die sie kurz überflog.

»Hm«, sagte Mara nur, als sich der Papyrus langsam wieder zusammenrollte. »Nun ja. Sie scheint von diesem Neko sehr angetan zu sein. Sie ist noch jung und leicht zu beeindrucken, aber da es Isesi offenbar genauso geht, ist dieser Neko vielleicht wirklich eine Verstärkung für uns.«

»Das hoffe ich sehr«, meinte Mei bekümmert. »Wir werden alle Hilfe brauchen, die wir bekommen können! Falls wir scheitern –«

»Sprecht es gar nicht erst aus!«, unterbrach ihn Mara hastig. »Ihr dürft es nicht einmal *denken*! Wir werden Erfolg haben! Wir müssen einfach Erfolg haben!«

Kapitel 3

I

Trotz seiner Jugend bekleidete Riki in der Garnison von Theben mittlerweile nach dem Heerführer Baliniri den zweithöchsten Rang. Eigentlich hätte ihm ein Schwarm Soldaten und Offiziere folgen müssen, wo immer er auch ging und stand – besonders wenn er zu einer Besprechung mit Baliniri aus dem Lager in die Garnison zurückkehrte. Aber Riki war mit ganzem Herzen Soldat und legte, genau wie sein Förderer und großes Vorbild, von Anfang an wenig Wert auf das steife Zeremoniell in der Armee.

Stattdessen eilte er allein durch die Straßen der alten Königsstadt zum Palast des Pharaos. Soldaten und Wächter, denen er begegnete, salutierten gehorsam, doch Riki erwiderte ihren Gruß nur flüchtig. Er runzelte die Stirn, als er daran dachte, dass Baka und Mekim gerade die Truppen an der Grenze inspizierten. In ihrer Abwesenheit bekleidete Baliniri vorübergehend den Posten des Wesirs und war entsprechend eingespannt, sodass vermutlich kaum Zeit für ein entspanntes Gespräch blieb. Nun gut, dachte Riki, das ließ sich nicht ändern. Er wollte mit dem zufrieden sein, was er bekommen konnte.

Der Anlass, der ihn in die Stadt führte, war eher nichtig und diente vielmehr als Entschuldigung, um einmal für kurze Zeit dem Lagerleben entfliehen zu können und den alten Freund wiederzusehen. Am Fuß der Palasttreppe nahm er den Gruß der Wachen mit einem knappen Nicken zur Kenntnis. Dann stürmte er zwischen Bittstellern, die nach der morgendlichen Audienz aus dem Palast strömten, immer zwei Stufen auf einmal nehmend, die Treppe empor.

Den Wachsoldaten am Eingang kannte er flüchtig. Wie hieß er doch noch? Nun ja, nicht weiter wichtig. »Ich grüße Euch«, sagte er möglichst neutral. »Ist Baliniri beschäftigt?«

Der Wächter erstarrte und grüßte dann. »Ja, Herr, ich denke, es wird nicht mehr allzu lange dauern ... Sagt, ist es wahr, dass wir in der nächsten Woche alle an die Grenze verlegt werden?«

»Woher soll ich das denn wissen?«, fragte Riki grinsend. »Seht mich an! Ich bin doch nur ein einfacher Soldat. Ich fürchte, da müsst Ihr schon eine der staubfreien Paradeuniformen fragen.« Lächelnd tätschelte er den Arm des Mannes und durchquerte dann rasch die große Halle. In Bakas Abwesenheit hatte man Baliniri vorübergehend in dessen Arbeitszimmer einquartiert.

Als Riki noch überlegte, an welcher der hohen Türen er klopfen sollte, öffnete sich die mittlere. Zwei offensichtlich wohlhabende Scheichs traten in die Halle, gefolgt von einem grauhaarigen Baliniri in prächtiger Aufmachung. Höflich verabschiedete er sich von seinen Besuchern und wandte sich dann Riki zu.

»Du musst mir gar nicht sagen, woher du kommst«, bemerkte er und lachte. »Ich schnuppere Pferdemist.«

»Das zeichnet den erfahrenen Soldaten aus!«, erwiderte Riki gut gelaunt. »Euch kann man nichts vormachen.« Er lachte. »Habt Ihr Zeit für eine kleine Unterhaltung?«

Ohne Umstände zog Baliniri den jungen Freund in sein Arbeitszimmer und schloss die Tür. »Was führt dich denn in die Stadt? Ich hatte eigentlich gehofft, dich endlich los zu sein.« Freundliche Anteilnahme schwang in seinen Worten mit.

»Das Lagerleben ist nicht gerade reich an Zerstreuungen«, bemerkte Riki und nahm am großen Besprechungstisch Platz.

»Du bist also nur gekommen, um dich zu zerstreuen«, stellte Baliniri lakonisch fest und setzte sich ebenfalls. »Aber keine Sorge – ich verstehe dich nur zu gut. In den langen Wochen im Lager freue ich mich immer auf das weiche Bett in der Garnison. Und wenn ich wieder dort bin, sehne ich mich nach dem Lagerleben zurück. Gerade heute Morgen hat mich dieser Wunsch wieder einmal ganz stark überkommen.« Er schnitt eine Grimasse. »Diese Kriegsgewinnler aus den vornehmsten Familien – allesamt bestechlich.«

»Ich verstehe.« Grinsend runzelte Riki die Stirn. »Die offiziellen Pflichten ... Hmm ... Vermutlich haben sich die beiden Scheichs beklagt, dass ihre Karawanen zwischen den Oasen überfallen und ausgeraubt werden. Wetten, dass es wieder einmal um die berühmte Geschichte von den Kriegerinnen geht? Ich habe die Geschichte inzwischen so oft gehört, dass ich tatsächlich anfange, sie zu glauben. Oder werde ich langsam verrückt? Was meint Ihr?«

Baliniri lächelte nachsichtig. »Ich sage es gern noch einmal: Die Geschichte ist wahr, mein Freund. Und zwar Wort für Wort.« Das Lächeln wandelte sich zum Grinsen, und dann lachte er lauthals. »Lauter wunderschöne Kriegerinnen, Riki.«

Riki wehrte ab. »Ihr habt mir die Geschichte einmal zu oft aufgetischt. Anfangs habe ich sie ja für bare Münze genommen und im Lager erzählt – und mich dabei gründlich zum Narren gemacht.«

»Ach, wirklich? Haben deine Leute dir etwa nicht geglaubt?« Baliniri musste lachen und gab die ernste Miene endgültig auf. »Wirklich? Eine so gute Geschichte? Nackte Prinzessinnen, die mit Schwertern und Speeren Karawanen aufhalten und Tribut einfordern?«

»Ihr wusstet genau, wie die Leute reagieren würden. Sie haben mich tagelang ausgelacht!«

»Du hättest ihnen befehlen sollen, das zu unterlassen.« Baliniri bemühte sich ernst zu bleiben, aber es wollte ihm einfach nicht gelingen. »Aber wenn du es genau wissen willst – es stimmt wirklich. Die nackten Hintern … einfach alles.«

»Ihr macht Euch über mich lustig!« Riki war fast ein wenig verärgert. »Natürlich werden Karawanen zwischen den Oasen überfallen und –«

»Ach, ist das wahr? Könnte nicht vielleicht doch ein schlauer Scheich hinter der Sache stecken? Er plündert die Karawanen aus, wenn niemand hinsieht, und bringt einiges für sich auf die Seite, bevor er die Überfälle den … nun, den nackten Kriegerinnen anlastet?«

Riki riss die Augen auf. »Verdammt! So habe ich es ja noch nie betrachtet! Klingt äußerst plausibel. Ich werde mir die Sache wohl ein wenig genauer ansehen müssen.«

»Tu das«, meinte Baliniri. »Keinesfalls darfst du einfach aufgeben. Die nackten Kriegerinnen sind eine Tatsache.«

»Genau«, brummte Riki. »Genau wie die Geister aus der

Nachwelt, die nachts aus den Gräbern kriechen und Kinder mitnehmen, die nicht aufgegessen haben! Ich glaube, wir wechseln lieber das Thema.«

»Einverstanden«, meinte Baliniri nun völlig ernst. »Ich habe einen Boten aus dem Delta empfangen. Apophis rüstet weiter in großem Umfang auf. In allen Ländern unter der Sonne hat er Söldner angeworben. Jeder, der einigermaßen laufen und einen Speer halten kann, wird in die Armee gesteckt.«

Riki beugte sich gespannt nach vorn. »Wie verlässlich ist dieser Bote?«

»Sehr verlässlich, denke ich, denn wir haben aus mindestens drei weiteren Quellen ähnliche Mitteilungen erhalten. In allen Ländern entlang des Großen Meeres kauft Apophis seine Söldner zusammen.«

»Das lässt auf einen größeren Angriff schließen, wenn ich das richtig sehe.« Als Baliniri nur nickte, fuhr Riki fort. »Wissen Baka und Mekim schon Bescheid?«

»Ich denke. Bestimmt beschäftigt Baka eigene Spione jenseits der Grenze.« Baliniri zuckte die Schultern, aber ganz wohl schien ihm bei dem Gedanken nicht zu sein. »Allerdings dürfen wir nicht vergessen, dass Baka sich verändert hat. Seit dem Tod seiner Frau Mereet vor zehn Jahren ist er nicht mehr der Mann, der er einmal war.«

»Für mich ist er noch immer der genialste Feldherr, den ich kenne!«, erklärte Riki voller Begeisterung.

»Oh, ja, das ist er immer noch! Aber du hättest ihn in den Jahren zuvor erleben sollen! Seitdem ist er nur noch ein Schatten seiner selbst. Glaube mir – nur noch ein Schatten. ›Alles, was ich jemals getan und vollbracht habe‹, hat er mir einmal anvertraut, ›habe ich nur für sie getan. Was ich unternehme, mache ich nur, damit ihre Augen es sehen und ihre Ohren es hören können ...‹«

»Kann eine Frau einem Mann wirklich eine so große Stütze sein?«, fragte Riki mit einem Lächeln auf den Lippen.

Baliniri betrachtete den jungen Mann von Kopf bis Fuß. Er war zwar ein gutes Stück kleiner als er, aber dafür feingliedrig und gut gewachsen. *In seinen Adern fließt gutes Blut*, dachte er und überlegte unwillkürlich, wer wohl sein Vater war. Man erzählte sich, dass Riki vor zwanzig Jahren als Sohn eines bedeutenden Mannes hier in Theben auf die Welt kam. Um dem Vater keine Schwierigkeiten zu machen, ging die Mutter mit dem kleinen Jungen nach Unterägypten und zog ihn dort groß. Aber leider starb Rikis Mutter nach einiger Zeit, sodass der Junge sich auf der Straße durchschlagen musste. Als es nach der Prophezeiung des Kanaaniters den Halbwüchsigen an den Kragen ging, überredete der kleine Riki seine junge Freundin Mara zur großen Reise in die Freiheit. Was wohl aus der Kleinen geworden war? Eigentlich hätte Baliniri erwartet, dass sich zwischen den beiden jungen Leuten etwas anspinnen würde ...

»Was ist eigentlich aus Mara geworden?«, fragte Baliniri.

»Ich habe gehört, dass sie vor einiger Zeit wieder nach Avaris zurückgekehrt ist«, antwortete Riki. »Und zwar mit der festen Absicht, Hakoris umzubringen. Ich habe versucht, ihr diesen Plan auszureden, aber sie wollte nicht auf mich hören. Warum fragt Ihr?«

»Es ist mir nur gerade eingefallen. Wenn ich es mir recht überlege, warst du noch nie verliebt, oder?«

Riki lachte. »Was soll ich denn mit der Liebe? Ich bin mit Leib und Seele Soldat, und Ihr wisst besser als ich, was Soldaten von der Liebe halten.«

Mit wissender Miene betrachtete Baliniri den jungen Mann. »Auch dich wird sie nicht verschonen – glaube mir. Sie wird dich überfallen, wenn du überhaupt nicht daran denkst. Ein einziger Blick genügt, und schon wirst du alles stehen und liegen lassen und einen Narren aus dir machen! Genau wie wir alle. Sie wird dir das Herz brechen, mein Lieber. Und die Hartgesottenen, Dickfelligen trifft es meistens am schlimmsten.«

Lachend schüttelte Riki den Kopf. »Mir wird das ganz sicher nicht passieren! Ich werde immer Junggeselle bleiben. Wenn Ihr so wollt, bin ich doch mit der Armee verheiratet.« Mit beiden Händen wehrte er Baliniris Proteste ab und wechselte rasch das Thema. »Wenn Ihr sagt, dass Apophis an der Grenze Truppen zusammenzieht, sieht das ganz nach einem baldigen Angriff aus, nicht wahr?«

»Das ist richtig. Ich hoffe nur, dass Apophis sich noch so lange geduldet, bis ich meine Einheiten organisiert und verstärkt habe. Ich muss so schnell wie möglich mit eigenen Augen nach dem Rechten sehen. Mekim –«

Unsicher geworden hielt er inne. Wie sollte er dem jungen Mann klarmachen, in welcher Zwickmühle er sich befand? Mekim war sein ältester Freund, und zusammen hatten sie unter Hammurabi bei der Reformierung des Zweistromlandes so manche Hölle durchwandert. Mekim war der genialste Unteroffizier, der sich denken ließ – doch was war aus ihm geworden? Sie hatten ihn zum General befördert! Sie hatten ihn seinem natürlichen Element entrissen und ihn mit einer Aufgabe betraut, die ihn überforderte. Der arme Mekim – ein General? Alleine verantwortlich für die Grenze bei Lischt? Angesichts eines Gegners, der seine Truppen um das Doppelte verstärkte und sich auf den großen Schlag gegen die oberägyptischen Truppen vorbereitete, hatte man ausgerechnet Mekim mit der Verteidigungsstrategie betraut. Aus solchem Stoff wurden Tragödien gemacht. Baliniri konnte nur hoffen, dass die Hay sich noch so lange geduldeten, bis er nach Lischt reisen und seine Truppen neu formieren konnte!

II

Als Tuia ihren Namen rufen hörte, wandte sie sich um. Suchend sah sie von einer Treppe in den überfüllten Basar hinunter und erblickte ihre Dienerin Cheta, die ihr nachlief.

»Herrin!« Eine Stufe unter ihr blieb die Dienerin stehen. »Eine Dame kam ins Haus und wollte mit Euch sprechen. Sie sagte, dass es wichtig sei. Sie wird heute Nachmittag wiederkommen.«

»Es kann gut sein, dass ich dann noch nicht zu Hause bin«, sagte Tuia. »Hat sie ihren Namen genannt?«

»Nein, Herrin. Außerdem, Herrin … ich habe das Gefühl, dass sie Schwierigkeiten bringt. Sie hatte einen kleinen Jungen bei sich. Ungefähr zehn Jahre alt. Ihr Gesicht hat mir nicht gefallen.«

»Das genügt. Ich werde aufpassen. Lasse sie nicht ins Haus, wenn ich nicht da bin. Gibt es sonst noch etwas?«

»Ja, Herrin.« Die Dienerin strich ihr graues Haar zurück. Als sie merkte, dass sie ihre Herrin überragte, trat sie erschrocken noch eine Stufe nach unten, sodass sich ihre Augen auf gleicher Höhe befanden. »Außerdem hat Herr Ketan nach Euch gefragt. Er sagte, er wollte Euch hier im Basar suchen.«

Tuia blickte sich um. »Bisher habe ich ihn noch nicht getroffen. Ist Nebet endlich soweit?« Ihr angeheirateter Neffe Ketan und seine Frau Nebet, eine kleine schmalgliedrige ehemalige Tänzerin, erwarteten jeden Tag ihr erstes Kind. Nach drei Totgeburten war Ketan mit den Nerven am Ende.

»Nein, noch nicht. Aber ein Mann hat nach Eurem Sohn Seth gefragt.«

»Ach ja?« Tuia verkniff sich ein nachsichtiges Lächeln. Sie hatte ihren Sohn schon seit Tagen nicht mehr zu Gesicht bekommen. Seine eigenwillige Art strapazierte ihre Geduld. Wie es aussah, war ihr Sohn in der ganzen Stadt bekannt. »War der Mann zerlumpt gekleidet, oder machte er den Eindruck, als ob die Welt ihm allein gehört?«

Cheta lächelte, denn sie hatte Seth in ihr Herz geschlossen. »Etwas von beidem, Herrin – allerdings eher das Zweite. Der Mann sagte, dass er Arzt sei. Außerdem hatte er einen seltsamen Akzent.«

Tuia schnaubte. »Zumindest will er dann keine Formel für die Metallschmelze von ihm haben. Wie dem auch sei, Seth ist sicher geduldiger mit ihm als ich! Du sagst, dass er Arzt ist ... Nun, vielleicht bekommt Seth dann wenigstens einmal etwas Geld für seinen Rat!«

»Ihr kennt doch Euren Sohn, Herrin! Er wird sicher wieder vergessen, etwas zu verlangen.«

Tuia seufzte. Genauso würde es sein. Dieser Arzt würde Seth eine Antwort entlocken und davon profitieren – und obendrein auch noch umsonst. Seth war ein hoch gewachsener, dünner und herzerfrischend zerstreuter Genius, der nur in Lumpen ging, weil er das Wechseln der Kleider vergaß. Wenn die Straßenjungen ihn nicht zum Essen mahnten, würde er auch das vergessen. Tagesoder Nachtzeiten existierten für ihn nicht, und er schlief, wann immer er müde wurde, wo er sich gerade befand ...

Bei dem Gedanken an ihren klugen und liebenswerten Sohn

schüttelte sie mit einem kleinen Auflachen den Kopf. Wie beliebt er doch war! Und wie zerstreut. Bei ihrem letzten Treffen hatte sie ihm ein kostbares Gewand geschenkt und erleben müssen, wie er es einem Trunkenbold weiterreichte, während er noch mit ihr sprach. Er hatte nur eine Sandale getragen und sich beim besten Willen nicht erinnern können, wo er den anderen Schuh gelassen hatte. Mitten in sein Grübeln hinein hatte ihn ein junger Ingenieur nach der Konstruktion einer Belagerungsmaschine gefragt, die seit der Zwölften Dynastie allen Rätsel aufgab. Mit einem einzigen Satz hatte Seth das Problem des Mannes gelöst, aber eine Ehrung bei Hofe, die darauf folgte, hatte er desinteressiert ausgeschlagen. So etwas lag ihm fern. Sobald ein Problem gelöst war, befand sich sein Geist längst auf neuen Wegen.

Zum Glück sind wir reich, dachte Tuia. Trotz seiner unabhängigen Lebensweise musste Seth niemals hungern. Zu Hause konnte er essen, sich kleiden und in einem weichen Bett schlafen, und Cheta und sie – ja, das galt auch für sie selbst – bemutterten ihn nur zu gern. Doch Seth ließ sich nur selten blicken. Bequemlichkeiten bedeuteten ihm nichts. Reichtümer, Sklaven und Güter – alles das war in seinen Augen gar nichts. Bettler und Millionäre suchten seinen Rat und wurden von ihm ohne jeden Unterschied behandelt.

»War das alles?«, fragte Tuia.

»Ja, Herrin.«

»Dann kannst du jetzt gehen. Ich habe noch ein oder zwei Besorgungen zu machen. Bis Mittag werde ich zu Hause sein. Vergiss den guten Kedar nicht. Seths früherer Lehrer kommt heute Abend zu Besuch.«

Sie sah der Dienerin nach, wie sie sich einen Weg durch die Menge bahnte. Und dann leuchteten ihre Augen auf, als sie für Sekunden den großgewachsenen Baliniri erkannte. Sein Schritt stockte, als er sich umsah, und kurz darauf war er wieder in der Menge verschwunden. Ob er sie gesehen oder gar erkannt hatte, ließ sich nicht sagen.

Rasch wandte Tuia sich ab und hastete die Treppe am Ende der Gasse empor. Bekümmert stellte sie fest, dass sie zitterte. Voller Wut auf sich selbst packte sie das Geländer fester. *Es darf einfach nicht wahr sein, dass sein Anblick mich in einen solchen Zustand versetzt*, dachte sie. *Nicht noch nach so vielen Jahren!*

Doch derartige Gefühle ließen sich nicht kontrollieren. Dabei hatte sie gedacht, dass es längst vorüber wäre – ihr Gefühl sowohl als auch seines. Vor fast zwanzig Jahren hatte sie eine bittersüße Romanze mit Baliniri erlebt, als ihr inzwischen gestorbener Mann Ben-Hadad sie vor lauter eigenen Schwierigkeiten gar nicht mehr wahrgenommen und schamlos vernachlässigt hatte. Damals war sie sehr einsam gewesen. Doch ihr Schuldbewusstsein hatte sie derart erdrückt, dass sie Baliniri aufgegeben hatte und zu ihrem Mann zurückgekehrt war – und vom selben Augenblick an hatte sie ihren Entschluss bitter bereut.

Jahre nach Ben-Hadads Tod hatten Baliniri und sie eine einzige Nacht lang versucht, die alten Gefühle erneut aufleben zu lassen. Es war eine Katastrophe gewesen. Seitdem waren sie weiteren Begegnungen sorgfältig aus dem Weg gegangen. Sie hatte für sich allein gelebt, und soweit sie wusste, er ebenfalls. Inzwischen eilte ihm der Ruf voraus, mit seiner Arbeit und seiner Position verheiratet zu sein.

Seit Seth erwachsen war und nur noch selten nach Hause kam, litt Tuia zunehmend unter der Einsamkeit. Wenn es in Theben einen würdigen Mann ihres Standes gegeben hätte ... Aber entweder waren die Männer zu jung oder zu alt oder zu offensichtlich nur an dem Vermögen interessiert, das Ben-Hadad ihr hinterlassen hatte.

Nicht zum ersten Mal wanderten ihre Gedanken zu Kedar, zu dem sanften, weichherzigen und einfühlsamen Fremden aus dem fernen Norden, der als Erster Seths geistige Fähigkeiten erkannt und richtig eingeschätzt hatte. Die meisten Menschen hatten Seth für ein Kind mit geringer Intelligenz gehalten, doch Kedar war es gelungen, das Vertrauen des verschlossenen Jungen zu erringen.

Mit diesem Lehrer änderte sich alles. Er erklärte Tuia, dass Seth intelligenter sei als die meisten anderen Kinder und der Grund für seine Verschlossenheit allein in der Langeweile zu suchen sei. Mit Gleichaltrigen könnte Seth nichts anfangen – und mit vielen Erwachsenen ginge es ihm genauso. Einige Jahre lang hatte Kedar in ihrem Haus in der Nähe des Jungen gelebt. Bescheiden wie er war, hatte er darauf bestanden, stets mit der Dienerschaft zu essen, und nur an ganz besonderen Feiertagen hatte er eine Ausnahme gemacht, wenn Seth mit seltener Entschlossenheit auf die Anwesenheit seines Lehrers gepocht hatte.

Eines Tages jedoch hatte Kedar ihr eröffnet, dass der Junge nun alles wüsste, was *er* ihm beibringen könnte. Außerdem war er erwachsen genug, um seinen Kopf mit größeren Geistern zu messen. Widerstrebend hatte Tuia die Sachen ihres Sohnes gepackt und ihn zusammen mit einem etwas älteren Gefährten auf eine Elite-Schule nach Lischt geschickt. Es hatte keine sechs Monate gedauert, bis Seth ihr in einem seiner seltenen Briefe mitgeteilt hatte, dass er alle Geistesgrößen um sich herum erschöpft hatte und nach Hause zurückkehren wollte. In diesem Augenblick hatte Kedar sich wieder eine eigene Wohnung gesucht.

Tuia hatte seine Gesellschaft sehr vermisst – und entsprechend oft hatte sie ihn im Lauf der Jahre eingeladen, um über dieses und jenes zu plaudern – und keineswegs immer nur über ihren Sohn. Kedar hatte eine völlig andere Einstellung zu den Dingen, als Tuia sie von Ben-Hadad kannte, und falls seine Ansichten über Menschen einmal zu barsch ausfielen, dann eher aus übergroßer Sorge. Vor einer Woche hatte sie ihn zufällig im Basar getroffen und ganz impulsiv für den heutigen Abend eingeladen. Sie lächelte ein wenig. Sie hatte sich erkundigt und erfahren, dass er einmal verheiratet gewesen, seine Frau aber gestorben war. Nun gut – ein ewiger Junggeselle hätte sie ohnehin nicht interessiert. Das erklärte außerdem, warum sie sich in seiner Gegenwart so wohl fühlte. *Ausgesprochen wohl sogar*. In ihrem Alter hatte das Wort einen völlig neuen Klang gewonnen – im Gegensatz zu früher, als ihr Blut noch unruhig gepocht und Leidenschaften sie beherrscht hatten. Doch diese Leidenschaften hatten sich mit Ben-Hadad und Baliniri erschöpft. Inzwischen sehnte sie sich nur noch nach einem ruhigen Leben ohne fortwährende Überraschungen.

»Tuia!«

Der Ausruf riss sie aus ihren Träumen. Ihr Neffe Ketan, ein großer, gut gekleideter Mann eilte auf sie zu.

»Nun«, neckte sie ihn lächelnd, »wie geht es dem werdenden Vater?«

»Ich glaube, ich werde noch verrückt«, gestand er. »Ständig gibt es falschen Alarm. Und das nach drei schrecklichen –«

Abrupt schnitt sie ihm das Wort ab. »Sprich es gar nicht erst aus! Das bringt Unglück. Vertraue lieber auf die Götter! Wie geht es Nebet?«

»Jedenfalls besser als mir. Sieh mich doch an! Ich bin ein Wrack und musste sogar das Geschäft schließen, bis alles vorüber ist.«

Tuia betrachtete seine elegante Aufmachung und schnitt eine Grimasse. »Dein Geschäft? Demnach hast du das Schmiedehandwerk tatsächlich aufgegeben und stellst keine Waffen mehr her?«

»Oh, nein, ich mache nur etwas anderes. Ich stelle jetzt Schmuck her. Teuren Schmuck. Ich war kein guter Waffenschmied, Tuia. Ich glaube, ich schlage mehr nach meinem Großvater Hadad. Ehrlich! Ich habe einen Mann aus Carchemisch getroffen, den meine Entwürfe an die von Hadad erinnerten. Seine Augen haben gestrahlt, als ich ihm sagte, dass ich sein Enkel sei! Übrigens, einer meiner Kunden möchte unbedingt mit Seth sprechen.« Er blickte sich um. »Er treibt sich doch für gewöhnlich hier herum, nicht wahr?«

»Das ist schon eine ganze Weile her. Im Moment ist er meistens im *Basar zu den Vier Winden.*«

»Was?« Ketan konnte es kaum glauben. »Ausgerechnet dort? Diese Gegend ist so ... nun, so gewöhnlich!« Aus seinem Mund klang es wie eine Krankheit.

»Genau deshalb ist er so gern dort. Bei den Armen, sagt er, gibt es keine solch überflüssigen Probleme wie hier.« Sie nickte mit nachdenklicher Miene. »Dank der Erfahrungen in meiner Kindheit kann ich das nur bestätigen.«

Ketan, der aus einer vermögenden Familie stammte, wirkte etwas verwirrt. »Nun ... ich werde meinen Kunden zu ihm schicken. Wünsche Nebet und mir Glück, Tuia! Wir können es gebrauchen.« Er schluckte heftig. »Wenn etwas passiert ... Ich meine, wenn Nebet ...«

Lächelnd drückte Tuia die Hand des jungen Mannes und dankte insgeheim dem Himmel, dass sie die Jahre der Leidenschaft und der Geburten endgültig überstanden hatte.

III

Als Ketan die Gasse entlangging, fühlte er plötzlich einen wilden Schmerz in seinem Schenkel. So scharf und durchdringend, dass er unwillkürlich aufschrie, sich zusammenkrümmte und sein Bein umklammerte, als ob man ihm ins Fleisch gestochen hätte. Aber es gab keine sichtbare Wunde, kein Blut. Nicht einmal eine Prellung. Nichts.

Er humpelte zur Seite und schleppte sich bis zu einer Bank, wo er ausruhen konnte. Mit zusammengebissenen Zähnen presste er seine Handflächen mit aller Kraft gegen den Schenkel. Es dauerte einige Minuten, bis der beißende Schmerz allmählich schwächer wurde.

Einige hatten seine Not erkannt und boten ihre Hilfe an, doch Ketan schickte sie unwirsch fort. Er wusste sehr genau, was mit ihm los war. Sein Leben lang hatte er diese Anfälle nun schon, und es ließ sich nichts, aber auch gar nichts dagegen tun.

Teti!, dachte er. *In welche Schwierigkeiten hast du dich jetzt wieder gebracht?* Zum wiederholten Mal verfluchte er das Schicksal, das dieses starke Band zwischen ihm und seiner Zwillingsschwester gewoben hatte. Seit ihrer Geburt fühlten sie gegenseitig jeden Schmerz. Wenn einer sich beim Fallen verletzte, weinte auch der andere – ganz gleich, wie weit sie in diesem Moment voneinander entfernt waren.

Aber funktionierte das auch über so große Entfernungen?, fragte er sich. Das war zumindest ungewöhnlich. Wenn die Gerüchte der Wahrheit entsprachen, so war Teti viele Tagesreisen von ihm entfernt. Er schüttelte den Kopf. Ganz allmählich ebbte der Schmerz ab. Wie immer würde für kurze Zeit noch ein leichtes Ziehen und schließlich ein Gefühl der Steifheit folgen.

Die größte Ironie dabei ist, dass wir uns schon seit Jahren nicht mehr wirklich nahe waren.

Eigentlich seit dem Tag nicht mehr, als Teti der Armee als Waffenschmiedin nach Nubien gefolgt war. Sie hatte sich dort in einen jungen Soldaten verliebt und ihn gleich darauf im Krieg wieder verloren – gleichzeitig hatte er eine heftige Affäre mit der Tänzerin Taruru gehabt, bis ihn schließlich die liebe, kleine Nebet vor Tod und Verderben errettet hatte. Kurz darauf hatten sie geheiratet. Wie so oft hatte er gehofft, dass damit die Abhängigkeit von seiner Schwester nachließe, aber er war enttäuscht worden. Das Band war stärker denn je, und eine Trennung war ihm nicht vergönnt.

Als der Schmerz urplötzlich wiederkehrte, rieb er fluchend seinen Schenkel. Kopfschüttelnd dachte er daran, wie verschieden sie sich, obwohl sie Zwillinge waren, entwickelt hatten. Von der alten Handwerkstradition der Kinder des Löwen, einer legendären Familie von Waffenschmieden, hatte er so gut wie nichts geerbt, und entsprechend konnte er der kriegerischen Seite der Metallkunst nur wenig abgewinnen. Sobald er Helfer angelernt hatte, widmete er sich lieber der friedlicheren und künstlerischen – und obendrein sehr viel einträglicheren – Seite seiner Kunst und entwarf Schmuckstücke und kleine Skulpturen. Ein schöner Sohn des Löwen war er! Wenn er nicht das ausgeprägte Mal, den portweinfarbenen Abdruck einer Löwenpranke, auf dem Rücken getragen hätte, hätte er seine Abstammung glatt in Zweifel gezogen.

Als Kind des Löwen war er ein Fehlschlag – ebenso wie sein Blutsverwandter, der junge Seth! Das einzige Kind des Löwen, das die Familientradition fortführte, war Teti. Ein Mädchen! Fraglos hatte sie die besonderen Fähigkeiten ihrer Familie geerbt. Von Beginn ihrer Lehrzeit an hatte sie die besseren Waffen geschmiedet – und er hatte sich schnell den feineren Künsten zugewandt.

Teti war außerdem die erste und, soweit er wusste, auch die einzige Frau in der langen Familiengeschichte, die das traditionelle Familienmal trug – das legendäre Kainsmal, das der Sage nach vom rebellischen Sohn der ersten Menschen, der im Zorn seinen Bruder erschlagen hatte, an seine Nachkommen weitergegeben wurde.

Nun ... Solange sich Teti der Familientradition widmete, war er frei und konnte seiner eigenen Bestimmung folgen. Nur zu gern vergaß er die Kriege ... bis ... nun ja, bis Teti etwas widerfuhr und er gemeinsam mit ihr die Schmerzen erleiden musste.

Verdammt, Teti!, dachte er. *Warum bringst du dich nur immer wieder in Schwierigkeiten!*

»He, du, Junge!«, rief ein wohlhabend aussehender Besucher, als er den *Basar der Vier Winde* betrat. »Ich gebe dir einen *outnou*, wenn du mir sagst, wo ich Seth finden kann.«

»Einen *outnou*?«, fragte der junge Mann verblüfft. Mit abwesender Miene zauste er seine struppigen Haare. »Das ist viel zu viel Geld für einen so einfachen Dienst. Einen Kupferring vielleicht – mehr ist ein solcher Dienst nicht wert.« Er wollte sich schon abwenden, als ihm ein Einfall kam. »*Hmm* ... Schwer zu sagen, wie lange sich Kupfer noch als Währung halten wird. Seit der Blockade ist es wertvoller als Gold!« Er musterte den Besucher genauer – aber nicht der Mensch interessierte ihn, sondern der Diskussionspartner. »In der letzten Zeit hat sich unser Wertesystem beträchtlich verändert, nicht wahr? Nun, kein Wunder – irgendwann müssen sich die Werte einander annähern.«

»Wovon zum Teufel redest du, mein Junge?«, fragte der Besucher von oben herab. »Ich habe doch nur nach dem Weg gefragt. Diese Belanglosigkeiten interessieren mich nicht.« In diesem Moment ertönte hinter ihm ein vernehmliches Kichern und gleich darauf kreischendes Gelächter. Als er herumfuhr, sah er sich zwei Straßenbengeln gegenüber, die sich über ihn lustig machten. »Verzieht euch, ihr kleinen Ratten!«, zischte er.

Die beiden Jungen sahen den jungen Mann an, der ständig weiter vor sich hin brabbelte, dann zwinkerte und mit einer abwehrenden Handbewegung alles um sich herum – die Jungen, den Besucher und vielleicht sogar den gesamten Basar – von sich wies. »Verschwindet, ihr beiden ... Nein, halt! Ich kenne euch doch! Ist eure Mutter noch krank?«

»Ja. Die Frau des Müllers kam heute morgen um zu helfen, aber Mutter kann nicht aufstehen.«

»*Hmm* ...« Der junge Mann runzelte die Brauen. »Demnach habt ihr nichts zu essen bekommen. Geht zum Bäcker. Sagt, dass ich euch schicke. Aber stehlt ihm kein Brot! Habt ihr verstanden? Hier wird nicht gestohlen! Und ... hm ... schickt die Frau des Müllers zu mir. Vielleicht kann ich ihr etwas geben.«

»Verdammt!«, stieß der Besucher hervor und reckte sich zu nicht gerade überwältigender Größe empor. »Hört mir hier überhaupt noch jemand zu? Ich suche –«

»Oh, nein«, wunderte sich der junge Mann, »wie ist denn das passiert?« Er betrachtete einen langen Riss in seinem Gewand. Dann riss er die herabhängenden Fäden ab und warf sie weg. »Gestern war das doch noch nicht ... oder doch? Irgendwann muss ich das flicken.«

»Du hast mir wohl nicht zugehört?«, ereiferte sich der Besucher. »Ich habe dir gutes Geld geboten, damit du mich –«

»Ach das«, sagte der junge Mann. »Schon gut.« Er zuckte die Achseln. »Ihr solltet zuerst überlegen, ob die Informationen, die Ihr braucht, überhaupt einen ganzen *outnou* wert sind. Ihr kennt doch sicher das Sprichwort vom Narren, dem man nur zu leicht sein Geld abnehmen kann.«

Das klang so onkelhaft, dass dem Besucher unwillkürlich der Unterkiefer herunterklappte. Mit großen Augen starrte er den jungen Mann an. Dann musterte er sein Gegenüber von Kopf bis Fuß: Zerzauste Haare, abwesender Gesichtsausdruck, ein zerrissenes Gewand, einfache Strohsandalen – eine armselige Gestalt.

»Das habe ich nun davon, dass ich mich an diesen unerfreulichen Ort begeben habe –«, brummte der Mann mit sichtlicher Abscheu. »Ich muss mir Frechheiten und Belehrungen anhören – und das von einem, der sich nicht einmal ordentliche Kleidung leisten kann.«

»Beruhigt Euch«, riet ihm der junge Mann. »Ansonsten könnte man Euch irgendwo auffinden, die Hand aufs Herz gepresst. Sagt, wie lange schlägt Euer Herz schon zu schnell? Seit wann seid Ihr so kurzatmig? Habt Ihr –«

»Wovon zum Teufel redest du?« Die Stimme des Mannes überschlug sich fast. »Weißt du überhaupt, mit wem du sprichst? Ich bin Mil-kili, der Leibarzt des –«

»Ich weiß, wer Ihr seid«, erklärte die Vogelscheuche in aller Ruhe. Plötzlich schien er ganz wach zu sein. »Aber Euer Beruf wird Euch nicht retten, wenn Ihr ständig Euren eigenen Rat missachtet. Von den Reichen verlangt Ihr für diesen Rat sogar Geld. Sicher habt Ihr einen kostbaren Spiegel aus Bronze. Nun, dann seht Euch einmal genau an: Euer aufgedunsenes Gesicht, die roten Augen –«

»Du hast vielleicht Nerven«, schimpfte der Besucher, obgleich ihn die genaue Analyse seiner Gesundheit etwas verunsicherte. »Was bringt dich dazu …«

Völlig unbeeindruckt sprach der junge Mann mit sanfter Stimme weiter. »Nun, Ihr solltet zuerst einmal dem Palmwein entsagen. Er wird Euer Tod sein. Wenn Ihr jedoch ein wenig auf Eure Gesundheit achtet, habt Ihr bestimmt noch zehn oder zwölf Jahre vor Euch.« Freundlich tätschelte er den Arm des Mannes. Dann wandte er sich ab, und sofort eilte ihm sein Geist wieder weit voraus. »Vielleicht der Weizenpreis. Nein, seit der Missernte südlich von Fayum liegt er sogar höher als der Preis für Kupfer. Nein, nein, es muss etwas Unwandelbares sein …«

Der Besucher stand nur da und starrte den jungen Mann ungläubig an. »Du …?«, fragte er fassungslos. »Seid Ihr etwa Seth?«

»Nun, Holz wäre auch nicht schlecht, weil es in dieser Gegend recht selten vorkommt. Aber hölzerne Münzen? Nein, unvorstellbar! Sie würden den ständigen Gebrauch nicht lange überleben. Kupfermünzen sind eindeutig besser.« Er blinzelte und sah förmlich durch seinen Besucher hindurch. »Für den Handel eignen sich Holzmünzen nicht, jedenfalls nicht in Ländern mit einem anderen Klima.«

»Seid Ihr der Seth, den ich suche?«, fragte der Besucher erneut.

»Wie bitte?« Die Blicke des jungen Mannes konzentrierten sich auf sein Gegenüber. »Oh, ja. Hört auf zu trinken. Noch heute. Wenn Ihr mich jetzt entschuldigen wollt …«

»Verdammt!«, platzte der Mann heraus. »Und von Euch habe ich mir Hilfe erhofft! Ich sollte mich auf der Stelle umdrehen und gehen.«

»Ich habe bereits von Eurem Problem gehört. Ihr sucht etwas, das eine Wunde vor Entzündungen schützt.«

»Hm … nun ja … das ist richtig.« Der Besucher war verblüfft. »Aber woher wisst Ihr das?«

»Seid Ihr verheiratet?«, fragte Seth statt einer Antwort.

»Oh … hm … Meine Frau starb vor einem Jahr, aber ich sehe nicht, was das –«

»Gibt es in der Familie noch mehr Frauen?«

»Ja. Ich habe zwei Töchter.«

»Gut. Dann verfügt Ihr bereits über ein ausgezeichnetes Medikament. An wem probiert Ihr im Moment Eure Mittel aus?«

»Zum Teil an Soldaten, aber häufiger an Matrosen, die in Messerstechereien verwickelt waren.«

»Die Soldaten eignen sich weniger, denn bis Ihr sie zu sehen bekommt, sind die Wunden längst entzündet. Beginnt mit den Seeleuten – und zwar sobald man sie Euch bringt, solange das Blut noch flüssig ist ...«

»Und was soll ich versuchen? Ihr habt noch nicht gesagt, was –«

»Versucht es mit dem grünen Lidschatten«, erklärte Seth. »Lasst Euch von Euren Töchtern ein Fläschchen geben, aber überzeugt Euch, dass sie das Pulver noch nicht benützt haben. Sie tragen den Lidschatten oft mit unreinen Fingern auf, und es ist ein Wunder, dass sie nicht ständig entzündete Augen haben.«

»*Grünen Lidschatten*?«

»Glaubt mir ruhig«, sagte der junge Mann, dessen Interesse bereits merklich abflaute. Er hatte gesagt, was zu sagen war, und weitere Diskussionen interessierten ihn nicht. »Säubert die Wunde zuerst mit grünem Lidschatten. Dann tragt Honig auf. Einfach nur Honig – so wie er aus den Waben kommt. Die aromatischen Salben müsst Ihr vergessen.«

»Aber –«

»Die wirksame Substanz ist das Kupfersalz, das im Lidschatten enthalten ist«, erklärte Seth abschließend. »Kupfer reinigt sehr gut, und der Honig schließt die Wunde ab, sodass sie sich nicht entzünden kann.« Er sah seinem Besucher in die Augen, zwinkerte ein wenig und lächelte dann. »Glaubt mir, der Honig wirkt Wunder. Was auch immer die Entzündungen verursacht – auf Honig kann jedenfalls nichts gedeihen.«

Er wandte sich ab, und gleich darauf befand sich sein Geist wieder in einer völlig anderen Welt. Eifrig notierte der Arzt, was er gerade gehört hatte, doch Seth ging bereits wieder seiner Wege. In seinem zerrissenen Gewand, das Rücken und Hüfte sehen ließ, spazierte er gestikulierend durch die Gasse, als ob er zu einer Versammlung spräche, die nur für ihn existierte.

IV

Als Riki um die Ecke bog, wäre er beinahe mit Seth zusammengestoßen. Dieser hatte den Basar inzwischen verlassen und schlurfte verträumt durch die staubige Gasse. Seine Lippen bewegten sich unablässig, und mit dem Finger strich er auf einer imaginären Liste einen Posten nach dem anderen aus. Gewandt trat Riki einen Schritt beiseite und ließ Seth passieren. Hinter ihm im Hauseingang sah er Seths Verwandten Ketan stehen. In stillem Einverständnis wechselten die beiden Männer einen Blick. *So ist er nun einmal*, sollte Rikis Achselzucken wohl besagen.

»Man sollte ihm eine Glocke umhängen«, entfuhr es Riki, sobald Seth außer Hörweite war. »Dann könnten ihm seine Mitmenschen wenigstens ausweichen.«

Ketan lächelte bekümmert. »Es würde jedenfalls mehr Sinn machen, als ihn ständig zur Aufmerksamkeit zu ermahnen.« Rasch wechselte er das Thema. »Wie geht es dir, Riki? Ich dachte, du wärst im Lager.«

»Das war ich auch«, antwortete Riki. »Aber ich musste mich einmal mit Baliniri besprechen. Und du? Wie ich höre, arbeitest du nicht mehr für die Armee.«

»Ja. Ich weiß jetzt, dass ich mich nicht als Waffenschmied eigne.«

Riki brummte, denn irgendetwas an Ketan gefiel ihm nicht. »Das habe ich gehört. Du machst jetzt Schmuck, nicht wahr? Ein Kind des Löwen stellt Schmuck her!«

»Warum denn nicht? Ich hoffe, du denkst nicht schlecht von mir. Schließlich mache ich nichts anderes als mein Onkel Hadad aus Haran.« Stolz sog er die Luft ein. »Niemand hat ihn wegen seiner Arbeit gering geschätzt.«

Am liebsten hätte Riki den Satz ergänzt: *Aber Hadad war ein Krüppel und ist damit entschuldigt …* »Nun ja, es ist nichts dagegen zu sagen … solange du einverstanden bist, dass du in Notzeiten zum Dienst verpflichtet werden kannst …«

»So weit flussaufwärts ist das ja wohl nicht sehr wahrscheinlich«, bemerkte Ketan.

»Das sehe ich anders«, widersprach Riki ungerührt. »Man

spricht davon, dass Apophis rund um das Große Meer Söldner zusammengetrommelt hat. Ehrlich gesagt erwarte ich den Angriff jeden Tag.«

Er wollte schon weitersprechen, doch dann besann er sich. Seine Abscheu vor Ketan ließ ihn heftiger reagieren, als er beabsichtigt hatte. »Aber behalte es für dich! Ich sollte eigentlich überhaupt nicht öffentlich darüber sprechen.«

Ketan zuckte die Schultern und wandte sich zum Gehen. »Ich wünsche dir viel Glück!«

Was hatte dieser Mann nur an sich, überlegte Riki, was ihn so sehr verunsicherte? Störte ihn vielleicht Ketans Entschluss, die Armee zu verlassen? Alle waren sich darin einig, dass seine Zwillingsschwester sämtliche Tugenden dieser Familie geerbt hatte – wo auch immer sich dieses Mädchen im Augenblick befand. Angeblich war sie von der Kunst der Eisenschmelze wie besessen.

Ja, er erinnerte sich. Er hatte dieses Mädchen zwar nie persönlich getroffen, aber wenn er sich richtig erinnerte, hatte Baliniri sie einmal kennen gelernt und sich mit der Waffenschmiedin mit den kurzen Haaren angefreundet.

Riki runzelte die Stirn. Ob zwischen Baliniri und dem Mädchen etwas vorgefallen war? Aber nein, der Altersunterschied war einfach zu groß. Baliniri war fast sechzig und die Kleine höchstens halb so alt – mit Sicherheit gab es keine Verbindung zwischen den beiden!

Andererseits war nicht zu leugnen, dass Baliniri noch voller Lebenskraft war und dass er seit seiner Rückkehr nach Theben nie wieder mit einer Frau gelebt hatte.

Rikis Neugier war jedenfalls erwacht, je länger er über das Mädchen nachdachte. Angeblich war sie hoch gewachsen wie eine Göttin, eine kriegerische Göttin, die auf einen legendären Helden wartete. Doch wo befand sich dieses Mädchen? Mit Sicherheit konnte eine so auffällige Person nicht einfach vom Erdboden verschwinden. Auf jeden Fall wollte er Nachforschungen anstellen.

Eines jedoch stand fest: Von Baliniri würde er nichts erfahren. Aber das interessierte ihn nicht. Er würde schon jemanden auftreiben, der ihm sagen konnte, wer sie war und wo sie sich aufhielt. Und wenn es ihn das Leben kostete.

Ob sie wirklich gelernt hatte, wie man Eisen schmiedete? *Das würde einen gigantischen Fortschritt für Ägypten bedeuten*, dachte Riki. Er hatte einmal ein echtes Eisenschwert in der Hand gehabt und damit geübt – und er hatte sich sehr schnell daran gewöhnt. Das Eisen war schwer, sehr schwer sogar, und allein das Halten erforderte spezielle Übungen, um die Unterarme zu stärken. Außerdem konnte man mit einer eisernen Waffe nicht fechten und zustechen wie mit einem bronzenen Schwert. Doch wenn man damit zuschlug, zeigte sich die Überlegenheit. Ein oder zwei gezielte Hiebe – und das Bronzeschwert war ruiniert. Falls man den Schwung einer eisernen Waffe mit einem Bronzeschwert parieren wollte, würde es einem die Waffe einfach aus der Hand schlagen!

Wie sehr wünschte er sich, eine solche Waffe zu besitzen! Doch nach Lage der Dinge musste er dazu einen Gegner töten und die Waffe erbeuten. Aber allzu groß war diese Chance nicht.

Außer …

Er lenkte seine Schritte hinunter zum Fluss. Der große Angriff der Hay … Er überlegte, ob der alte Fuchs Apophis womöglich auch Hethiter angeworben hatte. Die Hethiter besaßen bereits eiserne Waffen. Wenn er den Kampf gegen einen dieser Männer überlebte –

»Psst!«, zischte eine Stimme aus einem Durchgang zu seiner Linken. »Hauptmann!«

Riki fuhr herum und erblickte einen Bettler, der sich tief in den Schatten des Durchgangs drückte.

»Kommt her, Hauptmann. Ich bitte Euch!«

»Meinst du mich?«

»Ja, Herr.« Hastig blickte sich der Mann nach beiden Seiten um. »Folgt mir! Ich habe etwas für Euch …«

Unwillkürlich fuhr Rikis Hand an den Schwertgriff, während er langsam auf den Bettler zuging. Als er ihm in die schmale Gasse folgte, war schnell klar, dass sie allein waren. Außerdem war der Mann viel zu alt, um einem bewaffneten Soldaten gefährlich zu werden. »Worum geht es, mein Freund?«

»Es geht um Euch, Herr. Ein Freund von mir kann etwas für Euch tun.«

»Ein Freund von dir? Von wem sprichst du?«

Der Bettler wandte Riki sein ausgemergeltes Gesicht zu. »Ihr selbst habt diese Frage in Umlauf gebracht, Herr«, erklärte der Alte. »Ihr wollt etwas über eine bestimmte Frau erfahren, die vor mehr als zwanzig Jahren hier in Theben gewohnt hat.«

Riki runzelte die Stirn. »Ich habe herumgefragt, das stimmt, und ich habe auch eine Belohnung ausgesetzt. Ich nehme an, dass du sie verdienen willst?«

»Nur, wenn die Nachricht zu Eurer Zufriedenheit ausfällt, Hauptmann. Doch wenn wir die Belohnung erhalten, Herr –«

»Keine Sorge, ich stehe zu meinem Angebot. Die Frau hieß Net. Sie war meine Mutter. Alles, was ich über ihr Leben in Theben erfahren kann, wird bezahlt werden.«

»Ihr seid sehr großzügig, Herr. Mein Freund ... nun, er kann leider nicht zu Euch kommen, weil er hier in der Stadt verurteilt wurde. Deshalb darf er den Fluss nicht überqueren. Ihr werdet ihn in Deir el-Bahari aufsuchen müssen. Er hat versprochen, dass er Informationen besitzt, die Ihr nicht habt.«

»Nun gut«, sagte Riki, »dann lass uns zu ihm gehen.«

»Er wird erst heute Abend wieder da sein und Euch bei Sonnenuntergang vor dem Fruchtstand treffen – drüben in der Handwerkerstadt.«

»Das geht in Ordnung«, sagte Riki. »Aber falls du mich irreführst oder jemand glaubt, dass er mich hereinlegen kann –«

»Aber nein, Herr! Niemals!«

Riki stemmte die Fäuste in die Hüften und starrte den Alten durchdringend an. Nach einigen Augenblicken zog er eine Münze aus der Tasche und warf sie dem Bettler zu. Mit einer geübten Bewegung fing der Alte sie auf. »Wo diese Münze herkommt, gibt es noch mehr, falls dein Freund wirklich gute Informationen besitzt!«

»Ich danke Euch, Herr!« Der Bettler hastete die Gasse entlang und verschwand.

Riki runzelte die Stirn. *Womöglich würde man ihm wieder falsche Geschichten und mühsam konstruierte Beweise auftischen ...* Wie oft war er in den letzten zehn Jahren getäuscht worden! Mindestens ein Dutzend Mal. Als ob seine Mutter nie gelebt und ihn nie geboren hätte!

Wie konnte eine unabhängige Frau in einer kleinen Stadt wie dieser so in Vergessenheit geraten? Steckte vielleicht etwas anderes dahinter? Hatte seine Mutter ihn in Bezug auf seinen Geburtsort und seinen gutsituierten Vater belogen, um ihm nicht sagen zu müssen, dass er ein hilfloser kleiner Niemand war und einen Herumtreiber zum Vater hatte, dessen Namen sie nicht einmal kannte?

Nein!, dachte er. *Ich bin kein Niemand. Mein Vater – ganz gleich, wer er war – stammte auf jeden Fall aus einer anständigen Familie und war bestimmt nicht arm! Andererseits ...*

Dieses »*andererseits*« schmerzte ihn und machte ihm das Herz schwer. *Es soll verdammt sein!*, dachte er voller Trotz. *Ich bin genau das, was ich aus mir mache. Und das wird eine Menge sein!*

Dazu musste er nur Baliniri ansehen – was er heute war, hatte er aus eigener Kraft erreicht! Wenn Baka eines Tages starb, würde er sogar die Leitung des Reiches übernehmen. Hatte er etwa Eltern, Familie oder gar eine lange Ahnenreihe gebraucht, um ganz nach oben zu kommen?

Aber die Götter sind meine Zeugen, dass ich anders bin als er. Ich muss wissen, wer ich bin und woher ich komme, wer mein Vater war und warum ich mein Leben lang schon das Gefühl habe, zu Großem geboren zu sein. Wenn ich weiß, woher ich komme, weiß ich vielleicht endlich auch, wohin mich mein Schicksal führen wird.

Kapitel 4

I

»Ich habe noch immer Zweifel, ob es richtig ist«, sagte Joseph. Zusammen mit seiner Frau sah er zu, wie seine Söhne in Jakobs Garten spielten. »Meine Brüder werden mir das bestimmt übelnehmen.«

»Dann sollen sie es ruhig tun«, erwiderte Asenath. »Der Segen deines Vaters ist eine wichtige Tradition eurer Familie, die unbedingt gewahrt werden muss. Du siehst doch, welche Bedeutung Jakob ihr beimisst.«

Joseph sagte nichts darauf, sondern sah seine Frau nur an, als ob er sie zum ersten Mal sähe. *Sie ist wirklich eine wunderschöne Frau*, dachte er. *Trotz der ersten grauen Strähnen. In jeder Beziehung war ihr die Herkunft aus Petephres' vornehmer Familie anzumerken, und ihre beiden Söhne konnten sich glücklich schätzen, einer solch angesehenen Familie zu entstammen.*

Er stand im Begriff, ohne Wissen seiner Brüder seine Söhne Ephraim und Manasseh von ihrem Großvater Jakob segnen zu lassen. Natürlich würde es Schwierigkeiten geben. Trotzdem hatte er Asenaths Vorschlag in jeder Beziehung gut geheißen. Er war seinem Vater einfach zu ähnlich – Jakob ließ sich wörtlich mit »Usurpator« übersetzen – und damit ein echter Nachkomme Abrahams!

»Hast du eigentlich schon gehört«, fragte Asenath in seine Gedanken hinein, »wie die Arznei des Magus bei Apophis' Sohn Jahi angeschlagen hat?«

»Nicht gut, fürchte ich. Der Junge hat unmittelbar, nachdem Neferhotep ihm das Mittel verabreicht hat, einen Anfall erlitten. Voller Wut beschuldigte Apophis den Magus, seinem Jungen geschadet und das Leiden nur verschlimmert zu haben.«

Asenath lächelte mit gewisser Genugtuung. »Alles, was einen Keil zwischen die beiden treibt, sollte uns willkommen sein, nicht wahr? Sie haben viel zu lange unter einer Decke gesteckt.«

»Das ist richtig.« Joseph seufzte. »Aber wir sollten uns nicht zu früh über das Versagen der anderen freuen. Immerhin ist es möglich, dass sich Apophis die Rettung nun von mir erhofft. Ich muss gestehen, ich habe ein wenig Angst davor. Gott hat seit langer Zeit nicht mehr mit mir gesprochen. Falls es mir genau wie Neferhotep ergehen sollte –«

»Aber, Joseph, du hast doch nie behauptet, ein Heiler zu sein. Wenn Gott zu dir gesprochen hat, dann doch nur über die Zukunft. Weshalb sollte Apophis –«

Joseph warf die Hände in die Höhe. »Apophis ist verzweifelt. Und verzweifelte Menschen neigen zu unüberlegten Handlungen.«

»Was wirst du tun, wenn er dich tatsächlich rufen lässt?«

Joseph schloss die Lider. »Nur das, was ich schon die ganze Zeit über tue, meine Liebe – ich bete. Ich bete Tag und Nacht, dass der Geist Gottes wiederkehrt und durch mich spricht – dass er mir und uns sagt, was zu tun ist. Wir leben in einer gefährlichen Zeit. Gefährlich für uns, aber auch für alle unsere Nachkommen.«

Mit finsterer Miene starrte Hakoris in die zur Hälfte geleerte Schale mit Wein. »Habt Ihr auch alles versucht?«, fragte er. »Es muss doch ein Heilmittel geben –«

»Versucht gar nicht erst, mir zu sagen, was ich zu tun habe!«, unterbrach ihn der Magus ärgerlich. »Ich tue, was ich kann. Ich habe Jahi die Dosis verabreicht, die ein Kind seines Alters vertragen kann. Es gibt sehr viel stärkere Mittel, aber die eignen sich nur für Erwachsene.«

»Gebt sie ihm doch einfach.« Hakoris gab sich nicht einmal Mühe, seine Stimme zu dämpfen. »Was habt Ihr zu verlieren? Zur Not stirbt der Knabe.«

»Ihr habt leicht reden! Ihr wart ja nicht dabei, als Apophis seinen Wutanfall bekommen hat! Ich fürchte, er wird Salitis immer ähnlicher.«

»Vielleicht ist das Irresein unter den Hay-Nomaden ja erblich«, sagte Hakoris. »Wir sollten endlich einmal darüber nachdenken, wie lange sie sich in diesem Land wohl noch halten können. Sie gehören nicht hierher – und sie haben nicht das Recht, uns zu bevormunden.«

Wie gebannt starrte Neferhotep sein Gegenüber an und verzog dann die Lippen zu einem gefährlich abgründigen Lächeln. »Ganz schön vorlaut, nicht wahr? Solche Vorschläge in einer Taverne laut auszusprechen ...«

Hakoris nahm einen großen Schluck. Dann wischte er sich den Mund ab und schnitt eine Grimasse. »Ihr vergesst, dass ich das Gasthaus ausgesucht habe. Der Wirt ist stocktaub, und wir sind seine einzigen Gäste.«

»Und was ist mit den Sklaven, die die Tische abräumen?«

»Die Sklaven sind allesamt nicht von hier. Wegen der Hungersnot sind sie nach Ägypten geflüchtet – und hier sind sie in die Knechtschaft geraten.« Er lachte leise. »Genauso wird es auch Joseph und den Seinen zu gegebener Zeit ergehen.« Seine schwielige Hand schien nach etwas Unsichtbarem zu greifen. »Ich habe sie alle in der Hand ...«

»Zählt Eure Hühner nicht, bevor Ihr sie habt!«, warnte ihn der Magus. »Joseph ist ein Überlebenskünstler. Er hat schon viele Krisen überstanden.«

»Glaubt Ihr etwa auch an seinen geheimnisvollen, namenlosen Gott?« Sein Lachen klang böse und niederträchtig.

»Ich glaube nur, dass er sehr viel Glück hat. Und das ist manchmal wichtiger als Verstand und Tugendhaftigkeit.«

Feindselig starrte Hakoris ihn an. »Gebraucht zur Abwechslung einmal Euren Verstand! Ich werde Euch sagen, was passieren wird: Im Augenblick arbeitet Apophis nach Kräften an seinem eigenen Untergang.«

Neferhotep starrte ihn nur an.

»Denkt doch einmal nach! Allein die zahlenmäßige Überlegenheit der Armee! Selbst wenn sein Angriff erfolgreich sein sollte – was wird es ihm nützen?« Hakoris machte eine effektvolle Pause. »Dieser Feldzug wird die Staatsfinanzen ruinieren, sobald Apophis eines schönen Tages die Söldner entlohnen muss.«

»Aber er plant doch, Fayum einzunehmen ...«

»Der Plan ist grundsätzlich gut, aber man bittet doch nicht den Wolf, den Hund zu zähmen! Apophis holt mehr und mehr Söldner ins Land und wird eines Tages allergrößte Mühe haben, sie zu bändigen. Überlegt doch! Wer hat die ganze Zeit über die Macht der Nomadenkönige gestützt – nun?«

»Die Armee.«

»Und wo befindet sich die Armee heute? Ist sie hier, um die Bevölkerung in Schach zu halten? Nein. Alle Soldaten sammeln sich stromaufwärts in der Nähe der Grenze für die große Offensive gegen Baka. Seid Ihr auf Eurem Weg hierher irgendwelchen Wachen begegnet?«

»Nein.«

In beißendem Ton sprach Hakoris weiter. »Niemand bewacht diese Stadt! Lediglich eine Hand voll Männer sind noch da. Irgendwann wird die Bevölkerung aufwachen.« Er klopfte sich an die Stirn. »Denkt nach! Ist das nicht die beste Gelegenheit für eine Revolution?«

»Ihr meint ... eine Revolution gegen die Hay ... so wie Joseph es vorhergesagt hat?«

»Ist denn *irgendjemand* in Ägypten mit der aufgezwungenen Herrschaft der Hay-Nomaden einverstanden? Oder unterstützt sie gar? Das Land platzt vor Söldnern, die hier nicht bleiben können. Und erst die zahllosen Hungerflüchtlinge, die als Sklaven ihr Dasein fristen! Selbst die ägyptische Bevölkerung stöhnt unter dem Joch und beklagt den Verlust ihrer Güter und Vermögen, die die Hay ihnen genommen haben. Glaubt Ihr, dass *irgendjemand* vergessen hat, dass die Nahrungsproduktion früher in der Hand der Bevölkerung gelegen hat, bevor die Hay auch sie an sich gerissen haben? Oder dass die Ägypter einmal freie Menschen waren und auch das Schwarze Land vom Pharao regiert wurde?«

»Aber die Nomaden waren immer so stark, dass –«

»Das gehört doch längst der Vergangenheit an. Falls Apophis aus dieser Auseinandersetzung als Sieger hervorgeht, dann hat er das allein den Fremden zu verdanken. Die Kraft der Hay ist durch das lange Wohlleben erschlafft. Als sie das nördliche Land erobert, Herden getrieben und ständig im Kampf gelebt haben, waren sie ein mächtiges Volk. Doch für das ruhige, sesshafte Leben sind sie nicht geschaffen. Sie sind längst keine starken, unbesiegbaren Nomadenkönige mehr – ihre Zeit ist einfach vorbei!«

Neferhotep starrte ihn ungläubig an. Warum hatte er all das nicht längst selbst erkannt?

»Wenn die Hay-Könige stürzen«, fuhr Hakoris fort, »werde ich zur Stelle sein und die Scherben aufsammeln. Und dann ...« Er lachte leise »... habe ich mit Joseph und seinen Kanaanitern ganz besondere Pläne.«

»Was, wenn Joseph bei Jahi gelingen sollte, was mir nicht vergönnt war?«

»Ihr wollt ihm doch nicht etwa untätig zusehen, oder?«, fragte Hakoris herausfordernd. »Ihr werdet doch wohl sicherstellen, dass die Medizin vergiftet ist – ganz gleich, was Joseph ihm verabreicht – und man ihn dafür verantwortlich macht, oder täusche ich mich? Ihr könntet auch dafür Sorge tragen, dass Joseph, sofern man ihn ruft, gar nicht erst im Palast ankommt. Auf einem so weiten Weg vom Landsitz bis zum Palast kann viel passieren. Zumal jetzt, wo die öffentliche Sicherheit nicht ausreichend gewährleistet ist und persönliche Wächter rar sind.«

Neferhotep riss die Augen auf und presste die Lippen zusammen. »Ich muss gestehen, ich habe Euch unterschätzt«, sagte er mit kaum wahrnehmbarem, heimtückischem Lächeln. »Dieser Fehler wird mir nicht noch einmal unterlaufen, mein Freund!«

II

Als der Rufer hoch oben auf einer Mauerkrone die Stunde verkündete, waren bereits zahlreiche Verschwörer in Meis kleinem Haus versammelt. Trotzdem schob Isesi den Beginn der Besprechung noch hinaus. Zum wiederholten Mal trat Aset ans verdunkelte Fenster und spähte vorsichtig auf die Gasse hinaus.

»Weit und breit keine Spur von ihr«, sagte sie. »Ich wüsste gern, was sie so lange aufhält.«

Es sah Mara ganz und gar nicht ähnlich, sich zu verspäten, und entsprechend verärgert reagierte Aset. Sie brannte darauf, der Gruppe und besonders Mara ihren neuen Freund Neko vorzustellen. Mara war aufregend schön und zog – im Gegensatz zu Asets bescheidener, aufrechter Art – sofort die Aufmerksamkeit der Männer auf sich. Heute jedoch hatte Aset mit Neko zum ersten Mal einen Trumpf in der Hand, mit dem sie die anderen überraschen und beeindrucken wollte.

»Wir werden wohl ohne sie anfangen müssen.« Isesi blickte von einem zum anderen. »Ich kann euch nicht unnötig lange aufhalten, da manche ja noch andere Verpflichtungen haben.«

Missmutig starrte Aset vor sich hin. Was sollte sie dazu sagen? Wer traf schon am Vorabend einer so bedeutenden Mission noch andere Verabredungen? Aber es war auf jeden Fall geboten, die Versammlung möglichst rasch zu absolvieren. Zur Not auch ohne Mara. Schließlich konnten sie sie auch noch im Nachhinein über alles Nötige informieren.

»Also gut, einverstanden.« Aset seufzte. »Fangen wir an.«

Sie blickte sich um. Neko saß auf einer der Bänke an der Wand. Er lächelte ihr zu und deutete auf den freien Platz neben sich. Sofort schlug ihr Herz ein wenig schneller. Wie fürsorglich er doch war! Errötend drängte sie sich durch die versammelten Mitverschwörer, die den kleinen Raum bis zum letzten Platz füllten. Sie nahm neben Neko Platz, aber ansehen mochte sie ihn nicht, weil sie sich ihrer plötzlichen Verlegenheit schämte.

»Kann es sein, dass du ein wenig aufgeregt bist?«, fragte er voller Anteilnahme.

»Ja«, gestand sie ein. »Ich wollte dich so gern einer Freundin vorstellen, aber leider ist sie noch nicht gekommen.«

»Nun, wir haben ja noch Zeit. Spätestens morgen werde ich sie auf jeden Fall kennen lernen. Ein so gewagtes Unternehmen schweißt zusammen – solche Erlebnisse verbinden und sind die beste Grundlage für lange Freundschaften.«

Er tätschelte ihre Hand, und die Berührung durchfuhr sie wie ein Schlag. Als sie einen schüchternen Seitenblick wagte und ihn anlächelte, meinte sie so etwas wie echte Zuneigung in seinem Blick zu erkennen. Allein der Gedanke ließ ihr Herz rasen.

Ich bin das glücklichste Mädchen auf der Welt.

Sie konnte sich nicht erinnern, schon einmal so aufgeregt gewesen zu sein. Oder so glücklich.

Asenath hatte ihren Söhnen eine gute Nacht gewünscht und kehrte nun in den großen Raum zurück. »Es war ein aufregender Tag«, sagte sie. »Aufregend und anstrengend, aber zugleich auch wunderschön.«

Joseph lächelte. »Komm, setze dich zu mir.« Er klopfte auf das Sitzpolster und rutschte ein Stück zur Seite.

»Unsere Söhne sind zu so hübschen jungen Männern herangewachsen«, bemerkte Asenath. »Ich wünschte, dein Vater hätte sie sehen können.«

»Er ist nicht blind«, brummte Joseph und lehnte sich zurück. »Wenn er will, kann er durchaus sehen. Hat es dich etwa beeindruckt, dass er angeblich nicht wusste, wer der Erstgeborene war?«

»Du meinst, er hat es gewusst?«

»Aber natürlich hat er es gewusst. Dass er Ephraim statt unseres Erstgeborenen gesegnet hat, hat in unserer Familie eine gewisse Tradition. Glaube mir, Jakob wusste genau, was er tat. ›Ich weiß, mein Sohn, auch dein Ältester wird eine Familie gründen und ein bedeutender Mann werden. Aber der Jüngere wird ihn übertreffen und ein Vater des Volkes werden‹, hat er mir zugeflüstert.«

»Du lieber Himmel. Und das meint er wirklich?«

»Ja. Er hat außerdem angekündigt, mir zusätzliches Land zu hinterlassen, ›das ich den Amoritern mit Waffengewalt abgerungen habe‹.« Joseph lachte leise. »Die Bevorzugung des Jüngsten erhebt wieder einmal ihr schreckliches Haupt.«

»Aber, Joseph, du brauchst doch kein zusätzliches Land in Kanaan, oder?«

»Ich weiß. Aber wenn er es mir geben möchte, so nehme ich es an und gebe es an die Jungen. Begreifst du jetzt, was er gemacht hat? Er hat meine Generation übergangen und unseren Stamm nicht zum Stamm Josephs gemacht, sondern in zwei Stämme gespalten: in den Stamm Ephraim und den Stamm Manasseh. Er hat mich übergangen und meine beiden Söhne damit in den Rang meiner Brüder erhoben.« Er pfiff leise vor sich hin und schüttelte den Kopf. »Das werden sie nicht einfach hinnehmen! Außerdem hat er den Jungen Schechem gegeben. Ausgerechnet Schechem! Genau dort haben Reuben und die anderen die Bevölkerung bewaffnet, dort haben sie mich Jahre später in die Grube geworfen, wo ich verschmachten sollte, und dort haben die Ismaeliten mich später gefunden und in die Sklaverei verkauft.«

»Eine sehr poetische Form der Wiedergutmachung«, bemerkte Asenath, und Joseph staunte nur. »Falls deine Brüder das wirklich als Affront ansehen ... Ich würde sagen, dass sie ihn auf Knien herbeigefleht haben.«

»Aber, aber, Asenath.« Joseph ergriff ihre Hand. »Du hast mich immer ermutigt, ihnen zu verzeihen. Aber du solltest das auch tun. Meine Brüder bereuen ehrlich, was sie mir damals angetan haben. Es ist nun an mir, die Sache zu vergessen, wenn ich kann.«

Verwundert sah Asenath ihn an. »Manchmal verstehe ich dich nicht«, gestand sie. »Aber ich habe gelernt, selbst dann deinem Wort zu trauen. Du bist ein guter Mensch.«

»Ich bin ein höchst fehlbarer Mensch«, widersprach Joseph. »Weshalb sonst hätte Gott so lange nicht mehr zu mir gesprochen?« Er seufzte. »Wenn er doch nur ...« Der zweite Seufzer war noch um einiges stärker als der erste. »Aber alles liegt in Gottes Hand. Ich kann nicht bestimmen, wann die Kraft wiederkehren wird ... falls sie überhaupt zurückkehrt.«

Asenath schwieg für längere Zeit, bis Joseph sich schließlich zu ihr umdrehte und sie ansah.

»Ich habe darüber nachgedacht ...«, sagte sie mitten in die Stille hinein, »... wie du reagieren wirst, wenn Apophis dich tatsächlich rufen lässt. Kannst du seinem Sohn helfen?« Sie sah ihrem Mann eindringlich in die Augen. »Falls der Magus versagt ...«

Lange Zeit sagte Joseph nichts darauf. Und dann seufzte er nur abgrundtief.

Am Ende der Versammlung verabschiedete sich Neko von der Gruppe. Es war verabredet, dass er die Freunde am Morgen treffen sollte. Als er zur Tür ging, bemerkte er Asets enttäuschte Miene. Sein Herz zuckte ein wenig zusammen, doch gleich darauf hatte er sich wieder in der Gewalt. Der Abend war wunderbar mild. Mit raschen Schritten eilte er auf der Suche nach bekannten Gassen durch die Nacht.

Wo genau befinde ich mich, fragte er sich. *Ist dies die Gasse des versiegten Brunnens?* Nein – dieser Teil der Stadt war ihm fremd. *Doch nein. Dort oben – dort befand sich ein Eingang zum Basar. Aber zu welchem?*

Als er sich auf dem kleinen Platz umblickte, erinnerte er sich plötzlich. Hier war er schon einmal gewesen. Er wusste den Namen des Basars zwar nicht mehr, aber den Riss in der Lehmwand des gegenüberliegenden Gebäudes kannte er dafür umso besser. Trotz der langen Zeit hatte ihn niemand ausgebessert. Hier hatte er zusammen mit seiner Mutter eingekauft. Damals –

Er schloss die Augen, als ihn unvermittelt ein tiefer Schmerz übermannte, und er musste kurz an der Wand Halt suchen. Wie sehr wünschte er, sich besser in der Gewalt zu haben.

Mutter!

Lange Jahre hatte er jeden Gedanken an sie verdrängt, um sich vor dem Schmerz in seinem Herzen, vor der Leere und dem brennenden Schuldgefühl zu schützen. Wenn er doch nur älter und stärker gewesen wäre, dass er sie hätte beschützen können! Vielleicht hätte er sie retten können. Vielleicht hätte er sogar seinen Vater Aram töten oder zumindest so sehr einschüchtern können, dass Mutter, Riki und er hätten entkommen können.

Stattdessen hatte er hilflos zusehen müssen, wie seine Mutter vor seinen Augen umgebracht worden war.

In Erinnerung an seine Ohnmacht ballte er die Faust und schlug in einem Anfall von Wut heftig gegen die Wand. Ein stechender Schmerz schoss durch seinen Arm, und sofort wünschte er, dass er sich beherrscht hätte.

Ja. Dies war der einzige Weg – er musste seine Gefühle im Zaum halten. Disziplin war wichtig. Wer seine Gefühle zeigte, wurde verletzlich. Das hatte er damals im Kinderlager schmerzvoll erfahren müssen. Bitter hatte er lernen müssen, nicht an seine Mutter zu denken, nicht um sie zu weinen und erst recht niemandem seine Gedanken anzuvertrauen.

Er betrachtete die aufgescheuerten Knöchel. Dann bewegte er die Finger. Zum Glück war nichts gebrochen. In den frühen Morgenstunden würden durch diese Hand vielleicht ein oder zwei Männer sterben. Und falls die Götter seinen Herzenswunsch erhörten, war Hakoris einer von ihnen!

Mit einem Mal war ihm die Umgebung völlig vertraut. Er wusste haargenau, wo er sich befand. Seine Augen glänzten. Mit schlafwandlerischer Sicherheit wurden seine Schritte schneller und schneller. Er eilte an Geschäften vorüber, an einer Taverne, dann an einem Liebespaar, das sich in einem Hauseingang umarmte, und an ein paar alten Huren, die trotz der späten Stunde noch auf ein Geschäft hofften. Hinter einem Lagerhaus wandte er sich nach rechts und gelangte durch einen schmalen Durchgang zu einer breiteren Straße.

Und dann lag es vor ihm! Das unsägliche Gefängnis, das sich Kinderhaus nannte. Übermannshoch ragten die fensterlosen Mauern empor, düster und abweisend, nur unterbrochen von einigen massiven Holztoren. Mit ihren bescheidenen Werkzeugen ließ sich gegen diese mächtigen Schlösser nichts ausrichten, sodass einige der Verschwörer das Tor würden überklettern müssen.

Neko wollte gar nicht daran denken, wie viele Jahre er hier in diesem Gefängnis geschmachtet hatte. Und noch viel weniger wollte er sich an das gefährliche Leben nach seiner Flucht erinnern. Die Narben, die er an Körper und Seele davongetragen hatte, sprachen eine deutliche Sprache, und in vielen Nächten schreckte er noch heute schweißgebadet und schreiend auf, weil ihn schwere Albträume von dem kleinen gequälten Jungen und seinem Kerkermeister Hakoris um den Schlaf brachten.

Hakoris! Hakoris und Sutek!

Er fluchte leise, als ihm plötzlich der Name des verhassten Aufsehers wieder einfiel. Der Hass auf Hakoris war so übermächtig gewesen, dass Suteks Name dahinter verblasst war. Seine Taten jedoch nicht. Sofort erstand auch das Bild des verhassten Mannes vor seinem inneren Auge: ein hageres Gesicht mit einer hässlichen weißen Narbe von der leeren Augenhöhle bis hinunter zum grinsend verzerrten Mundwinkel.

Sutek …

Hakoris hatte die Strafen angeordnet, und sein williger Helfer hatte sie genüsslich ausgeführt.

Ihr Götter, gebt, dass er noch lebt, und gebt, dass diese beiden Hände sich um seinen Hals schließen dürfen!

Als sich die Versammlung auflöste, erschien endlich auch Mara. Sofort lief Aset zu ihr.

»Wo bist du denn so lange gewesen?«, fragte sie. »Ich wollte dir so gern einen Freund vorstellen.«

»Das hat doch Zeit bis später, oder? Wo steckt Isesi? Ach, da bist du ja!« Eine hochgezogene Braue war Isesis einziger Vorwurf. »Es tut mir Leid, dass ich mich verspätet habe – aber dafür bringe ich eine gute Neuigkeit mit!«

»Und welche?«, fragte Isesi. »Die können wir im Moment wirklich gut gebrauchen.«

»Heute Abend wurde wieder ein Trupp Wachen an die Front beordert. Bei Sonnenuntergang haben sie die Stadt verlassen. Die Zahl der Wachen war noch nie so gering wie im Augenblick. Unsere Chancen stehen gut!«

Isesi strahlte. »Großartig! Ich habe ebenfalls eine gute Neuigkeit. Wir haben Verstärkung bekommen – und zwar einen Mann, der Hakoris mindestens genauso hasst wie du!«

»Ich werde ihn später begrüßen. Im Moment halte ich es für wichtiger, dass wir unsere Pläne in allen Einzelheiten durchsprechen. Es tut mir Leid, dass du alles noch einmal wiederholen musst.«

Aset stand nur stumm dabei und beobachtete, wie Mara Isesi in ihren Bann schlug. Wie ein liebeskranker Junge hing er an ihren Lippen. Mara schien gar nicht zu bemerken, welche Wirkung sie entfaltete, sobald es um Männer ging. Wie gelang es dem attraktiven Mädchen nur immer, die Männer so einfach um den Finger zu wickeln? Mädchen wie sie selbst dagegen …

Aset seufzte vernehmlich, und im selben Augenblick war sie plötzlich erleichtert und froh, dass Neko bereits gegangen war.

III

In dieser Nacht strahlte der Mond rund und voll vom Himmel. So kalt und mitleidslos wie ein Auge ohne Pupille blickte er auf die schlafende Stadt hinunter und machte Reichen und Armen, Mächtigen und Unbedeutenden gleichermaßen heftig zu schaffen.

Allerorten flackerten Unruhe, Streit und Auseinandersetzungen auf, und dunkle Ahnungen beunruhigten die Menschen.

Die wenigen Wachen, die in der Stadt zurückgeblieben waren, hatten allergrößte Mühe, die Ordnung aufrecht zu erhalten. In vielen Tavernen entstanden Schlägereien, die sich auf der Straße fortsetzten und nicht selten ganze Viertel zu erbitterten Gegnern machten. Wenn die Wachen die streitenden Parteien trennen wollten, wurden sie selbst angegriffen und nicht selten verprügelt.

Auch die Streitereien zwischen Eheleuten fielen heftiger aus als sonst und wurden mit allen Waffen, die der Haushalt zu bieten hatte, ausgetragen. Selbst die Kinder ergriffen Partei und mischten sich ein. Auf der Stadtmauer gerieten zwei Wächter in Streit und prügelten sich, bis schließlich einer auf die Gasse hinunterstürzte und sich das Genick brach. Ein Vorfall reihte sich an den nächsten, sodass die Wachen keinen Augenblick zur Ruhe kamen.

Im Palast eilte Apophis ungeduldig durch die Gänge und brüllte nach Neferhotep. »Wo steckt dieser Kerl nur wieder? Warum ist er nicht hier, wenn ich ihn brauche? Mehu! *Mehu!* Ich will sofort den Magus sprechen!«

Der kleine Diener stotterte vor Schrecken. »Ich ... ich weiß nicht ... ich weiß nicht, wo er ist, Herr! Wir haben einen Boten nach ihm ausgesandt –«

»Dann schicke sofort noch einen! Bring ihn auf der Stelle zu mir! Hast du mich verstanden?«

Mehu blinzelte, aber offenbar bewegte er sich nicht so schnell, wie Apophis das erwartet hatte. Mit blitzenden Augen schleuderte der König ein Medizinfläschchen nach ihm. Mehu duckte sich gerade noch rechtzeitig, sodass ihn die kleine Flasche nur streifte. Hastig machte er sich unsichtbar.

Fluchend und schimpfend kehrte Apophis in das Zimmer seines Sohnes zurück, wo eine Dienerin auf Knien die Spuren von Jahis letztem Anfall aufwischte. »Geht es ihm gut?«, herrschte er die Frau an.

Die Dienerin sah zu ihm auf. »Er ist eingeschlafen, Herr. Er ist völlig erschöpft, glaube ich. Euch geht es vermutlich nicht besser. Dieses Mal hat der Anfall sehr viel länger gedauert und ...«

»Das stimmt. Sobald der Magus fort ist, werde ich ein Schlafmittel einnehmen. Ich kann es nicht ertragen, meinen Sohn in diesem Zustand zu sehen – wenn er zu Boden stürzt und die Augen verdreht, bis man nur noch das Weiße sieht!«

»Ich verstehe Euch, Herr. Wir hatten alle so große Hoffnungen …«

Wieder blitzte der König sie an. »Was heißt hier ›hatten‹? Ich habe die Hoffnung noch nicht aufgegeben. Jahi wird gesund werden – du wirst schon sehen! Er wird dieses Stadium überwinden. Er wird eine Medizin bekommen – und wenn ich das ganze Land dafür opfern muss!«

Die Dienerin wusch ihre Hände in einer Schüssel. »Alles liegt in der Hand der Götter, Herr. Wenn sie wollen, dass der Junge gesund wird, wird es geschehen.«

»Schluss mit solchen Reden!«, fuhr Apophis die Frau an, aber es klang eher verzweifelt als hochmütig. »Ich will solche Töne gar nicht hören … Ich werde ein Heilmittel auftreiben –«

Mitten im Satz brach er ab, und man sah, dass er angestrengt nachdachte. »›In der Hand der Götter‹ hast du gesagt? Vielleicht hast du ja Recht. Aber mit den Priestern des Amun bin ich fertig! Von dort kam überhaupt keine Hilfe! Was die Götter meines Volkes angeht, so glaubt leider niemand mehr an sie. Aber …«

»Ja, Herr?«

Mit einem Mal war Apophis sehr aufgeregt. »Ruf Mehu zurück! Ich habe einen Auftrag für ihn.«

»Zu so später Stunde?«

»Zu jeder Stunde!«, explodierte Apophis. »Er muss mir Tag und Nacht zur Verfügung stehen! Das gilt übrigens auch für dich!« Ein irres Leuchten glitzerte in seinen Augen.

»Ja, Herr«, sagte die Dienerin nur und machte sich eilig davon. »Ich wollte mich doch gar nicht –«

»Das will ich hoffen!«, rief er ihr nach. »Ihr seid alle meine Diener – Mehu, du und auch der Magus. Sogar der verdammte Joseph. Falls er protestiert, weil ich ihn rufen lasse – ganz gleich zu welcher Stunde …«

»Jo-Joseph, Herr?«, wiederholte die Dienerin.

Obwohl die Nacht kühl war, wälzte sich Neko schweißnass und unruhig auf dem Lager hin und her, das Aset und Isesi ihm bereitet hatten. Im Traum war er wieder Kamose und durchlebte noch einmal die Schrecken der Vergangenheit und auch die, die ihm in Zukunft bevorstanden. Für kurze Zeit kehrte sogar seine geliebte Mutter wieder ins Leben zurück – nur um gleich darauf erneut von ihrem heimtückischen Liebhaber ermordet zu werden. Es war sein Schicksal, die Nacht wieder und wieder durchleben zu müssen – die Nacht, als Riki und er in den Nil gesprungen, untergetaucht und mit dem Bild des gewaltsamen Todes seiner armen Mutter vor Augen in die Freiheit geschwommen waren.

Kurz darauf erlebte er eine Szene, die noch nicht einmal stattgefunden hatte. Er träumte davon, wie er Aram – nein, Apophis, den König Unterägyptens – zur Rechenschaft zog und Gerechtigkeit einforderte.

»Vater!«, rief die Traumgestalt seiner selbst zu dem übergroßen, schwarzbärtigen Giganten empor.

Die Gestalt wandte sich ihm zu und starrte verächtlich auf den kleinen Kerl hinunter. »Ja?«, fragte eine schneidende Stimme. »Ah – du bist es, mein jämmerlicher Abkömmling. Du wagst es, mich herauszufordern? Bereite dich lieber auf den Tod vor, der dich schon damals ereilen sollte, als ich deine Mutter getötet habe.«

Der kleine Junge versuchte, sein Schwert zu heben, aber es war schwer wie ein Felsklotz. Selbst mit beiden Händen konnte er es kaum in die Höhe heben – und erst recht nicht damit fechten! »Ihr Götter!«, flehte er. »Steht mir bei! Verleiht diesen Armen Kraft, um …«

Sein Vater stellte sich in Positur, doch er, der kleine Kerl, konnte die Waffe nicht heben, konnte sich nicht verteidigen, konnte nicht einmal seine bleiernen Füßchen in Bewegung setzen und einfach davonlaufen …

Auch Mara kämpfte im Traum – allerdings weniger gegen den verhassten Hakoris als gegen die lähmende Furcht, die sie beherrschte. Nachdem sie Hakoris durch einen langen finsteren Gang gejagt hatte, wandte er sich wie ein in die Enge getriebenes Tier gegen sie. Seine Augen blitzten vor Hass. Einen Wimpernschlag später stand sie plötzlich ohne Waffe da, ohne Kampfkleidung und ohne Schutzschild. Stattdessen war sie wieder klein – sehr klein und wehrlos.

Seine Sklavin! Ja, sie war es noch immer. In ihrem benebelten Kopf brannte dieser Gedanke wie Feuer. Nachdem sie ihn niedergeschlagen hatte, war sie ihm zwar davongelaufen, doch vor jedem Gericht dieses Landes galt sie noch immer als sein Eigentum.

»Komm nur her, du kleine Hexe!«, drohte Hakoris im Traum. »Du wirst mir nicht noch einmal entwischen! Komm her, lass dich ansehen.« Seine gewalttätigen Finger packten ihr Handgelenk so grob, dass sie vor Angst erstarrte. Und plötzlich verwandelte sich ihr Körper wieder in den einer weichen, üppigen Frau. »Ah!« Seine hungrigen Blicke glitten über sie hin. »Bevor ich diesen Leckerbissen meinen Männern überlasse, werde ich ihn selbst genießen. Sie werden dann den Rest erledigen – diese *Beduinen*!« Dieses Wort spuckte er förmlich aus, damit auch der Letzte verstand, wie die Maaziou mit Frauen umsprangen.

Seine Hand fuhr hinunter, um ihre Scham zu packen …

Mitten im Schlaf schoss Joseph hoch. »Er schickt nach mir!«, rief er mit erstickter Stimme. Die Decke rutschte auf den Boden.

»Wie bitte?«, murmelte Asenath schlaftrunken. »Was ist los, mein Lieber?«

»Der König«, antwortete Joseph leise. »Er schickt nach mir. Ich weiß es so genau, als ob er es mir direkt ins Ohr geflüstert hätte. Er schickt jemanden nach mir, der mich in den Palast ruft.«

»Aber, Joseph! Etwa mitten in der Nacht?«

»Das ist doch gleichgültig. Es geht um Jahi. Die Medizin des Magus hat versagt – nun bin ich an der Reihe. Und wenn ich dem Jungen nicht helfen kann, sind wir verloren – du, ich, unsere Kinder, mein Vater, meine Brüder und alle Angehörigen unseres Stammes.«

»Nein, Joseph! Bestimmt –«

»Wenn Gott doch endlich sprechen wollte! Wenn er meine Gebete doch endlich erhören würde!« Tief empfundene Angst sprach aus seinen Worten.

Sobald er den Wunsch hervorgestoßen hatte, fühlte er die nachfolgende Stille nur umso stärker – eine Stille, die nur der Geist seines Gottes füllen konnte. Tiefe Mutlosigkeit erfasste ihn, während sich nachtschwarze Schatten ausbreiteten und das Zimmer um ihn herum in Dunkelheit versank.

Es war Jahre her, seit Hakoris das letzte Mal in einem abgedunkelten Raum geschlafen hatte. Völlige Dunkelheit erfüllte ihn mit Grauen und unerklärlicher Angst, und deshalb brannten die ganze Nacht hindurch rechts und links vom lodernden Kaminfeuer noch zwei flackernde Öllampen.

Er setzte sich auf und sah sich um. Die Luft war kühl, sodass er nach dem Umhang neben seinem Bett griff. Sobald er sich eingehüllt hatte, tastete er nach dem Turban, den er niemals ablegte, und zog ihn bis auf die Augenbrauen hinunter. Zu Füßen seines Betts lag eine nackte Sklavin ausgestreckt vor dem Feuer und schlief. Sogar in dieser Haltung verharrte ihr Körper noch unbewusst in einer herausfordernden Position.

Zehn Jahre zuvor hätte er noch intensiv auf den Anblick des warmen, nackten Fleisches reagiert, doch inzwischen forderten die schlechten Angewohnheiten ihren Tribut. Nur seine schwarze Phantasie gehorchte ihm noch immer. Zeit seines Lebens hatte er sich hemmungslos ausgelebt, bis ihm der Akt schließlich so langweilig geworden war, dass er Zuflucht zu Experimenten nehmen musste. Inzwischen erregte ihn ein Körper nur noch, wenn er ihn quälen konnte.

Nein. Es war nicht die Lust, die ihn geweckt hatte. Der Anblick des verführerisch schönen Körpers ließ ihn kalt. Nein, etwas anderes hatte seinen Schlaf gestört ... Etwas Beunruhigendes, vielleicht eine Vorahnung? Womöglich ein Feuer im Kinderhaus? Oder eine Unruhe, mit der Sutek nicht allein fertig wurde?

Er runzelte die Stirn. Ja, wahrscheinlich war es das. Sutek war nicht mehr derselbe Mann wie früher. Im letzten Jahr hatte er zwei kleinere Unruhen unnötig brutal beendet. Einmal hatte er sogar die Wachen alarmiert – so etwas war unverzeihlich.

Früher, gleich nach Übernahme des Heims, hatte Hakoris sich ausschließlich auf sich selbst verlassen. Nachlässigkeiten hatte es damals nicht gegeben. Irgendwann jedoch war er der Arbeit müde geworden und hatte, nachdem er Sutek zum Aufseher bestimmt hatte, endlich Zeit gefunden, sich intensiv um seine Ländereien und Besitztümer zu kümmern. Als Ergebnis seiner Bemühungen stand er nun kurz vor dem größten Coup seiner Laufbahn, der die Besitzverhältnisse in Avaris gründlich verändern würde: Sobald Petephres nicht mehr unter den Lebenden weilte, würde Joseph seinen Posten als Wesir verlieren und alle Besitzungen, die er, seine Brüder und deren Verwandte seit ihrer Ankunft im Delta zusammengerafft hatten, würden in seine Hände fallen ...

Ausgerechnet in dieser wichtigen Phase schienen Sutek die Dinge zu entgleiten! Es wurde Zeit, dass er sich des Mannes entledigte. Wenn er daran dachte, was Sutek über seine beruflichen und persönlichen Machenschaften wusste, gab es nur eine Lösung: Der Aufseher musste den Krokodilen auf dem Grund des Nils Gesellschaft leisten! Außerdem musste er unverzüglich einen neuen Aufseher finden.

Ein überraschender Inspektionsgang mitten in der Nacht war genau der richtige Auftakt. Gleichzeitig konnte er seine dunklen Vorahnungen zerstreuen und mögliche Schwachstellen unter seinen Leuten aufdecken! Auf der Stelle wollte er sich auf den Weg machen. Kalt lächelnd schlüpfte er in seine Kleider, bewaffnete sich mit Schwert und Dolch und verhüllte alles mit einem dunklen Umhang, der seine Gestalt in der Dunkelheit fast unsichtbar machte.

Lautlos trat er wenig später in die Nacht hinaus.

IV

Hakoris war erst wenige Minuten lang unterwegs, als er plötzlich in einiger Entfernung Hufgetrappel vernahm. Sofort blieb er stehen und lauschte, woher das Geräusch kam. Rasch drückte er sich in einen Hauseingang.

Hufschlag! Das war ungewöhnlich. Und selten. Kuriere des Palastes besaßen Pferde, ebenso einige Soldaten und auch einige Händler, die damit ihre Waren zum Markt brachten. Doch um diese Zeit?

Der Hufschlag kam näher und näher. Und dann erblickte Hakoris im Lichts des Vollmonds eine Gestalt auf einem Pferd. Leider wurde das Gesicht von einer Kapuze beschattet, aber die Farben des Gewandes ließen auf einen Mann aus dem Haus des Wesirs schließen. Sofort war Hakoris im Bilde. Es gab nur einen Grund, der den Wesir zu so später Stunde noch auf die Straße bringen konnte – der König musste ihn in den Palast befohlen haben! Wahrscheinlich hatte der kleine Bastard wieder einen Anfall erlitten ... und der verdammte Magus hatte ihm nicht helfen können. Apophis hatte ihn verbannt und statt seiner Joseph rufen lassen!

Hakoris ballte die Fäuste. Eine Welle des Hasses überkam ihn. Der verfluchte Neferhotep und sein übertriebenes Geschwätz! Als welch jämmerlich schwaches Rohr hatte er sich entpuppt!

Ein faszinierender Gedanke schoss ihm durch den Kopf. Niemand wusste, wo er sich befand. Wenn er mit einem rasiermesserscharfen Dolch über Joseph herfiele ... Die Gassen waren verlassen, sodass niemand etwas bezeugen könnte ... Aber gleich darauf konnte er wieder klar denken und merkte, wie absurd dieser Gedanke war. Joseph wurde jeden Augenblick im Palast erwartet, und falls er sich verspätete ...

Nein. Der Einfall war zu verrückt! Hakoris spürte, wie sich zuerst seine Schultern, dann seine Hände und schließlich der Griff seiner Finger um den Knauf der Waffen entspannten. Er atmete betont langsam aus, denn sein Herz hämmerte noch immer wie wild.

Und dann drückte er sich noch tiefer in den Schatten und wartete bewegungslos, bis Joseph hoch aufgerichtet vorbeigeritten war.

Einer nach dem anderen schlüpften die Verschwörer von einem schmalen Durchgang aus durch die Hintertür in Meis Haus und versammelten sich im großen Zimmer, wo die Bänke noch immer nebeneinander aufgereiht an der Wand standen.

Diesmal war es Neko, der auf sich warten ließ. Als Aset und Isesi durch die Hintertür ins Haus traten, war Mara bereits da. Sie streifte die Kapuze ab und schüttelte ihre Locken – und stürzte

Aset zum wiederholten Mal in einen heftigen Zwiespalt zwischen Neid und Bewunderung. Sofort schämte sie sich ihrer Gedanken und eilte zu der Freundin. »Ich weiß nicht recht, ob ich nur aufgeregt bin oder ob ich Angst habe«, sagte sie, als sie Mara umarmte.

»Das ist doch nur zu verständlich«, beruhigte Mara sie mit sanfter Stimme. »Uns allen geht es nicht anders. Ich habe letzte Nacht schlecht geträumt. Aber ich weiß trotzdem, dass alles gutgehen wird. Ich habe einige der Leute besucht, die die Kinder aufnehmen werden. Alles ist bestens vorbereitet. Morgen werden dann die ersten Kinder in Händlerkarren aus der Stadt geschmuggelt.«

»Aber werden solche Karren denn nicht kontrolliert? Wird nicht die ganze Stadt nach uns suchen?«

»Das haben wir lange und sehr genau überlegt«, antwortete Mara. »Mit Sicherheit hat Hakoris kein Interesse, dass die ganze Stadt die Wahrheit über die Zustände in seinem Kinderhaus erfährt. Wenn wir also nicht allzu viel Aufsehen erregen und keinen allzu großen Schaden anrichten, ist gar nicht sicher, dass er den Überfall überhaupt anzeigt. Falls er jedoch die Wachen alarmiert, wird jedermann erfahren, welche Hölle er den Kindern bereitet hat.«

»Das weiß doch ohnehin schon jeder!«

»Aber niemand gibt es zu oder spricht in aller Öffentlichkeit davon. Hakoris ist zu reich und zu mächtig. Falls er jedoch die Wachen ruft und es zu einer Untersuchung kommt, werden alle seine Geschäftspartner erfahren, mit welchem Ungeheuer sie es zu tun hatten. Keiner wird mehr etwas mit ihm zu tun haben wollen! Wenn allerdings alles unter der Decke bleibt, wird sich nichts ändern.«

»Ich verstehe, was du meinst. Also hoffen wir das Beste!« Als Aset ihre Kapuze abstreifte, sah sie über Maras Schulter hinweg, wie Neko aus dem hinteren Zimmer hereinkam. Sofort schlug ihr Herz höher. Sie fasste Mara am Ellenbogen und drehte sie zu Neko um. »Hier kommt endlich der Freund, den ich dir schon gestern vorstellen wollte. Nun lernt ihr euch eben heute kennen.«

Sie war überrascht, als sie sah, wie Maras Gesicht aufleuchtete. Verblüfft trat sie einen Schritt zurück. Dann wanderte ihr Blick zu Neko. Dieser sah Mara unverwandt an, zögerte eine Sekunde, runzelte dann ungläubig die Brauen und grinste schließlich über beide Backen. Rasch eilte er auf Mara zu, während diese wie in Trance Asets Hand losließ und ihm entgegenging.

Unter Asets ungläubigen Blicken rannte Mara geradewegs in Nekos Arme. Seine großen Hände umfassten sie und drückten sie an sein Herz, und sie barg ihr Gesicht an seiner Brust. Neko hatte die Augen geschlossen, und seine Miene verriet Freude und Schmerz zugleich.

Von Sekunde zu Sekunde sank Asets Herz tiefer und tiefer. Die beiden sahen aus wie Liebende – wie Liebende, die einander endlich wiedergefunden hatten!

Einige Augenblicke lang verharrte Mara in der Wärme der Umarmung. Dann trat sie einen Schritt zurück und hielt Neko auf Armeslänge von sich. »Du siehst wunderbar aus!«, rief sie. »Schön wie ein Gott! So groß und stark und ...« Sie musste blinzeln, um die aufsteigenden Tränen zurückzudrängen. »Ich hätte dich trotzdem überall erkannt. Überall! Ach, es tut gut, dich wiederzusehen! Ich habe so oft an dich gedacht und nie geglaubt, dass ich dich noch einmal sehen würde. Alle haben behauptet, dass du auf der Flucht getötet worden seist.«

Statt einer Antwort schloss Neko das Mädchen mit einem überglücklichen Lächeln erneut in die Arme. Ohne die Umstehenden überhaupt wahrzunehmen, führte er Mara schließlich zu einer Bank an der Wand. Mit angehaltenem Atem und schmerzvoller Miene verfolgte Aset die Szene.

»Hakoris konnte uns nicht umbringen«, erklärte Neko. »Offenbar stehen wir beide unter einem ganz besonderen Schutz – du und ich. Ich habe schon immer gespürt, dass uns ein besonderes Schicksal verbindet. Vom ersten Tag unserer Begegnung an, dort oben am Fluss ...«

»... als du, Riki und ich auf Baliniris Insel unsere Flucht geplant haben«, ergänzte Mara. Sie konnte nicht widerstehen und nahm seine Hände in die ihren. Dabei durchfuhr sie ein kleiner Schauer. »Oh ... das liegt so lange zurück ... und dennoch scheint es so, als ob es gestern gewesen sei. Allein die Götter wissen, wie sehr ich dich vermisst habe …«

»All die Jahre habe ich einzig und allein an dich gedacht. Du bist so wunderschön, dass mich dein Anblick fast schmerzt. Genauso habe ich dich all die Jahre in Erinnerung gehabt. Liebe Mara, wenn das alles hinter uns liegt …« Seine Kopfbewegung umfasste die Verschwörer und die morgendliche Stunde, die sie alle zu gemeinsamem Tun vereinte. »Wenn all dies hinter uns liegt, werden wir beide …« Er konnte den Gedanken nicht vollenden und seufzte stattdessen aus tiefstem Herzen.

»Aber … aber du und Aram …« Sie zögerte. »Ich meine Apophis …«

Vorsichtig blickte Neko sich um. »Ja«, sagte er, »Aset ist die Einzige, die davon weiß – wenn sie ihren Bruder nicht eingeweiht hat. Die beiden sind wunderbare Menschen und werden das Geheimnis sorgfältig hüten. Ja, Mara – ja, es ist wahr, und zwar so sicher, wie ich hier sitze.« Er ergriff ihre Hand, und wieder durchzuckte sie der kleine Schauer. »Oh, Mara, so glücklich war ich seit Jahren nicht mehr. Von nun an lasse ich dich nie wieder aus den Augen.«

Während er das sagte, fiel sein Blick zufällig auf Asets Gesicht. Er sah die Verzweiflung, die sich darauf malte, und wusste in derselben Sekunde, was sie empfand. Er spürte den Schmerz, der ihr Herz durchzuckte, fühlte ihre Enttäuschung und ihre Traurigkeit über die Zurücksetzung. Aber er wusste auch, dass nichts diesen Schmerz lindern konnte. Als sie sich abwandte, weil sie merkte, dass er sie durchschaute, tat ihm das unsäglich weh.

»… wenn wir unser heutiges Abenteuer hinter uns haben. Was meinst du damit?«, hörte er Mara sagen.

»Es tut mir Leid«, entgegnete er. »Ich war mit meinen Gedanken ganz woanders. Was hast du …«

»Das macht doch nichts«, versicherte sie mit demselben bestrickenden Lächeln, an das er sich aus dem Kinderhaus erinnerte. Sie hatte sich fast überhaupt nicht verändert, war höchstens noch schöner geworden! »Es ist wunderbar, dass du wieder da bist«, sagte sie, »dass ich *dich* wiederhabe! Es wird alles gut werden – falls ich in dieser Beziehung etwas zu sagen habe.«

»Wie ist es Riki inzwischen ergangen?«, fragte Neko. »Als ich aus dem Kinderhaus und aus Ägypten geflüchtet bin, habe ich gehört, dass ihr beide angeblich nach Oberägypten gegangen seid.«

»Ja, das stimmt. Riki ist inzwischen Hauptmann – vielleicht sogar noch etwas Höheres – in der oberägyptischen Armee. Die Armee ist sein Leben. Nachdem wir seit der Kindheit so eng befreundet waren, haben alle gedacht ... nun, du weißt schon. Aber Riki hatte eigene Vorstellungen vom Leben, genau wie ich. Kannst du dich noch erinnern, wie sehr er immer Baliniri verehrt hat?« Es fühlte sich so wunderbar an, wenn er ihre Hände hielt, dass sie ihn gar nicht mehr loslassen wollte.

Neko nickte. »Wenn das alles überstanden ist, liebe Mara, werden wir ebenfalls nach Oberägypten gehen.«

»Ich war dort, und ich muss sagen, dass ich immer Heimweh nach dem Delta hatte. Nun ja, schließlich habe ich hier auch etwas zu erledigen – mit etwas Glück wird es uns ja heute schon gelingen.«

Ja, dachte er, *am Glanz in ihren Augen erkenne ich den Hass von damals wieder. Sie hasst Hakoris noch immer.*

»Warum möchtest du nach Oberägypten?«, fragte Mara.

Wieder sah Neko sich nach allen Seiten um und dämpfte dann seine Stimme. »Wegen der Prophezeiung, Mara. Ich glaube mehr denn je daran, dass sie wahr ist. Ich kann dir nicht sagen, was mich so sicher macht – ich *weiß* es einfach!«

Maras Augen weiteten sich, und ihre Hand in der seinen zuckte. »Die Prophezeiung in Bezug auf Aram? Die ...«

Er zog eine Hand zurück und bedeutete Mara zu schweigen. »Ich habe nur Aset eingeweiht ... aber ich fürchte, dass sie mich nicht ernst nimmt. Ich muss auf jeden Fall nach Oberägypten. Und wenn ich wieder ins Delta zurückkomme – dann nur als Anführer einer siegreichen Armee.«

Mit ungläubigen Augen starrte Mara Neko an. »Aber, Kamose! Du ...«

»Bitte, Mara! Hier kennen mich alle als Neko. Diesen Namen hat man mir während meiner Jahre im Ausland verpasst. Ich möchte ihn vorerst beibehalten. Glaube mir, es ist besser so.«

»Ich werde mich daran halten. Aber du … an der Spitze einer Armee? Zusammen mit Mekim, Baliniri und Riki und –«

»Vertraue mir!« Das klang eindringlich. »Es klingt vielleicht abenteuerlich, aber du musst mir vertrauen. Ich weiß es einfach. Ich kann es nicht erklären, aber als ich aus Ägypten geflüchtet bin, wusste ich bereits, dass ich die Prophezeiung eines Tages wahrmachen würde! So sicher, wie ich weiß, dass du und ich –«

Mit der Hand verschloss sie ihm die Lippen, und mit einem winzigen Lächeln, das nur für ihn bestimmt war, sagte sie: »Ich vertraue dir. Bitte, erkläre mir später alles, was ich nicht verstehe. Jetzt wollen wir erst einmal unsere Arbeit erledigen.« Sie stand auf und entzog ihm nur unwillig ihre Hand. »Welch wunderbares Wiedersehen – obendrein an einem so bedeutungsvollen Tag! Ich kann gar nicht abwarten, mit Aset zu reden. Sie hat uns miteinander bekannt gemacht – dabei hatte sie nicht die leiseste Ahnung von den starken Banden, die uns …«

In diesem Augenblick begriff Mara die Zusammenhänge. Betroffen sah sie auf Neko hinunter und las in seinen Augen, dass sie richtig vermutete. Sofort suchten ihre Blicke die Freundin, die in einer Ecke angeregt und überlaut mit einigen Freunden diskutierte. Aset sah nicht zu ihnen herüber, aber ihr Gesicht war angespannt und gerötet, und hektische Betriebsamkeit verdeckte den Abgrund aus Kummer und Schmerz, der sich in ihrer Seele auftat.

Als Joseph gerade den Raum im königlichen Flügel betreten wollte, rauschte Neferhotep mit hasserfülltem Blick an ihm vorbei – gefolgt von einem Schwall grober Flüche auf Ägyptisch und in der rauen Sprache der Hay. Der König beschimpfte ihn als »Scharlatan und Quacksalber«, aber bei jeder Beleidigung reckte sich der Magus nur stolzer empor und ließ alle Anwesenden seine Feindseligkeit spüren.

»Nun ist die Reihe an Euch, Joseph«, zischte Neferhotep mit einem giftigen Seitenblick in Richtung auf das Kinderzimmer. »Ich bin froh, dass ich die Verantwortung los bin. Viel Glück!« Doch sein Ton sprach eine andere Sprache. »Ihr werdet sehen, wie schnell es Euch wie mir ergeht.«

»Joseph!«, tönte die bellende Stimme des Königs aus dem Inneren des Raumes. »Wo zum Teufel steckt dieser Joseph? Schafft ihn endlich herbei! Was hält ihn denn so lange auf? Mehu? *Mehu?* Verflucht, wo steckst du? Bring Joseph sofort zu mir!«

V

Die Tür war nur angelehnt. Hakoris hob die Laterne mit ausgestrecktem Arm in die Höhe und erkannte auf dem breiten Bett zwei eng ineinander verschlungene Gestalten. Im flackernden Licht glänzte die Haut des jungen Mannes und hob sich deutlich von Suteks weißem Gewand ab.

»So ist das also!«, schrie Hakoris. Er stieß die Tür auf und stellte die Laterne auf einem Tisch ab. »*Deshalb* also versäumt Ihr Eure Pflichten! Ihr amüsiert Euch mit Euren Lustknaben, während im Kinderhaus der Teufel los ist. Jederzeit könnte ein Brand ausbrechen ...«

»Einen Moment – mäßigt Euch!«, entgegnete Sutek energisch. Er schob den jungen Mann beiseite und zog sein Gewand zurecht. Ohne jede Hast oder Furcht erhob er sich dann. »Geh jetzt, Junge. Na los!«, sagte er und gab dem mageren, jungen Mann einen Klaps auf die Rückseite. Rasch raffte dieser seine Kleider zusammen und drückte sich an Hakoris vorbei aus dem Zimmer.

»Nun?« In aller Ruhe verknotete Sutek mit knochigen Fingern den Gürtel seines Gewandes. Die schreckliche weiße Narbe teilte sein Gesicht von der leeren Augenhöhle bis hinunter in den verzerrten Mundwinkel brutal in zwei Hälften. »Was soll dieser Überfall? Welcher Teufel hat Euch geritten, so brutal in mein Privatleben einzubrechen?«

»*Privat –!*«, höhnte Hakoris. Vor Wut traten ihm beinahe die Augen aus dem Kopf. Dies war so gar nicht die Szene, die er vor Augen gehabt hatte: Er, der ruhige Ankläger, und Sutek, ein verwirrter Untergebener, den man auf frischer Tat ertappt hatte und der sich nicht verteidigen konnte. »In meinen Diensten habt Ihr kein Privatleben!« Er ballte die Fäuste, weil er anders das Zittern seiner Hände nicht beherrschen konnte. »In jeder Sekunde seid Ihr mir verantwortlich –«

»Um der Götter willen – erspart mir diesen blindwütigen Zorn.« Sutek drängte sich an Hakoris vorbei in den von Fackeln erleuchteten Gang. Er gähnte und reckte sich und drehte Hakoris dabei den ungeschützten Rücken zu.

Hakoris tastete unter dem Umhang nach dem Messer in seinem Gürtel und war einige Sekunden lang unschlüssig. Aber noch bevor er sich entschieden hatte, hatte Sutek seine Gedanken erahnt.

»Ich würde mir das gründlich überlegen«, warnte dieser und klopfte dabei auf das Heft seines Schwertes. »Selbst bei meinem Vergnügen, wie Ihr es nennt, bin ich stets bewaffnet. Und mit dem Kurzschwert bin ich besser als Ihr, wie Ihr wisst.«

Hakoris' Lippen formten Worte, aber sein Mund blieb stumm. Es dauerte eine ganze Weile, bis er sich wieder in der Gewalt hatte. »Im westlichen Flügel stand die Tür praktisch offen. Ein Schlag mit der Faust – und das Schloss gab nach. Alle hätten davonlaufen können. Auch das Kaminfeuer im Arbeitsraum war nicht beaufsichtigt –«

»Das alles weiß ich sehr genau«, entgegnete Sutek seelenruhig. »Ist Euch denn nicht klar, dass ich die Herumtreiber so sehr eingeschüchtert habe, dass sie niemals einen Ausbruch wagen würden? Und was das Feuer im Arbeitsraum angeht – dort befindet sich nichts Brennbares in der Nähe. Ihr habt Euch also völlig umsonst ereifert. Wenn Ihr Euch wieder beruhigt habt, werdet Ihr …«

»Ich will Euch hier nicht mehr sehen!«, stieß Hakoris mit halb erstickter Stimme hervor. »Und zwar sofort! Noch heute Nacht verschwindet Ihr. Wenn Ihr bei Tagesanbruch noch hier seid, werde ich Euch …« Er hielt inne, als Sutek hämisch grinste.

»Hört Euch doch nur zu!«, zischte Sutek. Dabei umklammerte seine Hand unverändert den Griff seines Schwertes. »Wenn ich dieses Haus verlasse – dann nur, weil es mir so gefällt. Außerdem werde ich Apophis unverzüglich berichten, was ich von Euch weiß. Wenn ich dieses Wissen an Eure Feinde verkaufte, würde ich wahrscheinlich noch mehr erlösen.«

Abwartend sah er Hakoris an, und durch die Anspannung wirkte sein maskenhaftes Gesicht erst richtig heimtückisch. Hakoris schnappte nach Luft, suchte nach Worten, aber sie wollten ihm nicht einfallen. Hilflos umklammerte seine Hand den Griff seiner Waffe. Sutek hatte Recht: Dieser Einäugige hatte ihn in der Hand. Er wusste genug, um ihn für immer zu ruinieren. Es war besser, wenn er einlenkte – außerdem machte es wenig Sinn, einen Kampf zu riskieren, den er nur verlieren konnte.

Noch während er das dachte, entstand am anderen Ende des langen Gangs ein beträchtlicher Lärm!

Entsetzt fuhren die beiden Männer herum und hätten vor Schrecken fast ihre Waffen fallen lassen. Sie hörten, wie Riegel zurückgeschoben wurden, rostige Türangeln quietschten und Kinderstimmen jubelten. Jemand machte sich daran, die Kinder zu befreien!

Hakoris stieß einen unterdrückten Fluch aus und rannte zum Ende des Gangs, den Einäugigen immer knapp hinter sich. Er versuchte, die hohe Tür aufzudrücken, aber offensichtlich hatte man sie von der anderen Seite blockiert. Mit aller Kraft warf Hakoris sich mit der Schulter dagegen. Die Tür bewegte sich zwar ein wenig – aber sie öffnete sich nicht.

Beim zweiten Versuch rannten die Männer gemeinsam gegen die Tür an, aber erst der dritte Versuch machte den Weg frei. Die Tür schwang auf, eine schwere Bank stürzte um und Hakoris stolperte darüber und fiel mit dem Gesicht zu Boden. Als er sich auf seine schmerzenden Knie aufrappelte, sah er, dass sich die Kinder am anderen Ende des Zellenflurs vor der rettenden Türöffnung drängten, einander schubsten und gar nicht schnell genug hinausgelangen konnten. Zwischen ihm und den Kindern erkannte er vier Erwachsene – Männer und Frauen.

»Ihr da!«, brüllte er. »Kommt zurück! Wenn ich Euch erwische –«

Sutek hatte keine Sekunde gezögert. In kühnem Satz war er über den am Boden liegenden Hakoris gesprungen und hieb nun mit gezückter Waffe auf die nächststehende Gestalt ein. Der Figur nach handelte es sich um eine Frau. Sie parierte seinen Stoß und sprang zur Seite. »Neko!«, schrie sie mit heller, kindlich anmutender Stimme. »Neko, hilf mir!«

Der andere Gegner war ein breitschultriger, kräftig gebauter Mann von größter Entschlossenheit. Die Augen unter dem dunklen Haar blickten spöttisch. Alles an ihm erschien Sutek irgendwie vertraut. »Bringt die Kinder hinaus!«, rief der junge Mann den beiden anderen Gestalten im Hintergrund zu und drängte sich dabei mit einem großen Schritt zwischen Sutek und das Mädchen. »Los, bring sie in Sicherheit! Ich halte sie solange auf!« Lächelnd grüßte er Sutek mit seinem Schwert, das offensichtlich aus dem Ausland stammte und ein Stück länger war als die ägyptischen. »Ich habe ohnehin noch ein Hühnchen mit den beiden zu rupfen ...«

»Euch werde ich es zeigen!«, drohte Sutek und griff noch in derselben Sekunde blitzschnell an. Sein Stoß verfehlte den Hals des jungen Mannes nur knapp und wurde erst in allerletzter Sekunde pariert. »Verdammt! Stellt Euch und kämpft!«

»Neko!«, flehte das junge Mädchen. »Komm mit und überlasse sie sich selbst.«

»Ihr dürft keine Zeit verlieren. Tu endlich, was ich sage!«, stieß der junge Mann zwischen zusammengebissenen Lippen hervor. »Ich komme gleich nach!«

Das Mädchen schluckte heftig. Ängstlich irrten seine Blicke zwischen den Kontrahenten hin und her, während es widerstrebend zum Ausgang eilte und die letzten Kinder aus der Tür schob. Zurück blieben lediglich der Mann, den es »Neko« genannt hatte, und eine Gestalt in Männerkleidung, die aber nach Größe und Knochenbau mit ziemlicher Sicherheit eine Frau war. Während Hakoris sich aufrappelte und noch sein verletztes Knie betrachtete, rutschte der Gestalt die Kapuze vom Kopf, und schwarze Locken fielen über die Schulter herunter.

Hakoris erkannte die Frau auf der Stelle ... und im selben Augenblick wusste er auch, wer der Mann war, den die Kleine »Neko« genannt hatte!

»*D-du!*«, stieß er bebend hervor. Seine Hände zitterten. Rasch trat er neben Sutek und starrte die beiden fassungslos an.

»Ganz recht«, erklärte die Frau. »Ich bin es – Mara. Die Mara, deren Vater Ihr ermordet habt, die Ihr wie Dreck behandelt, geschlagen und gequält habt ...«

Inzwischen dämmerte es auch Sutek. »Ja! Und er – ich dachte, er sei tot!«

»So viel Glück gönne ich Euch nicht!«, entgegnete der junge Mann mit harter Stimme. »Ihr kennt uns beide, das weiß ich – aber Ihr habt keine Ahnung, wer ich in Wirklichkeit bin. Ihr kennt nur den Namen, unter dem ich in Eurem Gefängnis bis zu meiner Flucht geschmachtet habe.«

»Wer zum ...?« Weiter kam Sutek nicht, weil der junge Mann bereits voller Wut und Energie auf ihn einhieb. Sutek wurde weiter und weiter abgedrängt und konnte die Hiebe nur mit Mühe parieren. Hakoris schnappte nach Luft. Dieser junge Teufel kämpfte meisterhaft. Wie gebannt konnte er die Augen nicht abwenden und musste erleben, wie der junge Mann Sutek täuschte und schließlich nach seiner Parade am Oberarm verletzte. Es war nur eine Fleischwunde, aber der Einäugige ließ trotzdem fast sein Schwert fallen.

Diesen Augenblick der Unaufmerksamkeit nutzte die Frau aus, um Hakoris anzugreifen und ihm beinahe das Schwert aus der Hand zu schlagen. Er wich zurück, parierte und stach dann auf sie ein. Mehrmals traf er ihre Waffe, doch sie wehrte jede seiner Attacken mit gekonnten Paraden ab.

»Verdammt!«, stieß er hervor. Es wurde Zeit, dass er seine männliche Stärke einsetzte! Statt zu fechten, schlug er ihre Waffe mit kräftigen Schwüngen zur Seite und zielte direkt auf ihr Gesicht.

Sie duckte sich gerade noch rechtzeitig, aber dabei geriet sie ins Stolpern und fiel auf ein Knie. Sofort war er über ihr und drosch ihr Schwert mit einem energischen Hieb beiseite. Doch kurz vor dem Gnadenstoß hielt er eine Sekunde lang inne, um den Augenblick in voller Länge auszukosten.

Das gab ihr gerade genug Zeit, um sich blitzschnell zurückzuziehen und mit einer Rolle wieder auf die Füße zu kommen, bevor er noch reagieren konnte. Sie zog sich in Richtung der hinteren Wand zurück und zerrte dabei ihre verhedderte Kleidung zurecht.

Fluchend sah Hakoris zu Sutek hinüber, doch der Einäugige hatte sich erholt und erteilte dem jungen Mann nun seinerseits eine Lektion. Wie eine züngelnde Flamme zuckte seine Waffe durch die Luft und setzte hier und dort leichte Treffer. Bald färbten Blutflecken das Gewand des jungen Kämpfers, während Sutek ständig mehr Terrain gewann.

Doch von einer Sekunde auf die andere wendete sich das Blatt. Aus heiterem Himmel schlug der junge Mann mit eiserner Kraft und einem spöttischen Lächeln seinem Gegner die Waffe aus der Hand und durchbohrte ihn mit einem einzigen Stoß. Bis zum Heft bohrte sich das Schwert in den Einäugigen. Mit einem Aufschrei hielt der junge Mann inne und sah zu, wie sein Gegner fiel.

Hakoris schnappte nach Luft und vergaß alles um sich her. Mit einem wilden Schrei stürzte er sich hinterrücks auf den jungen Mann!

Aus dem Augenwinkel hatte dieser den Angriff mehr erahnt als gesehen und wollte sich noch umdrehen. Aber dazu war es zu spät. Das Schwert seines Gegners traf ihn an der Seite. Der junge Mann stolperte, ließ seine Waffe fallen und sank auf die Knie. Mit glasigen Augen sah er noch, wie das Blut hervorbrach, verdrehte die Augen und fiel vornüber aufs Gesicht.

In blindem Hass schrie Mara auf. Gleichzeitig stürmte sie mit schwingender Waffe nach vorn, als Hakoris sich gerade über Neko beugte, um ihm den Kopf abzutrennen. Sie hackte auf sein Handgelenk, sodass ihm das Schwert entfiel. Als er schreckensbleich zurückwich, stieß sie noch einmal nach und traf ihn an der Hüfte. Ein brennend heißer Schmerz durchfuhr ihn – Sekunden später spürte er sein Bein nicht mehr, konnte es nicht mehr bewegen. Jaulend vor Schmerzen stürzte er zu Boden und umklammerte sein Bein, das ihm nicht mehr gehorchen wollte. Er vergaß seinen Gegner und war nur noch mit sich und seinem Elend beschäftigt.

Mit dem blutigen Schwert in der Hand sank Mara neben dem reglosen Neko auf die Knie. »Oh, ihr Götter!«, schluchzte sie. »Ich flehe euch an – helft mir! Lasst ihn nicht sterben! Ich habe doch so lange auf ihn gewartet …«

In diesem Moment streckte Isesi den Kopf durch die Tür. »Mara«, rief er. »Jemand hat die Wachen alarmiert. Komm, wir müssen …«

In diesem Moment erblickte er den leblosen Körper auf dem Boden. »Oh, nein! Ist er –«

»Nein. Aber er ist schwer verwundet. Wo sind die Kinder?«

»Sie sind in Sicherheit, so wie wir das geplant hatten. Alles ist in Ordnung. Alles, außer …« Er seufzte. »Komm, lass mich dir helfen.«

Zu zweit fassten sie Neko an Armen und Beinen und wollten ihn hochheben. Aber Mara war völlig erschöpft. »Na los, Mara, streng dich an!«, flehte Isesi.

Als sie ihn bis zur Tür geschleppt hatten, sah Isesi, wie Hakoris sich an seinen blutigen Schädel fasste. »Hakoris! Er ist noch am Leben! Er kann uns verraten!«

»Du hast Recht.« Mara ließ Nekos Beine zu Boden gleiten und zog ihr Schwert. Um den Verletzten besser tragen zu können, hatte sie ihre Waffe wieder in die Scheide gesteckt. Aber als sie sich auf Hakoris stürzen wollte, ertönten eilige Schritte auf der Straße. Die Wachen konnten sie jeden Augenblick überraschen. »Komm, Mara. Wir können nichts mehr tun. Auf jeden Fall müssen wir Neko in Sicherheit bringen.«

Als Mara ihre Last wieder aufnahm, rief sie mit dunkler Stimme. »Hört zu, Hakoris! Bestellt Apophis, dass sein Sohn zurückgekehrt ist. Sein Sohn, habt Ihr gehört? Der Sohn, der ihn töten und die Hay endgültig aus Ägypten verjagen wird!«

Hakoris starrte in ihre Richtung, aber offenbar hatte er sie nicht verstanden. Sein Gesicht war schmerzverzerrt. »Was hast du gesagt?«, keuchte er gequält.

Aber da waren Mara und Isesi längst mit ihrer Last verschwunden.

Während sie Neko durch einen schmalen Gang auf der Rückseite des Gebäudes schleppten, hörten sie noch, wie die Wachen an das Eingangstor hämmerten. Am Ende der Gasse wartete Mei mit dem Eselskarren, mit dem er bereits die erste Gruppe Kinder in Sicherheit gebracht hatte. »Und wo sind die anderen?«, fragte er und sah sich nervös nach allen Seiten um.

Isesi war verwirrt. »Welche anderen?«

»Die anderen Kinder! Es sind doch noch mindestens zwanzig im anderen Teil des Gebäudes!«

Isesi schnitt eine Grimasse. »Um Himmels willen! Das wusste ich nicht.«

»Im Moment müssen wir uns zuerst um Neko kümmern«, sagte Mara. Zusammen hoben sie den schweren Körper auf den kleinen Wagen, und Sekunden später trieb Mei seine Esel zum Trab an. Mara biss sich auf die Lippen, als sie dem Wagen nachsah. »Wir sollten uns jetzt trennen. Ich gehe zur Zwischenstation und sehe nach, wie es den Kindern geht, und du kümmerst dich um Ka- ich meine um Neko. Und gib auf ihn Acht, Isesi. Er ist eine wichtige Person – und das gilt nicht nur für mich.«

»Ich weiß«, gab er lächelnd zurück. Dies war ein völlig neuer Isesi – so entschieden und kurz entschlossen kannte sie ihn bisher nicht. »Dann los, Mara. Die Wachen werden jede Minute hier sein!«

Der Hauptmann der Wache kniete neben Hakoris. »In welche Richtung sind sie geflüchtet?«, fragte er. »Rasch, antwortet, bevor –«

Hakoris stöhnte nur laut. »Ich habe solch grauenhafte Schmerzen!« Er presste die verwundete Hand gegen seinen Bauch. Und während er sich vor Angst und Schmerzen wand und krümmte, stand das eine Bein kerzengerade und bewegungslos ab.

Der Wachsoldat runzelte die Brauen. »Ist es Euer Bein, das so stark schmerzt?«

»Nein, du Narr!«, fuhr Hakoris ihn an. Und in dieser Sekunde wurde ihm die Wahrheit zum ersten Mal schmerzlich bewusst. »Ich … ich fühle überhaupt nichts mehr! Ich kann das Bein nicht bewegen! Ich bin gelähmt!«

Gelähmt! Er war ein Krüppel.

VI

Die geretteten Kinder hatten sie auf drei verschiedene Häuser in der Nachbarschaft verteilt, von wo aus sie unauffällig aus der Stadt gebracht werden konnten. Aset hatte die zweite Gruppe begleitet und eilte nun durch die abgelegensten, einsamsten Gassen zu Meis Haus.

Es hatte unendlich lange gedauert, bis sich ihr Herzschlag nach den überstandenen Aufregungen wieder normalisiert hatte. Aber selbst jetzt war ihr noch in jeder Sekunde bewusst, in welcher Gefahr sie sich befand.

Sie konnte kaum glauben, dass sie tatsächlich Teil dieser Aktion gewesen war. Die schüchterne kleine Aset kämpfte gegen das schreckliche Kindergefängnis. In Gegenwart des gefährlichsten Mannes von ganz Ägypten! Das alles wollte so gar nicht zu ihrem bisherigen Leben passen. Was war nur plötzlich mit ihr geschehen?

Und erst recht ihrem Bruder Isesi! Über Nacht hatte er sich völlig verändert! Der unentschlossene, versponnene Isesi hatte sich in eine Person der Stärke verwandelt und die Operation in jeder Phase perfekt und mit Entschiedenheit geleitet. Heute Nacht war er über sich hinausgewachsen. Was würde von heute an aus ihm werden? Konnte er nach dieser Nacht wieder in sein früheres Leben als stiller, nachdenklicher Mensch zurückkehren? Konnte überhaupt einer aus der Gruppe wieder in sein früheres Leben zurückkehren?

Das Geräusch von Schritten riss sie aus ihren Gedanken. Unwillkürlich drückte sie sich tiefer in den Schatten und presste sich eng gegen die Mauer eines Lagerhauses. Reglos wartete sie mit angehaltenem Atem, bis der Bote vorübergerannt war – ganz offensichtlich ein Wachsoldat, der im Palast Meldung machen und Verstärkung anfordern wollte. Erst, als nichts mehr zu hören war, löste sie sich aus dem Schatten.

Als sie die Kinder durch die Hintertür aus dem Gefängnis gedrängt hatte, hatte sie nur ganz vage aus dem Augenwinkel gesehen, dass Neko und Mara sich mit zwei Männern ein wütendes Gefecht geliefert hatten. Mara – eine Kämpferin! Im Grunde war das nicht verwunderlich, denn Mara war schon immer anders gewesen: Sie besaß eine gewisse Härte, eine ...

Aber nein! Jetzt war sie ungerecht. Irgendjemand musste ihnen schließlich den Rücken freihalten, damit sie die Kinder in Sicherheit bringen konnten. Sie war undankbar, wenn sie Mara geringschätzte, nur weil sie wie ein Mann gefochten und ihnen allen das Leben gerettet hatte.

Trotzdem ... von heute an sah sie Mara mit ganz neuen Augen.

Sie hatte wie ein Mann gekämpft. Mit Dolch und Schwert. Frauen taten so etwas nicht. Diese Aufgabe war nun einmal Männersache.

Aber lebten sie nicht schon lange in einer völlig veränderten Welt? In einer neuen Welt mit eigenen Maßstäben? Ihr Entschluss, gegen die Ungerechtigkeit zu kämpfen, brachte es mit sich, dass sie nun auch das Kämpfen lernen mussten. Sie wollte Neko bitten, sie im Umgang mit dem Schwert zu unterweisen. Ganz offensichtlich war er in dieser Kunst ein wahrer Meister. *Neko!*

Bei dem Gedanken an ihn schmerzte ihr Herz. Neko! Sie hatte ihn an Mara verloren, oder nicht? Sie hatte gesehen, dass die beiden Meis Haus vor dem Überfall zusammen verlassen hatten. Offensichtlich kannten sie einander schon länger. Aber das erklärte nicht den Eindruck der tiefen Verbundenheit, der Einheit, dessen Zeuge sie geworden war.

Sie durfte auch nicht vergessen, dass Mara geblieben war und mit Neko gegen diese beiden Männer gekämpft hatte. Wenn es etwas gab, was zwei Menschen miteinander verband …

Aset biss sich auf die Lippe und ballte die kleinen Fäuste. So lief es immer: Wunderschöne, starke Frauen wirkten auf Männer unwiderstehlich und wussten das für gewöhnlich auch. Warum sollte Mara in dieser Beziehung anders sein? Warum sollte das, was heute passiert war, eine Ausnahme sein?

Und dann – fast wie eine Antwort auf ihre Frage – geschah etwas, das ihr diese Nacht für immer unvergesslich machte: Hoch oben über dem Haus am Ende der Gasse schoss eine Sternschnuppe über den samtschwarzen Himmel. Zuerst eine, dann noch eine! Und schließlich war der ganze Himmel übersät!

Wie gebannt blieb Aset stehen und starrte staunend zum Himmel empor. Ein Zeichen, dachte sie. Ein Vorzeichen – doch was hatte es zu bedeuten?

»Ihr habt Recht«, sagte Apophis so leise, dass man ihn kaum verstehen konnte. »Er sieht wirklich ganz anders aus.« Er blickte auf seinen ruhig und friedvoll schlafenden Sohn hinunter. Der Junge atmete völlig regelmäßig. »Es ist ein Wunder! Noch vor einer

Stunde konnte er kaum Luft bekommen. Was habt Ihr gemacht?« Verwundert sah er Joseph offen und ohne jede Verstellung an.

»Ich habe nichts gemacht«, erklärte Joseph zurückhaltend. »Wenn Euer Sohn gesund ist – und ich denke, dass er das ist –, so ist es allein das Werk Gottes, des Gottes meiner Väter.« Schwer sank er auf den Stuhl neben dem Bett nieder. »Ich habe nur zu meinem Gott gebetet. Sonst nichts. Seit Ihr mich habt rufen lassen, habe ich gebetet. Wenn meine Gebete erhört werden, hat das nicht das Geringste mit mir zu tun.« Die fast tonlose, gleichförmige Sprechweise zeugte von seiner Erschöpfung. »Offensichtlich ist es der Wille Gottes, Euren Sohn zu heilen.«

»Ihr seid viel zu bescheiden«, entgegnete Apophis. »Jahi – wieder gesund! Ich kann es kaum glauben! Joseph, mein Freund, in der Vergangenheit hatten wir manche Differenzen. Doch mit dem heutigen Tag ist das vorbei! Von nun an dürft Ihr mit meinem unerschöpflichen Wohlwollen rechnen. Bittet mich, worum Ihr wollt. Um Reichtümer und Einfluss? Gewährt. Um Macht über Eure Feinde? Sagt nur ein Wort – und im Delta werden die Köpfe rollen. Soll ich Neferhotep töten lassen und seinen Besitz Euch und Eurem Stamm übereignen? Sagt nur einfach …«

»Nein, Herr«, gab Joseph zur Antwort, »dies ist alles nicht mein Verdienst. Der Magus hat getan, was in seiner Macht stand, doch ich glaube nicht, dass Jahis Rettung in der Macht eines Menschen lag. Ihn dürft Ihr nicht bestrafen.«

»Was wünscht Ihr dann?«, verlangte Apophis voller Ungeduld. »Sagt frei heraus, was Ihr begehrt.«

Joseph schloss die Augen und sagte lange Zeit gar nichts. Apophis überlegte schon, ob Joseph wohl eingeschlafen war, doch in diesem Augenblick schlug der Wesir die Augen auf. Mit matter Stimme sagte er schließlich leise: »Wenn Ihr mir die Sicherheit meines Vaters und meiner Verwandten garantieren würdet … Mein Vater ist sehr alt und wird bald sterben.«

»Gewährt!«, antwortete der König. »Übrigens – für die Beschlagnahmung Eurer Besitztümer – dafür ist Neferhotep verantwortlich. Es wird Euch alles zurückerstattet werden und Ihr werdet in Zukunft in allen Ehren hier in Ägypten leben! Von heute an werde ich Euch wie mein eigen Fleisch und Blut behandeln.«

Joseph sagte nichts darauf und sah den König nur lange an. Plötzlich errötete dieser, als er sich erinnerte, dass der Wesir Zeuge seiner ängstlichen Reaktion auf die Formulierung ›eigen Fleisch und Blut‹ gewesen war. Joseph hatte gehört, wie er den Tod seines Sohnes Kamose befohlen hatte, falls dieser nach Ägypten heimkehren sollte. Rasch wechselte Apophis das Thema. »Kommt mit hinaus auf den Balkon, Joseph. Die frische Luft wird Euch gut tun.«

Joseph schloss erneut die Augen. »Herr, ich brauche im Augenblick nur eines: Ich brauche Schlaf. Noch nie in meinem ganzen Leben war ich so erschöpft.«

Apophis war die Liebenswürdigkeit selbst. »Ihr habt Recht. Ich lasse Euch augenblicklich ein Lager bereiten. Mehu! Mehu, wo steckst du?« Der Diener, der sich nie weit vom König entfernte, hastete eilig herbei. »Bereite dem ehrwürdigen Joseph ein Nachtlager. Er hat heute Nacht ein Wunder vollbracht. Von heute an wirst du ihm größte Ehrerbietung entgegenbringen, verstanden? Und, Mehu ...«

»Ja, Herr?« Der Diener schnippte mit den Fingern, und sofort eilten zwei Untergebene herbei.

»Komm morgen früh gleich zu mir. Ich werde eine Proklamation verlesen. Mein Sohn ist endlich genesen. Joseph wird große Ehre zuteil werden. Ebenso dem Gott der Kanaaniter und Jakob als seinem Priester. Hast du verstanden? Wir werden ein großes Fest veranstalten. Wann ist dafür Zeit?«

»Am ... am Ende der nächsten Woche, Herr.«

»Ausgezeichnet! Ein Fest für den Gott der Kanaaniter – zum Dank für die Rettung meines Sohnes!« Er sah zu, wie Mehus Gehilfen Joseph auf dem Weg in das angrenzende Gemach stützen mussten, so müde war er. »Ach, Mehu, welch wundervoller Tag!« Vor Freude und Erleichterung schlug der König seine Faust in die Handfläche und trat genau in dem Augenblick auf den Balkon hinaus, als der Sternschnuppenregen über der Stadt niederging.

Mit weit aufgerissenen Augen taumelte er einen Schritt rückwärts und sank gegen die Mauer. »Bei allen Göttern!«, rief er laut. »Sieh dir das an, Mehu!«

Mehu kräuselte die Lippen. »Nun, Herr, eigentlich ist die Zeit für diese Art von Erscheinungen bereits vorbei. Höchst ungewöhnlich!«

Am östlichen Himmel stoben zahllose Sternschnuppen in alle Richtungen.

»Mehu!«, rief Apophis. »Dies ist ein Zeichen. Die Götter haben mir ein Zeichen geschickt! Sie haben nicht nur zugelassen, dass dieser Kanaaniter meinen Sohn kuriert ...«

»*Sie* haben es zugelassen, Herr?«, fragte Mehu ungerührt, aber Apophis achtete überhaupt nicht auf ihn.

»Auf dieses Zeichen habe ich so lange gewartet. Keiner meiner Astrologen hat es vorhergesehen! Nicht einer! Ich lasse sie alle ins Gefängnis werfen!«

»Euer Wunsch ist Befehl, Herr«, entgegnete Mehu mit nachsichtigem Lächeln.

»Schicke mir den Kommandeur der Garnison! Er soll augenblicklich erscheinen und zwei seiner besten Wagenlenker mitbringen! Lasst die besten Pferde anschirren!«

»Ja, Herr.« Mehu sah nicht länger zu den Sternen empor. »Wollt Ihr eine Botschaft senden, Herr?«

»Ja – und zwar an die Truppen an der Grenze. Deutlicher kann das Zeichen nicht sein! Genau darauf habe ich gewartet. Der große Angriff auf Oberägypten kann beginnen.«

Im Dunkel der Nacht gestattete sich Mehu, eine Braue hochzuziehen. »Der große Angriff, Herr?«

»Ja! Ja! Was stehst du noch herum? Beeile dich, Mann! Ich erwarte den Anführer der Truppen in spätestens einer halben Stunde! Na los, fort mit dir!«

Sobald der erste Schrecken überwunden war, wurde Aset sofort geschäftig. »Rasch, Mei«, sagte sie, nachdem sie Nekos blutende Wunde untersucht hatte, »holt frisches Wasser vom Brunnen! Wir haben keine Zeit zu verlieren.«

»Aber in den Gassen wimmelt es bestimmt schon ...«

»Ihr habt Recht, daran habe ich nicht gedacht. Natürlich könnt Ihr das Haus nicht verlassen. Wisst Ihr einen Rat?« Ihre Blicke glitten über Nekos schweißnasses Gesicht. Seine Augenlider flatterten, als ob er das Bewusstsein jeden Augenblick wiedererlangen würde. »Ich muss die Wunde schließen, bevor er verblutet.«

»Ich könnte ein Schwert erhitzen«, schlug Mei vor. »Als die Hay Khem belagert haben, habe ich es einmal gesehen. Das Gewebe wird durch die Hitze geschockt. Es schmerzt schrecklich, aber es hilft ...« Mei schüttelte den Kopf. »Doch was machen wir, wenn er schreit?«

»Das wird er nicht«, versicherte Aset. »Geht und erhitzt die Klinge, die Isesi mir gegeben hat.«

Als Mei den Raum verließ, betrachtete sie Nekos fieberheißes Gesicht. Sie schämte sich ihrer Gedanken zwar, aber unterdrücken wollte sie sie trotzdem nicht: Wenn sie ihn wieder gesund machte, wenn sie ihn tagtäglich bemutterte, bis er wieder ... Nun, manche Liebesgeschichten hatten schon so begonnen! Männer entwickelten oft ein ganz besonderes Gefühl zu Frauen, die sie während einer Krankheit betreuten.

Ja! Genau darauf hoffte sie. Dass er sie besonders gern mochte, hatte er mehr als nur einmal bewiesen. Das überraschende Wiedersehen mit Mara nach so vielen Jahren hatte ihn zwar ein wenig aus dem Gleichgewicht gebracht. Doch wenn er erst merkte, wie fürsorglich sie seine Genesung betreute, wie hingebungsvoll sie ihm Tag für Tag ihre Liebe bewies, würde er schon wieder lernen, sie zu beachten.

Wieder zitterten seine Lider.

Sie beugte sich über ihn und hörte, wie schwer er atmete. Sie konnte förmlich fühlen, wie sehr ihn jeder Atemzug schmerzte. *Oh, Neko! Wenn du nur wüsstest, wie sehr ich dich liebe! Zuerst werde ich dich gesund machen – und dann werde ich dich glücklich machen!*

Unruhig rollte sein Kopf von einer Seite zur anderen.

Mach dir keine Sorgen, mein Liebster, dachte sie. *Ich bin ja bei dir! Deine Aset ist hier und passt auf dich auf. Ich werde dich so fürsorglich wie sonst niemand pflegen. Nicht einmal deine Mutter war jemals so fürsorglich ...*

Das genau war es, oder nicht? Nie hatte sich jemand um diesen armen Jungen gekümmert. Seine Kindheit war armselig gewesen. Sein schrecklicher Vater hatte versucht, ihn zu töten, nachdem er zuvor seine Mutter umgebracht hatte. Danach hatte man ihn ins Kindergefängnis geworfen und missbraucht, bis er hatte fliehen können. Unter Seeleuten, Halsabschneidern und Piraten hatte er sein Leben gefristet, bis er schließlich schiffbrüchig an Land gespült worden war ... Und niemals in der ganzen Zeit hatte ihn jemand ...

Die Lider öffneten sich einen winzigen Spalt, und die aufgesprungenen Lippen bewegten sich, aber seine Stimme war vor Heiserkeit kaum zu verstehen.

»Mara!«, krächzte er mühsam. »Mara, Liebste, bist du bei mir?«

Kapitel 5

1

Vom Steilufer oberhalb des Nils spähte Mekim erwartungsvoll stromaufwärts. Im Schatten seiner runzeligen Hand erkannte er eine kleine schwarze Wolke, die über einem Signalfeuer emporstieg. Gleich darauf noch eine zweite. »Was das wohl zu bedeuten hat?«, rätselte er, ohne den neben ihm stehenden Wesir Baka direkt anzusprechen.

Der Wesir des Pharao Sekenenre und Vornehmer des Roten Landes blinzelte einmal kurz in Richtung Süden. »Dies ist eine Botschaft für mich«, erklärte Baka. »Eine Rauchwolke kündigt eine Botschaft für die Armee an. Die Botschaft ist verschlüsselt, sodass nur der Pharao, der Übermittler und ich etwas mit den Zeichen anfangen können.«

Mekim zog eine Braue in die Höhe und sah sich um, aber die meist jüngeren Offiziere schienen nichts gehört zu haben. »Und das verratet Ihr mir so einfach?«, fragte er etwas irritiert.

»Warum denn nicht?« Baka lächelte. »Hört zu, mein Freund. Ich habe mein Amt stets gewissenhaft ausgeübt. Doch nun bin ich müde und werde mich zurückziehen, sobald mir das möglich ist. Nun ... ich habe mich entschieden, Euch zu meinem Nachfolger für das Amt des Wesirs vorzuschlagen.«

Mekims Überraschung war vollkommen. Er riss die Augen auf und trat einen Schritt zurück. »Mich? Ihr macht Euch nicht über mich lustig, nicht wahr? Ich habe eigentlich immer gedacht, dass ...«

»Ihr dachtet sicher«, sagte Baka, während er die aufsteigenden Wölkchen beobachtete und die Botschaft entzifferte, »dass Euer alter Freund Baliniri für dieses Amt vorgesehen sei? Wahrscheinlich erwartet das jeder.«

»Genau das«, bestätigte Mekim noch immer völlig verblüfft. »Ich meine, jeder hat erwartet ...«

Baka jedoch hob die Hand und unterbrach ihn, während seine

Augen noch die Signale verfolgten. »Dachte ich es mir doch! Der Pharao persönlich überrascht uns mit einem unangekündigten Besuch.«

Mekim schüttelte den Kopf. »Ich kann es nicht glauben! Hat denn der Pharao Euch gegenüber überhaupt keine Geheimnisse mehr?«

Baka schmunzelte. »Keine, die ich nicht kenne. Seht Ihr die drei kleinen Punkte auf dem Fluss? Dort hinten kurz vor der Biegung? Das dürften die Barken des Königs sein. Er glaubt, dass er mich überrascht, und ich werde ihm den Gefallen tun und mitspielen, wie ich das immer tue. Ihr dürft den Pharao niemals merken lassen, wenn Ihr ihm einen Schritt voraus seid.« Der Anflug eines Lächelns spielte um Bakas Lippen. »Keine Sorge – ich werde Euch alle meine kleinen Geheimnisse verraten. Es liegen ja noch einige Monate bis zu meinem Rücktritt vor uns. Bis dahin werden wir sehr viel Zeit miteinander verbringen.«

»Ich stehe Euch wie immer Tag und Nacht zur Verfügung«, erklärte Mekim respektvoll und bescheiden. »Ich kann mich nur schwer an den Gedanken gewöhnen. Ich habe angenommen, dass Baliniri ...«

»Das habe ich nur kurze Zeit erwogen«, unterbrach Baka ihn. »Ich habe Baliniri ja noch nicht gekannt, als er damals mit Euch in Mesopotamien gekämpft und bei der Eroberung von Mari so großen Ruhm geerntet hat. Doch ich denke, dass er sich seitdem verändert hat.«

»Aber er ist ein ausgezeichneter Anführer!«

»Und unentschlossen«, korrigierte Baka mit Entschiedenheit. »Es hat ja eine halbe Ewigkeit gedauert, bis er endlich die Armee des verrückten Salitis verlassen hat und nach Oberägypten gekommen ist. Nein, nein, irgendetwas ist geschehen ... irgendetwas hat ihn verändert.«

Während Mekim sich die Worte durch den Kopf gehen ließ, konnte er die königlichen Barken bereits deutlich ausmachen. Die größere fuhr in der Mitte des Flusses und wurde von zwei kleineren mit ausgesuchten Soldaten begleitet. »Vielleicht hat ihn die Liebe zu einer Frau verändert. Er war in Ben-Hadads Frau verliebt, aber als sie ihn verließ und zu ihrem Mann zurückkehrte …« Mekim kratzte seinen Schädel. »Ich werde nie verstehen, wie eine Frau so viel Macht über einen Mann gewinnen kann.«

Baka lächelte verständnisvoll. »Das ist der beste Beweis, dass Ihr anders seid. Ihr werdet diese Situation vermutlich auch nie erleben – denn Frauen meiden Männer wie Euch, in deren Herz sie nicht Fuß fassen können. Sie suchen sich zielgerichtet nur die aus, deren Herz und Seele sie besitzen können. Baliniri ist ein solcher Mann.« Er seufzte leise. »Ich gehöre übrigens auch dazu – deshalb verstehe ich ihn so gut.«

Mekim sah sich nach den jüngeren Offizieren um, die die Köpfe zusammensteckten und sich angeregt unterhielten. »Ihr da!«, bellte er los. »Seht Ihr denn nicht das Boot des Königs auf dem Fluss? Na los, ruft die anderen zusammen und bewegt euch ein bisschen! Ja, ihr! Euch alle meine ich!«

Als die Milchgesichter erschrocken auseinander stoben, musste Baka lachen. »Womit Ihr Eure Allwissenheit eindrucksvoll demonstriert hättet! Wenn die Barken anlegen, werden alle wissen, dass Ihr sie als Erster erspäht habt und die Inspektion Euch nicht auf dem falschen Fuß erwischt hat.«

»Ich lerne in jeder Minute«, gestand Mekim ein. »Ihr wärt sicher überrascht, wenn Ihr wüsstet, wie genau ich Euch bei allem, was Ihr tut, beobachte. Das muss man einem altgedienten Offizier nicht erst beibringen.«

»Ein Grund mehr, Euch als Kandidaten vorzuschlagen«, bemerkte Baka. »Aber der entscheidendste Grund für mich war, dass Ihr mehrere Sprachen und Dialekte beherrscht. Wenn wir die Hay aus dem Delta verjagen und das Rote und das Schwarze Land wieder vereinen wollen, müssen wir es genauso machen wie sie – wir müssen Söldner anwerben. Überall in den benachbarten Ländern müssen wir sie anwerben.« Er drehte sich um und sah Mekim direkt in die Augen. »Ich habe erfahren, dass Musuri Euch seine Sprache gelehrt hat, bevor er starb.«

»Und Moabite auch. Von ihm habe ich einige kanaanitische Dialekte erlernt. Ich denke, dass ich mich zumindest ansatzweise mit dem Wesir Unterägyptens verständigen könnte.«

»Umso besser. Und wie steht es mit den Ländern stromaufwärts?«

»Dort wird größtenteils Nubisch gesprochen. Wie Ihr Euch sicher erinnert, habe ich für den jungen König Nehsi vor einigen Jahren bei seinem Staatsbesuch gedolmetscht. Musuri hat mich außerdem in Dialekten unterwiesen, die weiter südlich gesprochen werden – einschließlich des Landes der Feuerberge. Mit Händen und Füßen könnte ich Söldnern schon vermitteln, was ich von ihnen will.«

»Ausgezeichnet. Versteht Ihr jetzt, warum meine Wahl auf Euch gefallen ist?«

»Nun ja, das schon. Aber wie Ihr sicher wisst, habe ich viele Jahre lang immer in zweiter Reihe gedient. Es ist mir schon nicht leicht gefallen, als ich plötzlich General geworden bin ... Und nun das ...«

»An den Gedanken werdet Ihr Euch schnell gewöhnen«, versicherte Baka überzeugt. »Glaubt nur nicht, dass Ihr schon vorher alles wissen müsstet! Es kommt nur darauf an, dass Ihr diesen Eindruck vermittelt. Ihr werdet Euer Leben lang Erfahrungen sammeln. Seht mich an! Ich lerne noch immer, obwohl ich das Amt schon so lange ausübe.«

»Ihr macht mir zwar Mut«, entgegnete Mekim zögernd, »aber ich weiß trotzdem nicht, ob ich mich jemals in der normalen Welt – der Welt eines Wesirs – zu Hause fühlen werde. Obwohl ich lange Jahre in unmittelbarer Nähe des Hofes zugebracht habe, verunsichert mich das Zeremoniell noch immer. Ich fühle mich oft fehl am Platz.«

»Na, na«, meinte Baka. »Dann werden wir auf der Stelle mit dem Üben beginnen. Kommt, wir müssen unseren göttlichen Herrscher an seiner Landesgrenze begrüßen.« Gemeinsam gingen sie vom Steilufer hinunter zur Anlegestelle am Fluss. »Wie Ihr sicher wisst, wurde mir dieses Leben auch nicht an der Wiege gesungen. Als junger Mann war ich Schreiber und habe meine Nase ständig in Papyrusrollen gesteckt. Soldat wurde ich eigentlich nur aus der Not heraus, als die Hay Ägypten besetzt und unsere Armee vernichtet hatten. Auch die Aufgaben eines Wesirs habe ich mir erst im Lauf der Jahre durch Erfahrungen erarbeitet.«

Der ungewöhnlich versonnene Tonfall ließ Mekim stutzig werden. Baka wirkte in sich gekehrter, als das sonst seine Art war.

»Ihr Götter!«, fuhr Baka fort. »Wenn ich darüber nachdenke, habe ich fast mein ganzes Leben auf diese Weise zugebracht.« Er seufzte. »Manchmal wüsste ich gern, was aus mir geworden wäre, wenn die Hay nicht gekommen wären. Ich war damals jung und sehr verliebt. Sehr gern hätte ich eine Familie gehabt. Ich glaube, es hätte mir gefallen, morgens zur Arbeit zu gehen und abends zu Mereet und einigen herumhüpfenden Kindern nach Hause zu kommen ... Stattdessen jedoch ...«

Mekim konnte nachfühlen, was Baka durch den Kopf ging. »Ich habe mir sagen lassen, dass die Hay Ägypten völlig überraschend erobert haben.«

»Das ist richtig«, bestätigte Baka. »Damals wütete ein Bürgerkrieg in unserem Land. Neben den regulären Truppen, die sich gegenseitig bekämpften, durchstreiften auch viele räuberische Banden das Land. Alles hatte mit dem Tod des Pharaos begonnen. Seine Frau heiratete einen Mann aus dem Volk und wollte mit ihm zusammen regieren, aber die Priesterschaft und die vornehmen Familien ließen sich das nicht gefallen. Eines führte zum anderen. Zuerst gab es Streitereien, dann eine Revolution. Schließlich wurden Söldner ins Land gerufen, und der Bürgerkrieg begann. Während Ägypten mit sich selbst beschäftigt war, machten die Hay-Nomaden das große Ebla im Norden dem Erdboden gleich und durchquerten Kanaan.«

»Nach allem, was ich weiß, ist Kanaan damals die übliche Zerstörung erspart geblieben, nicht wahr?«

»Ja. So seltsam das klingt, aber der Mann, der dies zuwege gebracht hat, lebt heute im Delta. Er muss inzwischen uralt sein. Ihr habt bestimmt von ihm gehört – es ist Jakob, Josephs Vater, den sie auch Israel nennen.«

Inzwischen hatten die beiden Männer das Flussufer erreicht und verfolgten das Anlegemanöver der königlichen Barken. Baka verschränkte die Arme und starrte mit zusammengekniffenen Augen über das Wasser. »Jakob war mit Manouk, dem Anführer der Hay, befreundet, und so wurde sein Land geschont. Ich habe das alles von Mereet erfahren. Sie wurde zusammen mit Joseph eingesperrt, nachdem man sie hierher gebracht hatte. Damals wurden beide gute Freunde. Seltsam, dass ich ausgerechnet jetzt daran denke.«

»Woran denn? Dass Mereet und Joseph ...«

»Nein, nein, ich denke an Jakob und Joseph ... Irgendwie scheint ihr Schicksal und das ihres Volkes aufs Engste mit dem der Hay verbunden zu sein.« Er schüttelte den Kopf. »Das wird kein gutes Ende nehmen, denke ich. Wenn die Bevölkerung diesen Zusammenhang erkennt, wird die Familie bei einer Vertreibung der Hay zu leiden haben.«

»Ihr meint, dass die Menschen sich gegen Joseph und seine Familie wenden könnten?«

Baka runzelte die Stirn. »Es würde mich zumindest nicht überraschen. Falls Joseph und seine Brüder nur einen Funken Verstand besitzen, werden sie nach Kanaan zurückkehren, solange sie das noch können. Jakob geht es schlecht, er wird bald sterben. Falls Joseph zu diesem Zeitpunkt ein gutes Verhältnis zu Apophis hat, wird man ihm und den Seinen erlauben, den Leichnam seines Vaters in heimatlicher Erde zu bestatten. Auf diese Weise könnte ihnen die Rückkehr nach Kanaan gelingen. Nun, ich kann nur hoffen, dass sie so vernünftig sind und sich auch zum Bleiben entschließen. Sie haben es nicht verdient, in den Untergang der Hay hineingezogen zu werden. Mereet hat immer gesagt, dass Joseph ein aufrechter Mensch ist, dem man einfach nichts Schlechtes wünschen kann.«

Mekim lag eine Erwiderung auf der Zunge, doch in diesem Augenblick wurden auf der königlichen Barke die Ruder eingezogen. Während das Boot an den Anleger glitt, sprangen sechs kräftige Matrosen an Land und befestigten die Taue. Mekim wollte schon sein Schwert zücken, um den Pharao mit militärischen Ehren zu begrüßen, aber Baka legte ihm die Hand auf den Arm. »In diesem Fall genügt eine ganz normale Begrüßung«, sagte der Wesir. »Ihr solltet Euch schön langsam an die zivilen Höflichkeiten gewöhnen. Beim abendlichen Mahl werde ich meine Entscheidung bekannt geben.«

Mekim riss die Augen auf. »Schon ... schon heute?«

Baka grinste. »Es gibt keinen Grund, die Sache länger aufzuschieben.«

Wie Baka richtig vermutet hatte, begann die Inspektion unmittelbar nach der Ankunft. Die Unteroffiziere hatten sich große Mühe gegeben, sodass sich die Einheiten in tadelloser Ordnung präsentierten. Der junge Sekenenre war voll des Lobes. »Gute Arbeit, Baka«, sagte er, nachdem sie auch die letzte Formation abgeschritten hatten.

»Ihr solltet lieber Mekim beglückwünschen, Herr. Er hat dieses Lob verdient.« Mekim blinzelte nur und schwieg. »Genau wie Ihr, Herr, bin ich lediglich als Beobachter der Lage hier.«

»Nun denn, mein lieber Mekim – eine so eindrucksvolle Vorstellung verdient eine offizielle Anerkennung. Morgen vor dem Ablegen des Schiffes werde ich einige Auszeichnungen vergeben. Ihr dürft Euch schon jetzt als ausgezeichnet betrachten.«

»Ich verdiene solche Aufmerksamkeit wirklich nicht, Herr«, wehrte Mekim bescheiden ab. Als er jedoch sah, wie eindringlich Baka ihn anfunkelte, wurde ihm klar, dass derartige Anflüge falscher Bescheidenheit in Zukunft überflüssig waren.

»Seid nicht so bescheiden, Mekim. Die Gefechtsbereitschaft Eurer Männer ist beeindruckend. Mit solchen Einheiten hätte Sesostris III. ganz Nubien erobert und nicht schon in Semna Halt gemacht.«

Mekim empfand das Kompliment zwar als rundheraus übertrieben, aber es schmeichelte ihm trotzdem. Er senkte den Kopf, weil ihm so schnell keine angemessene Erwiderung einfiel. Als er nach einem verlegenen Hüsteln gerade zu seiner Entgegnung ansetzen wollte, bemerkte er in einiger Entfernung eine Bewegung: Aus Richtung Grenze ritt eine einzelne Gestalt in wildem Galopp auf sie zu. Mekim runzelte die Stirn.

Ein Untergebener salutierte. »Soll ich die Männer wieder in ihre Stellungen zurückbeordern, Herr?«

Mekim winkte ab. »Geduld. Erst muss ich hören, was es gibt. Verzeiht, Herr.« Er wandte sich ab und ging dem Reiter entgegen, lief sogar ein Stück, um ihn in etwa fünfzig Schritt Entfernung aufzuhalten.

»Verzeiht, Herr!« Der Soldat rang nach Luft. »Entlang der Grenze tut sich einiges. Ich denke, Ihr solltet Euch das unverzüglich ansehen. Irgendetwas bereitet sich vor – und die meisten unserer Männer befinden sich noch hier im Lager statt in ihren Stellungen an der Grenze …«

II

Mekim und Baka wechselten einen raschen Blick. Baka zog die rechte Augenbraue hoch, sagte aber nichts, sondern nickte nur so unauffällig wie möglich in Richtung des jungen Pharao.

Mekim reagierte blitzschnell. Er wandte sich zu Sekenenre um und verbeugte sich. »Herr, ich bin in Sorge um Eure Sicherheit …«

Verächtlich zog der junge König die Mundwinkel herab. »Soll ich mich Eurer Meinung nach etwa auf die Barke zurückziehen? Nein, nein, ich habe diese Reise unternommen, um meine Truppen an der Grenze zu inspizieren.«

»Verzeiht, Herr, aber sobald wir den geringsten Hinweis auf eine mögliche Gefahr erhalten, müssen wir Vorsichtsmaßnahmen treffen. Ihr seid der Repräsentant der Götter und Pharao des Roten Landes, und auf Euch richten sich alle Hoffnungen der Bewohner des Schwarzen Landes. Ihr seid der Einzige, der die Hay verjagen und das Delta wieder in Besitz nehmen kann. Falls ich Euer Leben in Gefahr bringe …«

Er ließ den Satz absichtlich unvollendet und sah rasch vom Pharao zu Baka hinüber. Zu seiner großen Erleichterung stellte er fest, dass er offenbar die richtigen Worte gefunden hatte.

»In diesem Punkt muss ich Euch Recht geben«, räumte der Pharao mit besorgter Miene ein. »Allerdings möchte ich statt eines Rückzugs lieber die Anhöhe dort ersteigen, von wo aus Ihr meine Ankunft so frühzeitig bemerkt habt. Mit fahrbereiten Booten und einer angemessenen Bewachung sollte diesem Wunsch eigentlich nichts entgegenstehen …«

Zum ersten Mal ergriff nun auch Baka das Wort. »Wie immer, Herr, habt Ihr wieder einmal genau den richtigen Kompromiss zwischen dem Notwendigen und dem Möglichen gefunden. Tatsächlich befindet sich dort oben auf der Anhöhe ein kleiner Aussichtsturm, den ich in meiner Zeit als Kommandeur Eurer Truppen habe errichten lassen – lange Zeit bevor der schätzenswerte

Mekim mein Nachfolger wurde. Von dort oben aus habt Ihr einen freien Blick auf die Stellungen an der Grenze. Ich muss allerdings darauf bestehen, dass Ihr Euch beim ersten Anzeichen eines Zwischenfalls auf die Barke begebt und unverzüglich Befehl zum Ablegen gebt.«

Lächelnd nahm Sekenenre die Bedingungen an, denn es lag ihm sehr viel daran, den Feind endlich einmal mit eigenen Augen zu sehen – und sei es auch nur aus einiger Entfernung. »Bestimmt einige Männer zu meinem Schutz und widmet Euch dann Euren Pflichten.« In eleganter Haltung trat er einen Schritt zurück.

Baka nickte Mekim zu, worauf dieser ungefähr ein halbes Dutzend rascher Befehle bellte.

Mekim war äußerst erleichtert, dass er endlich handeln konnte. Doch während er mit Baka zu den Stellungen an der Grenze eilte, wurde er das nagende Gefühl nicht los, dass irgendetwas nicht in Ordnung war und er womöglich einen Fehler gemacht hatte.

»Baka«, meinte er unvermittelt, »erwartet Ihr eigentlich, dass die Hay ...«

»Nun, natürlich kann immer etwas passieren. Aber Ihr wisst doch selbst, wie es in der Vergangenheit war. Die meiste Zeit haben sie uns in Ruhe gelassen. Wenn sie jedoch angegriffen haben, dann immer sehr überfallartig – aber wir haben sie noch jedes Mal zurückgeschlagen.«

»Ich denke an die Berichte, die uns zugegangen sind – die Berichte, dass Apophis zahlreiche Söldner ...«

Mit einer Handbewegung wischte Baka Mekims Bedenken beiseite. »Ja, ja, aber das macht er doch schon seit Jahren. Offen gesagt halte ich ihn für ziemlich unbeweglich. Ihr dürft nicht vergessen, dass sich seine Regierung augenblicklich in einer Art Sackgasse befindet. Die Unterstützung der Amun-Priesterschaft ist ihm im Augenblick nicht sicher. Aber die braucht er, wenn er überhaupt etwas unternehmen will! Petephres hat sich zu einem regelrechten Stolperstein entwickelt. Solange nichts dieses Gefüge sprengt ...«

»Aber Petephres wird langsam alt. Was wird werden, wenn er

stirbt oder ein anderes Ereignis die Macht der Amun-Priester untergräbt?«

Baka schnitt eine Grimasse. »Das wäre wirklich übel für uns. Zum Glück jedoch verfügen wir über einen Spion in Petephres' Haushalt, der uns unverzüglich in Kenntnis setzen wird, falls sich etwas ereignet.«

»Und wenn der Spion keine Gelegenheit mehr dazu hat?« Nachdenklich schüttelte Mekim den Kopf.

»Der Sternschnuppenregen der vergangenen Nacht beunruhigt mich sehr viel mehr ...«, gab Baka zu bedenken. »Ihr wisst doch, welches Gewicht Apophis allen Himmelszeichen und Weissagungen zumisst.«

Mekim sagte nichts darauf. Einige Augenblicke lang waren nur ihre eiligen Schritte auf dem festgestampften Boden zu hören. Dann jedoch wurden die beiden Männer plötzlich auf einen hohen, seltsam schrillen Ton aufmerksam. Er schien von der Palmenreihe vor ihnen, die die Grenze zwischen den beiden Teilen Ägyptens markierte, auszugehen und erfüllte die weite Fläche bis zu dem Punkt, wo sie sich befanden.

»*U-lu-lu-luuuuuuu* ...«, schrien männliche Stimmen in kreischendem Falsett.

Baka blieb wie angenagelt stehen. »Das ist das Signal zum Angriff! Ich habe dieses Geschrei schon einmal gehört – damals in Athribis, als ich noch ein Junge war ... Es ist der traditionelle Angriffsschrei der Leibgarde des Hay-Königs!« Seine Gedanken schienen in der Vergangenheit zu weilen, während sein Kopf gleichzeitig fieberhaft nach Erklärungen suchte. »Falls sie sich tatsächlich hier an der Grenze befinden ...« Er starrte Mekim an. »Mehr als zwanzig Jahre lang hat die Leibgarde Avaris nicht verlassen! Falls sie sich jetzt hier an der Grenze befindet ...«

»Kommt schnell!«, rief Mekim. Im Laufschritt rannte er dem Geschrei entgegen, dessen Intensität sich seltsamerweise plötzlich verdoppelt oder gar verdreifacht zu haben schien.

»Haltet inne!«, bellte Jufni, der Hauptmann der Bogenschützen. »Haltet ein! Noch sind sie zu weit entfernt. Wer ohne mein Kommando schießt, wird ausgepeitscht!«

Gebannt verharrten die Männer und beobachteten, wie die Hay kreischend den neutralen Boden vor den Palmen überquerten, hinter denen das Territorium der Nomadenkönige begann.

Beon, der Kommandeur der Reserveeinheit, war nach vorn geeilt, um das Geschehen aus nächster Nähe zu beobachten. »Seht nur, wie blass sie sind«, rief er.

»Es sind Hellenen«, erklärte Jufni. »In meinen Söldnertagen habe ich es einmal mit ihnen zu tun gehabt. Sie können überaus grausam sein. Es ist ihnen gleichgültig, was aus ihnen wird – solange sie nur möglichst viele Feinde umbringen. Wenn sie siegen, vergewaltigen sie alle Frauen und Jungen – zur Not auch Männer, falls sonst niemand mehr am Leben ist. Falls sie keine menschlichen Opfer finden, an denen sie sich auslassen können, dann betrinken sie sich und spannen sich gegenseitig ihre Lieblingsknaben aus.«

»Sie scheinen nervös zu sein.« Beons Stimme klang angespannt, als er beobachtete, wie die Krieger mit erhobenen Speeren und Schilden unaufhörlich näher rückten.

»Sie werden geopfert«, stellte Jufni fest. »Als erste Welle schicken die Hay offenbar ihre Söldner in den Kampf und halten die eigenen Truppen zurück, bis wir schwach und müde und damit eine leichte Beute sind.«

Inzwischen waren die Hellenen ganz nahe heran. »Bogenschützen!«, rief Jufni. »Achtung – schießt!«

Er senkte die Hand. In derselben Sekunde stiegen die Pfeile hoch in die Luft und senkten sich dann auf die anstürmenden Hellenen hinunter. Einige stolperten und fielen, andere wehrten die herunterprasselnden Geschosse mit den Schilden ab und rückten unablässig weiter vor. Längst hatten sie alle in den kreischenden Kriegsruf der Leibgarde eingestimmt, sodass die Luft unter ihrem Geschrei erbebte.

»Erste Reihe – Achtung!«, rief Jufni. »Haltet stand!«

Über die Köpfe der anrückenden Soldaten hinweg sah er, dass sich bereits eine neue Welle Kämpfer über das freie Land näherte. Welche Art Taktik war das? Verfügten die Hay etwa über so viele Männer, dass sie sie so leichtfertig verschwenden konnten?

Die erste Linie hatte seine Stellungen fast erreicht, die zweite

Welle überquerte das freie Feld, und schon wurde eine dritte Welle zwischen den Palmen sichtbar.

»Haltet die Stellung!«, bellte Jufni. »Bogenschützen bereitmachen!« Mit bleichem Gesicht drehte er sich zu Beon um. »Ruft mir einen Boten«, sagte er leise, aber eindringlich. »Mekim muss augenblicklich informiert werden.« Heftig boxte er sich mit der Faust in die Hand. »Wo bleiben nur unsere Reserven? Warum hat Baka sie nicht längst wieder zurückgeschickt?«

Zwischen den Hellenen und seiner Frontlinie war ein erbitterter Nahkampf entbrannt. Dröhnend schlug Metall auf Metall und untermalte das wilde Kampfgeschrei, während sich hinten vor den Palmen bereits eine vierte Welle von Angreifern formierte.

Auf der Aussichtsplattform klammerte sich Sekenenre an das Geländer und beobachtete fassungslos, wie eine Söldnerreihe nach der anderen auf seine Stellungen eindrang. Auf der linken Seite hatten die Griechen seine Männer bereits weit zurückgeschlagen, während auf der rechten die Maaziou Beduinen mit ihren Krummschwertern auf die Soldaten Oberägyptens einhackten.

Im aufwirbelnden Staub konnte er vage erkennen, dass sich vor den Palmen bereits eine fünfte Angriffsreihe formierte. Die Männer standen mit gezückten Waffen bereit, um sich nach dem Befehl in das Schlachtgetümmel zu stürzen.

»Baka!« Die Stimme des Pharao zitterte. »Baka! Mekim, wo steckt Ihr?«

Verzweifelt blickte er sich nach den beiden um, doch gleich darauf wandte er sich wieder dem schrecklichen Gemetzel zu. Zu seinem Entsetzen musste er feststellen, dass die Griechen seine Männer nun gänzlich überrannt hatten und keinerlei Formation mehr zu erkennen war. Freund und Feind waren im Staub und Durcheinander des Schlachtgetümmels nur an der Nacktheit der Griechen zu unterscheiden. Entsetzt wurde er Zeuge, wie drei seiner Soldaten niedergemetzelt wurden, wie sein Kommandeur – war es Jufni? Derselbe Jufni, dem er erst vor einem Jahr eine Tapferkeitsmedaille verliehen hatte? – von einem hellenischen Schwert durchbohrt und geköpft wurde und wie sein Kopf unter frenetischem Gelächter auf einen Speer gespießt und zur Schau gestellt wurde!

In diesem Moment warfen sich die Reserven, die er soeben inspiziert hatte, in das Kampfgetümmel. »Hurra!«, flüsterte er. »Macht sie fertig!«

Doch die Griechen, denen inzwischen auch einige Hethiter als Verstärkung zu Hilfe geeilt waren, drängten seine Soldaten gnadenlos immer weiter zurück. Die Reserven fochten zwar nach allen Regeln der Kriegskunst, doch gegen diese unglaubliche Übermacht hatten sie keine Chance. In kürzester Zeit waren sie überrannt. Die Niederlage war vollständig!

In diesem Augenblick begriff der Pharao zum ersten Mal, in welch schwieriger Lage er sich befand. *Ich bin in Gefahr! Ich ganz persönlich befinde mich in Gefahr!* Er blickte zu der Wachmannschaft hinunter, die Baka und Mekim zu seinem Schutz abgeordnet hatten. »Macht Euch bereit! Wir kehren auf das Schiff zurück!«, verkündete er mit bebender Stimme. »Ich komme nach unten.«

Blutend und völlig erschöpft versuchte Mekim, den alles verhüllenden Staub zu durchdringen. »Baka!«, bellte er. »Wo zum Teufel seid Ihr? Baka! Hierher!«

Direkt vor ihm brach ein griechischer Soldat aus dem undurchdringlichen Staubvorhang hervor. Sein nackter Körper glänzte vor lauter Blut. Mit wütendem Knurren stieß Mekim zu und durchbohrte den Griechen, bevor dieser auch nur seine Waffe gegen ihn richten konnte. Verächtlich spuckte Mekim auf den am Boden liegenden Körper.

»Baka!«, schrie er wieder.

Rund um ihn herum waren erbitterte Kämpfe in Gang. Mann kämpfte gegen Mann und erschöpftes Stöhnen begleitete jeden Hieb. Mit voller Kraft spaltete Mekim einem Beduinen die Kehle und konnte gerade noch verhindern, von einem anderen mit dem Speer durchbohrt zu werden. Fluchend prügelte Mekim seinem Angreifer mit Macht auf das Handgelenk, sodass diesem die Waffe entglitt, und stieß sofort mitleidslos nach. In den erstickten Schrei des fallenden Kriegers mischten sich Schmerz und Wut.

Mit dem Speer in der Hand drehte Mekim sich um und wäre fast über einen seiner eigenen Gefallenen gestolpert. Starr sah der Mann zu ihm empor.

»Baka!«, entfuhr es ihm, als er ihn schließlich erkannte. In dieser Sekunde beschlich ihn zum ersten Mal so etwas wie Furcht. Bisher hatte er keine Zeit dazu gehabt ... Doch nun, als der größte ägyptische Feldherr – sein großes Vorbild – gefallen vor ihm lag ...

Nein! Das durfte er nicht denken! Das war genau der Moment, in dem man schwach wurde! Der Moment, in dem man verlor, in dem man starb!

»Kommt nur her und versucht, mich zu kriegen, ihr Hundesöhne ...«, schrie er außer sich und teilte nach rechts und links mit gewaltigen Schwüngen aus, bis sein Speer irgendwann auf Metall traf und zerbrach. Daraufhin zog er sein Schwert und hackte voller Wut auf alles ein, was sich bewegte. Staub und blinde Wut trübten seinen Blick.

»Kommt und versucht ...«

Er hatte kaum zu schreien begonnen, als ihn ein Speer in den Rücken traf. Das nächste Wort blieb für immer ungesagt. Er taumelte, das Schwert entglitt seinen Händen. Er sah die Gegner, sah sie anrücken, sah sie wie durch einen roten Schleier, bis das Bild verblasste, grau wurde, grau und konturlos ...

»Rasch, Herr! Kommt an Bord!«, rief der Kapitän. Die königliche Barke war nur noch mit einem Seil mit dem Land verbunden. Die Ruderer waren bereit, und die Matrosen hielten jeder ein Tau gefasst, um auf Kommando des Kapitäns sofort das große Segel zu entrollen.

Mit tränenfeuchtem, ungläubigem Blick starrte Sekenenre stromabwärts. »Sie haben gewonnen«, sagte er tonlos. »Sie haben unsere Linien durchbrochen. Baka, Mekim und alle anderen sind tot ... sie machen keine Gefangenen ... nicht einmal Baka! Spätestens morgen werden sie Lischt erobert haben ... und danach Fayum! Unseren Brotkorb! Wir haben nicht genügend Truppen, um sie von der Oase fern zu halten! Wir sind verloren! *Die Hay haben gesiegt!*«

Inzwischen hatten ihn zahllose Hände gefasst und zogen ihn mit sanfter Gewalt auf das Schiff. Wie in Trance hörte er die Befehle zum Ablegen und verfolgte, wie die Fremden ein Stück weiter unten zum Flussufer herunterströmten. Er fühlte den Sog der Ruder, als sie das große Boot in die Strömung manövrierten, und über seinem Kopf bauschte sich das große Segel im auffrischenden Wind.

III

Erst, als der Wind und die Kraft der Ruderer die königliche Barke in die Mitte des Stroms bugsiert hatten und dann langsam, aber unaufhaltsam nach Süden vorantrieben, wurde das ganze Ausmaß der Zerstörung offenbar. Die ägyptischen Grenztruppen waren vernichtend geschlagen, und mit Schrecken musste Sekenenre aus der Ferne mitansehen, wie die letzten Überlebenden seiner Armee ans Ufer geschleppt, grausam gequält und schließlich ohne Gnade niedergemetzelt wurden.

Sekenenre musste heftig schlucken, aber dennoch zwang er sich zum Hinsehen. Nur so konnte er den Schmerz und die Erniedrigung seiner Soldaten teilen. Wenn er wegsah, würde er die armen Teufel sich selbst überlassen. Nein. Er durfte ihrem Leid nicht gleichgültig den Rücken kehren. Er wollte nicht, dass sie sich verlassen fühlten. Seine Knöchel traten weiß hervor, so fest umklammerte er die Reling, und während er die Augen starr auf das Geschehen gerichtet hielt, strömten ihm die Tränen über das Gesicht.

»Herr?«, hörte er leise neben sich sagen, und als er sich umdrehte, stand er dem Kapitän gegenüber. »Ich wünschte, Ihr würdet Euch möglichst schnell nach unten begeben.«

»Ihr wisst, dass ich das nicht tun kann!« Sekenenre wischte sich die Tränen ab. Er nahm eine hoheitsvolle Haltung ein, die ihn plötzlich sehr viel größer erscheinen ließ. »Mein Platz ist hier.«

»Herr, es ist nicht ausgeschlossen, dass es zu Kämpfen kommt …« Der Kapitän deutete stromabwärts, wo drei schlanke Kriegsboote der Hay auf dem Fluss aufgetaucht waren und machtvoll stromaufwärts ruderten. »Einem Angriff dürfen wir Euch keinesfalls aussetzen.«

»Unser Schiff wird nicht in den Kampf eingreifen«, entschied der Pharao mit ungewohnter Autorität. »Es ist vielmehr unsere Pflicht, die Garnison in Lischt zu alarmieren und anschließend unverzüglich nach Theben zurückzukehren. Falls Lischt fällt, ist auch die Oase Fayum gefährdet. Wir müssen alle verfügbaren Männer in Theben sammeln und uns auf eine Invasion vorbereiten.«

Angesichts der ungewohnten Entschlossenheit des jungen Königs trat der Kapitän einen Schritt zurück und nickte nur. »Ihr habt Recht, Herr. Ich werde unsere Begleitschiffe anweisen, den Verfolgern das Handwerk zu legen.« Ohne ein weiteres Wort trat er beiseite, rief einige knappe Befehle und wandte sich dann wieder dem Pharao zu. »Ich ... ich kann nicht verstehen, wie es dazu kommen konnte. Wie ist den Hay dieser überraschende Angriff nur geglückt? Baka hätte es doch wissen müssen!«

Mit gerunzelter Stirn starrte Sekenenre auf die grausige Szene am Ufer. »Richtig. Ich fürchte, dass dies mein Fehler ist«, räumte er ein. »Ich habe die Anzeichen der Schwäche seit Jahren übersehen. Auch die Besten werden eines Tages alt und verlieren die Qualitäten, die einst ihren Ruhm begründet haben. Ich ... ich bin in dem Wissen groß geworden, dass Baka unfehlbar ist. Das war die Überzeugung meines Vaters, und ich habe daran festgehalten und die Zeichen der Zeit missachtet.«

Einige Minuten lang starrte Sekenenre stumm stromabwärts, ohne jedoch das Geschehen wirklich wahrzunehmen. Blinzelnd schüttelte er schließlich den Kopf. »Nun gut – genug davon«, erklärte er mit zusammengepressten Lippen. »Von heute an stehen wir mit dem Rücken an der Wand. Da wir keine Vorwarnung erhalten haben, wird Lischt vermutlich nicht zu halten sein. Außerdem werden wir höchstwahrscheinlich auch noch unsere Getreidefelder in der Region von Fayum verlieren. Wir werden teure Nahrungsmittel einführen müssen. Ich werde mit Nubien verhandeln und als Tausch einige Erzrechte anbieten müssen.«

Der Kapitän spürte, welch widerstreitende Gefühle den Pharao beherrschten, und schwieg respektvoll. Als Sekenenre wieder das

Wort ergriff, schwang neue Entschlossenheit in seinen Worten mit. »Mekim stand kurz davor, an Bakas Stelle zu treten«, sagte er, »und ich denke, dass er es genauso gut gemacht hätte wie jeder andere. Nun werde ich den Posten Baliniri antragen.« Er schien laut zu denken, sodass sich der Kapitän aufs Zuhören beschränkte. »Das bedeutet, dass ich einen neuen Armeeführer finden muss. Doch wen habe ich? Leider nur alte Männer oder Bürschchen, denen noch jede Erfahrung fehlt. Keiner von ihnen, auch nicht der Beste, hat Erfahrung und Ausstrahlung genug, um die Truppen mitzureißen. Seit Baka Wesir wurde, hat sich kein herausragender Soldat mehr gezeigt. Musuri war lange Zeit der vielversprechendste, aber als wir uns endlich seiner Dienste versichern konnten, war er bereits alt und stand kurz vor dem Ende seiner militärischen Laufbahn.«

»Aber er hat die Schlacht gegen Akilleus gewonnen, Herr.« Im Moment, als der Kapitän das sagte, wusste er, dass er damit seine Grenzen überschritt. Doch das hinderte ihn nicht im Geringsten. Musuri war sein Mentor gewesen und hatte ihn damals für diesen Posten auf den königlichen Schiffen vorgeschlagen.

»Ja, aber auch nur dank eines eisernen Schwerts und des pünktlichen Überlaufens des Schwarzen Windes, sprich seiner eigenen Frau und ihrer Kämpferinnen«, entgegnete der Pharao. »Damit will ich die Verdienste des alten Mannes keineswegs schmälern. Er war der richtige Mann zur richtigen Zeit am richtigen Ort, aber es war sein letzter Kampf. Kurz danach hat er sich aus der Armee verabschiedet.« Mit nachdenklicher Miene starrte Sekenenre vor sich hin. »Ich wüsste zu gern, was aus dem Schwert geworden ist. Aus dem eisernen Schwert, das von Karkara aus Sado stammte. Ach, wenn unsere Soldaten doch eiserne Waffen besäßen! Dann müssten wir uns weder vor den Hay noch vor ihren Söldnern fürchten!«

»Früher oder später werden wir das Geheimnis kennen. Und wenn wir es erst haben …«

»Wer sollte es uns verraten?«, fragte der König voller Bitterkeit. »Schobai ist tot, und wie es aussieht, hat er keines seiner Kinder in die Geheimnisse der Herstellung eingeweiht. Sein Sohn Ketan hat inzwischen sogar das Waffenschmiedehandwerk aufgegeben, und seine Tochter Teti ist verschwunden. Ben-Hadad hat das Schmieden von Eisen nie gelernt, und sein Sohn kann nicht einmal aus zwei Steinen Feuer schlagen.«

»Ben-Hadad hat einen Sohn hinterlassen, Herr?«

Sekenenre schnitt eine Grimasse. »Ja. Es heißt, dass er überaus klug sein soll – dass sich sein Kopf aber immer hoch oben in den Wolken befindet.«

»Aber Ketan hat Lehrlinge ausgebildet. Erst vor ein paar Wochen haben wir eine neue Lieferung Schwerter aus Theben erhalten.«

»Leider kann die Qualität jedoch in keiner Weise mit der mithalten, die damals den Truppen meines Vaters zur Verfügung stand.« Mit großer Bitterkeit stieß der Pharao diesen Satz hervor. »Nein, nein, Kapitän, das alles ist mein Fehler. Auch der Fall von Lischt rechnet dazu. Wenn die Barbaren die Stadt erobern, wird der Tod der Verteidiger allein mein Gewissen belasten. Ich werde die Evakuierung der Bewohner anordnen und auch die Oase räumen lassen.« Voller Zorn schüttelte er seine beiden schmächtigen Fäuste in Richtung auf das Ufer.

»Eine Evakuierung, Herr?«

»Ja. Ich will meine Untertanen und meine Soldaten in Theben in Sicherheit wissen. Wir müssen unsere Armee sammeln und unsere Verteidigung neu aufbauen. Ich werde das ganze Land mobilisieren und persönlich das Kommando übernehmen, falls ich keinen guten Mann finden kann. Ich werde mein Volk überzeugen. Sollen die Hay Lischt ruhig einnehmen – Theben werden sie jedenfalls nur über meine Leiche bekommen!«

So entschieden hatte der Kapitän den jungen Pharao noch nie sprechen hören. Insgeheim warf er einen Blick stromabwärts, wo die königlichen Begleitboote von der Mitte des Stroms aus inzwischen die Boote ihrer Gegner attackierten. Im selben Augenblick wurde er Zeuge, als eines der ägyptischen Boote ein Schiff der Hay mit voller Geschwindigkeit an der Breitseite rammte und seinen Bug tief in den Bauch des Verfolgers bohrte. Unter lautem Geschrei enterten die Soldaten das Schiff und schlugen und hackten wie entfesselt auf ihre Feinde ein.

»Irgendwann, irgendwo«, fuhr der Pharao nachdenklich fort,

»werde ich einen neuen Anführer für meine Armee finden. Dessen bin ich sicher. Doch wo soll ich suchen? Ob ein Ausländer die nötigen Qualitäten mitbringt? Oder werden meine Truppen womöglich ablehnen, unter dem Kommando eines Fremden zu kämpfen?« Der König schlug mit der Faust auf die Reling. »Der Schlüssel zum Sieg sind eiserne Waffen! Das haben die Hethiter oben im Norden mehr als nur einmal bewiesen. Wenn ich doch nur einen hethitischen Söldner fände, der mit seinem persönlichen Waffenschmied von Armee zu Armee zieht …«

Da konnte der Kapitän nicht länger an sich halten. »Herr«, sagte er, »falls Karkara von Sado wusste, wie man Eisen schmiedet, hat er dieses Wissen vielleicht auch jemandem weitergegeben. Vielleicht jemandem in Nubien.«

Mit ernstem Gesicht musterte Sekenenre seinen Kapitän. »Angeblich hatte Karkara Lehrlinge, die ihn überlebt haben. Meine Spione forschen schon seit geraumer Zeit nach ihnen, aber bisher war uns kein Glück beschieden.«

Der Kapitän sah auf die Hände des Pharao hinunter und wunderte sich wieder einmal, wie gerade schwierige Zeiten den wahren Charakter eines Menschen ans Licht brachten. Er hatte Sekenenre eher für einen leichtlebigen Höfling gehalten, aber offenbar war er doch mehr Dedmoses Sohn, als man auf den ersten Blick vermuten würde.

Nun, Ägypten konnte einen Mann wie ihn sehr gut gebrauchen. Dies war ein mehr als schwarzer Tag für sein Land! Und ohne Zweifel würden weitere schlimme Tage folgen.

Plötzlich musste er an die beunruhigenden Himmelszeichen denken. Gab es vielleicht einen Zusammenhang zwischen den Sternschnuppen und Ägyptens heutiger, völlig unerwarteter Niederlage? Vielleicht war dieser Tag der letzte für Ägypten. Vielleicht hatten die Hay heute endgültig gesiegt und standen nun vor der Übernahme des gesamten Landes.

Die Ruderer im Bug kündigten eines der wendigen ägyptischen Boote an. Unmittelbar darauf legte es an der Barke an, und sein Kommandeur stieg auf das Schiff des Pharao hinüber. Sekenenre fasste sich kurz und gab dem Mann die nötigen Befehle für die

Evakuierung und die Verteidigung von Lischt. Außerdem bat er darum, augenblicklich Boten in alle Städte und Garnisonen der Oase zu schicken.

»Ja, Herr!« Das Gesicht des Kommandeurs war unbewegt, aber in seinen Augen brannte tiefe Sorge. »Ich werde meinem Vorgesetzten in der Garnison schnellstmöglich berichten. Aber solltet Ihr nicht längst schon auf dem Weg nach Theben sein?«

»Meine Begleitboote haben mein Entkommen möglich gemacht«, erwiderte der Pharao, »und die armen Teufel haben meine Sicherheit mit ihrem Leben bezahlt. Aber natürlich habt Ihr Recht. Ich muss unverzüglich nach Theben zurückkehren. Welch ein Verlust! Wir haben die Grenzregion eingebüßt und obendrein auch noch Baka und Mekim – alles an einem einzigen Tag!« Er wollte auch noch Lischt und die Oase Fayum der Liste anfügen, doch im letzten Moment hielt er sich zurück. Er straffte seine schmalen Schultern und nahm eine aufrechte Haltung ein. »Nun, ich wünsche Euch viel Glück. Das Leben der Einwohner von Lischt und die Sicherheit der Garnison liegen allein in Euren Händen. Ich bin sicher, dass ...«

Als er das entsetzte Gesicht des Kapitäns gewahrte, brach er mitten im Satz ab. Er drehte sich um, kniff die Augen zusammen und sah, dass über dem gesamten Grenzgebiet dichter schwarzer Rauch aufstieg. »Die Schiffe! Meine treuen Begleiter – meine Schiffe – sie sind ...«

Der Kapitän unterbrach Sekenenre. »Nein, Herr«, sagte er tief bewegt. »Das sind nicht nur Eure Schiffe. Für zwei Schiffe ist das viel zu viel Rauch. Ich fürchte, dort brennen nicht nur die Schiffe, sondern auch die Dörfer an der Grenze ... die Felder ... die Häuser ... die Läden ... die Frauen und Kinder ... einfach alles ... Ein grauenhafter Anblick!«

Kapitel 6

I

Die überraschende Neuigkeit des vollständigen Siegs der Hay verbreitete sich nur langsam stromabwärts. Sobald die Niederlage der oberägyptischen Armee unwiderruflich feststand, wurden Boten auf dem Fluss- und dem Landweg abgesandt. Die Boote legten jedoch nirgendwo an, sondern näherten sich nur dort, wo es möglich war, dem Ufer und riefen den Fischern die Neuigkeit zu. Die Kuriere des Königs galoppierten unterdessen mit den wichtigen Nachrichten durch das Delta und unterbrachen ihren Ritt nicht einmal so lange, wie es gedauert hätte, um den Menschen am Straßenrand zu berichten.

Trotzdem sickerte die Neuigkeit immer weiter durch und wurde fast überall nur mit Unglauben und großem Kummer zur Kenntnis genommen. Für die Bürger bedeutete der frühe Sieg ihrer Besatzer leider den Anfang vom Ende ihrer Hoffnungen auf baldige Befreiung. Baka tot? Mehr als zwei Jahrzehnte hatte er die Hoffnung der Menschen im Delta verkörpert. Die Grenztruppen aufgerieben? Lischt und Fayum von den vorrückenden Hay bedroht? Nein, das war unmöglich. Sicher würde Ägypten aufbegehren, sicher würde Theben so rasch wie möglich Verstärkungen mobilisieren und an die Grenze schicken, um die Niederlage abzuwenden ...

Doch wer sollte sie anführen, da Baka tot war? Welche Chance hatten die Truppen gegen Apophis, da auch Mekim gefallen war? War das nicht schon das Ende? Der Beginn des letzten Aufbäumens? Waren die Tage Ägyptens gezählt?

In Avaris hatten sich Jakobs Söhne im Haus ihres Vaters versammelt, um sich von dem alten Mann zu verabschieden. Jakob verfiel zwar zusehends, aber seit einer geschlagenen Stunde mobilisierte er nun seine letzten Kräfte, um jeden seiner Söhne mit einer treffenden, meist nicht sehr zartfühlenden Bemerkung zu bedenken (»Simon und Levi, ihr seid vom selben Schlag ... Zügellosigkeit und Gesetzlosigkeit sind eure Waffen«) oder sich prophetisch denen gegenüber zu äußern, die seinem Zorn bisher entgangen waren (»dich, o Judah, werden deine Brüder eines Tages preisen«). Trotz der verschiedenen Charaktere sahen die Brüder gleichermaßen betroffen drein, als Joseph länger als sie alle hinter verschlossenen Türen am Bett des Vaters verweilte.

»Mir gefällt das nicht.« Reuben ging unruhig auf und ab. »Wieder einmal wird Jakob Joseph bevorzugen und ihm das Erbe anvertrauen, und sobald Jakob gestorben ist, wird unser Bruder uns vielleicht ohne alles zurücklassen ... Sobald uns der Vater nicht mehr schützen kann ...«

»Das glaube ich nicht«, unterbrach ihn Issachar. »Joseph wird uns niemals den Wölfen zum Fraß vorwerfen. Erst recht jetzt nicht, wo er sich doch wieder der Gunst des Königs erfreut. Bestimmt wird er mit uns teilen.«

»Ha!« Reuben starrte missmutig vor sich hin. »Ausgerechnet Joseph, den wir in die Sklaverei verkauft haben? Das hat er doch genauso wenig vergessen wie wir.«

Issachar appellierte an einen Gemäßigteren unter seinen Brüdern. »Sag, Benjamin, Joseph vertraut sich dir doch hin und wieder an ... Was glaubst du?«

Fassungslos starrte Benjamin seine Brüder an, und große Sorge malte sich auf seinem Gesicht. »Ich?«, fragte er leise. »Ich ... ich denke doch jetzt nicht an das Erbe! Ich denke an Vater und stelle mir vor, wie das Leben ohne ihn sein wird. Ich habe ihm so gern gute Neuigkeiten überbracht – wenn er jetzt stirbt, werde ich das nie wieder tun können.« Stumm blickte er von einem Gesicht zum anderen. Und mit einem Mal war kein Laut mehr zu hören, denn die Scham ließ seine Brüder schweigen.

Im kleinen Schlafzimmer lag Jakob, von Kissen gestützt, auf seinem ägyptischen Bett. Die kraftlosen Hände hatte er auf der Decke gefaltet, und seine Augen starrten blicklos zum Himmel empor. Sein Atem ging schwer – manchmal rau und stockend und zuweilen fast unhörbar leise.

Reglos saß Joseph neben dem Bett und betrachtete das runzelige Gesicht seines Vaters. »So stehen die Dinge im Augenblick, Vater«, sagte er abschließend. Nach den turbulenten Ereignissen der vergangenen beiden Tage fühlte er sich leer und erschöpft. »Für den Augenblick sind wir sicher, weil ich wieder die Zuneigung des Königs genieße. Offenbar bin ich in seiner Gunst gestiegen, während der Magus nichts mehr zu sagen hat. Für den Moment jedenfalls ...«

Jakobs Lippen bewegten sich. Sofort hielt Joseph inne und beugte sich über seinen Vater. Er legte sogar das Ohr an seine Lippen und mühte sich, etwas zu verstehen.

»... Manouk«, flüsterte der alte Mann. »Ich hatte ihn absolut in der Hand. Ich hätte ihn töten können.« Die schwache Stimme klang nachdenklich. »Wie sich dann wohl alles entwickelt hätte?«

»Manouk? Du sprichst vom Anführer der Nomadenkönige, die damals durch Kanaan gezogen sind? Aber ...«

Der alte Mann spitzte erneut seine Lippen, und Joseph lauschte mit gebotenem Respekt. »Natürlich – ihn meine ich. Falls Gott gewollt hätte, dass meine Hand zuschlägt, hätte er mich dazu gebracht. Aber ...«

»Quäle dich nicht mit solchen Gedanken, Vater«, beruhigte ihn Joseph. »Ich habe die Erlaubnis erhalten, dich nach Kanaan zurückzubringen, damit du in Abrahams Schoß in einer Höhle in der Nähe unserer Mutter ruhen kannst.«

Der alte Mann schien nichts gehört zu haben. »Dass ich Manouk gerettet habe, statt ihn zu töten ... das hat unser Land vor der Zerstörung bewahrt, denke ich.«

Joseph merkte seinem Vater an, dass er in Gedanken weit in der Vergangenheit weilte, und er begriff, dass für Jakob alle diese Ereignisse gegenwärtiger waren als die heutigen. Es schien ihm Freude zu machen, sich an sein früheres Leben zu erinnern. Josephs Neuigkeiten dagegen waren unwichtig und unbedeutend, und es war dem alten Mann sicher am liebsten, wenn man seine Gedanken nicht unterbrach.

»... aber wenn ich Manouk umgebracht hätte, hätte ich nie mit dem Engel des Herrn gerungen. Vielleicht hätte Gott mir nicht ...«

In diesem Moment verstummte der alte Mann urplötzlich und

schlug die Augen auf. Scharf und durchdringend sah er Joseph an. »Mein Sohn, wie gut, dass du in meiner letzten Stunde bei mir bist!« Die schwachen Finger umklammerten Josephs Hand. »Nun muss ich also in Ägypten sterben.«

»Ich wollte dich so gern nach Kanaan zurückbringen, Vater«, sagte Joseph, »aber du warst zu krank. Du wärst unweigerlich irgendwo unterwegs in der Wüste gestorben. Außerdem hätte mir Apophis unter diesen Umständen sicher die Rückkehr nach Ägypten verweigert.«

»Gott hat Kanaan mir und den Meinen gegeben«, erklärte Jakob, »wie er es zuvor schon Abraham und meinem Vater anvertraut hat. Ich hätte das Land nicht verlassen sollen – ich hätte weder nach Haran noch nach Ägypten gehen sollen. Wir haben das Heilige Land von Gott erhalten, und ich denke, dass stets großes Unglück über uns kommt, sobald wir es verlassen.«

Josephs Blick bezeugte sein tiefes Mitgefühl. »Habe ich etwa falsch gehandelt, indem ich dich und die anderen hierher nach Ägypten gebracht habe?«, fragte er. »Ich wollte euch doch nur vor der Hungersnot bewahren.«

Jakob lächelte einmal kurz. »Mach dir keine Gedanken, Joseph.« Seine Stimme war kaum noch zu hören. »Du hast nur getan, was Gott dir aufgetragen hat. Wir sind immer in Seiner Hand. Dennoch möchte ich, dass unser Stamm möglichst bald nach Kanaan zurückkehrt. Wenn wir länger bleiben, wird uns das Unglück heimsuchen.«

»Aber ich kann sie unmöglich alle beschützen, wenn sie ...«

»Vor einem Ungeheuer wie Apophis kannst du sie noch viel weniger schützen. Dieser Mann hat versucht, seinen eigenen Sohn zu töten! Nein, bringe die Unsrigen so schnell wie möglich von hier fort.« Vor Aufregung klang Jakobs Stimme kräftiger, als er war. »Ansonsten werdet ihr eines Tages die Untertanen eines noch weit schlimmeren Herrschers sein.«

Sanft drückte Joseph die Hände seines Vaters. »Ich werde deinem weisen Ratspruch folgen«, sagte er, aber der Zweifel in seiner Stimme war nicht zu überhören. Trotz seiner Hinfälligkeit entging Jakob dieser Unterton nicht.

»Aha«, sagte er, »ich spüre, dass du dieses Luxusleben nicht aufgeben willst. Weder den Luxus, noch die Macht. Wenn du nach Kanaan zurückgehst, wirst du nicht länger der zweite Mann im Staat sein. Du wirst nur noch einer von vielen sein, auf gleicher Stufe mit deinen Brüdern stehen – und das in einem Land ohne Reichtum und Pracht, ohne Pyramiden, ohne große Paläste und Tempel, in denen falschen Göttern gehuldigt wird. Du wirst es vermissen, wenn du keine Macht mehr hast, wenn man dich nicht mehr respektiert und fürchtet ...«

Stumm und zutiefst betroffen starrte Joseph seinen Vater an. *Wie gut er mich kennt*, dachte er. *Er hat Recht: Ich habe mich tatsächlich an das Leben eines Wesirs in einem heidnischen Königreich gewöhnt. Wie seicht, wie armselig muss ihm mein Leben vorkommen.*

»Aber, Vater, in diesen unruhigen Zeiten ...«

Wieder setzte Jakob zum Sprechen an. »Joseph ...«

»Ja, Vater?«

Schwach wie ein Kind klammerte sich Jakob an die große Hand seines Sohnes. »Höre auf meine Warnung, Joseph. Warte nicht, bis es zu spät ist. Bringe unser Volk zurück nach Kanaan.«

Joseph schloss die Augen. Wie gerne hätte er noch einmal wiederholt, dass die Rückkehr in solch unruhigen Zeiten nicht möglich war, dass sich Apophis zu Beginn dieses Krieges misstrauischer und verrückter aufführte denn je, dass die Anforderungen, die ihm seine augenblickliche Stellung abverlangte ...

Seufzend schob er alle Gedanken beiseite. Jakob würde ihn nicht verstehen, obgleich ihn früher dieselben Sorgen, dieselben Verantwortlichkeiten gedrückt hatten. Früher hätte er Josephs Meinung geteilt, aber im Augenblick hatte er sich unendlich weit von seinem früheren Leben entfernt und vergessen, wie kompliziert das Leben in einem fremden Land und unter Fremden mit anderem Glauben sein konnte.

Joseph holte tief Luft und setzte zu einer weiteren Erklärung an. »Ich verstehe ja, was du denkst, Vater ...«

Seltsam. Irgendetwas war geschehen. Irgendetwas hatte sich verändert. Die Hände hatten ihren Griff gelockert und waren leblos auf die Decke herabgesunken.

Erschrocken zog Joseph seine Hand zurück. Er starrte seinen Vater an und sah, dass große Ruhe seine Züge geglättet hatte.

»Vater!«, rief er. »Vater, komm zurück! Ich brauche dich doch! Vater!«

Josephs Hände bebten, und sein Herz klopfte wie wild. Er versuchte zu sprechen, aber seine Kehle war wie zugeschnürt.

»Vater ...«, begann Joseph noch einmal.

Aber Jakob war bereits weit fort. Er hörte das Rufen nicht mehr. Jakob, der Sohn Isaaks und Bruder von Esau, war gegangen. Derselbe Jakob, dem der Gott seiner Väter vor langer Zeit den Namen Israel gegeben hatte, damals, in einem fernen Land im Norden, in der Kühle der Dämmerung, nachdem er eine Nacht lang mit dem Engel des Herrn gerungen hatte.

Als Joseph mit schleppenden Schritten wieder in das große Zimmer trat, konnten die Brüder in seinen Zügen lesen, was geschehen war. Als er schließlich das Wort an sie richtete, klang seine Stimme grenzenlos erschöpft. »Soeben ist unser Vater von uns gegangen.«

»Joseph«, begann Reuben nach einer kleinen Pause und einem kurzen Blick auf Simon, »es gibt etwas, worüber wir alle unbedingt mit dir sprechen müssen.«

Ohne Reuben wirklich zu sehen, starrte Joseph ihn an. In diesem Moment gab es Lärm vor dem Haus. Joseph zuckte zusammen. »Kann sich irgendjemand darum kümmern?«, fragte er. »Man sollte meinen, dass die Leute um diese Zeit ihre Stimme ein wenig dämpfen.«

Reuben nickte seinem Bruder Gad zu, der sofort durch die angelehnte Tür verschwand. »Sieh doch, Joseph«, setzte er noch einmal an. »Wir alle ... wir sind alle ein wenig beunruhigt ... nun, wir kennen ja deine Meinung über uns ... und ...«

Bekümmert schüttelte Joseph den Kopf. »Hat das denn nicht Zeit bis später? Hast du nicht gehört, was ich gerade gesagt habe? Vater ist tot. Unser Vater!«

Nervös faltete Reuben die Hände und löste sie wieder. Dann verschränkte er die Arme, aber nicht lange, und schließlich ballte er mehrmals voller Unruhe die Fäuste. »Joseph«, begann er erneut, »die Angelegenheit duldet keinen Aufschub. Nun, da Vater gestorben ist, müssen wir wissen, was du planst ... was du mit uns vorhast. Falls du uns davonjagen willst ...«

»Euch davonjagen?«, wiederholte Joseph und starrte seinen Bruder verständnislos an. Schließlich spiegelte sich Erschrecken auf seinem Gesicht. »Wovon sprichst du überhaupt, Reuben? Besitzt du auch nur einen Funken Anstand? Unser Vater ist soeben gestorben – und du hast nichts Besseres zu tun, als ...«

»Immer wiederholst du dieselben Sätze!«, rief Simon dazwischen. »Wir sind über Vaters Hinscheiden mindestens so betroffen wie du. Aber wir haben schon damals in Kanaan seinen langsamen Verfall miterlebt – während du im fremden Land zu einem mächtigen Mann wurdest. Wir hatten Zeit, uns daran zu gewöhnen, und wollen dir ebenfalls gern Zeit lassen, deinen Kummer zu überwinden. Aber früher oder später müssen wir einfach erfahren ...«

Mit weit aufgerissenen Augen stürzte Gad aus dem Hof herein. »Hört nur!«, rief er. »Gerade ist ein Bote aus dem Süden angekommen. Die Hay ... sie haben die ägyptischen Linien durchbrochen und bedrohen Lischt und die gesamte Oase Fayum! Die Armee von König Apophis hat die Grenztruppe vernichtend geschlagen. Baka ist tot. Die ägyptische Armee ist praktisch aufgerieben. Zwischen den Hay-Truppen und Lischt gibt es keine Truppen mehr – nur Bauern wohnen noch dort.«

Entsetzt sahen die Brüder einander an und sofort richteten sich alle Augen auf Joseph. Eine Minute zuvor wäre er noch fast vor Erschöpfung zusammengebrochen, doch nun reckte er sich zu voller Größe empor. Mit wachen Augen sah er um sich, und sein Mund wirkte sehr entschlossen.

»Wir werden unser Gespräch verschieben müssen, Reuben. Ich muss unverzüglich in den Palast.« Auch seine Stimme war verändert – es war wieder ganz die Stimme des energischen, mächtigen Wesirs. »Die Frauen sollen sich um Vater kümmern. Ich werde euch über die Ereignisse auf dem Laufenden halten.« Seine Zähne blitzten auf, als er ärgerlich das Gesicht verzog. »Genau das hatte ich befürchtet«, sagte er gepresst. »Für uns sind das wirklich keine guten Neuigkeiten.«

»Ich verstehe nicht, was der Sieg der Hay mit uns und unserer Familie zu tun hat«, wandte Reuben ein.

»Er geht alle Menschen an. Denk doch einmal nach«, sagte Joseph mit kaum verhohlener Ungeduld. »Falls Apophis die Ägypter besiegt, ist er ... nun, dann ist er faktisch der Herrscher der Welt!«

II

Die Neuigkeit über den umfassenden militärischen Erfolg verbreitete sich wie ein Lauffeuer in der Stadt und traf kurz nach dem Überfall auf das Kinderlager auf eine äußerst angespannte Situation. Die Wachen hatten inzwischen die ganze Stadt durchkämmt, um die vermissten Kinder und die Verschwörer aufzuspüren.

Ihre Aktionen hatten die Bevölkerung in Angst und Schrecken versetzt. Manchmal wurden spät in der Nacht noch Häuser durchsucht oder Schlösser erbrochen. Ein Haus war sogar in Flammen aufgegangen und bis auf die Grundmauern niedergebrannt, weil die Wachen dem Dach mit ihren Fackeln zu nahe gekommen waren. Insgesamt hatte das Durcheinander zwei Tote gefordert.

Angesichts der erschreckenden Nachrichten von der Grenze verfielen die meisten Bewohner in tiefe Depressionen. Nur sehr wenige Menschen unterstützten den Vorstoß ihrer Unterdrücker – zum Beispiel die Eltern aller Jungen, die man in die Armee gepresst hatte, denn sie hofften, dass durch einen siegreichen Feldzug weniger Opfer zu beklagen waren. Die meisten Bewohner jedoch dachten wie Joseph: Ein endgültiger Sieg der Hay war unvorstellbar – eine einzige Katastrophe. Im Rhythmus von zwölf Stunden trafen die Kuriere im Delta ein und wurden sofort von Menschen bestürmt, die Neues von ihren Angehörigen an der Front erfahren wollten. Gleich darauf eilten diese in ihre Stadtviertel zurück und verbreiteten so die Neuigkeiten rasch bis in den letzten Winkel.

Auf diese Weise informierte sich auch einer der Verschwörer namens Sem über die neueste Entwicklung. Unverzüglich rannte er danach durch die hintersten Gassen von Avaris zum Hurenhaus, wo Mara sich versteckt hielt. Sie hatten sich auf ein ganz spezielles Klopfzeichen verständigt. Blitzschnell öffnete sie, zog Sem in ihr Zimmer und verriegelte hinter ihm wieder sorgfältig die Tür.

»Was hast du Neues erfahren?«, fragte sie mit bangem Gesicht. »Haben Sie Lischt schon erobert?«

Sem streifte die Kapuze seines Umhangs ab. »Nein, noch nicht. In den letzten Stunden hat sich der ägyptische Widerstand eher verfestigt. Wie es aussieht, hat Sekenenre Lischt besucht und eine bewegende Rede gehalten, um seinen Untertanen Mut zu machen. Bisher hat Lischt noch kein Stückchen Boden eingebüßt. Der Vorstoß ist weit vor den Stadtmauern zum Stillstand gekommen.«

Ein erster Hoffnungsschimmer erschien in Maras Augen. »Wunderbar. Aber ... das ... das ist doch noch nicht alles, oder? Irgendetwas ist nicht in Ordnung. Das spüre ich. Sage es mir!«, verlangte sie.

Unglücklich zuckte Sem die Schultern, denn er wusste, dass der kleine Schimmer sofort wieder erlöschen würde. »Du hast Recht. Der andere Flügel – in diesem Fall die Beduinen – hat es bis in die Oase Fayum geschafft, wo die Verteidigungslinien nicht so gut organisiert waren. Nach der gegenwärtigen Entwicklung ist nicht auszuschließen, dass die Hay noch vor Ende der Woche die gesamte Getreideproduktion kontrollieren könnten.« Seine Sorge war offensichtlich. »Du weißt, was das bedeutet? Wenn das eintritt, ist das Ende nicht mehr weit.«

Mara nagte an ihrer Lippe. »Gute Götter! Gibt es denn gar keine Gerechtigkeit mehr? Falls die Hay die Oase erobern, könnten sie sogar Theben aushungern ...«

»Möglich wäre es«, bestätigte Sem. »Andererseits gibt es noch Hoffnung, wenn Lischt weiter stark bleibt und der Pharao die Dinge in seine Hände nimmt. Falls seine Soldaten Lischt halten können – nun, dann könnte er inzwischen die Garnison in Theben verstärken.«

Mara sagte nichts darauf, aber als Sem ihre verzweifelte Miene bemerkte, wechselte er schnell das Thema. »Welche Nachrichten hast du von den Kindern? Hat es wieder Untersuchungen gegeben?«

»Bisher ist zum Glück alles glatt gegangen. Wir haben die meisten schon aus der Stadt weggebracht und bei Familien auf dem Land versteckt. Morgen sind die Letzten an der Reihe. Mit etwas Glück werden sie in ein bis zwei Tagen alle in Sicherheit sein – so sicher, wie man das unter dieser schrecklichen Besatzung nur sein kann.«

Sem setzte sich und sah Mara an. »Als Nächstes müssen wir dich wegbringen, Mara. Nicht nur aus diesem Versteck, sondern aus der Stadt – und zwar so weit weg wie möglich.«

»Und warum?«

Sem verschränkte die Finger und starrte darauf hinunter. »Du weißt, dass Hakoris dich bei dem Überfall erkannt hat.«

»Ja, aber das ist nichts Neues.«

»Und du hast ihm leider auch gesagt, dass Apophis' Sohn zurückgekehrt ist.«

Sie schnitt eine Grimasse. »Ich ... ich konnte einfach nicht widerstehen. Ich weiß, ich hätte meinen Mund halten sollen ...«

»Das ist wahr. Und dass Apophis die Sache zu Ohren kam, hat die Lage noch verschlimmert. Diese Information hat die ohnehin schon starke Beziehung zwischen ihm und Hakoris noch zusätzlich gefestigt. Wir haben also eher Boden verloren, obwohl Joseph wieder in Ehren aufgenommen ist und der Magus verstoßen wurde. Der König hat Hakoris als Helden bezeichnet, als ob er die Verwundung in allen Ehren erworben hätte. Und weil er sein Bein nicht mehr gebrauchen kann, hat er ihn sogar im Palast einquartiert, um ihn besser verwöhnen zu können.«

»Ich wünschte, ich hätte ihn getötet.«

»Genau das wünscht sich jeder von uns. Im Augenblick bekommt Hakoris jedenfalls alles, was er sich wünscht. Und du, meine Liebe, bist in größter Gefahr. Du darfst dich keinesfalls auf der Straße blicken lassen, denn es wurde eine so hohe Belohnung auf deinen Kopf ausgesetzt, dass selbst der Anständigste in Versuchung geraten könnte ...«

Mara zog die Stirn kraus. »Und was ist mit Kamose? Ich meine Neko?«

»Was ihn angeht, so haben wir riesiges Glück gehabt. Hakoris scheint Apophis' Sohn und den entflohenen Sklaven aus seinem

Kinderlager, der bei dem Überfall mit ihm gekämpft hat, nicht miteinander in Verbindung zu bringen.«

»Den Göttern sei Dank!«

»Das kann man wohl sagen. Sie würden ihn natürlich gar zu gern suchen, aber sie wissen nicht, wie Apophis' Sohn aussieht. Um kein Risiko einzugehen, müsst ihr beide verschwinden.«

»Ich verstehe«, sagte Mara. »Aber Neko ist verletzt.«

»Nicht so schlimm, wie wir anfangs dachten. Er hat zwar sehr viel Blut verloren und sich eine Rippe gebrochen – genau diese Rippe hat die Klinge aber abgelenkt und ihm das Leben gerettet –, aber er wird trotzdem bald wieder reisen können, denke ich.«

»Wunderbar. Aber wohin sollen wir gehen?«

»Genau das ist unser Problem. Ich habe Neko heute besucht. Er besteht darauf, dass er sich durch die feindlichen Linien nach Oberägypten durchschlagen will. Er will sich unbedingt der Armee des Pharao anschließen.«

Sem sah, wie Maras Augen aufleuchteten. »O ja!«, rief sie begeistert. »Ja, Sem. Begreifst du denn nicht, welch große Unterstützung es für Baliniris Männer bedeuten würde, wenn er sich auf ihre Seite schlüge? Jeder kennt doch die Prophezeiung und ...«

»Aber wie sollen wir das bewerkstelligen?« Verzweifelt warf Sem die Hände in die Höhe. »Wie können wir ihn unbeschadet dorthin bringen? Etwa direkt über das Schlachtfeld?«

Mara sank auf einen Stuhl und ließ den Kopf hängen. »Nun ja ... Wir könnten über Land zum Roten Meer gelangen und dann die Küste entlang nach Süden segeln ...«

»... und höchstwahrscheinlich zwei Wochen nach dem Fall von Theben dort eintreffen.«

Nachdenklich zog Mara die Brauen zusammen. »Und die Handelswege durch die Wüste?«

»Das dauert noch länger«, meinte Sem. »Nein, der schnellste Weg – und wahrscheinlich auch der einzig mögliche – führt über den Nil. Im Moment wird er jedoch von den Hay benutzt und überwacht. Und in spätestens drei Tagen wird der Fluss völlig verstopft sein, wenn Apophis seinen Nachschub vom Delta nach Süden transportiert ...«

Sie massierte ihre Schläfen. »Es muss eine Möglichkeit geben – aber mir fällt einfach keine ein!«

»Mir geht es genauso.«

»Sem, bringe mich zu ihm!«

Sem zögerte, doch dann besann er sich. »Es ist zwar sehr gefährlich, aber du hast Recht. Die Zeit drängt. Heute Nacht ist außerdem ein guter Zeitpunkt. Es ist bewölkt, sodass wir das Mondlicht nicht fürchten müssen.«

»Sem, ich kann ihn unmöglich wieder verlieren. Ich muss ihn unbeschadet von hier wegbringen. Als ich ihn wiedergesehen habe ... nun ja, das hätte ich mir in all den Jahren nicht träumen lassen ...«

»Ich weiß, was du sagen willst.«

»Damals in Theben dachte Riki, dass etwas zwischen uns gewesen wäre. Nun, das ist verständlich. Ich war das erste Mädchen, das Riki näher kennengelernt hat, aber ich muss eine große Enttäuschung für ihn gewesen sein. Damals wollte ich nichts von einem Mann, einem Zuhause und Kindern wissen.«

»Kinder?« Sem zog eine Augenbraue hoch. »Soll das heißen, dass du jetzt daran denkst? Kinder von Neko – von einem Mann, dessen Schicksal der Krieg ist?«

»Sein Schicksal hat noch sehr viel mehr mit ihm vor«, verkündete Mara mit Begeisterung im Blick, doch gleich darauf erlosch das Feuer wieder. »Nun, ich weiß, dass du Recht hast. Aber für einige Augenblicke ist mein Traum wahr geworden. Ich hatte ihn schon vergessen und habe mich erst jetzt wieder daran erinnert.« Als sie Sem ansah, schimmerten Tränen an ihren Wimpern.

Mit einer kameradschaftlichen Geste legte Sem ihr den Arm um die Schultern und war überrascht, als sie plötzlich Halt an ihm suchte. Als sie aufstanden, hielt er sie einen Augenblick lang verlegen in den Armen und tätschelte ihr dann wie ein älterer Bruder den Rücken. Er spürte, wie ihr Körper unter Schluchzen bebte. Schließlich entwand sie sich seiner Umarmung und kniff entschlossen die Lippen zusammen.

»Nun gut«, sagte sie und wischte sich die Tränen aus den Augen. »Ich komme heute Abend. Sobald es dunkel ist.«

Auf Befehl des Königs hatte man Hakoris im östlichen Flügel des Palastes einige Zimmer zur Verfügung gestellt. Zum Glück lag sein Quartier so weit von Apophis' Gemächern entfernt, dass er der königlichen Kontrolle weitgehend entzogen war. Und genau diese Tatsache ermutigte Neferhotep, trotz seiner Verbannung vom Hof einen Besuch bei Hakoris zu wagen. Es erforderte drei nicht unerhebliche Bestechungssummen, bis man ihn an den Wachen vorbei zu Hakoris schleuste.

Als der Magus in aller Heimlichkeit durch den letzten Gang vor seinem Ziel eilte, drückte er sich eng an die Wand. Er wusste nicht, was geschehen würde, falls ihn ein Vertrauter des Königs entdeckte ... und er legte auch nicht den geringsten Wert darauf, das in Erfahrung zu bringen. Mit einem erleichterten Seufzer schlüpfte er durch die bezeichnete Tür in den Vorraum von Hakoris' Gemächern.

»Ist er endlich da?«, tönte eine säuerlich klingende, vertraute Stimme aus einem der anschließenden Räume. »Dann verdammt nochmal herein mit ihm!«

Neferhotep bemerkte den mühsam unterdrückten ärgerlichen Ton sehr genau und schluckte. Am liebsten hätte er auf der Stelle kehrt gemacht, doch dann zwang er sich zu seiner gewohnt würdevollen Haltung und trat ein.

Gegen mehrere Kissen gelehnt, ruhte Hakoris auf einem überbreiten Bett. Er trug ein helles Gewand aus kostbarem Stoff und den Turban aus lange vergangenen Zeiten. Doch seine Augen funkelten so kämpferisch wie immer. »Seht nur, was man aus mir gemacht hat!«, schimpfte er. »Seht nur, wie tief ich getroffen wurde!«

»Habt Ihr Schmerzen?«, erkundigte sich Neferhotep teilnehmend.

»Im Moment nicht«, räumte Hakoris ein. »Aber in der vergangenen Nacht.«

»Da habe ich etwas für Euch.« Einen Augenblick tastete Neferhotep die Falten seines Gewandes ab und brachte schließlich ein seltsam glockenförmiges Fläschchen zum Vorschein. »Trinkt davon, so oft Ihr Schmerzen verspürt, mein Freund. Sobald das Fläschchen leer ist, werde ich Euch ein neues schicken.« *Ein gran-*

dioser Einfall, lobte er sich selbst. *Er wird auf dich angewiesen sein – wenn er sich erst an die Substanz gewöhnt hat.*

Mit gerunzelter Stirn nahm Hakoris das Fläschchen entgegen. »Was ist das?«

»Ein Mohnextrakt«, erklärte der Magus beiläufig. »Die Substanz wirkt ähnlich wie *shepenn*, nur stärker. Damit seid Ihr zuverlässig gegen alle Schmerzen gewappnet. Hierzulande ist die Substanz nicht sehr gebräuchlich. Ich weiß nicht einmal, ob sie erlaubt ist. Es kostet mich jedenfalls eine Menge, sie einzuführen. Aber dafür wirkt sie auch äußerst zuverlässig und vermittelt obendrein noch ein Gefühl der Zufriedenheit.«

»Das gefällt mir«, brummte Hakoris. »Ich stehe tief in Eurer Schuld. Diese trübsinnige Stimmung ist oft kaum mehr zu ertragen. Es ist einfach grauenhaft, wenn man plötzlich begreift, dass man das restliche Leben lang ein nutzloses Bein mit sich herumschleppen muss ... dass man nie wieder ohne Krücke oder Stock gehen kann und vielleicht ständig Schmerzen haben wird ...«

»Mein tiefstes Mitgefühl ist Euch gewiss«, erklärte der Magus. »Übrigens ... Habt Ihr erfahren, wie es Joseph ergangen ist? Hat er ...«

»Die Nachrichten widersprechen sich«, erklärte Hakoris. »Im Augenblick steht er in der königlichen Gunst weit oben, und es ist durchaus möglich, dass das so bleibt. Sein Vater ist vor kurzem gestorben. Aus diesem Grund hat er um die Genehmigung ersucht, den Leichnam zum Begräbnis nach Kanaan begleiten zu dürfen.«

»Dieses Gesuch hat er schon gestellt, als ich noch im Palast lebte«, meinte Neferhotep. »Das ist nichts Neues.«

»Das ist richtig, aber vielleicht wird er angesichts der Neuigkeiten von der Grenze seine Absicht ändern. *Ich* würde im Moment jedenfalls nicht weggehen – ganz sicher nicht! Falls er trotzdem an seinem Plan festhalten sollte ...« Bedeutungsvoll sah Hakoris den Magus an. »Ich werde Euch in jedem Fall auf dem Laufenden halten. Vielleicht könnt Ihr ja verlorenen Boden wieder gutmachen ... Vielleicht kann ich ab und zu ein gutes Wort für Euch einlegen ...«

»Das wiederum bringt mich in Eure Schuld.« Neferhotep

wechselte das Thema. »Aber sagt, gibt es Neuigkeiten, was den Überfall betrifft?«

»Nein, verdammt nochmal!« Die mächtigen Hände fuhren wie Klauen durch die Luft. Dann entspannten sie sich wieder und fielen kraftlos auf die Decke zurück. »Die Wachen behaupten, sie hätten die ganze Stadt durchkämmt, aber die Kinder nirgendwo entdeckt. Und den jungen Mann und das Mädchen erst recht nicht. Ich nehme an, dass Euch zu Ohren gekommen ist, um wen es sich handelt, nicht wahr? Um zwei meiner Sklaven nämlich, mit denen ich ohnehin noch eine alte Rechnung begleichen muss. Am liebsten würde ich –«

»Lasst es gut sein, mein Freund. Erregt Euch nicht unnötig!«, besänftigte ihn der Magus. »Nehmt lieber einen kleinen Schluck aus dem Fläschchen. Ihr solltet Euch nicht über Dinge erregen, die Ihr im Moment nicht ändern könnt.«

»Ihr habt ja so Recht«, räumte Hakoris ein. Aber sein gerötetes Gesicht verriet seinen tiefen Hass. »Wenn doch Apophis nur nicht den größten Teil der Wachen zur Armee befohlen hätte ...«

»Trinkt einen Schluck.« Neferhotep sprach leise und bestimmt, aber gleichzeitig einfühlsam wie ein besorgter Arzt. »Nehmt einen großen Schluck. Ich werde nicht von Eurer Seite weichen, bis ich mich davon überzeugt habe.«

Hakoris nippte einmal kurz an dem Fläschchen und nahm dann einen kräftigen Zug. Er wischte sich über die Lippen und sah den Magus an. »Ich spüre überhaupt nichts.«

»Keine Sorge – Ihr werdet es spüren. Das verspreche ich Euch. Sobald der geringste Schmerz auftritt oder Ihr Euch erregt, nehmt Ihr einen Schluck. Ich würde Euch gern gleich morgen noch ein Fläschchen bringen, doch ich glaube, das ist nicht ganz ungefährlich für mich ...«

»Ich verbürge mich für Eure Sicherheit. Der König wird nichts erfahren. Vertraut mir. Übrigens –«

»Ja?«

»Ich möchte, dass meine Leute nach meinen früheren Sklaven suchen. Ich muss sie haben! Wenn ich sie in die Finger bekomme ...«

»Entspannt Euch, mein Freund! Soll ich jemandem eine Botschaft überbringen? Jemandem, der für Euch nach den beiden suchen soll?«

»Ja, sobald Ihr geht …« Plötzlich veränderte sich sein Gesichtsausdruck merklich. »Ah, *ahhhhh.*« Er sank in die Kissen zurück. »Jetzt verstehe ich Eure Worte! Diese Substanz wirkt wirklich gut. Ja, so fühle ich mich sofort sehr viel besser.«

»Gebt mir Nachricht, wenn Ihr mehr benötigt. Doch nun sagt mir, wem ich was ausrichten soll. Ich habe das Gefühl, dass wir einander in Zukunft noch recht nützlich sein werden. Denkt Ihr nicht auch?«

III

Solange sich Neferhotep noch in den Gängen und Höfen des Palastes befand, beherrschte er sich. Doch sobald er das letzte Tor durchschritten hatte, konnte er das triumphierende Lächeln nicht länger unterdrücken. Fast hätte er sogar einen kleinen Luftsprung vollführt, doch seine würdevolle Haltung ließ sich nicht damit vereinbaren. Die abendliche Kühle war angenehm, und er schlug einen schnellen Schritt an.

Welch ein Einfall! Welch geschickter Schachzug!

Es gab keinen Zweifel: Heute waren ihm die Sterne günstig gewesen. Er musste unbedingt die Astrologen befragen. Eine so günstige Konstellation wie heute konnte sich ja vielleicht noch einmal wiederholen … Von heute an würde er diesem Punkt jedenfalls sehr viel mehr Beachtung schenken.

Man stelle sich nur vor, wie trostlos dieser Tag in der Verbannung begonnen hatte! Seine Karriere war ruiniert, seine Zukunft mehr als unsicher und seine Lage schlechter denn je. Doch von einem Augenblick auf den anderen hatte er sich vom Verlierer zum … Nun … noch hatte er die Welt nicht in der Tasche. Aber er hatte sich wieder ins Spiel gebracht und befand sich mit einem Schlag wieder in einer machtvollen Position – auch wenn das zu Anfang noch im Geheimen geschehen musste …

Was genau hatte ihn eigentlich dazu bewogen, heute Nachmittag beim Verlassen des Hauses das Fläschchen mit dem zweifach konzentrierten Mohnextrakt in die Tasche zu stecken? Er wusste es nicht, aber insgeheim dankte er allen Göttern für diese grandiose Eingebung.

Sein Herz klopfte heftig und unwillkürlich schritt er noch mächtiger aus als gewöhnlich. Wenn die Entgegenkommenden eingeschüchtert beiseite traten, um ihn zuerst passieren zu lassen, dankte er mit hoch erhobenem Kopf und dem üblichen herablassenden Lächeln.

Welch geschickter Schachzug! Von nun an hatte er Hakoris in der Hand. Von nun an bis in alle Zukunft! Wer von Schmerzen geplagt wurde und an *shepenn* gewöhnt war, konnte der Versuchung nie lange widerstehen. Das wundervolle Gefühl der Euphorie mochte niemand mehr missen. Und im gesamten Delta war *er* die einzige Bezugsquelle für die wirkungsvolle und zugleich verhängnisvolle, zypriotische Variante des *shepenn*! Er, der Magus, der aus der Umgebung des Königs verbannte Ausgestoßene, den jeder wie einen Aussätzigen behandelte – ausgerechnet er würde in Zukunft für Hakoris unentbehrlich sein!

Er musste sich unbedingt einen größeren Vorrat von dieser Substanz anlegen. Im Moment war die Menge, die ihm ein Kapitän vor sechs Monaten gegen eine ansehnliche Summe ins Land geschmuggelt hatte, noch ausreichend. Für die Zukunft jedoch musste er dafür sorgen, dass er vierteljährlich eine bestimmte Menge erhielt. Es war überaus wichtig, dass er jede Nachfrage befriedigen konnte und das Heft in der Hand behielt, damit ihm keine Konkurrenz erwuchs und Hakoris stets auf ihn angewiesen blieb.

Nun! Dieses Problem dürfte sich lösen lassen. Vorausschauend hatte er seit seiner Berufung in den Palast eine größere Summe beiseite geschafft, sodass er die richtigen Leute kaufen und auch weiterhin unterhalten konnte.

Er sah zum Himmel empor. Die Sonne war hinter der Stadtmauer verschwunden und über den östlichen Himmel krochen bereits erste Schatten. Nach dem Hinauswurf aus dem Palast hatte er sich in der Stadt ein Haus gemietet, doch von dem Punkt, an dem er sich gerade befand, führte sein Nachhauseweg ausgerechnet durch das Viertel der Diebe – und das bei Dunkelheit. Er klopfte auf seine Tasche. Trotz der ansehnlichen Bestechungsgelder, die er für den Besuch bei Hakoris hatte zahlen müssen, führte er noch immer eine größere Summe bei sich. Nein, er verspürte nicht den geringsten Wunsch, auf dem Heimweg beraubt zu werden. Mit Mondlicht war nicht zu rechnen. Bestenfalls ließ sich hin und wieder eine schmale silberne Sichel sehen, wenn sie sich nicht gerade hinter Wolken versteckte.

Er blieb stehen und sah sich um. Ob er ein paar kräftige Männer anheuern sollte, die ihn sicher nach Hause geleiteten? Während sich die Dunkelheit langsam über die Stadt senkte, glitten seine Blicke von beachtenswerter Höhe herab über die Menschen um ihn herum.

Und dann – welch ein Glück – entdeckte er einen bewaffneten Wächter in Uniform, der soeben seinen Dienst absolviert hatte.

Er hob die Hand und rief. »He – du da! Komm her zu mir!«

Der Wächter wollte sich schon abwenden, als er es sich doch noch anders überlegte. »Ja, Herr?«, fragte er geflissentlich, als er Neferhoteps kostbares Gewand bemerkte. »Womit kann ich Euch dienen?«

»Mein Weg nach Hause führt geradewegs durch das Viertel der Diebe.« Er nannte dem Mann seine Adresse. »Da ich etwas Geld bei mir habe, lege ich Wert auf persönlichen Schutz. Natürlich werde ich dich angemessen entlohnen …«

Der Wächter deutete eine Verbeugung an. »Ich stehe Euch selbstverständlich zu Diensten, Herr. Glaubt Ihr, dass ein Mann ausreicht?«

Neferhotep runzelte die Stirn. »Du machst auf mich durchaus den Eindruck, als ob du dir sehr gut zu helfen wüsstest.«

Als er sich erneut umsah, entdeckte er einige professionelle Wachmänner, die ihre Fackeln entzündeten, um Kunden anzulocken. Einen Moment lang erwog der Magus, einen dieser Männer anzuwerben. Er hätte gern das Geld gespart, das der Uniformierte kostete … Doch nein. Ein Mann in Uniform schreckte Diebe weit besser ab.

Plötzlich erstarrte er. Sein Kinn sank herab, und er stand wie angewurzelt da.

Auf der gegenüberliegenden Seite des Platzes war das Licht einer Fackel sekundenlang auf ein Gesicht gefallen, das er kannte und an das er sich ganz deutlich erinnerte! Das Gesicht einer Frau. Inzwischen war es längst wieder von einer Kapuze verhüllt. Aber er hatte es lange genug gesehen. Wer war sie? Nun? Seine Blicke folgten ihrer Gestalt durch den Basar. Und plötzlich sagte ihm sein Instinkt, dass er diesen Rücken nicht aus den Augen lassen durfte. »Folgt mir!«, sagte er rasch.

»Aber das ist nicht der Weg zum Viertel der Diebe!«, protestierte der Wächter kurz und fiel dann in Neferhoteps Geschwindschritt ein. Rücksichtslos bahnten sich die beiden Männer ihren Weg durch die Menge, um die Gestalt nicht aus den Augen zu verlieren.

»Sie interessiert mich«, erklärte Neferhotep und deutete auf die schmale Gestalt vor ihnen. »Folge mir und hilf mir, sie nicht zu verlieren. Du wirst bestens entlohnt werden. Ich werde sogar noch etwas drauflegen, wenn wir sie ergreifen und sie diejenige ist, für die ich sie halte.«

»Sie ergreifen?« Der Wächter beschleunigte seine Schritte. »Das ist kein Problem, Herr.«

Neferhotep legte ihm die Hand auf den Arm. »Nein, jetzt noch nicht. Erst möchte ich wissen, ob sie uns zu jemandem führen kann. Wir bleiben in dieser Entfernung hinter ihr und passen auf, dass sie uns nicht entwischt.«

Ja!, dachte er triumphierend. *Sie ist es!* Während er die wenigen Sätze mit dem Mann gewechselt hatte, hatte sein Unterbewusstsein sein Gedächtnis durchforscht. Ja, sie war die frühere Sklavin von Hakoris! Er war sich ganz sicher, denn er vergaß niemals ein Gesicht – selbst nach vielen Jahren nicht. Damals war sie zwar sehr viel jünger gewesen – aber es war dasselbe Gesicht! Er war sich sicher. In ganz Avaris gab es keine solch natürliche Schönheit wie diese. Schon damals hatte das nackte kleine Ding, das Hakoris wie ein Tier gehalten, misshandelt und geschlagen hatte, die spätere Schönheit ahnen lassen.

Und ausgerechnet diese Frau hatte an dem Überfall auf das Kinderhaus teilgenommen! Sie und ihre Kumpane hatten die Kinder befreit, Sutek ermordet und Hakoris so übel zugerichtet! Nicht auszudenken, welche Belohnung Hakoris für sie zahlen würde!

Obendrein hatte sogar der König sein Interesse an dem Überfall bekundet, eine eigene Belohnung für das Ergreifen der Verschwörer ausgesetzt und denjenigen, der einen oder auch alle aufspürte, seiner ganz besonderen Gunst versichert. Für Neferhotep war dies die beste Gelegenheit, seine alte Stellung wiederzuerlangen. Und das umso mehr, als ihn die Kleine vielleicht zu dem Versteck der Verschwörer führte!

In diesem Moment bog das Mädchen um eine Ecke. »Rasch!«, flüsterte Neferhotep. »Rasch! Ihr nach! Sie darf uns nicht entkommen!«

Niedergeschlagen saß Sem am Tisch und sah zu, wie Neko verbunden wurde. »Ich bin mir nicht sicher, ob das eine so gute Idee ist«, brummte er.

»Fester!«, verlangte Neko. Er biss die Zähne zusammen und schien Sems Einwand überhaupt nicht gehört zu haben. »Mach dir keine Gedanken, dass es schmerzen könnte.«

Unter Protest trat Aset einen Schritt zurück, um das Tuch um Nekos Brust fester wickeln zu können. »Sehr viel fester kann ich nicht ziehen«, gab sie zu bedenken, »und ich halte es auch nicht für richtig, Neko.«

»Je weniger ich mich bewegen kann, desto schneller werden die Rippen heilen. Bitte, tu mir den Gefallen! Mit einer möglichst festen Bandage wird der Schmerz schneller vergehen. Los, zieh! Wenn du um mich herumgehst, kannst du mich am besten einwickeln.«

Aset musste zugeben, dass Neko vermutlich Recht hatte. Trotzdem sah sie nicht sehr glücklich aus. Erst jetzt schien Neko Sem zum ersten Mal wahrzunehmen. »Hast du nicht gesagt, dass sie bei Dunkelheit hier sein wollte?«, fragte er den Freund. »Seit mindestens einer Stunde ist es dunkel.«

»Nun ja, du weißt doch, wie gefährlich es für sie ist. Je dunkler es ist, desto besser. Am gescheitesten wartet sie so lange, bis die meisten Leute zu Hause sind. Sie wird sicher bald kommen.« Er lachte nervös. »Jedenfalls hoffe ich das.«

»Und ich erst!«, brummte Neko zwischen zusammengebissenen Zähnen. Angespannt wartete er, dass Aset die Enden der Bandage verknotete. »Ich habe mir die Sache durch den Kopf gehen lassen«, sagte er dann, »und mich für den Fluss entschieden. Alle anderen Möglichkeiten scheiden aus. Aber ich werde das Boot nicht allein stromaufwärts segeln können.«

»Auch kein kleines?«, fragte Aset. Nekos Sorge um Mara minderte ihr Mitleid ein wenig.

»Ein kleines erst recht nicht«, entgegnete Neko. »Die größeren lassen sich sehr viel einfacher handhaben. Nein, ich brauche Mara, um das Segel zu bedienen. Ich selbst tauge höchstens für die Ruderpinne.«

»Nun ja, wenn das alles ist –«, begann Aset, doch im selben Augenblick wurde Neko von einem wilden und schmerzvollen Hustenanfall geschüttelt, dem ein Schwall von Flüchen folgte.

»Aber wie willst du ungesehen an ihren Wachen vorbeikommen?«, erkundigte sich Sem. »Sie werden dich unweigerlich sehen – außer du segelst bei Nacht. Und bei zunehmendem Mond empfiehlt sich nicht einmal das!«

Nekos Stimme klang angespannt. »Ob du es glaubst oder nicht, aber wir werden bei hellem Tageslicht segeln. Es sollen mich ruhig alle sehen.«

»Aber sie werden dich aufgreifen!«

»Wieso denn? Ich glaube nicht einmal, dass sie uns versenken werden!« Er biss die Zähne zusammen, als Aset den letzten Knoten festzog. »Und was die Bogenschützen angeht, so habe ich wenig Angst. Ich weiß, dass die Hay sehr abergläubisch sind. Sie denken, dass es Unglück bringt …«

»Oh, Neko!«, rief Aset mit unglücklichem Gesicht. »Ich *wusste*, dass es zu fest ist!«

Er sah an sich hinunter und entdeckte an der Stelle, wo ihn das Schwert verletzt hatte, einen kleinen roten Fleck. Langsam saugte sich der Fleck in den weißen Stoff. »Verdammt!« Seine Stimme klang rau. »Nun gut, es lässt sich nicht ändern. Ich werde etwas darüber tragen. Mach dir keine Sorgen. So ernst ist es nicht.«

»Und woher willst du das wissen?«, fragte Aset. »Vielleicht habe ich dich ja verletzt! Ich wusste es …«

Ein Blick brachte sie zum Schweigen. Sie wusste, dass Neko jedes Gejammer verabscheute, wenn sein Entschluss feststand.

»Nun gut«, sagte sie schließlich kleinlaut, »ich ... ich wüsste gern, wie spät es ist. Ich habe noch keinen Ausrufer gehört.«

»In Kürze wird der Mond höher stehen«, bemerkte Neko. »Wenn Mara bis dahin hier ist, können wir sofort aufbrechen.« Er blickte von Sem zu Aset. »Wirst du deinen Bruder von mir grüßen, Aset?«, fragte er in sehr viel sanfterem Ton. »Ich habe ihn in diesen Tagen schätzen gelernt. Er sieht wirklich nicht so mutig aus, wie er ist! Umso wichtiger ist seine bescheidene Art für unsere Sache.«

»Er hat zu sich selbst gefunden«, erklärte Aset mit schüchternem Lächeln.

»Genau wie du«, gab Neko zurück und lächelte, was sie sichtlich genoss. »Ich werde keinen von euch jemals vergessen, meine Freunde. Falls sich die Dinge so entwickeln, wie ich mir das vorstelle, können wir unter Umständen das Schicksal Oberägyptens wenden und die Hay endgültig verjagen.« Er seufzte aus tiefstem Herzen. »Und falls die Prophezeiung mehr ist als bloßes Wunschdenken und ich das Erbe antreten kann, das mir angeblich zusteht ... nun ... dann weiß ich schon heute, was die Schreiber einst über uns in ihre Geschichtswerke schreiben werden: In dieser Stadt begann die Revolution, und ihr und ich und all die anderen haben den ersten Schlag gegen unsere Unterdrücker geführt. Eure Namen werden für immer mit dem Tag verbunden sein, an dem alles begann. Ihr wart die Ersten, die Feuer an die Paläste und Tempel der Hay gelegt und sie schließlich eingeäschert haben. Ihr – die Helden der Revolution!«

Erschöpft von der langen Rede hielt er inne und blickte von einem zum anderen. Als er sah, wie besorgt Aset und Sem einander ansahen, bereute er seinen Wortschwall sofort und schämte sich, dass er die Freunde so sehr beunruhigt hatte.

Mara! Wo blieb Mara nur?

IV

»Es ist alles verabredet und entschieden.« Joseph nahm seinen Überwurf ab und warf ihn auf eine Bank. Sofort umringten ihn seine Brüder Simon, Levi und Reuben und musterten ihn gespannt. Asenath und eine Dienerin servierten Tabletts mit Feigen und Oliven, aber niemand schien sich dafür zu interessieren.

»Haben wir die Erlaubnis erhalten, den Leichnam unseres Vaters nach Kanaan zu bringen?«, fragte Simon als Erster. »Wird man uns nicht an der Grenze aufhalten?«

»Nein, nein«, wehrte Joseph ungeduldig ab. »Seit ich mich wieder der Gunst des Königs erfreue, war das im Grunde klar. Heute ging es um etwas völlig anderes. Unser Vater wird mit allen Ehren in einer großen Zeremonie beigesetzt werden, und hochrangige Vertreter des Hofes werden uns begleiten.«

»Bedeutet das, dass wir in Begleitung von Höflingen und Soldaten reisen werden?«, verlangte Reuben zu wissen.

Joseph nickte. »Zahlreiche Repräsentanten des Landes werden uns begleiten, ja. Mit Ausnahme der Priesterschaft des Amun. Ich habe mich mit meinem Schwiegervater unterhalten, und er hat mir zugestimmt, dass dies angesichts unseres unterschiedlichen Glaubens auch nicht angebracht wäre.«

Levi strahlte über das ganze Gesicht. »Das sind endlich einmal gute Neuigkeiten! Das bedeutet, dass man Vater anerkannt hat! Das wird man in Kanaan gerne hö ...«

»Ach, sei doch still!«, fuhr ihm Reuben empört über den Mund. »Begreifst du denn nicht, dass Joseph ein Abkommen mit dem König treffen musste?« Mit wachsendem Respekt wandte er sich an seinen Bruder. »Und was hast du dafür anbieten müssen? Wieder einmal stehen wir tief in deiner Schuld. Sage es uns, Joseph – wir haben ein Recht darauf, den Preis zu kennen, den du dafür bezahlt hast.«

»Es ist nicht viel. Wirklich nicht«, entgegnete Joseph. »Natürlich wäre ich auch sehr gerne mitgekommen ...«

»Also behält man dich als Geisel, damit wir nach der Beisetzung wieder zurückkommen?«

»So kann man es sagen. Eure Familien müssen ebenfalls hierbleiben. Nur die Brüder dürfen den Leichnam begleiten. Die Schutztruppe ist nötig, weil die Kanaaniter in unserer Abwesenheit das Land, das uns und unseren Erben für alle Zeiten von Gott gegeben wurde, als das ihre betrachten. Ohne eine bis an die Zähne bewaffnete Eskorte dürften euch allerlei Unannehmlichkeiten erwarten.«

Levis Gesicht war zusehends länger geworden. »Eine Rückkehr nach Kanaan käme also –«

»... dem Stich in ein Wespennest gleich«, vollendete Simon den Satz. »Wir müssten wie damals Abraham bei seiner Rückkehr aus Ägypten eine Armee aufstellen und das Land unserer Väter noch einmal neu erobern.«

»Genauso ist es«, sagte Joseph. »Im Augenblick steht die Macht der Hay hinter uns, und die Kanaaniter werden sich hüten, uns in Gegenwart einer Eskorte Schwierigkeiten zu machen.« Er runzelte die Stirn. »Ich sage mir das immer wieder. Wunschdenken nennt man das, nicht wahr?« Die schmerzliche Enttäuschung war jedoch nicht zu überhören. »Wie lange habe ich meinen Fuß nicht mehr auf kanaanitischen Boden gesetzt!«

»Aber, aber, Joseph«, wiegelte Simon ab. »Ich dachte, dieses Thema wollten wir nicht mehr aufwärmen ...«

»Halte den Mund!«, unterbrach Reuben ihn energisch. »Joseph hat das ohne jeden Hintergedanken gesagt. Natürlich sind wir sehr betrübt, dass er uns nicht begleiten darf.« Und nach einer nachdenklichen Pause: »Es fällt mir nicht leicht, das zu sagen, Joseph, aber Vater hat richtig gehandelt, indem er dich uns anderen vorgezogen hat. Du bist der Beste von uns. Keiner von uns hätte diese Größe gehabt oder hätte uns damals so großzügig vergeben, als wir auf deiner Schwelle standen und um Hilfe baten.«

»Aber, aber, Reuben, lass es gut sein –«

»Nein, das tue ich nicht, denn ich sage die Wahrheit. Du bist klüger als wir alle zusammen. Und deshalb bedauere ich es sehr, dass du nicht mitkommen kannst. Falls wir die Möglichkeit haben, eines Tages mit unseren Familien nach Kanaan zurückzukehren, werden wir dich brauchen.«

»Reuben, lieber Reuben«, Joseph war zutiefst gerührt, »ich fürchte, ich werde Kanaan nie wiedersehen. Ich habe das geahnt, als der Feldzug begann. Ich werde längst tot und begraben sein. Gott hat es mir zwar noch nicht geweissagt, aber ich glaube, dass er mich auf Seine Weise vorbereitet hat, damit meine Enttäuschung nicht allzu groß sein wird. Die Aufgabe, unser Volk in die Heimat zurückzuführen, wird einem anderen zufallen. Dessen bin ich sicher.«

»Aber …«

»Nein. Denke nicht mehr daran, Reuben, denn dich erwartet jetzt eine große Aufgabe. Du musst diese einmalige Gelegenheit klug nutzen. Sobald ihr in Kanaan anlangt, wirst du eine große Trauerfeier veranstalten. Eine Woche, denke ich, sollte genügen. Vergewissere dich, dass sowohl die Vornehmen des Königreiches als auch die Eskorte stets an eurer Seite stehen, um Einigkeit in der Verehrung unseres Vaters zu demonstrieren. Und denke daran: Nach der Trauerfeier, wenn alles vorüber ist, solltest du unauffällig verbreiten lassen, wie viel Zeit und Geld auf diese Veranstaltung verschwendet wurde. Das wird unser Ansehen bei den Kanaanitern festigen. Wir müssen erreichen, dass sie nicht nur die Hay als unsere Verbündeten fürchten, sondern uns wieder respektieren lernen.«

»Ich habe dich sehr gut verstanden, Joseph. Sage mir nur genau, was du für richtig hältst – wir werden deine Anweisungen ausführen.« Reuben legte seinem Bruder die Hände auf die Schultern, und zum ersten Mal, seit sie zurückdenken konnten, umarmten sie einander als Brüder und als Freunde.

Als Mara Sems Haus schon sehen konnte, hatte sie ohne erkennbaren Grund plötzlich das Gefühl, dass ihr jemand folgte. Sie hatte niemanden gesehen und auch keine Schritte gehört, aber ihr Instinkt warnte sie, dass ihr im Schutz der Dunkelheit jemand schon eine ganze Weile nachging.

Am Fuß einer Backsteinmauer, wo gegenüber ein schmaler Durchgang zur nächsten Gasse abzweigte, durchquerte sie den Lichtkreis einer brennenden Fackel. Auf keinen Fall durfte sie das Risiko eingehen und jemanden zu Sem, Neko und Aset führen. Blitzschnell bog sie ab und rannte so schnell wie möglich zur nächsten Gasse. Dort blieb sie stehen und sah sich um. Jeder, der ihr folgte, musste den Lichtschein durchqueren.

Ja, da waren sie! Es waren zwei. Ein uniformierter Wächter und … Wer konnte das sein? Der Magus! Es war Neferhotep – Hakoris' engster Verbündeter!

An der nächsten Ecke bog sie sofort wieder ab und rannte bis zur nächsten Querstraße. Dabei behinderten ihre Sandalen sie so sehr, dass sie sie kurzerhand von den Füßen in den Schatten schleuderte und mit wild pochendem Herzen barfuß weiterrannte.

Unablässig schossen ihr die schrecklichsten Bilder durch den Kopf. Der Magus! Hatte er sie wiedererkannt? Natürlich hatte er sie erkannt! Falls er sie in die Finger bekam, würde sie sich bald darauf in den Händen ihres Peinigers wiederfinden! Zehn Jahre lang war sie frei gewesen – aber nach Recht und Gesetz des Landes gehörte sie noch immer Hakoris, der mit ihr nach Belieben verfahren konnte! Für Sekunden holte die Erinnerung sie ein ... die Erinnerung an ihre Qualen, die Schläge und ihre Not ... All das hatte erst ein Ende gefunden, als ihr Freund, der kleine Herumtreiber Riki, in Hakoris' Haus eingedrungen war und sie zusammen nach Oberägypten geflohen waren. Sollte das alles umsonst gewesen sein? Sollte ihr Schicksal tatsächlich wieder von vorn beginnen? Nein, diesmal würde es schlimmer kommen, denn nun war sie eine erwachsene Frau. Außerdem sann Hakoris auf Rache, weil sie die Kinder entführt und ihn zum Krüppel gemacht hatten! Sie hatte gehört, dass er unter ständigen Schmerzen zu leiden hatte ...

Nein! Ihm wieder in die Hände zu fallen war einfach undenkbar! Ein schneller Tod war dem qualvollen Dasein einer Sklavin in jedem Fall vorzuziehen. Sie würde niemandem gestatten, sie lebendig an ihn auszuliefern!

Dort vorn! Was war das dort im Schatten? Lauerte dort jemand auf sie? Waren sie so weit vorausgelaufen und in die nächste Gasse eingebogen? Sie verhielt ihren Schritt so unerwartet, dass sie auf die Knie fiel. Rasch sah sie sich nach beiden Seiten um.

Mitten zwischen den Häusern öffnete sich eine schmale Gasse zwischen zwei Lagerhäusern. Ohne nachzudenken stürzte sich Mara in den Schatten und rannte blindlings dem Ende der Gasse entgegen.

Zum ersten Mal hörte sie hinter sich Stimmen. Mehrere Stimmen. Offenbar hatten sie inzwischen Verstärkung bekommen.

»Dort läuft sie! Lasst sie nicht entwischen!«

»Schneidet ihr den Weg ab! Los, hier entlang!«

Keuchend rannte sie, so schnell ihre Füße sie trugen. Am Ende der nächsten Gasse erspähte sie ein kleines Licht. Eine Laterne!

War es einer ihrer Verfolger? Dieser Gedanke lähmte sie, dass sie fast gestolpert wäre. Doch kurz vor dem Ende des Durchgangs erkannte sie ein Gesicht. Es war Sem! Sie riss den Mund auf, um zu schreien. *Sem, verschwinde! Lauf weg!* Doch in allerletzter Sekunde beherrschte sie sich. Nein! Sie durfte ihm nichts zurufen, solange die Horde hinter ihr war! Sich selbst konnte sie einschätzen – selbst unter der Folter würde sie nicht verraten, wo sich die Kinder befanden oder wo sich die Verschwörer versteckten. Doch von Sem wusste sie nichts. Vielleicht würde er unter Qualen schwach werden und ...

Noch während sie das dachte, hatten ihre Verfolger sie eingeholt. Grobe Hände schlossen sich um ihre Arme. Sie sah noch, dass Sem sie erkannte, doch im nächsten Augenblick hatte er die Laterne bereits mit seinem Umhang verhüllt, sodass kein Licht mehr nach außen drang. Das besorgte Gesicht war verschwunden.

Man hatte sie gefangen! Ihr Herz sank. Von jetzt an galt ihr ganzes Bestreben, die anderen zu schonen. Neko – oder Kamose – musste sich in Sicherheit bringen und die Prophezeiung erfüllen. Das allein zählte – selbst wenn sie es nicht mehr erleben sollte.

Auf Wiedersehen, bis bald, mein Liebling!

»Na, na«, sagte Aset aufmunternd. »Setze dich einen Moment. Und wenn dir wieder schwindlig wird, versuchst du, deinen Kopf auf die Knie zu legen. Ich werde dir helfen.«

»Verdammt nochmal!«, presste Neko zwischen zusammengebissenen Zähnen hervor. »Welch ein Schwächling ich doch bin! Einfach so in Ohnmacht zu fallen!«

Aset saß so dicht neben ihm, dass sich ihre Schenkel berührten. »Früher oder später passiert das jedem einmal!«, sagte sie. »Mach dir bloß keine Sorgen, Neko. Bleib einfach nur still sitzen. In ein oder zwei Minuten wird es dir wieder sehr viel besser gehen. Ich kenne mich mit diesen Sachen aus.«

»Das glaube ich dir gern!« Frustration und Wut klangen in seiner Stimme mit. »Verdammt, ich habe mir genau den richtigen Augenblick ausgesucht! Eigentlich müssten wir längst unterwegs sein. Wie spät ist es inzwischen?«

Aset legte ihren Arm um seinen breiten Rücken und hielt ihn fest. Es tat ihr gut, ihn zu berühren. »Auf jeden Fall noch vor Mitternacht, denke ich.«

»Verdammt!«, zischte er, ohne die Lippen zu bewegen. »Um Mitternacht wechseln die Wachen am Tor – und die nächste Schicht haben wir nicht bestochen. Wenn ich jedoch in dieser Verfassung losgehe ...« Wieder war ein unterdrückter Fluch zu hören. »Warum kommt Mara denn nicht endlich?«

Gewissermaßen als Antwort auf seine Frage klopfte es an der Tür. Eine kleine Pause, dann wieder ein Klopfen und schnell darauf zwei weitere. »Das Signal!«, rief Aset. Sie gab Neko einen aufmunternden Klaps auf den Rücken und ging zur Tür, um zu öffnen.

Sem drückte die abgedunkelte Laterne noch immer gegen seinen Körper. »Rasch!«, sagte er. »Schiebe sofort den Riegel vor! Wir haben keine Sekunde zu verlieren. Falls sie mir bis hierher gefolgt sein sollten ...«

»Dir gefolgt?«, fragte Aset, während sie eilig gehorchte. »Wer ist dir gefolgt?«

In panischem Schrecken sah Sem sie an. »Die Wächter! Sie haben Mara gefasst – ungefähr ein halbes Dutzend!«

Neko starrte Sem mit offenem Mund an, aber als er aufspringen wollte, sank er mit einem Schmerzenslaut wieder zurück. »Nein!«, rief er. »Doch nicht ausgerechnet jetzt! Jetzt, wo wir ...« Der starke Schmerz ließ ihm schwarz vor Augen werden. Er kippte drohend vornüber, aber Aset und Sem fingen ihn gerade noch rechtzeitig auf. »Ma- Mara!«, stammelte Neko mit erstickter Stimme.

»Wie ist das passiert?«, fragte Aset, nachdem sie Neko wieder auf die Bank gesetzt hatten. Sie hielt ihn an sich gedrückt und klopfte ihm beruhigend den Rücken.

»Der Magus steckt dahinter! Er hat die Männer begleitet. Wahrscheinlich hat er Mara erkannt! Schließlich ist auf uns alle eine riesige Belohnung ausgesetzt. Ich habe alles riskiert und kurz mit einem der Wächter gesprochen. Er konnte mir dich und Neko haargenau beschreiben.«

In diesem Augenblick dämmerte Aset zum ersten Mal, auf welch gefährliches Spiel Isesi und sie sich eingelassen hatten. »Aber was wird jetzt aus ihr?«

»Sie hatten sie blitzschnell umringt. Es war hoffnungslos. Ich habe kurz überlegt, ob es mir gelingen könnte, sie zu befreien – aber es hätte alles gefährdet. Außerdem waren sie mindestens zu sechst.«

»Aber ohne Mara kann ich nicht weg«, jammerte Neko.

»Du musst aber von hier fort!«, erklärte Sem. »Jetzt sage ich dir einmal etwas: Falls du der bist, der zu sein du behauptest, was ich in keiner Sekunde angezweifelt habe, so ist es für uns alle am wichtigsten, dass du dich in Sicherheit bringst – ob mit oder ohne Mara.«

»Aber wenn sie hierbleibt …«

»Du hast nur noch ein paar Minuten Zeit, mein Freund«, mahnte ihn Sem. »Du musst fort und uns endlich von diesen verdammten Hay-Schweinen befreien!« Er bemerkte, wie erschreckend blass Neko war.

»Aber, Sem, allein kann er unmöglich fort«, erklärte Aset mit Bestimmtheit. »Wir haben doch auf Maras Unterstützung gezählt.«

»Und wen schlägst du vor? Wen sollen wir fragen?«, unterbrach Sem sie ärgerlich. »Ich selbst habe Pflichten und kann nicht einfach verschwinden …«

»Du nicht«, erklärte Aset in überraschend selbstsicherem Ton. »Aber ich habe keine Pflichten, und ich habe Zeit!«

»Du?!« Überrascht fuhr Sem herum. »Weißt du denn überhaupt, wie man ein Boot segelt?«

»Vergiss nicht, dass ich früher am Meer gelebt habe. Mein Vater hat Isesi und mich das Segeln gelehrt. Außerdem habe ich gar keine andere Wahl, oder siehst du hier noch jemanden? Auf meinen Kopf ist schließlich auch ein Lösegeld ausgesetzt worden. Das hast du jedenfalls behauptet. Du siehst, ich *muss* ebenfalls schnellstens von hier fort.«

Sem starrte Aset nur verblüfft an. Aber Neko musterte sie auf einmal ungewöhnlich ernst – so, als ob er sie zum ersten Mal sähe. Als sie diesen Blick bemerkte, sang ihr Herz vor Hoffnung. Wenn man ein so waghalsiges Abenteuer zusammen meisterte und gefährlichen Augenblicken nur mit Mühe entrann …

»Also gut«, entschied Sem. »Mach schnell! Los, Aset, hole deinen Mantel!«

Kapitel 7

I

Nach der eiligen Rückkehr Sekenenres nach Theben gerieten die Stadt und ihr Umland zum ersten Mal in den Sog des Krieges. Ganz Oberägypten befand sich in schrecklicher Gefahr und mobilisierte alle Kräfte. Jeder Mann bis hinunter zum jüngsten, der nicht dringend bei der Herstellung von Waffen oder bei landwirtschaftlichen Arbeiten benötigt wurde, wurde zur Armee eingezogen und von Baliniris Männern im Gebrauch der Waffen, im Marschieren und in verschiedenen Kampfdisziplinen unterwiesen.

Von der normalen Garnison blieben nur die erfahrensten Männer in der Stadt, um die Neulinge zu unterrichten. Die übrigen – allesamt kampferprobte Veteranen – wurden zu Eliteeinheiten von ungefähr zweihundert Mann formiert und von der Flotte flussabwärts transportiert, um die Verteidigungslinien zu verstärken und den überraschend starken Widerstand der Stadt Lischt zu untermauern.

Als Kommandeur der neu geschaffenen Einheiten hatte Riki, bis es Zeit zur Einschiffung war, Baliniri ständig neue Truppen abgehandelt. Nun, während Schiff auf Schiff beladen wurde, suchte er seinen Feldherrn ein letztes Mal im Trainingslager auf, wo Baliniri sich zur Zeit Tag und Nacht aufhielt. Er nickte dem Posten kurz zu und betrat dann in angespannter Haltung das Zelt seines Vorgesetzten.

Baliniri saß hinter einem improvisierten Tisch und las die Berichte an Sekenenre, die zweimal pro Tag aus Lischt in Theben eintrafen. »Oh, Riki«, begrüßte er seinen jungen Freund, »ich bin froh, dass du kommst. Ich wollte dich gern noch sehen, bevor du dich auf den Weg machst.«

Ohne große Umstände nahm Riki ihm gegenüber Platz. »Was gibt es Neues?«

»Die Oase Fayum scheint endgültig verloren.« Baliniri seufzte. »Aber nun gut – damit haben wir gerechnet.«

»Ich wundere mich, dass Baka das nicht vorhergesehen hat«, bemerkte Riki. »Wie konnte er sich nur so überraschen lassen? Dasselbe gilt für Mekim. Ich hasse es zwar, schlecht von den Toten zu sprechen, aber ...«

»Ich denke, dass Bakas große Erfahrung ihn letztlich geblendet hat. Mekim war als geborener Unteroffizier diesen Anforderungen nicht gewachsen. Das soll beileibe keine Abwertung sein. Mekim war mein Kamerad – ein guter Kamerad. Ich hatte nie einen besseren Unteroffizier. Doch Baka hat ihn überfordert.«

Riki runzelte die Stirn. »Und ich frage mich, ob Ihr im Moment nicht dasselbe mit mir macht?« Sein Ton klang ein wenig schroff. »Bin ich diesem Kommando wirklich gewachsen? Diese Frage quält mich Tag und Nacht, sodass ich kaum mehr schlafe.«

Baliniri beugte sich über den Tisch zu seinem jungen Freund hinüber. »Es interessiert mich nicht, wie viele Fragen du dir in der Nacht vor dem Gefecht stellst«, erklärte er lakonisch, »solange du sie in dem Augenblick vergisst, wenn du dein Schwert anlegst. Außerdem frage ich dich, wer dich auf dieses Kommando vorbereitet hat? Hältst du mich etwa für unfähig, oder habe ich in deinen Augen eine so schlechte Menschenkenntnis?«

Riki errötete. »Nun ja, Ihr könnt Euch auf mich verlassen. Nur ...«

»Mehr brauchst du nicht zu sagen. Wenn ich höre, dass ich auf dich zählen kann, reicht mir das vollkommen. Versuche, die Invasion aufzuhalten. Falls das nicht möglich sein sollte, so sorge wenigstens für eine geordnete Evakuierung der Stadt und brenne sie anschließend nieder. Lasse unseren Feinden nichts, was sie noch gebrauchen könnten. Sie müssen für jeden Schritt, den sie nach vorn gehen, bezahlen! Damit verschaffst du uns die Zeit, um uns auf die endgültige Verteidigung des Landes vorzubereiten. Ich denke, dass ich nicht betonen muss, wie wichtig das ist. Nur darum geht es – entweder gewinnen wir und werfen sie zurück, oder ...«

»Ich habe verstanden.« Riki erhob sich. »Ihr könnt auf mich zählen.«

»Ausgezeichnet. Dann höre mir zu! Sekenenre bekommt regelmäßig diese Berichte.« Er wies auf die Papyrusrollen auf dem

Tisch. »Aber ich möchte eigene, die nur für meine Augen bestimmt sind. Du schickst sie mir und versiegelst sie mit meinem persönlichen Siegel.« Er zog einen abgetragenen mesopotamischen Ring vom Finger und reichte ihn Riki. »Dieses Siegel werden sie nicht so schnell imitieren können. Falls die Leute des Pharao das Siegel erbrechen sollten, werde ich unverzüglich mein Amt niederlegen und zur anderen Seite überlaufen. Ich möchte nicht, dass irgendjemand außer mir deine Botschaften liest, denn ich will, dass du mir absolut wahrheitsgemäß berichtest! Auf solch offizielle Schönfärberei kann ich verzichten.« Mit verachtungsvoller Geste wies er erneut auf die Papyri auf dem Tisch. »Alle schreiben nur, was der Pharao hören möchte. Ich bitte dich! Dabei ist nicht einmal Sekenenre so dumm, sich das zu wünschen.«

»Ich habe ihn noch nie für dumm gehalten«, wandte Riki ein. »Im Gegenteil. Es hat mich beeindruckt, wie er auf der Heimreise Lischt besucht und die Bevölkerung zum Widerstand aufgerufen hat.«

»Das ist richtig.« Baliniri kam um den Tisch herum. »So habe ich das auch nicht gemeint. Der Pharao ist jung und unerfahren, doch ich habe den Eindruck, dass sehr viel mehr in ihm steckt, als wir alle dachten. Aber abgesehen davon möchte ich, dass du mir wahrheitsgemäß berichtest, mein Freund. Falls sich die Ereignisse rascher entwickeln, sodass du mich nicht mehr konsultieren kannst, dann ... nun, dann erinnere dich an alles, was ich dir beigebracht habe, und handle!« Die beiden Männer umarmten einander wie Vater und Sohn. »Und bringe uns den Sieg, falls dir das möglich ist.«

»Zu Befehl, *Herr*!« Riki salutierte knapp, aber respektvoll. Dann machte er auf dem Fuße kehrt und verließ mit erhobenem Kopf und straffer Haltung das Zelt.

Schneller als erwartet erhielt Ketan seine Einberufung. Wütend las er den Befehl. Wie konnten sie es wagen? Wie konnten sie ihn zum Dienst befehlen, wo er doch gerade eben erst das erste Geld mit seinem Schmuck für die Reichen und Mächtigen verdient hatte?

Sobald der erste Ärger verraucht war, musste er einräumen, dass es in diesem Fall keine andere Möglichkeit gab. Hier ging es nicht darum, Männer für einen Krieg in der Ferne zu mobilisieren, sondern es ging um die Verteidigung von Theben! Es ging darum, die Hay von seinem Haus und den Häusern seiner Freunde und Nachbarn fern zu halten! Und dass seine Frau und er jeden Augenblick ihr erstes Kind erwarteten, machte ihm das Problem nur noch bewusster. Zähneknirschend schloss er seinen kleinen Laden, ließ seinen Kunden sein Bedauern übermitteln und begab sich wieder in die Schmiede, die er erst vor wenigen Monaten verlassen hatte.

In seiner Abwesenheit hatte sich eine schreckliche Unordnung breit gemacht, sodass er als Erstes die ruinierten Essen zerschlug, zwei Angestellte vor die Tür setzte und einen weiteren öffentlich auspeitschen ließ, bevor er sich wieder an die Arbeit machte und mit dem Schmieden der Waffen für Baliniris Armee begann.

Zu diesem Zweck verpflichtete er als Gehilfen einige junge Männer aus dem Künstlerdorf Deir el-Bahari, die zwar behindert waren, sodass sie nicht zur Armee eingezogen wurden, aber genügend Geschick für seine Erfordernisse besaßen. Zwei dieser Männer entwickelten sich besonders gut, sodass Ketan es wagen konnte, seine Arbeit für einige Tage im Stich zu lassen und sich um Nebet zu kümmern.

Die ersten schweren Arbeitstage hatte er in der Schmiede verbracht und tagtäglich Boten nach Hause geschickt, um sich nach Nebets Befinden zu erkundigen. Doch nun verspürte er große Sehnsucht, sie wiederzusehen und endlich alles mit eigenen Ohren zu hören.

Schließlich war es soweit. Voller Vorfreude eilte er durch die Gassen. Dabei fiel ihm zum ersten Mal auf, wie sehr sich die Stadt bereits verändert hatte. Wenn sich in den Basaren und in den Gassen überhaupt jemand blicken ließ, dann ausschließlich Frauen und Kinder. Auf Befehl des Königs musste sich jeder Mann, der sich auf der Gasse sehen ließ, von den Wächtern befragen lassen, warum er sich nicht bei der Armee gemeldet hatte und sich nicht im Lager befand. Auch ihn hatten einige Gardisten, die man aus der Provinz in die Stadt beordert hatte, aufgehalten, weil sie ihn nicht kannten.

Als Ketan den fast menschenleeren *Basar der Vier Winde* durchquerte, entdeckte er Cheta an einem Obststand und blieb auf ein kurzes Schwätzchen stehen.

»Ich grüße dich. Wie geht es Tuia?«

»Es geht ihr gut, Herr. Nur ...« Cheta zögerte und überlegte, ob sie weitersprechen sollte. »Nun, eigentlich ist es nichts.«

»Wie bitte? Komm schon, sprich es aus!«

»Nun, Herr, ich weiß nicht recht, was die fremde Frau will, die immer wieder zu uns kommt und meine Herrin sprechen möchte. Manchmal hat sie einen kleinen Jungen dabei. Ich glaube, dass sie nichts Gutes im Schilde führt.«

»Weißt du etwas über diese Frau – oder misstraust du ihr nur ganz instinktiv?«

»Na ja, ich könnte sie nicht von der Königin unterscheiden, aber ... Nein, gut gekleidet ist sie wirklich nicht. Wenn ihr mich fragt, sieht sie eher aus wie ein Flittchen. Ich glaube, sie war früher einmal sehr schön, aber das ist bestimmt zwanzig Jahre her. Ich mag nicht, wie sie um unser Haus herumschleicht.«

Ketan überdachte das Gehörte. »Ich weiß nicht recht, wie ich euch helfen kann. Ich könnte euch hin und wieder einen Wächter schicken, um nach dem Rechten zu sehen, aber im Augenblick dürfte das schwierig werden, weil alle schrecklich beschäftigt sind. Trotzdem, ich werde sehen, was ich tun kann. Und wie geht es sonst?«

»Nun, seit ungefähr einer Woche ist Herr Seth wieder einmal verschwunden. Meine Herrin beunruhigt sich jedoch noch nicht sehr. Ihr wisst ja, wie er ist.«

»Ja, das weiß ich nur zu genau. Habe ich richtig gehört, dass Tuia plötzlich wieder neue Freude am Leben gefunden hat? Steckt da etwa ein Mann dahinter?«

»Nun, Herr ... ich sollte bestimmt nicht darüber reden, aber da Ihr zur Familie gehört ... Nun, es geht um Herrn Kedar, Seths früheren Lehrer. Meine Herrin hat ihn ein- oder zweimal zum Abendessen eingeladen. Sie verstehen sich gut. Herr Kedar hat einen beruhigenden Einfluss auf meine Herrin. Sie hat ihm ein Erbe zugedacht, sodass niemand sagen kann, dass er sie nur des Geldes wegen heiraten würde. Und ... nun ja, eines ist nicht zu leugnen ... Er ist auf jeden Fall zu alt, um zu den Waffen gerufen zu werden. Jüngere Männer sind in dieser Beziehung nicht so glücklich.«

»Ja, das kann man wohl sagen. Ich glaube, ich habe Kedar ein paarmal getroffen. Ein netter, ruhiger und gebildeter Mensch. Er ist Ausländer, so viel ich weiß. Er konnte immer sehr gut mit Seth umgehen.«

»Genau, Herr. Darf ich fragen, ob das Baby schon angekommen ist? Meine Herrin wird fragen, wenn sie hört, dass ich Euch getroffen habe.«

»Ich bin gerade auf dem Weg, das herauszufinden.« Ketan lächelte. »Wegen der verworrenen Lage war ich leider drei Tage lang nicht zu Hause. Es muss jetzt jeden Tag so weit sein. Grüße deine Herrin sehr herzlich von mir.«

Bei warmem Wetter saßen die Gäste gern im Innenhof der Taverne im Schatten des alten Weinstocks. Die meisten aßen jedoch nur ein paar Feigen, Oliven oder Datteln und etwas Brot. Da so viele Männer in der Armee Dienst taten, war das Geschäft nicht leicht, und so drückte der Wirt im *Basar der Vier Winde* beide Augen zu, als Tamschas entgegen allen Gebräuchen ohne männliche Begleitung in seiner Taverne Platz nahm. Normalerweise hatten nur die Bediensteten Zutritt, außerdem einige Nackttänzerinnen – und manchmal ausgesuchte Prostituierte für geschlossene Gesellschaften.

Nach einigen Oliven und zwei Gläsern Palmwein fühlte sich Tamschas schon wesentlich besser. Beim dritten Glas erschauerte sie, als die Flüssigkeit brennend durch ihre Kehle rann, und hätte das Glas beim Abstellen beinahe verschüttet. *Verdammt, ich bin ungeschickt. Es ist noch viel zu früh, um schon zu trinken. Reiß dich zusammen, altes Mädchen ...*

Wo blieb der Junge nur so lange? Durch die Weinblätter blickte sie zur Nachmittagssonne empor. Hatte der Junge denn kein Zeitgefühl? Falls er noch länger ausblieb, würden sie die Frau nicht mehr zu Hause antreffen. Hatte er noch immer nicht verstanden, wie wichtig dieser Besuch war? Falls das Geschäft glückte, konnte sie eine nette Summe einstreichen und ein paar Jahre ohne Sorgen leben. Gleichzeitig bekäme der Junge eine reiche Mutter, die ihn beschützte.

Vielleicht, dachte sie und nippte erneut an ihrem Wein, *vielleicht ist er ja gar nicht so klug, wie ich dachte.* Vielleicht konnte er sich gar nicht vorstellen, wie angenehm es sich in einem reichen Haus lebte, wo man sich um nichts sorgen musste und auch am nächsten Tag wieder ein Essen auf dem Tisch stand. So weit sie wusste, hatte er immer in ärmlichen Verhältnissen gelebt, bevor er ihr in Avaris über den Weg gelaufen war. Nackt und verwahrlost hatte er damals auf der Suche nach Essbarem die Abfälle durchstöbert und schien nie bessere Zeiten erlebt zu haben.

Nun – auf sie traf das nicht zu. Sie hatte sehr wohl bessere Zeiten gekannt! Sie war die Tochter eines reichen Mannes gewesen – das älteste Kind von Wenis, dem Händler. Ein gesundes, hübsches Mädchen mit reicher Aussteuer, das kurz vor seiner Hochzeit mit dem jungen Ben-Hadad stand. Ihr Vater hatte große Pläne für Ben-Hadad geschmiedet ... Doch in einer einzigen Nacht hatten sich alle diese Pläne und Träume in Luft aufgelöst. Und das alles hatte sie dieser verdammten Tuia zu verdanken, die bei den Kämpfen ihren Vater und ihr Zuhause verloren hatte und in bitterster Armut lebte. Sie hatte ihr Ben-Hadad vor der Nase weggeschnappt. Alles Glück hatte sie ihr geraubt – und ihr Leben zerstört!

Und was hatte sie aus ihm gemacht! In nur zehn Jahren hatte sie Ben-Hadad in einen greinenden, ewig betrunkenen Narren verwandelt. Nachdem er seine böse Frau verlassen hatte und Jahre später in Avaris aufgetaucht war, hatte er sich seine alte Tamschas als Prostituierte gekauft. Doch es war ihm nicht gelungen, seiner Frau untreu zu werden. Voller Abscheu hatte sie ihn damals nackt und völlig betrunken auf die Straße gejagt. Ein oder zwei Tage später war er ermordet worden.

Nun gut. Sie hatte sich an Ben-Hadad gerächt, weil er sie im Stich gelassen hatte. Doch im Lauf der nächsten Jahre hatte das Glück sie verlassen. Sie war sichtlich gealtert, sodass sie nicht länger als Tänzerin hatte auftreten können, und schließlich war aus der teuer bezahlten Hure eine verarmte Prostituierte geworden, die sich mit Selbstmordgedanken plagte.

Damals hatte sie den kleinen Herumtreiber entdeckt, als er im Abfall nach Essbarem wühlte. Seine verblüffende Ähnlichkeit mit Ben-Hadad war ihr sofort ins Auge gesprungen und hatte in ihrem verzweifelten Herzen erste Hoffnung keimen lassen. Zu zweit hatten sie sich über die Grenze nach Süden durchgeschlagen, und sie hatte ihren Körper verkauft, um die Reise zu finanzieren. In Theben angekommen hatte sie bald herausgefunden, dass Tuia inzwischen eine vermögende Witwe war ... eine reiche Frau, die die Fehler der Vergangenheit sicher bereute und nur zu gern gutmachen wollte ... Falls es ihr gelang, sich als Mutter des kleinen Meni auszugeben, der ihrer kurzen Liebschaft mit Ben-Hadad entstammte, konnte sie vielleicht Tuias Gewissen rühren ...

In diesem Moment schlüpfte der Junge durch die Seitentür in den Hof und näherte sich ihrem Tisch. Mit blutunterlaufenen Augen herrschte Tamschas ihn an. »Wo bist du so lange gewesen?«

»Es ist mir nicht gelungen, Tamschas«, sagte der Junge so harmlos, dass sie nur noch wütender wurde. »Es war niemand zu Hause.«

»Verdammt!«, schimpfte sie. »Nenne mich nicht immer Tamschas! Sag Mutter zu mir! Wie oft muss ich dir das noch sagen!«

II

Nachdem der Bote das Haus verlassen hatte, sah Nebet nun schon zum zehnten Mal aus dem Fenster und fragte sich, wo Ketan so lange blieb. Vor ungefähr einer Stunde hatte der Bote ihr ausgerichtet, dass ihr Mann die Schmiede endlich in Gang gebracht hatte und nun einige Tage mit ihr verbringen wollte. Was hatte ihn nur wieder aufgehalten?

Unsicher legte sie die Hand auf ihren angeschwollenen Leib und spürte, wie das Leben sich in ihr regte. Plötzlich hatte sie das Gefühl, als ob das Gewicht sie zu Boden zöge. Ihre Füße wurden schwer. Sie trat vom Fenster zurück und setzte sich wieder auf ihr Bett. Sehnsuchtsvoll betrachtete sie das warme Sonnenlicht vor dem Fenster und ein Stückchen blauen Himmel über dem benachbarten Haus.

Ketan hatte dieses Haus gebaut, als sie einander bereits kannten, aber noch lange nicht von Hochzeit die Rede war. Es besaß hohe Mauern, einen Innenhof und teilweise ein zweites Stockwerk, wo sich das Wohn- und das Schlafzimmer befanden. Die hölzernen Läden hielten die Sonne ab, und gleichzeitig konnte die Luft ungehindert durch die Zimmer streichen. Nebet liebte diese Räume sehr – und die vorgelagerte Dachterrasse mit dem schattigen Blätterdach nicht minder. Es passte zu Ketan, ein solch wunderbares, komfortables Haus zu erschaffen!

Seltsam, aber als sie Ketan kennen gelernt hatte, hatte sie nicht geahnt, wie wohlhabend er war. Sie war damals Tänzerin gewesen, und er ein gut gekleideter junger Mann, der einsam und traurig war. Unerfahren wie er war, war er einer berechnenden Kurtisane in die Hände gefallen. Wie hieß sie doch noch? Nun, eigentlich war sie es nicht wert, dass man sich ihrer erinnerte. Sie hatte Ketan so lange zur Heirat gedrängt, bis Tuia Ketan die Augen geöffnet und die Frau als das entlarvt hatte, was sie war. Erst nachdem Ketan sich für Nebet entschieden hatte, hatte diese irgendwann erfahren, dass er einer vermögenden Familie von Waffenschmieden entstammte.

Seit zehn Jahren führten sie nun schon eine untadelige Ehe. Ihr Verhältnis war sehr eng und sehr harmonisch. Der einzig wunde Punkt war jedoch ihre Kinderlosigkeit. Wieder strich sie über ihren Bauch ... Ob ...? Nein, daran wollte sie jetzt nicht denken! Dieses Mal würde sie ihm ein Kind schenken – ein neues Kind für die Familie des Löwen, das die bedeutende Familientradition fortsetzte.

Während Nebet ganz in Gedanken zum Fenster hinübersah, zog eine Wolke vor der Sonne vorüber. Der Himmel verdüsterte sich, die strahlenden Farben der gegenüberliegenden Häuser verblassten, und auch ihre Stimmung schlug schlagartig um. Schon in der vergangenen Woche hatte sie mehrmals erlebt, dass die Verzweiflung plötzlich übermächtig wurde und alle Hoffnung verdrängte.

Aber falls ...? Was sollte werden, falls das Kind wieder starb?

Nein! Mit großer Entschiedenheit klopfte sie auf ihren Leib. Diesmal wird es leben! Sie würde ein wunderschönes, gesundes, gescheites und glückliches Kind zur Welt bringen, das ein langes Leben vor sich hatte!

Doch Sekunden später packte sie wieder dieselbe dunkle Vorahnung wie schon vor zwei Tagen: *Das Kind wird leben. Es wird groß und stark werden. Ein gut aussehender Sohn! Ein Sohn für Ketan. Aber Ketan und du – ihr werdet nicht erleben, wie euer Sohn heranwächst. Andere werden ihn aufziehen. Er wird euch nicht einmal kennen. Er wird andere nach euch fragen müssen …*

»Schluss damit!«, rief Nebet laut und schlug die Hände vors Gesicht. Tränen stürzten aus ihren Augen, und sie wurde von ungestümem Schluchzen geschüttelt. Doch so schnell, wie die Vision sie überfallen hatte, so schnell war sie auch wieder verschwunden. Nebet fühlte sich erschöpft und leer, doch die Angst ließ nicht lange auf sich warten.

Ich werde sterben, dachte sie. *Wir werden beide sterben. Mein Kind! Mein kleiner Sohn – er wird von Fremden aufgezogen werden!*

Ihr Schluchzen klang untröstlich. *Ketan! Komm endlich! Ketan? Wo bleibst du nur?*

Riki stand am Anleger und sah zu, wie seine Männer sich in Reihe und Glied aufstellten und die Schiffe bestiegen. Der Hafen war mittlerweile der einzige Ort in der Stadt, an dem das Leben weiterging, als ob es keine Mobilmachung gegeben hätte. Hafenarbeiter wurden immer gebraucht, denn ohne Rücksicht auf die militärische Lage mussten Lasten verladen oder gelöscht werden.

Ein Stück entfernt legte ein schmales Fischerboot an und spuckte ungefähr ein halbes Dutzend Männer aus. Kräftige, sonnenverbrannte Männer, die so gut wie nichts auf dem Leib trugen. Weshalb sollten sie auch Kleidungsstücke tragen, die ohnehin in kürzester Zeit durchnässt waren und sie dann nur behinderten? Ein Stück weiter stöhnten Sklaven unter der Last schwerer Getreidesäcke, die sie fast zu Boden drückten. Diese Männer dagegen trugen Lendentücher nach thebanischer Sitte, die die Rückseite bedeckten, die Genitalien jedoch aussparten. Riki schüttelte den Kopf. Es war schon seltsam, dass Sklaven angezogener herumliefen als freie Männer! Dieses Theben war wirklich ein exzentrisches Pflaster!

Nach wie vor lebte Riki in dem Glauben, dass er von hier stammte, wie seine Mutter es ihm erzählt hatte. Er hatte lange nach Beweisen gesucht, aber keinen Erfolg gehabt. *Wer bin ich?*, fragte er sich. *War sein Vater wirklich ein einflussreicher Mann, wie seine Mutter behauptet hatte? Oder hatte sie ihm oder sich selbst womöglich etwas vorgemacht?*

Natürlich wäre es wunderbar, der Sohn eines bedeutenden Mannes zu sein! Der Sohn eines Vornehmen, oder vielleicht sogar ein Mitglied des Königlichen Hauses. Künstler, Schreiber, Handwerker oder Händler war sein Vater jedenfalls nicht gewesen, denn er selbst war ziemlich ungeschickt. Erst Baliniris Unterricht hatte sein Talent zur Kriegsführung ans Licht gebracht … und sein Talent für das Segeln.

Seine Kameraden hatten ihm bei gelegentlichen Ausfahrten auf dem Nil alle Kniffe gezeigt, und er hatte sich als gelehriger Schüler erwiesen. Ein wunderbares Gefühl, wenn das Boot unter seiner Führung zum Leben erwachte! Unter anderen Umständen wäre bestimmt auch ein guter Kapitän aus ihm geworden. Seufzend betrachtete er die verschwitzten, vernarbten Körper der Fischer. Höchstwahrscheinlich stanken sie fürchterlich nach Fisch, so erschöpft wie sie waren.

Alle Götter!, dachte er. *In welche Höhen versteige ich mich hier? Wahrscheinlich kann ich nur so geschickt mit dem Ruder umgehen, weil mein Vater ein einfacher Arbeiter war wie diese Leute!*

Warum interessierte es ihn eigentlich so brennend, ob er aus vornehmer Familie stammte oder nicht? Im Grunde war das doch unwichtig. Sein Leben war die Armee. Dort zählte die Herkunft nur wenig. Er hatte sich die Hochachtung seiner Männer allein durch Geschicklichkeit, Strenge und Mut erworben. Nein, ein vornehmer Vater würde ihm morgen bei Lischt auch nicht weiterhelfen!

Er spuckte ins Wasser. Was machte es schon aus, welche Stellung man bekleidete? Im Kampf musste immer der Schwächere dem Besseren weichen. Baliniri, ebenso Baka und selbst der Pharao waren dafür das beste Beispiel. Baliniri hatte sich von unten hochgedient und war als richtiger Mann am richtigen Ort ein berühmter Heerführer geworden. Baka dagegen, der früher Schreiber und ein Mann der Wissenschaften gewesen war, hatte für einen Befehlshaber einspringen müssen, als dieser getötet wurde, und hatte von diesem Tag an ausschließlich aus seinen Erfahrungen gelernt. Selbst der Pharao, der ihnen allen von Geburt an überlegen war, musste nun die ersten Lektionen über das Kriegshandwerk lernen.

Nein. Das war nicht fair. Sekenenre hatte seine Feuertaufe bereits an der Grenze hinter sich gebracht – und er war nicht ausgewichen oder davongelaufen ... Man hatte ihn zwar in Sicherheit gebracht, aber das war er seiner Stellung schuldig. Wenn die Hay ihn gefangen genommen hätten, wäre ihr Sieg nur noch bedeutender ausgefallen! Der Pharao hatte das einzig Richtige getan, und dennoch hatte er Lischt besucht und in einer mitreißenden Rede an seine Truppen appelliert. Wahrscheinlich hatte er durch seinen Mut den überraschenden Widerstand erst geweckt und damit Riki und seinen Männern wertvolle Zeit verschafft, um ihre Positionen zu beziehen. Mit diesem Mut hatte niemand gerechnet, denn Sekenenre war ein junger Mann mit weichen Zügen, der im Luxus groß geworden und mit einer Frau verheiratet worden war, die seine Mutter hätte sein können. Nun – dieser Pharao war offensichtlich ein besonderer Mensch und jederzeit für Überraschungen gut.

Vielleicht haben wir ja dasselbe Blut, dachte Riki.

Sofort schob er den Gedanken meilenweit von sich. Das war nun wirklich die verrückteste Idee, die ihm hier und heute durch den Kopf geschossen war! Aber der Schmerz nagte weiter an seiner Seele, während er zusah, wie die letzten Männer die Boote bestiegen. Schließlich folgte er ihnen und gab dem Kapitän den Befehl, den Anker zu lichten.

Wer bin ich? Warum bin ich gerade hier an diesem Ort? Wessen Blut fließt in meinen Adern? An welchem Tag wurde ich geboren und welche Sterne bestimmen mein Schicksal, das ich nicht kenne?

Auf dem großen Übungsplatz mitten im Lager waren acht verschiedene Gruppen zu ihren Übungen angetreten. Die einen marschierten in gleicher Reihe, andere bildeten eine rechteckige Formation und übten sich im Speerkampf und noch eine andere Gruppe vollführte nach einem gleichförmigen Rhythmus bestimmte Bewegungen.

Smendes, der Unteroffizier der fünften Einheit, runzelte angesichts der Unerfahrenheit der Männer, die vor ihm angetreten waren, die Brauen und fluchte leise, während er die Leute von Kopf bis Fuß in Augenschein nahm. Wie sollte er aus diesem wild zusammengewürfelten Haufen eine Einheit formen, die zusammen marschieren und kämpfen konnte? Diese Grünschnäbel konnten ja nicht einmal in gerader Linie gehen – von einem geordneten Marschieren der Formationen ganz zu schweigen …

Und dieser dort! Der schlief sogar im Stehen ein! »Du dort!«, bellte Smendes. »Aufgewacht! Aufrichten, Schultern zurück und Brust heraus!«

Der junge Mann machte jedoch keinerlei Anstalten, sondern blickte den Kommandeur nur völlig unbewegt an. »Diese Haltung erscheint mir höchst gefährlich«, meinte er schließlich in nachdenklichem Ton. »Wenn wir diesen Befehl befolgten, hätten alle morgen früh Rückenschmerzen. Ehrlich gesagt – ich …«

Smendes' Augen spruhten Funken. »Was zum Teufel fällt dir ein, mir zu widersprechen, du Sohn eines Pavians! Nein! Halte den Mund und nimm endlich Haltung an!«

Der Mann spitzte die Lippen und schien zu überlegen. Dann besah er sich die Spitze seines Speers. »Wenn ich Eurem Befehl Folge leisten würde, würde ich mich unweigerlich in die Armbeuge stechen. Ihr findet es mit Sicherheit nicht vernünftig, so etwas von mir zu verlangen, nicht wahr? Daraus schließe ich, dass Ihr den Befehl lediglich als allgemeine Anweisung verstanden wissen wollt. Andererseits wäre unter den gegebenen Umständen ein klarer Befehl sicher nützlicher.«

Smendes spuckte aus und baute sich so nah vor dem widerspenstigen Rekruten auf, dass er dem jungen Mann seinen Alkoholdunst direkt in die Nase blies. »Hör zu, Bürschchen!« Seine Stimme schnarrte, dass sich noch die Papyruspflanzen im nahen

Teich des Palastes bogen. »Ich weiß nicht, aus welcher Latrine man dich gezogen hat, aber ...«

Der junge Mann lächelte unverändert freundlich – und dabei respektlos und furchtlos. Und genau das konnte Smendes überhaupt nicht ertragen. »Ich glaube, ich erkenne diesen Geruch«, meinte der junge Mann beiläufig. »Scheußlich! Ihr habt in der *Taverne zum Lahmen Pferd* in Madu Bier getrunken, nicht wahr? An Eurer Stelle würde ich die Taverne meiden. Vor einiger Zeit habe ich das Bier analysiert und kann Euch verraten, dass der Wirt demnächst große Schwierigkeiten mit der Brauergilde bekommen wird. Die Sauberkeit in seiner Taverne lässt zu wünschen übrig. Für den Brauvorgang ist das sehr schlecht. Ihr könntet sterben oder gar erblinden. Wenn der Mann nicht alle Menschen rundherum bestochen hätte, säße er längst im Gefäng ...«

»Ruhe!«, schrie Smendes aus Leibeskräften. »Noch ein Wort, und ich werde deinen Kopf auf einer Lanze vor einem Hurenhaus zur Schau stellen!«

Der junge Mann zog eine Grimasse, weil ihn der schlechte Atem peinigte. Eine derartige Unart konnte Smendes nicht verkraften, und er steigerte seine Stimme noch um ein oder zwei Tonlagen. »Du!«, schrie er. »Wie heißt du?«

Der junge Mann sah ihn nur einfach unverwandt an. Er konnte unendlich lange starren, ohne dass seine Augenlider zuckten. Auf jeden Fall sehr viel länger, als Smendes das jemals erlebt hatte. Er hielt die Lippen geschlossen und zog nur fragend eine Braue in die Höhe.

»Ich habe nach deinem Namen gefragt!«, fauchte Smendes drohend. »Antworte, oder ...«

»Also gut«, entgegnete der junge Mann in besänftigendem Ton. »Der zweite Befehl setzt den ersten außer Kraft, nicht wahr? Als Eure Männer mich höchst willkürlich, wie ich betonen möchte, auf der Straße aufgegriffen und hierher gebracht haben ...«

»Genug!«, kreischte Smendes in höchsten Tönen. »Das will ich alles nicht wissen! Wachen! Jagt diesen Idioten dreimal um den Übungsplatz und bringt ihn dann wieder zu mir zurück!« Wieder spuckte er aus und starrte den jungen Mann dabei kalt und giftig an. »Und du, mein Kleiner, du bist besser wieder hier, bevor mein Schatten zu deiner Größe angewachsen ist! Sonst werde ich dich …«

Ergeben schloss der junge Mann die Augen. »Ich denke, dass das zu machen ist. Womöglich werde ich mich allerdings ein wenig verspäten, falls ich Eure Größe falsch eingeschätzt haben sollte.«

»Hinweg von hier! Schafft ihn mir aus den Augen, bevor ich mich vergesse!«

III

Auf dem Rückweg vom Verwaltungsgebäude der Stadt lenkte Tuia ihre Schritte zum *Basar der Vier Winde*. Eigentlich wollte sie nur nach Seth fragen, den sie seit Tagen vermisste, aber irgendwie hatte sie eine Vorahnung, als ob sie im Basar auch noch etwas Erfreuliches erwartete. Sie hatte gelernt, ihren Eingebungen zu vertrauen, und schon häufig schöne Überraschungen erlebt.

In der Nähe des verzierten Brunnens erblickte sie Seths ehemaligen Lehrer und beobachtete eine Weile, wie er die Papyri der Handler entrollte und mit seinen schwachen Augen studierte. Wie so oft erwärmte sein Anblick ihr Herz, und sie eilte quer über den Platz hinüber, um ihn zu begrüßen. Welch glücklicher Zufall!

Als Kedar Schritte hörte, hob er den Blick. Er musste ein wenig zwinkern, bis er Tuia erkannte. Dann glitt ein Lächeln über sein runzeliges Gesicht. »Welche Überraschung!«, rief er. »Welche Freude, Euch zu sehen, Frau Tuia!« Bevor er in eine ausführliche orientalische Begrüßung verfallen konnte, unterbrach Tuia ihn.

»Ich bin wieder einmal auf der Suche nach Seth und würde gern erfahren, ob Ihr etwas wisst.« Der Anfang war zumindest nicht übel – sehr plausibel und in keiner Weise aufdringlich.

»Seth? Aber nein. Erst gestern habe ich überall nach ihm gesucht. Ich wollte ihm eine mathematische Frage vorlegen, die einer meiner Kollegen aus dem Palast nicht lösen kann. Es geht dabei um eine Belagerungsmaschine. Zu meinem Kummer musste ich feststellen, dass Seth seit einer Woche wie vom Erdboden verschwunden ist.« Er lächelte nachsichtig. »Nun, das ist ja nichts Neues. Das letzte Mal haben wir ihn bei einem Beduinenstamm aufgespürt, wo er die Krankheiten der Pferde untersucht hat.«

»Ich weiß, ich weiß, ich sollte mich nicht beunruhigen«, lachte Tuia. »Umso mehr freue ich mich, dass ich Euch getroffen habe.« Ihr Herz klopfte ein wenig heftiger, und zu ihrer Überraschung stellte sie fest, dass auch ihr Atem schneller ging. Bei Tageslicht betrachtet erschien ihr zwar alles, was sie unternommen hatte, um Kedar in ihr Leben zurückzubringen, durchsichtig und fragwürdig, aber das hinderte sie nicht daran, nun auch noch den letzten Schritt zu wagen. »Ich denke, ich habe gute Neuigkeiten für Euch.«

»Gute Neuigkeiten? Für mich?«, fragte Kedar mit ungläubigem Staunen. Er sprach sehr langsam, und seinen Akzent hatte er trotz der vielen Jahre in Oberägypten noch immer nicht verloren.

»Nun ja ... Dem Vermögen meines verstorbenen Mannes ist kürzlich eine nicht unerhebliche Summe wieder zugeflossen.« Sie nannte die Summe, die sie zusammen mit dem Schreiber festgelegt hatte – groß genug, um »nicht unerheblich« zu sein, und gleichzeitig moderat, sodass Kedar nicht sofort abgeschreckt wurde, wie sie hoffte. Als er die Brauen runzelte, sank ihr Herz.

»Unter Berücksichtigung seines Vermächtnisses«, erklärte sie rasch, »ist das Einkommen aus dieser Quelle stets an eine Schule geflossen, die jedoch nicht mehr existiert. Aus diesem Grund ist die Summe nun an Seth und mich gefallen ... Nun ja, ich habe oft mit Seth gesprochen, und wir sind uns einig, dass Ihr für ihn und mich immer ein Teil dieser Familie wart.« Bei dieser Bemerkung verbeugte Kedar sich leicht. »In Seths und in meinem Namen habe ich nun den Schreiber angewiesen, Euch dieses Erbteil zur Verfügung zu stellen.« Endlich hatte sie es ausgesprochen.

Kedar zwinkerte, als ob er nicht richtig verstanden hätte. »Ich muss sagen, ich fühle mich geehrt ... Aber ...«

»Ich sage Euch gleich: Ein ›Nein‹ akzeptiere ich nicht. Seth ist mit Sicherheit meiner Meinung – und mein verstorbener Mann wäre es auch, wenn er noch erlebt hätte, was Ihr unserem Sohn all die Jahre gewesen seid ...«

»Aber, Frau ...«

»Wann werdet Ihr mich endlich Tuia nennen, wie das unter Freunden Brauch ist? Ihr seid nicht länger mein Angestellter, Kedar. Alte Freunde wie wir sollten nicht länger auf solchen Äußerlichkeiten bestehen. Unsere Beziehung hat sich geändert. Um ehrlich zu sein, war ich sehr betrübt, als Ihr damals unser Haus verlassen habt. Dieses Haus ist so groß, seit ich mit Cheta allein dort leben muss. Ich hatte gedacht, dass unser Abendessen vor einiger Zeit Euch meine Gefühle in dieser Beziehung verdeutlicht hätte.«

»Aber, Frau ... ich meine, Tuia ... Ich weiß nicht recht, was ich dazu sagen soll.«

»Dann sagt doch einfach ›Ich danke Euch, Tuia, und nehme dieses Vermächtnis gerne an. Ich werde mich morgen im Büro des Stadtschreibers melden.‹« Zum ersten Mal wirkte er verlegen wie der berühmte zerstreute Professor, den viele in ihm sahen. »Falls Euch das immer noch zu schwer ist, dann nickt einfach nur.«

Einen Moment lang starrte Kedar sie an, dann verbeugte er sich elegant und lächelte. »Ich habe Eure Bitten noch nie abschlagen können, Tuia, aber lasst mir ein wenig Zeit, um alles zu überdenken. Ein so großes Vermächtnis, wie Ihr sagt, verdiene ich eigentlich nicht. Das übertrifft sogar die kühnsten Träume, die ich früher einmal gehegt habe.«

Tuia ließ ihr Herz sprechen und ergriff impulsiv seine Hände. »Oh, Kedar! Sagt nur nicht, dass Ihr das Träumen inzwischen aufgegeben habt! Ich bin noch zu jung dafür – und Euch werde ich es ebenfalls nicht erlauben! Ihr seid unabhängig, und falls die Hay uns keinen Streich spielen, könnt Ihr mit Eurem Leben anfangen, was Ihr wollt. Sicherlich gibt es Dinge, die Ihr Euch wünscht – Bücher, ein hübsches Zuhause, Diener und vielleicht sogar eine Gefährtin ...«

Ihre Blicke trafen sich und hielten einander fest. In Gedanken schien er weit entfernt zu sein, aber seine Hände ließen die ihren nicht los – und das war mehr, als sie erwartet hatte.

»Du hast *was?*« In drohender Haltung ging Tamschas auf den Jungen los. Doch plötzlich tanzte ein doppeltes Bild vor ihren Augen, sodass sie den Kopf schütteln musste, bis sie Meni wieder klar sah. Wieder erschrak sie über die verblüffende Ähnlichkeit des Kleinen mit Ben-Hadad, was ihre Wut nur noch zusätzlich anfachte. »Wie konntest du nur! Ausgerechnet jetzt, wo du reich werden und zum ersten Mal in deinem Leben eine gesicherte Zukunft haben kannst! Und ich könnte nach all den elenden Jahren endlich ein Stück meiner damaligen Stellung zurückgewinnen – nein, das wirst du mir nicht verderben, du kleiner Mistkerl!«

»Das wollte ich doch überhaupt nicht!«, jammerte Meni. Vorsichtshalber sorgte er jedoch dafür, dass sich stets der Tisch zwischen ihnen befand. »Man hat mich ja nicht erwischt!«

»Wirklich nicht? Und was hast du mir von dem alten Mann erzählt?« Eine Sekunde lang passte er nicht auf, und schon grapschte sie nach ihm. Doch zum Glück verfehlte sie seinen Arm um Haaresbreite.

»Er hat mich doch gehen lassen! Er ist ein netter Mann und wird mich bestimmt nicht verraten.«

»Du kleiner Mistkerl! So kurz vor dem Erfolg wirst du mir keinen Strich durch die Rechnung machen!« Wieder versuchte sie, ihn zu packen, aber dieses Mal erwischte sie sein Lendentuch. Als er sich befreien wollte, zerriss der Stoff und hing in Fetzen herunter.

»Aber ich war hungrig, Tamschas! Seit gestern habe ich nichts zu essen bekommen! Du lässt mich verhungern!«

Mit aller Kraft donnerte jemand gegen die Tür. »He, ihr da!«, brüllte eine Männerstimme. »Wenn ihr nicht sofort ruhig seid, werfe ich euch auf die Straße. Habt ihr verstanden?«

Tamschas schnitt eine Grimasse, aber sie mäßigte ihre Lautstärke. »Ist schon in Ordnung«, rief sie mit heiserer Alkoholikerstimme. »Ich habe es gehört.« Dann wandte sie sich sehr viel leiser an Meni. »Und warum hast du nicht gesagt, dass du Hunger hast?«

Der Junge ließ sich durch nichts hinter dem Tisch hervorlocken. Ängstlich kniff er die Augen zu Schlitzen zusammen. »Du warst betrunken«, sagte er schließlich leise. »Du hast bis Mittag geschlafen, und dann hast du gleich wieder getrunken. Wenn du trinkst, denkst du nicht mehr ans Essen. Du denkst nie daran.«

»Schon gut, schon gut«, beschwichtigte sie ihn missmutig. »Hast du etwas gegessen? Ich meine, seit …«

»Der alte Mann hat mir ein paar Feigen gekauft, und er hat gesagt, dass ich nach ihm fragen soll, wenn es mir wieder so geht. ›Du sollst nicht stehlen, mein Sohn‹«, hat er gesagt. »›Frag lieber nach mir. Die Menschen in der Stadt kennen mich und wissen meistens, wo ich bin.‹«

»Soso! *Solche* Leute kenne ich!«

»Nein, so ist er nicht, Tamschas! Ich weiß, was du meinst. Ich habe mich oft genug wehren müssen, aber er ist einfach nur ... nun, einfach nur alt und nett.«

»Auf jeden Fall hältst du dich in Zukunft von ihm fern! Klar?« Inzwischen war ihre Stimme zu einem heiseren Flüstern herabgesunken. »Ich will nicht, dass du Bekanntschaften machst. Wir sind hier fremd, und das wollen wir auch bleiben. Von heute an bleibst du immer in meiner Nähe. Verstanden?«

»Ja, Tamschas. Kann ich jetzt etwas zu essen haben? Von den Feigen bin ich nicht satt geworden.«

»Schon gut, schon gut.« Sie wühlte in einer Tasche, die auf dem Tisch stand, und gab ihm einen *outnou*, einen kleinen Kupferring. »Hier«, sagte sie, »geh und kaufe uns etwas zu essen.«

Abwartend sah er sie an, als ob er ihre Gedanken lesen könnte. »Und einen Krug.«

»Ja, ja, und nun geh! Und lass dir nicht wieder so halbvergorenes Zeug andrehen wie beim letzten Mal! Zwei Tage lang habe ich gelitten wie ein Hund!«

»Ja, Tamschas.«

»Und sag verdammt nochmal endlich Mutter! Du musst dich daran gewöhnen. Wir dürfen jetzt keine Fehler machen, wo wir schon so weit gekommen sind!«

»Ich weiß nicht genau, was du meinst. Glaubst du wirklich?«

»Willst du nun ein Zuhause haben oder nicht? Eine nette Mutter, die dich großzieht? Oder willst du lieber bis ans Lebensende mit mir auf der Straße leben? So, wie ich dich damals aufgelesen habe – in Lumpen hast du im Müll gewühlt. Willst du dein Essen wieder im Müll suchen? Willst du im Winter zitternd und krank in zugigen Ecken an fremden Feuern schlafen?« Sie bemerkte den leisen Zweifel in seinen Augen. »Das magst du nicht hören, nicht wahr? So, wie wir heute leben, gefällt es dir schon besser, oder?

Obgleich du mich hasst, willst du nicht wieder zurück, nicht wahr?«

»Ich hasse dich nicht, Tamschas. Wenn du nur nicht ...«

Sie wollte keine weiteren Vorwürfe hören und sich alte Fehler aufzählen lassen. »Genug«, sagte sie und wedelte mit der Hand vor seinem Gesicht herum. Unwillkürlich fixierten seine Augen die abgebrochnenen Fingernägel und die Wülste um ihre Taille. »Geh jetzt und hole uns etwas zu essen.«

»In Ordnung«, sagte der Kleine und öffnete die Tür.

»Und keine weiteren Eskapaden, verstanden?«, rief sie ihm noch nach, aber da hatte sich die Tür bereits hinter ihm geschlossen.

Ganz in Gedanken versunken bog Ketan um eine Straßenecke und stieß dabei mit jemandem zusammen. Um nicht zu stolpern, griff der andere hilfesuchend nach Ketans Arm – und als die beiden einander ansahen, stellten sie überrascht fest, dass sie sich kannten. »Ah, Ketan!«, sagte Kedar in seiner bedächtigen Art.

Ketan zwinkerte. »Kedar, nicht wahr?«, fragte er etwas unsicher. »Ihr wart der Lehrer meines Vetters, wenn ich mich nicht irre.«

»Es ehrt mich, dass Ihr Euch meiner erinnert. Aber Ihr habt Euer Päckchen fallen lassen ... Wartet ...«

Aber da hatte Ketan sich bereits gebückt und das Päckchen aufgehoben. »Ich habe ein Geschenk für meine Frau gekauft. Sie ... nun, sie erwartet jeden Tag unser Kind.«

»Wie glücklich müsst Ihr sein! Mögen die Götter mit Euch sein.« Kedar wischte den Staub von dem Päckchen ab.

»Aber nein, lasst das doch ...«

»Oh, es tut mir Leid. Es ist mir schon in Fleisch und Blut übergegangen, andere zu bevormunden. In meinem Lehrerleben hatte ich ja unzählige Kinder. Manchmal vergesse ich mich. Ich entschuldige mich.«

Die Betretenheit des älteren Mannes rührte Ketan. »Im Gegenteil. Mir tut es Leid, wenn ich zu schroff war. In letzter Zeit bin ich sehr nervös. Nebets Schwangerschaft ... Obendrein wurde ich zum Militärdienst eingezogen ... obwohl ich doch gehofft hatte, dem endgültig entronnen zu sein.«

»Ja, natürlich, die Invasion der Hay! Sagt mir, Ketan, sind wir tatsächlich in Gefahr? Man hat mich vor eine schwere Wahl gestellt, die mein weiteres Leben ändern wird. Ist es denn möglich, dass die Hay uns überrennen …?«

»Möglich ist es durchaus. Sogar recht wahrscheinlich. Ansonsten hätte Baliniri sicher nicht diese allgemeine Mobilmachung angeordnet.«

Kedar dachte länger über diesen Satz nach. »Ja, ich denke, ich sollte mich eine Weile zurückziehen und meine Entscheidung überdenken. Vielleicht werde ich meine Verwandten besuchen. Meine verstorbene Frau hat noch einen Bruder und eine Schwester, die weiter flussaufwärts wohnen … Aber nein, nun rede ich schon wieder und stehle Euch Eure Zeit …«

»Das ist schon in Ordnung«, beruhigte Ketan ihn. »Es hat mich gefreut, Euch zu treffen, Kedar. Grüßt Tuia herzlich, wenn Ihr sie seht.«

»Ja, das mache ich gern. Doch ich denke, dass ich sie ein oder zwei Wochen lang nicht sehen werde … falls ich tue, was ich mir vorgenommen habe …«

Ketan tätschelte Kedars Arm und lächelte. Plötzlich wollte er nur noch nach Hause, aber unhöflich wollte er nicht sein. »Alles Gute für Euch, Kedar«, sagte er herzlich.

Einige Zeit blieb Kedar mitten auf der Gasse stehen und dachte nach. Erst als er merkte, welches Hindernis er für die anderen bedeutete, trat er unter Entschuldigungen beiseite.

Ja genau, dachte er, *genau das ist es, was ich brauche. Genau das werde ich tun. Ich werde einige Tage weggehen und gründlich nachdenken.* Aber nicht zu den Verwandten. Lieber wollte er stromaufwärts nach Edfu fahren, um sich die Möglichkeit einer Heirat unter Freunden durch den Kopf gehen zu lassen. In der Schreiberschule konnte er jederzeit Zuflucht finden – sie hatten immer Platz für einen der ihren. Dort konnte er in Frieden und Einsamkeit seine Gedanken ordnen.

Wenn er dreißig Jahre jünger gewesen wäre, wäre alles sehr viel einfacher. Tuia war trotz des nicht ganz einfachen Lebens, das sie mit ihrem verstorbenen Mann geführt hatte, eine attraktive Frau. Sie war zwar vermögend, aber weder arrogant noch hochmütig. Im Gegenteil. Sie war von großer Liebenswürdigkeit. Der beste Beweis dafür war ihre Aktion mit dem Erbe, das ihn überhaupt erst in die Lage versetzte, ihr Angebot in Erwägung zu ziehen. Eine feine und großzügige Geste. Warum also zögerte er da noch?

Er seufzte. Er war einfach zu sehr an das Leben gewöhnt, das er im Augenblick führte – auch wenn es sehr vorhersehbar und wenig ereignisreich war. Ein Leben ohne Überraschungen.

Nun, so ganz stimmte das nicht. Sogar dieses Leben bot hin und wieder Überraschungen. Zum Beispiel die Begegnung mit dem Jungen, den er gestern beim Stehlen erwischt hatte – ein netter, kleiner Kerl, den die Umstände auf die schiefe Bahn gebracht hatten. Ohne lange zu überlegen, hatte er ihn vor einer Anzeige des Ladenbesitzers bewahrt, sodass die Sache glimpflich ausgegangen war. Entsprechend hatte er ihm ins Gewissen geredet und versucht, ihm den richtigen Weg zu weisen. Er musste lächeln. Es gab doch immer eine Möglichkeit, etwas Gutes zu tun. Der Junge war verwaist und lebte mit einer Frau, die aber nicht seine Mutter war, praktisch auf der Straße. Sie hatte Pläne für den Jungen, die ihm jedoch Angst machten. Mehr hatte das Kind jedoch nicht sagen wollen.

Stell dir vor, wie viele Kinder du mit dieser Erbschaft retten könntest – wie viele Möglichkeiten du als Mann einer vermögenden Frau hättest! Du könntest sogar eine Stiftung gründen, ein Haus kaufen und für Unterricht und Berufsausbildung armer Kinder sorgen.

Ach, diese Träume ... Aber waren sie denn so abwegig? Hatte er nicht soeben die Idee seines Lebens gehabt? Eine Idee, für die es sich vielleicht sogar lohnte, dass man seine Privatsphäre, seine Unabhängigkeit opferte?

Er schüttelte den Kopf. »Eine höchst verwirrende Frage«, brummte er leise. Nein, er musste einfach genauer über die Sache nachdenken.

IV

Als die Schatten länger wurden und die Sonne sich dem Horizont näherte, passierte Rikis Flaggschiff einige Boote, die verwundete Soldaten von den Kämpfen an der Grenze stromaufwärts transportierten. Auf seinen Befehl hin verlangsamte seine Flotte ihre Fahrt, sodass ein kurzes Gespräch mit dem heimkehrenden Kommandeur auf einem der Boote möglich wurde.

»Gebt mir ein genaues Bild der Lage«, forderte Riki, »aber bitte ohne die üblichen Beschönigungen!«

Der Mann runzelte die Stirn. »Wie viele Männer bringt Ihr nach Lischt?«

»Sechshundert.«

»Das sind längst nicht genug«, erklärte der Offizier. »Allein heute hätten wir doppelt so viele gebraucht, und das wird an den kommenden Tagen nicht anders sein. Ihr könnt Euch nicht vorstellen, wie viele Soldaten dort aufmarschieren! Und wie beseelt sie sind! Diese verdammten Griechen! Lieber würde ich mit bloßen Händen gegen einen Leoparden kämpfen!« Der Mann stieß einen tiefen Seufzer aus. »Trotzdem haben wir ihnen einen guten Kampf geliefert. Sehr viel besser, als Baliniri erwarten durfte, aber ...«

»Sprecht ruhig weiter!«

»Insgesamt stehen wir auf verlorenem Posten. Die Aussichten sind einfach schlecht. Es ist allein Baba aus El-Kab zu verdanken, dass wir noch nicht überrannt wurden!«

»Aha! Baba aus El-Kab!«, rief Riki. »Bakas rechter Arm während seiner Zeit im Delta, wenn ich richtig informiert bin.«

»Die Heldentaten aus vergangenen Tagen kenne ich nicht, aber heute ist er auf jeden Fall der beste Mann, was die Verteidigung anlangt. Er ist unglaublich vital, und alle Manner, aber auch die Zivilisten, lieben und verehren ihn wie ihren Vater! Dabei ist er nicht einmal viel älter als Baliniri. Trotzdem zerreißen sich die Leute für ihn ...« Er zögerte.

Riki wartete geduldig. »Aber?«, fragte er schließlich.

»Aber ... Was wir brauchen, ist ein Stratege – jemand, der ein Rezept gegen diese Mistkerle finden und sie zurückdrängen kann. Ehrlich gesagt, setzen wir allergrößte Hoffnungen in Euch!«

»Und in die Männer, die Baliniri auftreiben kann. Nun ja, ich denke, ich konnte mir ein Bild machen. Aber unterschätzt mir Baba aus El-Kab nicht! Er ist genau der richtige Mann am richtigen Ort.«

Der Kapitän lächelte bekümmert. »Falls es Euch gelingen sollte, Boden zurückzugewinnen, dann lasst diese Mistkerle kräftig für alles büßen, was sie ...«

»Ich werde sehen, was ich machen kann. Ich muss sagen, ich freue mich darauf, Baba aus El-Kab endlich kennen zu lernen.«

Der Name des Offiziers war in ganz Oberägypten bekannt, und auch die nubischen Soldaten, die zusammen mit König Nehsi Theben besichtigt hatten, wussten nur das Beste von ihm zu berichten. Als Abgesandter des Pharao hatten Baba und seine Männer den Nubiern bei der Verteidigung ihres Königreiches gegen eines der Reiche im Süden geholfen. Wenn man den Soldaten glaubte, hatte Baba mit der gesamten nubischen Armee Blutsbrüderschaft getrunken, und die schwarzen Soldaten waren ihm allesamt zutiefst ergeben.

Warum nur beschrieb dieser ägyptische Kommandeur Baba als geborenen Verteidiger, dem der rechte Biss für die Planung und Durchführung eines erfolgreichen Angriffs fehlte? Seltsam! Riki war neugierig geworden und konnte kaum abwarten, diesen Mann endlich persönlich zu treffen.

Ob es Baba wohl Schwierigkeiten bereiten würde, sich ihm unterzuordnen? Noch dazu einem Jüngeren mit sehr viel weniger Erfahrung? Würde es womöglich sogar zu Unstimmigkeiten kommen? Baba aus El-Kab war ein Offizier der alten Schule, der sich wie Baliniri ausschließlich durch eigene Tüchtigkeit hochgedient und seine jetzige Position erreicht hatte.

Hör auf damit!, ermahnte er sich. *Sieh nicht schon Schwierigkeiten, wo gar keine sind!* Er richtete sich auf. »Ich habe Euch lange genug aufgehalten, mein Freund. Ihr wollt sicher nur noch nach Hause. Viel Glück für Euch und Eure Männer.«

»Dasselbe wünsche ich Euch auch«, entgegnete der Offizier. »Bringt uns einen Sieg nach Hause – den haben wir jetzt bitter nötig.«

Als Ketan bei Sonnenuntergang zu Hause eintraf, saß Nebet mit rotgeweinten Augen vor einem kalten Herd und rang verzweifelt die Hände. »Was ist denn los, liebe Nebet?« Besorgt eilte er an ihre Seite.

»Oh, Ketan!« Sie ließ sich gegen ihn sinken und umklammerte seinen Arm. »Ich hatte so schreckliche Vorahnungen! Eigentlich wollte ich nicht darüber reden, doch so kurz vor der Geburt des Babys ...«

Er sank auf die Knie und sah ihr in die Augen. Dabei fasste er ihre Hände. »Erzähle mir einfach alles«, bat er. Und nachdem er geduldig ihre Befürchtungen angehört hatte, dass er und sie sterben und ihr Kind allein bei Fremden aufwachsen müsste, tätschelte er ihr beruhigend die Hände. »Ich ... ich weiß, dass es verrückt ist, so etwas auch nur zu denken«, hauchte Nebet unter Schluchzen, »aber die Gedanken überkommen mich immer wieder.«

»Dann werden wir sie jetzt schnellstens vertreiben«, erklärte Ketan mit Entschiedenheit. »Ich werde eine Hebamme kommen lassen, damit sie dir bis zur Geburt zur Seite steht. Du bist viel zu viel allein. Im Moment kann ich ein paar Tage zu Hause bleiben, weil ich meine Arbeit gut vorbereitet habe. Aber selbst wenn ich nur eine Stunde weg müsste, möchte ich, dass jemand bei dir ist.«

»Ich will aber keine Hebamme – ich will nur dich!«

»Das weiß ich, mein Liebling.« Ketan zog seine Frau an sich und küsste sie auf die Stirn. Gleichzeitig massierte er ihren Rücken. »Und was deinen Traum angeht ... Weißt du, Liebes, seit Frauen Kinder zur Welt bringen, fürchten sie um das Wohl ihrer Kinder. Du solltest solche Gedanken nicht überbewerten.«

Unter seinen streichelnden Händen wurde sie schnell ruhiger, sodass Ketan das Thema wechselte. »Oh – übrigens bringe ich Neuigkeiten mit. Ich habe Cheta getroffen. Wenn ich mich nicht irre, hat sie angedeutet, dass Tuia vielleicht wieder heiraten will. Stell dir so etwas vor!«

Nebet hob den Kopf und sah Ketan aus tränenfeuchten Augen an. »Tuia?«

»Noch dazu einen Mann, der zweimal so alt ist wie sie. Nein, das ist übertrieben. Wie alt ist Tuia? Ungefähr vierzig, oder? So viel ich weiß, ist er auf jeden Fall über sechzig. Du rätst nicht, von wem ich spreche.«

Dies war genau die richtige Ablenkung. In wenigen Sekunden hatte Nebet allen Kummer vergessen und beteiligte sich begeistert an dem Ratespiel. »Es stimmt, Ketan – ich habe keine Ahnung, von wem du sprichst.«

»Stell dir vor – Kedar ist der Glückliche. Seths alter Lehrer! Sie weiß noch nicht, wie Kedar sich entscheiden wird, aber ich denke …«

»Aber er hat nicht einen einzigen *outnou* Vermögen!«

»Doch, inzwischen schon. Diese Tuia ist mir eine Schlaue! Sie hat einen Teil des Erbes auf seinen Namen umgeschrieben. Wenn er einverstanden ist, ist er unabhängig und kann sich frei entscheiden.«

»Und niemand wird behaupten können, dass sie sich einen Mann gekauft hat. Ich bin überrascht, dass sie sich einen älteren Mann erwählt hat.«

Ketan stand auf. Dann setzte er sich neben seine Frau und schlang den Arm um ihre Taille. »Wie du weißt, hatte Tuia kein leichtes Leben. So viel Kummer und so viele unerfreuliche Überraschungen! Ich kann mir gut vorstellen, dass sie sich nach einem ruhigen Leben sehnt. Und Kedar ist ein sehr ruhiger, angenehmer Mensch, findest du nicht?«

»Das ist richtig. Außerdem wird Seth nichts dagegen haben, weil Kedar für ihn immer so etwas wie ein Vater war.«

»Das stimmt. Übrigens – da du gerade seinen Namen erwähnst. Er scheint wieder einmal unauffindbar zu sein.«

Nebet lächelte milde. »Das ist doch ganz und gar nichts Ungewöhnliches.«

»Diesmal schon. Bisher hat immer irgendjemand eine Vermutung gehabt, doch diesmal scheint ihn der Erdboden verschluckt zu haben.«

»Keine Sorge – er wird schon wieder auftauchen.« Nebet lächelte voller Wärme. »Oh, Ketan, sieh mich an! Es geht mir schon so viel besser. Kannst du wirklich ein paar Tage zu Hause bleiben? Oder kommt mitten in der Nacht doch wieder ein Bote vom Hof und …«

»Selbst wenn das passieren sollte, werde ich nicht mitgehen«, versicherte Ketan. »Diese Geburt ist für uns beide sehr wichtig. Bis nächste Woche habe ich außerdem so gut wie nichts zu tun. Rikis Einheit hat heute abgelegt, und die Schmiede läuft wieder und kommt im Augenblick gut ohne mich zurecht.«

Mit bebenden Lippen lächelte sie ihm zu. »Bitte, lieber Ketan, bitte lass mich keinen Augenblick allein!«

»Was zum Teufel macht *er* denn hier?«, fauchte Smendes, als er den schwierigen jungen Mann von Kopf bis Fuß beäugte. Von Kopf bis Fuß war er mit rotem Staub bedeckt, und sein kümmerliches Gewand hing in Fetzen herunter.

Der Soldat, der die menschliche Vogelscheuche zu Smendes geschleppt hatte, schnitt eine Grimasse. »Ihr habt ihn zum Graben einer Latrine abgestellt, Herr. Es war die jämmerlichste Grube, die ich je gesehen habe, denn er kann Griff und Schaufel nicht voneinander unterscheiden. Man könnte meinen, dass er einen Pharao begraben wollte, statt einen Haufen.«

Der junge Mann öffnete seine staubverkrusteten Lippen. »Ursprünglich war die Grube ganz in Ordnung«, erklärte er in aller Ruhe. »Wenn nicht irgendein Idiot ein Ochsengespann so nahe daran vorbeigesteuert hätte, dass ein Wagen mit Erde ...«

»Ich verstehe.« Smendes' Stimme zischte, als ob man kaltes Wasser auf glühende Kohlen gegossen hätte. »Und der Schaden?«

»Drei Ochsen und eine Achse. Zwei Rekruten und ein Bediensteter sind verwundet.«

»Das genügt!«, brüllte Smendes. »Werft diesen Idioten für eine Woche ins Gefängnis. Bei Wasser und Brot!« Plötzlich fiel ihm etwas ein. »Welcher Bedienstete?«, fragte er misstrauisch.

»Der kleine Spinner aus Edfu, Herr, der ...«

Fast hätte Smendes gelächelt, doch in letzter Minute riss er sich zusammen. »Eine Woche ist zu lang. Vier Tage genügen. Verwundet, ja? Irgendetwas gebrochen?« Die unverhüllte Genugtuung war nicht zu überhören.

»Sein Kinn ist ausgerenkt, Herr. Er wird längere Zeit nicht sprechen können.«

»Gut, dann drei Tage.« Er starrte den jungen Mann an. »Geh

mir aus den Augen! Wenn du dich noch einmal hier blicken lässt, wirst du einen Monat lang graben müssen! Und es ist mir gleich, wie viele Bedienstete du zu Krüppeln machst!« Gleichmütig wandte sich der junge Mann ab. »He!«, rief Smendes ihm nach. »Wenn du wieder herauskommst, zeigst du mir deinen Entwurf, verstanden?«

Respektvoll nickte der Gefangene. Als er sich erneut abwandte, hatte man den Eindruck, als ob seine Gedanken längst ganz woanders weilten und ihn ein dreitägiger Aufenthalt im Gefängnis von Theben ebenso wenig zur Besinnung brächte wie jede Strafaktion. Mit hochgezogenen Brauen nahm Smendes den Helm ab und kratzte sich den kahlen Schädel. Zu guter Letzt gestattete er sich ein schadenfrohes Grinsen.

Völlig überrascht irrten Tuias Blicke von einem zum anderen – von dem Jungen zu der fremden Frau mit faltiger Haut, Tränensäcken und zerlumpten Kleidern und dann wieder zurück zu dem Jungen. Beim besten Willen konnte sie sich nicht mehr an Tamschas erinnern. Sie wusste nur noch, dass sie die Tochter eines reichen Händlers gewesen war und sie sie ein einziges Mal während des Aufstandes von Baka und seinen Männern gesehen hatte. Eine sehr schöne und sehr verwöhnte Tochter. Welcher Schicksalsschlag hatte diese Schönheit in eine gewöhnliche Straßendirne verwandelt? Offenbar war die Frau krank, und ihre Züge waren vom vielen Trinken konturlos geworden und völlig zerstört.

»... ich bedauere«, sagte Tuia erschüttert. »Es tut mir Leid. Ich fürchte, ich verstehe überhaupt nichts. Ich möchte nicht unhöflich sein, aber ...«

Die Frau, die sich als Tamschas vorgestellt hatte, sah sich verstohlen in der schlichten, aber gediegenen Umgebung um, in der Tuia lebte, betrachtete die geschmackvollen Wandbehänge, die Möbel und die fremdartigen Pflanzen.

»Ich dagegen verstehe umso besser«, erklärte die Fremde mit der heiseren Stimme der Trunksüchtigen. »In einer so feinen Umgebung vergisst man leicht, wie elend es den anderen ergeht. Man vergisst, dass man für seine Handlungen oder die der anderen, der

Familie, verantwortlich ist ... Es ist sehr viel einfacher, die Augen abzuwenden, wenn man sich nicht um die nächste Mahlzeit sorgen muss.«

»*Mir* müsst Ihr so etwas nicht sagen», entgegnete Tuia ärgerlich. »Ich weiß das sehr wohl. Ich war damals arm, als Ihr reich wart – falls Ihr diejenige seid, für die Ihr Euch ausgebt.«

»Falls?«, fragte die Frau mit ironischem Unterton. »Seht Euch den Sohn Eures Mannes genau an und dann sagt mir ins Gesicht, dass Ihr meine Aussage bezweifelt, meine liebe Freundin! Diesen Jungen habe ich von Ben-Hadad empfangen. Ich habe gearbeitet, mich verkauft und mühsam meinen Lebensunterhalt zusammengekratzt, um diesen Jungen großzuziehen. Seht Euch seine Augen an und sagt dann noch einmal, dass Ihr zweifelt! Ist das Ben-Hadads Gesicht, oder nicht? Wollt Ihr ihn wirklich nicht bei Euch aufnehmen? Sagt mir ins Gesicht, dass Ihr mir nichts dafür schuldet, dass ich ihn unter Sorgen und Mühen großgezogen und gesund bei Euch abgeliefert habe!«

Entgeistert starrte Tuia den Jungen an. Diese Augen ... das runde Gesicht ... die lockigen Haare ... der offene, aber freudlose Blick ... Tränen traten ihr in die Augen. Genauso hatte Ben-Hadad ausgesehen, als sie ihn kennen gelernt hatte. Damals war er fast achtzehn gewesen – und dieser Junge war wie alt? Vielleicht zehn Jahre? Auch der Zeitpunkt konnte stimmen. Vor ungefähr zehn Jahren war Ben-Hadad verschwunden. Später hatte sie von seinem Tod im Delta erfahren. Baka hatte damals keine Mühe gescheut, den Leichnam für das Begräbnis nach Theben zurückzuholen.

»Komm einmal her«, sagte sie zu dem Jungen. »Lass mich dich ansehen.« Einen Schritt vor ihr blieb der Junge stehen und sah mit verängstigtem Lächeln zu ihr auf. »Wie heißt du?«, fragte sie mit belegter Stimme.

»Meni«, antwortete der Junge kleinlaut und gleichzeitig voller Hoffnung.

Kapitel 8

I

Einige Meilen südlich von Lischt, noch auf dem Gebiet von Unterägypten, war der Pegel des Flusses sogar um einiges niedriger als selbst in den Tagen der großen Hungersnot. Das Flussbett war noch schmaler als gewöhnlich, weil zahllose Sandbänke und Untiefen, die normalerweise unter der Oberfläche verborgen lagen, als kleine Inseln aus dem Wasser aufgetaucht waren. Selbst die Kanäle dazwischen waren so flach, dass ein Mann ohne weiteres hindurchwaten konnte und ihm das Wasser meistens nur bis zur Hüfte reichte.

Dank dieses Umstandes war die Überwachung des Flusses sehr einfach. Während weiter stromaufwärts der große Vorstoß stattfand, mussten die Posten am Fluss lediglich sicherstellen, dass sich keine oberägyptischen Einheiten an ihnen vorbeimogelten und ihren Truppen in den Rücken fielen – eine öde, höchst langweilige Beschäftigung. Obendrein ragte das Inselchen, auf dem jeweils zwei Bogenschützen Wache hielten, gerade einmal einen Meter aus dem Wasser und bot weder Schatten noch landschaftliche Abwechslung.

Am schwersten war jedoch die absolute Ereignislosigkeit zu ertragen. In den letzten beiden Tagen hatten die Posten nicht ein einziges Boot gesichtet. Nicht einmal ein Fischerboot hatte sich blicken lassen! Deshalb fühlte sich Teherhu, die ältere der beiden Wachen, schon mittags schrecklich erschöpft, obwohl erst die Hälfte der Zeit vergangen war. Ausnahmsweise hatte er seinem jüngeren Kollegen Ischeb vor etwa einer Stunde gestattet, im Fluss zu baden und sich ein wenig zu erfrischen. Doch nun war seine Großmut am Ende. »Komm zurück, es reicht!«, rief er Ischeb zu und unterstützte das Gesagte mit energischem Winken.

Nackt und sonnenverbrannt watete Ischeb langsam ans Ufer, wo ihm das Wasser gerade bis zum halben Oberschenkel reichte.

»Willst du dich auch ein wenig erfrischen? Ich übernehme gern deine Wache.«

Im Schneidersitz saß Teherhu am Ufer und funkelte seinen Kollegen an. »Nein«, brummte er unwirsch. »Zieh lieber etwas an! Du kannst nie wissen, ob nicht doch irgendjemand kommt und nach dem Rechten sieht.«

Sein Kollege reckte und streckte sich, aber er machte keine Anstalten, sich anzuziehen. »Falls wirklich jemand kommt, werde ich mich als Grieche ausgeben – du weißt doch, dass die immer nackt herumlaufen. Wenn du mich fragst, sind sie beim Oberkommando augenblicklich sehr beliebt, weil sie den Durchbruch an der Grenze geschafft haben. Sie geben dermaßen den Ton an, dass es mich nicht wundern würde, wenn wir plötzlich unsere Lendentücher ablegen müssten!«

»So weit kommt es noch!«, schimpfte Teherhu. »Die Beduinen sind so prüde – die würden niemals mitmachen!« Nun war er mit Gähnen an der Reihe. Eine ansteckende Gewohnheit. »Du hast doch einige Zeit bei den Griechen gedient, nicht wahr?«

»Ja, das stimmt. Es sind ehrlich verrückte Leute!« Ischeb setzte sich auf seine Kleider und wischte sich das Salzwasser aus den Augen. »Wenn du mich fragst, finde ich ihre Bekleidung äußerst praktisch. Nichts kann zerreißen oder gar schmutzig werden. Die ägyptischen Einheiten im Süden tragen meistens auch nur einen Schwertgürtel.« Er schüttelte den Kopf. »An der Seite der Griechen zu kämpfen ist eine Freude. Aber näher kennen lernen möchte man sie eigentlich nicht.«

Teherhu hob den Kopf und blickte blinzelnd in beide Richtungen, aber so weit das Auge reichte, war nichts zu entdecken. »Sie sind ziemlich streitsüchtig, nicht wahr?«

»Ja, aber ich würde sie eher als verrückt bezeichnen.«

Gähnend stand Ischeb auf und bückte sich nach seinem Tuch. Als er sich wieder aufrichtete, fiel sein Blick auf den Fluss. »Ich glaube es nicht, aber es kommt tatsächlich jemand!«, rief er. In aller Ruhe legte er das Lendentuch an und befestigte seinen Schwertgürtel. »Siehst du sie? Dort drüben, zwei Leute in einem lächerlich kleinen Segelboot.«

Teherhu stand auf und blinzelte in nördlicher Richtung. Dabei beschattete er seine Augen mit der Hand. »Ja«, sagte er. »Ich habe mich schon gefragt, ob sich die Wache überhaupt lohnt. Ich bin gespannt, wer diese Leute sind.«

Ischeb stemmte die Hände in die Hüften. »Auf jeden Fall sind sie für diese Hitze viel zu dick angezogen. Sie haben nicht nur lange Gewänder an, sondern sogar noch Kapuzen auf dem Kopf!«

»Puh!«, stöhnte sein Kollege. »Priester sind sie offenbar nicht. Dazu haben die Gewänder nicht die richtige Farbe. Falls es Spione sind, die sich unkenntlich machen wollen, haben sie sich gründlich verrechnet.«

Das kleine Boot kam langsam immer näher. Die beiden Soldaten griffen nach Pfeil und Bogen. »Hallo, Ihr dort!«, rief Teherhu über das Wasser. »Legt am Ufer an und nennt Eure Namen.«

Die Hände, die von überlangen Ärmeln bedeckt wurden, hielten das Ruder unbeirrt auf Kurs und steuerten auf die Mitte des Kanals zu. Keine der beiden Gestalten gab einen Ton von sich.

Teherhu spannte den ersten Pfeil in den Bogen. »Habt Ihr mich verstanden?«, schrie er noch einmal und wiederholte seinen Aufruf in verschiedenen Dialekten des Deltas, aber nichts geschah. »Ischeb«, befahl er daraufhin seinem Kollegen, »wate hinaus und halte sie auf. Ich möchte ungern jemanden töten, aber ...«

Das klang so drohend, dass Ischeb augenblicklich ins Wasser watete und die Fahrrinne blockierte. Eine der unsichtbaren Hände zerrte an einem der Taue, um das Segel zu reffen, während die andere das Ruder beilegte, sodass der Bug dem Land zustrebte.

Ischeb näherte sich dem Heck, während Teherhu den Bogen spannte und auf die vordere der beiden Gestalten zielte. »So ist es vernünftig«, hörte er Ischeb sagen. »Dann wollen wir mal sehen, mit wem wir es zu tun haben.«

Ischeb griff nach dem Arm, der ihm am nächsten war, direkt in den weiten Ärmel hinein – und zerrte eine einzelne Hand heraus! Er stand wie erstarrt, die Augen sprangen ihm beinahe aus dem Kopf und sein Mund stand sperrangelweit offen! In derselben Sekunde ließ er die kalkweiße Hand fallen, als ob sie ihn gebissen hätte.

»Verschwindet!«, kreischte Ischeb. »Macht, dass Ihr fortkommt.« In blinder Hast stolperte er nach rückwärts und fiel dabei ins Wasser.

Die beiden Gestalten im Boot ließen sich das nicht zweimal sagen. Hastig entrollten sie das Segel und steuerten das Boot wieder in die Mitte der Fahrrinne hinaus. Teherhu ließ den Bogen sinken und starrte den beiden hinterher, während Ischeb wie wahnsinnig seine Hände im Nilwasser schrubbte.

»Gute Götter!«, rief Teherhu. »Habe ich richtig gesehen?«

»Und ob du richtig gesehen hast!« Ischeb würgte es allein bei dem Gedanken. »Und ich habe sogar einen von ihnen *berührt*! Stinkende Aussätzige! Zum Glück hast du nicht geschossen! Du weißt doch, dass das Unglück bringt! Sollen die Ägypter mit ihnen glücklich werden – wir sind jedenfalls froh, dass wir sie los sind! Hoffentlich stecken sie ganz Theben an!«

Entsetzt hatte Teherhu Pfeil und Bogen fallen lassen und starrte seinen Kollegen an. Ischeb kniete noch immer im Wasser und wusch und wusch mit angeekelter Miene seine Hände. Als Teherhu stromaufwärts blickte, sah er, wie die Ausgestoßenen aus dem schmalen Kanal zwischen den Inseln wieder in das breitere Flussbett gelangten und weiter südwärts segelten.

Nach zwei Tagen waren die Kämpfe unweit der Stadtgrenze von Lischt an einem ersten toten Punkt angekommen. Seit dem Verlassen der Boote und dem ersten Überfall auf die Grenzbefestigungen hatten die Hay und ihre Verbündeten einen ersten Brückenkopf nördlich der Stadt errichtet. Die Verteidiger hatten sich bis dahin klugerweise still verhalten. Doch als sie merkten, dass ihre Gegner ein Lager errichteten, waren sie urplötzlich in einem wilden Ausfall über sie hergefallen und hatten dabei die Truppen der Maaziou Beduinen empfindlich dezimiert und damit die gesamte rechte Flanke der Invasoren aufgerieben. Ohne größere Verluste hatten sie sich anschließend wieder in die sicheren Mauern der Stadt geflüchtet.

Noch während die Hay ihre Linien auffüllten, brach die Dunkelheit herein. Es war eine mondlose Nacht mit bewölktem Himmel und nur wenigen Sternen. Baba aus El-Kab nutzte die Gelegenheit und trieb im Schutz der Dunkelheit einen tiefen Keil in die

Verteidigungslinien des Gegners. Drei Hauptleute und ein General fielen den Dolchen der Verteidiger zum Opfer. Und als der neue Tag hell und klar emporstieg, krönten die aufgespießten Köpfe samt den Helmen bereits die Mauern der belagerten Stadt. Die Moral der Verteidiger war größer denn je.

In den beiden darauf folgenden Tagen lernten die Hay und ihre Verbündeten den untersetzten, kahlköpfigen Kommandeur der Stadt fürchten. Knapp außerhalb der Reichweite ihrer Bogenschützen bewegte er sich völlig offen von Einheit zu Einheit, motivierte seine Männer mit gelegentlichen Scherzen und bellte sogar ab und zu Unverschämtheiten zu seinen Feinden hinüber. Als kurz darauf der erste Angriff der Hay erfolgte, hieb er genüsslich mit seiner tödlichen Axt aus rötlich schimmernder Bronze um sich. Diese legendäre Waffe hatte noch der blinde Waffenschmied Schobai, der aus der berühmten Familie der Kinder des Löwen stammte, für ihn persönlich angefertigt.

Im Kampf wurde rasch klar, dass Baba aus El-Kab ein begnadeter Kämpfer war, der sich zur Not auch allein seinen Weg durch eine feindliche Übermacht bahnte und obendrein auch noch grinste!

Besonders für die griechischen Söldner war er ein rotes Tuch. Sie spuckten aus, wenn sie nur seinen Namen aussprachen. Wegen seiner krummen Beine, der gedrungenen Gestalt und seiner Glatze nannten sie ihn nur die »Kröte«. Sobald er ihren Angriffen Widerstand leistete und sie sogar unter Druck setzte, verfluchten sie ihn lauthals, und wenn das Kampfgetümmel einmal ein wenig nachließ, brüllten sie ihre Verwünschungen in allen Sprachen quer über das Schlachtfeld. Gleichzeitig respektierten sie ihn jedoch wie sonst niemanden – einige ihrer eigenen Anführer natürlich ausgenommen. Wer ihn tötete, dem winkte nicht nur die glänzende Streitaxt, sondern auch reiche Beute nach dem Fall der Stadt: Seinem Bezwinger war der fünffache Beuteanteil eines gewöhnlichen Soldaten und obendrein auch noch ein Kontingent Sklaven versprochen worden.

Nach den frühmorgendlichen kleineren Scharmützeln, die dazu dienten, die Schwachpunkte des Gegners zu erkennen, beobachtete Cepheus, der Anführer der fünften griechischen Einheit, wie sein Albtraum hinter den gegnerischen Linien eine Gruppe Rekruten inspizierte, die offenbar gerade als Verstärkung angelangt waren. »Dort drüben ist sie ja!«, höhnte er in tönendem Bass. »Die Kröte inspiziert ihren Nachwuchs und überlegt schon einmal, wen sie sich heute Nacht vornehmen will!«

Prompt tauchte Babas Kopf hinter den Speeren seiner Männer empor, und er grinste über das ganze Gesicht. Gleichzeitig reckte er seinen nackten Arm zu einer verächtlichen Geste empor, die keine Missverständnisse zuließ. »Kommt doch herüber und seht selbst!«, rief er gut gelaunt zurück. »Ich verspreche Euch jeden Jungen, den Ihr entwaffnen könnt. Doch ich wette, dass Euch das auf unserer Seite der Linien sehr viel schwerer fallen wird als bei Euch! Meine Männer bücken sich nicht so leicht wie die Euren!«

Cepheus kniff seine dicken Lippen zusammen. »Mutig gesprochen«, schnarrte er. »Aber im Schutz Eurer Männer ist das einfach! Einen Kampf Mann gegen Mann zwischen den Linien lehnt Ihr sicher wieder ab, nicht wahr?« Er konnte es nicht lassen, immer wieder darauf herumzuhacken.

»Wenn Ihr kämpfen könntet, wäre es zu überlegen«, dröhnte Baba zurück. »Schließlich sind meine Rekruten für jede Lektion dankbar. Ein blinder Bettler mit verkrüppeltem Arm kann Euch jedoch spielend ersetzen – warum sollte ich also meine Zeit mit einem Perversen vertrödeln, der sich nicht einmal einen Fetzen Stoff leisten kann, um seine Blöße zu bedecken, und lieber jeden seine – nun ja, eher kümmerlichen – Anhängsel sehen lässt?«

Eine solche Beleidigung seiner Männlichkeit konnte Cepheus nicht hinnehmen. Er lief knallrot an und suchte nach einer entsprechenden Entgegnung, aber mehr als unzusammenhängendes Geschimpfe fiel ihm nicht ein. Unzweifelhaft hatte er wieder einmal den Kürzeren gezogen. Als obendrein noch einer seiner eigenen Männer losprustete, durfte dieser die ganze darauf folgende Nacht, an ein Wagenrad gekettet, seine vorlaute Äußerung bejammern.

Am Vormittag erfolgte endlich der erwartete Angriff der Hay. Es war ein schwerer Angriff, aber dank des glänzend vorbereiteten

Baba büßte die Verteidigung keinen Fußbreit Boden ein. Stattdessen ließen sie binnen kürzester Zeit einen Gegenangriff folgen, bei dem die Einheiten an der Flanke in perfekter Abstimmung mit Babas Vormarsch agierten, sodass sie die griechischen Einheiten auf der linken Flanke in die Zange nehmen und niedermachen konnten.

Urplötzlich sah sich der Rest der Griechen von Feinden umzingelt, die ständig näherrückten. Cepheus, der seine Männer um einen Kopf überragte, fluchte und blinzelte, um seinen Gegner im Staub des Gefechts auszumachen.

»Baba!«, bellte er. »Baba aus El-Kab! Wo steckst du? Komm schon, Kröte, und zeige dein Gesicht!«

Er hatte den Satz noch kaum beendet, als er das vertraute Bellen aus den feindlichen Linien vernahm.

»Ah, dort ist er ja!« Baba grinste über das ganze Gesicht. »Lasst ihn durch, Männer! Die anderen dürft ihr erledigen, aber dieser gehört mir! Ich will endlich herausfinden, ob sein Kämpferherz ebenso klein und unbedeutend ist wie sein …«

Mit einem Wutschrei hackte sich Cepheus eine Gasse durch den undurchdringlichen ägyptischen Ring, bis er endlich seinem alten Feind Auge in Auge gegenüberstand. »Stellt Euch und kämpft!«, rief er und nahm mit ironischem Grinsen Haltung an.

Kalt lächelnd durchbohrte ihn Baba mit einem einzigen Stoß aus nächster Nähe. Das war alles. Seufzend sah er auf seinen toten Gegner hinunter. »Reden ist immer leichter«, sagte er zu seinen Männern. »Los, macht die anderen fertig! Heute werden keine Gefangenen gemacht. Ihr kennt die Regel: Gefangene werden nur an ungeraden Tagen gemacht. Morgen gibt es wieder neue Gefangene – schließlich brauchen wir jemanden, der die Verwundeten abtransportiert.«

Mit diesen Worten wandte er sich ab und verließ das Schlachtfeld. Im Vorbeigehen hob er den Helm auf, den Cepheus getragen hatte. Mit dem Federbusch reinigte er sein Schwert und warf ihn dann wie einen abgenagten Knochen achtlos beiseite.

II

Voller Wut über den Verlust zweier griechischer Einheiten bereiteten die Hay wenig später alles für einen gewaltigen Vergeltungsschlag vor, der sich im Besonderen gegen den Abschnitt der ägyptischen Linien richtete, wo Baba aus El-Kab das Kommando führte. Außerdem versprachen sie demjenigen, der die »Kröte« tot oder lebendig bei seinem Kommandeur ablieferte, eine gewaltige Belohnung.

Als die Sonne ihren Höchststand erreicht hatte, eröffnete ein Pfeilregen der Bogenschützen die Schlacht. Der Effekt war jedoch gering. Als kurz darauf der eigentliche Angriff einsetzte und eine Welle nach der anderen über die ägyptischen Linien hinwegbrandete, konnte auch die größte Kampfmoral der Belagerten dem Druck nicht ewig standhalten. Die Maaziou Beduinen schlugen rechts und links vom ägyptischen Zentrum tiefe Schneisen in den ägyptischen Verteidigungsring und wurden erst vom energischen Widerstand der Männer um Baba aus El-Kab gebremst. Die so entstandene gefährliche Ausbuchtung der Frontlinie wurde von Baba jedoch souverän beseitigt, indem er im mittleren Bereich einen moderaten Rückzug befahl und so die Linie wieder begradigte. Zufrieden sah er sich um, weil ihn dieses Manöver keinen einzigen Mann gekostet hatte.

Nichtsdestotrotz war wertvolles Terrain verloren gegangen. Und in der Ferne sah er ständig neue Truppen anrücken! Eine Welle nach der anderen rückte unablässig nach vorn! Sein rundes Gesicht war ausdruckslos, aber sein Herz war verzweifelt. Ging diesen verdammten Nomaden denn niemals das Geld aus? Wie lange konnten sie denn noch immer neue Söldnerheere kaufen? Wie lange konnte seine ägyptische Armee solchen Massen standhalten? Selbst wenn sie immer nur einen Mann einbüßten statt drei wie ihre Feinde?

In dieser Stimmung erreichte ihn ein Bote aus dem Hauptquartier. »Was ist los, Sohn?«, fuhr er ihn an.

»Nun, Herr …« Der Bote rang nach Luft. »Ein Bericht von der rechten Flanke: Wir haben einen Hauptmann der Gegenseite gefangen genommen. Sicher wollt Ihr dem Verhör beiwohnen, nicht wahr?«

»Sehr richtig«, bestätigte Baba. »Führe mich zu ihm.« Er bellte einige Befehle. Dann eilte er dem jungen Mann so flink und geschmeidig nach, als ob er noch dreißig Jahre jünger wäre und nicht schon seit Stunden einen kräftezehrenden Kampf bestritten hätte.

Wie einen Adler hatte man den Hauptmann mit ausgebreiteten Armen und Beinen an Pflöcken festgebunden. Er konnte gerade noch seinen Kopf heben, um zu sehen, wer zu seinem Verhör erschien. »Ah, die Kröte!«, bemerkte er. »Ich fühle mich geehrt. Nie hätte ich gedacht, dass mir der oberste Kommandeur diese Ehre erweisen würde! Nun kann ich wenigstens in dem Gefühl sterben, bedeutend und wichtig gewesen zu sein.« So viel Zynismus nach langem Kampf ließ die Umstehenden die Köpfe schütteln.

»Von Sterben ist hier nicht die Rede«, erklärte Baba mit überraschender Offenheit. »Du musst nicht einmal die Folter ertragen. Berichte uns nur einfach, was du weißt.«

Schwach zerrten die Hände des Mannes an seinen Fesseln. Dann sank er zurück, und sein Kopf fiel wieder auf die Erde. »Natürlich könnte ich das tun«, entgegnete er. Dabei zitterte seine Stimme vor Ekel. »Was kümmert es mich, ob Apophis Lischt und Theben besetzt. Ich habe mich ja nicht einmal freiwillig zur Armee gemeldet! Man hat mich in allerletzter Minute eingezogen und sofort zum Hauptmann ernannt, weil meine Verwandten einigen Einfluss haben.«

Baba scheuchte die Umstehenden beiseite und kniete neben dem Gefangenen nieder. »Wenn ich dich richtig verstehe, mein Sohn, so hast du im Grunde nichts gegen uns, und wir haben nichts gegen dich – außer der Tatsache, dass Apophis dich hierher geschickt hat, um uns unser Land wegzunehmen. Wie heißt du, mein Sohn?«

»Nuschin. Mein Großvater hat mit Manouk Syrien und Kanaan erobert und ist später mit ihm ins Delta gezogen. Ich bin Schreiber und stehe in Apophis' Diensten. Ich studiere die Geschichte der Hay-Nomaden. Nicht, dass mir alle Quellen offenstünden – nein. Das müsst Ihr mir glauben! Ich betreibe hauptsächlich genealogische Forschungen für irgendwelche Emporkömmlinge, die unbedingt eine Abstammung nachweisen wollen ...«

»Ich denke, die Fesseln behindern dich«, sagte Baba und blickte zu den beiden Wächtern auf, die noch immer über ihrem Gefangenen standen. »Ich werde die Handfesseln lösen. Gebt mir einen Dolch.« Der eine Wächter zögerte, doch dann gehorchte er. Rasch durchtrennte Baba die Fesseln und half dem jungen Mann beim Aufsetzen. Einige Augenblicke lang sah er seinem Gefangenen direkt in die Augen, wog dann den Dolch in seiner Hand und warf ihn schließlich achselzuckend dem Soldaten zu. »Ich denke, er hat mich verstanden«, sagte er. »Die Füße bleiben fürs Erste gefesselt. Tretet einen Schritt zurück, denn ich möchte dem Mann einige Fragen unter vier Augen stellen.«

Er wartete, bis seine Männer außer Hörweite waren. Dann ließ er sich im Schneidersitz nieder und unterhielt sich mit dem Mann, als ob sie eine ganz normale Unterhaltung führten. »Ich hoffe, dass du dich besser fühlst. Nun – du studierst die Geschichte?«

»Ja.« Der junge Mann rieb seine Handgelenke. »Apophis hat mir die Erlaubnis gegeben, die Vermächtnissse der Vorfahren zu studieren, die zur Zeit meines Großvaters ins Delta kamen. Dabei habe ich einiges erfahren, was ich so noch nie gehört habe. In einigen Punkten weichen meine Forschungen von der offiziellen Version ab.«

Je länger er sprach, desto mehr begeisterte er sich für sein Thema. *Ein nettes, in der Wolle gefärbtes Schreiber-Schaf*, dachte Baba. *Am Spieß geröstet würde er mir alle Einzelheiten seines Spezialgebiets preisgeben.* »Darüber werden wir uns später unterhalten, mein Sohn«, erklärte Baba mit sanfter Stimme. »Im Moment interessieren mich die aktuellen Informationen sehr viel mehr. Ich wüsste zum Beispiel gern, über wie viele Reserven ihr noch verfügt und wie schnell sie ins Gefecht geworfen werden können ...«

Der junge Hauptmann schnitt eine Grimasse. Offensichtlich schmerzten ihn seine Gelenke. »Das kann ich Euch gern sagen. Wisst Ihr übrigens schon, dass Apophis höchstpersönlich den entscheidenden Schlag gegen Lischt führen will? So viel ich weiß, müsste er eigentlich schon eingetroffen sein.«

Fassungslos starrte Baba den jungen Mann an. »Apophis? Hier?«, fragte er verblüfft. »Jetzt?«

Der junge Mann zerrte an seinem Bein. »Würde es Euch etwas ausmachen, die Fesseln ein wenig zu lockern? Ich habe einen Krampf im Bein.«

Baba knotete die Fesseln auf. »Sobald ich mit dir fertig bin, werde ich dich stromaufwärts zu Baliniri bringen lassen. Natürlich unter Bewachung. Keine Sorge, du wirst anständig behandelt. Kommt Apophis tatsächlich hierher?«

»Höchstwahrscheinlich ist er schon da. Natürlich bleibt er im Hauptquartier weit hinter den Linien am Fluss. Dort sind auch die Verstärkungen stationiert – noch einmal so viele Männer, wie sich gerade im Einsatz befinden. Oder sogar noch einige mehr. Jeden Tag treffen neue Truppen ein. Apophis will Euch zermürben, indem er eine Welle nach der anderen angreifen lässt, bis Ihr erschöpft seid.«

»Genauso habe ich seine Taktik eingeschätzt. Ich bin äußerst dankbar für die hohen Hügel auf unserer linken Flanke. Denn wenn seine Truppen uns seitlich umgehen und uns von der Seite überfallen würden ...« Baba schnitt eine Grimasse. »Vermutlich geht Apophis davon aus, dass wir demnächst erledigt sind, nicht wahr? Demnach dürfen wir den entscheidenden Angriff in ein oder zwei Tagen erwarten.«

»Genauso habe ich es verstanden. So viel ich weiß, glaubt Apophis, dass die Garnison in Theben inzwischen ausgeblutet ist. Meiner Meinung nach unterschätzt er Baliniri. Und Euch nicht minder.«

»Nun, das ist die Voraussetzung für eine erfolgreiche Verteidigung, mein Sohn. Du kannst dir nicht vorstellen, wie sehr mich deine Bekanntschaft freut. Ja, du hast mich bereits für das eine oder das andere Vorhaben inspiriert. Wenn nur einer oder zwei meiner Pläne Erfolg haben werden, hat sich dieser Tag schon gelohnt. Komm, lass dir aufhelfen. Wachen! Geleitet uns zum Hauptquartier.«

Nilabwärts fahrende Schiffe brauchten normalerweise wegen der starken Strömung keine Segel. Doch Riki ließ nicht nur Segel setzen, sondern hatte auch noch ausgeruhte Ruderer auf die Schiffe befohlen, sodass seine Flotte in kürzester Zeit ihren Bestimmungsort erreichte. Sobald die ersten Markierungspfähle auf den Hügeln gesichtet wurden, ertönte das Kommando »Ruder hoch!«, worauf die beiden Matrosen am Ruder das Flaggschiff der Flotte an den Anleger steuerten.

Im Bug des Schiffes wandte sich Riki an den Kapitän. »Ich nehme an, dass wir in wenigen Minuten anlegen werden, nicht wahr?«

»Ja, Herr«, bestätigte der Mann lächelnd. »Ich denke, dass wir diesmal den Rekord gebrochen haben!«

»Ganz gleich, ob dem so ist – auf jeden Fall werde ich Eure Bemühungen in meinem Brief an Baliniri lobend hervorheben. Ihr habt Eure Sache gut gemacht. Unsere rechtzeitige Ankunft entscheidet vielleicht darüber, ob wir Lischt noch halten können oder ob die Stadt doch endgültig ...« Unvermittelt brach er ab. Und dann: »Seht Ihr das Schiff dort? Ich dachte, die Evakuierung sei mittlerweile abgeschlossen? Was hat dieses kleine Boot noch auf dem Fluss zu suchen?«

Der Kapitän blickte in die Richtung, in die Riki deutete. Sofort gab er einige Kommandos und Minuten später wurde ein schmales Boot mit einigen kräftigen Männern zu Wasser gelassen. Die Bogenschützen des Flaggschiffs schickten eine warnende Salve vor den Bug, sodass das Boot zum Ufer abdrehen musste.

Stirnrunzelnd musterte Riki die vermummten Gestalten. »Seltsam, diese Umhänge und die Kapuzen ... Vielleicht sind es ja Leprakranke. Die verhüllen sich gern vollständig, damit man sie als Aussätzige erkennt.«

Als sich das Beiboot des Schiffes dem kleinen Kahn näherte, streiften die Gestalten jedoch ihre Kapuzen ab. Leprakrank waren sie jedenfalls nicht. Im selben Moment schrien sie etwas, was jedoch weder der Kapitän noch Riki verstanden. Der Kapitän bedeutete seinen Männern, die beiden Gestalten an Land zu bringen, und widmete sich dann dem Landemanöver am Anleger südlich der Stadt.

An Land hatten sich Soldaten und Matrosen versammelt, und mitten unter ihnen entdeckte Riki den Mann, auf den er seit Beginn seiner Reise gespannt war. Die krummen Beine und der kahle Schädel konnten niemand anderem gehören als Baba aus El-Kab. Breitbeinig wie ein Matrose stand er da und verfolgte mit in die Hüften gestemmten Händen das Anlegemanöver. Riki musste sich ein Lächeln verkneifen. Dies also war der Held der Belagerung von Lischt – der Mann, der bisher dem Söldnerheer trotz überwältigender Übermacht tapfer Widerstand geleistet hatte!

Sobald das Schiff längsseits ging, sprangen die Matrosen von Bord und sicherten die Leinen. Riki wartete, bis man eine Planke über den Zwischenraum geschoben hatte, und schritt dann auf den Kai hinunter.

Vor dem untersetzten Kommandeur salutierte er. »Riki aus Theben meldet sich mit Reserveeinheiten zur Stelle!«

Statt einer formvollendeten Entgegnung packte ihn der krötenähnliche Mann an den Oberarmen, lachte mit einem tiefen Bass und umarmte Riki, als ob sie schon seit ewig alte Freunde wären. »Riki! Ich bin froh, Euch zu sehen! Ich habe schon viel von Euch gehört. Meistens Gutes, seid beruhigt!«

Diese Begrüßung verschlug Riki die Sprache. Begrüßte man so einen unerfahreneren Mann, der erstens jünger und zweitens auch noch der Ranghöhere war? Klug wie er war, ließ er sich jedoch nichts anmerken, sondern nickte nur und lächelte ein wenig nervös.

»Ich habe eine Überraschung für Euch!«, sagte der Kommandeur und zog ihn mit sich. »Ich habe soeben einen Hauptmann der Gegenseite gefangen genommen. Er berichtet meinen Männern gerade alles, was er weiß. Denkt Euch nur, inzwischen kennen wir bereits die Schlachtordnung. Apophis ist höchstpersönlich zu unserer Vernichtung angereist! Könnt Ihr das glauben? *Apophis persönlich!*«

Die berühmte voluminöse Stimme, die quer über die Linien trug, schallte auch hier im tiefergelegenen Niltal weit über das Wasser. Während sie sich zum Gehen wandten, sah Riki, wie die beiden verhüllten Gestalten von Gardisten in Empfang genommen wurden. Der Größere und Kräftigere der beiden spitzte die Ohren, als er den Namen von Apophis hörte, und sah zu ihnen herüber.

»Was habt Ihr da gesagt?«, schrie er Baba zu. »Habt Ihr gesagt, dass Apophis persönlich anwesend ist?«

Der Kommandeur ging auf den Mann zu. »Ihr habt richtig gehört«, entgegnete er. »Apophis gibt uns die Ehre. Aber wer ist dieser Mann, der Baba aus El-Kab so etwas fragt? Ihr tragt zwar ein Gewand wie das eines Leprakranken, aber allem Anschein nach seid Ihr gesund.«

Der Mann ließ das Gewand sinken und stand mit nichts als einem Lendentuch bekleidet vor ihnen. Sein muskulöser Körper war von Kämpfen und Peitschenhieben gezeichnet, aber nur eine Narbe schien gerade erst verheilt zu sein. »Wie Ihr sehen könnt, bin ich nicht krank. Um an den Hay vorbeizukommen, mussten wir uns eine Verkleidung einfallen lassen. Meine Gefährtin ist ebenfalls gesund. Doch ich bitte Euch – erlasst ihr das Entkleiden!«

Das forsche Auftreten des Fremden reizte Babas Neugier, und er winkte die Soldaten zur Seite. »Lasst ihn aussprechen.«

»Ich danke Euch«, erwiderte der junge Mann. »Ihr also seid Baba aus El-Kab. Welch glückliches Zusammentreffen! Ich habe schon viel von Euch gehört.«

In diesem Moment fiel sein Blick zum ersten Mal auf Riki, und er stutzte merklich. Dies wiederum ließ Riki innehalten. Diese Züge weckten Erinnerungen ... Urplötzlich überzog ein breites Grinsen sein Gesicht, und dann lagen die beiden einander in den Armen. Keiner der Umstehenden begriff so recht, was da vor sich ging und weshalb die beiden auf einmal lachten, einander auf die Schulter klopften und halbfertige Sätze stammelten.

»Was um alles in der Welt hat das zu bedeuten?«, fragte Baba. »Etwa ein Wiedersehen unter Brüdern? Riki, würdet Ihr uns bekannt machen?«

Mit strahlendem Lächeln trat Riki einen Schritt zurück. »Aber natürlich, nur zu gern. Dies ist Baba aus El-Kab, der Kommandeur der Garnison und Verteidiger von Lischt. Und *dies* ... Ich habe die Ehre, Euch niemand anderen vorstellen zu dürfen als den nicht anerkannten Erben des Throns des Goldenen Pharao, den ältesten Sohn von Apophis!«

»Was soll das nun wieder bedeuten?«, rief Baba. »Soll das etwa heißen, dass dies ...«

»Ja, er ist Kamose, der Sohn des Apophis«, erklärte Riki. Urplötzlich war es mäuschenstill geworden. »Er ist der zehnjährige Junge, der in der Prophezeiung genannt wird!«

III

In der Aufregung, die dieser Erklärung folgte, wurde Aset völlig übersehen. Aus einiger Entfernung beobachtete sie, wie Soldaten und Gardisten den Mann umringten, den sie als Neko kannte, und ihn mit Fragen bestürmten. Ihr war es recht, dass sich niemand um sie kümmerte, denn sie stand nicht gern im Mittelpunkt. Langsam wanderte sie am Kai entlang und sah zu, wie die neu angekommenen Soldaten mit ernsten Mienen die Schiffe verließen.

Dies also war das umkämpfte Gebiet! Bisher hatte sie keinerlei Gewalttätigkeiten erlebt. Selbst ihre Reise war bis auf den kritischen Moment, als die Wachposten sie an der Sandbank aufhalten wollten und sie sie gerade noch durch die Lepramaskerade abschrecken konnten, ohne Zwischenfälle verlaufen. Sie befand sich zum ersten Mal in ihrem Leben in Oberägypten, und natürlich war ihr klar, dass der Krieg von heute an ihr Leben begleiten würde.

Seufzend sah sie zu Neko hinüber. Er überragte die Umstehenden um einiges, und, er war für alle der Mittelpunkt – er, der von den Göttern zu dieser Mission auserwählt worden war. Man erkannte es an der ehrerbietigen Art, mit der ihm sowohl die niedrigsten Dienstränge als auch die Kommandeure begegneten.

Neko! Nein, sie musste sich abgewöhnen, ihn weiterhin so zu nennen. Von nun an durfte die ganze Welt wissen, wer er in Wirklichkeit war. Es würde ihr nicht leicht fallen, denn der Name begleitete sie nun schon so lange. Seit dem Tag damals am Strand lag er ihr ständig auf der Zunge und geisterte durch ihre Träume. Besonders durch ihre Träume ...

Mit einem Mal erfasste sie dieselbe Traurigkeit, die sie auch schon in den vergangenen Tagen mehrmals überkommen hatte. Neko – nein – Kamose war vom Schicksal für seine Rolle ausersehen. Er war der Sohn eines Königs – und damit Teil der Prophezeiung, die die endgültige Vertreibung der Hay aus Ägypten zum Ziel hatte. Hatte ein solcher Mann in seinem bedeutenden Leben überhaupt Platz für ein so kleines Mädchen wie sie? Würde er sich nach der Rückkehr in sein altes Leben überhaupt noch an alles erinnern, was sie gemeinsam erlebt, was sie einander in der Vergangenheit gewesen waren?

Nicht dass auf dieser Fahrt etwas vorgefallen wäre. Nein, er hatte sie stets wie eine kleine Schwester behandelt und bestens für sie gesorgt. Aber das war auch alles. Selbst der Augenblick der Gefahr hatte sie einander nicht in der Weise näher gebracht, wie sie das erhofft hatte.

Zum wiederholten Mal stellte sie sich vor, wie dieselbe Reise mit Mara verlaufen wäre. Schon in der ersten Nacht wären sie einander in die Arme gesunken, und jeder weitere Tag, jeder gefährliche Augenblick hätte sie einander näher gebracht ... Bestimmt hätte er auch den Männern gleich beim Anlegen voller Stolz seine Mara, seine Gefährtin und Geliebte, präsentiert.

Sie dagegen stand allein am Kai, und niemand dachte mehr an sie. Scham und Verzweiflung überkamen sie, sodass sie sich abwandte und ihre Blicke über den Fluss schweifen ließ.

Zuvor jedoch hatte sie heimlich noch den Mann gemustert, der Kamose erkannt und umarmt hatte. Dieser Mann konnte nur Riki sein. Neko hatte ihr unendlich viel von diesem Riki erzählt, der Mara vor vielen Jahren aus den Händen des Hakoris befreit hatte. Er sah wirklich gut aus, groß und stark. Außerdem hatte er ein ehrliches Gesicht und einen gewissen Ausdruck in den Augen ... Sie drehte sich schnell noch einmal nach ihm um. Er hatte sie bemerkt! Er zog Kamose herum und deutete in ihre Richtung, und gleich darauf winkten beide, dass sie zu ihnen kommen sollte.

Kamose zog sie in den Kreis und streifte ihr die Kapuze vom Kopf, sodass jeder ihre kurz geschorenen Haare sah. »Ich möchte Euch Aset, eine meiner besten und treuesten Freundinnen vorstellen.« Dabei lächelte er wie ein stolzer Bruder. Obwohl Aset innerlich zusammenzuckte, zauberte sie ein Lächeln auf ihr Gesicht.

»Wenn man sie so ansieht, könnte man meinen, dass sie sich zu Tode gefürchtet hätte. Aber das ist ein Irrtum: Sie hat das Herz einer *Löwin.*«

»Oh, Nek- Kamose ...«

»Ich sage es, auch wenn du es nicht hören willst, denn es ist die Wahrheit. Riki, stell dir vor, dieses bewundernswerte Geschöpf hat nicht nur ihr Leben bei dem Überfall auf das Waisenhaus riskiert, sondern sie hat die ganze Aktion von Beginn an geplant.«

Riki grinste, aber Aset spürte, dass er ihr offen und freundschaftlich begegnete. Er deutete eine Verbeugung an. »Ihr habt meine volle Bewunderung – dieser Anschlag war meisterhaft geplant. Ihr wisst sicher, wie sehr Kamose diese Aktion am Herzen lag.«

»Und ob sie das weiß«, versicherte Kamose an ihrer Stelle. »Sie und ihr Bruder Isesi. Die beiden haben mir vom ersten Tag an geholfen. Sie haben mir das Leben gerettet – mich am Strand aufgelesen, nachdem mein Schiff untergegangen war. Ohne ihre Unterstützung wäre ich vermutlich nicht so weit gekommen.« Bekümmert sah er sie an. »Ich wünschte, dass auch Isesi hier sein könnte! Er würde euch gefallen. Äußerlich ist er der stille, in sich gekehrte Wissenschaftler, aber in seiner Brust schlägt ein ebenso mutiges Herz wie bei seiner Schwester. Leider ließen seine Pflichten eine Reise nicht zu. Und Mara ...«

»Mara?« Augenblicklich leuchteten Rikis Augen auf. »Was hast du von ihr gehört?«

»Es tut mir Leid, dass ich keine besseren Nachrichten habe. Hakoris' Männer haben sie wieder gefangen genommen«, antwortete Kamose. Keinem der Umstehenden fiel auf, wie Asets Gesicht bei dieser Wendung des Gesprächs in sich zusammenfiel. »Sie zu befreien, wird meine erste Tat sein, sobald die Hay endgültig verjagt sind.«

»Ich denke, das ist leichter gesagt als getan«, mischte sich Baba aus El-Kab in die Unterhaltung ein. »Ich habe gerade heute einen Hauptmann der Gegenseite gefangen genommen. Seinen Angaben nach wollen sie uns hier an Ort und Stelle ausbluten lassen. Sobald sie alle unsere Reserven ausgeschöpft haben, haben sie immer noch genug Männer, um geradewegs in die Stadt einzumarschieren.«

Riki musste dem zustimmen. »Den einzigen Lichtblick, den wir auf unserer Seite noch haben, ist unser Freund aus El-Kab, der die Moral unserer Männer noch immer hochhält, wie ich gehört ...«

»Das ist wunderbar!«, freute sich Kamose. »Dann würde es Euch doch sicher Freude machen, deren Moral umgekehrt ein wenig zu senken, oder?« Er sah von Riki zu Baba. »Auf dem Weg hierher kam mir ein Gedanke. Habe ich vorhin nicht gehört, dass mein Vater heute im Lager der Hay erwartet wird?« Riki nickte nur. »Die Brüder werden ständig eitler und sorgloser«, fuhr Kamose fort. »Aset und ich wären sonst auch nicht so einfach an ihrem Posten am Fluss vorbeigekommen. Wenn einer ...«

Weit hinter den feindlichen Linien traf sich der oberste Kommandeur der Hay-Legionen, Ovannes, mit Learchus, dem Oberkommandierenden der Griechen. Beide hatten die Erlaubnis erteilt, dass Boten sie jederzeit und immer an ihrem verborgenen Konferenzort stören durften, sobald die Ereignisse das erforderten. Die Abstimmung zwischen ihnen beiden war unumgänglich, aber keinesfalls wollten sie sich dabei von Speichelleckern und Informanten ihres Königs belauschen lassen.

Die Sonne stand schon tief, und die Schatten der westlichen Hügel fielen bereits über das seichte Wasser des Nils. Ovannes in der prachtvollen Rüstung der Hay sah zu, wie der Grieche, behaart wie ein alter Löwe, unruhig am Flussufer auf und ab ging. »Wie Ihr wisst, ist *er* inzwischen eingetroffen!« Der sarkastische Ton machte unmissverständlich klar, wer mit dem »er« gemeint war.

»Ah, ja!« Der Grieche spuckte ins Wasser. »Unser königlicher Arbeitgeber! Sagt, ist er vielleicht mit seinem ganzen Hofstaat angereist? Bei uns zu Hause würde der König sich schämen, einen solchen Pomp zu entfalten, nur um seine Feinde zu täuschen. Wir halten nicht allzu viel von Zeremonien, müsst Ihr wissen.«

»Es hat einmal Zeiten gegeben, da war das auch bei den Hay nicht üblich. Früher waren wir einfache Leute – einfache Nomadenkönige, die alles, was sie besaßen, mit sich trugen. Als wir Syrien eroberten, haben wir unsere Herden vor uns her getrieben. Auch durch die Wüste Sinai haben wir sie getrieben und in den höllischen Weiten alle verloren.« Er stöhnte. »Inzwischen sind wir verweichlicht und zu stolz, uns noch Nomaden zu nennen. Unsere Vorfahren – damit meine ich die Generation von Manouk – hätte Lischt längst eingenommen.«

»In diesem Punkt unterschätzt Ihr die Oberägypter aber gewaltig!«, widersprach der Grieche. »Ich habe heute eine Menge guter Leute verloren. Mit dem größten Teil von ihnen habe ich bereits gegen Troja gekämpft. Dieser Baba aus El-Kab ist der geborene Kämpfer! Er kommandiert absolut keine Weichlinge. Ihr solltet Eure Leute nicht so hart beurteilen, mein Freund.«

»Wie dem auch sei – nun müssen wir uns auch noch mit Apophis herumschlagen. Er lebt in dem Wahn, dass wir in einem einzigen Angriff unter seiner Führung direkt in die Stadt hineinmarschieren und dann weiter stromaufwärts und auch noch Theben einnehmen.«

»Habt Ihr mich etwa zu diesem Gespräch eingeladen, weil Ihr annahmt, dass ich Apophis genauso wenig liebe wie Ihr? Ihr habt Recht. Ich mag ihn nicht, aber was können wir ändern?«

»Ich würde ihn lieber heute als morgen umbringen. Er hat dieses Land ins Unglück gestürzt und mein Volk dazu. Ich kannte ihn schon, als er sich noch Aram nannte. Gute Götter, welch trauriger Rekord! Zuerst der verrückte Salitis, an dessen Irrsinn allerdings die Pocken Schuld waren, und nun dieser Tölpel!«

»Euch ist doch sicher klar«, entgegnete der Grieche trocken, »dass wir Lischt überhaupt nicht einnehmen müssen, nicht wahr? Wir besitzen das Delta und obendrein die Oase Fayum. Zwei meiner Einheiten bewachen die letzte ertragreiche Getreidequelle, aus der Oberägypten schöpfen konnte. Wir könnten uns also einfach zurücklehnen und warten, bis sie verhungert sind, und erst dann wieder neues Getreide anbauen.«

Ovannes war sichtlich überrascht. Dieser Gedanke war ihm noch nicht gekommen. Welch atemberaubend einfache Strategie! »Ich muss zugeben, mein Freund, dass ich bis zum heutigen Tag nicht so rechtes Vertrauen in Euch und Eure Männer hatte und nicht ganz verstehen konnte, warum Apophis Euch verpflichtet hat. Eure klaren Gedanken jedoch beeindrucken mich ... Mein Kompliment! Ihr versteht es, die Dinge beim Namen zu nennen.«

»Das ist richtig«, sagte der Grieche.

»Da wir nun wissen, was zu tun ist, sollten wir es auch unverzüglich in die Tat umsetzen, bevor wir noch mehr gute Männer verlieren.«

»Wenn ich mir sicher wäre, dass Apophis' Hofstaat aus Speichelleckern und Sympathisanten uns nahe genug zu ihm vordringen ließe, würde ich ein eigenmächtiges Handeln vorschlagen. Noch heute Nacht sollte man sich hineinschleichen, dem Schwein die Kehle durchschneiden und – einen beliebigen Mann zum König machen. Sucht Euch einen Namen aus. Ihr könnt ja auch Lose ziehen.«

Der Grieche sagte einige Augenblicke lang überhaupt nichts. Er hatte die Arme über seinem mächtigen Brustkorb gekreuzt und starrte über das Wasser. Ovannes registrierte das feine Netz zahlloser Narben auf seinem Rücken. War überhaupt noch eine Hautstelle übrig, wo dieser Mann nicht verletzt worden war?

»Warum gebt Ihr nicht zu Ehren des Königs ein großes Fest?«, schlug der Grieche schließlich vor. »Verwöhnt ihn, umgebt ihn mit zahllosen Eurer Leute. Treibt eine Herde Lämmer aus der Oase herbei und schlachtet sie. Dann stopft ihr ihn wie eine Gans. Wenn er genug gegessen hat und betrunken genug ist, um sich in seinem Erbrochenen zu suhlen und sich darüber auszulassen, welch wunderbarer Mensch er doch ist ...« Er richtete den Blick zum Himmel, wo die schmale Mondsichel tief über dem östlichen Horizont hing. »Dann schlachten wir die Gans, die wir gemästet haben. So einfach ist das, mein Freund. Wollt Ihr nicht vielleicht König werden? Ich jedenfalls habe keine Ambitionen, denn ich liebe mein freies Leben und den Kampf viel zu sehr. Wenn ich Euch allerdings so ansehe – Ihr könntet einen guten König abgeben. Auf keinen Fall wärt Ihr schlechter als dieser Laffe aus Avaris. Es wäre mir eine Freude, jemandem gegen eine gewisse Summe dienlich zu sein und eine fette Kuh gegen einen starken Bullen auszutauschen.« Ein korruptes Grinsen überzog sein Gesicht. »Allerdings sind meine Dienste als Berater nicht gerade preiswert zu haben –

schließlich handelt es sich um eine entscheidende Lebensplanung.«

Ovannes spitzte die Lippen und runzelte die Brauen. Als er schließlich sprach, klang seine Stimme rau. »Ich suche nach einer Lücke in Eurer Argumentation.«

»Ich wette, dass Ihr keine finden werdet.« Der Grieche grinste spöttisch und ein wenig zynisch – aber seltsamerweise auch freundlich. »Sucht nur weiter. Ich warte. Ich will Euch nicht drängen.«

IV

Zum ersten Mal seit einigen Tagen blieb die Nacht ruhig. Riki, Baba und die anderen Kommandeure hatten sich zwar auf eine Offensive im Morgengrauen vorbereitet, aber nichts geschah. Je weiter der Tag voranschritt, desto intensiver ließen sie ihre Soldaten Waffen und Schilde polieren, um sie in Bereitschaft zu halten, falls die Hay sie doch noch überfielen.

Als sich bis Mittag noch immer nichts rührte, zogen zwei von Rikis Männern Strohhalme, um zu losen, wer von ihnen die unangenehme Pflicht übernehmen musste. Deser aus der dritten Einheit verlor und musste dem neuen Oberkommandeur gegenübertreten. »Herr«, begann er nach einem untadeligen Gruß, »wir halten es für klug, an unserem Abschnitt einen Ausfall zu wagen. Dort scheint der Feind im Augenblick nicht einsatzbereit zu sein.«

Riki sah hinüber, wo Aset sich gerade mit Baba unterhielt. Ein kurzer Blick und ein Wink genügte. »Kein schlechter Vorschlag, Hauptmann, aber im Moment kommt er ungelegen.« Er setzte sich auf einen Steinquader, den ein Bautrupp vor mehreren hundert Jahren an dieser Stelle vergessen hatte. »Im Vertrauen werde ich Euch jetzt etwas sagen, aber Ihr müsst unbedingt den Mund halten.«

»Auf meine Ehre, Herr!«

»Nun gut. Wir haben einen Mann hinter die Linien der Hay geschleust. Wie Ihr wisst, befindet sich Apophis im Hauptquartier. Falls unser Mann nahe genug an ihn herankommt …« Er hielt inne, bis der andere die Tragweite seiner Ausführungen begriffen hatte, und sprach dann weiter. »Natürlich wäre ein kleines Ablenkungsmanöver hilfreich, aber heute Nacht wird das nicht nötig sein. Unsere Patrouille hat einen ihrer Boten aufgegriffen. Von ihm haben wir erfahren, dass heute Abend zu Ehren von Apophis ein großes Fest ausgerichtet wird. Im Augenblick ruhen alle kriegerischen Aktivitäten. Wir haben den Boten ... nun, wir haben ihn ein wenig ›überzeugt‹, sodass er uns schließlich auch noch verraten hat, dass im Lager der Hay das Gerücht über einen geplanten Anschlag die Runde macht. Wie Ihr Euch denken könnt, wollte der Mann nicht gern mit der Sprache heraus, und es hat sich bis in den späten Vormittag hingezogen, bis wir ihm schließlich die Information entrissen hatten.«

Deser stöhnte. »Und ist unser eigener Mann jetzt in Gefahr?«

»Nun, es macht die Sache zumindest nicht einfacher.« Riki schüttelte den Kopf. »Aber es war seine Idee, dieses Wagnis einzugehen. Ich hätte es ihm nie befohlen – auf gar keinen Fall. Schließlich ist er mein bester Freund. Nun – außer Baliniri vielleicht.«

»Glaubt Ihr denn, dass er eine echte Chance hat?«

»Das liegt in der Hand der Götter. Wenn es einem gelingen kann, dann ihm. Ich wünschte nur, wir hätten von dem geplanten Anschlag erfahren, bevor er hinter die gegnerischen Linien gegangen ist.« Riki erhob sich und entließ den jungen Offizier mit einer Handbewegung. »Ich erinnere Euch noch einmal – kein Wort zu den anderen!«

»Nein, Herr!« Sein Gruß fiel genauso tadellos aus wie der erste. Dann machte der Mann kehrt und ging davon.

Riki schlenderte zu Baba und Aset hinüber. »Dieser junge Offizier imponiert mir. Macht sich die richtigen Gedanken. Ich fände es auch nicht schlecht, bevor der Tag zur Neige geht noch ein wenig Unruhe zu stiften, damit sie den Eindruck haben, als ob heute ein ganz normaler Tag gewesen sei.«

Verzweifelt sah Aset zu ihm auf. »Ich wünschte, Kamose wäre nicht gegangen. Ich habe schreckliche Angst um ihn.«

»Und das vielleicht zu Recht«, bemerkte Baba. »Aber tröstet Euch. Wir haben ihm einen unserer besten Männer mitgegeben, um ihm den Rücken frei zu halten. Außerdem ist Kamose sehr entschlossen und hat schon zahlreiche Erfahrungen hinter sich.« Mit väterlicher Geste tätschelte er Asets Schulter. »Ich bin erst zufrieden, wenn Ihr uns verlasst. Erlaubt, dass ich Euch von einem Boten nach Lischt begleiten lasse. Hier kann es jederzeit zum Kampf kommen, und das wäre für Euch sehr gefährlich. Außerdem seid Ihr Kamose in Lischt genauso nahe wie hier.«

Aset zögerte merklich, doch schließlich gab sie nach. »Ich denke, dass er genau dasselbe sagen würde. Außerdem bin ich Euch hier nur im Weg.«

Spontan schloss Baba das Mädchen in die Arme und zwinkerte Riki hinter ihrem Rücken unmerklich zu. »Eine weise Entscheidung, meine Liebe. Riki, schickt mir doch bitte einen der Boten herüber.«

Als Aset und der Bote gegangen waren, erkletterten die beiden Kommandeure den Beobachtungsturm und starrten eine Weile über das Niemandsland. Schließlich ergriff Riki das Wort. »Ich kann es kaum mitansehen! Sie scheint zum ersten Mal verliebt zu sein, aber Kamose hat das bestimmt noch nicht bemerkt.« Baba nickte bedächtig. »Ihr solltet die Frau sehen, die *er* liebt!«, fuhr Riki fort. »Ich habe sie schon seit Jahren nicht mehr gesehen, aber sie war schon damals als kleines Mädchen eine hinreißende Person. Inzwischen ist sie sicher eine der schönsten Frauen dieser Erde. Die geborene Löwin! Ich weiß nicht, warum ich sie nicht ...« Er schüttelte den Kopf. »Nein, nein, ich weiß es sehr wohl. Irgendwann war mir klar, dass sie nicht für mich bestimmt war. Wenn ich nur an ihren grausamen Besitzer denke – diesen Hakoris! Gute Götter! Die Vorstellung ist entsetzlich, dass er sie wieder in die Finger bekommen hat!« Er schauderte vor Abscheu.

»Ich habe das Gefühl, als ob Ihr eine Frau mit nichts anderem teilen wolltet – nicht einmal mit einer Idee?«

»Das weiß ich nicht. Ich denke inzwischen, dass ihre Besessenheit sie damals so attraktiv für mich machte.« Er nagte an seiner Lippe. »Mit mir wollte sie diese Besessenheit aber nicht teilen. Es war ihr ganz eigener Kreuzzug.« Er seufzte. »Aber mit Kamose hat sie immer alles geteilt. Ich sollte die Astrologen befragen, ob die beiden füreinander geschaffen sind – ich bekäme sicher eine spannende Geschichte zu hören. Das Schicksal hat sie für ihn bestimmt – und nicht für mich.« Er lächelte. »Hoffentlich hält es auch für mich etwas bereit, was meint Ihr? Einen Buckel und eine Warze auf der Nase braucht die Frau meines Lebens aber nicht zu haben! Baliniri behauptet allerdings, dass man keine Wahl hat, wenn die Liebe zuschlägt.«

Ein tiefes Lachen war die Antwort. »Da macht Euch einmal keine Sorgen«, sagte Baba. »Wenn es euch erwischt, werdet Ihr sie auf jeden Fall wunderschön finden – selbst wenn das nicht so sein sollte! Aber sie wird sicher schön sein ... Das Schicksal hat sicher noch ein paar nette Überraschungen für Euch bereit. Ich habe das Gefühl, dass die Sterne Euch leiten. Wollt Ihr wirklich behaupten, Ihr stammtet nicht aus einer Familie von Militärführern? Ihr seid für diesen Beruf wie geschaffen!«

»Ich habe nicht die leiseste Ahnung«, räumte Riki ein. »Meine Mutter hat zwar immer behauptet, dass mein Vater ein bedeutender Mann gewesen sei. Aber seinen Namen hat sie mir nie gesagt. Wenn es nach ihr gegangen wäre, hätte ich überhaupt nichts erfahren, aber als mich ein Junge aus der Nachbarschaft einmal als Bastard eines Bettlers verspottet hat, kam zumindest etwas heraus. ›Wenn ich dir doch nur sagen könnte, wer du in Wirklichkeit bist!‹, hat sie damals gesagt, aber das war alles. Kurz darauf ist sie in Avaris gestorben, und ich war ganz allein auf mich gestellt. Ich habe mich auf der Straße durchgeschlagen und nur ein zerrissenes Tuch als einziges Kleidungsstück besessen. Aber wie Ihr seht, habe ich es geschafft. Ich habe die Welt kennen gelernt und ziehe sie inzwischen dem Hofleben vor.«

»Aha! Ihr seid ganz nach meinem Geschmack! Für mich ist das Zeltlager mein liebster Ort. Aber – was war nach Mara? Gab es denn keine anderen Mädchen? Keine großen Liebesgeschichten?«

»Natürlich hatte ich hin und wieder eine Frau – schließlich bin ich ein Mann! Außerdem liebe ich die Frauen. Baliniri hat allerdings versucht, mir die Liebe zu beschreiben – ich muss sagen, so etwas habe ich noch nie erlebt!«

»Keine Sorge – das werdet Ihr! Früher oder später trifft es uns alle. Wenn Ihr in Eurer Heimatstadt Avaris kein Glück hattet, so heißt das ja nicht, dass es nicht auch in Theben passieren kann. Da könnte ich Euch schöne Geschichten erzählen –«

»Avaris?«, fragte Riki irritiert. »Wie kommt Ihr auf Avaris? Ich stamme doch aus Theben. Meine Mutter musste die Stadt verlassen – warum, hat sie mir allerdings nicht so genau erzählt. In der Nähe von Avaris haben wir bei einer Verwandten gelebt, bis diese eines Tages starb. Danach mussten wir in der Stadt zurechtkommen, doch das hat Mutter nicht lange überlebt. Ich habe oft überlegt, woran sie gestorben ist. Inzwischen denke ich, dass sie verhungert ist. Sie hat mir immer alles Essen gegeben und nichts für sich behalten. Als sie geschwächt war, hat sie eine Lungenkrankheit bekommen. Die hat sie umgebracht.« Er schüttelte den Kopf. »Manchmal versuche ich, mir beim Einschlafen ihr Gesicht vorzustellen, aber es verblasst immer mehr. Ich glaube, sie war einmal wunderschön, bevor sie so dünn wurde.«

Der alte Krieger neben ihm sah auf einmal seltsam verändert drein. »Ach!«, seufzte er abgrundtief, und darin vereinten sich der Schmerz über unwiederbringlich verlorenes Leben und die Grausamkeit der menschlichen Existenz. »Eine wirklich traurige Geschichte, mein Sohn. Sie geht mir regelrecht zu Herzen. Aber fürchtet Euch nicht. Ihr werdet Eurem Schicksal begegnen und vielleicht sogar eines Tages Euren Vater finden. Falls das jedoch nicht passiert, so habe ich einen Rat für Euch: Der Name, der im Leben zählt, ist immer nur der, den ein Mann sich selbst erschafft.«

»Wie dem auch sei«, meinte Riki, »ich wüsste trotzdem gern, wer ich bin. Ich war einfach viel zu lange überhaupt niemand.«

»Das ist nicht wahr! Das wart Ihr *nie*. Das müsst Ihr mir glauben. Ihr seid schließlich auch jetzt kein Niemand, sondern mein Gefährte im Kampf, vor dem ich allergrößten Respekt hege.«

»Ich danke Euch für den tröstlichen Zuspruch. Und das von Euch ...« Riki grinste. Komplimente fielen ihm nicht leicht. »Aber wie steht es mit Euch? Habt Ihr Euer Leben immer in Lagern und auf Schlachtfeldern zugebracht?«

»Zum größten Teil, ja. Nur ...« Dieses Mal klang sein Seufzen wehmütig, fast zärtlich. »Früher war ich auch einmal ein Niemand, wie Ihr das gerade so schön ausgedrückt habt. Als kleiner Junge hat man mich an die Armee verkauft. Ich weiß nicht, was aus meinen Eltern geworden ist. Wahrscheinlich hatten sie zu viele Kinder und konnten mich nicht auch noch ernähren. Als *ich* mich verliebt habe …«

Riki lächelte voll Zuneigung. »Etwa noch so eine alte Geschichte?«

Baba war jedoch mit seinen Gedanken ganz woanders. »Das ja, aber eine, die nicht für andere Ohren bestimmt ist – ansonsten werde ich Euch im Schlaf ein stumpfes Messer in den Bauch rammen!« Er zwinkerte. »Versucht einmal, Euch mich als jungen, gut aussehenden Mann vorzustellen.«

»Genauso gut könnte ich mir den Mond als Viereck vorstellen«, scherzte Riki. »Aber lasst Euch davon nicht beeindrucken.«

Der ältere Mann lachte herzlich. »So ist das Leben, aber selbst ich hatte einmal Haare und sah auch noch nicht aus wie ein Frosch. Nun gut, macht Euch die Mühe trotzdem! Ich hatte damals den Auftrag, eine Prinzessin zu bewachen. Ach, mein junger Freund! Sie war so schön wie der Vollmond. Mit Babyhaut und Augen, so dunkel und tief wie der Nil, und langen schmalen Gliedern … Ach, Riki, sie war federleicht, und die Berührung ihrer Hände so sanft wie fallende Blütenblätter …«

»›Sie war federleicht‹ – soll das heißen, dass Ihr sie auf den Armen gewiegt habt?«

»Ob Ihr es glaubt oder nicht – sie war es, die sich in *mich* verliebt hat! Ich hätte den Mut nie gehabt, wenn sie nicht den ersten Schritt gewagt hätte. Und den zweiten und den dritten … Eines Tages musste ich Wache stehen, als sie in einem Becken badete. Nur ein hauchdünner Vorhang hat sie vor meinen Blicken verborgen. Ein hauchdünnes Nichts. Sie hat mit mir gesprochen, und ihre Stimme klang so sanft, so vertraut … Ich habe mich geschämt und drehte ihr den Rücken zu. Mit einem Mal hatte ich das Gefühl, als ob die Stimme näher käme, und als ich mich umwandte, stand sie auf meiner Seite des Vorhangs – nur eine Handbreit von mir entfernt. Die rosige Haut war noch feucht und duftete nach Rosenblättern. Mit zarten Fingern zog sie mein Gesicht zu sich hinunter …«

Als Riki Baba genauer ansah, merkte er, dass dem alten Mann die Tränen in den Augen standen. Selbst nach so langer Zeit rührte ihn dieser Augenblick verlorener Jugend noch immer. Riki schwieg gerührt.

»Natürlich hatte es keinen Bestand«, fuhr Baba fort. »Eine ihrer Zofen berichtete, dass es in offiziellen Kreisen – nun ja – einen gewissen Verdacht gäbe … Aber beweisen konnten sie gar nichts. Sie aufzugeben war das einzig Ehrenhafte, was ich tun konnte. Aber ich hatte das Gefühl, als ob man mir das Herz aus der Brust risse. Ich bat meinen Vorgesetzten um Versetzung ins Feld. Seit diesem Tag bin ich nie wieder am Hof gewesen. Selbst dann nicht, als der Hof nach Lischt verlegt wurde. Als Dedmose mit seinem Hofstaat nach Lischt zog, ließ ich mich an die nubische Grenze versetzen. Niemand hat nach dem Grund gefragt, denn alle dachten, dass ich mir diese Strafe selbst auferlegt hätte.«

»Und als der Hof wieder nach Theben umzog?«

»Nachdem das Heer von Akilleus zurückgedrängt worden war, ließ ich mich direkt ins Kampfgebiet versetzen.«

»Und diese Frau ist noch immer am Hof? Ihr habt sie nie wieder gesehen?«

Baba El-Kab rang nach Fassung. Er richtete sich ganz gerade auf. »Niemals«, sagte er. »Ihr würdet auch ihren Namen nicht erfahren – selbst wenn Ihr mich an ein Wagenrad fesseltet und auspeitschtet, bis Eure Arme schmerzten.« So weich hatte seine Stimme noch nie geklungen. »Seitdem ist kein Tag vergangen, an dem ich nicht an sie gedacht hätte.« Er schüttelte den Kopf. »Ich weiß eigentlich gar nicht, weshalb wir davon gesprochen haben«, sagte er dann in völlig verändertem Ton. »Angefangen hat es damit, dass die Alten nicht immer alt und die Hässlichen nicht immer hässlich waren, nicht wahr? Aber die Liebe verschont keinen von uns.« Ein Lächeln spielte um seine Mundwinkel. »Und Euch wird sie auch nicht verschonen, mein junger Freund. Wartet nur ab.«

Als sein Blick zu den feindlichen Linien hinüberschweifte, war dieser Teil des Gesprächs beendet. »Seht nur die vielen Feuer. Wahrscheinlich braten sie Lämmer am Spieß. Und wir stehen hier Wache und müssen uns den Duft in die Nase steigen lassen!«

Riki holte einmal tief Luft und ließ sie langsam zwischen den gespitzten Lippen entweichen. »Mögen die Götter mit Kamose sein! Mögen sie seinen Arm und den Hass in seinem Herzen stärken!«

V

Hinter einer langen Reihe von Proviantwagen stolperten ausgemergelte Träger einher, die von der Last ihrer Körbe beinahe zu Boden gedrückt wurden. Sie brachten Fleisch, Säcke mit Getreide und Körbe voller Oliven und getrockneten Früchten. Sie waren viel zu arm und zu elend, um Esel oder andere Tiere zu besitzen, die ihnen die Lasten abgenommen hätten. Die Wachen hielten sich nicht lange mit Stichproben auf, denn sie mochten sich nicht unnötig mit den Armseligsten der Armseligen abgeben.

Fast am Ende der Schlange hatte sich Kamose eingereiht. Sein Gesicht verschwand fast unter dem riesigen Weidenkorb voller Datteln, den er auf seinem Kopf balancierte. Er trug nichts weiter als ein Lendentuch, und selbst das hatte er künstlich mit Lehm beschmiert und absichtlich zerrissen, damit er den Jammergestalten ähnlicher war. Von hinten hatte er sich der Prozession genähert und eine der halbverhungerten Figuren niedergeschlagen, als dieser taumelte, und den Platz des Mannes eingenommen.

Auf dem Weg durch die Linien hatte Kamose hin und wieder das Gefühl, dass mancher ihn wegen seiner kräftigen Muskeln musterte. Aber die Narben der Peitschenhiebe waren unter Leuten dieses Schlages so üblich, dass jeder Argwohn sofort wieder einschlief.

Während er langsam seinen Korb zum Lager schleppte, sah er sich verstohlen um und versuchte, sich zu orientieren. Es hatte ihn sehr viel Mühe gekostet, sich die Schlachtordnung der Hay einzuprägen, die Baba ihm aufgrund der Angaben des Gefangenen skizziert hatte. In der Realität sah manches so anders aus, dass es eine Weile dauerte, bis er begriff, wo er sich befand.

Ja: Jetzt erkannte er die Stellungen der Hay, die sich bis weit auf die linke Seite hinzogen. Anschließend daran standen die

Maaziou Beduinen. Auf der rechten Seite, die für die Hellenen reserviert war, beobachtete er, wie frische Ersatztruppen, die ein Stück weiter stromabwärts stationiert gewesen waren, die Plätze der Männer einnahmen, die Baba im Kampf getötet hatte.

Ja! Dort drüben befand sich das königliche Lager, wo auch das Fest stattfand ... Unmittelbar angrenzend an die griechischen Linien. Ja, jetzt wusste er genau, wo er sich befand. Zum Glück war der größte Teil der Einheit niedergemacht worden, und der Wechsel brachte ein gewisses Durcheinander mit sich ...

Hmmmm, dachte er. *Mein Griechisch reicht nicht aus, um zu behaupten, dass ich vom Festland komme. Aber wenn ich sage, dass ich von einer der südlich gelegenen Inseln stamme ...*

Das könnte gelingen. Während seiner Söldnerjahre hatte er lange Zeit auch für Griechen gekämpft, ihr Benehmen studiert und ihre Sprache gelernt, doch leider sprach er sie nur mit deutlichem Akzent. Falls er sich als einer der Ihren ausgeben könnte, könnte er vielleicht nahe an den Festplatz gelangen. Natürlich war das Lager des Königs sein eigentliches Ziel.

»He, du da!«, rief eine Stimme ganz in seiner Nähe. Kamose fuhr herum und sah den Wächter der Hay an, der ihn angerufen hatte. »Was hast du hier verloren? Na los, schließe dich den anderen an!«

»Verzeiht, Herr«, sagte er in der Mundart der Bauern aus der Oase Fayum, die er als Junge im Kinderhaus aufgeschnappt hatte. Nach einigen Schritten sah er sich verstohlen um, doch der Wächter blickte nicht mehr in seine Richtung. Rasch huschte er in den Schatten eines der Zelte und überlegte kurz.

Nicht weit von ihm rückten die Griechen in lockerer Formation langsam durch die Reihen der Zelte nach vorn. Die Federn auf den Helmen hatten unterschiedliche Farben – die roten Federn zierten den geschlossenen Helm, der nur Mund, Augen und Nase sehen ließ.

Ohne lange zu überlegen, folgte Kamose einer Eingebung und packte den nächsten Griechen, der an ihm vorbeiging. Seine Hand glitt seitlich unter das Metall des Helms und zerrte den Kopf mit einem so gewaltigen Ruck zur Seite, dass es knackte und der Mann ihm leblos wie eine Puppe in die Arme fiel.

Blitzschnell sah er sich um und zerrte dann den Mann in das nächstbeste, leerstehende Zelt. Dabei konnte er ein Stöhnen wegen seiner gebrochenen Rippe kaum unterdrücken.

Im Hintergrund des geräumigen Zelts türmten sich einige Kissen zu einem Berg. Offenbar wohnte hier ein Offizier, der es beim Schlafen gern bequem hatte. Kamose nahm dem Toten Schwert und Helm ab, zerrte ihn in die Ecke und bedeckte ihn mit den Kissen. *Besser du als ich, mein Freund*, dachte er voller Bitterkeit. *Du hast mir womöglich ein paar Stunden Zeit verschafft ...*

Nach kurzem Nachdenken nahm er außerdem den Schwertgürtel samt Scheide an sich und hing sich das Schwert nach griechischer Sitte um den Hals. Dann streifte er sein Lendentuch ab, stülpte sich den Helm auf den Kopf und trat in das dämmrige Abendlicht hinaus.

Er folgte einem der Griechen und sprach ihn schließlich im schwerfälligen Akzent der Insel Samos an. »He, Kamerad, ich bin auf der Suche nach der Einheit, die die von Cepheus ersetzen soll.«

»Dann bist du bei mir genau richtig«, gab der Mann in einer Mundart zurück, die Kamose nach Mykene einordnete. »Offenbar sind Cepheus und seine Männer der Kröte zum Opfer gefallen. Wir sollen die Einheiten ersetzen.«

»Ich wurde euch zugeteilt. Zu Beginn der Kämpfe hat Cepheus mich als Bote ins Hauptquartier geschickt, und als ich zurückkam, war keiner mehr da, dem ich etwas ausrichten konnte.«

Der Soldat nahm Kamose genauer in Augenschein. »Du – ein Bote? Dafür bist du aber ganz schön kräftig! Bei uns werden nur die Schwächsten Boten.«

Zum ersten Mal war Kamose für seine halb verheilte Wunde dankbar. »Die habe ich mir gefangen, als wir Mekims Stellungen überrannt haben«, erklärte er. »Ich hätte mich nicht um den Auftrag gerissen und fand die Aufgabe eher erniedrigend, aber so war Cepheus eben! Wenn ihn die Kröte nicht getötet hätte, dann hätte sich bestimmt früher oder später einer seiner Männer an ihm vergriffen!«

»Nun ja, unter unserem Kommandeur Tereus wird das Leben vermutlich kaum angenehmer. Er lässt dich wegen der kleinsten

Bummelei auspeitschen.« Grinsend betrachtete er Kamoses Rücken. »Nun ja ... das ist wahrscheinlich auch nicht neu für dich.«

»Ausgepeitscht zu werden?« Kamose zuckte die Achseln. »Diese Narben verdanke ich meinem Widerspruchsgeist. Ich habe einem Offizier den Kiefer gebrochen, als er sich über mich lustig gemacht hat.« Das brachte er sehr energisch vor, doch gleich darauf besann er sich und sprach lieber etwas zurückhaltender weiter. »Du könntest in derselben Einheit wie ich gedient haben, da du auch Narben hast. Das waren ziemlich harte Burschen.«

»Das sehe ich. Nun also, mein Freund, willkommen bei der neunten Einheit. Ich heiße Palamedes.«

»Und ich Nikos.« Er wählte die griechische Variante des falschen Namens, unter dem er im Delta gelebt hatte. »Hast du eine Ahnung, was dieser Quatsch hier soll? Veranstalten die Hay etwa ein Fest?«

»Hast du noch nichts davon gehört? *Apophis persönlich* gibt uns die Ehre.« Er sagte das, als ob es etwas Unanständiges wäre, und spuckte auf die Erde.

»Demnach kannst du ihn auch nicht leiden? Du hättest hören sollen, wie Cepheus über ihn geschimpft hat!«

»Niemand kann diesen Emporkömmling leiden. Es geht das Gerücht um ... Nun, ich glaube, darüber schweige ich besser.«

»Na los! Du kannst mir doch vertrauen. Wenn es nachteilig für Apophis ist, kannst du es erst recht sagen.«

»Aber kein Wort zu niemandem!« Palamedes warf Kamose einen warnenden Blick zu. »Man erzählt sich, dass heute Abend mehr passieren wird – mehr als nur essen, sich besaufen und ein bisschen mit den Mädchen herumhuren, die sie herbeigeschafft haben.« Er fuhr sich mit der Handkante über die Kehle. »Wenn du verstehst, was ich meine ...«

»Sprichst du vom König?«

»Ich sage jedenfalls nichts mehr. An deiner Stelle würde ich mich über gar nichts wundern, was du heute Nacht noch erleben wirst. Der Oberkommandierende der Hay steht jedenfalls auf unserer Seite. Er hat ganz besondere ... Ambitionen.«

»Und welche Rolle ist uns dabei zugedacht?«, fragte Kamose.

Palamedes runzelte die Stirn. »Je kleiner die Mitwisserschaft, desto sauberer die Aktion. Ich habe genau dieselbe Frage gestellt, und man hat mir gesagt, dass ich nur im Notfall helfen soll. Ansonsten solle ich mich aus der Sache heraushalten – höchstens verhindern, dass die Anhänger eingreifen.«

»Ich kann nur sagen – ich bin auf jeden Fall dabei! Ich kann Apophis nicht ausstehen. Schließlich hat er meine alte Einheit in den Tod geschickt! Besonders meinen liebsten Freund, den ich sehr vermisse!«

Palamedes runzelte die Stirn. »So ist das also! Nun gut, ich kann dich verstehen. Ohne Frau wird einem die Zeit im Lager manchmal recht lang. Da muss ein Mann schon mit dem zufrieden sein, was sich ihm bietet.« Trotz dieser toleranten Worte spürte Kamose deutlich, dass die Freundlichkeit des Mannes deutlich abgekühlt war. Nun gut, das konnte ihm nur recht sein. Es würde ihm den Mann zumindest lange genug vom Leib halten.

Wozu?, fragte er sich plötzlich. Was sollte er jetzt tun, nachdem er diese Neuigkeiten erfahren hatte? Machte diese Nachricht seine eigenen Pläne für die Ermordung des Apophis überflüssig? Gab es eine Möglichkeit, diese unsichere Situation für seine eigenen Zwecke zu nutzen?

Stirnrunzelnd kaute er auf seiner Lippe herum. Und wie passte er, Kamose, in dieses Bild?

Die Kommandeure verdoppelten die Wachen entlang der ägyptischen Linie und stellten dahinter eine zweite Linie auf, wohin die Männer im Falle eines Angriffs zurückweichen konnten. Dann begaben sie sich zum Festplatz. Die Lagerfeuer loderten hoch in den mondlosen Himmel. Als Erstes trafen Wagen mit zahllosen Amphoren voller Wein und Palmwein ein, und danach wurden die Wagen mit den Huren begeistert von den Männern begrüßt, die sich bereits um die Feuer geschart hatten. Über dem Platz hing der intensive Geruch nach geröstetem Hammelfleisch und gebratenen Hühnern. Musiker mit Kitharas, Flöten und Trommeln spielten und sangen, die Körper der Tänzerinnen zuckten, ihre Haut schimmerte im flackernden Licht und die bronzenen Reifen um Handgelenke und Füße und die prächtigen Schmuckgehänge unter ihren Brüsten klimperten fröhlich im Takt der Musik. Unter dem Gelächter seiner Kameraden sprang einer der Griechen auf und wiegte sich vor dem schönsten der Mädchen. Er imitierte ihre Schritte und folgte jeder ihrer Bewegungen wie ein Schatten. Federleicht streiften seine harten Muskeln ihren weichen Körper, während sie sich umeinander wanden und drehten. Übermütig streckte er hin und wieder die Hand aus und tätschelte ihren Hintern, worauf ihre Glieder nur noch herausfordernder und wilder zuckten.

Hinter den zahlreichen Feuern war eine Fläche für das königliche Gefolge ausgespart worden. Diejenigen, die am Ende des griechischen Lagers standen, konnten im Gedränge die Federhelme der königlichen Garde ausmachen und dazwischen hin und wieder einen Blick auf die untersetzte, göttliche Gestalt des Goldenen Pharao werfen. Abgeschirmt von seinen Wachen nahm er auf dem mit Edelsteinen verzierten Thron Platz, den man für ihn herbeigeschleppt hatte.

Die Musik und der Tanz gingen weiter, als ob nichts geschehen wäre. Im Gegenteil – eher steigerte sich das Feiern noch. Breitschultrige Krieger warfen getrocknete Palmwedel in die Feuer, sodass die Flammen immer höher schlugen. Sklaven drehten unablässig die Spieße, während die Köche die gerösteten Fleischstücke auf riesige Tabletts häuften und andere sie durch die Reihen der Männer schleppten, die sich in Fächerform um jedes der Feuer geschart hatten.

In dem Durcheinander dauerte es eine ganze Weile, bis sich Kamose in die Nähe des unmittelbaren Bereichs um den König durchgeschlängelt hatte. Das Schwert hatte man ihm wie allen anderen abgenommen und in der Nähe der Feuer deponiert. Aber er trug noch immer drei schmale, starke Lederriemen, ein jeder so lang wie ein Arm, zu einer Art Zopf geflochten um den Hals. Ein Seemann hatte ihn auf dem Großen Meer in die Feinheiten dieser Waffe eingeweiht. Die Garotte funktionierte lautlos, ohne Aufsehen, aber sie war genauso tödlich wie ein Dolch – jedoch ohne Blut und die entsprechende Aufregung. Falls ihm das Glück heute Nacht wohlgesonnen war, wollte er das Lederband um den Hals des Mannes schlingen, den er auf dieser Welt am meisten hasste – um den Hals seines Vaters und Königs.

»Ich kenne Apophis genau«, sagte Ovannes. »Es dauert nie lange, bis er sein Glas nicht mehr halten kann. Er wird dann unbeherrscht, sagt, dass ihm das Wetter zu schaffen macht, und legt sich für eine Stunde schlafen. Danach kommt er erholt und frisch zurück, und das Spiel beginnt von neuem. Seit seinem Regierungsantritt war das nie anders!«

»Dann ist das genau der richtige Zeitpunkt«, sagte Learchus. »Man muss sich nur Zutritt zu ihm verschaffen, die Gardisten irgendwie überraschen.«

»Nicht so hastig«, bremste Ovannes den Eifer seines Mitverschworenen. Er starrte in seinen Becher, den er noch nicht einmal zur Hälfte geleert hatte. »Apophis wird von zahllosen Gardisten abgeschirmt, und bis die alle überwunden oder abgelenkt sind, ist das Aufsehen schon viel zu groß.«

Learchus runzelte die Stirn. »Habt Ihr einen anderen Vorschlag, mein Freund?«

Ovannes ließ den Wein in seinem Becher kreisen. »Apophis liebt es«, sagte er dann nachdenklich, »sich nach dieser Ruhepause von einem seiner Getreuen wecken zu lassen.« Gespannt fixierte Learchus sein Gegenüber. »Wenn man irgendwie an diesen Auftrag kommen könnte«, fuhr Ovannes schließlich fort, »... nun ja, es bedeutet eine Art Auszeichnung. Er bittet gern seine Tüchtigsten darum.«

»Demnach Männer wie Euch.«

»Richtig. Aber dazu muss ich mich ihm erst einmal nähern, vielleicht eine Weile mit ihm trinken, mit Palmwein anstoßen und mir längere Zeit seine verdammten Geschichten anhören ...«

»Natürlich opfert Ihr Euch gern, wenn ...«

»Vielleicht werde ich ja auserkoren, ihn zu seinem Zelt zu geleiten, damit er sein Schläfchen halten kann.« Ovannes schnitt eine Grimasse. »Je mehr Zeit ich in seiner Nähe verbringe, desto größer sind meine Aussichten.«

Mit stechendem Blick sah Learchus ihn an. »Dann verliert keine Zeit, mein Freund. Je länger Ihr reden könnt, desto überzeugender werdet Ihr sein.«

»Was sagst du da?«, fragte der Offizier. »Die Einheiten, die Cepheus befehligt hat, wurden bis zum letzten Mann aufgerieben. Es gab keine Überlebenden.«

»Aber ...« Palamedes schluckte und sah verwundert drein. »Ich habe aber einen Boten getroffen, der ins Hauptquartier geschickt wurde. Als er zurückkam, war niemand mehr da. Nur *er* hat überlebt. Das weiß ich ganz genau. Er heißt Nikos. So, wie er spricht, muss er aus Kos oder Samos stammen. Ein einfacher Mann aus dieser Gegend jedenfalls.«

»Nikos? Ich kenne keinen Nikos. Ich war viele Wochen lang bei Cepheus' Einheiten. Wie genau sah der Mann aus?«

»Ein muskulöser Typ. Nach den Peitschennarben auf seinem Rücken scheint er öfter Schwierigkeiten gehabt zu haben. Die Wunde an seiner Seite ist noch kaum verheilt. Er scheint ein paar Rippen gebrochen zu haben. Jedenfalls beißt er ab und zu ganz schön die Zähne zusammen.«

»Es tut mir Leid, aber diese Beschreibung sagt mir nichts. Bist du dir sicher?«

Palamedes starrte in seinen Wein. Dann hob er den Becher und leerte ihn in einem Zug. »Nein«, erwiderte er säuerlich. »Sicher bin ich mir nicht. Ich weiß nur, dass er seine Waffe genauso abgegeben hat wie wir und sich dort irgendwo in der Menge herumtreibt.«

»Aus Samos, sagst du? Ich kenne niemanden, der aus Samos stammt. Cepheus mochte keine Leute von den Inseln. In seinen Augen waren sie unfähig und feige. Männer mit zwei linken Füßen.«

»Wie ist er dann hierher gekommen?«

»Gute Frage, mein lieber Palamedes. Mancher Wächter würde dich das bestimmt auch gern fragen.«

»Der König ist heute Abend hier«, gab Palamedes zu bedenken. »Er hat Feinde, sehr viele Feinde. Außerdem kursiert das Gerücht über einen geplanten Anschlag.« Mit einem Mal riss er die Augen auf und ließ seinen Becher zu Boden fallen. »Gute Götter – ich habe ihm das alles erzählt! Was, wenn er ein Spion des Königs ist? Dann bin ich ruiniert! Dann ist mein Leben keinen *outnou* mehr wert!«

Der Offizier betrachtete ihn mit kühlem Blick. »Du solltest dir schleunigst Gedanken machen, mein Freund, und ein paar Entscheidungen treffen. Und zwar schnell!«

Die ganze Zeit über hatte Kamose direkt hinter Palamedes und dem Offizier im Schatten gestanden und ihre Unterhaltung belauscht. *Sie haben es auf mich abgesehen. Nun, mir kann es recht sein. Es macht mich nur entschlossener.* Zur Umkehr gab es keinen Anlass. Er musste nach vorn blicken.

Aber worauf genau? Bisher hatte er sich noch keinen Plan zurecht gelegt. Wollte er seinen eigenen Vater töten? Bestimmt würde es ihn befriedigen, den Mörder seiner Mutter zu töten, aber nach allem, was er gehört hatte, war er nicht der Einzige. Überall im Lager schien es zu gären, und wahrscheinlich hatten all diese Unzufriedenen weit bessere Gelegenheit, an Apophis heranzukommen.

Wie oft hatte er von ihrer letzten Begegnung geträumt – der falsche König und sein Sohn, den er hatte beseitigen wollen, standen einander gegenüber. So oft hatte er sich die Szene ausgemalt, dass er sie in allen Einzelheiten vor sich sah. Am hellen Tag wollte er ihm gegenübertreten. Unter dem weiten Himmel und vor allen Menschen! Generationen sollten über dieses Ereignis sprechen und ihre Lieder singen. Nein, er wollte sich nicht heimlich im Schutz der Dunkelheit anschleichen und ihn mit einem Lederband erwürgen!

Nein! In Waffen wollte er seinem Vater Aram auf offenem Feld gegenübertreten! Er wollte hören, wie der Mörder seiner Mutter lauthals vor der versammelten Armee um sein Leben flehte, sodass kein Zweifel mehr blieb.

Gute Götter! Ich muss mich beeilen! Lautlos wie eine Katze glitt er tiefer in den Schatten und machte sich auf den Weg zu seiner letzten Begegnung.

»Ich ... ich denke ... Ich werde mich jetzt ... von Euch ... von Euch ver ... verabschieden«, lallte Apophis mit schwerer Zunge, während er sich mit seinem ganzen Gewicht auf Ovannes' Arm stützte. »Ich ... brauche nur ein bisschen ... ein bisschen Zeit ...

Dann geht es schon wieder. Ich werde mich hinlegen ... Danach bin ich wieder f ... frisch. W ... wartet nur!«

Mit einem kurzen Blick registrierte Ovannes drei Wächter mit aufgepflanzten Lanzen. *Das war kein guter Moment*, dachte er. *Lieber später, wenn ich ihn wecken komme.* »Wie Ihr wünscht, Herr«, sagte er. »Ich werde Euch in einer Stunde wecken.« Er übergab Apophis den Wachen und entfernte sich.

Apophis zwinkerte einige Male, bis er seine Männer klar erkennen konnte. »Habt ... habt Ihr gehört?«, brummte er. »Er wird ... wird mich wieder abholen.« Er musste aufstoßen und blinzelte erneut. Dann schwankte er mit unsicheren Schritten in sein Zelt. Im Licht der einzigen Kerze geisterten gespenstische Schatten über die Leinwand.

Mit Mühe schaffte er es bis zu seinem Kissenberg, auf dem er zusammensackte. Sobald sein Kopf das Kissen berührte, dauerte es kaum eine Sekunde, bis er tief eingeschlafen war.

Urplötzlich schreckte er hoch, aber er kam nicht weit. Seine Hände waren auf dem Rücken gefesselt. Er konnte sich nicht bewegen! Und er konnte nicht sprechen, weil ein Knebel in seinem Mund steckte!

Entsetzt blickte er auf. Ein großer Kissenstapel verdeckte das Licht der Kerze. Ein Mann kniete über ihm. Das Gesicht ... Wo nur hatte er das Gesicht schon einmal gesehen?

»Du hättest nicht gedacht, dass du mich noch einmal sehen würdest, nicht wahr, Vater?« Die Stimme war kaum mehr als ein Flüstern. »Ja, ich bin es. Ich bin Kamose, dessen Mutter du ermordet hast und den du ebenfalls umbringen wolltest! Ich bin nach Ägypten zurückgekommen, um die Prophezeiung zu erfüllen!«

»*Hmmmfff!*«, protestierte Apophis trotz des Knebels. Sein wildes Herumgefuchtel machte alles noch schlimmer, sodass er beinahe erstickt wäre.

Der Mann, der über ihm kniete ... der sich Kamose nannte ... konnte das stimmen? Das Gesicht ... ja, er ähnelte ihm in gewisser Weise ... und seiner Mutter ebenfalls.

»Man hat mir am Eingang zum Lager die Waffen abgenommen«, sagte Kamose. »Bis auf die Bänder, mit denen ich dich gefesselt habe ... und dieses hier.« Kalt lächelnd ließ er das letzte Lederband zwischen Daumen und Zeigefinger baumeln. »Ein Mörder aus dem Land am Indus hat mir beigebracht, wie man damit umgeht. Ich kann dir damit sogar den Kopf abtrennen. Oder ich ziehe es nur so fest zu, dass du jedesmal beim Schlucken ...«

»*Mmmmmmmmph!*«

»Aber so eilig habe ich es nicht, Vater. Dein Leben liegt in meiner Hand. Was soll ich damit machen? Ja, ich weiß, Ovannes wird dich in ein paar Minuten abholen. Aber er kommt, um dich umzubringen. Er und Learchus, der Anführer der Griechen, haben ein Komplott geschmiedet, um dich heute Nacht umzubringen und statt deiner Ovannes auf den unterägyptischen Thron zu setzen. Ja, der Plan ist durchführbar. Nach dem ersten Schock wird ihnen jeder beipflichten und mit ihnen sympathisieren. Du hast keine Ahnung, wie sehr dich die Menschen hassen, Vater.«

»*Mmmmm-mmmmmmmmm!*«

Leise, fast unhörbar, sprach die Stimme weiter. Apophis' Herz schlug wie wild. Er war vor Angst wie von Sinnen. Und er konnte nichts tun, nichts sagen!

»Es bleiben also zwei Möglichkeiten: Entweder töte ich dich – oder ich überlasse dich Ovannes.« Spielerisch schlangen seine Hände das Lederband um Apophis Gurgel und verknoteten es. Ohne Vorwarnung riss Kamose daran und schnitt Apophis die Luft ab!

Doch dann ließ der Druck genauso plötzlich nach, sodass Apophis wieder atmen konnte.

Mit Mühe versuchte er, das Gesicht klar zu sehen ... aber die Gestalt war nicht mehr da! Verschwunden! Und er lag hilflos zusammengeschnürt wie ein Schwein am Spieß und wartete auf seinen Mörder! Ovannes kannte keine Gnade! Blitzschnell würde er ihm die Eingeweide aufschlitzen und lachen, während er verblutete!

Als Kamose dem Wächter der Hay nahe genug war, rief er ihn an. »He, du da! Ich muss deinen Herrn sprechen! Wo finde ich ihn?«

Der Wächter brachte seinen Speer in Stellung und beäugte Kamose misstrauisch. »Er ist da, aber was sollte er schon mit einem betrunkenen Griechen zu schaffen haben?«

»Das will ich überhört haben. Ich habe im Dunkel zwei Offiziere belauscht. Beeile dich lieber!«

»Beeilen? Wieso sollte ich mich beeilen?«

»Es ist ein Anschlag geplant! Sie wollen den König umbringen! Du musst etwas unternehmen! Ich habe gehört, wie sie sich verabredet haben. Der König liegt in seinem Zelt und schläft. Sie wollen ihn umbringen, wenn er aufgeweckt wird.«

Der Wächter riss die Augen auf. »Weshalb sollte ein Grieche das verhindern?«

»Ich bin kein Grieche. Ich bin Ägypter. Ich habe mich in den Büschen mit einem der Mädchen amüsiert, die ihr aus Fayum geholt habt! Als sie keine Lust mehr hatte, habe ich meine Uniform gesucht und dabei habe ich ...« Er gestikulierte wie verrückt mit den Armen. »Rette den König! Rette ihn! Du kannst ein Held werden!«

»Und das soll ich dir glauben?« Unsicher starrte der Wächter ihn an.

Mit der Hand am Griff seines Dolches glitt Ovannes in das große Zelt und sah sich um. Wo war der König? Warum war die Rückwand aufgeschlitzt?

»Packt ihn!«, befahl eine energische Stimme in der Dunkelheit. »Er darf nicht entkommen! Aber bringt ihn nicht um! Ich brauche ihn lebend!«

Starke Hände packten seine Oberarme, bevor er die Waffe gegen sich selbst richten konnte.

Im rosafarbenen ersten Licht spähte der ägyptische Wächter zum Flussufer hinunter. »Wer da?«, fragte er. Dann zückte er sein Schwert und weckte bellend seinen Kameraden, der nur wenige Meter neben ihm schlief. »Halt! Du dort im Wasser – komm mit erhobenen Händen heraus!«

Auf Händen und Füßen kroch der Mann völlig erschöpft aus dem Wasser. »He, du da!«, schrie der Soldat noch einmal. »Steh endlich auf!«

»Ich ... ich glaube nicht, dass ich das kann«, keuchte der Mann und fiel auf die Seite. »Kann ich vielleicht eine Decke oder so etwas haben? Der Fluss ist eiskalt!«

»Freund oder Feind?«, rief der Wächter und warf sich in eine heroische Pose.

»Ach, herrje!«, tönte die heisere Stimme. »Das ist doch jetzt wirklich nicht der Moment ... Helft mir! Ich muss mit Riki sprechen! Das duldet keinen Aufschub.«

Die Rache des Apophis war grausam. Und genüsslich zugleich. Bei Anbruch der Dämmerung hatte er Learchus und Ovannes vor die schweigende Menge gezerrt und vierteilen lassen. Die auf Lanzen aufgespießten Köpfe dienten als grausam deutliche Warnung, aber damit war Apophis noch längst nicht zufrieden.

Mit rotgeränderten Augen rief er seine Kommandanten zusammen und befahl voller Wut einen Angriff binnen der nächsten Stunde.

»In einer Stunde, Herr?«, wiederholte einer der Ratgeber. »Aber, Herr ...«

Als Antwort ließ Apophis ihm an Ort und Stelle die Kehle aufschlitzen und seinen Körper den Krähen zum Fraß vorwerfen. Als man den Unglücklichen davonschleppte, schrie der König so laut, dass jedermann es hören konnte. »In einer Stunde! Schlagt sie, wo Ihr sie trefft! Schlagt sie mit allem, was in Eurer Macht steht! Löscht sie aus! Gefangene werden nicht gemacht!«

VII

»Solche Betriebsamkeit ist äußerst ungewöhnlich«, kommentierte Riki als erfahrener Soldat. »Sie bereiten etwas Größeres vor – ich denke, dass sie an mehreren Abschnitten gleichzeitig losschlagen werden.«

»Mit dieser Einschätzung könntest du Recht behalten«, antwortete ein etwas erschöpft wirkender Kamose. »Ich denke allerdings, dass er uns auf der ganzen Linie angreifen wird! Rufe alle Reserven zusammen, Riki! Du solltest sie an der gesamten Linie postieren.«

Riki runzelte die Stirn, aber nichtsdestotrotz nickte er. Dabei musterte er seinen alten Freund von Kopf bis Fuß. Man hatte Kamose mit einem neuen Lendentuch und dem Schwertgürtel eines Gefallenen ausstaffiert. Er wirkte unglaublich müde, aber in seinen Augen blitzte das alte Feuer. »Du hast Recht«, sagte Riki und gab die entsprechenden Befehle an einen wartenden Boten.

Baba aus El-Kab war ungewöhnlich still, weil er noch immer über Kamoses gestriges Abenteuer im Lager des Feindes nachgrübelte. »Ich will das nicht als Kritik verstanden wissen«, sagte er, als er schließlich das Wort ergriff, »aber Ihr hattet ihn in der Hand ... und hättet ihn töten können.«

»Ihr fragt Euch, warum ich es nicht einfach getan habe, nicht wahr?« Kamose seufzte aus tiefstem Herzen. »Es geht um die Erfüllung der Prophezeiung. So, wie sie überliefert ist, so soll sie sich auch erfüllen. Die Menschen erwarten, dass der Sohn dem verhassten Vater auf dem Schlachtfeld gegenübertritt und ihn tötet – und nicht, dass er ihn in aller Heimlichkeit in einem Zelt umbringt.«

Baba blieb skeptisch. Krieg war schließlich Krieg. »Ich verstehe die Beweggründe, aber ...«

»Ich hätte ihn auch nur bedrohen und es damit gut sein lassen können«, fuhr Kamose fort. »Wenn ich es richtig sehe, habe ich Euch auch so einen großen Dienst erwiesen – schließlich wurden die Köpfe seiner besten Befehlshaber auf Lanzen aufgespießt!«

»Ich sorge mich eher darum, dass ich in den nächsten Stunden Männer verlieren werde, die nicht gestorben wären, wenn es gar nicht erst zu dieser Schlacht gekommen wäre«, entgegnete Baba.

Kamose massierte seine Schläfen. Ein deutliches Zeichen, wie müde und erschöpft er war. »Wollt Ihr nur diese Schlacht gewinnen oder vielleicht doch den ganzen Krieg? Braucht Ihr die Unterstützung einer Volksrevolution – oder wollt Ihr alles allein durchstehen?«

Baba aus El-Kab musterte Kamose nachdenklich. »Und weiter?«

»Die Menschen haben bisher die Unterdrückung durch die Nomadenkönige nur ertragen, weil sie der Meinung waren, dass eine Revolution nicht gelingen könnte. Aber«, und bei diesen

Worten blitzten seine Augen, und seine Stimme klang wieder ganz lebendig, »wer weiß, wozu sie plötzlich unter einem Anführer bereit sind, den ihnen die Götter geschickt haben? Nicht allein die Götter unseres Landes, sondern sogar der heidnische Gott aus Josephs Land! Würden sie sich nicht allesamt erheben und kämpfen? Stellt Euch nur vor, welchen Schaden sie schon heute an Apophis' ungesicherten langen Nachschublinien anrichten könnten?«

»Die Geschichte eurer Begegnung wird sich herumsprechen«, räumte Riki nachdenklich ein. »Da habe ich großes Vertrauen in unsere Männer.«

Baba runzelte die Stirn, doch schließlich lächelte er. »Nun gut«, sagte er dann. »Ihr habt Euch entschieden. Wer weiß – vielleicht habt Ihr ja genau das Richtige getan. Und falls dem nicht so sein sollte, so ist es auf keinen Fall schlecht, wenn die anderen trotzdem daran glauben. Alle – außer mir.« In Babas bedächtigen Worten schwang kein feindseliger Unterton, sondern lediglich die Skepsis eines erfahrenen Mannes mit.

Kamose blickte zu Baba auf, als dieser aufstand und seine Schultern straffte. »Ich gestehe, dass ich Euch nicht überzeugen konnte.«

Im Moment, als Kamose ebenfalls aufstand, erhob sich ein durchdringendes Kriegsgeschrei in einem halben Dutzend verschiedener Sprachen. Kamose zückte sein Schwert. Seine Augen verengten sich zu schmalen Schlitzen und ein entschlossenes Lächeln lag um seinen Mund. »Ich fürchte, es geht los! Mögen die Götter uns allen Kraft verleihen!«

Um die Kämpfe besser verfolgen zu können, hatte sich Apophis im Delta aus gewaltigen Baumstämmen einen Turm anfertigen lassen, dessen Einzelteile Matrosen von den Schiffen auf das Plateau hinaufgeschleppt und oben zusammengesetzt hatten. Dort stand der König nun im Licht des frühen Morgens, umgeben von Gardisten, Boten und Mitgliedern seines Hofstaates und beobachtete den Fortgang der Schlacht. »Ein Durchbruch auf der rechten Flanke!«, rief er. »Tötet sie! Schlagt ihnen die Köpfe ab!«

»Dies sind griechische Einheiten, Herr«, informierte ihn ein Berater. »Selbst ohne ihren Oberbefehlshaber kämpfen sie wie die Tiere! Wenn wir doch nur unseren Männern solchen Kampfgeist …«

Apophis hörte überhaupt nicht hin, sondern wandte sich an einen der Gardisten. »Du!«, rief er. »Du hast mir in der vergangenen Nacht die Nachricht von der Verschwörung gebracht – du hast mir das Leben gerettet!«

»Ja, Herr.«

»Du hast gesagt, dass ein Grieche die Verschwörung verraten hätte. Bist du dir sicher?«

»Nein, sicher bin ich mir nicht. Es ist nicht ganz leicht, die Leute zu unterscheiden. Nackt war er jedenfalls, und so arrogant wie ein Grieche war er eigentlich auch.«

»Beschreibe ihn mir noch einmal«, verlangte Apophis. Aber er wandte seine Blicke nicht vom Schlachtfeld unter ihm.

Der Mann tat, wie ihm befohlen, und benutzte fast dieselben Worte. Er beschrieb genau den Mann, der über Apophis gekniet hatte, als dieser erwacht war, und der sich als sein Sohn Kamose bezeichnet hatte. Apophis runzelte die Stirn und schwieg. Zu seinem Leidwesen hatte er den Vorfall erwähnt, als die Gardisten ihn befreiten. Wie hatte ihm dieser Fehler nur unterlaufen können? Die Geschichte hatte sich längst im Lager herumgesprochen, aber so dumm, dass er noch einmal davon anfing, war er nicht.

Ja, dachte er und presste die Lippen aufeinander, *im selben Augenblick hätte ich meinen Irrtum noch korrigieren können. Ich hätte nur den Mann und alle, die sonst noch zugehört hatten, umbringen müssen.* Aber leider hatte er nicht schnell genug überlegt und so hatte sich die Sache schnell verbreitet. Jemand, den der König für seinen Sohn hält, hat sich in sein Zelt geschlichen. Sein Sohn! Der Sohn, der …«

Unten auf dem Schlachtfeld begannen die Ägypter ihren Gegenangriff und warfen die Griechen Stück um Stück zurück. Auch auf der linken Flanke hatten sie bereits einigen Boden gutgemacht. Die Mitte jedoch behauptete ihre Stellungen. Apophis umklammerte das Geländer und kniff die Augen zusammen, um im aufgewirbelten Staub besser sehen zu können. »Dort!«, rief er. »Dieser Mann dort unten – ist er es?«

Der Mann, der sich als Kamose ausgegeben hatte, kämpfte Seite an Seite mit einem quadratischen, krummbeinigen Soldaten, der nur die Kröte sein konnte. »Dort unten, der Mann direkt neben Baba El-Kab! Erkennst du ihn wieder?«

Der Gardist runzelte die Stirn. »Er ... *hmmm*. Könnte sein, Herr. Aber ich bin nicht sicher – ich kann ihn nicht deutlich genug erkennen. Der Mann, den ich in der vergangenen Nacht gesehen habe, hatte überall Peitschennarben. Irgendwie kommt mir seine Haltung allerdings bekannt vor.«

»Ist das der Mann, der euch genarrt hat? Ja oder nein?«

»Nun ja, ich glaube schon, Herr.«

»Du da!«, bellte der König los und deutete auf den nächststehenden Boten. »Los, besorge mir einen Bogenschützen! Und zwar den besten, den wir haben!«

Der erste Angriff hatte seinen Höhepunkt überschritten. Zum ersten Mal hatten die Ägypter Boden gewonnen und nicht verloren. Der erste Tag im Gefecht hatte Rikis Ängste ein wenig beschwichtigt. Er hatte drei Männer im direkten Zweikampf getötet, einen weiteren verwundet und keinen Fußbreit seiner Stellung eingebüßt. Nach dem anfänglichen griechischen Durchbruch hatte er den Mut seiner Männer wieder aufgerichtet und sie zu einem durchschlagenden Angriff und beständiger Gegenwehr motiviert. Mit dem Erfolg konnte er zufrieden sein.

Zwischen den einzelnen Phasen des Kampfes hatte er genügend Gelegenheit gehabt, Kamose und Baba genauer zu studieren. Ihre Art zu kämpfen war so verschieden, wie das nur möglich war. Baba war der geborene Kämpfer, standhaft, immer lächelnd, niemals übereilt und in der Konsequenz von tödlicher Kraft. Ein Mann, der stets einen Scherz parat hatte, ein geborener Anführer, weit und breit der beste Unteroffizier, den er sich denken konnte! Welch ein Soldat! Kein Wunder, dass Mekim ihm so umfassend vertraut hatte.

Kamose dagegen war ein völlig anderer Typ. Er war besessen! Ein Mann, der einen Dämon in sich trug, der sich wie im Fieber veränderte, sobald er ein Schwert in der Hand hielt! Vielleicht war er wirklich ein Mann der Götter, an dem sich die anderen ein Beispiel nahmen, der sie durch seine eigene Besessenheit zu herausragenden Taten anspornte. Seine Wut und seine Entschlossenheit wirkten ansteckend.

Während Riki ihn im Kampf beobachtete, hatte er an die Prophezeiung denken müssen und aus tiefstem Herzen gewünscht, dass er daran glauben könnte.

Aber seine Gedanken waren schnell wieder unterbrochen worden, als die Griechen blutverkrustet und staubbedeckt wieder gegen sie angerannt waren. Mit zusammengebissenen Zähnen hatte er kurz zu Kamose hinübergesehen, und dieser Blick hatte ihn tatsächlich ebenso entfesselt losstürmen und wie ein Verrückter mit dem Schwert um sich hauen lassen.

Zum Glück entstand mitten im größten Trubel plötzlich eine kleine Pause, sodass er wieder zu sich kam. Er sah, wie Baba durch die Reihen ging, seinen Männern Mut zusprach und sogar ab und zu Witze riss. Auf der anderen Seite hatte Kamose die Hände in die Hüften gestützt und starrte wie gebannt auf die feindlichen Linien.

»Sieh dir das an.« Kamose nickte in Richtung des Turms. »Dort oben steht er. Stell dir das vor! Im gesamten Delta gibt es keine solchen Baumstämme. Das Ding hat er aus Holz bauen lassen, das er für immense Kosten irgendwo in einem Land am Großen Meer hat schlagen lassen …«

»Er ist ein ganzes Stück dicker geworden, seit ich ihn zuletzt gesehen habe«, bemerkte Riki mit düsterer Miene. »Damals, als er deine Mutter …« Er vollendete den Satz nicht, als er sah, wie Hass und Wut das Gesicht des Freundes veränderten. »Es tut mir Leid – ich hätte nicht davon sprechen sollen.«

»Nein, nein, das ist schon in Ordnung. Ich habe mir vorgenommen, diesen Moment immer vor Augen zu haben. Genau daran werde ich denken, wenn ich ihn töte.« Er schauderte ein wenig und schob den Gedanken für den Augenblick von sich. »Baba ist wirklich ein Genie«, sagte er dann und grinste. »Er erinnert mich in vielem an Mekim – der geborene Unteroffizier!« Mit seltsamem Blick musterte Kamose seinen Freund Riki. »Ich hoffe, du nimmst mir das nicht übel, alter Freund, aber wenn du die krummen Beine, einige Jährchen und ein paar Mahlzeiten mit Palmwein abziehst, könnte er glatt mit dir verwandt sein! Irgendwie erinnert mich der Knochenbau deines Gesicht an ihn. Nein, nimm mir das bitte nicht übel – ich habe ja nicht gesagt, dass du wie eine Kröte aussiehst. Aber …«

»Ich würde mich sogar geehrt fühlen, wenn ich mit ihm verwandt wäre«, sagte Riki. »Ich habe schließlich nicht die leiseste Ahnung, wer ich bin. Vielleicht ist er ja ein Onkel von mir.«

»Sieh dir nur diesen Verbrecher an«, sagte Kamose, als er erneut zum Turm hinübersah. »Generäle und Bogenschützen auf allen Seiten! Welch ein Feigling! Wenn ich daran denke, dass ich der Sohn eines solchen Mannes …« Wütend spuckte er in den Staub.

»Denke nicht immer an ihn«, forderte Riki. »Denke lieber an deine Mutter! Ich erinnere mich so gut an sie – und du bist ihr so ähnlich! Man konnte sehen, dass sie früher, vor all diesen Entbehrungen, der harten Arbeit und vor ihrer Krankheit einmal wunderschön war.«

»Du erinnerst dich an sie? Dann behalte sie im Gedächtnis!«, rief Kamose. Mit kummervoll sehnsüchtigem Blick sah er Riki an und wirkte mit einem Mal sehr jung und sehr verletzlich. »Bitte! Tu, was auch immer du kannst, um die Erinnerung zu bewahren! Irgendeiner muss sich noch an sie erinnern – noch einer außer mir! Ansonsten könnte man meinen, dass sie nie existiert hätte. Sie wurde nicht so bestattet, wie sich das gehört. Sie wurde nicht einmal einbalsamiert, um heil in die Nachwelt zu gelangen.«

»Glaubst du etwa an all das?«

Mit staubbedeckter Hand wischte sich Kamose über die Augen. »Nein, aber sie hat daran geglaubt.« Er hatte seine Stimme wieder in der Gewalt. »Sie hat all das nicht bekommen, was sie sich gewünscht hatte.« Mehr mochte er dazu nicht sagen.

Riki wollte gerade etwas erwidern, als Baba grinsend auf sie zulief. »Seht ihr überhaupt, was wir dort drüben tun? Sie weichen zurück! Der Angriff der Hay ist fehlgeschlagen. Wir haben ihnen standgehalten!«

Und das entsprach der Wahrheit. Die Feinde ließen sich auf breiter Front auf vorbereitete Linien zurückfallen. Riki warf einen Blick nach oben, wo Apophis wie verrückt gestikulierte und einer der Bogenschützen ihm gerade Pfeil und Bogen reichte. »Seht nur!«, rief Riki. »Wahrscheinlich wird er jetzt einen seiner Befehlshaber erschießen, weil sie uns nicht überwältigt haben.«

»Beachtet ihn gar nicht«, sagte Baba. »Ich glaube, heute Abend haben wir uns wirklich eine Belohnung verdient, nicht wahr?« Sein strahlendes Lächeln machte die vertraute Anrede augenblicklich vergessen. »Ihr habt alle tapfer gekämpft, und ich bin stolz auf unsere Männer! Heute Abend werde ich eine Extra-Portion Palmwein spendieren! Und ihr beide werdet mit mir ein ganz spezielles Gläschen leeren! Den Krug bewahre ich schon seit einiger Zeit für eine besondere Gelegenheit auf. Habt ihr schon einmal von dem wunderbar dunklen Zeug gekostet, das die Schwarzen im Sudan brauen? Mekim hat mir einen Krug geschenkt, nachdem ...«

Während Baba sprach, hob er den Blick und sah, wie der Bogen in Apophis' Hand erschlaffte und der Pfeil über den Himmel glitt. »Runter!«, schrie er mit lauter Kommandostimme. Für einen Mann seines Alters bewegte er sich unglaublich schnell, packte Kamose an den Armen und schob ihn beiseite.

Als Kamose einen Satz machte, vibrierte Babas massiger Körper wie in einem Krampf, und sein harter Griff um Kamoses Oberarm erschlaffte.

Ohne ein weiteres Wort sank Baba in Kamoses Arme.

Riki eilte sofort an die Seite seines Freundes, und gemeinsam stützten sie Baba. Nur die Hälfte des Pfeils ragte noch aus seinem Rücken.

Zusammen betteten die beiden Männer Baba seitlich auf die Erde. Seine Augenlider zitterten, doch für einen einzigen Moment blickten er Riki völlig klar und deutlich in die Augen.

»S-ssss ...«, hauchte er. Nur dieses Zischen. Ein letzter Atem und dieses Zischen. Das Wort, das diesem Buchstaben folgen sollte, hatte keine Stimme mehr. Das Feuer in den braunen Augen erlosch, und Baba aus El-Kab lebte nicht mehr.

VIII

Über den Körper ihres gefallenen Kameraden hinweg sahen Kamose und Riki einander lange Zeit schweigend an. Dann schloss Kamose die Augen und presste seine Lippen aufeinander. Er ballte so fest die Fäuste, dass sich die Muskeln seiner Arme wölbten.

Als er schließlich erschauernd wieder die Augen öffnete, brannte ein neu erwachtes Feuer in ihnen. »Alle Männer haben es gesehen.« Seine Stimme klang dumpf und heiser. »Baba aus El-Kab, der beste Kommandeur, den sie jemals hatten, wurde vom Pfeil eines Feiglings niedergestreckt.« Er spuckte das Wort förmlich aus. »Und der Feigling heißt *Apophis*!«

In Rikis Kopf ging alles durcheinander. Er war geschockt und fühlte sich schwindlig. »Ich ... ich finde keine Worte!«

Kamoses Hand schoss nach vorn und packte seinen Arm. »Dann werde ich es dir sagen!«, erklärte er in wütendem Flüsterton. »Rufe unverzüglich zum Gegenangriff auf! Und zwar sofort, bevor die Männer sich besinnen, bevor sie die Situation noch ganz begreifen und bevor Apophis seine Truppen zu einer neuen Angriffslinie formieren kann!« Seine Stimme bebte vor Eifer. »Bevor Apophis sich in Sicherheit bringen kann, müssen wir sie überrennen! Wenn wir Glück haben, kann ich ihm vielleicht gegenübertreten – nur wir beide im Angesicht unserer Armeen!«

Riki, der neben dem Leichnam seines Kommandeurs gehockt hatte, ließ sich auf die Knie fallen, und mutlos ließ er die Schultern sinken. »Ein Angriff? Jetzt? Aber ...«

»Nur wenn wir etwas wagen, werden wir gewinnen«, entgegnete Kamose. »Lasse Elset rufen. Er ist jetzt an der Reihe. Er war Babas rechte Hand. Dein Befehl muss sich so anhören, als ob du nie eine bessere Idee gehabt hättest. Du musst klar und resolut auftreten, als ob die Götter dir soeben einen Sieg beschert hätten und du ihn nur noch nachvollziehen müsstest.« Er wartete Rikis Reaktion gar nicht mehr ab, sondern wandte sich direkt an den Kreis von Menschen, der sich um sie gesammelt hatte. »He, du!«, rief er dem erstbesten Boten zu, den er erblickte. »Geh und hole Elset her – aber schnell!«

»Ja, Herr!« Noch während der Bote das sagte, hatte er bereits geschickt auf einer Ferse kehrtgemacht und lief davon.

»Und kein Wort zu ...«, rief Kamose noch, aber da war der Mann bereits außer Hörweite. Kamose streckte die Hand aus und zog Riki empor. »Das macht nun auch keinen Unterschied mehr.

Sie werden alle in Kürze hier sein. Du darfst jetzt niemanden mehr untätig herumstehen lassen. Reiß dich zusammen! Noch siehst du aus wie ein Kind, das seinen Vater verloren hat.«

»Seltsam.« Riki war ganz verstört. »Aber genauso fühle ich mich auch.«

Mit gerunzelter Stirn bellte Kamose an Rikis Stelle weitere Befehle. »Bereitet Euch auf einen Gegenschlag vor! Verteilt Euch über die Einheiten – und zwar schnell! Gebt den Befehl weiter, damit Ihr bereit seid, sobald Riki das Zeichen gibt! *Du*, warum stehst du hier noch herum? Los, beweg dich! Beeile dich!«

Erst als sie allein waren, legte Kamose seinem Freund den Arm um die Schultern. »Eines Tages werden wir mit Stolz auf diesen Tag zurückblicken. Er wird in das Gedächtnis der Menschen eingehen, und man wird sich an ihn wie an einen Festtag erinnern. Wie an den Geburtstag des Königs zum Beispiel. Falls Du und ich bei Sonnenuntergang noch am Leben sind – ich weiß, wo Baba seinen Krug verwahrt, und ich denke, dass er einverstanden wäre, wenn wir einen Schluck auf sein Gedenken trinken. Doch zuvor müssen wir den Kampf gewinnen. Reiß dich zusammen und steh gerade!«

Riki starrte noch längere Zeit nachdenklich vor sich hin, doch je länger er sich besann, desto mehr kehrte seine Energie zurück und neue Hoffnung belebte seine Züge. »Du hast völlig Recht!«, sagte er und zog sein Schwert mit einer geübten Bewegung.

Zehn Minuten spater stand die ägyptische Armee einsatzbereit an ihren Positionen. Gereizt und ungeduldig wartete Riki auf Kamoses Rückkehr. Endlich stieg der Freund vom Flussufer zum Plateau empor. Er hatte seine Botschaft persönlich direkt bei den Schiffen abgeliefert, damit sie nicht unterwegs entstellt werden konnte. »Alles in Ordnung!«, rief Kamose schon von weitem. »Die Boote sind startbereit! Wir wollen anfangen!«

Riki nickte und hob sein Schwert hoch über seinen Kopf. »Achtung!«, rief er mit weithin schallender, machtvoller Kommandostimme. »Alle Einheiten ... *los*!«

Ein machtvolles, bewegendes Gebrüll aus tausenden Kehlen antwortete ihm. Während die kampfgestählten Truppen durch das

Niemandsland auf den Feind zuströmten, wurde Riki ruhiger denn je. Die üblichen Ängste und Befürchtungen vor einem Kampf fielen von ihm ab. Voller Begeisterung fühlte er nur noch die Kraft seines Arms, und von Kampfgeist beseelt sah er der Schlacht entgegen. Als die feindlichen Truppen aufeinanderprallten, als seine eigenen Männer furchtlos und entschlossen und von neuem Mut beseelt vorrückten, die Feinde dagegen eher zögerlich und ohne ihre beiden großen Anführer etwas mutlos wirkten, war Riki mitten unter ihnen und schlug mit dem Schwert so machtvoll auf Fleisch und Knochen der Gegner ein, als ob sie substanzlos wären.

Wundersamerweise wies die Linie der Hay kurz darauf erste Lücken auf! Kämpfend und tötend brachen die Ägypter tief hinter die feindlichen Stellungen ein und vernichteten den Widerstand einer Einheit nach der anderen. In wildem Durcheinander flüchteten die Gegner und trotzten sogar ihren eigenen Kommandeuren, als diese sie mit der Breitseite ihrer Schwerter in ihre Formation und in den Kampf zurückprügeln wollten. Die Hay-Einheiten waren die ersten, die sich dem feindlichen Ansturm ergaben. Es war nicht zu leugnen, dass ihnen das Feuer fehlte, das noch ihre Vorfahren in der Vergangenheit zu großen Kriegern gemacht hatte. Aber als auch die erste griechische Einheit vernichtet war und sogar die Beduinen auf sichereres Terrain zurückfluteten, um sich dort erneut zu formieren, wusste Riki, dass der Tag gewonnen war.

Als der Feind schließlich bis auf die letzten Reserven vernichtend geschlagen war, flachte der Kampf allmählich ab. Die allerletzten Positionen hielten, und allmählich kam der ägyptische Vorstoß zum Stillstand. Erst weit hinter den ursprünglichen Gefechtslinien brachten die Hay den übermächtigen Gegner aus dem Roten Land zum Stehen. Und erst an diesem Punkt, als die ägyptischen Truppen sogar den inzwischen verlassenen Turm erreicht hatten, stellten sich alle Kommandeure die eine Frage, an die sie im Eifer des Gefechts bisher nicht einmal gedacht hatten:

Wo war Apophis? Wo war der König?

Riki schob sein Schwert endgültig in die Scheide zurück und blinzelte in den langsam niedersinkenden Staub. »Kamose!«, rief er, »Kamose, wo bist du?«

Nur Sekunden später tauchte sein Freund aus den Staubwolken auf. »Komm mit!«, rief er. »Lass alles fallen! Mach dir keine Sorgen, Elset kann die Sache auch allein beenden. Komm mit mir!«

Ohne ein Wort zu sagen, ließ sich Riki mitten durch die zahllosen Toten und Gefallenen bis zum großen Turm zerren. Erst kurz vor dem hölzernen Ungeheuer bremste er seinen Freund. »Gute Götter!«, stieß er völlig verblüfft hervor. »Sind wir wirklich so weit vorgedrungen? Haben wir ihnen so viel Boden abgenommen?«

»Und wie wir das haben!«, rief Kamose, während er Riki fast gewaltsam die ersten Stufen emporschubste. »Los, hinauf mit dir!«

Riki gehorchte, und oben angekommen, staunte er nicht schlecht. »Gute Götter!«, stöhnte er ein weiteres Mal. »Ist das alles, was von ihnen übrig ist?«

Lachend beugte sich Kamose neben seinem Freund über die Balustrade. »Ja, kaum zu glauben, nicht wahr? Dies ist auf jeden Fall der umfassendste Sieg dieses Krieges!« Seine Blicke wanderten über das Schlachtfeld und dann weiter bis zum Fluss. Wohin konnten sie entkommen sein? »Ah, dort!« Er deutete hinunter zum Fluss. »Sieh dir das an! Die ersten Schiffe haben bereits abgelegt und treiben stromabwärts.« Ein triumphierendes Auflachen begleitete seine Worte. »Sieh nur, Apophis steht dort an der Reling des vordersten Schiffs! Kannst du ihn erkennen?«

Fassungslos starrte Riki auf das Bild, das sich ihm bot. »Sie flüchten vom Schlachtfeld!« Er konnte es nicht glauben. »Sie lassen ihre Truppen einfach im Stich! Nun, die werden so schnell nicht wieder für ihn kämpfen. Das werden sie ihm nie verzeihen!«

»Oh, doch«, widersprach Kamose, »sie werden wieder kämpfen. Apophis wird neue Anführer finden und neue Truppen anwerben. Lauter harte Kerle, die diesen Tag nicht miterlebt haben. Und in einigen Monaten wird er mit einer Armee anrücken, die diese hier noch in den Schatten stellen wird. Alles, was uns heute gelungen ist, bedeutet lediglich einen Zeitgewinn.« Nichtsdestotrotz vibrierte seine Stimme vor Stolz. »Aber gleichzeitig haben wir auch uns selbst und unseren Siegeswillen beflügelt. Mit diesem Sieg kann Baliniri unseren nubischen Partnern Mut machen. Bisher habe ich damit gerechnet, dass Nehsi unsere Bitte abschlagen und uns keine Männer schicken würde. Jetzt aber glaube ich, dass er unsere Bitte erhören wird.«

Riki betrachtete Kamose mit völlig neuen Augen. »Ich kann es immer noch nicht ganz glauben! *Du* allein hast diesen Sieg für uns erreicht! Wenn du Apophis den Anschlag nicht verraten und damit zwei seiner besten Männer ausgeschaltet hättest ... Kamose, zum ersten Mal fange ich an, wirklich an die Prophezeiung zu glauben! Vielleicht bist du ja tatsächlich der Mann, der sie erfüllen wird. Vielleicht hat die Welt nur auf dich gewartet?«

Kamose warf Riki einen eher nüchternen Blick zu. Dann wandte er seine Aufmerksamkeit wieder dem Schlachtfeld zu. Zum ersten Mal hatte Oberägypten die Hay vernichtend geschlagen und Apophis samt seinen Söldnern und Garden unehrenhaft vom Schlachtfeld gejagt. Zum ersten Mal hatten sie einer Übermacht getrotzt. »Ich ... nun, wenn einer die Prophezeiung erfüllen muss, dann kann das ebenso gut ich sein. Was wir brauchen ist ein Traum – ein Traum, der die Soldaten motiviert. Und dazu eignet sich die Prophezeiung eines Fremden so gut wie alles andere. Für mich gilt, dass ich immer an meine Rache geglaubt habe – allerdings waren für mich eher der Tod meiner Mutter und das Elend der gequälten Kinder im Gefängnis des Hakoris der Grund.« Seine Stimme klang plötzlich sehr angespannt, und seine Augen verengten sich zu Schlitzen. »Doch als Erstes muss ich jetzt Mara rächen. Ich muss sie rächen und sie aus ihrer Qual erlösen.« Er schloss die Augen, und wieder überlief ihn ein Schauer.

Riki sagte nichts darauf, sondern sah Kamose nur an.

Sehr viel nachdenklicher fuhr Kamose schließlich fort: »Apophis wird eine neue Armee aufstellen und hierher zurückkommen. Nichts wird ihn aufhalten können. Er wird das Geld auftreiben, um überall in der Welt nach neuen Söldnern zu suchen – aber gleichzeitig wird sich die Unruhe unter der Bevölkerung weiter ausbreiten. Viel zu lange schon wurden die Grenzen der Unterdrückung, die Menschen ertragen können, überschritten. Ich denke, dass Isesi in diesem Prozess eine große Rolle spielen wird. Er erinnert mich sehr an Baka – ein ruhiger, etwas in sich gekehrter Mann der Wissenschaft, der in den Krieg zieht, weil er dieses Geschäft nicht den anderen überlassen will, und ganz gegen seine Natur zum großen Kämpfer und Anführer reift. Isesi wird vielleicht die Revolution nicht anführen wollen, aber er wird genauso über sich hinauswachsen wie damals bei dem Überfall auf das Kindergefängnis. Wenn er und seine Leute an den Grundfesten von Apophis' Stellung im Delta rütteln ...«

Kamose sah von oben, wie Elset Anstalten machte, den Turm zu ersteigen. »Riki«, sagte er beschwörend, »bestärke alle in dem Glauben, dass ich die Prophezeiung erfüllen werde.« Als der Offizier sie beinahe erreicht hatte, fügte er sehr viel lauter hinzu: »Wir werden zusammen nach Theben zurückkehren und uns mit Baliniri besprechen. Ah, hier kommt Elset! Gute Arbeit, mein Freund. Ihr habt heute einen großen Sieg errungen!«

»Die Armee hat den Sieg errungen«, erwiderte der junge Offizier bescheiden. »Ein solcher Tag kennt viele Helden. Nicht zuletzt Euch beide ... und meinen getöteten Kommandeur.«

»Baba aus El-Kab«, vollendete Riki mit trauriger Stimme. »Ich bin glücklich, dass ich ihn wenigstens so lange kennen durfte. Ich hatte mich auf eine Fortsetzung dieser Bekanntschaft gefreut.«

»Ihm ging das nicht anders«, erklärte Elset. »Vor dem Kampf haben wir noch über Euch gesprochen, und er wollte, dass ich Euch das ausrichte. Wie ich ihn verstanden habe, sucht ihr nach Informationen über Eure Eltern, nicht wahr? Mein Kommandeur hat mich gebeten, mit Euch zu sprechen, falls ihm etwas zustoßen und er nicht mehr die Kraft haben sollte, Euch zu sagen, wer Eure Mutter ...«

»Oh, ja, genau darüber haben wir gesprochen.«

»Und wer Euer Vater war.«

Riki starrte den Mann an. In seinem Kopf drehte sich alles. Lange Zeit konnte er keinen Ton herausbringen. Dann schluckte er. »Was hat er gesagt? Rasch, sagt es mir!«

»Er hat nur gesagt, dass Ihr nach Eurer Rückkehr nach Theben eine Frau namens Mariet aufsuchen sollt. Sie ist die Witwe des Schreibers Setesch. Baba meinte, dass Ihr sie in Deir el-Bahari finden könntet. Er war sich dessen aber nicht sicher und wollte es

Euch ohne weitere Nachforschungen noch nicht sagen. Aber er dachte, dass Mariet Euch weiterhelfen könnte. Er hatte Euch wirklich ins Herz geschlossen, falls ich das einfach so sagen darf.«

Mit leuchtenden Augen starrte Riki in die Ferne. Das Schlachtfeld war vergessen, auch die fliehenden Truppen interessierten ihn nicht mehr. Er sah nicht mehr, wie drei lächerlich kleine ägyptische Boote Apophis' Flotte von neun mächtigen Schiffen einholen wollten, und vergessen war auch der erste große Sieg, den er in seinem Leben erfochten hatte – er konnte nur noch an das denken, was Elset soeben gesagt hatte.

Mein Vater!, dachte er. *Vielleicht ist mein Vater noch am Leben? Vielleicht werde ich ihm begegnen. Was er wohl sagen wird? Was er wohl von mir denkt?*

Kapitel 9

I

Die Neuigkeit von Oberägyptens erstaunlichem Sieg und Apophis' feigem Rückzug vom Schlachtfeld drang nur gerüchteweise nach Unterägypten durch. Der Anblick der Schiffe stimmte die Menschen an den Ufern im ersten Augenblick traurig, weil sie glaubten, dass die Hay gesiegt hätten. Doch das Fehlen der Banner, jeglicher Musik und freudiger Zurufe machte die Menschen stutzig.

Dann fiel plötzlich ein Matrose des Flaggschiffs über Bord – einige meinten, dass er absichtlich gesprungen sei – und wurde zum Glück von einem Fischer aus dem Wasser gezogen. Dieser Soldat berichtete seinem Retter, was sich ereignet hatte.

»Ich habe das Soldatendasein ein für allemal satt!«, erklärte der junge Mann mit Verachtung in der Stimme. »Der König hat uns alle gestern zu Feiglingen degradiert! Man muss sich das einmal vorstellen: Er ist einfach davongelaufen und hat seine Soldaten auf dem Schlachtfeld allein gelassen!«

»Dann suchst du jetzt dringend Arbeit, nicht wahr?«, meinte der Fischer und grinste dabei über das ganze Gesicht.

»Nach Hause kann ich jedenfalls nicht. Bietest du mir etwa Arbeit auf deinem Schiff an? Wie du gesehen hast, bin ich kein besonders guter Schwimmer. Eigentlich habe ich überhaupt nichts gelernt. Ich kann nur kämpfen.« Er schnitt eine Grimasse. »Und davonlaufen – dank Apophis.«

»Nun, in der nächsten Zeit ergibt sich vielleicht die Gelegenheit zu kämpfen, *ohne* wieder davonzulaufen«, gab der Fischer zu bedenken. »Du darfst nicht so schnell aufgeben. Bis es so weit ist, kannst du dir in den nächsten Tagen deine Mahlzeiten verdienen, indem du genau das tust, was du soeben getan hast – indem du erzählst, was geschehen ist.«

Der Soldat runzelte die Brauen. »Soll ich etwa meine Tapferkeit rühmen und Geschichten über einen denkwürdigen Sieg bei Lischt vortragen?«

Der Fischer donnerte mit der Faust auf seinen Schenkel. »Nimm dich zusammen und hör mir zu! Es braut sich Widerstand im Land zusammen, und da können wir Leute wie dich gut gebrauchen. Männer, die lieber kämpfen als weglaufen, die einen ehrenhaften Ägypter auf dem Thron sehen wollen – und nicht so einen Hay-Gefolgsmann von fragwürdigem Charakter.« Er ließ dem jungen Mann Zeit, das Gesagte zu verdauen. »Fürs Erste scharen wir ganz im Stillen Gleichgesinnte um uns, aber irgendwann werden wir *unsere* Geschichte in Avaris schreiben. Wir sind noch nicht so weit, die Dinge in die Hand zu nehmen, aber ich weiß, dass wir täglich mehr Anhänger gewinnen.«

»Aha. Ich soll also Leute gewinnen, indem ich ihnen berichte, was in Lischt geschehen ist?«

»Genau.«

»Und was genau ist euer Ziel?«

»Wir wollen die Hay verjagen. Das Land soll endlich wieder uns gehören. Keine Fremden mehr in den Ämtern und Verwaltungen. Wir nennen uns die »Bruderschaft des Schai« – die Bruderschaft des Schicksalsgottes.«

»Das klingt nicht übel. Auf mich könnt ihr zählen.«

»Nicht so hastig, mein Lieber. Zuerst werden wir dich prüfen. Du könntest ja ein Verräter sein.« Wieder grinste der Fischer. »Du musst wohl oder übel noch einige Prüfungen und Fragen über dich ergehen lassen.«

»Geld besitze ich jedenfalls keines.«

»Das ist schon in Ordnung. Wie gesagt, du kannst bezahlen, indem du redest. Jetzt gehen wir nach Hause. Und morgen gehen wir dann zum Hafen. Du kannst mit den Arbeitern dort anfangen. Einige sind noch nicht recht überzeugt.«

Der Soldat zuckte die Achseln. »Dein Vorschlag gefällt mir. Außerdem – was habe ich schon zu verlieren? Es ist sicher ein Preis auf meinen Kopf ausgesetzt, seit ich von Bord gefallen bin.«

»Du bist *gefallen*?«

»Na ja – ich bin gesprungen. Und selbst das habe ich nur gewagt, weil du gerade in der Nähe warst.«

»Ganz offensichtlich war es der Wille der Götter, dass wir uns begegnen. Also abgemacht – dann fahren wir jetzt nach Hause.

Meine Frau macht uns etwas zu essen, und morgen wartet dann die Arbeit auf uns.«

Es dauerte ungefähr vierundzwanzig Stunden, bis die Nachrichten endlich auch nach Avaris durchgedrungen waren. Zur Mittagszeit am Tag der Rückkehr von Apophis brodelte es im Basar bereits vor Gerüchten. Die meisten der zurückgekehrten Gardisten hatten Apophis persönlich betreut, und sie hatten ihren kämpfenden Kollegen erzählt, was sich abgespielt hatte. Das Gerücht ließ nicht lange auf sich warten: ›Er hat gesagt, er sei Apophis' Sohn! Der prophezeite Erlöser! Er hat es geschafft, alle Hindernisse zu überwinden und in Apophis' Zelt vorzudringen – und dann hat er ihn geschont! Es ist nämlich prophezeit, dass der Tyrann der Hay-Nomaden auf dem Schlachtfeld getötet werden wird. Nachdem der Sohn des Königs ins ägyptische Lager zurückgekehrt war, sind seine Leute über sich hinausgewachsen. Sie hatten keine Angst mehr vor uns! Ihr hättet sie sehen sollen! So haben die Ägypter zur Zeit unserer Väter gekämpft!«

Wundersamerweise verbreitete sich diese Neuigkeit ohne die übliche Übertreibung. Auch ohne dass etwas hinzugefügt wurde, war die Nachricht aufrüttelnd genug. Aufrüttelnd und beflügelnd! Da es untersagt war, sich in Gruppen zu versammeln, sagte es einer dem anderen weiter. Die Wachen bewegten sich nur noch voller Misstrauen und mit größter Vorsicht auf den Plätzen und in den Basaren der Stadt, und hinter ihrem Rücken winkten und lächelten die Menschen einander zu.

Sem erfuhr die Neuigkeit als Erster und rannte unverzüglich zu Isesis Versteck im Dachgeschoss eines mit Brettern vernagelten Getreidespeichers. Er hielt inne, und erst als er sicher war, dass niemand ihn beobachtet hatte, schlüpfte er durch eine kleine Bretteröffnung in das Gebäude. »Isesi?« Es war kaum mehr als ein heiseres Flüstern. »Bist du da?«

»Ja, komm herauf.« Isesi ließ eine Strickleiter herab und half Sem die letzten Stufen empor.

Atemlos berichtete Sem, was er erfahren hatte. Isesi ließ ihn in aller Ruhe aussprechen, nickte nur hin und wieder und sah den

Freund schließlich mit strahlenden Augen an. »Das müssen wir unbedingt sofort Mara berichten. Frag mich nicht, wie! Hakoris lässt sein Haus bewachen, als ob er einen Goldschatz darin verwahrte. Doch Mara muss es erfahren! Es wird ihre Hoffnung stärken.«

»Noch bevor wir uns mit den anderen getroffen haben?«, fragte Sem.

»Auf jeden Fall! Ich mache dir einen Vorschlag: Ich werde versuchen, irgendwie Kontakt zu Mara zu finden, und du rufst inzwischen für heute Abend eine Versammlung ein. Am üblichen Treffpunkt.«

»Auf der Insel?«

»Genau. Ich komme, sobald es stockdunkel ist – ganz gleich, ob ich mit ihr sprechen konnte oder nicht.« Erst jetzt gestattete er sich ein kleines Lächeln. »Dieser Kamose! Zu Anfang habe ich ihm diese Fähigkeiten nicht so ganz zugetraut. Aset ging es da anders – ich jedoch hielt ihn eher für einen Abenteurer. Und jetzt? Sieh dir doch nur an, was er an einem einzigen Tag in der ägyptischen Armee alles erreicht hat!«

»Was denkst du? War das ... war das jetzt der endgültige Sieg?«

Stirnrunzelnd schüttelte Isesi den Kopf. »Keinesfalls. Die Niederlage wird Apophis eher bestärken. Aber jede weitere Unterdrückung wird mehr und mehr Menschen auf unsere Seite treiben. Unser kleines Häufchen kann jede Verstärkung gebrauchen. Wir werden seine Nachschublinien angreifen, die Getreidespeicher und Waffenlager plündern und ihm das Leben so schwer wie möglich machen.« Er redete sich richtiggehend in Begeisterung hinein. »Zum ersten Mal habe ich das Gefühl, dass wir gewinnen können. Nicht heute, nicht morgen und auch nicht nächste Woche – aber im Lauf der Zeit ...«

Isesis schmächtige Faust war die Faust eines gelehrten Mannes, und sie war an Federn gewöhnt und nicht an Waffen. Aber Sem spürte deutlich, wie Isesis Begeisterung wuchs. Mit jedem Wort schien der Freund mehr an Stärke und Kraft zu gewinnen. War das wirklich noch der alte Isesi?

Als Joseph unerwartet früh aus dem Palast nach Hause zurückkehrte, wirkte er müde und erschöpft. Asenath lief ihm entgegen und umarmte ihn. »Oh, Joseph, du siehst abgespannt aus. War es denn heute so schlimm?«

»Ich konnte seine Gegenwart heute einfach nicht länger ertragen.« Niedergeschlagen sank Joseph auf die Sitzbank. Sein Gesicht wirkte noch immer erstaunlich jung, doch sein rotes Haar war im Laufe des letzten anstrengenden Jahres immer mehr ergraut. Die wachsende Unsicherheit seiner Existenz hatte ihm merklich zugesetzt. »Er hat eine schreckliche Schlappe hinnehmen müssen, und das lässt er nun an allen aus.«

»Armer Joseph! Ich werde dir etwas zu ...«

»Nein, nein.« Müde winkte er ab. »Komm, setz dich lieber zu mir. Ich brauche deine Gesellschaft jetzt mehr als alles andere.« Er lächelte ein wenig gezwungen, als sie sich schließlich neben ihn setzte. »Ein Kurier hat mir einen Brief aus Kanaan gebracht. Von Reuben. Vaters Trauerfeier und seine Bestattung haben mit großem Aufwand und unter großer Anteilnahme stattgefunden. Es scheint, dass wir noch nicht ganz so vergessen sind, wie ich dachte.«

»Kommen deine Brüder bald zurück?«

»Ich habe ihnen ausrichten lassen, dass sie vorher noch einige alte Geschichten bereinigen sollen.« Als Asenath ihren Mann ansah, erkannte sie die Furcht in seinen Augen. »Ich wünschte, wir könnten morgen von hier weggehen. Ich bin über die Entwicklung der gegenwärtigen Situation sehr besorgt. Damit meine ich nicht einmal so sehr den König, als vielmehr die ägyptische Bevölkerung.«

»Was willst du damit sagen?«, fragte Asenath und strich ihm dabei mitfühlend über die Hand.

»Meine Spione haben einen Zirkel von entschlossenen Menschen infiltriert, die nicht nur Apophis und die Hay verjagen wollen – das an sich wäre ja löblich –, sondern auch alle anderen ›Fremden‹, wie sie sich ausdrücken. Das richtet sich auch gegen uns. Wir sind für sie nur Blutegel, die ihnen den Lebenssaft rauben.«

»O nein, Joseph! Du und deine Familie – ihr seid ...«

»Von außen betrachtet, haben wir es zu bescheidenem Wohlstand und Einfluss gebracht und viel Gutes für das Land bewirkt. Aber trotzdem: Die Ägypter sind hungrig – und nach ihren Maßstäben sind wir reiche Leute, die es sich gut gehen lassen …«

»Ich merke, dass du dir wirklich Sorgen machst. Kann Vater denn nicht helfen? Die Priesterschaft des Amun hat doch gewissen Einfluss.«

»Dein Vater würde sicher liebend gern helfen, aber er ist ein kranker Mann. Ich bin mir nicht sicher, ob er jemals wieder seine alte Kraft und Stärke wiedergewinnen wird. Seine Nachfolger haben jedenfalls keinen Anlass, uns zu schützen. Es ist eine schlimme Situation. Wenn wir doch nur morgen packen und weggehen könnten! Aber die Familien meiner Brüder bürgen als Geiseln für deren Rückkehr.«

Mutlos ließ Joseph die Schultern sinken, und Asenaths Herz sank gleich mit. Wenn sie doch nur etwas tun könnte! Er hatte diese schwere Last nun schon so lange, so schrecklich lange getragen!

Mit schmerzvoll verzerrtem Gesicht hüpfte Hakoris auf seiner Krücke näher an Mara heran. Das nutzlose Bein schleifte über den Boden hinterher. »Verdammt sollst du sein!«, schimpfte er. »Halte endlich dein Schandmaul!«

Maras dickes, wunderschönes Haar hatte man geschoren, und ihr Hals war mit einer breiten Manschette an der Wand angekettet. Trotz allem stemmte sie die Hände in die Hüften und starrte ihren Peiniger herausfordernd an. »Na los!«, höhnte sie. »Ihr traut Euch ja doch nicht in meine Reichweite, nicht wahr?« Ihr Lächeln war eiskalt und gnadenlos. »Kommt doch und versucht nur ein einziges Mal, mich zu schlagen! Selbst wenn Ihr Stock oder Peitsche benutzt – ich werde Euch beweisen, dass ich stärker bin. Ich werde Euch die Peitsche entreißen und Euch bewusstlos schlagen, bevor Ihr davonhüpfen könnt! Oder wenn Ihr das Folterwerkzeug nicht schnell genug loslasst, werde ich Euch zu mir zerren und würgen, bis Euch die Luft ausgeht!«

Hakoris hielt sich haarscharf außerhalb von Maras Reichweite und funkelte sie an. »Ich weiß nicht recht, warum ich dich nicht auf der Stelle getötet und mir vom Hals geschafft habe! Oder dich zu Tode gequält habe!«

Sie lachte. »Das beweist nur, dass Ihr kränker seid, als ich damals dachte, als wir noch jünger waren. Außerdem bin ich der einzige Mensch, mit dem Ihr wenigstens so etwas wie eine Beziehung hattet! Das stimmt doch, nicht wahr? Wenn Ihr mich umbrächtet, wärt Ihr ja ganz allein auf der Welt. Ihr hättet nicht einmal jemanden, den Ihr verfluchen könntet!«

»Ich könnte dich vor die Stadt bringen und dich gefesselt den wilden Hunden zum Fraß vorwerfen lassen.«

»Die würde ich sofort für mich gewinnen. Tiere haben mich schon immer gemocht. Aber danach würde ich mitten in der Nacht zurückkommen und Euch töten. In irgendeiner Nacht – Ihr hättet keine ruhige Sekunde mehr!«

Er hob die Krücke und versuchte, nach ihr zu schlagen, doch er verlor das Gleichgewicht und stürzte zu Boden. Blitzschnell packte Mara die Krücke und riss sie ihm aus der Hand. Als sie sie ihm mitten ins Gesicht schlagen wollte, robbte er wie ein Krebs rückwärts außer Reichweite. Voller Abscheu schleuderte sie die Krücke nach ihm. Er zuckte zusammen, als sie von der Wand neben ihm abprallte und zu Boden fiel. Und während er verzweifelt versuchte, ohne die Hilfe seines gelähmten Beins wieder auf die Füße zu kommen, sah er ihr für Sekunden ins Gesicht und erschauerte. *Es sieht ganz so aus,* dachte er für Sekunden, *als ob ich mich mehr vor ihr fürchte, als sie vor mir ...*

Nachdem er verschwunden war, hockte sich Mara auf den kühlen Steinboden und rieb sich den Hals, wo die Manschette schmerzhaft scheuerte. Wenn sie doch nur stärker wäre und die beiden Metallteile auseinanderbiegen könnte!

Oben in der Wand befand sich ein vergittertes Fensterchen, das auf den Garten hinausging. »Mara!«, hörte sie plötzlich jemanden halblaut flüstern. »Mara, bist du da? Ist er weg?«

Augenblicklich war sie auf den Füßen und reckte sich, um zu sehen, wer denn da draußen flüsterte. »Isesi, bist du das?«

»Ja. Wir versuchen alles, um dich zu befreien. Aber bis es so weit ist, sollst du wenigstens erfahren, dass Kamose sich der oberägyptischen Armee angeschlossen hat und sie die Hay bei Lischt empfindlich geschlagen haben.«

»Wie wunderbar! Los, erzähle mir alles ganz genau!«

»Er hat eine gigantische Leistung vollbracht! Er hat es geschafft, dass Apophis unehrenhaft den Rückzug antreten und nach Avaris zurückkehren musste. Die Hälfte seiner Soldaten ist im Gefecht umgekommen oder gefangen genommen worden. Im Moment ist der König verrückt vor Wut – und vor Angst. Kamose hat sich ihm als sein Sohn und der Vollstrecker der Prophezeiung zu erkennen gegeben. Mara, zum ersten Mal glaube ich, dass wir vielleicht wirklich gewinnen können.«

Mara schloss die Augen und presste die geballten Fäuste gegen den Mund. Ihr Herz klopfte wie verrückt. Sie konnte nicht einmal antworten, denn es fehlten ihr die Worte, um die Gefühle zu beschreiben, die sie durchströmten.

Kapitel 10

I

Stromaufwärts verbreitete sich die Neuigkeit sehr viel schneller und offener. Noch bevor Kamose und Riki nach Theben zurückkehrten, um dem Pharao und Baliniri Bericht zu erstatten, hatten die Versorgungsschiffe die Nachricht über den ägyptischen Sieg längst in alle Länder südlich von Lischt weitergetragen. Überall herrschte grenzenloser Jubel. Als kurz darauf Rikis Brief bei Baliniri eintraf, in dem er den Ablauf der Schlacht in aller Genauigkeit schilderte und seine Rückkehr mit dem prophezeiten ›Retter‹ ankündigte, besprach Baliniri sich jedoch erst mit dem Pharao, bevor er Einzelheiten bekannt gab.

Sekenenre lauschte Baliniris Vortrag, ohne ihn zu unterbrechen. Seiner starren Miene war nicht anzusehen, was hinter seiner Stirn vorging. Schließlich erklärte er in aller Ruhe: »Eigentlich hätte ich erwartet, dass die Nachricht eines Sieges – und sei er auch noch so klein – meine Stimmung beflügeln würde. Nun, das war zumindest so ... bis ... bis diese Sache aufkam. Im Moment weiß ich eigentlich nicht, was ich davon halten soll. Ein ›prophezeiter Retter‹? Das ›Kind‹, das die Prophezeiung erfüllen wird?« Er zog die linke Augenbraue hoch. »Was hat mein weiser Ratgeber dazu zu sagen?«

Mir gerunzelter Stirn blickte Baliniri zu Boden und überlegte. Vor langer Zeit hatte Kamoses Mutter zusammen mit ihrem Kind Zuflucht in seinem Haus auf der Insel gefunden. »Ich würde sagen, es handelt sich in diesem Fall um ein zweischneidiges Schwert, Herr. Ein Sprichwort in meiner Heimat besagt, dass man den Wolf nicht zum Wächter des Hundes machen soll. Dem Alter nach könnte Apophis damals diesen Kamose im Auge gehabt haben, als er die Tötung der Zehnjährigen befahl. Falls er derjenige ist, hat Riki ihn sofort erkannt, denn die beiden waren in ihrer Kindheit befreundet. Riki hat auch miterlebt, wie Kamoses Mutter getötet wurde.«

»Und?«

»Unser Sieg war kein endgültiger Sieg. Apophis wird neue Soldaten rekrutieren, und wir können nur hoffen, dass es ihm nicht gelingt, die Hethiter von ihrer bisher weitgehend geübten Neutralität abzubringen. Sobald er stark genug ist, wird er uns erneut angreifen – aber dann wird er sich nicht wieder so überheblich und dumm verhalten.« Er sah finster drein. »Ich habe ihn früher zumindest teilweise unterwiesen, und er wird sich bestimmt an das erinnern, was ich ihm beigebracht habe.«

Sekenenre erhob sich und ging zum Fenster hinüber, um seine Blicke über Theben und den Strom schweifen zu lassen. »Und was werden wir bis zu einem neuen Angriff mit dem zweischneidigen Schwert in unserer Mitte anfangen? Dieser Kamose könnte ja die Absicht haben, meinen Thron infrage zu stellen, sobald die Hay vertrieben sind und er seinen Vater umgebracht hat. In diesem Bild sehe ich für mich keinen Platz. Ein Land kann keine zwei Könige nebeneinander verkraften. Wie soll ich regieren, wenn mir der Thronanwärter sozusagen direkt auf dem Schoß sitzt?«

»Darüber habe ich lange nachgedacht, Herr.« Baliniri trat neben Sekenenre ans Fenster. »Wenn Riki und Kamose nach Theben zurückkehren, werden wir ihnen einen triumphalen Empfang bereiten.« Er kreuzte die Arme über seiner mächtigen Brust. »Mit allen königlichen Ehren werden wir sie empfangen, Herr. Wir werden ein Fest ausrichten, obwohl wir uns das im Moment eigentlich nicht leisten können. Ihr werdet Euch mit beiden in der Öffentlichkeit zeigen, sodass alle Menschen Euch sehen können. Es muss absolut großzügig wirken – der Pharao, der seine getreuen Diener empfängt.«

Es entstand eine beunruhigend lange Pause. »Und weiter?«, fragte Sekenenre.

»Danach, Herr, beauftragen wir sie mit wichtigen Missionen. Und zwar getrennt.«

Ein leises Lächeln kroch über Sekenenres Gesicht, das sich rasch zu einem verschwörerischen Grinsen steigerte. »Und mit welcher Mission wollt Ihr unseren ›Retter‹ wohin schicken?«

»Stromaufwärts, Herr«, antwortete Baliniri. »Und zwar nach Nubien. Als persönlicher Angesandter des Pharao. Meiner Meinung nach hat sich Akilleus' Sohn Nehsi lange genug aus dem

Konflikt herausgehalten. Falls wir untergehen, wäre niemand mehr da, der Apophis von der Eroberung der Wälle von Kerma abhalten könnte. Mir scheint der Punkt erreicht, wo Nehsi sich um seine ureigenen Interessen kümmern muss. Meine Quellen berichten, dass Kamose über eine goldene Zunge und ebensolchen Charme verfügt. Falls es einen gibt, der Nehsi überzeugen kann, dann ist er das. Außerdem wird er auf diese Weise für die nächste Zeit beschäftigt sein.«

Sekenenre verneigte sich mit leisem Spott, und seine Miene spiegelte Zufriedenheit und Entzücken. »Das gefällt mir sehr«, sagte er. »Und welchen Auftrag haben wir für Riki? Ihn müssen wir ja ebenfalls beschäftigen.«

»Genau das denke ich auch, Herr. Für ihn habe ich auch schon Pläne – besondere Pläne.« Das Lächeln des Wesirs war so geheimnisvoll, dass Sekenenre nach einigem Überlegen beschloss, nicht weiter in ihn zu dringen. Nichtsdestotrotz wünschte er inständig, in seinen Augen lesen zu können.

Erst nach einer halben Ewigkeit öffnete sich die Tür ein ganz klein wenig. Das Gesicht, das sich in dem Spalt zeigte, sah Ketan ganz und gar nicht ähnlich, sodass Tuia ihn fast nicht erkannt hätte. Doch da sie vor seinem Haus stand, musste er es sein.

»Ketan! Ich kam so schnell wie möglich!« Als er die Tür etwas weiter öffnete und ein Sonnenstrahl auf sein zerquältes Gesicht fiel, befürchtete Tuia augenblicklich das Schlimmste. »Nebet? Ist Nebet …«

Sie kannte die Antwort, noch bevor er den Mund öffnete. »Die Hebamme ist soeben gegangen«, erklärte er tonlos. »Es gab nichts, was sie noch hätte tun können.«

»Nein! Nein, Ketan!«

Mit geschlossenen Augen und bekümmerter Miene sank Ketan gegen die Wand. »Es war eine Steißgeburt. Nebet war so zart …«

Impulsiv drückte Tuia Ketan an ihr Herz, obwohl sie ihm nur bis zur Brust reichte, und fühlte, wie sein riesiger Körper vor Schluchzen erbebte. »Sie … sie wollte unbedingt ein Kind«, stammelte er. »Wir haben es so oft versucht …«

»Und das Kind? Ist es …«

»Es ist nebenan ... bei der Amme«, sagte er mit tonloser Stimme. »Es ist ein Junge. Die Hebamme hat gesagt, dass er das Mal auf dem Rücken trägt. Er ist ein Kind des Löwen.« Ohne Stolz in der Stimme berichtete er lediglich die Tatsachen. »Ich habe ihn mir noch nicht angesehen.«

»Oh, Ketan!« Tuia ergriff seine große Hand und zog ihn weiter ins Haus. »Wenn ich doch nur irgendetwas tun könnte ...«

Er sah sie an, als ob er sie zum ersten Mal sähe. »Ach, Tuia, du kennst uns besser als jeder andere Mensch. Du hast alles vom ersten Augenblick an miterlebt. Sie ...« Der Schmerz übermannte ihn. Völlig erschöpft sank er auf eine Bank. Dann kippte sein Oberkörper nach vorn, und der starke Mann verfiel in ein unkontrollierbares Zittern.

Mitfühlend strich Tuia ihm über den Kopf. »Ich werde mir jetzt den Kleinen ansehen.« Verzweifelt sah sie auf Ketan hinunter – was hätte sie in diesem Moment auch Tröstliches sagen können? Rasch betrat sie den Raum, den Nebet noch mit Liebe hergerichtet hatte.

Das Fenster stand offen, und mitten im hereinflutenden Licht saß eine junge Frau und stillte das Kind. Der Junge zappelte mit den Ärmchen. Tuia lächelte. »Ich bin Tuia, Ketans Verwandte«, sagte sie.

»Dem Kind geht es gut«, erklärte die junge Frau. »Ich bleibe hier und werde im Zimmer nebenan wohnen. Ich habe vor kurzem mein eigenes Kind verloren. Dieses ist ein starkes Kind. Seht doch nur, wie lebendig der Junge ist!« Beinahe stolz blickte sie auf den Kleinen hinunter. »Nur schade, dass er dieses Mal auf dem Rücken ...«

»Aber nein!«, unterbrach Tuia die junge Frau. Sogar aus diesem Blickwinkel war der zornrote Abdruck der Löwenpranke zu erkennen. »Dieses Mal ist mit einer stolzen Familientradition verbunden. Sie wird den Jungen eines Tages reich und berühmt machen.« Einen Augenblick lang überlegte sie. Sie konnte unmöglich immer »der Junge« sagen. »Wir müssen ihm einen Namen geben. Hat Ketan schon daran gedacht?«

»Oh, nein, wo denkt Ihr hin! Er will seinen Sohn nicht einmal ansehen. Im Moment jedenfalls noch nicht. Ich denke allerdings, dass er seine Meinung noch ändern wird.« Lächelnd sah sie auf das Kind hinunter und wiegte es in ihren Armen.

»Natürlich wird er das«, sagte auch Tuia. »Im Moment ist er über den Tod seiner Frau viel zu verzweifelt, aber irgendwann wird er ruhiger werden. Hauptsache, du bleibst hier und kümmerst dich um das Kind.«

»Aber irgendjemand wird sich auch um den Vater kümmern müssen«, wandte die junge Frau ein. »Er hat alle anderen dienstbaren Geister entlassen.«

»Oje.« Tuia blickte durch die offene Tür in den zentralen Raum hinaus, wo Ketan noch immer zusammengesunken wie ein Häufchen Elend auf der Bank hockte. *Was kann ich nur tun? Wenn ich ihm doch nur helfen könnte – doch im Augenblick habe ich auch eigene Probleme. Diese Frau – diese Tamschas!* Wie eine Klette hatte sich diese Frau an sie gehängt und erinnerte sie tagtäglich an ihre Schuld gegenüber Ben-Hadad, sodass sie keine Ruhe mehr fand ... Tuia war sich inzwischen sicher, dass sie bestohlen wurde. Die Frau stahl Geld und auch Schmuck, den sie wahrscheinlich verkaufte. Außerdem ließ sie ständig durchblicken, wie sehr es das Andenken Ben-Hadads beschädigen würde, sollten die Sache mit Meni und andere nicht gerade ruhmreiche Taten an die Öffentlichkeit gezerrt werden.

Oh, wenn Seth doch nur da wäre – oder Kedar! Aber Kedar besuchte seine Familie, und wo Seth steckte, wusste offenbar niemand. Ausgerechnet jetzt war sie ganz allein auf sich gestellt!

Wie so oft, dachte sie auch jetzt wieder an den einen Menschen, der ihr zweifelsohne helfen konnte – an den sie sich aber nicht zu wenden wagte. Dieser Mann war Baliniri – der Wesir und zweitmächtigste Mann in Oberägypten! Nein, es war unmöglich, ihm ihr Problem vorzutragen! Nach allem, was in der Vergangenheit zwischen ihnen gewesen war, verbot sich dieser Gedanke von selbst!

Tief in ihrem Herzen wusste sie, dass sie eine Lösung finden musste. Schon dem unschuldigen Meni zuliebe. Falls Tamschas ins Elend geriet, musste ihr Sohn das ausbaden. Es war ohnehin verwunderlich, dass er bei einer solchen Mutter ein so kluger, liebenswerter Junge geworden war.

Irgendeinen wahren Kern musste die Geschichte haben! Meni war genauso ehrlich und vertrauensvoll wie Ben-Hadad in seiner Jugend. Trotz dieser Gedanken wurde Tuia jedoch das Gefühl nicht los, dass Tamschas log, dass die ganze Geschichte nur eingefädelt worden war, um Geld von ihr zu erpressen und um in ihr Haus zu gelangen und sie zu bestehlen. Doch sobald sie Meni ansah und Ben-Hadad in ihm erkannte, schmolzen alle ihre Vorurteile dahin.

Was soll ich nur tun? Als sie tief in Gedanken wieder in den großen Raum hinübersah und ihr Blick den armen, verzweifelten Ketan erfasste, trat diese Frage jedoch augenblicklich in den Hintergrund. Zuerst musste sie sich um Ketan kümmern. Die Sache mit Tamschas musste vorerst warten.

»Du wirst heute freigelassen.« Sehnsuchtsvoll blickte Nuschin, der bei der Belagerung von Lischt gefangen genommen worden war, durch die Ritzen der Zellentür zum einzigen Lichtpunkt am Ende einer langen Treppe empor. »Vergiss mich nicht, ja? Richte ihnen aus, was ich dir gesagt habe!«

Seth nickte. »Deine Information ist sicher wichtig, obwohl ich die genaue Bedeutung nicht ganz einschätzen kann. Ich frage mich, ob es in dieser Gegend überhaupt andere Hay-Sklaven gibt, die etwas darüber wissen könnten.«

»Bringe sie dazu, mich freizulassen – dann werde ich sie schon finden!«, versprach Nuschin erregt. »Hier drinnen werde ich verrückt! Ich bin kein Soldat, sondern Schreiber! Man hat mich einfach auf der Straße aufgegriffen und in die Armee gezwungen, aber ich *bin* kein Kämpfer! Ich habe hier nichts verloren!«

»Hier hat niemand etwas verloren«, entgegnete Seth bedächtig. »Ich werde sehen, was ich erreichen kann. Aber ich verspreche nichts – bisher hat sich noch keiner um das geschert, was ich gesagt habe! Einem Soldaten hört man offensichtlich nicht zu – auch wenn er etwas Wichtiges vorzubringen hat. Eine höchst seltsame Einstellung! Man sollte doch annehmen, dass ein guter Gedanke immer willkommen ist – ganz gleich, wer der Vater ist! In Zukunft werde ich mich weigern, weiter Dienst zu tun. Außer man macht mich zum Hauptmann. Das ist der unterste Rang, dem man zuhört. Ja, genau. Ein ausgezeichneter Plan!«

Fassungslos starrte Nuschin Seth an. »Du willst dich befördern lassen?«, wiederholte er ungläubig. »Und du glaubst, dass das so einfach geht? Oh, ihr Götter! Ich habe offenbar wieder auf das falsche Pferd gesetzt! Dieser Mann ist verrückt! Er ist völlig verrückt!«

II

Tamschas war in einem Gasthof untergekommen, wo man sie noch nicht kannte. Überall sonst hatte man sie entweder wegen Trunkenheit oder Unruhestiftung oder einfach nur deswegen vor die Tür gesetzt, weil sie den Wirt nicht ausreichend hoch bestochen hatte, um als alleinstehende Frau in der Taverne geduldet zu werden.

In ihrer gegenwärtigen Unterkunft jedoch hatte sie bisher ein einwandfreies Benehmen an den Tag gelegt. Deshalb runzelte der Wirt auch nur die Stirn, als eines Tages ein Fremder die Taverne betrat und sich zu Tamschas gesellte, sobald er sie im dämmrigen Raum erspäht hatte. Interessiert beobachtete er sodann, wie der Fremde der Frau einen Becher Palmwein nach dem anderen spendierte. Dabei war sie ganz offensichtlich nicht mehr nüchtern. Nun, seine Forderung konnte ebenso gut noch warten, bis die Gelegenheit günstiger war.

Als spät in der Nacht die Musiker und Tänzerinnen bezahlt und entlassen worden waren, entschloss sich der Wirt zu einem Vorstoß. Er näherte sich den beiden Gästen und stützte seine beringten Finger schwer auf die Tischplatte. »Ich bitte um Verzeihung, aber die Bestimmungen unserer Stadt erlauben nicht, dass eine Frau ohne Begleitung …«

Weiter kam er nicht. Die Hand des Fremden schoss so blitzartig aus dem staubbedeckten Umhang hervor, dass der Wirt der Bewegung nicht folgen konnte. Es blitzte im Dämmerlicht, dann krachte es, und als der Wirt stirnrunzelnd nach unten sah, steckte ein rasiermesserscharfer Dolch zwischen dem Zeige- und dem Mittelfinger seiner rechten Hand im Holz!

Kreidebleich zog der Mann seine Hand zurück und rieb sich

die Finger. Ungläubig musterte er den Angreifer, doch dieser fixierte ihn mit einem drohenden Glitzern in den Augen. »Die Dame ist nicht allein!«, empörte sich der Fremde. »*Ich* begleite sie. Wagt nicht noch einmal, mir mit Bestimmungen zu kommen! Dieser Schweine-Urin, den Ihr als Bier verkauft, ist mit Sicherheit ebenfalls verboten ...«

So heftig hatte noch niemand dem Wirt gedroht. »Ich bitte um Verzeihung«, stotterte der Mann und zog sich zurück. »Darf ich Euch vielleicht einen Krug meines besten Palmweins anbiet...«

»Verschwinde!«, zischte der Fremde in gefährlichem Flüsterton. »Den Palmwein könnt Ihr bringen. Stellt ihn dort hin und belästigt uns nicht noch einmal!« Die Augen des Fremden funkelten so drohend, dass sich der Wirt in unziemlicher Hast entfernte.

»Nun sind wir ungestört. Was hast du gerade gesagt, meine Liebe?«

Tamschas nahm sich zusammen und versuchte verzweifelt, sich an ihr früheres artiges Benehmen zu erinnern. »Ich bin beeindruckt«, erklärte sie etwas affektiert. »Dein Auftreten ist wirklich eindrucksvoll.«

»Spare dir deine Komplimente für andere auf, Süße«, entgegnete der Mann ruppig. »Bei mir kannst du damit nicht landen. Wenn du mir wirklich eine Freude machen willst, dann erzählst du mir alles über die reiche Witwe, die du gerade aussaugst. Dein kleiner Schwindel und meine Erfahrung könnten zusammen zu einer großen Sache werden. Man kommt immer auf die besten Ideen, wenn man die Dinge von verschiedenen Seiten ansieht.«

Tamschas war hin- und hergerissen. Einerseits wäre sie am liebsten aufgestanden und davongelaufen. Sie steckte bis zum Hals in dieser Sache und musste gewärtigen, dass dieser Mann ihr immer einen Schritt oder zwei Schritte voraus war. Andererseits jedoch ... Sie wagte einen Blick in seine dunklen, fast hypnotischen Augen und schmolz auf der Stelle wie eine unerfahrene Jungfrau dahin. »Oh, Apis«, hauchte sie. »Können wir nicht woanders reden? Ich würde es mir so gern bequem machen. Du bist doch gerade erst angekommen und musst müde und staubig sein. Komm, wir gehen in mein Zimmer und ich mache dir ein warmes Bad.«

»Später«, brummte er. »Das Geschäft ist wichtiger. Wie immer. Na los, sprich dich aus und berichte mir alles!«

Energisch packten seine Hände die ihren, sodass sie unwillkürlich schlucken musste und es ihr kalt über den Rücken lief. *Alle Götter!*, dachte sie. *Das geht mir einfach zu schnell!*

Ein Stück stromabwärts hatte das Schiff die Nacht über festgemacht, denn Kamose wusste, was die Menschen erwarteten. Er wollte erreichen, dass der triumphale Einzug in Theben gegen Mittag stattfand, sodass jeder zum Fluss eilen und daran teilhaben konnte, sobald die Signalfeuer die nahenden Schiffe ankündigten.

Als die Sonne hoch am Himmel stand, hatten sie die letzte Biegung des Flusses passiert, wo sich der Strom vor der in seiner Mitte gelegenen Insel teilte und von wo aus man bereits die Wachposten auf den umliegenden Hügeln erkennen konnte.

»Sieh nur, Aset«, sagte Kamose, der neben dem jungen Mädchen an der Reling stand. »Wenn ich mich nicht irre, werden wir demnächst in Theben anlegen.«

»Genau«, bestätigte Riki. »Theben wird dir gefallen – und die Künstlerstadt auf der anderen Seite des Flusses erst recht. Dort arbeiten alle für die Kunst, auch wenn sie nur die Steinblöcke für die Bildhauer brechen. Diese Menschen sind anders als die anderen. Immer wenn ich Zeit hatte, hat es mich dorthin gezogen. Und wie es aussieht, werde ich nun dort vielleicht weitere Hinweise auf meine Mutter finden können.«

»Vielleicht sogar Hinweise auf deinen Vater«, fügte Kamose hinzu. »Falls Elset alles richtig ausgerichtet hat. Wie hieß die Frau doch gleich, nach der du fragen sollst?«

»Mariet«, antwortete Riki ohne das geringste Zögern. »Die Witwe des Schreibers Setesch – das habe ich mir unauslöschlich eingeprägt.«

»Nach allem, was ich weiß, hat die Stadt sehr unter dem Feldzug gelitten«, bemerkte Kamose. »Wer älter als zehn war, wurde zur Armee eingezogen. Nur wer über siebzig oder verkrüppelt war, entkam diesem Befehl.«

Riki starrte stromaufwärts voraus, wo jede Sekunde die ersten

Gebäude der Stadt hinter der Biegung auftauchen mussten. »Vielleicht ist es ja gar nicht so schlimm, aber ruhiger ist es dort auf jeden Fall geworden.« Er tätschelte Asets Arm. »Wie dem auch sei, jedenfalls wird man dich als Heldin begrüßen, Aset.« Urplötzlich riss er die Augen auf und deutete aufgeregt nach vorn. »Wir sind da!«, rief er, als das Schiff die Biegung fast hinter sich hatte und die ersten Gebäude, die großen Tempel und der Palast sichtbar wurden.

»Ich kann es nicht glauben!«, rief Aset.

Es sah ganz so aus, als ob sich die gesamte Bevölkerung an den Ufern versammelt hätte, um die Sieger willkommen zu heißen. In derselben Minute setzten die Rufe ein, die mehr und mehr anschwollen, bis sie von den umgebenden Hügeln widerhallten.

Heil unseren Siegern!

Aset merkte überhaupt nicht, dass sie haltlos schluchzte. Eine so bewegende, zu Herzen gehende Szene hatte sie in ihrem ganzen Leben noch nie erlebt.

Als Tuia völlig erschöpft Ketans Haustür hinter sich schloss und sich auf den Heimweg machte, drang das vielstimmige Rufen an ihr Ohr. *Die Sieger*, dachte sie, *die Helden von Lischt kehren nach Hause zurück*. Vielleicht fand sie ja später die Zeit und die Kraft, an den Festlichkeiten teilzunehmen und in den Jubel mit einzustimmen. Im Moment war sie jedenfalls nur müde. Die ganze Nacht hindurch hatte sie neben dem verzweifelten Ketan gewacht und kein Auge zugetan. Nicht einmal als Kind, als sie verloren umhergeirrt war und einen Schlafplatz gesucht hatte, hatte sie sich so erschöpft gefühlt.

Sie hatte ihren Arzt gerufen und den Jungen und seinen Vater untersuchen lassen. Das Kind, das noch immer keinen Namen hatte, war gesund und normal entwickelt. Ketan hatte ein starkes Beruhigungsmittel bekommen, um einschlafen zu können.

Jetzt auf dem Heimweg bereute Tuia, dass sie sich nicht auch gleich selbst ein Mittel hatte geben lassen. Warum ging sie eigentlich überhaupt nach Hause? Dort erwartete sie nur diese schreckliche, heimtückische Person mit ihren ständigen Vorwürfen und Drohungen.

Der Jubel breitete sich von Straße zu Straße weiter aus und kam immer näher, sodass Tuia irgendwann meinte, sich ganz nahe am Fluss zu befinden. Offenbar feierte man ein großes Fest. Nun, das war auch richtig. Schließlich hatten sie gesiegt, nicht wahr? Sie hatten die Hay von Lischt fern gehalten und damit Theben und Baliniri wichtige Zeit verschafft, um Verstärkungen zu suchen. Gerüchteweise war ihr zu Ohren gekommen, dass die Verluste des Feindes so umfangreich gewesen waren, dass man von Lischt aus sogar Truppen in die Oase Fayum schicken konnte, um die Getreideproduktion wieder in die eigene Hand zu bekommen. Das klang zumindest sehr beruhigend.

Was war nur los, dass ihr so gar nicht nach Jubel und Freude zumute war? Wahrscheinlich hatte sie einmal zu oft auf ihre Stärke vertraut. Im Augenblick fühlte sie sich innerlich nur noch leer. Wenn sie doch nur jemanden hätte, einen älteren, stärkeren Menschen, auf den sie sich stützen und den sie um Rat fragen könnte!

Kedar, wo bist du?

»Du bist also das Mädchen, von dem man mir berichtet hat«, sagte Sekenenre, der Pharao beider Ägypten. »Tritt näher, mein Kind.«

Aset klopfte das Herz bis zum Hals. Plötzlich schämte sie sich ihrer einfachen Kleidung und ihrer Strohsandalen. Nicht einmal eine Perücke besaß sie. Eine jämmerliche Aufmachung für eine Audienz beim Pharao! Sie kam sich vor wie ein dummes Mädchen, wie ein schmutziges, kleines Straßenkind – aber dem Pharao musste sie gehorchen. Sie war froh, dass er jung und nett aussah und sie freundlich anlächelte. Bestimmt würde er ihr diese unziemliche Aufmachung verzeihen. Ehrerbietig verbeugte sie sich.

»Eigentlich müsste ich mich vor dir verbeugen«, sagte der Pharao und ergriff ihre Hände. »Mein königlicher Dank und der meines Volkes sind dir gewiss. Solange du bei uns weilst, wird meine Hand dich schützen. Du wirst alles bekommen, was dein Herz begehrt.« Lächelnd ließ er ihre Hände los und vollführte tatsächlich eine angedeutete Verbeugung, was den Umstehenden und den Vornehmen nicht entging.

Damit war die Audienz beendet und Aset entlassen. Als man sie aus dem direkten Umkreis des Pharao weggeführt hatte, stand sie noch lange wie gebannt auf einem Fleck und konnte nicht glauben, was soeben geschehen war.

»Wie kann ich Euch nur danken?« Der Pharao ließ seine strahlenden Blicke von Riki zu Kamose und schließlich zu Baliniri wandern. »Gibt es überhaupt eine Belohnung, die groß genug wäre? Was meint Ihr, Baliniri? Falls unser Land noch so reich wäre wie damals ... oder falls es wieder so reich werden würde, wie es einmal war ... Nun ja. Doch so, wie es im Augenblick um dieses Land steht, kann ich diese beiden Helden nur mit meinem königlichen Vertrauen ehren. Aus diesem Grund ...«, mit diesen Worten wandte er sich Riki und Kamose zu, »... ernenne ich Euch von heute an zu Befehlshabern mit allen dazu gehörenden Rechten.«

»Herr!«, sagte Riki nur, während er sich zusammen mit Kamose verneigte. Kamose jedoch schwieg.

»Nun zu Euch, Kamose«, fuhr der Pharao fort, »den uns die Götter in der Stunde der größten Not geschickt haben. Euch verleihe ich außerdem den Rang eines königlichen Gesandten mit allen Vollmachten und Würden, die zu diesem Amt gehören.« In Kamoses Augen erschien ein seltsames Leuchten, aber der Pharao ging darüber hinweg. »Ihr werdet in Nubien mit meiner Stimme sprechen ... Ich übertrage Euch die Aufgabe, den mächtigen Nehsi, den Sohn des Akilleus, als Verbündeten zu gewinnen.«

»Herr«, erwiderte Kamose mit klarer, aber ausdrucksloser Stimme und verbeugte sich, »ich werde mich in jeder Beziehung bemühen, Eurem Vertrauen gerecht zu werden.«

»Ausgezeichnet«, bemerkte Sekenenre. »Nach einer ausführlichen Einweisung durch Baliniri werdet Ihr auf der Stelle aufbrechen. Es ist lebensnotwendig, dass Nehsi sich mit uns verbündet. Ohne seine ausgezeichneten Truppen hätten wir einem erneuten Ansturm des Apophis, der mit Sicherheit erfolgen wird, vielleicht nicht genug entgegenzusetzen. Ich kann die Wichtigkeit Eurer Mission gar nicht genug unterstreichen! Ich danke Euch beiden – auch im Namen meines Volkes – für alles, was Ihr für unser Land getan habt und in Zukunft noch tun werdet!« Mit einem Winken war die Audienz beendet. Kamose verbeugte sich und verließ den Raum.

»Und nun zu Euch, General«, sagte der Pharao. Bei der noch ungewohnten Anrede zuckte Riki mit den Wimpern. »Euch habe ich für eine mindestens ebenso wichtige Aufgabe vorgesehen. Baliniri wird Euch die Einzelheiten mitteilen. Ich kann nur sagen, dass Euch eine harte und vielleicht sogar gefährliche Aufgabe erwartet. Ich vertraue auf Euren Mut und Euer Geschick.«

Riki verbeugte sich. »Ich bin zu allem bereit, Herr. Was soll ich tun?«

Mit einer Handbewegung verwies ihn der Pharao an Baliniri, worauf Riki seinen Freund erwartungsvoll ansah.

Nach einer effektvollen Pause sagte Baliniri in ruhigem, aber entschiedenem Ton nur einen einzigen Satz: »Verschaffe unserer Armee eiserne Waffen.«

III

»Wie ich sehe, hat der Pharao Wort gehalten.« Lächelnd sah Kamose sich in dem Zimmer um, in dem man Aset im Palast einquartiert hatte, und pfiff anerkennend. »Du wirst das Leben am Hof genießen!« Er zwinkerte ihr zu. »Jedenfalls wirst du keine Lust mehr haben, dich mit zwei staubigen Soldaten wie Riki und mir abzugeben.«

Mit gerunzelter Stirn blickte Aset an ihrem luxuriösen Gewand bis zu den feinen Ledersandalen hinunter und dachte an den Schrank, der vor ähnlich kostbaren Dingen überquoll. Wie hatten sie nur so schnell ihre Maße ausfindig gemacht? »Ich will aber nichts von alledem, wenn ich mich dafür von dir trennen muss – und von Riki.«

Kamose war die kleine Korrektur nicht entgangen, aber er ließ sich nichts anmerken. »Und sieh nur – diese herrlichen Tapeten! Ich glaube, nach so vielen Jahren auf See ohne festes Dach über dem Kopf würde ich mich trotzdem keinen Tag ...«

»Oh, Kamose, musst du mich wirklich hierlassen? Ich kenne

doch keine Menschenseele hier. Ich werde mir schrecklich dumm vorkommen.«

Er ergriff ihre beiden Hände und erklärte ihr im Tonfall des großen Bruders: »Meine Mission ist einfach zu gefährlich.«

»Gefährlich?« Sie hasste es aus tiefstem Herzen, wenn er diesen Ton anschlug, und entzog ihm ihre Hände. Doch sofort bereute sie es wieder. »Nach allem, was wir bisher durchgestanden haben? Nach dem Überfall auf das Gefängnis und der Flucht aus dem Delta? Was kann es nach der großen Schlacht noch Gefährlicheres geben? Du reist doch in ein friedliches Land!«

»Der Pharao hat so entschieden.« Er zuckte die Achseln. »Ich kenne seine Beweggründe nicht, aber ich weiß, dass er dich weder mit mir noch mit Riki gehen lassen würde. Wenn Sekenenre einen Entschluss gefasst hat, steht er dazu. Ich bin erfreut und überrascht, wie viel Rückgrat dieser Pharao besitzt. Es tut mir Leid, Aset. Ich persönlich hätte dich gern mitgenommen, wenn du es genau wissen willst.«

Verzweifelt sah sie ihn an, aber sie entdeckte nur brüderliche Zuneigung in seinem Blick. »Das ist nicht wahr«, sagte sie enttäuscht. »In Wirklichkeit bist du froh, mich endlich los zu sein. Warum denn auch nicht? Wahrscheinlich wäre ich dir nur im Weg. Wenn Mara an meiner Stelle wäre, würdest du bestimmt nicht so ...«

Am liebsten hätte sie diese unbedachte Bemerkung auf der Stelle ungeschehen gemacht, aber sie konnte ihre Worte nicht zurückholen. Kamose trat einen Schritt zurück und sah traurig auf sie hinunter. Aber er erwiderte nichts darauf.

»Zieh dir endlich etwas an«, befahl Apis in harschem Ton. »Oder geh endlich vom Fenster weg! Du wirst uns noch die Wachen auf den Hals hetzen, wenn du weiter so herumläufst.«

Tamschas verhüllte ihre Blöße mit den Händen und griff nach ihrem Gewand. »Noch vor einer halben Stunde konnte es dir gar nicht schnell genug gehen, bis ich endlich nackt war! Du hast gesagt ...«

»Es ist mir ganz egal, was ich vor einer halben Stunde gesagt habe! Jetzt ist jetzt! Ich habe mir das Inventarverzeichnis angesehen, das du von dem Besitz der Witwe erstellt hast. Gute Arbeit. Klar kannst du nicht alle Besitzungen oder das Geldvermögen genau beziffern, wenn du nicht dort lebst. Aus diesem Grund werden wir den Jungen ein wenig spionieren lassen. Sorge dafür, dass er gleich morgen früh die ersten Aufzeichnungen mitgehen lässt.«

»Nein!«, widersprach Tamschas energisch. »Das kann er nicht. Dazu ist er noch viel zu klein.«

»So ein Unsinn!«, schimpfte Apis. »Als ich so alt war wie er, habe ich im Basar schon Geldbörsen gestohlen. Außerdem wird er die Sachen immer wieder zurückbringen, bevor sie abends nach Hause zurück kommt. Wenn wir jeden Tag ein paar Rollen durchsehen, sind wir in spätestens einer Woche fertig.«

»Kannst du die denn lesen?«

»Aber natürlich. Ich bin zwar aus der Schreiberschule hinausgeworfen worden, aber nicht weil es mir an Talent gefehlt hätte ... Im Grunde gab es nur einige Meinungsverschiedenheiten ...«

»Erspare mir die Einzelheiten«, unterbrach Tamschas ihn übellaunig. Bis auf die Schuhe war sie inzwischen angezogen. »Haben sie dich etwa ins Gefängnis gesteckt?«

»Wenn sie mich erwischt hätten, hätten sie es vermutlich getan«, sagte er. »Aber das wird niemandem gelingen. Hör endlich auf, immer und überall nur Schwierigkeiten zu sehen! Den Jungen wird erst recht niemand erwischen, wenn wir gleich morgen damit anfangen. Wenn wir allerdings erst warten, bis dieser Lehrer zurückkommt, werden unsere Aussichten sehr viel schlechter sein. Ich habe mich ein wenig umgehört. Er scheint ziemlich klug zu sein. Ihn zu täuschen wird sehr viel schwerer werden.«

Tamschas verlegte sich aufs Bitten. »Verlange nicht von mir, dass ich den Jungen in die Sache hineinziehe! Das gefällt mir nicht!«

Bevor sie noch mehr sagen konnte, schoss seine Hand blitzschnell nach vorn und packte ihr Kinn so fest, dass es schmerzte. Sie wollte sich seinem Griff entwinden, aber vergeblich. »Hör auf! Lass mich los!«, wollte sie sagen. »Du tust mir weh!« Aber statt der Worte entrang sich ihr nur ein ersticktes Röcheln.

»Sage das nie wieder!«, zischte er mit drohendem Unterton. »Weder jetzt noch in Zukunft! Ich rate dir gut!«

»Das nenne ich eine gekonnte Vorstellung!« Mit spöttischem Grinsen hob Riki seinen Becher mit Palmwein in die Höhe. »Baliniri – der Geheimnisvolle! Doch nun sind wir unter uns. Was habt Ihr damit beabsichtigt?«

»Genau das, was ich gesagt habe«, erwiderte Baliniri. »Du sollst ein eisernes Schwert ausfindig machen und es mir bringen. Seit Jahren hoffe ich, dass ich einmal einen Krieger finde, der damit umgehen kann. Kamose scheint mir der richtige Mann dafür zu sein. Ich halte ihn für stark genug.« Baliniri sah Riki direkt ins Gesicht. »Hör mir zu: Ich habe nicht die Absicht, dich zu beleidigen, mein Freund, denn du bist der Beste. Nun ja, ich habe dich schließlich ausgebildet. Aber dich haben die Götter nicht zum Regieren bestimmt. Du wirst kein Pharao werden – allerdings könnte eines Tages ein ausgezeichneter Wesir aus dir werden. Darauf werde ich dich vorbereiten, denn nur so kann ich meinen Einfluss auf meinen Nachfolger sichern.«

»Wie so oft habt Ihr vermutlich Recht.« Riki zuckte die Achseln. »Allerdings habe ich den Gedanken an eine vornehme Abstammung noch nicht gänzlich aufgegeben. Baba aus El-Kab hat gesagt ...«

»Davon habe ich gehört! Ich wünsche dir natürlich alles Glück für deine Nachforschungen in Deir el-Bahari! Vielleicht findest du ja sogar jemanden, der dir ein Erbe schuldet – allerdings hoffe ich, dass es nicht so viel sein wird, dass du den Militärdienst quittierst!«

Riki lachte und leerte seinen Becher. »So leicht werdet Ihr mich wohl nicht los! Selbst wenn ich plötzlich zu den Vornehmen gehören sollte ... Nun ja, es würde mich schon freuen, wenn ich nicht gerade der Sohn eines Viehtreibers und einer Größenwahnsinnigen wäre.«

»Warte nur ab!« Baliniri seufzte. »Wenn du es erst weißt, interessiert dich das alles nicht mehr. Du wirst deinen Stammbaum in die Ecke werfen und genauso weiterleben wie bisher.«

»Gut möglich«, erklärte Riki nachdenklich. »Aber vielleicht sagt Ihr das auch nur, weil Ihr wisst, wer Euer Vater war. Nun gut, lassen wir das Thema. Wann soll ich aufbrechen? Und vor allem – wohin?«

Ein schalkhaftes Lächeln spielte um Baliniris Augenwinkel. »In die Wüste. Dort wirst du meditieren und lernen. Das Glück wird dich finden! Du wirst Prüfungen bestehen müssen, die eines Mannes würdig sind, der nach großen Geheimnissen sucht. Falls du sie bestehst.«

»Lasst es gut sein, Baliniri«, unterbrach ihn Riki. »Ich denke, dass ich Besseres verdient habe als diese Sprüche ...«

»Du wirst beweisen müssen, dass du dieses Gerücht vom Erfüller der Prophezeiung, vom Retter des Landes zu Recht verbreitet hast.«

»Warum kommt Kamose dann nicht einfach mit mir?«

»Ich möchte, dass *du* diesen Auftrag ausführst. Deine Rolle ist eine andere, und nicht weniger bedeutend. Wenn die Zeit kommt, wirst du es verstehen. Das, wonach ich dich ausschicke, hat große Macht und wird unseren Sieg über Unterägypten entscheiden. Ich will, dass du dieses Schwert findest, damit Kamose es führen kann.«

»Und das soll ich glauben?«

»Nun ja ... Also noch einmal von vorn.« Baliniri beugte sich über den Tisch. »Eines weiß ich mit Sicherheit, mein junger Freund. Von allen, die ich auf die Suche nach dem Geheimnis der Eisenschmelze schicken könnte, bist du der Einzige, der meine Erwartungen erfüllen wird.« Er stand auf und legte Riki die Hände auf die Schultern. »Nur dir allein traue ich das zu.«

Riki wollte ebenfalls aufstehen und ... merkte augenblicklich, dass er zu viel Palmwein getrunken hatte. Er schwankte und sank wieder auf den Stuhl zurück. »Puh!«, stöhnte er. »Einen schönen Retter der Welt habt Ihr Euch da ausgesucht! In einem Augenblick ganz der fähige Offizier – und im nächsten falle ich schon aus der ...«

»Du bist empfindsam, verletzlich und zutiefst menschlich, mein junger Freund. In dir wirken keine Götter, und genau deshalb bist du der beste Mann, den ich für diese Aufgabe auswählen konnte. Du als Einziger kannst uns das Wissen besorgen, damit wir die Hay aus dem Schwarzen Land vertreiben und endlich ihren Fluch von unserem Land nehmen können. Ich kann natürlich nicht mit Sicherheit behaupten, dass du im Augenblick unser wichtigster Mann bist, aber dagegen wetten würde ich meine Seele keinesfalls.«

»Was redet Ihr nur für Unsinn, lieber Baliniri?« Riki versuchte erneut, sich zu erheben. »Wichtig? Ich soll wichtig sein? Ich bin doch jederzeit ersetzbar.«

»Aber nicht im Mindesten!«, entgegnete Baliniri. »Was ich von dir erwarte, kann nur ein einziger Mensch vollbringen – und das bist du!«

Riki starrte Baliniri nur an und sank dann sprachlos und verwundert auf seinen Stuhl zurück.

Lautlos schlich Tuia auf nackten Füßen an den Jungen heran. Die Sandalen hatte sie an der Tür ausgezogen. Der Kleine kniete vornübergebeugt vor dem kleinen Brunnen im atriumähnlichen Hof des Hauses und blies sachte gegen das Segel eines kleinen Schiffs, das er aus einem Blatt und einem kleinen Zweig gebastelt hatte. Die gebogene Blattfläche fing den Lufthauch ein und trieb das Hölzchen über die Wasserfläche. Angesichts des unschuldigen Kinderlächelns krampfte sich eine starke Faust um Tuias Herz.

Der Junge hörte ihren winzigen Seufzer und wich erschrocken zurück. »Ich ...« Mit übergroßen Augen sah er zu ihr auf. »Ich wollte wirklich keine Unordnung machen! Ich hole das Schiff sofort aus dem Wasser und mache alles sauber! Bitte ...«

Tuia kniete neben dem Kind nieder und zauste sein Haar mit sanfter Hand. »Das ist doch nicht schlimm! Mach dir keine Sorgen. Ich habe mich nur daran erinnert, wie mein Sohn früher hier gespielt hat ... Du erinnerst mich an ihn!«

Meni lächelte zwar, aber andererseits schien er jede Sekunde in Tränen ausbrechen zu wollen.

Riki legte ein traditionelles Gewand an, bevor er sich nach Deir el-Bahari auf den Weg machte. Es ging niemanden etwas an, dass er Soldat war. Im Gegenteil. Er konnte sich vorstellen, dass diese Tatsache die Leute womöglich einschüchterte. Allerdings konnte er nicht ausschließen, dass mancher aufgrund seines muskulösen Körpers und seiner gebräunten Haut die Wahrheit ahnte.

Auf dem Weg zum Fluss, wo die Fährboote anlegten, wurde er

mehrmals von Soldaten gegrüßt, die er in der Garnison ausgebildet hatte. Angesichts der kurzen Zeit, die ihm zur Verfügung gestanden hatte, um Fischer und Bauern in Soldaten zu verwandeln, konnte er auf das Ergebnis stolz sein.

Dieser dort war jedoch eine unrühmliche Ausnahme! Der konnte ja nicht einmal anständig marschieren! An der einfachen, zerlumpten Kleidung erkannte Riki, dass die Gruppe entweder ins Gefängnis gebracht oder soeben entlassen wurde. Der Große stolperte ständig über seine eigenen Füße ... Riki hielt inne und dann rannte er sogar ein wenig, um die Gruppe einzuholen.

»Seth!«, rief er. »Seth, bist du es wirklich?«

Ein Wort von ihm genügte, um Seths Laufbahn als Soldat in der Armee zu beenden und sein stets rückwärts gewandtes Leben völlig auf den Kopf zu stellen. Die offiziellen Aufzeichnungen wurden dahingehend abgeändert, dass Seth von nun an als persönlicher Berater Rikis fungierte. Arm in Arm schlenderten die beiden Freunde zur erstbesten Taverne am Flussufer. Riki bestellte etwas zu essen und zu trinken und setzte sich mit Seth an die Brustwehr, von wo aus sie den Kai überblicken konnten.

»Eigentlich bin ich überhaupt nicht hungrig«, sagte Seth.

»Dann iss trotzdem«, entgegnete Riki. »Ich kenne dich, Seth – du verhungerst doch, wenn man dich nicht ans Essen erinnert.«

»Nein, diese Zeiten sind vorbei.« Seth sah seinen Freund an. »Ich weiß, ich habe bisher in einer Traumwelt gelebt und den Alltag überhaupt nicht zur Kenntnis genommen. Und was war die Folge? Nun, die Welt hat sich geändert, so schrecklich verändert, dass sie mein kleines Leben beinahe verschluckt hätte.«

Riki zog die Brauen hoch. Zum ersten Mal hörte er solch irdische Reden aus dem Mund des jungen Weisen. »Dann kehrst du also in die Welt zurück? Ich kann nur sagen – es freut mich sehr!«

»Ja. Ich habe lange gar nicht gemerkt, wie verzweifelt unsere Lage ist. Und dagegen möchte ich gern etwas tun. Nicht dass ich einen Speer mit mir herumtragen möchte – nein, das kannst du sehr viel besser als ich. Ich sollte lieber das tun, was ich kann.«

»Ich verstehe.«

Zum ersten Mal schien Seth wirklich auf sein Gegenüber einzugehen. »Du hast davon gesprochen, dass Baliniri dich auf die Suche nach Eisen schickt. Wa ...« Mitten im Wort hielt er inne und schien einen Augenblick lang wieder in seine alte Rolle zu schlüpfen. »Und Kamose schickt er nach Nubien. Nubien ist reich an Erzen aller Art ... Er will nicht, dass er die Dinge kompliziert, und inzwischen ... Nein, warte. Ich habe von einem Mitgefangenen etwas erfahren. Das könnte wichtig sein. Aber nein, das hat Zeit, nicht wahr? Inzwischen gibt es viel zu tun – und du bist genau der richtige Mann dafür. Ja, Baliniri weiß genau, was er tut. Bevor es ein Schwert gibt, braucht er ein ganz bestimmtes. Gut. Sehr gut.« Mit seiner schmächtigen Faust schlug er zum Schluss seiner Ausführungen auf den Tisch und lächelte Riki an. Noch ein völlig neuer Zug an ihm!

»Kannst du mir verraten, was du da redest?«, fragte Riki fast ein wenig ärgerlich.

»Nichts, gar nichts«, gab Seth ruhig zurück. »Ich werde dich in die Wüste begleiten. Es wird der Tag kommen, wo du mich brauchen kannst. Ich bin fest entschlossen. Wann brechen wir auf?«

Mit weit aufgerissenen Augen winkte Riki zum wiederholten Mal nach dem Wirt. »Wo bleibt der Wein, den ich bestellt habe?«

IV

»Herrin ...« Cheta musste all ihren Mut zusammennehmen, um Tuia überhaupt anzusprechen. »Ich muss mit Euch sprechen. Habt Ihr einen Augenblick Zeit?«

Hastig fuhr Tuia herum. »Was gibt es? Was ist los?«

Der unfreundliche Ton machte es Cheta noch ein wenig schwerer. Sie schluckte heftig und versuchte es ein zweites Mal. »Es geht um Tamschas, Herrin.«

»Ich weiß«, sagte Tuia bekümmert. »Ich weiß. Ich mag sie auch nicht, aber was soll ich tun? Meni ist schließlich auch noch da. Ihm fühle ich mich verpflichtet. Ich kann ihn doch nicht einfach wegschicken, nur weil seine ...«

Etwas mutiger fuhr Cheta fort. »Seid Ihr ganz sicher, Herrin?

Wollt Ihr Euch nicht mit jemandem aussprechen? Gibt es denn niemanden, der Euch raten ... nun, den wir befragen könnten? Der uns vielleicht etwas mehr über sie ...«

»In erster Linie geht es mir um Meni. Ich will ihm nicht wehtun. Wenn es nur um die Frau ginge, wäre es etwas anderes.«

»Herrin, diese Frau macht Euch doch völlig verrückt. Sie führt sicher nichts Gutes im Schild.«

»Das weiß ich.« Hilflos warf Tuia die Hände in die Höhe. »Wenn doch nur Kedar da wäre! Er wüsste sofort, was zu tun ist. Aber da im Augenblick ein so großes Durcheinander herrscht und keine Kuriere ...«

»Wie wäre es denn, wenn Ihr zu Bal ...« Kaum dass Cheta die erste Silbe über die Lippen gebracht hatte, wusste sie, dass sie ihre Grenzen überschritten hatte. »Es tut mir Leid, Herrin. Ich weiß ja, dass ich nicht davon sprechen darf.«

»Ach, lass mich in Ruhe! Lass mich einfach allein. Hast du nichts Besseres zu tun, als darüber nachzudenken?«

Deir el-Bahari war kaum wiederzuerkennen. Wo sich noch vor kurzem Laden an Laden gereiht hatte, wo reges Leben geherrscht und köstliche Düfte die Gassen durchzogen hatten, war Stille eingekehrt. Natürlich waren einige Läden nach wie vor geöffnet, aber es fehlte an Kunden. Die strenge Mobilmachung hatte nicht nur die Geschäfte und Werkstätten, sondern auch die Steinbrüche selbst entvölkert. Friedliche Kunstwerke standen zur Zeit nicht hoch im Kurs.

Kopfschüttelnd blickte Seth sich um. »Ich war schon lange nicht mehr hier. Geht das schon lange so?«

»Nein«, antwortete Riki. »Ich hatte eigentlich gehofft, dass dieser Ort von den Auswirkungen des Krieges verschont würde. Im Grunde wohnt hier niemand, der sich zum Dienst in der Armee eignet.« Ein tiefer Seufzer folgte seinen Worten. »Dieser Krieg hat wirklich alles verändert, mein Freund.« Er lächelte Seth an. »Sogar deinen Kopf, der doch sonst immer ganz woanders war.«

Seth nickte. »Ich habe das Gefühl, dass man mir einen Schleier von den Augen gezogen hat. Lange Jahre habe ich wie ein Parasit gelebt und diesem Land nichts gegeben ... Menschen wie du haben sich geopfert, haben ihr Leben aufs Spiel gesetzt, um solche wie mich zu retten. Nun gut, das ist vorbei. Ich bin endlich in die Welt zurückgekehrt – und diesmal werde ich bleiben.«

Mit einem Mal blieb er stehen. Riki, der bereits ein Stück vorausgegangen war, sah sich um. Wie angewurzelt starrte Seth auf die Auslage eines Schmuckhändlers, aber da er immer noch seine schäbige Gefängniskleidung trug, erregte er das Misstrauen des Händlers.

»Sieh nur!«, rief Seth. »Diese Arbeit ist besser als alle anderen.« Er beugte sich hinunter, um einen Schmuckdolch zu begutachten. »Das musst du dir ansehen.«

Riki trat zu ihm. »Oh, du hast Recht – eine ausgezeichnete Arbeit.«

»Dieser Dolch taugt nicht als Waffe, Herr.« Rikis Erscheinung ließ den Händler sofort höflicher werden. »Er dient nur als Zierde. Aber die Arbeit ist hervorragend. Der Waffenschmied Ketan hat ihn gemacht. Ketan gehört zu den Kindern des Löwen«, erklärte der Mann stolz.

»Ah, Ketan! Einer meiner Verwandten! Er schlägt ganz nach meinem Großvater Hadad aus Haran. Er war der Künstler in unserer Familie.«

»Ihr, Herr?« Der Händler war völlig verblüfft. »Seid Ihr ebenfalls ein Kind des Löwen?« Mit skeptischem Blick musterte er Seths zarte Hände, doch seiner Stimme war kein Zweifel anzuhören.

Seth beachtete den Mann gar nicht, weil er ganz in die Betrachtung des Schmuckstücks vertieft war. »Sieh nur, Riki, eine wirklich ausgezeichnete Arbeit. Aber er hat den Ofen nicht genügend erhitzt. Das letzte Stadium der Schmelze erfordert außergewöhnliche Hitze. Die Körnchen haben sich nicht gänzlich aufgelöst. Das muss ich ihm sagen. Aber sonst ist die Arbeit wirklich annehmbar.«

Der Händler runzelte die Stirn. »Was wollt Ihr damit sagen?«

Doch Seth hatte sich längst abgewandt und ging mit großen Schritten davon. Lächelnd folgte Riki dem Freund.

Meni wich zurück und schlug die Hände vor das Gesicht. »Tamschas!«, schrie er. »Hilf mir! Er hat kein Recht, mich zu schlagen!«

Nervös irrten Tamschas' Blicke von einem zum anderen. »Willst du es dir nicht noch einmal überlegen, Apis ...«, begann sie kläglich.

»Halt den Mund!«, sagte Apis ungerührt. »Und du, mein Junge, tust genau das, was ich dir gesagt habe. Kein Widerspruch, verstanden?«

Meni wich bis an die Wand zurück. »Ich will es aber nicht machen«, jammerte er hinter seinen Händchen. »Sie war so nett zu mir! Das ist undankbar.«

Tamschas versuchte es noch einmal. »Gibt es denn wirklich keine andere Lösung, Apis? Wenn der Junge so verschüchtert ist, wird er sich verraten. Und uns ebenfalls.«

»Das wird er nicht!« Drohend fixierte Apis den Jungen. »Er weiß genau, was ihm dann blüht? Habe ich Recht? Ich habe ihm vorhin eine kleine Kostprobe davon gegeben, als du nicht da warst.«

»Das will ich nicht hören!« Tamschas schüttelte sich. »Sei doch vernünftig, Apis. Wenn Meni ein Fenster offen lässt, dann kann ich bei Dunkelheit einsteigen. Die Dienerin hat einen gesunden Schlaf.«

»Du fette Kuh! Du bist doch viel zu ungeschickt und zu plump und wirst erst recht alles verderben. Du wirst die Wachen auf den Plan rufen, und dann haben sie uns, bevor du dich ganz durch das Fenster quetschen kannst.«

»So gemein musst du wirklich nicht reden!«

»Ach, sei still! Nun, mein Junge, bist du bereit? Wenn nicht, wirst du zu einem kleinen Monster heranwachsen, wenn du älter wirst. Zu einem Monster mit Brüsten und einer hohen Stimme ...«

»Schluss jetzt, Apis!«, schrie Tamschas. »Du hast kein Recht, ihm so zu drohen!«

Der Arm schnellte blitzartig nach vorn und schlug der Frau so heftig gegen die Stirn, dass sie taumelte. Dumpf schlug ihr Schädel gegen die Mauer, und dann sackte sie betäubt wie ein Häufchen Elend zu Boden.

»Also gut, Junge.« Apis sprach weiter, als ob nichts gewesen wäre. »Dann wollen wir noch einmal besprechen, was du tun sollst. Wiederhole genau, was ich dir sage!«

Eine Reihe von Fragen führte die beiden Männer schließlich bis zu einer buckligen, zahnlosen Alten, die nervös von einem zum anderen blickte. »Ja«, erklärte sie mit zittriger Stimme, »ich kannte Mariet.« Aber mehr war ihr nicht zu entlocken. »Nun ... eigentlich ist es üblich ...« Sie ließ das Gesagte unvollendet und sah Riki erwartungsvoll an.

»Oh? Natürlich.« Riki zog zwei Münzen aus seiner Tasche und drückte sie ihr in die knorrige Hand. »Sprecht weiter!«

»Nun ... Mariet ist von hier fortgezogen. Ich glaube, sie ist nach El-Kab zurückgegangen. Oder nach Edfu? Ja, ich glaube, nach Edfu. Das war im Jahr ...«

»Sagt mir«, unterbrach Riki die Frau atemlos, »kanntet Ihr auch eine Frau mit Namen Net? Ich glaube, dass sie hier gelebt hat. Eigentlich suche ich sie. Nach Mariet habe ich nur gefragt, weil man mir gesagt hat, dass sie etwas über Net wissen müsste. Sie war ... ungefähr so groß, denke ich. Sie hatte einen kleinen Sohn. Das alles ist ungefähr zwanzig Jahre ...«

»Aber, aber, junger Mann! Ihr macht Euch wohl über mich lustig! Ich sollte Euch Euer Geld zurückgeben! Wie kann ich Euch helfen, wenn Ihr Scherze mit mir treibt? So geht man mit einer alten Frau wie mir nicht um – das ist nicht nett!«

»Ich mache wirklich keine Scherze!« Riki war außer sich. »Wirklich nicht! Ich suche meine Mutter. Ich habe sie verloren, als ich noch klein war. Sie ist im Delta gestorben, und ich bin als Waisenkind in Avaris aufgewachsen.« Verzweifelt fuhr er sich mit den Fingern durch die Haare. »Stellt Euch vor – ich weiß nicht, wer meine Eltern waren! Ich kenne nur den Namen meiner Mutter. Mein Vater soll angeblich ein wichtiger Mann gewesen sein. Ich weiß, ich weiß, das sagen alle – aber ich glaube nicht, dass meine Mutter mich belogen hat. Meine Mutter war keine Lügnerin.«

»Nein«, entgegnete die alte Frau bedächtig. »Nein, das war sie nicht. Mariet war keine Lügnerin – das kann ich bestätigen. Sie hätte nur aus Not gelogen, aber ein Kind hätte sie niemals belogen.«

»Was redet Ihr da?«, fragte Riki unwirsch. »Ich spreche doch nicht von Mariet. Sie ist doch nicht meine Mutter.« Er schüttelte den Kopf und bemühte sich um Geduld. »Hört zu – morgen muss ich zu einer gefährlichen Mission aufbrechen. Ihr seid alt und gebrechlich. Falls ich nicht zurückkehre oder Ihr meine Rückkehr nicht mehr erlebt ...«

»Ihr habt Recht«, sagte die Alte. »Was genau wollt Ihr also von mir hören?«

Riki schluckte eine heftige Erwiderung hinunter. »Ich möchte alles über meine Mutter erfahren. Mariet war nicht meine Mutter – meine Mutter hieß Net. *Net*. Kanntet Ihr sie vielleicht?«

Das zahnlose Lächeln der Alten war erschreckend. Außerdem reichte ihr die gebogene Nase fast bis zum Kinn. »Net? Aber natürlich kannte ich Net. Das will ich meinen, junger Mann! Ich kannte sie sogar gut. Ihre Mutter und ich kannten uns schon als Kinder. Nachdem Net ihr erstes Kind verloren hat, konnte sie keine weiteren mehr bekommen. Kurz danach habe ich sie aus den Augen verloren. Sie ...«

»Ihr meint sicher nicht dieselbe Net wie ich«, unterbrach Riki sie aufgeregt.

»Und warum nicht? Der Name ist in dieser Gegend sehr selten, denn welcher Thebaner würde seine Tochter schon nach der Schutzgöttin einer so weit entfernten Stadt wie Saïs nennen?«

Riki presste die Lippen aufeinander. »Es kann trotzdem nicht dieselbe Frau sein. Schließlich bin ich ihr Sohn!«

Nachdenklich betrachtete ihn die alte Frau. »Nein, Ihr seid nicht ihr Sohn. Sie hatte keinen Sohn. Sie konnte keine Kinder mehr bekommen. Die erste Geburt, das Kind, das gestorben ist – danach konnte sie keine Kinder mehr bekommen. Sie hat Euch vielleicht aufgezogen, junger Mann, aber ...«

Riki starrte die Alte an. »Und was weiter?«

»Ich fürchte, ich kann Euch nicht mehr sagen, junger Mann. Vor langer, langer Zeit habe ich einen heiligen Eid geschworen. Nun bin ich am Ende meiner Tage angekommen, und wenn ich meinen Frieden behalten will, darf ich jetzt den Eid nicht mehr brechen.«

»Aber ...«

»Über Mariet können wir gern sprechen. Sie kam erst später, sodass sie niemandem etwas schwören musste. Falls Ihr sie findet, wird sie Euch sicher mehr sagen. Ich glaube, dass sie in Edfu lebt. Falls sie nicht noch einmal an einen anderen Ort gegangen oder gar gestorben ist. Nun, wollen wir hoffen, dass sie noch lebt!«

Aufgebracht und enttäuscht zugleich sah Riki Seth an. »Aber ich muss im Morgengrauen aufbrechen! Wenn Ihr doch nur …«

»Wenn Ihr alles erfahren sollt, dann wird es auch geschehen.«

»Es liegt in der Hand der Götter«, ergänzte Seth ruhig und abgeklärt.

Riki ersparte sich den Kommentar. Wortlos drückte er der alten Frau eine weitere Münze in die Hand und ging, gefolgt von Seth, rasch davon. »Sie weiß es!«, stöhnte er hilflos. »Sie weiß es und hat es mir nicht gesagt!«

»Es spricht für dich, dass du sie nicht bedrängt hast«, sagte Seth leise. »Könnte es vielleicht sein, dass du, nachdem du der Wahrheit so nahe warst, sie vielleicht gar nicht hören wolltest?«

Riki sah kurz beiseite und stolperte ein wenig, doch als er sich wieder gefangen hatte, blieb er stehen und sah Seth in die Augen. »Nein … ich möchte die Wahrheit hören«, sagte er heiser. »Ich möchte sie unbedingt erfahren!«

Kapitel 11

1

Die ganze Stadt wimmelte von Soldaten. Sie marschierten durch die Straßen oder übten und lärmten auf den Plätzen der Stadt. Soldaten aus aller Herren Länder! Hellhäutige und dunkle, blonde und braune, mit breiten oder gebogenen Nasen, glatten oder krausen Haaren, in Rüstungen, in den abenteuerlichsten Uniformen oder einfach nur in Lendentüchern. Auch charakterlich war vom Einzelgänger über den Krawallmacher, der Frauen belästigte und sich mit jedem anlegte, bis zu den geselligen Typen alles vertreten.

Für die Bevölkerung von Avaris war es eine harte Zeit. An vorderster Stelle stand das Ernährungsproblem, das die vielen Menschen mit sich brachten. Die Vorräte wurden geplündert, um die Lager mit dem Nötigsten zu versorgen, und manche Lebensmittel gelangten erst gar nicht mehr auf die Märkte in der Stadt. Am schlimmsten war aber, dass man keinerlei Klage führen durfte, weil man sonst Gefahr lief, auf der Stelle ins Gefängnis geworfen zu werden. Oder Schlimmeres.

In diesen Tagen hielten sich Josephs Brüder samt ihren Familien und zahlreichen Bediensteten weitgehend vom öffentlichen Leben fern. Dank Josephs bevorzugter Stellung bei Hof hatte man der Familie die beschlagnahmten Landgüter und Häuser zurückerstattet, was jedoch unter Teilen der ägyptischen Bevölkerung zu Neid und Hass geführt hatte – auch wenn er nicht offen zu Tage trat.

Reuben und seine Brüder waren mit der Nachricht aus Kanaan zurückgekehrt, dass der Zeitpunkt für eine Rückkehr günstig sei, aber in Zeiten wie diesen waren natürlich alle Ausreisegesuche zwecklos. Erst recht für die Verwandtschaft des Wesirs. Also konnte die Familie nichts weiter tun, als langfristig Pläne zu schmieden, auch wenn niemand sagen konnte, ob und wann sie vielleicht einmal in die Tat umgesetzt werden konnten.

Zu allem Übel verfiel Petephres zusehends, sodass man ihn in der Priesterschaft des Amun durch einen jungen Mann namens Hap ersetzte. Diesem Priester war die enge Freundschaft zwischen Joseph und Petephres seit langem ein Dorn im Auge, und er trat offen für eine Eliminierung heidnischer Einflüsse und fremder Gottheiten ein. Josephs Stellung wurde von Tag zu Tag prekärer, und der einzige Freund, den er im Palast noch besaß, war ausgerechnet Apophis.

Um seine blamable Niederlage auszumerzen, hatte Apophis geschworen, mit einer stärkeren und besser ausgerüsteten Armee denn je zurückzukehren und Theben hinwegzufegen. Täglich lag er Joseph mit dem Wunsch nach einer neuen Prophezeiung in den Ohren, die seine Vision von der Oberherrschaft der Hay im Schwarzen und im Roten Land bekräftigen sollte.

Es war zwecklos, dass Joseph dem König immer wieder von neuem erklärte, dass sich derartige Prophezeiungen nicht einfach abrufen ließen. Apophis war zum Äußersten entschlossen, und es war klar, dass die Stellung des Wesirs mit der Vorhersage der gewünschten Zukunft stand oder fiel. Joseph betete unablässig und bat den Gott seiner Väter um Rat. Aber die Stimme Gottes schien ihn verlassen zu haben. Joseph wurde immer hagerer, während Apophis sich weiter in seine Ungeduld hineinsteigerte und die Stellung der Kinder Israel laufend schlechter wurde. Obendrein verhinderten die Truppen, die Avaris gewissermaßen belagerten, jeden Kontakt mit der näheren und weiteren Umgebung.

In einer mondlosen Nacht traf sich die Bruderschaft des Schai in einem leerstehenden Getreidespeicher. Isesis starke Wachen schirmten das Gebäude ab, und nur wer das Losungswort kannte, durfte sich dem geheimen Ort nähern. Entsprechend schockiert waren die Wachen, als Isesi plötzlich mit einem völlig unbekannten Mann im Schlepptau erschien. Fragend starrte einer der Wächter den Riesen mit dem massigem Kopf und den großen Händen an. Der Riese lächelte wie ein Idiot zurück, aber er sagte kein Wort.

»Spricht er unsere Sprache?«, fragte der Wächter.

»Er spricht überhaupt nicht«, gab Isesi zurück. »Und taub ist er auch. Was die Götter ihm an Stärke mit auf den Weg gegeben haben, haben sie ihm bei anderen Fähigkeiten verweigert. Ich verbürge mich für ihn. Ich habe ihn auf meine Weise geprüft und kann sagen, dass man ihm vertrauen kann. Er heißt Buchis – nach dem Gott der Stiere.«

»Wenn Ihr das sagt, Herr.«

»Genau das. Komm, mein Freund.« Mit diesen Worten zog er den gehörlosen Giganten zu den Bänken im schwach erleuchteten Inneren. Er deutete auf den Platz, auf den er sich setzen sollte, und ging dann nach vorn.

»Sieht ganz so aus, als ob schon genügend Leute anwesend sind.« Er blickte sich um. »Statt auf die Nachzügler zu warten, sollten wir lieber anfangen. Kann mich jeder verstehen? Ich will nur ungern lauter sprechen.«

Er hob beide Hände in die Höhe. »Ich grüße Euch! Zuerst die Neuigkeiten: Wir haben eine Karawane überfallen, die die Gehälter für die neunte Legion transportierte. Es gab einige Zwischenfälle, aber schließlich haben wir eine Menge Geld und ausreichend Waffen erbeutet. Das Beste war jedoch, dass sich ein großer Teil der Soldaten augenblicklich mit uns verbündet hat. Der etwas groß geratene Mensch, den ihr hier seht, war dem Kommandeur als Wächter zugeteilt, der nun aufgrund seiner Entschlossenheit nicht mehr unter den Lebenden weilt.« Anerkennend klopfte er dem Riesen auf die Schulter und sah zu, wie der Mann die Bewunderung genoss. »Die Soldaten halten sich auf den Inseln versteckt und warten nur auf unseren Befehl.«

Er blickte in die Runde. »Aber das ist noch nicht alles.« Es folgte eine lange Aufzählung von Erfolgen, doch statt vehementen Beifalls beschränkten sich die Anwesenden wegen des Lärms auf eifriges Kopfnicken. »Und nun«, sagte Isesi abschließend, »brauche ich Freiwillige für eine schwierige Unternehmung. Ich brauche sechs Männer.«

Sofort schossen fast zwanzig Hände in die Höhe. Fünf von ihnen wählte Isesi aus und als Letzten den Riesen Buchis. »Vielen Dank!«, sagte er dann. »Haltet euch an unsere Regeln, Freunde – dann werden wir siegen. Der ›Erfüller der Prophezeiung‹ ist nicht mehr weit.«

Apophis hatte den neuen Kommandeur zu einem Gespräch in den Palast bestellt. Der Mann hieß Rasmik und war, wie alle anderen aus dem innersten Zirkel, ein direkter Nachkomme von eines von Manouks Kriegern. Bisher hatte er die Besatzungstruppen im nördlichen Kanaan kommandiert. Seit dem Aufstand in Megiddo, wo er die Stadt in Schutt und Asche gelegt und später in Hay-Manier wieder aufgebaut und damit die Kanaaniter eingeschüchtert und die Vorherrschaft der Nomaden endgültig gesichert hatte, eilte ihm der Ruf eines gnadenlosen Feldherrn voraus.

Als er nun vor seinem König stand, verbarg er hinter der betont aufrechten Haltung die Verachtung, die er und die anderen Soldaten für einen König fühlten, der sie vor Lischt jammervoll ihrem Schicksal überlassen hatte. Apophis hatte ein gutes Gespür für derartig unterschwellige Gefühle, sodass er das Thema erst gar nicht berührte. »Nun also, Rasmik, habt Ihr einen Plan entwickelt?«

»Ja, Herr. Nach den offiziellen Berichten, die mir zugänglich sind, scheint mir ...«

»Na los, Mann, nicht so zögerlich!«, unterbrach ihn Apophis ungeduldig. »Sagt einfach, was Ihr zu sagen habt.«

»Nun gut«, begann der Mann kühl. »Meinen Informationen zufolge hat Sekenenre bei dem letzten Zusammenstoß erstaunlich viel Rückgrat bewiesen. Offenbar ist er doch erwachsener, als die Berichte vermuten lassen. Eigentlich soll er ja ein Weichling sein, der von einer Frau erzogen wurde und keine Ahnung von militärischen Angelegenheiten hat.«

»Ja, ja.«

»Ihr solltet ihn zum Duell fordern, Herr. Appelliert an seinen Stolz. Ich denke, er wird ein leichter Gegner für Euch sein.« Ein Lächeln spielte um seine schmalen Lippen. »Falls dem nicht so sein sollte ... nun, sobald er sich auf freiem Feld befindet, werden unsere Bogenschützen ihn im Visier haben ...«

Apophis funkelte Rasmik so finster an, dass dieser schon glaubte, seine Kompetenzen überschritten zu haben. Doch dann kroch ein kleines Leuchten über sein Gesicht. »Ich verstehe – Ihr geht kein Risiko ein. Ihr seid ein Mann nach meinem Geschmack! Ich werde ihm sogleich beleidigende Botschaften schicken, die auf seine Männlichkeit anspielen. Ich werde seine Mutter und seine Schwestern beleidigen und ihn anreden, als ob er noch ein Kind sei. Seine Abstammung ist ebenfalls ein wunder Punkt, wie ich denke, denn eigentlich hatte die Linie seines Vaters nur einen äußerst fragwürdigen Anspruch auf den Thron.«

Klugerweise hielt Rasmik den Mund, denn auch Apophis' Abstammung war fraglich und er im Grunde nur ein Emporkömmling, den es hinauszuwerfen galt.

»Ich werde Euren Rat befolgen.« Apophis grinste begeistert. »Es wird eine Frage der Ehre für ihn sein, mir gegenüberzutreten.« Mit der flachen Hand schlug er auf den Tisch. »Ich ernenne Euch ab sofort zu meinem obersten Heerführer! Wann können wir mit dem Angriff beginnen?«

»In einer Woche werde ich den größten Teil der Truppen formiert haben, und eine weitere Woche darauf werden sie einsatzbereit sein.«

»Abgemacht!«, rief Apophis. Er blickte auf das Schwert hinunter, das vor ihm auf dem Tisch lag. Dann nahm er es in die Hand und schwang es durch die Luft. »Bin ich richtig informiert, dass die Griechen hin und wieder ihre Pfeile in ein tödliches Gift tauchen? Oder auch ein Schwert wie dieses hier?«

Es kostete Rasmik Mühe, seine Verachtung zu verbergen. »Ja«, sagte er ungerührt. »Soviel ich weiß, benutzen sie einen Sud aus Nieswurz, den sie aus Epiros beziehen. Einer der griechischen Kommandeure besitzt einen kleinen Vorrat.«

»Gut, schickt ihn zu mir.« Der König drehte sein Schwert nach allen Seiten und beobachtete, wie das Metall das Sonnenlicht einfing. »Mit Sekenenres Tod wird der Widerstand zusammenbrechen.«

Rasmik sprach weiter, bevor er sich über die Wirkung seiner Worte im Klaren war, und hätte Sekunden später alles dafür gegeben, sie zurücknehmen zu können. »Wir müssen noch über diesen ›Erfüller der Prophezeiung‹, diesen ›Retter‹ sprechen.«

Doch Apophis fiel ihm ins Wort. »Genug!«, zischte er giftig. »Die Unterredung ist beendet! Haltet Euch bereit, in einer Woche nach Süden aufzubrechen!«

Nach Einbruch der Dunkelheit schlüpfte Josephs Spion ungesehen durch den schmalen Gang zwischen Haus und Vorratsschuppen. Niemand hatte jemals sein Gesicht gesehen oder kannte seinen Namen, aber er hütete sich vor einer Begegnung mit den Bediensteten. Die Wächter am Tor hatten Order, zu einer ganz bestimmten Zeit einen Besucher einzulassen, ohne ihn näher in Augenschein zu nehmen. Als der Mann dreimal gegen die Seitentür klopfte, wurde er vom Wesir persönlich eingelassen.

»Ich bin erleichtert, dich zu sehen«, sagte Joseph. »Hast du Hunger oder soll ich Wein holen lassen?«

»Nein«, entgegnete der Spion. »Dazu ist keine Zeit. Ich habe anschließend noch eine Verabredung. Ich treffe mich heute Abend mit den Verschwörern. Ich denke, wir werden Hakoris überfallen und Mara befreien.«

»Sehr gut. Wirst du sicherstellen, dass Hakoris getötet wird, wenn ihr euch schon in seinem Haus befindet?«

Für Sekunden grinste der Mann. »Falls wir ihn antreffen, wird es mir eine Ehre sein! Anschließend müssen wir Mara aus der Stadt schmuggeln. Im Moment ist es hier viel zu gefährlich für sie. Ich würde sie gern flussaufwärts bringen, bevor Apophis mit den Truppentransporten beginnt. Gerüchteweise habe ich erfahren, dass sie die rechte Hand des sogenannten ›Erfüllers‹ sein soll. Und seine Geliebte.«

Joseph nickte. »Ich werde mein Möglichstes tun, um die Wege zu ebnen. Ich fürchte allerdings, es wird wenig genug sein. Heutzutage werden alle meine Aktivitäten mit Argusaugen beobachtet.«

»Herr, ich muss noch etwas berichten, das Euch ganz persönlich angeht. Falls die Bruderschaft des Schai eines Tages an die Macht kommt, droht Euch und Eurer Familie größte Gefahr. Diese Leute schüren den Hass auf alles Fremde, und bei einigen Treffen hat man Euch ganz persönlich genannt. Man hat davon gesprochen, dem verdammten, ungetreuen Wesir die Kehle durchzuschneiden ...«

Joseph erhob sich und trat ans Fenster. »Nun, ich kann nicht behaupten, dass mich das überrascht.« Er starrte in die Nacht hinaus. »Man sieht uns eben als privilegiert an. Aber sprich weiter!«

»Nein, Herr, es ist weit schlimmer. Dieser ›Erfüller‹ – nun, er soll geschworen haben, die Hay ins Meer zu werfen und Ägypten von allen Fremden zu befreien.«

Josephs Seufzer kam aus tiefstem Herzen. »Ich hatte gehofft, es sei unser gemeinsames Interesse, die Hay zu verjagen.«

»Nun, dieser Mann hat offenbar andere Pläne, Herr! Er scheint Euch als feindlichen Besatzer anzusehen.«

Joseph zuckte die Achseln und setzte sich wieder an den Tisch. »Nun, falls dem so ist …« Er ließ die Luft aus gespitzten Lippen entweichen. »Meine Brüder möchten ohnehin, dass ich sie nach Hause bringe … und ich halte das allmählich immer mehr für einen guten Gedanken. Vielleicht ist die Zeit ja reif, dem Einfluss und der Macht zu entsagen … Während Apophis gegen die ägyptischen Linien anrennt …«

»Er verdoppelt im Augenblick die Truppen an den Grenzen.«

»Das ist mir bekannt. Ich selbst habe den Befehl übermittelt. Nun, solange man meine Befehle noch befolgt, als ob sie von Apophis selbst erteilt wären …« Er lächelte.

»Ah – das verschafft Euch und Eurer Familie Gelegenheit, unbelästigt die Grenzposten zu passieren. Aber Ihr könnt diese Befehle nur ein einziges Mal benutzen.«

»Ja.« Joseph wirkte nervös. »Ich bete, dass ein einziges Mal genug ist.« Er schauderte. »Man muss sich das ausmalen … Mit Frauen und Kindern aus den Klauen der Hay in die Wüste Sinai zu flüchten …« Wieder schauderte er. »Ich werde meine Familie verständigen.«

II

Neferhotep hielt inne und ließ dann den Buckligen hereinhumpeln. »Dies ist der Seher, von dem ich Euch erzählt habe«, wandte er sich dann an Hakoris. »Der berühmte Tchabu. Tchabu aus Sile. Was er Euch über die Zukunft verraten kann, wird Euch ebenso erstaunen wie mich. Tchabu, dies ist der ehrenwerte Hakoris.«

Die schwarzen Äuglein des Buckligen glänzten im dämmrigen

Licht. »Ah, Hakoris.« Er verfiel in einen seltsamen Singsang. »Ein Zeichen auf der Stirn. Viel Ärger. Viele Schmerzen. Lahm wie ich. Ja, ja ...«

Mit versteinerter Miene musterte Hakoris den Krüppel. »Nun, an Deutlichkeit lässt er es zumindest nicht fehlen. Das ist wahr.« Während er den Mann von oben bis unten betrachtete, musterte ihn der Bucklige mit einem Auge. Das andere war verdreht, sodass man nur das Weiße sah. Dabei grinste der zahnlose Mund. »Nun ja«, meinte Hakoris, »dann bringt ihn in mein Arbeitszimmer. Dort sind wir unter uns.«

Sobald die Besucher den Raum betraten, fiel ihr Blick jedoch sofort auf die gefesselte Frau im Hintergrund. Trotz der Entfernung und der schummrigen Fackelbeleuchtung war der Hass in ihren Augen nicht zu verkennen.

»Ich dachte, wir wären allein«, bemerkte Neferhotep. Dabei saugten sich seine Blicke ungeniert und gierig an dem Mädchen fest.

»Sie zählt nicht«, entgegnete Hakoris.

Der Bucklige runzelte die Stirn und wirkte etwas verunsichert. »Eine mächtige Frau«, verkündete er respektvoll. »Mächtig wie eine Königin. Viele Schwierigkeiten. Sehr viele Schwierigkeiten.«

»Eine mächtige Frau?«, zischte Hakoris. »Sie ist eine *Sklavin*! Sie hat fast ihr ganzes Leben hier verbracht und besitzt nicht einmal ein Kleid!« Er wandte sich an Neferhotep. »Gute Götter! Und *dieser* Seher soll uns helfen, Joseph auszuschalten? Weshalb sollte ich meine Zeit mit einem wie ihm vergeuden?«

»Schweigt!«, unterbrach ihn Neferhotep mit warnendem Unterton. »Haltet ein! Wir sollten einander nicht beleidigen. Ich sage Euch, dass er eine große Begabung hat. So etwas habe ich noch nicht erlebt! Dieser Mann kann ständig in die Zukunft sehen. Joseph dagegen betet monatelang und verbringt dann Stunden, wenn nicht Tage, damit, seinen Traum zu enträtseln. Tchabu jedoch ...«

»Er hat Recht«, unterbrach Mara ihn und grinste spöttisch. »Mächtig wie eine Königin, hat er gesagt. Genau das werde ich sein, wenn Ihr beide längst vergessen im Armengrab liegt. Wartet nur ab, Ihr Blutsauger!« Breitbeinig stand sie da und hatte angriffslustig die Hände in die Hüften gestützt. Sie registrierte die gierigen Blicke der beiden sehr genau – und den verwirrten Blick des Buckligen ebenfalls. »Gefällt Euch, was Ihr seht? Schaut nur! Mehr bekommt Ihr ohnehin nicht. Dieser Körper gehört einer Königin – das hat der Seher gesagt. Niemand außer dem König wird ihn jemals berühren. Oder dachtet Ihr, ich würde mich mit einer Schlange wie Neferhotep oder einem gebrandmarkten Dieb wie Hakoris abgeben, der andere für ihre Visionen bezahlt und nur mit Kindern Umgang hat?«

»Halte den Mund, du Miststück!«, schrie Hakoris. Ganz automatisch tasteten seine Hände nach dem Turban, und als er Neferhotep ansah, wusste er, dass dieser sein Geheimnis kannte. »Halte den Mund – oder ich bringe dich um!«

»Na los, dann kommt!«, reizte sie ihn in schneidend scharfem Ton. »Bringt mich um oder streichelt mich! Ganz gleich – Ihr werdet auf jeden Fall scheitern! Erinnert Ihr Euch, als Ihr mich vergewaltigen wolltet? Ich habe Euch die Nase blutig geschlagen. Ein Auge war ganz schwarz! Ihr musstet zwei Diener rufen, um mich zu bändigen. Dem einen habe ich den Arm bis auf den Knochen durchgebissen! Und am Ende habt Ihr trotzdem kläglich versagt! Erinnert Ihr Euch?«

»Schweig!«, jaulte Hakoris völlig hysterisch.

»Auch das würde Euch nichts nützen!«, höhnte das Mädchen. »Nicht einmal, als ich geknebelt war, habt Ihr es geschafft! Nie ist es Euch geglückt!«

»Ein schrecklicher Schmerz, so viele Verletzungen«, wimmerte der Bucklige. »Für Euch, Hakoris – sehr viel Schmerz.«

»Als große Vorhersage kann ich das nun wirklich nicht bezeichnen!«, meinte Hakoris verächtlich. »Dass ich Schmerzen habe, dürfte bekannt sein.«

»Nicht diese Schmerzen! Nein, ein rascher Schmerz – schrecklich und stark und vorüber, kaum, dass er begonnen hat.«

»Bah!«, schimpfte Hakoris empört. »Neferhotep, Ihr vergeudet meine Zeit! Diese Missgeburt …«

»*Gefahr!*«, schrie der Bucklige plötzlich aus vollem Hals. »*Große Gefahr! Ganz nah … ganz nah …*«

Plötzlich krachte es laut und Hakoris fuhr erschrocken herum.

Die massive Tür zu seinem Arbeitszimmer erbebte unter gewaltigen Schlägen. Holz splitterte, und dann schwangen die Türflügel auf. Ein halbes Dutzend Männer stürmte herein, gefolgt von einem elefantenähnlichen Ungeheuer – dem größten Mann, den Hakoris jemals zu Gesicht bekommen hatte!

Wimmernd rutschte der Bucklige an der Wand entlang zu Boden und stöhnte jämmerlich. »Nein, nicht wehtun! Verschont den armen Tchabu!«

Die Eindringlinge verteilten sich. Bis auf den Riesen waren alle bis an die Zähne bewaffnet. Hakoris sprang zur Wand, riss zwei Schwerter herunter und warf eines davon dem überraschten Neferhotep zu. »Verteidigt Euch!«, rief er. »Mörder!«

Sofort verschanzte sich der Magus hinter seinem Amt. »Ich bin Hofarzt«, verkündete er. »Ich habe damit nichts zu schaffen. Ich …«

»Ergreift ihn!« Der schmächtige Anführer winkte seinen Männern, den Magus festzusetzen, während er sein Schwert zog und Hakoris entgegentrat. Mit einer Handbewegung bedeutete er dem Riesen, dass er das Mädchen am anderen Ende des Raums befreien sollte.

»Isesi!«, schrie Mara, »sieh dich vor! Er ist heimtückisch! Er hat noch einmal Unterricht genommen, nachdem wir …«

Bevor sie etwas Verräterisches sagen konnte, fiel Isesi ihr ins Wort. »Ich ebenfalls!«, schrie er voller Selbstvertrauen.

Hakoris dämmerte es. »Daher also kenne ich dich!« Er befühlte die Spitze seines Schwertes. »Aus dem Kinderhaus! Aber diesmal wirst du mir nicht so leicht entkommen!«

»Ich fürchte, Ihr täuscht Euch!«, gab Isesi zurück. »Dieses Mal sehen wir uns zum letzten Mal! Wenn ich mit Euch fertig bin, wird Ägypten Euch für immer los sein! Und die armen Kinder, die sich noch immer in Eurer Gewalt befinden, werden endlich freie Menschen sein! Falls wir noch Zeit haben, werden wir das Haus niederbrennen. Nichts als eine schlechte Erinnerung wird davon übrig bleiben.«

Aus dem Augenwinkel sah er, wie der Riese neben Mara kniete und ihre Fesseln sprengte. Sie war frei! Noch bevor sie sich bewegte, wusste Isesi, was folgen würde. Behende eilte sie zur Wand und nahm ein bronzenes Kurzschwert herunter. »Nein, Mara«, sagte Isesi noch.

Aber da war sie längst auf Hakoris zugestürzt und hatte ihm mit der rasiermesserscharfen Spitze eine leichte Wunde an der Brust beigebracht. Beim Anblick seines Blutes zuckte Hakoris unwillkürlich zurück. Sekunden später jedoch sprang er auf Mara zu und schlug ihr das Schwert aus der Hand.

Bei der Vorwärtsbewegung musste er jedoch sein lahmes Bein belasten, das unter seinem Gewicht einknickte. Er stolperte und stürzte, und die Waffe fiel klirrend zu Boden. Hastig robbte er seitwärts, um sie wieder zu greifen. Doch in diesem Moment spürte er, wie Isesis Schwertspitze seine Nase ritzte. Es schmerzte leicht, und ein kleiner Blutstropfen quoll hervor.

In derselben Sekunde packte Hakoris den Griff seines Schwertes, doch schon wurde es ihm aus der Hand geschlagen. Er ließ sich zurückfallen und sah zu seinem Gegner empor. »Könnten wir das vielleicht unter uns ...«

Mit großem Ernst blickte Isesis auf sein Opfer hinunter. »Noch vor einem Monat, vor sechs Wochen, hätte ich Euch angehört. Doch diese Zeiten sind vorbei! Ich will nichts mehr hören!«

Er warf seinen Umhang zurück und ließ die Muskeln sehen, die er sich in hartem Training erworben hatte. Die Klinge blitzte kurz auf, und als das Auge der Bewegung folgte, war Hakoris bereits enthauptet. Dunkles Blut quoll aus dem Hals hervor, und wie eine Puppe ohne Fäden sank der Körper in sich zusammen.

Entschlossen fuhr Isesi herum und drängte den Magus weiter in die Enge. Doch dieser kam ihm zuvor, richtete blitzschnell sein Schwert gegen sich selbst und stieß sich die Waffe mit einer letzten Anstrengung in die Eingeweide.

Mara schlang Neferhoteps weiten Umhang um sich herum und knotete ihn mit dem Gürtel zusammen. »Was sollen wir mit dem da machen?«, fragte einer der Gefährten und deutete auf den Buckligen, der wimmernd auf dem Boden kauerte.

»Lass ihn gehen«, sagte Mara. »Er ist harmlos und hat mit der Sache nichts zu tun.«

Aber als sie zusah, wie Isesi dem Krüppel aufhalf, kam ihr ein Gedanke. »Warte!«, sagte sie. »Tchabu? Heißt du so?«

»Tchabu, ja. Bitte verschont den kleinen Tchabu, mächtige Frau! Nicht wehtun!«

»Keine Angst. Wir werden dir nicht wehtun. Im Gegenteil. Wir sind deine Freunde. Willst du nicht mitkommen? Wir werden dir zu essen geben und dich beschützen.«

Inzwischen hatte Isesi Befehl gegeben, die restlichen Kinder zu befreien und das Haus in Brand zu stecken. Dann hielt er inne und starrte Mara an. »Mara, wir dürfen uns keine unnötige Last aufladen ...«

»Warte«, sagte Mara mit Blick auf die gräßlich verzerrte Miene von Hakoris' Haupt. Der Turban war heruntergefallen, sodass man das Brandmal auf der Stirn sehen konnte. »Du hast gesagt, dass ich eine mächtige Frau sein werde, nicht wahr?« Sie fixierte den Buckligen. »Nun, falls ich tatsächlich Königin werde, wird an meinem Hof immer Platz für dich sein. Möchtest du mit uns kommen?«

Die Augen des Buckligen irrten ängstlich zwischen Isesi und Mara hin und her. Aber plötzlich schien er etwas zu sehen, was ihm schlagartig alle Ängste nahm. »Ja«, entschied er. »Ja. Tchabu geht mit der mächtigen Frau. Sie gibt ihm ein weiches Bett und genug zu essen. Sie wird Tchabu beschützen.«

»Nun gut, dann gehörst du von nun an zu uns.«

Isesi starrte sie immer noch an. »Aber, Mara ...«

Sie lächelte. »Denk doch einmal nach, Isesi – nun haben wir unseren eigenen Seher, der uns immer rechtzeitig warnen wird.«

Der Rauch verdunkelte den Himmel über Avaris, und die Einwohner hatten Mühe, ihren Besitz vor einem Übergreifen der Flammen zu schützen. Von dem Wasser, das mit Eimern aus den Brunnen der drei Basare herbeigeschafft wurde, blieb naturgemäß nur sehr wenig für das verhasste Gefängnis übrig.

Die Neuigkeiten erreichten Joseph auf dem schnellsten Wege – und zwar noch bevor das Gefängnis gänzlich aufgegeben worden war. Der Spion kam auf dem üblichen Weg. »Die Mission ist beendet, Herr«, keuchte der Mann.

Sofort belebte sich Josephs Miene. »Ist Hakoris tot?«

»Ja, tot und enthauptet, Herr. Neferhotep hat sich in sein Schwert gestürzt.«

»Ich kann es nicht glauben! Schamir ben-Haschum! Mein alter Freund und Ben-Hadads Stiefbruder – und sein Mörder.« Er schauderte. »Dasselbe gilt für den Magus. Ich muss mich also um zwei Feinde weniger sorgen. Du sagst, dass die Kinder alle gerettet wurden?«

»Ja, Herr, jedes einzelne. Danach haben wir das Gefängnis in Brand gesteckt. Wahrscheinlich brennt es noch immer. Wir haben noch einen Buckligen angetroffen und mitgenommen – einen kleinen Mann mit Namen Tchabu, wenn ich mich nicht irre.«

Josephs Augen leuchteten auf. »Tchabu? Tchabu, der Seher? Ein verkrüppelter kleiner Mann mit einem toten Auge?«

»Ja, Herr, genau. Er scheint ein wenig beschränkt zu sein. Ein harmloser kleiner Kerl.«

»Ja, ich habe schon von ihm gehört. Er hat eine große Gabe – auch wenn er manchmal nicht ganz richtig im Kopf ist. Aber harmlos? In der Hand von Apophis ist niemand harmlos! Es war richtig, ihn mitzunehmen. Die Bruderschaft kann ihn gut gebrauchen, wenn sie Apophis die Hände binden will. Mit etwas Glück werde ich meine Familie ...«

»Was sagtet Ihr, Herr?«

»Vergiss es. Das war gute Arbeit, sehr gute Arbeit sogar! Morgen werde ich dir heimlich eine Summe auf deinen richtigen Namen zukommen lassen. Inzwischen tust du, was sie sagen. Verstanden? Und du erstattest mir Bericht wie bisher.«

»In Ordnung, Herr.« Der Spion erhob sich, und Josephs Blicke folgten seinem Gesicht bis beinahe unter die Decke, bis der Mann sich endlich zu voller Größe aufgerichtet hatte. »Ich werde jetzt gehen, Herr.«

»In Ordnung, Buchis. Geh mit Gott! Möge seine Hand dich stets beschützen.«

Kapitel 12

1

Die große Oase El-Kharga, die die südliche oder innnere Oase genannt wurde, bestand im Grunde aus einer einzigen, einige hundert Kilometer langen und an manchen Stellen bis zu vierzig Kilometer breiten Senke. Ihr Grund lag sehr viel tiefer als das weit entfernte Große Meer. In den alten Tagen, noch vor den ersten Dynastien, hatten zahlreiche Karawanenwege die Senke mit den südlichen Nilhäfen wie Abydos, Hu und Gebelein und wahrscheinlich sogar El-Kab im Osten verbunden und von El-Kharga aus auch in die weiter südlich gelegenen Oasen von Salima, El-Shab und Dunqul geführt.

Viele hundert Jahre später jedoch wurden nur noch die Hauptverbindungen nach Abydos und Hu frequentiert. Da beide Orte von Theben aus gesehen jedoch ein ganzes Stück weiter nördlich lagen, hatte Baliniri für die Mission den direkteren alten Weg von Gebelein aus vorgeschlagen – diese Stadt lag unmittelbar südlich von Theben. Doch diese Route war nicht ohne ortskundige Führung zu bewältigen, und so hatte Baliniri der Karawane eine hochgewachsene Nubierin namens Sagmak als Führerin zugeteilt. Sie lebte seit vielen Jahren in der nubischen Kolonie, die Söldner aus ihrer Heimat unter den früheren Pharaonen in Gebelein gegründet hatten.

Sagmak war eine gelassene, schweigsame Frau. Da ihre Familie schon lange in Ägypten lebte, hatte sie sich in Kleidung und Sprache längst den ägyptischen Gebräuchen angepasst, aber Riki spürte instinktiv, dass es nur eines kleinen Anstoßes bedurfte, damit sie die Kleider ablegte und nackt wie die Kriegerinnen des Schwarzen Windes, die Ebana, die Witwe des Akilleus, als Elitetruppe befehligte, den Marsch durch die Wüste fortsetzte.

Während der ersten Tage in der Wüste westlich von Theben, an denen sie nur recht langsam vorankamen, versuchte Riki mehrmals, ein Gespräch mit Sagmak zu beginnen. Doch zu seiner

Überraschung bevorzugte sie ausgerechnet Seth. Da er sehr sprachbegabt war und sich ohnehin keinem Marschtempo anpassen konnte, ergab es sich fast wie von selbst, dass die beiden der Karawane vorangingen.

Von hinten konnte Riki beobachten, wie der großgewachsene Seth auf seinen langen Beinen mühelos mit der Nubierin Schritt hielt und immer wieder lange Gespräche mit ihr führte. Es entging Riki nicht, dass sich die Landschaft allmählich änderte. Zu seiner Überraschung existierte hier trotz brütender Hitze und schrecklicher Trockenheit ein erstaunlich reichhaltiges Leben. Wo fanden nur alle diese Tiere ausreichend Nahrung und Wasser? Er beobachtete Hasen und Antilopen und sogar hin und wieder einen Strauß, die sich jedoch stets außerhalb der Reichweite ihrer Bogen hielten, und dazu klassische Jäger wie Schakale, Luchse und gestreifte oder gefleckte Hyänen. Leoparden oder Löwen waren allerdings nirgends zu sehen. Als königliche Beutetiere waren sie offenbar gnadenlos gejagt und inzwischen ausgerottet worden.

Entsprechend überrascht war Riki, als er gegen Ende des ersten Tages feststellte, dass ihnen ein einzelnes Tier folgte – und zwar ein ausgewachsener Gepard mit langen Gliedern und schmalem, geschmeidigem Körper. Sagmak folgte den Schluchten, Wasserrinnen und ausgetrockneten Flussbetten, doch das Tier bevorzugte die Höhen und befand sich meistens oberhalb der kleinen Karawane. Es war faszinierend zu beobachten, wie es sich dem Tempo der Männer anpasste. Manchmal überholte es sie durch seine größere Vertrautheit mit dem Gelände, doch dann hielt es inne, bis die Karawane wieder herangekommen war, und registrierte die Anwesenheit der Menschen mit distanziertem Interesse.

Gelegentlich verschwand das Tier aus Rikis Gesichtskreis, doch ungefähr eine Stunde später tauchte es vor oder hinter ihnen wieder auf. Riki konnte nur spekulieren, wovon das Tier lebte. Es schien mit dieser kahlen Umgebung absolut vertraut zu sein und fand offenbar Nahrung, wo Menschen unweigerlich verhungern und verdursten mussten. Bisher war Riki nie weiter als bis in die unmittelbar an Deir el-Bahari angrenzenden Hügel vorgedrungen und fühlte sich in diesem einsamen, abweisenden Landstrich wie ein ungebetener Eindringling.

Kurz vor Einbruch der Dunkelheit ließ er das Lager errichten. Zum Essen versammelten sich die Mitglieder der Karawane um die einzelnen Lagerfeuer, und nachdem Riki auf den umliegenden Hügeln Wachen aufgestellt hatte, begab man sich zur Ruhe. Nach Einbruch der Dunkelheit hatte er mehrmals das Gefühl, als ob ihn die glühenden Augen der Katze aus dem Dunkel beobachteten, und unwillkürlich fragte er sich, welch grausame Gedanken das Tier wohl hegte.

Als Seth sich zu ihm gesellte, erzählte Riki von dem Geparden. »Ja«, antwortete Seth, »ich habe ihn ebenfalls bemerkt. Solches Benehmen ist doch nicht normal, oder?«

»Nun ... eigentlich nicht«, bestätigte Riki. »Allerdings kenne ich mich mit wilden Geparden nicht besonders gut aus. Hältst du das Tier vielleicht für einen Geist?« Er sagte es leicht, fast obenhin, aber eine gewisse Beklemmung war nicht zu leugnen. »Ich musste die Männer mehrmals zurechtweisen, weil sie plötzlich allerlei Aberglauben hervorgekramt haben.«

Seth lachte. »Ich könnte mir vorstellen, dass sich die Wahrheit noch sehr viel seltsamer anhört.« Bevor Riki fragen konnte, was Seth mit dieser seltsamen Bemerkung meinte, hatte dieser bereits das Thema gewechselt.

»Ich habe mich lange Zeit mit Sagmak unterhalten – ihre Sprache habe ich früher bei den Elitesoldaten des Pharaos aufgeschnappt. Deren Dialekt weicht zwar ein wenig von dem aus Gebelein ab, doch wir können uns einwandfrei verständigen.«

»Und was hast du erfahren?«

»Einiges über diesen Landstrich. Zum Beispiel habe ich erfahren, dass der Weg von Gebelein in die Wüste vor nicht allzu langer Zeit geschlossen wurde. Baka hat das damals angeordnet, und Baliniri hat die Sperre aufrecht erhalten. Offenbar war das Ganze von Beginn an seine Idee.«

»Baliniri? Das verstehe ich nicht.«

»Ehrlich gesagt, ich auch nicht«, bekannte Seth. »In meinen Augen ergibt das keinen Sinn. Nach allem, was wir hier zu finden hoffen, müsste ihm doch an einem leichtem Zugang gelegen sein.

Außerdem stammt der größte Teil unserer Lebensmittel aus El-Kharga. Die Städte im Süden wie Gebelein leben seit Jahren von der Oase.«

»Ich höre immer nur Lebensmittel und Bauern ...« Etwas ratlos blickte sich Riki in der kahlen Gegend um.

»Du wirst dich wundern. Allein in der Oase El-Kharga gibt es mehr als siebenhundert Seen.«

»*Seen*? Hier?«

Seth nickte und verschränkte die Arme. »Siebenhundert, ja. Vielleicht sogar mehr, wenn man auch die mitrechnet, die mit den Jahreszeiten kommen und gehen. Niemand weiß genau, woher das Wasser stammt. Vielleicht sogar von Quellen im Sudd.«

»Aber das ... das ist doch unglaublich weit entfernt – es sei denn, es gibt unterirdische Flüsse, die nie an die Oberfläche gelangen.«

»Aber sie gelangen nach oben – und zwar in den Seen und den Brunnen der Senken. Die Oasen liegen oft so tief im Boden, dass man sie erst bemerkt, wenn man direkt oberhalb von ihnen steht. Ein üppig grünes Loch inmitten der Wüste!«

Allmählich begriff Riki die Zusammenhänge. »Du meinst, dass dort eine abgeschlossene kleine Welt existiert, die nur den Karawanen gehört und wo Thebaner nichts zu suchen haben?«

Seth nickte. Nachdenklich starrte er in die züngelnden Flammen. »Genau – und das nun schon seit ungefähr zehn Jahren.«

»Um unsere Neugier zu befriedigen, erzählt man uns seltsame Geschichten von Scheichs, die ihre Karawanen auf der alten Route nach Hu führen und von Kriegerinnen berichten ...« Riki spuckte in die Flammen. »Bah! Ich weiß immer weniger, warum ich eigentlich hier bin! Soll ich hier vielleicht Eisen finden? Die Geschichtenerzähler hätten sicher davon berichtet, wenn es hier welches gäbe!«

»Aber El-Kharga ist Teil des Karawanenweges nach Nubien und zu den Bergen«, gab Seth leise zu bedenken. »Diese Gebiete sind reich an Eisen. Eisen, aus dem man Waffen schmieden kann. Und es gibt dort Gold – unglaubliche Mengen von Gold, um die Söldner zu bezahlen.«

Riki starrte den Freund an. »Das Gold gehört uns nicht«,

entgegnete er trotzig. »Und womit sollen wir das Eisen bezahlen?«

»Ich könnte das erklären«, entgegnete Seth. »Aber ich fürchte, ich darf es dir nicht sagen.«

Riki versuchte es auf jede nur erdenkliche Weise, aber Seth wich dem Thema beharrlich aus. Als sich kurz darauf einige Offiziere zu ihnen gesellten, entspann sich eine heftige Debatte über die Weine der Oase El-Kharga, die allen Restriktionen zum Trotz ihren Weg nach Theben gefunden hatten.

Zornig zerrte Riki die Papyrusrolle hervor, die Baliniri ihm übergeben hatte. Es handelte sich um eine Karte der Oasen, die Lage zueinander und die jeweiligen Verbindungswege. In einiger Entfernung von den anderen beugte Riki sich näher zum Feuer und suchte nach den Angaben, die Seth soeben im Gespräch angedeutet hatte.

»Seltsam«, brummte er plötzlich und schob den Papyrus weiter ins Licht. Einwandfrei konnte er die lange schmale Senke der Oase El-Kharga erkennen. Dunqul und Salima lagen sehr weit im Süden. Im Norden befand sich die Oase Farafra, die Hathor gewidmet war und scherzhaft ›Land der Kühe‹ genannt wurde, und noch etwas nördlicher, schon auf dem halben Weg zur Oase Fayum, die kleine Oase Bahariya ...

Doch wo befand sich die Oase El-Dakhla, die auch die ›äußere‹ genannt wurde?

Riki traute seinen Augen nicht und besah sich die Karte genauer. Sie hätte sich hier auf dem schmalen Weg von der Oase El-Kharga nach El-Farafra, ungefähr auf halber Strecke, etwa an dieser Biegung, befinden müssen ... Aber da war nichts ...

Er erinnerte sich an das letzte Gespräch mit Baliniri, als dieser ihm den Auftrag erteilt hatte. Er hatte ihm wieder die alte Geschichte von den Kriegerinnen aufgetischt, die die Karawanen überfielen. *Hmmm*, dachte Riki, *ich bin mir sicher, dass er in diesem Zusammenhang die Oase El-Dakhla erwähnt hat. Irgendwo musste sie also sein!*

Andererseits hatte Baliniri die Oase im selben Atemzug mit der lächerlichen Geschichte über die Kriegerinnen erwähnt. Damit konnte er also nicht argumentieren.

»Ich muss etwas wissen. Sieh dir die Karte an, die Baliniri mir gegeben hat.« Mit diesen Worten warf er Seth den Papyrus zu. »Ich kann die Oase Dakhla nirgends finden. Hast du eine Erklärung dafür?«

Einer der Männer reckte den Kopf und blickte auf die Karte. »El-*Was*?«

Seth sah auf, und als er beredt die Schultern zuckte, fragte Riki sich ernsthaft, ob er langsam verrückt wurde.

Statt friedlich einzuschlafen, starrte Riki mit ärgerlich gerunzelter Stirn zum Sternenhimmel empor. Warum all diese Geheimniskrämerei? Warum schickte Baliniri ihn mit einer Karte los, mit deren Hilfe er wahrscheinlich nicht einmal den Nil finden würde – außer er stünde schon bis zu den Knien im Wasser! Er hatte nicht die leiseste Ahnung, was genau er hier tat und weshalb er sich hier befand.

Er schnaubte. Waffen aus Eisen! Wo sollte er ausgerechnet hier in der westlichen Wüste, wo es keinerlei Erze gab, jemanden auftreiben, der Eisenerz schmieden konnte?

Warte. Dunkel erinnerte sich Riki an einen gewissen Karkara aus Sado, über den alle Welt gesprochen hatte, als er damals nach Theben gekommen war. Konnte es sein, dass dieser Karkara noch lebte? Stellte er womöglich noch immer Waffen her?

Sado lag in Nubien, und die Handelsroute nach Nubien führte über El-Kab. *Damals* hatte Karkara sich von der Arbeit zurückgezogen.

Er sah auf. Das Feuer war längst erloschen. Nur die Sterne und der Halbmond erleuchteten den Himmel. Höchstens zehn Schritte von ihm entfernt erkannte er den schmalen Körper des Geparden auf einer überhängenden Klippe. Unwillkürlich tastete Rikis Hand nach dem Griff seines Schwertes.

Aber das Tier stand still wie eine Statue und schien weder springen noch weglaufen zu wollen, sodass Rikis Hand sich wieder entspannte.

Der Gepard sah ihm gerade in die Augen, und so starrten sie einander lange an, bis Riki irgendwann zwinkern musste.

Für den Bruchteil einer Sekunde schloss er die Lider. Und als er sie wieder öffnete, war das Tier verschwunden.

II

Am Morgen bewegte sich die kleine Schar langsam durch eine felsige Einöde. Da der Weg nicht regelmäßig begangen wurde, war er stellenweise durch Felsstürze blockiert. Unter Sagmaks Führung umgingen sie die meisten, aber manche mussten auch unter großen Anstrengungen beiseite geräumt werden. Natürlich verlangsamte das das Fortkommen, und Riki fluchte ab und zu vor Ungeduld. Wenn er bei längeren Aufenthalten zu den Felsen emporblickte, war der Gepard ständig an ihrer Seite.

Am frühen Nachmittag empfand Riki plötzlich ein Gefühl der Verletzlichkeit, das ihn verunsicherte und reizbar machte. Gegen Abend wählten sie einen leicht zu verteidigenden Platz unterhalb großer Felsen, auf denen Riki Wachen postierte. Nachdem er die nötigen Befehle erteilt hatte, ging er zum ersten Mal an diesem Tag zu Seth hinüber. Dabei sah er nach oben und entdeckte den Geparden, wie er entspannt, aber sprungbereit die Szene unter ihm überblickte.

»Baliniri hat dich wirklich bestens ausgebildet«, erklärte Seth voller Bewunderung. »Du hättest keinen besseren Platz wählen können.« Er warf einen kurzen Blick nach oben. »Unser kleiner Beobachter ist auch auf Posten, wie ich sehe. Leider können Geparden noch nicht mit Pfeil und Bogen umgehen.«

Riki wunderte sich ein wenig, weil er Seth noch nie so gelöst erlebt hatte. »Ich muss zugeben, dass ich ein wenig beunruhigt bin. Wo ein Gepard ist, kann auch ein Mörder hingelangen.«

»Aha«, meinte Seth. »Demnach ist es dir also nicht entgangen. Ich dachte schon, dass ich allein dieses Gefühl hätte. Sagmak mochte es nicht eingestehen.«

»Was genau meinst du?«, fragte Riki, der es gern von Seth hören wollte.

»Dass wir von unsichtbaren Augen beobachtet werden. Sie verhalten sich sehr geschickt – bisher habe ich noch keinen zu Gesicht bekommen. Seit heute Morgen beobachtet man uns. Vielleicht auch schon länger.«

»Demnach werde ich also noch nicht verrückt.«

»Keineswegs. Und es ist kein Tier – es sind menschliche Augen.

Für Feindseligkeit gibt es allerdings keinerlei Anzeichen. Das wundert mich ein wenig. Ich wünschte, es würde sich einmal jemand zeigen.«

Riki beschattete seine Augen und blickte nach Westen. Die Sonne näherte sich dem Horizont, und die Schatten wurden lang. Nur Minuten trennten sie noch vom Untergang und dem kurzen Zeitraum, bis es völlig dunkel war. Er runzelte die Stirn. »Du dort!«, bellte er einen der Männer an. »Mach endlich die Feuer an!«

»Du bist nervös«, bemerkte Seth.

»Ja«, entgegnete Riki, ohne die umliegenden Hügel aus den Augen zu lassen. »Einiges an diesem Auftrag macht mich nervös. Normalerweise bin ich mutig, und ich kann auch vor einem Angriff wunderbar schlafen. Aber Ungewissheiten machen mich nervös. Wenn ich nicht weiß, was geschehen wird oder wem ich begegnen werde ...«

Seth nickte und lächelte fast ein bisschen. »Das verstehe ich nur zu gut. Ich weiß vielleicht ein ganz klein wenig mehr als du und ahne, wohin uns unsere Reise führen wird – aber frei von Befürchtungen oder Ängsten bin ich deshalb noch lange nicht.«

»Ich finde es zumindest befremdlich, dass du dein Wissen nicht mit mir teilst.« Rikis Unmut war nicht zu überhören. »Falls es dir entfallen sein sollte, bin ich auch für *deine* Sicherheit verantwortlich.«

Seth sah ihn einfach nur an und sagte lange Zeit gar nichts. »Am Tag unserer Abreise«, sagte er schließlich, »hat Baliniri mir ein oder zwei Dinge anvertraut – längst nicht genug, um alle Unklarheiten zu beseitigen –, aber immerhin kann ich mir einiges denken. Warum er das getan hat, weiß ich nicht. Ich musste ihm allerdings versprechen, dass ich bis zu einem gewissen Punkt dieser Reise schweigen werde. Wenn wir uns diesem Punkt nähern, wirst du vermutlich längst selbst verstanden haben, worum es geht.« Er machte noch eine kleine Pause. »Außer der Tatsache, warum die Wahl ausgerechnet auf dich gefallen ist.« Als er ganz gegen seine Gewohnheit lächelte, erschrak Riki. »Sei sicher, nach und nach wird sich alles aufklären.«

Finster überprüfte Riki den Horizont. »Rätsel über Rätsel. Wenn ich nur einen Moment ...«

Er hielt so abrupt mitten im Satz inne, dass Seth aufsah, seine Anspannung bemerkte und sofort in die Richtung blickte, in die Riki starrte. »Was siehst du? Ich kann nichts erkennen!«

»Eine Silhouette vor dem Himmel – klar und deutlich. Gleich darauf war sie wieder verschwunden.«

»Die Silhouette eines Geparden?«

»Nein«, antwortete Riki. »Es war ein Mensch. Die Gestalt war deutlich zu erkennen.« Seine Stimme klang gepresst und angespannt. »Eine große schlanke Gestalt mit Pfeil und Bogen.« Und nach einer kleinen Pause: »Ich konnte nur den Umriss erkennen. Und den Pfeil ...«

Seth hatte ein feines Gespür. »Aber das ist noch nicht alles, nicht wahr?«

»Du hast Recht«, antwortete Riki knapp. »Außerdem hatte die Gestalt Brüste und Hüften – es war eindeutig eine Frau.«

Es dauerte eine geschlagene Stunde, bis Riki von Feuer zu Feuer gegangen und alle Wachposten kontrolliert hatte. Erst nachdem er sich Gewissheit verschafft hatte, ließ er sich zu einem einfachen Mahl aus Brot, Oliven und Datteln am Feuer nieder. Lange Zeit starrte er einfach nur in die Flammen, während der Lichtschein über sein Gesicht tanzte.

Einige Zeit später gesellte sich Seth zu ihm und stocherte mit einem Ast in der Glut. »Ich habe mit Sagmak gesprochen«, sagte er. »Hast du schon jemals vom *Schwarzen Wind* gehört?«

Riki starrte ihn an. »Eine Eliteeinheit nubischer Kriegerinnen im Dienst von Ebana, der Witwe des Akilleus – richtig? Sie hatten entscheidenden Anteil am Sieg bei El-Kab, wenn ich mich recht erinnere. Damals schlug sich Ebana auf unsere Seite und zwang Akilleus, Musuris Herausforderung zu einem Zweikampf anzunehmen.«

»Richtig. Ebana hat die Truppe organisiert, als Akilleus Nubien eroberte. Ihre Frauen haben die Handelsposten am Fluss besetzt.« Und nach einer Pause: »Sie haben immer nur mit Wurfspeer und Bogen gekämpft.«

Riki war nachdenklich geworden. »Genau daran habe ich auch gedacht. *Der Schwarze Wind* – irgendwie passt alles zusammen.

Früher hat Baliniri mir Geschichten von nackten Kriegerinnen erzählt, die Karawanen überfallen ... Damals dachte ich, er wollte sich über mich lustig machen.«

»Aber jetzt bist du dir nicht mehr so sicher, nicht wahr?«

Riki starrte in die Flammen. »Nein. Andererseits ... Nun, angenommen diese Frau gehört zum *Schwarzen Wind*. Was hat sie dann so weit im Norden verloren? Die nubische Grenze liegt viele Tagesmärsche südlich von hier. Gibt es ein Abkommen mit Nubien, dass sie unsere Karawanenwege überwachen sollen, oder haben sie sich dort vielleicht auf eigene Faust breitgemacht? Wenn wir nicht nur von Norden, sondern auch von Süden bedroht werden, sind wir verloren – dann sind wir für einen Krieg gegen die Hay nicht mehr stark genug.«

»Falls dem so wäre, würde Baliniri uns wohl kaum in die Wüste schicken, um uns mit jemandem zu treffen, nicht wahr?«

»Du hast Recht. Das würde keinen Sinn machen. Außerdem ist Kamose Gesandter in Nubien und nicht ich. Aber welche Rolle spiele ich in diesem Stück?«, stieß Riki zwischen zusammengebissenen Zähnen hervor.

Während er das sagte, hob er den Blick und starrte über das Feuer hinweg in die Dunkelheit. Für den Bruchteil einer Sekunde sah er die hochgewachsene Gestalt einer dunkelhäutigen, unverkennbar weiblichen Gestalt am äußersten Rand seines Gesichtsfeldes stehen. Sie sah ihn unverwandt an, während eine ihrer Hände auf dem Kopf des Geparden ruhte.

Rasch drehte Riki sich zu Seth um. »Sieh nur, dort drüben!«

Als sie die Köpfe in die Richtung drehten, in die Riki deutete, war die Gestalt verschwunden. Auch der Gepard war fort.

Sofort verdoppelte Riki die Wachen und bedachte die Männer mit Flüchen, wie sie sie noch nie gehört hatten. Als er fertig war, hätte nicht einmal ein Schatten die Reihen der Männer durchdringen können. Die Nacht verging ohne weitere Zwischenfälle, aber an Schlaf war nicht zu denken.

Am Tag darauf änderte sich die Landschaft. Sie überquerten einen Hügelkamm und gelangten auf ein höher gelegenes Plateau. Irgendwann jedoch verschwand der Weg ohne jede Vorwarnung in einem tiefen Einschnitt. Deutlich erkannte man die Spuren, die der Regen lange vor den verheerenden Dürrezeiten im Tal hinterlassen hatte. Das ausgetrocknete Flussbett war mit Sand und Steinen bedeckt. Die Ränder fielen senkrecht nach unten ab, doch die Sonne hatte die Kanten so sehr ausgetrocknet, dass sie teilweise heruntergebrochen waren. Gelegentliche Regenfälle hatten die Ufer weiter ausgehöhlt und das Geröll im Flussbett abgelagert.

Anfangs war der Einschnitt noch breit, doch weiter unten wurde er sehr viel enger. Das Geröll hatte hohe Stufen geformt, über die das Wasser in Kaskaden hinabgestürzt war. Hohe Stufen für die Füße eines Riesen. Entsprechend beschwerlich war der Weg für Rikis Männer, die nur mit großer Vorsicht hinunterklettern konnten.

Auf dem Grund des Tals schien noch ein Rest Feuchtigkeit vorhanden zu sein – sie trafen auf vereinzelte Sträucher und einige verkümmerte Palmen, unter denen sogar ein paar fleischige Pflanzen gediehen. Da der Abstieg länger dauerte, ließ Riki einige Männer graben. Der Untergrund war zwar feucht, aber sie hätten vermutlich sehr viel tiefer graben müssen, um auf Wasser zu stoßen. Doch dafür blieb keine Zeit, weil sie bis zum Einbruch der Dunkelheit noch das gegenüberliegende Ufer erklimmen mussten.

Die ganze Zeit über hatte Riki nicht wieder an die Frau gedacht. Doch während sie in langer Reihe den Hügel emporstiegen, hob er den Blick und erkannte vor dem roten Himmel die Silhouette der Kriegerin und der großen Katze neben ihr.

Es faszinierte ihn, wie rasch die Gestalt aus dem Nichts auftauchte und im nächsten Augenblick wieder verschwand.

Als er jedoch noch zwei weitere Frauen auf den Hügeln beiderseits des Pfads entdeckte, spannten sich alle seine Muskeln. Er wollte schon einige Befehle brüllen, als auch sie wie durch ein Wunder wieder verschwunden waren. Der Befehl blieb ihm in der Kehle stecken, und er fluchte innerlich – aber es drang kein Laut aus seinem Mund.

In dieser Nacht träumte Riki, dass er allein zu einem unbekannten Ziel unterwegs war. Irgendetwas verfolgte ihn, etwas, vor dem er sich fürchtete, aber er wusste nicht, was es war. Auch vor dem Ziel seiner Reise fürchtete er sich – bei jedem Schritt fühlte er sich bedroht.

Irgendwann befand er sich am Rand eines bodenlos erscheinenden Abgrundes. Auf der anderen Seite erstreckte sich verlockend grünes Tafelland. Doch es führte nur eine Hängebrücke aus uralten Tauen auf die andere Seite. Er blickte sich um. Nur wenige Meter hinter ihm starrte ihn ein unförmiges Ungeheuer aus riesigen Augen an. Es bewegte die Krallen und fletschte rasiermesserscharfe Zähne. Es kam näher und näher …

Es gab keinen Ausweg – er konnte nur nach vorn gehen. Über den grässlichen Abgrund. Er sah, wie die Brücke im Wind schaukelte.

Sein Blick glitt weiter auf die andere Seite.

Der Anblick war wunderschön. So schön, dass er kaum hinsehen konnte … Eine golden schimmernde Frauengestalt erwartete ihn am anderen Ende der Brücke … eine wunderbare Frau … Mutter, Geliebte und Tochter in einer Person … energisch und weich zugleich … sein größter Traum, dessen Verwirklichung ihn jedoch schreckte.

Er eilte zur Brücke und wagte die ersten Schritte.

In dieser Sekunde steigerte sich der sanfte Wind zum Orkan. Die Brücke schwankte, als wollte sie ihn abwerfen. Verzweifelt klammerte er sich an das Tau, richtete seine Blicke allein auf die wunderbare Gestalt, während er sich weiter und weiter hangelte und hinter sich die schweren Tritte des Ungeheuers vernahm.

Aber die Brücke schleuderte hin und her. Voller Entsetzen schob er sich tastend weiter. Sekundenlang stockte sein Herz, als er in den Abgrund blickte. Wortlos und stumm schrie eine Stimme in seinem Kopf.

Das Ungeheuer kam unweigerlich näher und näher, und die goldene Gestalt vor ihm beugte sich ihm sehnsuchtsvoll entgegen …

In diesem Augenblick zerfaserte die Brücke unter seinen Füßen langsam in ihre Bestandteile …

Schweißgebadet schoss er hoch und fühlte noch den Schrei in seiner Kehle. Rasch sah er sich nach allen Seiten um.

Die Glut leuchtete noch rötlich.

Außerhalb des schimmernden Lichtkreises erkannte er die Kriegerin in aller Deutlichkeit, sah ihre kleinen Brüste, den flachen Bauch und die starken Beine. Ihre dunklen Augen betrachteten ihn ohne jede Regung.

Halb im Traum befangen, streckte er die Hand nach ihr aus, doch augenblicklich verschmolz die Frau mit der Nacht.

Er starrte ihr nach, versuchte, die Verwirrung abzuschütteln, die ihn noch umfangen hielt …

Was er soeben erblickt hatte, verschmolz mit der Traumgestalt – und je länger er über die beiden Gestalten nachdachte, desto weiter entschwanden sie aus seinem Kopf, bis er sich schon fast nicht mehr erinnern konnte …

Nur drei Dinge hatten sich ihm unauslöschlich eingeprägt: die Gestalt in seinem Traum, die goldene Aura, und die Verkörperung all seiner Wünsche. Aber ganz gleich, wer sie war – ob lebendiges Wesen oder eine Erscheinung aus der jenseitigen Welt – sie gehörte jedenfalls nicht zu den Frauen des *Schwarzen Windes*.

Sie war keine Nubierin.

Das kurzgeschnittene Haar war glatt, und die Haut unter der Sonnenbräune war eigentlich weiß.

III

Am nächsten Tag zog die kleine Karawane weiter. Während Riki hinter Seth und Sagmak dem alten Weg folgte, versuchte er, die Frau, die er in der Nacht am Rande des Feuerscheins gesehen hatte, in sein Gedächtnis zurückzurufen.

Aber es wollte ihm nicht gelingen. Es standen ihm immer nur Einzelheiten vor Augen wie zum Beispiel der muskulöse Körper, der eindeutig einer Kämpferin gehörte. Aber das Gesicht mit dem ernsten Ausdruck blieb verschwunden.

Doch er erinnerte sich an noch etwas – an den goldenen Schimmer auf dem sehnigen Körper! Sie hatte nichts weiter als schlichte Arm- und Fußreifen und Ohrringe aus mattem Gold getragen. Auch der Pfeil war mit einigen Goldornamenten verziert gewesen.

Wenn er sich richtig erinnerte, hatte sie keine Schuhe getragen. Eine kluge Entscheidung, denn Soldaten waren verloren, wenn ihre Schuhe verloren gingen und ihre Füße nicht durch Hornhaut geschützt waren. Auch die Nacktheit war im Kampf sinnvoll, wenn einen nichts behinderte ... Nun gut, diese Tatsachen waren nichts Ungewöhnliches. Eine thebanische Eliteeinheit hatte jahrelang so gekämpft – einer der Heroen der Schlacht um El-Kab hatte nur ein Schwert besessen und über einer Schulter die Decke getragen, in die er sich in der Nacht einrollte.

Doch Frauen so zu sehen, war wirklich ungewöhnlich. Einerseits wirkte es sehr erotisch, aber andererseits auch ernüchternd. Ob die Kämpferinnen das eigene Geschlecht bevorzugten, wie man sich das von den Amazonen des *Schwarzen Meeres* erzählte?

«Riki!«, rief Seth plötzlich über die Schulter zurück. »Sieh nur!«

Riki sah sich um und wäre vor Überraschung beinahe stehen geblieben. Der Weg führte zwischen riesigen Felsen einen sanft geneigten Hang empor. Wie die Kraniche standen sehnige Kriegerinnen auf jedem der Felsen. Bis auf ihre Waffen und die schimmernden goldenen Bänder um die Gelenke waren sie nackt. Ohne Zweifel waren es Ägypterinnen.

Unwillkürlich griff Riki sofort zum Schwert, doch gleich darauf ließ seine Anspannung wieder nach.

Die Frauen schienen keine feindliche Absicht zu haben, sondern beobachteten lediglich die Schar, die immer langsamer vorankam, je steiler der Hügel anstieg.

Zu Rikis Überraschung ignorierte die schweigsame Sagmak die Kriegerinnen und tat so, als ob sie Teil der Landschaft wären. Doch auf dem Kamm des Hügels hielt sie inne und sprach hastig auf Seth ein. Wieder griff Rikis Hand nach der Waffe. »Was ist los?«, rief er voller Ungeduld. »Was gibt es?«

»Komm herauf!«, rief Seth und winkte.

Mit einem Kopfnicken übergab Riki sein Kommando an einen seiner Offizier und eilte nach oben.

Er blickte in das Tal hinunter.

Obwohl er sich innerlich auf etwas Neues gefasst gemacht hatte, erschrak er trotzdem im ersten Moment. Inmitten der kahlen, wasserlosen Landschaft wirkte dieses unglaublich saftige Grün einfach überwältigend! Der Hügel fiel viele hundert Meter tief ab und entblößte seine rötlich schimmernde Flanke.

Darunter jedoch war alles grün!

Riki blinzelte, weil er es kaum glauben konnte. Ein grünes Wunder! Bäume, Palmen und Büsche wuchsen wild durcheinander, andere Pflanzen standen in Reih und Glied – aber das Unglaublichste war das Wasser, das in Fontänen aus der Erde schoss und sich in kleine Bäche und strahlend blaue Seen ergoss!

»Gute Götter!« Er atmete hörbar aus. »Warum hat mir denn niemand davon berichtet? Ich hätte mich unverzüglich versetzen lassen! Ein paradiesisches Fleckchen Erde!«

Aber der Zugang zu diesem Fleckchen Erde war nicht jedem gestattet. Die Kriegerinnen hatten inzwischen drohend Aufstellung genommen und warteten mit gespannten Armen ab, wie die Gruppe sich weiter verhielt.

Riki hob seinen Arm, was überall als Zeichen für die friedliche Absicht verstanden wurde. Einen Moment lang geschah überhaupt nichts, doch dann bedeutete ihm die Frau mit dem Geparden, dass er und seine Truppe den langen Pfad zur Oase hinabsteigen sollten. Sagmak sah Riki an und wartete auf sein Einverständnis.

»In Ordnung«, sagte er. »Geht voran, aber haltet Eure Augen offen.«

»Dies kann unmöglich der alte Weg sein«, bemerkte Seth während des Abstiegs. »Aus irgendeinem Grund hat Sagmak uns einen anderen Weg geführt.«

»Und warum?«, fragte Riki.

»Dies ist keine Karawanenroute. Weder Träger noch Packtiere hätten diese Steigung erklimmen können. Nein. Dieser Weg wurde bewusst gewählt, um uns verletzlich zu machen. Auf diesem Abhang kann man uns jederzeit mit Pfeil und Bogen in Schach halten oder uns mit einer Steinlawine beglücken!«

»Klug, nicht wahr? Aber ich verstehe, was du damit sagen willst. Sagmak kannte den Weg viel zu gut, um sich zu verlaufen. Sie ist hier schon öfter gegangen, und ich wette, dass sie auch die alte Karawanenstraße kennt. Hinter alledem steckt ein Plan.«

Seth wollte etwas erwidern, doch in diesem Moment drehte

Sagmak sich um. Sie sah Riki geradewegs in die Augen. »Genauso ist es«, erklärte sie in perfektem Thebanisch. »Ich hatte meine Befehle. Aber Ihr habt nichts zu befürchten. Man hat Euch vom ersten Tag an überwacht – allerdings nur zu Eurem Schutz! Heute Abend wird man ein Fest zu Euren Ehren veranstalten. Keine Sorge – Ihr werdet bereits erwartet, und Ihr seid willkommen!«

Am Fuß des Abhangs mündete der Weg in eine gepflasterte Straße und führte durch eine Dattelpalmenallee – völlig unglaublich! – mitten in das Zentrum einer kleinen Stadt mit Häusern und Tempeln, deren Kanäle und Brunnen von unterirdischen Quellen gespeist wurden! In den Gassen drängte sich ein buntes Durcheinander von Menschen, wie in anderen ägyptischen Städten auch. Karawanen besuchten die Stadt und fremdartig aussehende Frauen und Männer, die die unterschiedlichsten Dialekte sprachen und seltsame Gewänder trugen. Die Kriegerinnen sah man immer paarweise, und zu Rikis Überraschung entdeckte er auch hin und wieder eine Nubierin unter ihnen.

Riki schloss zu Seth und Sagmak auf. »Gehören diese Nubierinnen zum *Schwarzen Wind*?«

»Ihr werdet immer wieder welche sehen«, antwortete Sagmak. »Sie mischen sich manchmal unter die Töchter des Aker.« Sie zögerte, aber dann sprach sie weiter. »Diese Frauen haben unseren Weg durch die Wüste begleitet.«

»Aker«, wiederholte Riki. Aker war der Löwengott. Er bewachte das Tor, durch das die Sonne jeden Morgen ihren Lauf begann. Ein angemessener Name für eine Elitetruppe, die die Oasenwege aus dem Osten kontrollierte. »Verzeiht, aber warum habe ich nie davon gehört? Wie konnte ich zehn Jahre in Theben leben und nie davon hören?«

Er hielt inne. Natürlich! Er *hatte* davon gehört! Baliniri hatte ihm die Geschichte selbst erzählt, aber er hatte sie nicht geglaubt! Er seufzte. »Nun gut. Geht voran – ich denke, wir werden irgendwann jemanden treffen, der das alles eingefädelt hat, nicht wahr?«

Eigentlich hätte er eine Antwort erwartet, aber Sagmak schien für den Augenblick genug gesagt zu haben.

Es war unglaublich, aber wahr. Inmitten der Stadt erstreckte sich ein wunderbarer natürlicher See, umgeben von blühenden Jasminbüschen, Chrysanthemen und Oleandern. Eine Loggia überblickte das Wasser, überspannt von einem großen Weinstock. Eine Kriegerin erwartete sie, die von zwei entschlossen dreinblickenden Speerträgerinnen flankiert wurde.

Sagmak bedeutete dem Trupp innezuhalten und verbeugte sich vor der großen Frau. »Hier kommen der Ehrenwerte Riki und der weise Seth – und dies ist Weret, die die Töchter des Aker in der Oase El-Kharga kommandiert.«

Riki verbeugte sich, wie es sich gehörte, aber seine Hand ruhte stets auf dem Griff seines Schwertes. Seth deutete die Verbeugung nur an und ließ die Frau nicht aus den Augen. »Ich grüße Euch«, sagte Riki. »Wir kommen als Abgesandte des Baliniri, des Wesirs von Theben, und ...«

»Ich kenne den Grund Eures Kommens«, erklärte die Frau. »Ich habe Euch erwartet. Wenn Ihr hier nicht willkommen wärt, hättet Ihr diesen Ort nie erreicht. Nein, seht mich nicht so finster an. Wir haben keine heimtückischen Absichten – wir möchten, dass Ihr Euren Aufenthalt genießt. Heute Abend werde ich Euch zu Ehren ein Fest geben. Morgen werden wir Eure Leute dann mit der Oase und allen anderen Gegebenheiten vertraut machen. Das war Baliniris ausdrücklicher Wunsch.«

»Ihr sagtet ›Eure Leute‹ – demnach habt Ihr für mich andere Pläne?«

Ihr Gesicht blieb ausdruckslos. »Ja – für Euch und für Euren Gefährten Seth. Die anderen müssen hier zurückbleiben, doch Ihr werdet mich in die Oase El-Dakhla begleiten, wo ...«

»Aha!« Riki schlug sich mit der Faust in die Handfläche. »Ich *wusste* doch, dass etwas nicht stimmte! Auf keiner der Karten ist El-Dakhla verzeichnet. Das ist Absicht, nicht wahr?«

Die Frau lächelte überlegen. »Diesen Ort darf niemand besuchen, doch Euch beide wird man dort mit allen Ehren empfangen.« Nach einer kleinen Pause fügte sie hinzu: »Seit zehn Jahren hat kein Mann diese Erlaubnis erhalten.«

Seth und Riki sahen einander an. »Und wen werden wir dort treffen?«, fragte Riki.

»Das muss bis morgen warten«, entgegnete Weret. »Inzwischen solltet Ihr Euren Aufenthalt genießen. Für Eure Bequemlichkeit und die Eurer Männer ist gesorgt.«

»Nein!«, rief Riki entschieden. »Meine Männer werden wie gewohnt in Zelten schlafen. Ich will nicht, dass sie in Häusern verweichlichen. Nach unserer Rückkehr nach Theben erwartet uns ein Kampf, dem wir gestärkt entgegengehen müssen.«

Zum ersten Mal konnte Riki so etwas wie Anerkennung auf der Miene der Frau erkennen. »Nun gut«, sagte sie. »Meine Frauen treffen nicht sehr oft auf Männer ihres Alters – sicher werdet Ihr nichts dagegen haben, wenn sie einander ein wenig näherkommen, nicht wahr …«

Riki starrte die Frau an. *Das klärt zumindest eine meiner Fragen*, dachte er und lächelte. »Nun gut. Wir werden jetzt unser Lager aufschlagen und später gern an Eurem Fest teilnehmen. Alles Weitere wird sich finden.«

Sechs Stunden später war das Fest in vollem Gang. Die Musik spielte, und die Körper der Tanzenden schimmerten im Licht der Fackeln. Bis auf die bewaffneten Soldaten, die Riki am kleinen Wäldchen neben dem See postiert hatte, hatten alle ihre Kleidung abgelegt. Hin und wieder verschwanden zwei im Olivenhain oder hinter den Büschen am See. Man hatte ihnen reichlich, aber einfach zugleich aufgetischt, so wie Soldaten es schätzten, um satt, aber nicht fett zu werden und morgens keinen aufgequollenen Bauch zu haben.

Riki sah dem Feiern zu, aber er selbst hielt sich zurück. Seth, der Feste nicht ausstehen konnte, war mit Sagmak verschwunden, um die Anführerin des *Schwarzen Windes* zu treffen, und Riki und Weret waren allein zurückgeblieben. Obwohl Weret keineswegs ablehnend wirkte, war Riki trotzdem klar, dass eine Vertrautheit zwischen ihm und dieser Frau niemals zustande käme. Er zuckte die Achseln und nutzte die Zeit, um eine Frage nach der anderen zu stellen, die jedoch zum größten Teil unbeantwortet blieben. Besonders tabu waren offenbar alle Fragen, die die Oase Dakhla und alles betrafen, was ihn dort erwartete.

Als Riki schließlich aufstand, um sich in sein Zelt zurückzuziehen, fiel sein Blick auf die Ausrüstung, die Weret vor dem Feuer abgelegt hatte. Das Licht der Flammen tanzte auf allen Gegenständen, nur das Metall des Schwerts wirkte seltsam stumpf. Neugierig strich Riki darüber und zog gleich darauf erschrocken die Hand wieder zurück.

Das Schwert, das da vor ihm lag, war aus Eisen geschmiedet worden.

Kapitel 13

I

Trotz der zahlreichen Anlegemanöver in den verschiedenen Häfen hatte Kedar die Rückreise nach Theben als wohltuend kurz empfunden. Das war nicht zuletzt der starken Strömung zu verdanken. Dennoch hatte ihn die Sonne ermüdet. Als er das Schiff verließ, war er so ganz und gar nicht in der Stimmung, auf dem Nachhauseweg noch einzukaufen und sich zu Hause etwas zu kochen.

Ausnahmsweise überwand er diesmal die Abscheu, die er gegen Gasthäuser hegte, und entschied sich für eine Taverne am Kai, die seinen Geschmack am wenigsten beleidigte. Gleich beim Eintreten war ihm klar, dass er hier nichts verloren hatte. Vor den abweisenden Blicken der Trinker floh er hinauf auf die Terrasse, wo er im Schatten wartete, bis der Wirt ihm ein Glas verwässerten Wein servierte und seine Bestellung entgegennahm. Danach entspannte er sich ein wenig und betrachtete die Aussicht.

Die Terrasse befand sich auf dem Dach des einstöckigen Gebäudes. Während Kedars Blicke über Kai und Fluss schweiften, kehrten seine Gedanken wieder einmal wie so oft in den letzten Tagen zu Tuias Vorschlag zurück. Es ist schon seltsam, dachte er. Das Angebot war so großzügig, dass er eigentlich gar nicht hätte zögern dürfen – aber genau das Gegenteil war der Fall. Inzwischen war eine ganze Woche verstrichen, und er war der Entscheidung nicht einen einzigen Schritt näher gekommen. Das Gespräch mit seinen Verwandten war nicht sehr hilfreich gewesen. Ihre Bedürfnisse und die seinen waren völlig entgegengesetzt. Sie hatten ihn so verstanden, dass er auf diese Weise bequem zu Macht und Geld kommen würde. ›Und was soll mir das nützen?‹, hatte er sie gefragt. ›Was soll ich damit anfangen?‹. Sie hatten sich fürchterlich erregt und wahrscheinlich auch daran gedacht, dass alles Geld, was ihm woher auch immer zufloss, im Fall seines Todes ihnen zufiel. Letztendlich hatte er der Familie traurig den Rücken gekehrt und sich lieber wieder auf sich selbst besonnen.

Mit einem Mal bemerkte er, dass im Hof unterhalb der Terrasse zwei Männer miteinander sprachen. Ärgerlich runzelte er die Stirn und wollte schon an einen anderen Tisch wechseln, als ihn die Unterhaltung aus unerfindlichen Gründen plötzlich faszinierte. Die lautere Stimme klang zynisch und scharf. Offenbar war der Mann gebildet und witzig. Der andere mit einer wesentlich helleren Stimme schien dagegen aus den ärmeren Vierteln der Stadt zu kommen. Überrascht fragte sich Kedar, was zwei so unterschiedliche Männer in einer solchen Taverne zu besprechen hatten.

»... er sagte mir, dass dich keine Gefahr schreckt, solange du Geld verdienst. Er sagte, ich könnte dir vertrauen.«

»Nun, dass kommt ganz darauf an, Herr. Es kommt darauf an, um wie viel Geld es geht, außerdem kommt es auf die Schwierigkeiten an, auf Eure Person und auf Eure Wünsche.«

»Das lässt sich doch hören. Also gut, es geht darum, dass ich mir ein Vermögen aneignen möchte. Ungefährlich wird die Sache sicher nicht. Aber dafür geht es auch um ein wirklich *großes* Vermögen! Ich heiße Apis. Du kannst dich im Hafen nach mir erkundigen. Man kennt mich da und dort, obgleich ich mich noch nicht lange in Theben aufhalte.«

»Worum geht es genau, Herr?«

»Es geht darum, einer reichen Witwe möglichst alles abzunehmen, was ihr Mann ihr vererbt hat. Kein schlechter Handel für dich – das verspreche ich! Der Mann war immerhin der persönliche Waffenschmied des Pharao. Diese Leute machen ein Vermögen!«

Beinahe hätte Kedar sich an seinem Wein verschluckt. Er kniff überrascht die Augen zusammen und lauschte nur umso eifriger.

»Leute, die so viel Geld besitzen, haben für gewöhnlich auch Geld genug, um sich vor Leuten wie uns schützen. Was meint Ihr, Apis?«

»Normalerweise stimmt das. Diese Frau hat auch einflussreiche Freunde, aber sie lebt allein – als ihr Mann noch lebte, soll sie sogar die Geliebte des Wesirs gewesen sein. Sie hat zwar einen Sohn, doch der ist meistens nicht zu Hause. Ein Intellektueller, der sich auf dem Markt herumtreibt und kluge Sprüche von sich gibt. Er lebt einfach nicht in derselben Welt wie wir. Seit einigen Wochen ist er verschwunden, und niemand weiß, wo er steckt.«

»Nun, Apis, je mehr ich darüber höre, desto mehr gefällt mir die Sache.«

»Seit einiger Zeit habe ich eine Komplizin – eine Frau, die eines Tages hier aufgetaucht ist, um die Witwe um Geld anzugehen und ihr einen kleinen Herumtreiber als illegitimen Sohn ihres verstorbenen Ehemanns unterzuschieben. Sie benutzt das Kind, um Geld zu erschwindeln.«

»Ach, du je! Eine Frau, ein Kind ... Wie viele Leute sind eigentlich noch im Spiel?«

»Nur du und ich, Imiut. Ist das dein richtiger Name? Imiut?«

»Ja, im Augenblick schon.«

»Mir reicht das. Sobald wir uns einig und meine Erkundigungen abgeschlossen sind, werden die Frau und das Kind entbehrlich. Aber bis dahin benutze ich sie noch, um ein bisschen Geld zu erbeuten. Der Junge schmuggelt mir jeden Abend Papyri aus dem Haus und bringt sie kurz vor Morgengrauen wieder zurück, nachdem ich sie durchgesehen habe.«

»Demnach könnt Ihr lesen, Apis? Das ist eine sehr nützliche Fähigkeit!«

»Ich habe noch mehr solch nützlicher Fähigkeiten. Vor langer Zeit habe ich einmal eine Schreiberschule besucht. Ein kleiner Konflikt mit dem Gesetz hat jedoch dafür gesorgt, dass ich mich woanders nach Arbeit umsehen musste. Leider habe ich sehr teure Gewohnheiten.«

»Mir geht es ähnlich. Wenn ich genügend Mittel hätte, würde ich allerdings noch sehr viel teurere entwickeln.«

»Offenbar verstehen wir einander bestens. Dann wollen wir jetzt die Einzelheiten besprechen. Die Frau glaubt, dass man noch mehr aus der Witwe herausholen kann. Aber leider bin ich ihrer überdrüssig – so fett wie sie ist, hält sie sich auch noch für begehrenswert! Der Alkohol macht mich fertig, und dann erst dieses kuhähnliche Glotzen! Wenn es nicht um mehr ginge, würde ich mich lieber mit einem Wasserbüffel zusammentun!«

Imiut lachte. »Das nenne ich eine treffende Beschreibung. Nun gut, abgemacht. Wenn die Zeit reif ist, scheidet sie aus dem Spiel aus. Soll ich den Jungen auch umbringen?«

»Ja. Er weiß einfach zuviel.«

»Für welchen Tag habt Ihr die Aktion geplant?«

»Ich denke, sehr bald. Aber die genaueren Einzelheiten würde ich lieber in vertrauterer Umgebung besprechen. Wohnst du hier in der Nähe? Wenn wir zu mir nach Hause gehen, kommt uns die Frau womöglich auf die Schliche und fängt ein großes Geschrei an.«

»Das ist richtig. Ich wohne drüben bei den Metzgern, im *Basar der Vier Winde*. Ich bin erst letzte Woche dort eingezogen. Seid mein Gast! Ich brenne darauf, die Einzelheiten zu erfahren.«

Kedar duckte sich hinter eine Palme, bis er ihre Schritte draußen auf der Straße hörte. Erst als die Stimmen kaum mehr zu verstehen waren, beugte er sich über die Brüstung. Doch genau in diesem Moment kamen zwei Wächter hinter dem Gebäude hervor und verdeckten ihm die Sicht. *Verdammt!*, dachte er. *Jetzt kann ich sie nur an ihren Stimmen erkennen. Ich weiß nicht, wie sie aussehen!*

Er umklammerte die Rückenlehne seines Stuhl, während sein Herz wie verrückt klopfte. Was hatte er da nur alles gehört!

Aber vor allem, was konnte er tun?

Als Tuia und Cheta zum Markt gegangen waren, klopfte Tamschas wie vereinbart dreimal gegen die Tür und dann noch ein weiteres Mal. Danach wartete sie ungeduldig, dass Meni öffnete. »Wo bist du so lange gewesen?«, herrschte sie ihn an, als er endlich kam. »Schließe die Tür hinter mir! Verdammt, warum hat das so lange gedauert?«

»Aber Tamschas! Du hättest nicht kommen sollen! Du weißt doch, dass sie bald zurückkommen! Sie gehen nicht immer auf alle Märkte.«

»Halte einfach den Mund und zeige mir, wo sie die Aufzeichnungen verwahrt. Apis sucht noch einen Papyrus über den Grundbesitz auf dem Land.«

»Ich kann sie doch nicht unterscheiden, Tamschas! Ich kann doch nicht lesen. Das weißt du doch. Ich bitte dich, hör endlich auf! Sie hat uns doch schon so viel Geld gegeben! Hast du nicht langsam genug?«

Für Sekunden war ihr Gesicht weich und verletzlich. »Ach, Meni. Das Geld ist längst aufgebraucht. Du weißt doch, wie Apis ist …« Sie seufzte.

»Ja, ich weiß«, sagte der Junge. »Du solltest ihn verlassen. Er ist böse! Und er hat mir wehgetan.«

»Ich weiß.« Mutlos zuckte Tamschas die Achseln. »Du solltest den blauen Fleck sehen, den er mir verpasst hat!« Sie schüttelte den Kopf und schloss die Augen … aber Sekunden später starrte sie ihn wieder kalt und erbarmungslos an. »Ich bin in einem so großen Haus wie diesem aufgewachsen. Mit vielen Bediensteten und Sklaven. Ich habe ein Kleid nie zweimal getragen, doch jetzt … Sieh mich an! Und das alles nur wegen des Mannes, den sie geheiratet hat!« Die blutunterlaufenen Augen fixierten den Jungen. »Natürlich muss ich ihr das heimzahlen! Diese berechnende Hexe! Mit welchem Recht darf eine Herumtreiberin wie sie ein so gutes Leben haben und reich werden?«

»Bitte, Tamschas, geh endlich! Ich komme auch gern mit, wenn du das willst. Aber lass Tuia in Ruhe! Sie ist ein guter Mensch, und sie ist nett. Außerdem ist sie sehr einsam und …«

»Wo ist das Zimmer, in dem sie die Papyri aufbewahrt? Wenn ich mit leeren Händen nach Hause komme, wird Apis mich verprügeln, bis ich nicht mehr stehen kann! Los – komm, Kleiner!«

»Bitte, Tamschas!«

Als das Klopfen an der Tür überhaupt nicht mehr aufhören wollte, gab Ketan schließlich nach. Die Amme hatte das Kind den Tag über mit zu sich nach Hause genommen. Er selbst hatte eine grauenhafte Nacht und einen ebenso grauenhaften Tag hinter sich. Zum Trost hatte er zum *shepenn* gegriffen und war nach einer viel zu großen Dosis in tiefen Schlaf verfallen. Er hatte schrecklich geträumt und war dankbar, dass ihn das Klopfen wieder so weit in die Wirklichkeit zurückbefördert hatte.

Er öffnete die Tür einen kleinen Spalt und schützte seine Augen vor der blendenden Helligkeit. »Ahhh!«, stöhnte er. »Kommt herein – wer auch immer Ihr seid!« Seine Stimme klang, als ob er zuviel getrunken hätte. In der Marmoreinfassung der Tür erblickte er für Sekunden sein Gesicht. Wie eine Wasserleiche nach drei Tagen! »Wer ist da?« Er zwinkerte und rieb sich die Augen. »Ich kann Euch noch immer nicht erkennen.«

Eine leise Stimme antwortete. »Ich bin es, Ketan. Kedar – Seths alter Lehrer. Ich habe von Eurem Verlust erfahren und wollte Euch meine Anteilnahme aussprechen.«

»Anteilnahme?«, fragte Ketan höhnisch. »Alle sprechen mir ihre Anteilnahme aus! Habt Ihr sie denn gekannt? Sie war die sanfteste, die netteste ...« Nur mit Mühe schluckte er das aufsteigende Schluchzen hinunter. »Aber das wollt Ihr vermutlich gar nicht hören! Ich danke Euch für Euer Kommen, doch ich fühle mich nicht wohl. Wenn Ihr mich bitte entschuldigen ...« Ketan stolperte rückwärts und sank auf einen Stuhl.

Der alte Mann blieb einfach stehen. »Ich hätte niemals gewagt, Eure Trauer zu stören, wenn es nicht um Tuia ginge. Ihr seid vermutlich der einzige Mensch, der ihr helfen kann.«

Ketan hob den Kopf und mühte sich, den Besucher klar zu erkennen. »Was redet Ihr da? Was ist mit Tuia?«

»So wie es aussieht, verstehen sich Tuia und der Junge sehr gut«, stellte Apis fest. »Sie ist einsam, und Meni erinnert sie an ihren verstorbenen Mann.«

»Gebt mir den Krug«, bat Imiut.

»Also können wir den Kleinen benutzen, um sie auszuplündern. Wenn wir ihm mit Tod oder Verstümmelung drohen, können wir bestimmt größere Summen aus ihr herausholen. Der größte Teil ihres Vermögens ist in Landbesitz angelegt.« Seine Zunge war schwer.

»Aha. Und Ihr glaubt ...«

»Ganz richtig. Ich glaube, aber sicher bin ich mir nicht. Bei so großen Unternehmungen muss man sich öfter etwas einfallen lassen. Wenn eine Methode versagt, funktioniert vielleicht eine andere.« Er musste aufstoßen und zog den Weinkrug zu sich heran. »Ich hoffe nur, die Frau findet die Papyri, die ich brauche. Wenn nicht, wird sie es bedauern.«

»Was wollt Ihr mit ihr machen? Und mit dem Kind?«

Mit betrunkenem Blick fixierte Apis seine Pranken. Dann packte er den Krug, trank ihn leer und umfasste den schlanken Hals des Gefäßes. »Ich werde ihr das Genick brechen«, sagte er. »So! Siehst du?« Mit verzerrten Lippen warf er das zerbrochene Gefäß in die Ecke, wo es in tausend Scherben zersprang. »Dieser kleine Mistkerl! Wagt doch tatsächlich Widerworte!«

II

Ketan fühlte sich noch immer etwas schwach, als er zusammen mit Kedar den Basar durchquerte. Am Brunnen hielten sie inne, und er wusch sich das Gesicht und schüttelte sich danach wie ein Hund, damit das Wasser abperlte. »Ich fühle mich schrecklich!«, stöhnte er heiser. »Kommt, in der nächsten Taverne trinken wir einen Schluck. Das wird mich erfrischen.«

Kedar war nervös. »Seid Ihr sicher, dass sich das *shepenn* mit Wein verträgt?«

»Ein Becher wird mich nicht gleich umbringen.«

Ratlos musterte Kedar die Passanten und sah dann wieder Ketan an. Er sah aus, als ob er vom Totenbett aufgestanden wäre. »Nun gut, aber höchstens einen Becher. Eigentlich ...«

»Ich weiß, was Ihr sagen wollt. Aber bedenkt eines: Tuia ist mir lieb und teuer, und ich würde nie zulassen, dass man ihr Böses antut. Ich werde einschreiten – sorgt Euch nicht. Aber ich habe einen schrecklichen Tag hinter mir.« Das klang beinahe ärgerlich. »Warum muss ich mich eigentlich ständig rechtfertigen? Kommt! Ein Becher Wein – und ich werde ein neuer Mann sein! Anschließend werden wir uns dann diese Leute vorknöpfen.«

Schließlich gab Kedar nach. Trotz aller gegenteiligen Beteuerungen waren zwei Becher nötig, bevor Ketan wieder vernünftig sprechen konnte. »Unser Problem ist dies: Tuia hat dieses Pack am Hals, aber an die Behörden will sie sich nicht wenden, weil sie sich schämt. Alle würden erfahren, dass ihr Mann mit einer trunksüchtigen Dirne ein Kind gezeugt hat. An Baliniri mag sie sich schon gar nicht wenden – aber mir steht dieser Weg offen. Schließlich bin ich ja der Waffenschmied des Hofes.«

»Das ist alles gut und schön – aber diese Männer sind extrem gefährlich und zu allem entschlossen. Die zögern nicht lange.«

»Das habe ich verstanden.« Ketan hob den Becher und ließ den letzten Tropfen Wein auf den Boden rinnen. »Wir werden uns sofort ans Werk machen. Wirt!« Der Mann beeilte sich, weil er nach Ketans Auftreten einen mächtigen, einflussreichen Mann in ihm vermutete. »Bringe Pinsel und Papyri. Wir wollen einen Brief schreiben.«

»Aber, Herr«, wandte der dicke Mann ein. »Leider verfüge ich nicht über ...«

»Schon gut. Dann schicke nach dem nächstbesten Schreiber! Du bekommst eine Münze, wenn er sich beeilt.«

»Ja, Herr!« Der Wirt hastete davon.

»Und nun zu Euch, Kedar«, sagte Ketan. »Ich möchte, dass Ihr den Brief unverzüglich zu Baliniri bringt. Ich werde ihn siegeln, dass er ihn sofort erhält. In der Zwischenzeit werde ich diese Leute ausfindig machen und sehen, was ich unternehmen kann.«

»Allein? Ist das nicht zu gefährlich?«

»Ich werde mich zu bewaffnen wissen – vertraut mir! Ein Mann, der Schwerter schmiedet, kann auch damit umgehen! Ich habe besten Unterricht erhalten – also sorgt Euch nicht! Bringt nur diesen Brief in die richtigen Hände – alles andere dürft Ihr getrost mir überlassen.«

»Aber, Ketan, bitte.«

»Ich will nichts mehr davon hören. Seht, hier kommt schon der Schreiber! Habt Ihr alles Nötige dabei? Dann setzt Euch! Habt ihr keinen besseren Pinsel? Gut, der sieht schon besser aus. Lasst uns anfangen! ›An Baliniri – Grüße von Ketan. Wie ich soeben erfahre ...‹«

Kedar traute seinen Augen nicht, als genau die Person um die Ecke des Amuntempels bog, die er keinesfalls zu treffen wünschte. Tuia hielt einen ungefähr zehnjährigen Jungen an der Hand. Offenbar war es derjenige, um den es hier ging. Eine Welle unterschiedlichster Gefühle durchflutete ihn. Der Junge gehörte zum Feind, und eigentlich befand er sich – ob es ihm bewusst war oder nicht – in weit größerer Gefahr als Tuia. Kedar kniff die Augen zusammen. Natürlich – das war doch der Junge, den er vor nicht allzu langer Zeit beim Stehlen erwischt hatte! Den man dazu zwang ...

»Kedar!« Tuia strahlte über das ganze Gesicht. »Wie schön, Euch zu treffen! Wie lange seid Ihr denn schon zurück?«

Er klammerte sich an den Papyrus und rang sich ein Lächeln ab. Was das Lügen anging, hatte er wenig Übung. »Seit zwei Tagen, liebe Tuia. Aber ich hatte eine Magenverstimmung. Ich bin gerade zum ersten Mal aufgestanden. Sonst hätte ich ...«

»Macht Euch keine Gedanken, das verstehe ich doch.« Sie lächelte zwar, aber eine leichte Anspannung war nicht zu überhören. »Ich möchte Euch einen kleinen Freund vorstellen – dies ist Meni. Meni, dies ist Kedar, ein kluger und gelehrter Mann. Er war der Lehrer meines Sohnes, und ich würde mich freuen, wenn er dich ebenfalls unterrichten würde.« Ihre Augen sagten Kedar all das, was ihr Mund nicht über die Lippen brachte. »Ich denke, dass ich ihn überreden kann. Er ist ein sehr guter Freund von mir.«

»Ich freue mich, Euch kennen zu lernen«, sagte der Junge und sah beharrlich zu Boden. Offenbar fiel ihm solche Höflichkeit nicht leicht, aber er wollte Tuia unbedingt einen Gefallen tun. Natürlich waren Kedar die freundschaftlichen Blicke zwischen den beiden nicht entgangen. Er unterdrückte einen Seufzer.

Über den Kopf des Jungen hinweg sahen Tuia und Kedar einander an. »Kommt doch zum Essen, wenn es Euch heute Abend wieder besser geht. Ich habe alles für das Vermächtnis vorbereitet und würde es Euch gern zeigen.«

Kedar lächelte nervös. »Ich habe leider einige Besorgungen zu erledigen, was den ganzen Tag in Anspruch nehmen wird«, begann er unsicher. Wie konnte er sie nur von ihrem Haus und damit von der Gefahr fern halten? »Wenn es Euch keine Umstände macht, wäre es mir lieber, wenn Ihr mich besuchtet.«

»Es tut mir Leid, aber ich möchte Rücksicht auf Meni nehmen. Außerdem ist es in meinem Haus mit Dienerin und Köchin auch für Euch bequemer.«

»Meni ist mir jederzeit willkommen.« Kedar lächelte dem Jungen zu. »Es wäre so schön.«

»Bitte, Kedar! Ein andermal. Außerdem möchte ich das, was ich Euch zeigen will, ungern durch die ganze Stadt tragen.«

Kedar ballte die Fäuste und spürte, wie der Papyrus brach! Nein! Keinesfalls durfte er Ketans Siegel beschädigen! Er lockerte seinen Griff. »Ich mache Euch einen Vorschlag. Falls Ihr morgen zu mir zum Essen kämt ...«

»Aber natürlich!« Sie lächelte erfreut.

»Ich muss wirklich noch sehr viele Dinge erledigen ...« *Denke schneller! Womit kannst du sie von ihrem Haus fern halten, bis Baliniris Männer dort eintreffen?* »Hättet Ihr vielleicht Lust, etwas für mich zu tun? Dann hätte ich sofort eine Sorge weniger.« Seine Gedanken rasten. *Womit kann ich sie beauftragen? Rasch, besinne dich!* »Ich benötige unbedingt einige Aufzeichnungen aus der Bibliothek – ein Problem, an dem ich vor meiner Reise gearbeitet habe ... Hättet Ihr wohl die Freundlichkeit, den Oberschreiber aufzusuchen und in meinem Namen um ...« In aller Ausführlichkeit stellte er ihr dar, was er von dem Mann wollte. Später wollte er sich dann bei dem Mann für die Belästigung entschuldigen und ihm vielleicht sogar etwas zukommen lassen, um sich sein Wohlwollen nicht zu verscherzen ... Im Augenblick jedoch ging es um Leben und Tod, und er musste erreichen, dass Tuia bis zum Abend nicht nach Hause ging! »Ihr tut mir wirklich einen großen Gefallen, denn ich brauche die Aufzeichnungen unbedingt bis heute Abend ...«

Er fühlte ihre zarte Hand auf der seinen. »Diesen Gefallen tue ich Euch nur zu gern! Ihr habt mich noch nicht oft um etwas gebeten. Im Gegenteil – Ihr seid immer so bescheiden, dass ich mich regelrecht geschmeichelt fühle. Gewöhnt Euch lieber daran, öfter mit Euren Sorgen zu mir zu kommen. Ich freue mich immer, wenn ich Euch helfen kann.« Sie drückte seine Hand. Hilflos ruhte Kedars Blick auf dem unschuldigen Kindergesicht. Wie weit war der Junge in die Sache verwickelt? War er etwa ein Komplize der beiden Männer? »Betrachtet die Sache als erledigt«, sagte Tuia. »Ich erwarte Euch bei Sonnenuntergang in meinem Haus.«

»Es ist alles vorbereitet«, sagte Apis. »Heute Abend ist es soweit.«

»Aber ich dachte, du wolltest zuerst noch die Sache mit dem Landbesitz erledigen«, wandte Tamschas ein. »Dabei geht es schließlich um eine Menge Geld.«

Apis hörte gar nicht hin und wandte sich direkt an Imiut. »Vielleicht auch schon am Nachmittag. Jedenfalls sobald sie nach Hause kommt. Sie soll gerade eine Menge Geld flüssig gemacht haben – das befindet sich bestimmt im Haus. Offenbar will sie den senilen Kedar bestechen, damit er sie nimmt!« Er lachte verächtlich. »Das muss man sich vorstellen – eine attraktive Frau, die noch dazu reich ist, muss einen alten Schreiberling bestechen, damit er sie heiratet! Sehr selbstbewusst klingt das nicht, oder? Nun, auf der anderen Seite erleichtert das unsere Arbeit.«

»Apis, bitte! Warte doch noch ein wenig, bis wir auch den Landbesitz auf uns überschrieben ...«

Apis sah sie so finster an, dass sie schauderte. »Sei sicher, dass ich mir das genau überlegt habe. Landeigentum zu übertragen, bedeutet, dass man Namen und Adresse angeben muss.«

»Aber doch nicht für ewig! Wenn wir alles gleich wieder verkaufen ...«

»Es genügt, um Spuren zu hinterlassen. Nein, danke. Solche Dinge erledigt man schnell und dann verschwindet man unauffindbar in der Wüste. Nein, es lohnt sich nicht, sich mit den Behörden einzulassen und darauf zu warten, bis sie endlich tätig werden. Das ist tödlich!«

Imiut schnaubte. »Klingt vernünftig. Aber woher wollt Ihr wissen, dass sie ihre Mitgift schon im Haus hat?«

»Ich habe den Jungen ausgefragt. Von ihm weiß ich, dass sie gestern ganz allein im westlichen Teil des Hauses war. Bevor sie ihn weggeschickt hat, hat er gesehen, dass sie Geld gezählt hat.«

»Ah!« Imiut und Tamschas stöhnten wie aus einem Mund.

»Offenbar ist mir das Versteck bisher entgangen«, meinte Tamschas.

»Richtig«, sagte Apis. »Aber offenbar kennen es nicht einmal die Diener, obwohl sie schon so lange im Haus sind.«

Tamschas lächelte vor Erleichterung, dass er sie nicht beschuldigte. »Ich bin froh, dass du das so siehst. Man kann wirklich nicht sehr genau suchen, wenn Cheta oder sie jederzeit hereinkommen können. Sicher hat sie noch ein Versteck. Vielleicht könnte man den Mann bestechen, der das Haus damals gebaut hat.«

»Nein!«, fuhr Apis sie an. »Und jetzt sei ruhig! Es ist entschieden! Wir werden heute kurz vor Dunkelheit losschlagen. Wenn wir das Geld noch nicht gefunden haben, bis sie zurückkehrt, werden wir sie schon zum Reden bringen. Dafür habe ich Mittel und Wege. Ich kann die Leute zu allem bringen!«

Tamschas jammerte. »Ich weiß, aber glaubst du nicht ...«

»Jetzt ist aber endgültig Schluss! Mach dich fertig!«

Auf seinem Weg quer durch die Stadt wurde Ketan noch mehrere Male von den Geistern der Vergangenheit eingeholt, was jedesmal im Besuch einer Taverne endete. Als er irgendwann nicht mehr klar sehen konnte, zahlte er besorgt, und als er die Taverne verließ, musste er seine Augen vor der grellen Nachmittagssonne schützen. Unbewusst tastete er nach seinem Schwert. Sein Kopf zerplatzte beinahe, und er sehnte sich nach etwas *shepenn*, um die quälenden Stimmen zum Schweigen zu bringen.

Nein, das durfte er jetzt nicht denken! Entschlossen richtete er sich auf, straffte seine Schultern und ging auf unsicheren Beinen zu Tuias Haus.

Tuia! Seltsam – bisher hatte er sie nie als seine Verwandte gesehen, aber gerade heute erinnerte ihn die kleine Tuia sehr an seine kleine Nebet, die er für immer verloren hatte! Er dachte daran, als er damals der Tänzerin verfallen war. Wie hieß sie denn noch? Er konnte sich nicht einmal mehr an ihren Namen erinnern. Damals hatten Tuia und Nebet ihn gerettet. Überhaupt hatte sich Tuia immer sehr um Nebet und ihn gesorgt. Sie war Nebet zeitlebens eine echte Freundin gewesen, und hatte sie ihm nicht auch in den ersten Tagen nach seinem großen Verlust beigestanden?

Nun, diesen Gaunern wollte er es schon zeigen! Sie sollten ihn kennen lernen! Noch bevor Baliniris Männer eintrafen, wollte er ihnen gegenübertreten und ihnen zeigen, mit wem sie es zu tun hatten!

III

»Das ist das Dümmste, was mir je unter die Augen gekommen ist!«, bemerkte Sekenenre. »Wenn ich das Siegel des Hay-Königs nicht persönlich erbrochen hätte, würde ich diesen Brief für eine Fälschung halten.«

»Nein, Herr. Genau das und nichts anderes habe ich von Apophis erwartet! Ich bin eher überrascht, dass er nicht schon damals bei der Belagerung von Lischt zu solchen Mitteln gegriffen hat!«

Sekenenre hob den Papyrus hoch und überlas noch einmal den Text, den ein geübter Schreiber verfasst hatte. »So dumm, so gewöhnlich!« Er schüttelte den Kopf. »Welch jammervoller Versuch, ironisch und sarkastisch zu sein! ›Eure Nilpferde im östlichen Kanal machen so viel Lärm, dass ich nicht schlafen kann.‹ Und das schreibt einer aus dem Delta! Aus Avaris! Allerdings besteht Hoffnung! Falls seine Spione ihm bis heute noch nicht verraten haben, dass ich die lieben Tiere vor sechs Wochen umquartiert habe, ist das zumindest kein Zeichen von Klugheit!«

Baliniri schnitt eine Grimasse. »Es könnte tatsächlich länger gedauert haben, denn ich habe gerade drei seiner besten Spione aufgegriffen und aus dem Verkehr gezogen. Ich bin mir nicht sicher, ob er überhaupt noch welche hat. Seit Joseph das Nachrichtenwesen nicht mehr überwacht, hat es merklich nachgelassen.« Er zuckte die Schultern. »Ich würde den Brief gar nicht beachten, Herr, denn mit diesen persönlichen Beleidigungen habt Ihr ja gerechnet. Wichtiger ist auf jeden Fall, sich weiter zu rüsten und jederzeit auf das Schlimmste gefasst zu sein.«

»Glaubt Ihr nicht, dass Lischt noch ein weiteres Mal standhalten wird?«

»Ehrlich gesagt, nein, Herr.« Baliniri trat an eines der Fenster und blickte über den breiten Strom bis zu den roten Hügeln hinüber. »Dass Lischt standgehalten hat, war ein Wunder! Wir können nur hoffen, dass die Stadt trotz Babas Tod die Hay so lange aufhalten wird, bis alle Vorbereitungen in Theben getroffen sind.«

Sekenenres Miene spiegelte seine große Sorge. »Glaubt Ihr, dass es hier vor der Stadt zu einer Belagerung kommen wird?«

»Das genau ist meine Überzeugung. Ja, Herr. Falls Rikis Mission erfolgreich verläuft und Kamose uns die Unterstützung Nubiens verschafft, haben wir durchaus eine Chance. Unsere Armee ist ausgezeichnet. Kamoses Erfolg würde uns zusätzliche Kräfte bescheren, und wenn Riki ...«

Baliniri fuhr herum, als es an der Tür klopfte. Ein Offizier der Garde grüßte.

»Hauptmann?« Fragend sah Baliniri den Mann an.

»Herr, ein alter Mann namens Kedar hat Euch angeblich etwas Wichtiges mitzuteilen. Ich denke, er war früher Schreiber.«

»Er soll warten. Unser Gespräch ist noch nicht beendet.«

»Das ist richtig«, meinte der Pharao. »Nun ... Falls es zum Äußersten kommen sollte ... Was denkt Ihr? Haben wir eine Chance ...«

»Herr, ich habe alle Möglichkeiten durchgespielt, die Apophis hat. Er kann uns weder umgehen, noch kann er uns aushungern – es sei denn, die Belagerung zieht sich länger als sechs Monate hin.«

»Und wie stehen unsere Chancen bei einem Frontalangriff?«

»Den können wir anfangs mit Sicherheit parieren, Herr, aber wie lange wir standhalten können, hängt allein von Riki und Kamose ab.«

Es klopfte ein weiteres Mal. Ärgerlich fuhr Baliniri den Gardisten an. »Habe ich mich nicht klar und deutlich ausgedrückt?«

»Doch, Herr«, entgegnete der Hauptmann. »Aber der Mann besteht darauf, dass Ihr ihn sofort anhören müsst. Es geht um Leben und Tod.«

»Mich interessiert nicht, was er sagt«, beschied Baliniri den Gardisten. Doch als er sich abwenden wollte, zögerte er. »Wartet. Wie war sein Name?«, fragte er mit nachdenklicher Miene.

»Kedar, Herr. Ein Lehrer, wie er sagt. Ich soll ausrichten, dass er vor Jahren den jungen Seth unterrichtet hat.«

Der Pharao und Baliniri wechselten einen kurzen Blick. »Warum habt Ihr das nicht sofort gesagt?«, fragte Baliniri. »Bringt ihn herein!«

Als Cheta die Haustür öffnete, wurde sie plötzlich von hinten gepackt und eine große Hand legte sich über ihren Mund. Sie zappelte und versuchte zu schreien, doch Apis und Imiut schleiften die Dienerin in einen der inneren Räume, während die Haustür hinter ihnen ins Schloss fiel. Eine von Chetas Sandalen blieb gleich neben der Haustür auf dem Marmorboden liegen.

»Fessele sie!«, rief Apis Tamschas zu. »Und du, Junge, du siehst aus dem Fenster und sagst uns, wenn die Frau nach Hause kommt.«

»Aber ich will nicht«, jammerte Meni. Ein harter Schlag mitten ins Gesicht warf ihn zu Boden, und als er sich wieder aufrappelte, blutete er aus der Nase. »Tamschas, erlaube ihnen nicht ...«

»Halte endlich den Mund!«, schrie Apis. Dann beugte er sich über Tamschas und begutachtete die Knoten. »Ziehe sie fest an! Und stopfe ihr einen Knebel in den Mund!«

»Aber, Apis ...«

»Ruhig! Oder soll ich dir die Nase brechen?« Als er drohend die Faust hob, zuckte sie zusammen und machte sich wieder an die Arbeit. »Los, Imiut, wir suchen schon einmal nach dem Geld. Als Erstes überprüfen wir die Wandfliesen. Ich wette, dass eine lose ist ...«

Doch in dem Moment, als Imiut an seine Seite eilte, geschahen zwei unvorhergesehene Ereignisse. Die Haustür öffnete sich, und, umflossen vom abendlichen Licht, stand ein Fremder im Türrahmen. Gleichzeitig kam die Herrin des Hauses durch die Hintertür herein!

Tuia begriff auf der Stelle, was geschehen war. Sie registrierte Chetas Sandale neben der Haustür und dann die beiden Fremden und Tamschas, die aus einem der Räume traten. Die Gestalt unter der Haustür konnte sie im ersten Moment nicht erkennen, weil die tiefstehende Sonne sie blendete. »Tamschas!«, rief sie. »Was haben denn diese beiden Männer in meinem Haus zu suchen?«

»T-Tuia!«, rief der Mann unter der Haustür. Er warf die Tür mit dem Fuß ins Schloss und zückte sein Schwert. »Ich bin es,

Ketan! Diese ... diese Männer wollen dich berauben!« Seine Stimme klang unsicher, und er schwankte beträchtlich. »Reg dich nicht auf!«, sagte er. Und dann: »Ihr da!« Es sollte einschüchternd klingen. »Die Wachen sind unterwegs! Ich habe sie alarmiert. Legt die Waffen nieder ...«

Apis war ihm am nächsten. Mit einem Wutschrei riss er sein Schwert aus der Scheide und stach augenblicklich auf Ketan ein. Ketan versuchte, seine Waffe zu heben und den Stoß zu parieren, doch er brachte nur einen müden Schlag zustande. Das Schwert traf ihn direkt unterhalb der Stelle, wo die Rippen sich vereinigen. Es durchbohrte ihn fast bis zum Knauf. Erschrocken riss Ketan die Augen auf. Sein Mund war zu einem stummen Protestschrei geöffnet, das Schwert fiel ihm aus der Hand. Er taumelte einen Schritt rückwärts, worauf Apis das Schwert losließ. Hilflos umklammerte Ketan den Griff und zerrte daran. Doch das Leben wich bereits aus seinem Blick. Schwer fiel er auf die Knie und dann nach vorn aufs Gesicht. Der Aufprall vollendete das Werk des Schwerts, und auf seinem Rücken bildete sich ein roter Fleck.

»Ketan!«, schrie Tuia. »Ihr habt ihn umgebracht!«

Neben ihr an der Wand hingen einige Hethiterspeere, die Sekenenres Vater Dedmose Ben-Hadad zum Geschenk gemacht hatte. In blinder Wut riss Tuia einen Speer von der Wand und, ohne lange zu überlegen, durchbohrte sie Imiut, bevor dieser sich noch wehren konnte. Dann riss sie die Waffe aus seinem Körper zurück und wartete nicht einmal, bis er zu Boden stürzte. Stattdessen richtete sie den Speer auf Tamschas, die wutentbrannt mit erhobenem Dolch auf sie zuraste. Mit einem gewaltigen Hieb traf Tuia die Frau an der Stirn, sodass sie stürzte und ihr Schädel mit einem unguten Knacken auf dem Marmorboden aufschlug.

Als zuletzt auch noch Apis auf sie zustürzte, verließ sie jeglicher Mut. Der hypnotische Blick seiner kalten Augen ließ sie an eine Schlange denken. Sie hielt den Speer zwar unverändert gegen ihn gerichtet, aber er hielt sich stets außerhalb ihrer Reichweite und verunsicherte sie mit einem unbeweglichen Grinsen.

»Bleibt, wo Ihr seid!«, warnte sie ihn. Aus dem Augenwinkel hatte sie festgestellt, dass sie allein waren. Wo war Meni? »Die Wachen werden jeden Augenblick ...«

»Ihr wisst so gut wie ich, dass er mich nur täuschen wollte«, unterbrach sie die nasale Stimme. »Seit wann weiß ein Betrunkener, was er sagt? Nein, nein, meine Liebe. Wir beide sind allein. Wenn ich Euch raten darf, dann lasst endlich den Speer los. Wenn ich ihn Euch abnehmen muss, zwingt Ihr mich zu unschönen Dingen ... Ich kann Euch Eure Geheimnisse auch gewaltsam entreißen! Bisher ist es Euch gelungen, das Geld zu verstecken, aber wenn Ihr Euch erst in meiner Gewalt befindet ...«

»Wovon sprecht Ihr überhaupt?«, fragte Tuia. »Ich habe kein Geld im Haus. Haltet Ihr mich tatsächlich für so leichtsinnig?«

Während sie sprach, wich sie Schritt um Schritt zurück, aber Apis folgte ihr. »Glaubt nur nicht, dass Ihr mich durch Reden aufhalten könnt! Ich plane die Sache schon lange. Tag für Tag hat mir der Junge andere Dokumente bringen müssen. Ich weiß alles!«

»Wollt Ihr damit etwa sagen ... Meni? Nein! Meni würde mir so etwas nie antun! Tamschas eher, aber doch Meni ...«

In ihrer Verzweiflung achtete sie einen Moment lang nicht auf die Speerspitze, und schon war er über ihr! Mit Leichtigkeit entwanden seine Hände ihr die Waffe. Dabei traf sie der Griff am Kopf, sodass sie gegen die Wand geschleudert wurde. Sie stolperte und wäre beinahe gefallen. Apis warf die Waffe weg und packte ihre Handgelenke mit lähmendem Griff. »Du kleines Biest, ich werde dir zeigen, was es heißt, sich mir zu widersetzen.«

Tuia schrie aus Leibeskräften, doch sofort schlug ihr Apis mit der Handkante quer ins Gesicht, dass sie vor Schmerzen beinahe ohnmächtig wurde. Dann quetschte er ihre beiden Handgelenke in eine seiner Pranken und riss ihr mit der anderen das Kleid vom Leib. Als sie sich wehren wollte, traf ein weiterer Schlag ihr Ohr. Trotzdem gab sie nicht auf, aber irgendwann drehte sich alles in ihrem Kopf und sie schwankte.

Er packte ihre Haare und zerrte sie daran ins hintere Zimmer. Der plötzliche Schmerz lähmte ihren Widerstand, und sie versuchte nur noch, sich auf den Füßen zu halten. »Nein! Nein!«, schrie sie. »Tut mir nicht weh!«

Er schien Selbstgespräche zu führen. »... hast du mir einen Gefallen getan, als du ihn erledigt hast. Jetzt muss ich wenigstens nicht mehr teilen. Er hat ohnehin nichts getaugt. Und wenn die Frau und ihr kleiner Bastard ...«

»Halt!«, schrie Tuia. »Ihr tut mir weh.«

Erst als er sie durch die Tür in den hinteren Raum zerrte, schien er sie wieder wahrzunehmen. »Ruhe jetzt!« Er schleuderte sie auf das Zebrafell auf dem Boden. »Bleib einfach liegen und tue genau, was ich dir sage!« Er lockerte seine Kleidung, und dann schüttelte es ihn, als ob ihn der Blitz getroffen hätte. Seine Augen verdrehten sich, er hob die Hände, als ob er etwas packen wollte, doch die Hände standen nur zitternd in der Luft.

Wieder traf ihn etwas von hinten, was auch immer es war. Sein Kopf fiel vornüber, und ein Strom von Blut ergoss sich aus seinem Schädel.

Der massige Körper vibrierte, dann sank er zu Boden und fiel zur Seite. Apis starb, bevor er wusste, was ihn getroffen hatte.

Tuia versuchte aufzustehen und konnte es kaum glauben. Hinter dem Toten stand der kleine Meni, den Speer noch in den Händen, und seine Augen waren vor Schreck weit aufgerissen. Der kleine Körper zitterte und bebte wie ein Blatt im Wind. »Tuia!«, schrie er. »Ich ... ich wollte ihn nicht umbringen! Aber ich wollte nicht, dass er dir wehtut ...«

Im Vorraum erklangen Schritte, dann Männerstimmen. »Tuia!«, rief eine sehr vertraute Stimme. »Tuia, wo bist du?« Eine Stimme aus längst vergangenen Tagen, die sie fast schon vergessen hatte. Baliniris Stimme.

Plötzlich drehte sich die Erde schneller. Tuia spürte, wie ihr Bewusstsein schwand. Die erschrockenen Augen des kleinen Jungen waren der letzte Eindruck, den sie in ihre Ohnmacht mitnahm.

Als Tuia zu sich kam, lag sie in ihrem Bett. Die Decke hatte man ihr bis zum Kinn hochgezogen, und Kedars besorgtes Gesicht beugte sich über sie. »Tuia, endlich!«, flüsterte er mit sanfter Stimme. »Geht es Euch gut? Nein, bitte, liegt still! Dann wird alles gut werden.«

»Oh, Kedar!« Ihre Stimme klang seltsam hohl. »Ich erinnere mich ... Tamschas ... die schrecklichen Männer ...« Plötzlich versuchte sie, sich aufzurichten. »Ketan! Ist er ...«

Kedars Hand zwang sie mit sanfter Gewalt auf das Kissen zurück. »Wir sind leider zu spät gekommen«, sagte er.

»Oh! Es war schrecklich!«, stöhnte sie. »Es tut mir so Leid. Er hat so sehr versucht ...« Ihre Stimme versagte. »Und die anderen?«

»Sie sind alle tot. Alle bis auf den Jungen. Er war an der Sache beteiligt. Wir haben entschieden ...«

»Nein!«, schrie sie. »Er hat mich gerettet! Er hat diesen grausamen Kerl erstochen! Ihr dürft nicht erlauben, dass man ihn mir wegnimmt!«

Das Gesicht des alten Mannes spiegelte sein Verständnis für den Jungen. »Habe ich es mir doch gedacht! Ja, ich sehe die Szene direkt vor mir. Nun gut, ich werde in diesem Sinne mit ihnen reden. Ich werde verlangen, dass man ihn uns lässt. Aber natürlich werden sie ihn befragen müssen.«

Tuia starrte Kedar an. »›Dass man ihn uns lässt‹?«, wiederholte sie. »Dann hast du dich also entschieden ...«

Ein sanftes Lächeln huschte über Kedars Gesicht. »Aber natürlich, mein Liebes«, antwortete er. »Hast du gedacht, dass ich dich jetzt noch einen Augenblick allein lasse? Nach alledem?« Er ergriff ihre Hand. »Versuche, ein wenig zu schlafen. Wenn du aufwachst, werde ich wieder bei dir sein. Ich werde von jetzt an immer bei dir sein, wenn du mich brauchst.«

Kapitel 14

I

Seth und Riki hatten Sagmak und die Männer in El-Kharga zurückgelassen und marschierten, begleitet von der hochgewachsenen Weret und einem halben Dutzend ihrer Kriegerinnen, weiter Richtung Westen. Von Stunde zu Stunde wurde die Route unwegsamer und die Luft heißer und trockener. Die Männer hatten sich der Wüste angepasst und trugen lediglich Lendentücher und Sandalen.

Riki staunte und bewunderte, wie geschickt sich die Frauen in diese abweisende Umwelt eingefügt hatten, die sie sich als Lebensraum erkoren hatten. Völlig nüchtern beobachtete er das Spiel von Werets Muskeln, als sie leichtfüßig vor ihm ging. Irgendwann jedoch wunderte er sich, dass ihr schlanker Körper keinerlei sexuelles Interesse bei ihm weckte. Ob es an ihrer Kühle, ihrer herablassenden Art lag?

Nun, er konnte nicht übersehen, dass Weret anders war als die anderen Kriegerinnen. Er hatte noch die bewundernden Sätze im Ohr, mit denen seine Männer sich beim Frühstück ihrer nächtlichen Abenteuer und der Gier der Kriegerinnen gerühmt hatten. Als ob ihnen übernatürliche Wesen begegnet wären. Aus seinen eigenen Gesprächen hatte er den Eindruck gewonnen, dass die Vorliebe der meisten Frauen sich jedoch ganz nach den Umständen richtete. Wenn sie Männern begegneten, so genossen sie, was sich ihnen bot, während sie in Zeiten, wo sie unter sich waren, sich ganz auf das eigene Geschlecht konzentrierten. Ob Weret zu diesen Frauen gehörte, oder nur dem eigenen Geschlecht anhing? Je kühler sie sich ihm gegenüber betrug, desto intensiver dachte er darüber nach.

Nach längerer Zeit ließ Seth sich ein wenig zurückfallen, sodass sie nebeneinander gingen. »Nun«, empfing Riki den Freund, »hast du dich lange genug mit unserer kühlen Schönheit unterhalten?«

Seth lachte ein wenig. »So übel ist sie gar nicht. Ich habe eine Menge über diese Gegend erfahren. Über die Tiere, die hier leben, zum Beispiel, und über die Mineralien, die man hier findet. Falls du dich immer noch fragen solltest, weshalb Baliniri uns ausgerechnet hierher geschickt hat ...«

»Genau das frage ich mich«, unterbrach ihn Riki. »Um ein paar Mineralien geht es sicher nicht. Das steht fest. Hier gibt es weit und breit kein Eisen.«

»Das ist richtig. Du überraschst mich immer wieder! Ich hätte nie gedacht, dass dich solche Dinge interessieren ...«

»Nun, ich denke, dass jeder Soldat sich für eiserne Waffen interessiert, nicht wahr? Aber hier geht es nicht um irgendwelche Vorkommen, sondern um das Geheimnis der Schmelze. So viel steht fest. Ich nehme an, dass du Werets Schwert bemerkt hast.«

Seth strahlte. »Aber natürlich habe ich es bemerkt! Beim Aufbruch habe ich sie gefragt, ob ich es mir ansehen dürfte.« Er trat beiseite und ließ Riki vorgehen, als sich der Weg durch eine enge Passage schlängelte. Gleich danach schloss er wieder zu ihm auf. »Ich habe die Schmiedekunst gelobt, aber auch erwähnt, dass man die Herstellung noch verbessern könnte.«

»Was?« Riki schnappte nach Luft. »Das hast du gesagt? Was verstehst *du* denn von der Eisenschmelze? Falls du das Geheimnis kennst und es bisher vor uns geheim gehalten hast, werde ich dich bei lebendigem Leibe häuten!«

Seth brummte nur und zuckte die Achseln. »Dieses Schwert wurde aus Eisen hergestellt, wie man es in der Erde findet. Aber es hat keine Ähnlichkeit mit dem Material, das manchmal vom Himmel fällt. Es muss von den Sternen kommen. Dieses Eisen ist sehr viel härter und sehr viel weniger spröde. Aber leider gibt es nur sehr wenig von diesem Material. Auf Kommando fällt es nun mal nicht vom Himmel.«

»Wirklich?«

»Oder du musst ein Verfahren entdecken, wie man Eisen so schmelzen kann, dass es diesem Stoff ähnlich wird.«

»Du sprudelst ja förmlich über vor Informationen! Woher weißt du ...«

»Du hast vergessen, dass mein Großonkel das Geheimnis

kannte – auch wenn er nicht lange genug gelebt hat, um es an mich weiterzugeben. Mein Urgroßvater Kirta kannte es ebenfalls. Ich habe Gegenstände gesehen, die aus ihren Händen stammen. Kirta ist bei einem Mann von den griechischen Inseln in die Lehre gegangen – damals, als die Nomaden nach Ägypten gekommen sind. Er hat das Verfahren meinem Großonkel Schobai beigebracht. Nachdem man ihn geblendet hatte, hat er es diktiert. Diese Notizen habe ich gelesen. Leider ist dort nicht das ganze Verfahren dargestellt, aber ich habe zumindest so viele Hinweise gefunden, dass ich ... nun, dass ich mir etwas zusammenreimen kann.« Er zuckte die Achseln. »Um alle Informationen nutzen zu können, muss ich unbedingt mit jemandem sprechen, der etwas von der Materie versteht. Mit anderen Worten – ich muss mit der Person sprechen, die Werets Schwert geschmiedet hat.«

Riki kickte einen Stein beiseite. »Irgendwie vergesse ich immer wieder, dass du ja auch ein Kind des Löwen bist. Doch wie ich sehe, fließt Ahunis Blut auch in deinen Adern.«

»Das will ich doch hoffen! Zumindest habe ich ein kleines Stück seines Talents geerbt, obwohl ich andererseits ziemlich ungeschickt bin. Ich bin wohl eher meinem Großvater Kirta nachgeschlagen, der Frau und Kinder verlassen und sich zwanzig Jahre lang nur mit der Bearbeitung des Eisenerzes beschäftigt hat. Zumindest habe ich seine Unrast und seine Neugier geerbt.«

Eine ganze Zeit lang starrte er wortlos auf den Weg hinunter. »Ich sage dir eines, Riki: Inzwischen kann ich verstehen, was Kirta und die anderen angetrieben hat. Ich kann verstehen, wie ein Mann es zu seinem Lebenswerk machen kann, dieses Metall meisterhaft zu bearbeiten ...«

Riki schnaubte. »Zumindest gibt es einen guten Grund dafür. Mit diesen Waffen könnten wir den Hay gegenübertreten und sie ein für allemal nach Hause schicken. ›He, Jungs, die Hungersnot ist vorbei – wenn ihr nicht freiwillig verschwindet, werden wir euch gern ...‹«

»Hungersnot?«, wiederholte Seth. »Das Gerücht, dass die Hay ihre Heimat in Hayastan wegen einer Hungersnot verlassen hätten, ist völliger Unsinn! Deswegen haben sie das Land am Kaspischen Meer nicht verlassen!«

»Was sagst du da?«

»Im Arrest habe ich einen Hauptmann der Hay kennen gelernt. Einen klugen, belesenen Kopf namens Nuschin, den Apophis bei der Mobilmachung in die Armee gezwungen hat. Er hatte weder Talent noch die Berufung zum Soldatenleben. Genau wie ich. In Avaris hat er im Palastarchiv die Aufzeichnungen der Geschichtsschreiber der Hay studiert und dabei Erstaunliches entdeckt.« Inzwischen war Seth wieder so weit in Gedanken versunken, dass er beinahe flüsterte.

»Könntest du ein bisschen lauter sprechen?«

»Die Hay sind jedenfalls nicht vor einer Hungersnot geflüchtet, sondern vor einem feindlich gesinnten Volk! Ansonsten wären sie niedergemacht worden!« Er schüttelte den Kopf. »Es war ein sehr kleines Volk, das sie so in Bedrängnis gebracht hat. Sehr viel kleiner als sie selbst, aber sehr viel gefährlicher! Sie bezeichneten sich selbst als Chalybes und lebten in Chalybia zwischen dem Kaspischen Meer und dem Kaukasus.«

Riki kniff die Augen zusammen. »Willst du damit sagen, dass das große Nomadenvolk von einem kleinen Stamm aus Hayastan vertrieben wurde?«

Seth nicke. »Diese Chalybes kannten das Geheimnis der Eisenschmelze. Sie haben das Verfahren entdeckt und schmiedeten die wunderbarsten Waffen, von denen du nur träumen kannst. Besser als Kirtas Schwerter, besser als die von Turios aus Tyre, bei dem Kirta gelernt hat, und auch besser als die von Karkara aus Sado.«

Ungläubig starrte Riki seinen Freund an. »Als Nächstes wirst du mir noch weismachen, dass sie bessere Schwerter geschmiedet haben als die Hethiter!«

Seth schüttelte den Kopf. »Nein. Die Hethiter können gar keine Eisenwaffen herstellen. Das ist auch der Grund für ihre Weigerung, andere das Verfahren zu lehren. Sie kennen das Geheimnis selbst nicht!«

Riki prustete los. »Aber … aber jedes Kind weiß doch, dass die Hethiter Meister der Eisenschmiedekunst sind! Jeder, der bisher ihr Land erobern wollte, hat das bitter zu spüren bekommen. Die hethitischen Schwerter durchschneiden die bronzenen Waffen ihrer Gegner wie …«

»Alles Unsinn!«, entgegnete Seth mit fester Stimme. Dann blickte er nach vorn. »Oh, ich glaube, wir sind so gut wie da. Man beobachtet uns – und das schon seit geraumer Zeit. Hast du das Zeichen bemerkt, das Weret gegeben hat? Da! Sie macht es wieder!«

»Du sollst nicht vom Thema ablenken«, entgegnete Riki.

»Die hethitische Zunft, die das Geheimnis der Eisenschmelze so verbissen hütet, besteht ausschließlich aus Leuten aus Chalybia. Für sie ist es ein heiliges Wissen. Nuschin hat mir alles berichtet, was er über diese Leute erfahren konnte. Wenn die Hethiter versuchen, ihnen das Geheimnis abzupressen, bringen sie sich um. Jeder von ihnen trägt ständig ein Fläschchen mit Gift bei sich und hat geschworen ...«

Riki legte Seth die Hand auf den Arm, um ihn zu unterbrechen. Hinter dem Hügelkamm war ein tiefer Einschnitt im Gelände zu erkennen – die Oase El-Dakhla. Urplötzlich standen Kriegerinnen auf beiden Seiten des Wegs, als ob sie aus dem Erdboden emporgewachsen wären. Der Goldschmuck an ihren Gliedern glänzte, und das schwarze Metall ihrer Schwerter war stumpf. »Du willst also behaupten, dass die Hay ...«

»Von einer zahlenmäßig unterlegenen Macht vertrieben wurden? Genau das. Sie flohen, um nicht aufgerieben zu werden. Dieses beschämende Geheimnis haben sie über Generationen gehütet.«

Inzwischen schritt die kleine Schar zwischen dem Spalier der Kriegerinnen hindurch und machte sich an den beschwerlichen Abstieg. Riki war mit seinen Gedanken noch ganz bei dem, was Seth ihm soeben offenbart hatte. »Du meinst also, dass wir sie genauso bedrohen könnten, wenn wir erst eiserne Waffen besitzen?«

»Genau das. Sie fürchten dieses Metall. In ihren Augen lastet der Fluch der Götter darauf. Wenn wir solche Waffen besäßen, würden sie glauben, dass die Chalybes sie nun auch aus Ägypten vertreiben wollten.«

Riki war sichtlich beeindruckt. Während des letzten Teils des Abstiegs schwieg er. Die Gedanken in seinem Kopf überschlugen sich und er sah nur auf den Weg zu seinen Füßen.

Im Gegensatz zu der Oase El-Kharga war diese Oase ein einziges befestigtes Lager. Entlang kleiner Bäche erstreckten sich lange Zeltreihen unter den Bäumen und zwischen den Blumen. Überall herrschte reges Leben, es wurde geübt und die trainierten Leiber der Kriegerinnen schimmerten in ihrem Goldschmuck. Manche trugen sogar eine schmale Kette um die Taille. Auf den ersten Blick war zu erkennen, dass dieser Schmuck sehr viel feiner und von Meisterhand graviert war. Überhaupt herrschte trotz aller Kargheit und der militärischen Übungen eine sehr viel weiblichere Atmosphäre als in El-Kharga. Weret schien in dieser Umgebung fast ein wenig fehl am Platz zu sein.

Weret geleitete Riki und Seth in einen wunderschönen, üppigen Garten, wo aus einem Felsen eine Quelle entsprang. Sie bewässerte wunderschöne Blumen und Büsche und ergoss sich in einen Bach, an dessen Ufer Steinbänke standen. Weret entließ ihre Frauen und schickte eine der Kriegerinnen mit einem Auftrag fort. »Wartet hier«, erklärte sie dann an Riki und Seth gewandt. »Man wird Euch zu essen und zu trinken bringen.« Dann entfernte sie sich lautlos auf nackten Sohlen.

Riki ließ sich auf eine der Bänke fallen und streckte die Füße in das erfrischend kühle Wasser. »Diese Art kenne ich überhaupt nicht«, sagte er, als er den Busch neben der Bank genauer betrachtete. »Die Pflanze muss von irgendwo anders hierher gebracht worden sein. Wenn ich es mir recht überlege, gilt das für die meisten anderen ebenfalls.«

»Ihr beobachtet sehr genau«, erklärte eine unverkennbar weibliche Stimme hinter ihnen. Die beiden Männer fuhren herum. »Diese Pflanzen stammen von den Feuerbergen.«

Als Einzige der Kriegerinnen trug die Frau keinerlei Schmuck. Nur ein schmales goldenes Band hielt ihr dunkles Haar zurück. Sie besaß ein wunderschönes Gesicht und einen ebenso wunderschönen Körper, athletisch und weiblich zugleich. Riki schaute wie gebannt. Die bronzefarbene Haut schimmerte in der Sonne und umgab sie wie das kostbare Gewand einer Göttin.

Verwirrt wie er war, kam Riki nur mühsam auf die Füße und verbeugte sich. Er suchte nach Worten, aber es wollte ihm nichts Passendes einfallen.

Seth dagegen war die Ruhe selbst. Lächelnd erhob er sich. »Riki«, sagte er mit freudiger Stimme, »ich möchte dir meine Kusine Teti vorstellen. Sie ist Ketans Zwillingsschwester – die Tochter von Schobai und Enkelin von Kirta aus Haran. Außerdem ist sie die Schülerin von Karkara aus Sado und das einzige weibliche Kind des Löwen.«

II

Als Erfrischung reichte man ihnen Datteln, Oliven und Brot. In einer normalen Oase hätten Diener die Hände der Gäste vor dem Essen mit duftendem Wasser besprengt und ihnen kühle Luft zugefächelt. Doch hier in Tetis karger Welt gab es keine Diener. Hier arbeitete jeder, und Teti selbst hatte ihnen das Essen serviert.

»Ich kann es noch immer nicht ganz glauben«, sagte Riki und wischte sich die Stirn ab. Sogar unter den prächtigen Palmen war es brütend heiß. »Natürlich habe ich schon von Euch gehört – das erste weibliche Kind des Löwen, das sich dem Traditionshandwerk widmet.« Während Teti sich über Seths Becher beugte und Wein eingoss, warf Riki einen verstohlenen Blick auf das Geburtsmal, das genau dort saß, wo ihre Hüfte sich wölbte. »Ich habe außerdem gehört, Ihr hättest Euch vor ungefähr zehn Jahren in die Einsamkeit zurückgezogen. Eigentlich habe ich angenommen, Ihr hättet geheiratet.« Einen Moment lang spitzte er die Lippen. »Nun, das nenne ich eine richtige Verschwörung – alle haben es gewusst, nur ich nicht!«

»Das ist nicht ganz richtig«, wandte Seth ein. »Mir sind auch nur ab und zu ein paar Gerüchte aus der Wüste zu Ohren gekommen, und den Rest habe ich mir zusammengereimt. Jeder hat sich bemüht, Tetis neues Leben zu schützen.«

Teti stellte den Weinkrug auf den Tisch und setzte sich. Riki zwinkerte, sobald sie ihn nur ansah, aber er konnte seine Augen trotzdem nicht abwenden. »Ich denke, dass beides richtig ist«, begann sie. »Ich habe in der Schlacht um El-Kab einen sehr lieben Menschen verloren. Der erste Mann, den ich geliebt habe. Kurz danach ist meine Mutter gestorben. In meiner Verzweiflung habe ich mich damals aus der Armee zurückgezogen und bin nach Theben und ganz spontan weiter nach Nubien gegangen.«

»Nubien?«, wiederholte Seth. »*Hmmm.* Du hast wohl Karkara gesucht?«

»Ja, auch das. Aber hauptsächlich wollte ich fort. Sogar von meinem Zwillingsbruder. Ich bin lange an Nehsis Hof gewesen. Dort habe ich Akilleus' Frau Ebana kennen gelernt.«

»Warst du längere Zeit dort?«, fragte Seth.

»Ja. Ebana hat mich unter ihre Fittiche genommen. Sie wusste, was ich durchmachte. Damals kam Baliniri zu einem Staatsbesuch, um die Freundschaft zwischen Nubien und Ägypten zu besiegeln. Er war dabei, als Ebana mir vom *Schwarzen Wind* erzählt hat – von den Frauen, die ihr Schicksal in die eigenen Hände nehmen. Sie lebten in einer Gemeinschaft und eilten dem König zu Hilfe, wenn sie gebraucht wurden.«

»Faszinierend«, bemerkte Riki. »Und was hat Baliniri dazu gesagt?«

»Dasselbe wie Ihr. Er meinte, wenn ich eine solche Gruppe auf unserer Seite der Grenze in der Wüste gründete, gäbe uns das die Möglichkeit, unsere Flanke vor möglichen Invasionen aus Libyen oder Unterägypten zu schützen. Dazu müsst Ihr wissen, dass wir an vielen hundert Stützpunkten entlang jeder Karawanenroute einige Bogenschützen postiert haben, die auch gegen größere Gruppierungen bestehen können, da die Feinde das Gelände nicht kennen.«

Riki nickte. »Das haben wir sehr anschaulich auf unserem Weg erlebt! Wenn ich Posten aufstelle, rechne ich nicht damit, dass noch jemand durchschlüpfen kann. Es hat mich sehr irritiert, dass der Ring trotzdem durchbrochen wurde. Noch dazu von einem zahmen Geparden!«

Teti lächelte, und prompt klopfte Rikis Herz. »Die Geparden sind alle wild. Wir jagen mit ihnen. Keiner ist gezähmt.«

»Dasselbe könnte man von den Frauen sagen«, meinte Seth. »Gebändigt – aber nicht gezähmt.«

»Und das sagt ausgerechnet mein unverheirateter Vetter! Trotz all deiner Weisheit hörst du dich manchmal wie ein Beduine an, der vom Großen Meer berichtet!« Teti schmunzelte. »Oder hast du dich verändert? Sagt, Hauptmann, hat Seth sich etwa mit einer meiner Frauen in El-Kharga amüsiert?«

»Ich habe nicht die leiseste Ahnung«, erklärte Riki. »Er würde es mir vermutlich auch nicht verraten. Aber sprecht weiter.«

»Nun gut. Baliniri und Ebana haben sich meiner angenommen. Als Erstes habe ich Karkara ausfindig gemacht, und dann zog ich mit ihm und einigen von Ebanas Frauen in die Wüste und errichtete eine Siedlung, wo ich die Eisenschmelze erlernen und perfektionieren konnte. Eines kam zum anderen, bis ich irgendwann selbst gleichgesinnte Frauen angeworben und trainiert habe. Ihr habt ja keine Ahnung, wie viele Töchter es gibt, die ohne Mitgift keine Aussicht auf ein normales Leben haben und sich jämmerlich durchschlagen müssen.«

»Ihr seid als Tochter eines reichen Waffenschmieds aufgewachsen«, wandte Riki ein. »Ich dagegen bin ein Waisenkind aus Avaris. Ich habe auf der Straße gelebt und wusste nie, wann ich wieder etwas zu essen finden würde. Mir muss man nicht erklären, wie arme Kinder leben!«

»Verzeiht«, sagte Teti. »Aber um fortzufahren – die Mädchen folgten mir in die Wüste, und Ebanas Kriegerinnen trainierten sie. Baliniri kam hin und wieder zu uns und hat unsere Fortschritte begutachtet.« Riki war von der makellosen Schönheit ihres Gesichts wie geblendet, von dem außergewöhnlich langen Hals und ihren Augen, aber trotzdem konnte er seine Blicke keine Sekunde abwenden. »Im Lauf der Zeit wurden wir so etwas wie die Schutztruppe der Wüste. Wir kontrollierten alle alten Handelsstraßen vom besetzten Unterägypten bis hinunter nach Theben. Wir haben von den Karawanen Steuern eingetrieben und von Baliniri die Erlaubnis erhalten, dafür im Süden Eisen zu kaufen.« Und an Seth gewandt: »In Nubien und weiter südlich gibt es sehr viel Eisen. Wir haben es regelrecht gehortet.«

Mit einem Mal wurde Seth sehr ernst. Riki meinte sogar eine gewisse Schärfe in seiner Stimme wahrzunehmen, die er bisher nicht gekannt hatte. »Und hast du die Formel entdeckt, wie im Land der Hethiter Eisen produziert wird?«

Teti zögerte. Dann erhob sie sich und ging ein paar Schritte auf und ab. Riki ließ sie keine Sekunde aus den Augen. Nie hätte er gedacht, das er das Geburtsmal der Kinder des Löwen einmal an einer so zauberhaften Stelle erblicken würde. Irgendwann blieb Teti vor Seth stehen. »Komm mit und sieh dir meine Essen an. Dann kannst du dir selbst ein Bild machen.« Sie lächelte Riki an. »Ihr dürft uns gern begleiten, Hauptmann.«

Seth kniff die Augen zusammen und reagierte etwas abrupt. »Liebe Teti, Riki besitzt den Rang eines Generals. Er hat heldenhaft vor Lischt gesiegt und die Hay zurückgeworfen. Er verdient unseren Respekt.«

Teti riss die Augen auf. »Gut gesprochen, lieber Seth – ich entschuldige mich in aller Form. Trotzdem bitte ich dich, mein Werk zu begutachten. Ich bin gespannt, was du dazu sagen wirst! Und Ihr, General ...«

»Ich denke, dass Riki genügt.« Riki erhob sich und unterstrich seine Worte mit einer kleinen Verbeugung. »Ich freue mich darauf, Eure Werkstatt kennen zu lernen. Je schneller wir Fortschritte machen, desto besser. Unsere Lage ist verzweifelt. Je mehr Ihr zur Besserung beitragen könnt – entweder durch Soldaten ...«

»Kriegerinnen«, unterbrach sie ihn.

»Ich verbessere mich: durch Kriegerinnen oder durch neue Waffen – uns ist jede Unterstützung willkommen! Wir brauchen alles, was wir bekommen können. Seth hat kürzlich etwas erfahren, was auf den wunden Punkt der Hay schließen lässt: Sie haben panische Angst vor eisernen Waffen ...«

Abrupt brach er ab, als Teti plötzlich nach rückwärts taumelte, als ob ein tödlicher Hieb sie getroffen hätte! Ihre Augen wurden gläsern, ihre Hände krampften sich um ihren Bauch, genau da, wo sich die Rippen unter der Brust vereinigten, und das wunderschöne Gesicht verzerrte sich vor Schmerzen. Sekundenlang standen die Männer wie erstarrt, dann eilten sie an ihre Seite. Aber sie kamen zu spät. Bevor sie Teti fassen konnten, fiel sie ohne einen Laut nach vorn aufs Gesicht und blieb wie tot auf der Erde liegen.

El-Dakhla konnte sich an Größe nicht mit El-Kharga messen. Aus diesem Grund gab es auch keinen Arzt, sondern lediglich eine Hebamme, die auch kleinere Verletzungen kurierte. Sie brachte

Teti in ihr Zelt, legte sie aufs Bett und musterte die Männer misstrauisch. »Ihr müsst gehen«, erklärte sie kategorisch.

Als Riki auf die schmale Gestalt unter der Decke hinunterblickte, zerriss es ihm das Herz. Er hatte gehofft, bei ihr wachen zu können und der Erste zu sein, den sie beim Aufwachen sah. »Aber wenn sie zu sich kommt ...«

»... werdet Ihr als Erster benachrichtigt. Doch jetzt geht.«

Nur widerstrebend ließ Riki sich von Seth aus dem Zelt ziehen. »Ich verstehe das nicht! In einem Augenblick war sie noch so lebendig, und dann ...«

»Irgendetwas ist mit ihrem Bruder geschehen«, sagte Seth. Er klang besorgt. »Ich fürchte das Schlimmste. Seit ihrer Geburt fühlen die beiden stets die Schmerzen des anderen – wenn sie sich zum Beispiel verletzen oder sich ein Bein brechen. Ich habe mich oft gefragt, was wohl passieren wird, wenn einer von ihnen stirbt. Es sieht ganz so aus, als ob wir das jetzt erfahren würden.«

»Aber sie kann doch nicht einfach so sterben!«, schrie Riki. »Nicht, wenn ...«

»Komm mit.« Seth zog Riki zu einem Tisch unter den Bäumen, auf dem ein Krug Palmwein stand. »Ein kleines Glas tut uns jetzt gut. Du hast einen Schock.« Er drückte Riki auf einen Stuhl und ging dann die Becher holen, aus denen sie vorher getrunken hatten.

Riki trank einen Schluck und schüttelte sich. »Gute Götter, das Zeug ist stark!«

»Stimmt«, sagte Seth. »Und es ist genau das, was du jetzt brauchst. Du hast nicht nur etwas Schreckliches erlebt, sondern du bist auch nicht mehr ganz Herr deiner ...«

Riki hörte überhaupt nicht hin. »Wenn sie stirbt ...«

»Ich glaube nicht, dass sie sterben wird«, sagte Seth. »Wenn sie ein schwächerer Charakter wäre, vielleicht ... aber nein. Teti ist stark und unglaublich zäh. Das siehst du daran, wie gut sie sich nach diesem schrecklichen Erlebnis damals erholt hat. Seit ihr Geliebter getötet wurde, wurde sie immer stärker.« Auch er trank einen Schluck und zuckte ein wenig. »Sie ist so stark und selbstsicher, wie es sonst nur ältere Frauen sind. Ich glaube, dass jemand, der nicht mit ihr verwandt ist, sie sogar reizvoll finden könnte.«

Diese Bemerkung schaffte es endlich, Riki aus seiner Erstarrung zu lösen. »Reizvoll?«, wiederholte er. »Welcher Ausdruck, Seth! Dabei dachte ich, dass du in die menschliche Gesellschaft zurückgekehrt seist!«

Seth hob den Becher an die Lippen und lächelte. »Das hat dich gestört, nicht wahr? Ich wusste es. Baliniri hatte Recht. In solchen Dingen irrt er sich fast nie.«

»Wovon sprichst du, wenn ich fragen darf? Die Sache ist doch ernst! Dieses überirdische Geschöpf ist dem Tode näher als dem Leben – und du ...«

»›Überirdisches Geschöpf‹ hat er gesagt! Ach, Baliniri! Wer hätte gedacht, wie richtig du liegst!« Er trank einen Schluck und setzte dann den Becher ab. »Teti und überirdisch? Du wirst schnell genug herausfinden, wie irdisch sie ist! Von allen jüngeren Kindern des Löwen war sie immer die vernünftigste, die praktischste. Ketan träumte von schönen Dingen, Waffen waren ihm zuwider. Irgendwie war er immer eher unpraktisch – auch wenn ich damit vielleicht schlecht von einem Toten spreche.«

»Ich glaube, jetzt bist du endgültig verrückt geworden!«

»... was mich angeht, so hat Teti den Nagel auf den Kopf getroffen, wenn sie vermutet, dass ich mir die Hände nicht schmutzig machen möchte. Ich war stets ein Mann der Theorie und habe die Arbeit anderen überlassen. In vieler Hinsicht ist sie die Beste von uns allen. Trotz ihrer rechthaberischen Art ...«

»Du sollst nicht schlecht von ihr sprechen! Sie könnte sterben.«

»Hört, hört!« Seth goss sich noch einmal ein. »Das bestätigt meine Vermutung. Die Beweisführung ist abgeschlossen.« Er lächelte ironisch, als Riki halb ärgerlich, halb verletzt vor sich hin starrte. »Meinen Glückwunsch! Du wirst den Hauptpreis gewinnen – samt allen Schwierigkeiten, wie ich vermute. Wenn ich allerdings daran denke, wie sie dich angesehen hat – einen völlig Fremden.«

»Hörst du irgendwann mit dem Unsinn auf?«

»Ich bezweifle, dass sie seit Netrus Tod einen anderen Mann je so angesehen hat. Wie sie dich ansieht! Nun, sie ist fasziniert von dir und ihrer Sache offenbar ziemlich sicher.«

»Seth!«

»Ist es dir denn nicht klar? Das sieht doch ein Blinder! Liebe auf den ersten Blick! Hals über Kopf hat es beide erwischt!«

III

Am Ende war sie mit ihrem Bruder vereint. Die Trennung zwischen ihnen war aufgehoben. Jahrelang hatten sie sich immer weiter voneinander entfernt – nur der gemeinsam empfundene Schmerz hatte sie stets verbunden. Eine schreckliche Belastung, wenn der eine plötzlich in das Leben des anderen hineingerissen wurde. Aber mit der Einheit, die sie als Kinder verspürt hatten, als sie einander noch ähnlicher waren, hatte das nichts mehr zu tun.

Plötzlich waren all die Jahre unwichtig, ganz so, als ob es sie nie gegeben hätte. Ketan und sie waren eine einzige Seele. Sie fühlte die hilflose Furcht, als ihn die mächtige Kraft immer tiefer hinabzog, dem gleißenden Licht entgegen. Zusammen mit Ketan wirbelte sie in einem Strudel hinab, und dabei teilten sie denselben Gedanken. *Ich verliere das Leben, das ich bisher geführt habe – alles, was ich war, was ich bin und was ich hätte sein können.* Dieser Schmerz war unendlich viel größer als der Schmerz unterhalb ihrer Rippen, als sie noch zwei Körper gewesen waren und sie für sich allein gefühlt und gelebt hatte.

Sie wusste genau, was er empfand, und teilte seinen Schmerz.

Dann jedoch spürte sie, wie ihre auf magische Weise miteinander verschmolzenen Seelen von Atemzug zu Atemzug wieder voneinander abrückten, wie sie sich selbst wieder spürte und wie sie nach diesem wunderbaren, magischen Augenblick wieder zu Teti wurde – wieder in ihren eigenen Körper zurückkehrte. Das Licht, dem sie noch immer entgegenfielen, blendete sie nicht länger. Unsicherheit, Druck und Angst fielen von ihr ab – die Angst vor dem, was noch vor ihr lag, war weg, weil die Zeit nicht mehr existierte. Es gab keine Vergangenheit und keine Zukunft mehr – nur noch diesen Augenblick, in dem Ketan und sie dem Licht entgegensanken. Auf diesen Augenblick führte seit Anbeginn der Zeit alles hin.

Siehe da, es gab überhaupt keinen Unterschied zwischen diesseitigem Leben und jenseitigem Tod! Der Übergang war fließend, unvermeidlich und schmerzlos – so wie ein Schmetterling in seinem Kokon in ein anderes Stadium überwechselt. Ketan löste sich von ihr und wurde zu etwas Neuem – aber zu etwas, das er schon immer gewesen war. Sie fühlte, wie er sich löste, wie er sie ohne Angst und ohne Bedauern losließ. Es gab keinen Abschied – und trotzdem hatte sie das Gefühl, dass er zu ihr sprach.

Nein, nicht in Worten, auch nicht in Bildern – es waren Empfindungen, die sie zuletzt miteinander verbanden. Und sie begriff, dass diese Gefühle, die sie im Augenblick mit ihm teilte, kein Lebender je empfinden würde. Sie sagten ihr auch, dass die Zeit noch nicht erreicht war, um sich mit Ketan in dieser Welt ohne Angst und Schmerzen zu vereinen. Sobald die Zeit jedoch kam, würde sie es vorher wissen und sie ohne Angst erwarten.

Sie wusste auch, dass sie in diesem Augenblick eine große Gabe erworben hatte: In Zukunft würde sie Dinge vorhersehen können, die jedem anderen verborgen waren. Aber diese Augenblicke des Wissens und intuitiven Verstehens würden sie nicht ständig begleiten – wer könnte das auch ertragen? –, sondern nur hin und wieder in besonderen Momenten das Leben erhellen. Für Sekunden hatte sie die Welt geschaut, in die Ketan eingegangen war, und sie hatte winzige Teile des Bildes in sich aufgenommen, das sich nun vor Ketan in voller Größe entfaltete und Vergangenheit, Gegenwart und Zukunft in einem war.

Sie hatte das Bild der Zeit geschaut und konnte in Zukunft Bruchteile aus dem Leben eines Menschen so klar vor sich sehen, wie man ein Bild an der Wand betrachtete. Doch da das gleißende Licht sie nicht wie Ketan verwandelt hatte, konnte sie nie alles schauen, konnte immer nur kleine Fragmente ertragen.

Ein Satz huschte durch ihr Bewusstsein – später konnte sie nicht mehr sagen, woher oder warum die Stimme zu ihr gesprochen hatte: *Was du auf diese Weise erfahren wirst, wirst du nicht verstehen, und was du verstehen kannst, wirst du nicht klar erkennen können …*

Eines jedoch war ihr klar: Sie würde wissen und verstehen, wann es Zeit war, Ketan zu folgen und sich wie er zu verwandeln.

Alles andere würde vor ihren vom gleißenden Licht geblendeten Augen manchmal verschwimmen.

»Wenn wir doch nur etwas tun könnten!«, rief Riki ungeduldig. »Sie ist schon so lange ohne Bewusstsein. Ich wünschte, wir könnten einen Arzt rufen!«

Seth saß am Ufer und streckte seine Beine ins Wasser. »Es gibt Augenblicke, mein Freund, in denen man absolut nichts tun kann. Dies ist ein solcher Moment. Wie gern würde ich in sie hineinsehen! So kann ich nur raten: Ich denke, dass sie Ketan in den Tod begleitet.«

»Sie darf nicht sterben! Sag mir, dass sie nicht stirbt!«

Seth lächelte nachsichtig. »Ich glaube nicht, dass sie sterben wird. Das, was ich aus meinen medizinischen Studien weiß ... Ich war ungefähr dreizehn, als ich mich bei den Chirurgen, den *sunus* und den Magiern herumgetrieben habe. Ich habe ihnen zugesehen, sie mit Fragen gelöchert, bis sie mich gehasst haben. Ich weiß nicht, warum sie mich gewähren ließen. Vielleicht kam ihnen meine Neugier vertraut vor. Ich habe bei Geburten und beim Sterben zugesehen, habe erlebt, wie Männer, Frauen und Kinder durch Heilmittel gerettet wurden oder unter dem Messer starben.«

Voller dunkler Ahnungen starrte Riki ihn an, aber er sagte kein Wort.

»Doch zurück zu Teti«, fuhr Seth fort. »Ich habe erlebt, dass Menschen starben ... und wiederkehrten. So etwas gibt es ...«

»Ja, dasselbe habe ich von Soldaten gehört.«

»Dann weißt du ja, wovon ich spreche. Alle diese Menschen haben von einem überirdischen Licht gesprochen, dem sie entgegengeschwebt sind, aber bevor sie in dieses Licht eingehen konnten, hat man sie ins Leben zurückgerufen. Übereinstimmend haben sie gesagt, dass sie keineswegs unglücklich waren, wie man annehmen könnte. Nein, sie bedauerten es regelrecht, wieder in diese Welt gezerrt worden zu sein – in das schmerzvolle Dasein, wie sie wörtlich sagten ...«

»Und du glaubst, dass Teti ...«

»Ich weiß es nicht, aber falls ich Recht habe, wird sie in wenigen Augenblicken wieder aufwachen. Und dann sollte jemand bei ihr sein, jemand, der ihr wichtig ist, der ihr ganz nahe steht.«

»Du meinst ...«

»Gehe zu ihr und schicke die Hebamme weg. Es sollte deine Hand sein, die sie hält, wenn sie wiederkommt. Sie sollte in deine Augen sehen. Ich glaube, dass dieser Augenblick sehr wichtig ist.«

Hastig stand Riki auf. »Ja, du hast Recht!« Und schon stürzte er zu den Zelten hinüber.

Seth spürte, dass jemand hinter ihm stand, aber er drehte sich nicht um. »Tretet näher«, sagte er. »Weret, habe ich Recht?«

Die Kriegerin trat vor ihn hin und funkelte ihn an. »Was habt Ihr mit ihr gemacht?« Ihre Stimme klang gepresst. »Ich war bei ihr – sie liegt da wie eine Tote! Falls Ihr schuld seid ...«

Seth ließ die Füße im Wasser baumeln und lächelte zu Weret empor. »Ganz gleich, was geschieht – durch uns wurde ihr kein Leid zugefügt. Sie ist dem Schicksal begegnet, und ich wünschte, ich hätte sie begleiten können.«

»Falls sie stirbt, so werdet Ihr ihr in der Nachwelt Gesellschaft leisten«, stieß Weret warnend hervor. »Dafür werde ich persönlich sorgen.«

Seth sah zu ihr empor. In jedem Zoll ihres Körpers war sie einer Göttin ebenbürtig, aber es war eine seltsam geschlechtslose Göttin wie die, die die Griechen Artemis nannten – eine jungfräuliche Jägerin, deren Schönheit ihn als Mann jedoch nicht reizte. »Ihr betet sie an, nicht wahr?«

»Ich würde für sie sterben. Sie hat uns Ausgestoßene zu aufrechten Menschen gemacht, zu Schwestern, die einander schätzen und sich umeinander sorgen.«

»Nur sorgen?«, fragte Seth. »Nun, ich denke, es geht um mehr. Ihr liebt sie, habe ich Recht?«

Weret errötete. »Sie ist meine Anführerin, meine Schwester und meine Freundin.«

»Nein, sie ist viel mehr«, widersprach Seth. »Das lese ich in Euren Augen. Ihr liebt sie, aber sie liebt Euch nicht. Ihr sehnt Euch nach ihr, aber sie reagiert nicht. Wenn Ihr neben Ihr lägt, wärt Ihr glücklich und würdet sie umarmen.«

»Haltet den Mund und kümmert Euch um Eure Angelegenheiten! Oder ich werde …«

»Ihr werdet mir nichts tun. Natürlich könntet Ihr – daran zweifle ich nicht. Ich bin kein Soldat und schwach wie ein Kind, aber ich habe einen Vorteil: Ich bin mit ihr verwandt, und Ihr wisst, wie sehr es sie schmerzte, sollte mir etwas zustoßen.«

»Schrecklich!«

»Aber nein, das solltet Ihr nicht sagen! Wir müssen ja keine Feinde sein. Mich müsst Ihr nicht fürchten, sondern eher meinen Freund. Er ist der Mann, dem sie folgen wird. Nicht mir.«

»Nein! Das ist nicht wahr!«

»Doch, sie liebt ihn längst. Ihr könnt es nicht ändern, außer Ihr wollt Eure Freundschaft aufs Spiel setzen.«

Weret erbleichte und schwieg.

Mit leiser Stimme sprach Seth auf sie ein. »Fasst Euch, Weret. Auf ihre Art liebt und vertraut sie Euch. Ich weiß das, denn ich kenne sie länger als Ihr. Sie kann nichts dafür, dass Frauen sie so wenig interessieren wie Euch die Männer.«

»Ihr wisst viel zuviel!«, gestand Weret mit wachsender Hochachtung. »Ihr habt viele weibliche Eigenschaften in Euch.«

»Das mag sein. Ich glaube übrigens, dass alle Männer auch weibliche Eigenschaften haben, und umgekehrt. Wie sollten wir uns sonst verstehen können, wo wir doch so verschieden sind?«

»Die meisten Männer reden nicht so wie Ihr.«

Seth lächelte. »Macht Euch nichts daraus! Jeder weiß, dass ich verrückt bin. Ich spreche oft mit mir selbst. Ich stelle gern Fragen und interessiere mich für alles, was sonst niemanden interessiert. Geplauder langweilt mich.«

»Ich weiß zwar nicht genau, was Ihr seid, aber verrückt seid Ihr jedenfalls nicht.«

»Wen interessiert schon, was ich bin? Ich weiß nur eines – Ihr langweilt mich nicht, und ich scheine Euch auch nicht zu langweilen. Vielleicht können wir ja voneinander lernen und Freunde sein?«

»Ich war noch nie mit einem Mann befreundet. Ich mag keine Männer.« Doch allzu feindselig klang das nicht mehr …

»Dann denkt doch an mich einfach als an einen freundlichen Wüsten-Geist. Oder einen Geparden, der auf zwei Beinen läuft.

Geparden sind neugierig – genau wie ich. Kommt, zeigt mir jetzt Tetis Schmelzöfen. Ich möchte sie gern ansehen.«

»Kein Fremder hat dort Zutritt.«

»Aber, aber, ich bin auch ein Kind des Löwen.« Er wies auf das zwar matt ausgeprägte, aber deutlich erkennbare Mal. »Sicher ist Euch das nicht entgangen. Na los, zeigt mir alles!« Er stand auf und lächelte wie ein guter Freund. Und das gewann ihm ihre Sympathie. »Etwas an dem Verfahren verstehe ich noch nicht. Wir können natürlich warten, bis Teti es mir selbst sagen kann, aber wir haben nicht genügend Zeit. Die Lage in Theben wird täglich verzweifelter. Je eher ich die Dinge erfahre ...«

»Dann kommt«, sagte Weret einfach, aber der Unterton war nicht länger abweisend.

Von einer Sekunde auf die andere löste sich die Spannung, und Riki konnte fühlen, wie die Wärme in die kalte Hand zurückflutete, die er in der seinen hielt. Die wunderschönen Augen öffneten sich kurz, aber die Blicke konnten nichts festhalten. Es dauerte ein wenig, bis sie sich auf Riki konzentrierten. Als Teti ihn erkannte, schlossen sich ihre Finger um seine Hand. »Ihr seid da«, sagte sie mit leiser, vertrauter Stimme. »Warum macht mich das so glücklich, obwohl ich Euch doch kaum kenne?«

»Ihr seid wieder da! Welches Glück!«

»Es ist etwas Wunderbares geschehen! Ich muss es Euch unbedingt erzählen.«

»Dafür ist Zeit genug.« Nie hatte er sich freier und gelöster gefühlt. Ihm war, als ob die Zeit stillstände. Er zog ihre Hand an seine Lippen. Es war eine harte Hand, die Hand einer Kriegerin, aber unter seinem Kuss wurde sie weich und schmiegsam. »Ich werde immer bei Euch – nein, ich werde immer bei *dir* sein.«

Sie sah ihn an, und prompt schlug sein Herz schneller. Noch nie hatte ihn eine Frau so angesehen. »Riki«, flüsterte sie zärtlich. »Das ist der Name eines kleinen Jungen. Du hast noch einen anderen Namen. Ich weiß ihn noch nicht – es ist noch nicht klar. Aber bald werde ich ihn kennen. Es geht um deine Eltern.«

»Ich bin ein Waisenkind und suche schon lange nach meinen Eltern. Ich möchte wissen, wer ich bin.«

»Bald werde ich es wissen. Oh, es wird eine gute Nachricht sein – das ist alles, was ich weiß.« Ihre Stimme klang liebevoll und sanft. »Oh, Riki, dass ausgerechnet du hier bei mir warst, als ich zurückgekommen bin.«

»Ja. Als ob das Schicksal uns zusammengeführt hätte.« Er blickte ihr in die Augen und beugte sich über sie, um sie zu küssen. Doch dann fiel es ihm ein. »Baliniri! Er war es! Er hat uns zusammengeführt!«

Verwundert sah sie ihn an und brach dann in Lachen aus. Sie setzte sich auf und schlang die Arme um ihn. Dabei berührten ihre Brüste seine nackte Haut. »Der alte Fuchs!«, sagte sie. »Wie man sieht, ist er ein noch viel besserer Freund, als ich dachte! Oh, Riki, ich war bei den Sternen ... auf einer langen Reise ... Ich kann es gar nicht beschreiben. Aber ich bin wieder zurück in dieser Welt – und ich bin glücklich. Ich kann gar nicht abwarten, dir mein Glück zu beschreiben.«

»Das musst du nicht.« Seine Stimme klang heiser und bewegt. »Denn ich *spüre* es. Falls dies das Glück ist, dann war ich noch nie zuvor in meinem Leben glücklich!«

Sie sahen einander in die Augen. Etwas Unbeschreibliches schwebte zwischen ihnen, und als sie sich umarmten, war es, als ob man zwei Hälften eines Herzens zu einem Ganzen zusammenfügte.

IV

»Eigentlich müsste ich nach ihr sehen«, sagte Weret. Sie wirkte unschlüssig. War es ihre Pflicht, sich um ihre daniederliegende Anführerin zu kümmern, oder musste sie vielmehr dem jungen Mann aus Theben die Essen erklären?

Seth war von den Problemen der Verhüttung gefesselt. »Ich bin sicher, dass es ihr gut geht«, erklärte er lächelnd. »Ganz bestimmt.« Doch als Weret nicht antwortete, fuhr er fort. »Leider kennt Ihr mich so gut wie gar nicht – sonst wüsstet Ihr, dass Menschen, die auf mich hören, selten in Schwierigkeiten geraten. Ich selbst schon eher, aber das hängt damit zusammen, dass ich zuweilen die Welt vergesse, wenn ich über etwas nachdenke. Wenn ich mich dagegen ernsthaft konzentriere, habe ich meistens ein gutes Urteilsvermögen.«

»Hmmm.« Das klang skeptisch. Aber einige Augenblicke später fragte sie sehr viel sanfter: »Euer Freund, dieser Riki ... Er ist bei ihr, nicht wahr?«

»Ja. Ich bin der Meinung, dass ihrem Bruder etwas zugestoßen ist. Ihr wisst sicher, dass sie gegenseitig spüren, wenn der andere Schmerzen hat.«

»Ja. Von Zeit zu Zeit haben wir es miterlebt.«

»Dann wisst Ihr auch, dass eine ernsthafte Verletzung lange Schmerzen bedeutet. Diesmal jedoch schien sie nichts mehr zu spüren, nachdem sie zusammengebrochen war. Stattdessen ist sie in eine Art Trance gefallen, so, als ob sie tot wäre.«

»Ja«, musste Weret widerstrebend einräumen. »Aber was ...?«

»Ich glaube, dass Ketan gestorben ist. Das könnte für uns alle eine wichtige Erfahrung bedeuten. Durch ihre Augen könnten wir einen Blick in die Nachwelt werfen. Wir werden sehen, ob sie sich nach dem Aufwachen überhaupt an irgendetwas erinnert. Entsprechend sanft sollte das Aufwachen verlaufen. Ohne Eure Ängste und ohne meine Fragen. Sie sollte jemanden vorfinden, der sie liebt und der keine Forderungen stellt.«

»Aber ... aber *ich* liebe sie! Ich ...«

»Wirklich?«, fragte Seth in aller Ruhe. »Ganz und gar? Selbst wenn sie niemals die physische Liebe für Euch empfände, die Ihr Euch wünscht? Obgleich ihr gute Freunde seid, teilt ihr nicht alles, und deswegen fühlt Ihr Euch einsam und zurückgestoßen, nicht wahr? Ihr versteht sehr gut, was ich damit sagen will, nicht wahr? Das akzeptiert Ihr nicht, habe ich Recht?«

In Werets Augen glänzten ungeweinte Tränen. »Kommt jetzt«, erklärte sie mit heiserer Stimme. »Jetzt habt Ihr die Öfen gesehen. Als Nächstes zeige ich Euch ...«

»Nun, alles andere ist im Augenblick uninteressant. Ich wollte zuerst die Essen sehen. Nun muss ich mich mit Teti über das Verfahren unterhalten. Ich habe das Problem noch nicht ganz verstanden, und das macht mich wahnsinnig.«

»Das Problem? Welches Problem? Das Verfahren ist doch einwandfrei.«

Bekümmert schüttelte Seth den Kopf, während sein Blick über die lange Reihe der Schmelzöfen am Abhang des Hügels glitt. »Das Prinzip ist perfekt umgesetzt. Keine Frage. Die Öfen wären eines Schobai würdig!«

»Und was soll an der Formel nicht stimmen?«, fragte Weret. Dabei packte sie ihn erregt am Arm, obwohl sie einen so engen Kontakt mit Männern nicht mochte. »Was versteht Ihr schon davon? Karkara aus Sado persönlich hat Teti unterrichtet.«

»Und wenn die Götter sie unterrichtet hätten! Es gibt Dinge, die man mit Eisen machen kann, aber mit Kupfer und Bronze nicht.«

»Ihr habt doch mein Schwert gesehen? Das hat sie geschmiedet und ...«

Seth schüttelte den Kopf. »Ja, das weiß ich«, entgegnete er geduldig. »Genau davon spreche ich ja. Habt Ihr das Schwert jemals im Kampf benutzt?«

Verständnislos starrte sie ihn an. »Nun ... ehrlich gesagt, nein. Bei unserem letzten Kampf hatte ich das Schwert noch nicht. Damals haben wir noch bronzene Waffen benutzt. Damals lebte Karkara noch.«

»Gegen die Waffen von weniger erfahrenen Schmieden hättet Ihr womöglich sogar Erfolg gehabt. Aber die Waffenschmiede der Hay sind Meister ihrer Kunst. Ihre Großväter sind noch bei Schobai in die Lehre gegangen – damals, vor dem Fall von Carchemisch, als er noch gut sehen konnte und für Karakin, den Mächtigen, gearbeitet hat. Schobai hat eine besonders harte Bronze hergestellt.«

»Aber Eisen ist doch härter als Bronze!«

»Das ist richtig.« Langsam und ausführlich erklärte er es ihr wie einem kleinen Kind. »Aber der Schmelzprozess ist sehr viel komplizierter. Er muss in allen Phasen gleichmäßig gut laufen. Wenn irgendetwas nicht ideal verläuft, war alles umsonst. Wenn Euer eisernes Schwert gegen ein ausgezeichnetes aus Bronze bestehen müsste, so wäre nicht mit Sicherheit vorauszusagen, welches zerbrechen würde.«

»Zerbrechen! Ihr wisst doch nicht, was Ihr sagt!«

»Verzeiht, aber ich denke doch. Das Ablöschen härtet das Eisen, aber gleichzeitig wird es auch spröde. An diesem Punkt entscheidet sich alles. An diesem Punkt oder irgendwo sonst während des Härtungsprozesses.«

»Aber ...«

»Verratet mir eines! Ich nehme an, dass Eure Kriegerinnen die Waffen, die Ihr herstellt, erproben, nicht wahr? Damit meine ich nicht dieses wunderschöne Prachtexemplar, das Ihr tragt.«

»Das stimmt.«

»Und manchmal müssen sie nach jedem festeren Schlag die Klinge unter dem Fuß wieder gerade biegen, und ...«

Er merkte ihr die Überraschung deutlich an. Sie wusste ganz genau, wovon er sprach. »Woher ... woher wisst Ihr das? Ihr habt doch noch nie an einer Esse gearbeitet ...«

»Mir liegt diese Fähigkeit im Blut – genau wie Teti. Das Problem besteht also darin, das Metall hart und gleichzeitig geschmeidig zu machen. Der übliche Härtungsprozess erzeugt eine Klinge mit einer harten äußeren Schale und einem weichen Kern, nicht wahr? Und selbst um dieses Ergebnis zu erreichen, muss man darauf achten, dass die Temperatur stimmt und der direkte Kontakt mit der Luft vermieden wird ...«

Seufzend blickte er die Reihe der Brennöfen entlang. »Ich denke, dass ich die einzelnen Schritte aufzählen kann, die ihr hier schon absolviert habt. Zuerst ging es um ein Verfahren, um reines Eisen zu gewinnen, das heißt, das Eisen von der Schlacke zu befreien und das poröse Material zu gewinnen. Danach entwickelte man einen sehr viel heißeren Ofen, in dem das poröse Material den Kohlenstoff aus der Holzkohle absorbieren konnte.«

»Weiter.«

»Die Schwierigkeit ist, dass die Masse mit steigender Temperatur zu viel Kohlenstoff absorbiert. Dieses Problem scheint Teti weitgehend gelöst zu haben. Sie hat die Temperatur unglaublich erhöht, indem sie die Öfen am Abhang des Hügels errichtet hat. Dort entsteht ein natürlicher Aufwind. Was hätte Karkara aus diesen Arbeitsmethoden herausgeholt! Kurz vor Sonnenuntergang habt ihr die besten Ergebnisse erzielt, richtig? Ich sehe die schweißglänzenden Körper vor mir, wie sie im letzten Licht des Tages, beleuchtet vom Feuerschein der Öfen, geschuftet haben. Ja, genau. In einem Tal wie hier dreht sich kurz vor Sonnenuntergang der Wind. Durch den Zug wurden die glühenden Kohlen angefacht und entsprechend erhöhte sich die Temperatur.«

»Seid Ihr sicher, dass Ihr noch nie an einem Schmelzofen gestanden habt?«, fragte Weret.

»Seht Euch meine Hände an! Diese kleinen Schwielen stammen von ungewohnter Arbeit bei der Armee. Ich war immer das Kind reicher Eltern. Auf dem Markt habe ich mich nur deshalb so gern herumgetrieben, weil man dort mehr erfährt als im Elternhaus. Ich habe meistens Lumpen getragen, um mich von den anderen nicht so sehr abzuheben. Aber wenn ich hungrig war, konnte ich immer ins Haus meiner Mutter gehen. Meine Freunde auf dem Markt hatten diese Möglichkeit nicht. Wir waren alle im selben Wasserbecken – ich bin geschwommen, aber die anderen sind ertrunken.« Einen Augenblick lang dachte er über das Gesagte nach. »Heute sehe ich das Verwerfliche meines Benehmens ein. Statt nur an mich zu denken, hätte ich so viel Elend lindern können.«

»Lenkt nicht vom Wesentlichen ab.«

»Das Beste für diesen Prozess ist wahrscheinlich ein gemauerter Steinofen mit einem etwa hüfthohen Aufsatz, durch den das Material hineingeschüttet werden kann, und mit einer Öffnung im Sockel zum Entfernen der Schlacke.«

»Ihr habt genau die Öfen beschrieben, wie Ihr sie hier vor Euch seht. Nur mit dem Unterschied, dass wir sie direkt aus der Felswand herausgehauen haben.«

»Doch, es gibt einen Unterschied – und zwar den Wind, der Eure Öfen anheizt.« Grübelnd runzelte er die Stirn. »Ihr müsst zugeben, dass etwas fehlt. Irgendwie wird die Schmelze wahrscheinlich zu heiß, sodass das Eisen spröde wird. Es muss einfach noch eine andere Möglichkeit geben.« Er seufzte. »Vielleicht kann man die ersten Schritte verbessern … Was benutzt ihr als Schmelzmittel, um die Schlacke zu entfernen und das Eisen zu reinigen?«

»Nun … ganz einfach Kalk. Reinen Kalk aus Abydos und Gebelein.«

Wieder runzelte Seth die Stirn. »Dagegen ist nichts zu sagen.

Ich habe gehört, dass die Hethiter oben an den Küsten gemahlene Muschelschalen verwenden. Nun, das dürfte keinen Unterschied machen. So wie ich es sehe, macht ihr nichts falsch. Die Frage ist, was man verbessern könnte … *Hmmm.* Falls das Eisen einen bestimmten Prozentsatz an Mangan enthielte und nur wenige Unreinheiten wie Schwefel, Arsen und Phosphor …«

Er überlegte so lange, bis Weret die Hände in die Hüften stemmte. »Was brabbelt Ihr nur die ganze Zeit?«, fragte sie ungehalten. »Mangan – was soll damit sein? Was hat Mangan mit Eisen zu tun?«

Er schüttelte den Kopf. »Oh, verzeiht! Ich habe nur eine andere Möglichkeit durchdacht. Mehr Holzkohle und weniger Erz, und dazu schrecklich hohe Temperaturen … Keine Ahnung, wie man sie erzeugen könnte … Wenn ich dieses Problem lösen könnte … Doch nein, das macht keinen Sinn. Verzeiht, aber manchmal geht mein Temperament mit mir durch. Am liebsten würde ich alle Probleme durch Überlegung lösen und keine Experimente machen. Manchmal gelingt das, doch in diesem Fall sehe ich das nicht. Ich werde mir wohl oder übel ein paar praktische Erfahrungen aneignen müssen.«

»Ihr und praktische Erfahrungen? Ihr seid wirklich ein netter Mensch, und ich möchte Euch keinesfalls beleidigen, aber …«

Seth betrachtete seine zarten Hände. »Ich glaube, ich muss sie ein wenig kräftigen. Wenn wir diesen Krieg erst gewonnen haben …«

»Gewonnen? Gegen die Hay? Jetzt weiß ich mit letzter Sicherheit, dass Ihr übergeschnappt seid!«

»Oh, früher oder später werden wir gewinnen. Wir haben einen Anführer gefunden. Einen Mann namens Kamose. Um ihn werden wir uns sammeln. Doch ein Held braucht ein angemessenes Schwert – und genau aus diesem Grund hat Baliniri Riki und mich hierher geschickt. Er weiß genau, dass es nur ein Mittel gibt, meine Kusine aus ihrer sicheren Welt hier in der Wüste nach Theben zu locken. Baliniri kannte Tetis Liebhaber Netru gut. Nun – die beiden sind einander wirklich sehr ähnlich. Ehrlich, treu, loyal und gerade heraus. Er hat geahnt, dass sie sich ineinander verlieben würden.«

»Ach, seid doch endlich still!« Mit schmerzvoller Grimasse hielt sich Weret die Ohren zu.

An ihr vorbei konnte Seth sehen, wie unten in der Oase Riki Teti an der Hand fasste und zusammen mit ihr den Hügel emporstieg. Wohin war die Steifheit, dieses fast männliche Gebaren seiner Kusine verschwunden? Er staunte, wieviel weicher und weiblicher sie auf einmal wirkte.

Weret unterdrückte einen kleinen Wutschrei und wandte sich ab. Mit der Faust schlug sie auf den Felsen ein und zitterte am ganzen Körper, so sehr sie auch dagegen ankämpfte.

V

Aber es sollte noch schlimmer kommen: Da Teti sich der Wichtigkeit der Mission bewusst war, überließ sie Riki nach einigen Minuten Werets Gesellschaft und konzentrierte sich ganz auf Seth. Weret gebärdete sich zwar widerborstig, aber sie schwieg. Steif und förmlich führte sie Riki durch die Oase und erklärte ihm das Verteidigungssystem.

Es könnte schlimmer sein, dachte sie. Pflichten, die in bestimmte Abläufe eingebunden waren, verhinderten allzu persönliche Begegnungen. Außerdem würde es eine ganze Zeit in Anspruch nehmen, um ihm das System zu erklären, das Teti mit Hilfe ihrer Ratgeber Ebana und Baliniri aufgebaut hatte. Und wenn sie damit fertig war und alle Fragen beantwortet hatte, blieb ja vielleicht gar keine Zeit mehr, um sich noch lange zu unterhalten.

Im Lauf der Besichtigung entpuppte sich Riki jedoch als rascher Denker und als ein durch und durch professioneller Soldat. Ganz offensichtlich hatte er seinen Rang trotz seiner Jugend mehr als verdient. Wofür Weret den halben Tag angesetzt hatte, war in einer guten Stunde erledigt. Zu ihrem großen Ärger blieb also noch viel zu viel Zeit übrig, die sie mit Unterhaltung füllen musste. Sie dehnte die Minuten bis zum Äußersten, indem sie ihm das Netz der Wachen erklärte, die durch Signalfeuer die Oasen über Reisende und Karawanen informierten. »Wenn eine Karawane noch eine Tagesreise von uns entfernt ist, ist sie schon längst umzingelt und uns völlig ausgeliefert, je nachdem, was sie vorhaben.«

»Ich verstehe«, sagte Riki. »Genau nach diesem Schema habe ich für Baliniri die Verteidigung der östlichen Wüste aufgebaut und die Routen zum Roten Meer und den Kupfer- und Zinnvorkommen gesichert.«

»Kupfer und Zinn?«, fragte Weret und spitzte die Lippen. Diese Information schien sie zu interessieren. »Was gibt es dort noch? In dieser Gegend kenne ich mich überhaupt nicht aus.«

»Zum Beispiel Blei und Galenit in der Nähe der Küste und – den Göttern sei Dank – auch Gold genug, um diese Dinge zu bezahlen. Der größte Teil der Vorkommen befindet sich nämlich in nubischer Hand.«

»Gibt es dort auch Manganvorkommen?«, fragte sie mit etwas zu deutlich gespielter Unschuld.

Doch Riki entging der Unterton. »Nicht dass ich wüsste. Auf jeden Fall viele Edelsteine, Halbedelsteine und Mineralien. Amethyst, Malachit, Jaspis und Feldspat. Weiter unten an der Küste wichtige Beryll- und Smaragdvorkommen, und die feinste Tonerde der Welt. Außerdem Baumaterialien aller Art. Warum?«

»Oh, ich frage nur aus Interesse ...«

»Kommt, setzen wir uns«, sagte Riki und ließ sich auf einem großen Stein im Schatten einer Palme nieder. »In diesem Punkt scheinen wir uns etwas besser zu verstehen. Zumindest scheinen wir gemeinsame Interessen zu haben. Wir sollten Freunde werden. Ich frage mich wirklich, womit ich Eure Feindseligkeit verdient habe?«

Diese Frage schien ihre Anspannung nur noch weiter zu steigern. »Mit Feindseligkeit hat das nichts zu tun. Ich habe meine Befehle.«

»Die interessieren jetzt nicht. Worum geht es wirklich? Ihr führt doch ein schönes Leben hier? Denkt Ihr, dass ich Euch das streitig machen will? Ich will nichts weiter, als eiserne Waffen für die Armee besorgen. Ich habe auch genügend Geld, um dafür zu zahlen. Nun, um genau zu sein, bin ich hier, um Teti zu bitten ... nun, wir benötigen ein ganz besonderes Schwert. Sobald ich es in Händen halte, werden wir die Oase wieder verlassen.«

Und sie wird mit Euch gehen, dachte Weret voller Bitterkeit. »Ist dieses Schwert für Euch bestimmt?«, fragte sie kühl. »Sozusagen als Zeichen Eurer Würde?«

»Ganz falsch«, sagte er rasch. »Ich werde vergessen, dass ich das gehört habe. Ihr erinnert Euch sicher, dass wir in Baliniris Auftrag hier sind. Nein, das Schwert ist für einen Mann namens Kamose bestimmt, der eines Tages vielleicht Pharao von Ägypten werden wird. Er ist der Sohn des Apophis. Wie Ihr wisst, hat Sekenenre keine männlichen Nachkommen. Kamose könnte es gelingen, die Hay zu verjagen und Ägypten zu befreien.«

»Und?«

»Dazu braucht er ein Schwert. Ein besonderes Schwert. Ihr wisst, wie derartige Legenden entstehen – ein Held, der aus dem Nichts auftaucht und in dessen Adern königliches Blut fließt. Ein Held – und ein Schwert, das die Götter gesegnet haben. So werden wir die Unterstützung der Menschen gewinnen und sie um uns scharen.«

»Das klingt ziemlich überheblich.«

»Schon möglich, aber genauso gut kann man es andersherum sehen. Ihr kommandiert selbst. Welchen Weg würdet Ihr gehen, um Eure Leute zu motivieren, wenn es um etwas wirklich Wichtiges geht?«

Lange Zeit sagte Weret gar nichts, und als sie Riki ansah, geschah das mit einem völlig neuen Verständnis. »Ich würde zu jedem Mittel greifen«, räumte sie ein. Ein kleines Zucken um die Mundwinkel, ansonsten wirkte sie unverändert verschlossen. »Allerdings weiß ich nicht, wozu dieser Kamose ein besonderes Schwert braucht. Was macht es ihm schon aus, welches Schwert er in der Hand hält?«

»Es ist ihm völlig gleichgültig, solange es nur aus Eisen geschmiedet ist. Was seinen Vater und die Hay–Nomaden betrifft ... nun, Seth hat etwas über dieses Volk erfahren, was sie bisher streng geheim gehalten haben. Es hat mit ihrer panischen Furcht vor eisernen Waffen zu tun ...«

»Das müsst Ihr mir genauer erklären«, sagte sie plötzlich ganz sachlich. »Ich will alles darüber wissen.«

Inzwischen waren Teti und Seth von Kopf bis Fuß rußverschmiert. »Ich verstehe nicht, woher du das alles weißt!« Teti konnte es kaum glauben. »Du hast doch noch nie mit Eisen gearbeitet. Und mit einem anderen Metall erst recht nicht! Wie konntest du das nur so genau in deinem Kopf nachvollziehen?«

»Eigentlich solltest du es besser wissen, statt solch eine dumme Frage zu stellen! Du weißt doch, dass ich den Kern der Probleme immer sehr genau erfasse und damit auch oft Erfolg habe.« Er wischte sich die Stirn und verschmierte neuen Staub auf seinem verschwitzten Gesicht. Dann sah er sie nachdenklich an. »Wie war es, Teti? *Dort draußen*, in der anderen Welt, meine ich ...«

»Mit Ketan? Ich habe schon versucht, es Riki zu beschreiben. Kannst du dir vorstellen, hinter einem riesigen Webstuhl zu stehen? Einem ganz großen, auf dem Wandbehänge hergestellt werden? Du siehst nur die zahllosen Fäden, die Knoten und das Durcheinander der Farben, das keinen Sinn ergibt.«

»Ja, das kann ich mir sehr gut vorstellen.« Er lächelte geduldig. »Sag nur, dass so das Leben aussieht!«

Sie erwiderte sein Lächeln. »Nun ... In der anderen Welt kannst du auf die andere Seite gehen. Du siehst das Muster, das dem Leben zugrunde liegt. Die Vergangenheit und die Zukunft. Ich sage dir, es blendet. Es ist viel zu schön und gleichzeitig zu erschreckend, um es in Worte zu fassen ... Dieses Bild hat sich meinem Gedächtnis eingebrannt. Aber Ketan hat weder Angst noch Schmerz empfunden. Er war dafür bereit, aber ich noch nicht. Mich hat der Anblick zugleich geschmerzt, geängstigt und erregt, aber Hass habe ich nicht gespürt.«

»Du hast das alles gesehen? Das ganze Muster?«

»Ich habe einen winzigen Blick darauf erhascht. Ich fühle es auch noch in meinem Kopf, aber ich sehe manches nur noch sehr verschwommen. An einiges kann ich mich nicht mehr erinnern, aber vielleicht will ich das auch gar nicht, weil ich Angst davor habe. Aber ...«

»Ja?«, fragte er leise, während er ihr Gesicht und ihre Augen gespannt beobachtete.

»Vielleicht ist Angst nicht das richtige Wort. Sage mir, was würdest du denken, wenn du wüßtest, wie das Leben ausgeht?

Würdest du dich fürchten? Oder würdest du Bedauern empfinden und dich vor Angst verrückt machen?«

Seth überlegte lange Zeit. »Ich glaube nicht. Ich denke, ich würde jeden Augenblick genießen, als ob es mein letzter sei.« Dann leuchteten seine Augen auf. »Ja, liebe Kusine, ich denke, ich würde meine Arbeit fortsetzen, als ob nichts gewesen wäre. Denn das wird von mir erwartet. Mein Leben ist schließlich auch ein Teil dieses Bildes. Nein, Angst oder Bedauern würde ich nicht empfinden.«

Teti strahlte, und Seth hatte das Gefühl, dass sie genau dasselbe dachte. »Du hast meine Gedanken in Worte gefasst«, sagte sie. »Ich weiß jetzt, wann ich sterben werde und wie. Aber das macht mein Herz nicht schwer. Ich weiß auch, dass es an der Zeit ist, mein zurückgezogenes Leben hier in der Wüste aufzugeben. Ich muss in die Welt zurückkehren und meinen Weg gehen – obwohl er nicht mehr lang sein wird. So ist es eben, und ich muss es akzeptieren. Es macht mir nicht einmal etwas aus.«

»Erstaunlich!«, sagte er leise. »Hast du dich ... hast du dich deshalb für Riki entschieden? Einfach so?«

»Das Bild hat es mir gezeigt. So weit konnte ich das Bild klar erkennen. Du glaubst nicht, wie glücklich ich darüber bin, Seth! Weißt du, ich kenne ihn ganz genau. Nicht weil ich seine Vergangenheit kenne, sondern weil ich einen Teil seiner Zukunft gesehen habe. Das Bild hat mir verraten, dass ich mit ihm glücklich sein werde, bis ...« Sie lächelte. »Wie sehr wünschte ich, dass ich etwas mehr von deinem Leben gesehen hätte und es dir sagen könnte. Aber ich habe mich auf meines konzentriert. Von Zeit zu Zeit kann ich vielleicht etwas sehen ... etwas, das dich betrifft oder auch andere, deren Leben mit meinem in Verbindung steht.«

Bekümmert sah Seth sie an. »Ich bin mir ziemlich sicher, dass du auch nicht weißt, wie wir unser Problem des perfekten, einzigartigen Schwerts lösen können, oder?«

Lächelnd legte sie ihm die Hand auf die Schulter. »Im Moment brauchen wir das perfekte Schwert noch nicht. Ich denke, das ist Riki und dir längst klar. Es reicht, wenn wir es dafür ausgeben. Solange das Schwert aus Eisen ist, wird es seinen Zweck erfüllen – auch wenn unser Verfahren noch nicht ausgereift ist. Höre auf mich, lieber Vetter: Das Geheimnis, das dir dieser Gefangene anvertraut hat, ist *mehr* als wichtig. Ich weiß noch nicht genau, wie ich das alles einordnen soll, aber ich werde viel darüber nachdenken.«

»Hast du eine Vorstellung, wie es weitergehen wird?«

»Ich ... ich weiß es nicht. Ich weiß von einer Reise ... einer großen Reise, auf der du ...«

»Ja? Was weiter?«

Tetis Miene verdüsterte sich. »Warte ... ich sehe etwas.«

»Was siehst du? Warum sagst du es mir nicht?«

»Weil das nicht meine Aufgabe ist. Du wirst es durch eigene Einsicht erfahren müssen. Mehr zu sagen, würde bedeuten, dich zu bemogeln. Außerdem würdest du mir wahrscheinlich nicht glauben. So ist das – deine Einsicht ist nicht vorherzusehen. Die musst du selbst finden.«

Zum ersten Mal wirkte Seth sehr unzufrieden und schlug mit der Faust gegen den Ofen. »Ich verstehe, was du sagst, aber ...« Er schüttelte den Kopf. »Nun gut, weitere Fragen sind nicht zugelassen. Also gut, konzentrieren wir uns auf das Wesentliche. Wir müssen ein Schwert für Kamose auswählen, bevor wir morgen nach Theben aufbrechen. Außerdem müssen wir ihm durch eine der Schwarzen Frauen aus El-Kharga eine Nachricht nach Nubien schicken.«

»Ich weiß – ich werde dich begleiten.«

Er starrte sie an. »Wirklich? Aber ich dachte ...« Er schluckte. »Nun gut. Du sagtest ja, dass dieses Leben hier vorüber ist und dass die Zeit für Veränderungen gekommen ist.«

»Richtig. Das Bild hat es klar gezeigt. Ich fürchte, ich muss mich in Zukunft etwas gesitteter kleiden.« Sie kicherte. »Das Leben in der Wüste führt alles auf das Wesentliche zurück. Ebana und ihre Kriegerinnen haben mich inspiriert, und ich habe dieses Leben sehr geliebt.« Sie seufzte. »Nach Netrus Tod wollte ich keinen anderen Mann, keine andere Bindung. Allein vor der Möglichkeit habe ich mich schon gefürchtet! Doch dieses Zwischenspiel war ebenfalls ein Teil des Bildes. Es scheint nicht wichtig zu sein, ob ich mich für dieses Leben entschieden habe ... es ist doch alles vorherbestimmt.«

»Bist du dessen sicher?«

»Nein. Ich glaube nach wie vor, dass ich die Wahl hatte und mich aus freien Stücken dafür entschieden habe. Aber als ich diesen quälenden Blick auf das Bild geworfen habe, habe ich begriffen, dass ich nur erfüllt habe, was seit Tausenden von Jahren vorherbestimmt war.«

»Wirst du deine Frauen hier in der Oase zurücklassen?«

»Eine kleinere Gruppe auf jeden Fall. Um die Wege zu bewachen, brauchen wir nicht so viele. Immerhin besteht die Möglichkeit, dass Apophis von der Oase Fayum aus einige Einheiten durch die Wüste schickt, um uns von der Seite anzugreifen.«

»Aber sie würden nicht weit kommen, nicht wahr?«

»Nein. Ich werde ungefähr zwanzig Frauen zurücklassen. Du hast keine Ahnung, wie sehr man uns in der Wüste ausgeliefert ist.«

»Doch, das weiß ich. Und die Übrigen werden uns folgen? Theben wird sie alle dringend brauchen!«

»Natürlich. Sie sind bestens ausgebildet. Baliniri hat uns öfter besucht. Für mich war er immer so etwas wie ein zweiter Vater. Allerdings ...«

Sie hielt inne. Ein Schatten huschte über ihr Gesicht, und als sie weitersprach, war ihre Stimme von großer Sanftheit erfüllt. »Ich glaube, dass er mich auf seine Weise geliebt hat, aber es nicht gewagt hat, mir das zu zeigen. Und so dumm, wie ich damals war, habe ich ihm zu verstehen gegeben, dass er zu alt sei – ein Mann aus einer anderen Generation ... Ich hoffe wirklich, dass ich seine Gefühle nicht allzu sehr verletzt habe.«

»Er ist ein starker alter Vogel.«

»Nicht so stark, wie du vielleicht glaubst. Aber wie dem auch sei – welches Schwert bringen wir deinem Freund Kamose nun mit?«

Seth musterte die lange Reihe der fertiggestellten Waffen. »Das magische Schwert, das die Schlacht um Theben entscheiden und vielleicht sogar Apophis töten wird! Doch nein, das wird ja, wenn die Prophezeiung richtig ist, erst im Delta passieren.« Er sah sie an. »Stimmt das?«

Sie schüttelte nur den Kopf. »Das kann ich nicht sagen – du kennst die Regeln.«

»*Huh!*« Die leise Ungeduld war nicht zu überhören. »Du magisches Schwert – eins, zwei, drei – verflixt, ich kann mich nicht mehr an den Reim erinnern! Ich war nicht lange genug Kind – nein, die Kindheit hat mir nicht gefallen. Viel lieber wollte ich erwachsen sein ... Ich bin nur gespannt, ob ich es jemals werde. Das kannst du mir vermutlich auch nicht verraten, oder?«

Sie lachte. In diesem Augenblick wirkte sie um zehn Jahre jünger. Jung und frisch und stolz wie damals – und glücklich. Wirklich glücklich. Sie deutete auf die Schwerter. »Nimm einfach eines. Besser eines der älteren.«

»Nun gut, dann also *dieses* hier!« Völlig willkürlich wählte er eines aus.

»Ja, das ist genau das Richtige«, sagte sie fröhlich. »Wir werden in der Morgendämmerung aufbrechen.«

Kapitel 15

I

Vorsichtig sah sich Buchis nach allen Seiten hin um, bevor er behände, was erstaunlich war für einen Mann seiner Stärke, in einen schmalen Durchgang schlüpfte und an eine Tür klopfte. Als sie sich einen Spaltbreit öffnete, erkannte man ihn sofort und zog ihn herein. Sobald die Tür verriegelt war, brachte ihn eine schneidende Stimme zum Stehen. »Bleib auf der Stelle stehen! Wenn du auch nur einen Muskel bewegst, bist du ein toter Mann!«

Buchis sah von einem zum anderen. Rechts und links von der Tür hatten Mitglieder der Bruderschaft des Schai Aufstellung genommen, und die Pfeile in ihren Bogen waren ausnahmslos auf ihn gerichtet. Er kniff die Augen zusammen. Der Arm eines der Männer zitterte bedenklich. Wenn er den Pfeil losließ, würde er ihm mitten ins Herz dringen.

Der Riese tat, als wenn er nichts von allem verstünde. In diesem Augenblick trat Isesi hinter den Bogenschützen hervor. »Falls wir dich schonen sollen, musst du darum bitten. Und zwar laut, Buchis! Sehr laut!«

Mit einer hilflosen Geste wies Buchis auf seinen geöffneten Mund.

»Dieses Theater kannst du dir sparen«, meinte Isesi. »Wir wissen, dass du sprechen kannst. Durchsucht ihn!« Raue Hände durchwühlten seine Kleidung. Er hielt die Hände über den Kopf erhoben und sah Isesi an – aber die aufgepflanzten Pfeile waren nicht zu übersehen. »Komm, mach den Mund auf, Buchis! Wir wissen alles. Ich denke, dass du uns eine Menge zu sagen hast.«

Buchis seufzte. »Zuerst sollen sie nicht mehr auf mich zielen. Das macht mich nervös«, erklärte er mit leiser Stimme. »Ich habe nichts Böses im Sinn.«

»Zielt solange auf ihn, bis wir im angrenzenden Raum sind!«, befahl Isesi. »Fesselt seine Arme und seine Beine an die Ringe im Boden und geht kein Risiko ein. Hier hindurch, Buchis, und keine übereilten Bewegungen. Gegen sechs Pfeile im Herzen kann selbst deine Kraft nichts ausrichten.«

Buchis folgte den Männern und ließ sich widerstandslos an den Metallringen auf dem Steinboden anketten. Die fünfte Fessel, ein Halseisen, das an der Wand festgeschmiedet war, erwies sich jedoch als zu eng, sodass man es wegließ. Während der Prozedur sah Buchis mit trauriger Miene zu Isesi auf. »Wie habt Ihr es herausgefunden? Ich dachte, ich hätte mich so in Acht genommen.«

»Vor Tchabu kann man nichts lange geheim halten. Er erspürt die Gefühle.«

Anerkennend nickte Buchis dem kleinen Krüppel neben Isesi zu. »Mein Kompliment«, sagte er. »Ich habe schon befürchtet, dass Ihr mich umbringen wollt.«

»Das werden wir sehen«, entgegnete Isesi. »Kommt ganz darauf an, was du uns zu erzählen hast.« Er schnitt eine Grimasse. »Und natürlich darauf, wie sehr du uns schon geschadet hast.«

Der Riese lächelte. »Wohl kaum«, sagte er. »Ich habe ausschließlich Joseph berichtet. Ob Ihr es glaubt oder nicht ... er ist auf Eurer Seite. Ich habe Euer Geheimnis nur ihm anvertraut, und er hat es auch für sich behalten. Er hat nicht einmal mit seinen Brüdern darüber gesprochen. Auch nicht mit seiner Frau – nach allem, was ich weiß.«

»Eine hübsche Geschichte, aber falls du glaubst, dass wir ...«

»Ihr tut ihm Unrecht. Ihr haltet ihn für einen dieser Fremden, die Ägypten übervorteilen wollen. Nichts kann der Wahrheit ferner sein.«

»Er *ist* ein Fremder, und seine große Familie lebt hier in Saus und Braus, während viele Ägypter hungern!«, entgegnete Isesi barsch. »Sobald wir Apophis los sind und wir die beiden Länder Ägyptens wieder unter einem gemeinsamen Pharao vereinen, werden wir uns auch mit Leuten wie ihm befassen.«

»Aber nein! Nicht doch! Die Familie hat ihren Landbesitz rechtmäßig erworben und den normalen Preis dafür gezahlt. Alle Geschäfte wurden ehrenhaft und korrekt abgewickelt. Fragt jeden, der mit ihnen zu tun hatte.«

»Du bist voreingenommen. Erzähle uns lieber, was du ihm verraten hast!«

Der abgrundtiefe Seufzer des Riesen schien den Raum zu füllen. »Ich wünschte, Ihr würdet mir glauben.« Dann fiel ihm etwas ein, und er sah sich hektisch um. »Ich habe eine wichtige Botschaft, die ich ihm unbedingt sofort überbringen muss! Er befindet sich in großer Gefahr!«

»Das kannst du laut sagen!«, entgegnete Isesi. »Früher oder später auf jeden Fall. Wenn unsere Revolution Erfolg hat …«

»Nein, nein, Isesi, es geht um jetzt! Es ist wirklich wichtig! Ich muss ihm sagen …«

»Du wirst ihm überhaupt nichts sagen! Glaubst du wirklich, dass wir dich einfach laufen lassen, damit du ihm berichten kannst, was wir planen?«

»Das Ganze hat doch nichts mit euch zu tun! Wenn ich ihm die Botschaft nicht rechtzeitig überbringe, seid Ihr ihn ohnehin für alle Zeiten los. Nun gut, wenn Ihr mich nicht gehen lassen wollt, dann schickt wenigstens einen Eurer Männer. Es ist schrecklich wichtig, dass er die Nachricht sofort erhält! Im Grunde hätte ich gar nicht hierher kommen dürfen, aber …«

»Das ist richtig.« Isesi lachte leise vor sich hin. »Doch du hast es getan und dich als Verräter enttarnt.«

»Ich – ein Verräter? Ihr seid verrückt! Ich habe Euch sogar ständig geschützt, weil Joseph mir das aufgetragen hat! Er steht doch auf Eurer Seite!«

Isesi schnaubte nur verächtlich. »Sem, lasse ihn durch einen der Männer weiter befragen, und komme dann zu mir.« Er wartete, bis Sem die nötigen Befehle gegeben hatte. Dann drehte er dem Riesen den Rücken zu. Noch unter der Tür hörte er, wie Buchis darum bettelte, dass jemand die Botschaft überbringen sollte.

In einem gut bewachten Raum im hinteren Teil des Gebäudes zog Isesi einen Papyrus aus einem Regal, entrollte ihn und betrachtete ihn genauer. Als Sem eintrat, kam Isesi jedem Vorwurf zuvor. »Ich weiß, was du sagen willst! *Ich* war es, der ihm vertraut hat! Wenn du mir die Schuld gibst, kann ich dir nicht einmal widersprechen.«

Sem zog die Stirn kraus. »Ich denke immer noch, dass er vielleicht die Wahrheit sagt. Möglicherweise ist Joseph tatsächlich …«

»Bah! Alle Fremden sollen aus Ägypten verschwinden! Ganz gleich, ob es sich um ehrliche Leute handelt oder nicht! Weißt du, wie viele Jahre Ägypten inzwischen unter den Eroberern gelitten hat?«

»Jeder weiß das, aber ...«

»Die Diskussion ist beendet. Ist das klar?«

»Es hat eine Zeit gegeben, als du ein ganzes Stück ruhiger und vernünftiger warst«, sagte Sem trotzig.

»Lass uns das Thema wechseln, ja? Was hörst du von Apophis?«

»Teil von Buchis' Botschaft war, dass Apophis sich zum sofortigen Losschlagen entschlossen hat. Eigentlich wollte er noch drei weitere Tage warten, doch letzte Nacht hat er plötzlich seine Meinung geändert. Die Schiffe haben im Morgengrauen abgelegt.«

Isesi runzelte die Stirn. »Lass mich überlegen ... Was könnte die Pläne des Königs geändert haben?«

»Die Ankunft einer Flotte von Söldnern aus Kreta und dem griechischen Festland, denke ich. Er hat sich gestärkt gefühlt. Aber, Isesi ...«

»Ja?«

»Ich sollte es dir eigentlich nicht sagen, aber ... Nun, Mara hat sich mit kurz geschnittenem Haar und im Gewand eines Unterpriesters des Amun auf die Schiffe geschmuggelt. Sie hat einen Priester bestochen.«

Isesi starrte Sem an. »Als *Priester*?«

»Ja. Sie sind die Einzigen, die lange Gewänder tragen, unter denen sich eine Frau tarnen kann. In jeder anderen Verkleidung ...«

»Ja, ja, das habe ich verstanden. Sonst hätte man sie wahrscheinlich auf der Stelle erkannt und in den Fluss geworfen. Welch ein Vorhaben!«

»Sie will dabei sein, wenn Kamose Apophis tötet.«

»Ihn tötet? Eher sieht es so aus, als ob er dieses Mal gewinnt! Ich habe die griechische Flotte gesehen. Und der neue Heerführer Rasmik ist wirklich kein Anfänger! Er hat die Truppen, die mit eingezogenem Schwanz aus Lischt zurückgekehrt sind, in kürzester Zeit wieder aufgebaut und neu motiviert.«

»Und falls Apophis gewinnt?«

Isesi sah Sem an. Seine Wut war vergangen, doch Sturheit und Entschlossenheit waren noch da. »Das ist eine gute Frage. Wir werden alle Hände voll zu tun haben, sobald er wieder zurückkommt. Der beste Grund, um jetzt nicht nachzulassen. »Plötzlich leuchteten seine Augen auf. »Ich frage mich, wie sehr dieses Mal die Wachen ausgedünnt wurden. Apophis hat mehr Männer denn je in die Armee gepresst. Wie wäre es denn, wenn wir auch jetzt sofort zuschlagen würden?«

»Meinst du das wirklich?«

»Ja. Wie wäre es denn, wenn Apophis nach Hause käme – und da wäre kein Zuhause mehr? Nichts mehr, wohin er noch zurückkehren könnte? Wie wäre es, wenn wir unsere Aktion früher als geplant starteten, statt noch lange zu warten?«

Die Frage schwebte im Raum, während Isesi das wechselnde Mienenspiel seines Gegenübers beobachtete.

Reubens freundschaftliche Beziehung zu seinem jüngeren Bruder war den anderen nicht entgangen, und so hatten sie ihn zu ihrem Vermittler erkoren. Als Joseph die Tür öffnete, erinnerte ihn nur wenig im faltigen Gesicht seines Bruders an den Mann, der ihm früher das Leben so schwer gemacht hatte. »Komm herein«, sagte Joseph. »Ist alles vorbereitet?«

»Ja. Der Hinweis auf die frühzeitige Abreise des Königs war sehr nützlich. Wir werden von verschiedenen Orten aus aufbrechen, sodass wir nicht gleich die Aufmerksamkeit auf uns ziehen.«

»In einer Stunde – ist dir das recht?«

»Ja. Ich habe die Reisegenehmigungen, die du uns hast zukommen lassen, an die anderen weitergegeben. Ich hoffe sehr, dass alles klappt. Mit etwas Glück können wir schon bald im Sinai sein.«

»Und wenn es nicht klappt? Ich will euch keine Angst machen, aber die Vorstellung beunruhigt mich ständig mehr. Seit wir gepackt haben, habe ich so gut wie nicht mehr geschlafen. Seit Petephres tot ist, kann ich bei Hof nicht mehr auf Unterstützung bauen. Falls auch nur die kleinste Kleinigkeit schief geht …«

»Werde doch jetzt nicht plötzlich ängstlich! Warum denn? Bisher warst du doch immer der Fels in der Brandung …«

»Reuben«, sagte Joseph. Als Reuben ihn ansah, fiel ihm auf, wie alt und müde sein jüngerer Bruder wirkte. »Die ganzen Jahre über, auch als ihr noch nicht hier wart und bevor ich Wesir wurde, habe ich versucht, stärker zu sein, als ich war. Jetzt fühle ich mich erschöpft. Meine Reserven sind aufgebraucht.«

»Sag so etwas nicht, Joseph. Wir alle verlassen uns auf dich. Wir zählen ganz fest auf dich.«

»Das weiß ich, aber ich kann vor mir selbst nicht verbergen, dass ...«

Es klopfte an der Tür. Fordernd und laut.

Die Brüder starrten einander an.

»Ich ... ich denke, ich öffne besser«, sagte Joseph.

Während er durch den großen Raum zur Tür ging, packte ihn wieder das Gefühl der Vergänglichkeit, das ihn die ganze Nacht über wach gehalten hatte. Plötzlich dachte er: *Hatte ich etwa wieder eine Vision, wo doch Gott trotz meiner Gebete so lange geschwiegen hat?*

Er öffnete die Tür – und sah die Soldaten. Ungefähr ein Dutzend bewaffneter Männer unter der Führung eines Hay-Offiziers, den er nicht kannte.

»Ihr steht unter Arrest, Herr«, erklärte der Offizier. »Auf Anordnung des Königs.«

»Das ist doch absurd!«, sagte Joseph, obwohl er ahnte, dass dem nicht so war. »Wenn das ein Witz sein soll, spielt Ihr mit Eurer Stellung. Ich rate Euch, das zu bedenken!«

»Es verhält sich so, wie ich es sage«, erklärte der Mann. »Meine Befehle kommen direkt von Apophis. Vor dem Ablegen hat er mich und meine Kameraden rufen lassen und jedem Einzelnen ...«

»Jedem Einzelnen? Was meint Ihr? Na los, sprecht! Ihr steht vor dem Wesir von Ägypten.«

»Möglich – oder auch nicht. Gestern jedenfalls wart Ihr noch Wesir, aber im Augenblick kann nur der König entscheiden, ob Ihr es noch seid. Sonst seid Ihr von heute an ein Fremder in diesem Land.«

»Ein Fremder!«, schimpfte Joseph erzürnt. »Ihr habt kein Recht, so etwas zu sagen!«

Der Offizier zuckte die Achseln. »Man hat mir befohlen, Euch zuvorkommend zu behandeln – außer Ihr leistet Widerstand. So lauten meine Befehle. Falls ich Euch beleidigt haben sollte, so bedauere ich das. Doch mein Befehl bleibt davon unberührt. Ich bin angewiesen, Euch und Eure Familie festzusetzen.«

»Meine ganze Familie?« Joseph sah Reuben an und bemerkte sein Erschrecken. »Ihr meint – meine Frau, meine Söhne, meine Brüder?«

»Eure Brüder, ihre Familien und alle weiteren Angehörigen, auch die Bediensteten. Zu jedem Eurer Brüder ist ebenfalls eine Abordnung unterwegs. Ich habe bemerkt, dass sich auf Eurem Hof einiges tut. Es sieht ganz danach aus, als ob für eine lange Reise gepackt würde.«

»Das geht Euch nichts an«, entgegnete Joseph.

»Oh, doch, das tut es, Herr! Ich will ja nicht unhöflich sein, doch bis der König neue Befehle erteilt, geht mich das alles etwas an. Nun, Herr, ich bitte um Verzeihung, wenn wir jetzt die Packtiere und das Haus untersuchen.«

Isesi erfuhr sofort, was sich ereignet hatte, denn viele seiner Spione dienten in der Armee. »Sem!« Er rief den Freund aus dem größeren Raum zu sich nach hinten, um ihn über den Bericht des Boten zu unterrichten. »Sie haben Joseph festgesetzt! Und seine ganze Familie!«

Sem ließ sich sein Erschrecken nicht anmerken. »Vielleicht ist das sogar günstig. Die Familie ist groß – dadurch werden die Wachen in der Garnison noch weiter dezimiert ...«

»Du verstehst nicht, was ich sagen will! Er weiß alles über uns! Was soll werden, wenn Joseph sich entschließt, mit seinem Wissen seine Freiheit zu erkaufen?«

Kapitel 16

I

Sechs Posten, die Baliniri südlich von Lischt auf beiden Seiten des Stroms stationiert hatte, traten um Mitternacht ihren Dienst an. Zwei Tage zuvor war Apophis aus Avaris abgesegelt. Als eine Stunde nach Morgengrauen die Ablösung eintraf, fanden sie die sechs Männer mit durchschnittenen Kehlen auf ihren Posten vor. Im Schutz der Nacht waren Mörder der Hay über Land vorgedrungen und hatten die Männer überrascht, und die Flotte hatte die Stelle unbehelligt passieren können.

Noch im Schutz der Nacht vereinigte sich die Flotte ungefähr drei Meilen unterhalb von Lischt mit dem linken Teil der restlichen Truppen aus der Oase Fayum, die in großer Heimlichkeit zu einem zangenartigen Angriff auf die Stadt ansetzten. Der rechte Teil umging die Stadt, sodass die Garnison, ohne es zu ahnen, plötzlich an zwei Seiten von einer unüberschaubaren Überzahl von Feinden umklammert war.

Im allerersten sanften Dämmerlicht vereinigten sich die beiden Streitkräfte in einem Überraschungsangriff auf die Stadt. Dank dieser Überraschung war der Angriff ebenso erfolgreich, wie zuvor der Überfall auf die Wachposten. Hoffnungslos unterbesetzt wehrte sich die Garnison nach Kräften vier lange Stunden, doch ohne Baba aus El-Kab oder Riki, die übernatürliche Kräfte in ihren Männern wecken konnten, wurde die Besatzung der Stadt nach erschöpfendem Kampf überrannt und zur Aufgabe gezwungen.

Die Übergabe erfolgte am Mittag.

In voller Montur schritt Apophis durch die Reihen der Gefangenen und spuckte verächtlich aus. »Allzu viele sind das aber nicht«, erklärte er zu Rasmik gewandt. »Mit Sicherheit haben Riki und Baliniri doch mehr Männer gegen uns aufgeboten.«

»Hier stehen nur die Überlebenden«, entgegnete Rasmik nicht ohne einen gewissen Stolz. »Seht Ihr den Rauch ein Stück stromabwärts? Dort verbrennen wir die Toten. Allem Anschein nach wurde die Zivilbevölkerung rechtzeitig evakuiert. Man hat alles beiseite geschafft, sodass wir bis auf ein Dach über dem Kopf nichts vorgefunden haben. Die geschlagenen Soldaten sind alles, was übrig ist.« Edelmütig fügte er hinzu: »Diese Männer haben ehrenhaft gekämpft, Herr. Ich denke, Herr, dass wir sie ...«

»Tötet sie!«, schrie Apophis. »Tötet sie alle! Häuft die Leichen auf und überlasst sie den Geiern! Stellt sicher, dass man den Ort vom Fluss aus sehen kann. Das abschreckende Beispiel soll allen als Warnung dienen!«

»Aber, Herr, die Gesetze des Krieges!«

»Die Gesetze sind mir gleichgültig! Tut endlich, was ich sage! Tötet sie alle – bis auf den letzten Mann!«

Der Aufbruch der Flotte wurde für den darauf folgenden Morgen anberaumt. Eilig wurden Vorräte aus der Oase Fayum herangeschafft, die für eine längere Belagerung nötig waren. Doch im Grunde rechnete niemand damit, dass Theben lange Widerstand leisten würde. Dieser machtvollen Armee jedenfalls nicht. Sie hatte nicht nur Lischt dem Erdboden gleichgemacht, sondern hatte auch alle Nahrungsvorräte südlich von Memphis in ihrer Hand, was Oberägypten über kurz oder lang das Rückgrat brechen dürfte – selbst wenn die Menschen genügend Idealismus und Begeisterung zur Verteidigung von Theben aufbringen würden.

Am Morgen setzten die Schiffe Segel. Die Stärke der Armee, die von Avaris aufgebrochen war, hatte sich durch die zusätzlichen Kräfte aus Fayum fast verdoppelt. Noch lange nach dem Ablegen war die Rauchsäule über den riesigen Scheiterhaufen weithin zu erkennen. Die ersten Geier kreisten bereits hoch oben in der Luft oder hatten sich schon am Ufer eingefunden. Mit dem Ablegen der letzten Boote wurde auch die Stadt in Brand gesteckt, und dank der morgendlichen Brise entwickelten die Flammen rasch eine ungewöhnliche Hitze.

Der Rauch, der über der brennenden Stadt aufstieg, war eine weithin sichtbare Warnung an die Wachen, die weiter stromaufwärts Dienst taten. Blitzschnell zogen sie die einzig richtigen Schlüsse und entzündeten die Signalfeuer, noch bevor die ersten Segel der siegreichen Flotte auf dem Strom auftauchten.

Auf diese Weise benötigte die Nachricht nur einen Tag und traf gegen Abend in Theben ein. Niemand hatte damit gerechnet, dass die Hay nach ihrer vernichtenden Niederlage Lischt so schnell niederwerfen würden. Entsprechend groß war die Panik unter der Bevölkerung. Wachen mussten in die Stadt befohlen werden, um Streitereien zu schlichten und in den Straßen für Ordnung zu sorgen. Es mussten sogar einige Menschen sterben, bis die Ruhe wiederhergestellt war.

In der Nacht verschlimmerte sich die Lage jedoch wieder. Plünderer zogen durch die Gassen, und die Situation geriet zunehmend außer Kontrolle. Alles Gesindel war auf den Beinen und verübte zahllose Verbrechen. Die Ordnungshüter waren hilflos und völlig überfordert, sodass schließlich Baliniri höchstpersönlich im Hauptquartier der Wachen erschien und ein neues Gesetz festlegte: Wer bei Gewalttaten ertappt wurde, sollte an Händen und Füßen gefesselt an die Stadtmauer genagelt und sich selbst überlassen werden. Gegen Morgen war die Ordnung in Grundzügen wiederhergestellt und entsprechend schrecklich war der Anblick, der die Stadtmauer zierte. Hyänen und Schakale hatten kaum etwas für die Vögel übrig gelassen.

Bei Anbruch der Dämmerung waren Baliniris Männer auf ihren Posten und hatten alle verfügbaren Männer zu Hilfsarbeiten eingeteilt. Selbst die Lahmen, Kranken und Blinden wurden nicht geschont. Mit Booten setzte man Frauen und Kinder in das etwas sicherere Deir el-Bahari über. Ob man dort wirklich sicherer war, wusste niemand zu sagen, aber alle waren erleichtert, der Armee und den Soldaten nicht länger im Wege zu sein.

Nachdem die erste Panik endgültig abgeflaut war, breitete sich eine dunkle Wolke der Angst vor einer Niederlage und dem zukünftigen Leben als Sklaven über die Stadt. Nach dem Fall von Lischt glaubte niemand mehr an eine Wende zum Guten. In allen Tempeln zu beiden Seiten des Flusses wurden neben Amun auch alle anderen Götter um Hilfe angefleht. *Rettet uns! Ihr mächtigen Götter, steht uns bei! Lasst Feuer auf die Köpfe der Nomaden reg-*

nen! Schwächt ihre Arme und ihre Körper! Pflanzt Angst in ihre Herzen und Schwäche in ihre Bäuche!

Durch die zarten Gitter, die den Bereich der Frauen abschirmten, beobachtete Königin Ah-Hotep, die Frau und gleichzeitig die Kusine des Erhabenen Pharaos, ihren um fünfzehn Jahre jüngeren Mann. Im Angesicht der Götter bereitete er sich darauf vor, das Land zu verteidigen, das vor ihm sein Vater Dedmose so gut und glücklich regiert hatte.

Ah-Hotep kannte Sekenenre seit dem Tag seiner Geburt. Deutlich erinnerte sie sich an diesen Tag. Nach so langer Zeit hatte sie angenommen, Sekenenre in- und auswendig zu kennen.

Voller Überraschung hatte sie jedoch miterlebt, welche Tapferkeit der junge Mann entwickelt hatte, obwohl er gerade erst den Kinderjahren entwachsen war. Er war immer ein zurückhaltender, stiller Mensch gewesen. Doch seit er den schrecklichen Tod von Baka und Mekim miterlebt und anschließend die Bevölkerung von Lischt zum Kampf aufgerufen hatte, schien er zum Mann gereift zu sein. Es verging kein Tag, an dem er sich nicht in allen Waffengattungen unterweisen ließ und wie der Geringste unter seinen Männern vor Anstrengung schwitzte. Nach Baliniris Aussage machte der Pharao im Kampf mit dem Schwert und der Streitaxt große Fortschritte. Wer hätte ihm das noch vor wenigen Wochen zugetraut?

Während Ah-Hotep den schlanken Körper ihres Mannes betrachtete, packte sie plötzlich große Furcht. *Er ist noch lange nicht stark genug! Gegen die brutalen Krieger, die Apophis ins Feld führt, wird er keine Chance haben. Auch dann nicht, wenn er sie um das Doppelte überragte.*

Kalte Wut packte sie, als sie an die Beleidigungen und Verhöhnungen dachte, die Apophis ihrem Mann seit einiger Zeit hatte zukommen lassen. Zum Glück hatte Sekenenre die Äußerungen des Nomadenkönigs als das angesehen, was sie waren – als unreife Äußerungen eines Emporkömmlings nämlich – und mit entsprechend sarkastischen Briefen beantwortet.

Inzwischen zeigte sich jedoch, dass die Drohungen durchaus ernst gemeint gewesen waren, und Sekenenre sie auch stets als genau das betrachtet hatte. Er rüstete sich für den Kampf. Er rüstete sich für seinen Tod.

Mit Sorge erinnerte sie sich an die schmalen Arme, die sie in der vergangenen Nacht umschlungen hatten. Wie viel stärker und kräftiger waren dagegen die Arme des untersetzten Soldaten gewesen, mit dem sie in ihrer Jugend das zarte Band der Liebe verbunden hatte ... Er wäre einem Mann wie Apophis ohne Bedenken entgegengetreten und hätte obendrein auch noch gelacht!

Ach, Baba aus El-Kab! Diese wunderbare Erinnerung würde sie bis in ihr Alter begleiten! Seit die Umstände damals die Trennung erzwungen hatten, war kein Tag vergangen, an dem sie nicht an ihn gedacht hätte. An ihn und seinen muskulösen Körper, seine krummen Beine und das runde liebenswerte Gesicht – und an seine vitale Männlichkeit.

Wie sehr hatte sie ihn geliebt! Und wie hingebungsvoll, wie leidenschaftlich hatte er ihre Liebe erwidert! Nein, nicht er hatte sie verführt. Sie lächelte, als sie sich daran erinnerte. Sie hatte jede Gelegenheit genutzt, sich entblößt vor ihm zu zeigen. Noch heute meinte sie, seine Umarmung zu spüren, zu fühlen, wie er sich an ihren feuchtwarmen Körper presste.

Sie seufzte lange und tief. Natürlich konnte ein solches Verhältnis nicht dauern. Die Liebe zwischen einem Soldaten und einer Tochter der Königsfamilie, die dem zukünftigen Pharao versprochen war, war unmöglich. Als er sich um eine Versetzung ans andere Ende der Welt bemüht hatte, war ihnen beiden das Herz gebrochen. Aber ein Bleiben wäre viel zu gefährlich gewesen. Als sich einige Zeit darauf herausgestellt hatte, dass sie schwanger war, hatte sie es geschickt arrangiert, dass man sie für einige Zeit in die Oase El-Kharga brachte. Um eine Lungenkrankheit auszuheilen, die sie als Kind gehabt hatte – dies war die offizielle Version. In Wirklichkeit jedoch hatte sie in aller Abgeschiedenheit ihr Kind zur Welt gebracht und einer Frau übergeben, die es als ihr eigenes aufziehen wollte.

Sie biss sich auf die Lippen, als sie wieder – wie so oft – an ihren verlorenen Sohn dachte. Was wohl aus ihm geworden war? War er überhaupt erwachsen geworden? Ob er eher ihr oder Baba ähnlich sah? Ob er inzwischen erfahren hatte, dass Net nicht seine leibliche Mutter war? Hatten Net oder Mariet es ihm gesagt, obwohl sie für ihre Dienste reichlich entlohnt und zum Stillschweigen verpflichtet worden waren?

Aber nein. Sie hatten ihr geschworen, ihr Geheimnis zu hüten. Wahrscheinlich war ihr Sohn in dem Glauben groß geworden, ein ganz normaler Junge zu sein. Ob Net ihm gesagt hatte, wer sein Vater war?

Es war unglaublich grausam, den Sohn eines geliebten Menschen von fremden Menschen großziehen zu lassen, ohne ihn je wiederzusehen! Einen Jungen von königlichem Geblüt und Sohn eines Helden, eines der größten Helden seines Landes, in dem Glauben aufwachsen zu lassen, irgendein gewöhnlicher Bastard zu sein, den niemand haben wollte!

Wie er sich wohl entwickelt hatte? Wie er wohl aussah? Auf jeden Fall war er nur ein Jahr jünger als ihr Ehemann!

Wie grausam, wie herzlos und wie erbarmungslos war doch zuweilen das Schicksal!

Baliniri wartete vor den Gemächern des Pharao, bis die Weihezeremonie vorüber war. »Herr«, sagte er, »die Sicherheitsvorkehrungen wurden getroffen – so weit mir das in der Kürze möglich war. Es ist nun an der Zeit, die Königliche Familie in Sicherheit zu bringen.« Er runzelte die Stirn. »Ich wünschte, Ihr würdet mir gestatten, Euch stromaufwärts in Sicherheit zu bringen.«

»Keinesfalls möchte ich den Menschen von Theben das Gefühl geben, dass die königliche Familie ihre Sorgen und Befürchtungen nicht teilt«, entgegnete der Pharao. »Nein, mein Freund – ob Theben weiterbesteht oder fällt – das Haus Dedmoses wird das Schicksal der Stadt teilen. Dies ist mein ausdrücklicher Wunsch.«

»Wenn Ihr Euch doch nur umstimmen ließet!«

»Ich werde diesen Entschluss nicht ändern. Nun, berichtet mir über den Plan für die Truppen – wie lautet die korrekte Bezeichnung gleich wieder?«

»Die Schlachtordnung, Herr.«

»Richtig. Ich vergesse es doch immer wieder!« Sein Lächeln war so herzlich, dass Baliniri Sekenenre nie lieber gemocht hatte als in diesem Augenblick. »Ich frage mich manchmal, mein lieber

Baliniri, wie es gewesen wäre, wenn ich als armer Mann geboren wäre und Ihr an meiner Stelle auf dem Thron säßet. Ihr hättet einen guten Pharao abgegeben, denke ich. Ihr seid ein fähiger Beamter und ein guter Menschenkenner. Aber hätte ich jemals einen guten Soldaten abgegeben? Was meint Ihr?«

Baliniri blieb völlig ernst, weil jedes Lächeln seinen Pharao beleidigt hätte. »Ihr wärt sicher ein fähiger Kommandeur geworden, Herr.«

Sekenenres feinsinniges Lächeln deutete an, dass er sehr wohl wusste, welche Rücksichten sein Wesir nahm. »Aber nicht unbedingt ein Soldat der kämpfenden Truppe, nicht wahr? Nun, diese Überlegungen sind müßig, wenn der Krieg vor der Tür steht. Jetzt heißt es, entschlossen und überlegt zu handeln. Und das ist sehr viel besser als alle Spekulation, würde ich sagen.«

Als er Baliniri freundschaftlich den Arm tätschelte, zuckte dieser unwillkürlich zusammen. Wie schwach diese Hand war! Viel zu schwach, um ein Schwert zu handhaben oder einen Speer zu schleudern. Trotzdem ging diese tapfere Seele der Gefahr nicht aus dem Weg.

»Kommt!«, sagte Baliniri voller Respekt. »Wir wollen uns zur Truppe begeben. Dort liegen die Karten auf. Unterwegs werde ich Euch erklären, wie ich die Männer posticrt habe. Auf jeden Fall werden wir diesen Nomaden eine Schlacht liefern, die sie so schnell nicht vergessen werden – ganz gleich, wie sie ausgeht!«

II

Sie standen etwas abseits von den anderen und warteten auf eines der Boote, das sie nach Deir el-Bahari übersetzen sollte. Tuia, Meni, Cheta und Kedar hatten alles, was sie tragen konnten, sorgfältig verpackt und neben sich auf dem Kai gestapelt.

Voller Ungeduld blickte Tuia zur Sonne empor. »Es wird immer später«, sagte sie. »Ich frage mich, wo sie nur so lange bleiben. War es dumm von mir, Kedar, dass ich sie allein habe gehen lassen – nach allem, was augenblicklich in der Stadt passiert?«

»Ich denke nicht, dass sie in Gefahr ist.« Kedars Stimme klang ruhig und besonnen. »Überall sind Wachen unterwegs, und mit Baliniri ist nicht zu spaßen!«

Er sagte noch etwas, doch sie hörte längst nicht mehr zu, seit sie auf dem Kai einige bis an die Zähne bewaffnete Gardisten ausgemacht hatte – und in ihrer Mitte den Wesir persönlich! Er steuerte auf sie zu, als er sie bemerkt hatte, und sie wünschte, dass sie sich in Luft auflösen oder sich wie Nebel verflüchtigen könnte. Am liebsten hätte sie so getan, als ob sie ihn nicht gesehen hätte, aber das vermochte sie nicht.

»Ah, der Wesir!« Kedar verbeugte sich. »Soeben haben wir von Euch gesprochen. Euer Besuch ist uns eine Ehre.«

Baliniri grüßte nur knapp und wandte sich dann Tuia zu. »Ich sehe nach meinen Freunden und bin froh, dass du dich schon auf den Weg gemacht hast. Ist alles in Ordnung?«

Tuia versuchte, etwas zu sagen, aber schließlich brachte sie nur ein heiseres Flüstern zustande. »Oh, ja – ich danke für die Nachfrage, Baliniri. Wir werden übersetzen, sobald die Amme mit Ketans Kind hier ist. Ich weiß nicht, wo sie so lange bleibt ...«

Baliniri spürte ihre Unruhe und Sorge sofort. Ohne lange zu reden, drehte er sich zu einem der Offiziere um. »Hauptmann«, rief er, »ich benötige eine Eskorte für eine Frau und ein Baby.« Rasch gab er Ketans Adresse an, und der Offizier machte sich ohne ein weiteres Wort auf den Weg.

Baliniri drehte sich wieder zu Tuia um. »Was deine ... nun, was deine Probleme angeht, so möchte ich dich ausdrücklich bitten, dich demnächst sofort an mich zu wenden.«

»Aber ich wollte dich nicht ... ich wollte dich nicht stören ...«

»Unsinn. Ich betrachte mich als deinen Freund, und es ist mir gleich, wie du darüber denkst. Außerdem bin ich der Vertreter des Pharao und für die Sicherheit und das Wohlergehen der Menschen verantwortlich.« Sie sahen einander an, und ihre Blicke hielten einander fest. Als er ansetzte, um leise etwas hinzuzufügen, wurde seine Stimme von einem lauten Kommando übertönt. Eine Gruppe Soldaten wurde abkommandiert, um beim Beladen der Boote zu helfen.

Baliniri wartete, bis die Gruppe vorbeimarschiert war. Dann sah er auf Meni hinunter. »Dies ist also der junge Mann. Man hat mir berichtet, wie tapfer du gewesen wirst. Wirklich, sehr tapfer! Ich bin stolz auf dich.«

»Vielen Dank, Herr«, antwortete Meni. »Ich hatte aber schreckliche Angst. Es ging alles so schnell. Dieser Mann wollte Tuia wehtun …«

»Ich weiß, aber wie ein richtiger Mann hast du deine Angst überwunden.« Über den Kopf des Jungen hinweg sahen Tuia und Baliniri einander in die Augen. »Das ist besonders wichtig, wenn die Sicherheit einer Frau auf dem Spiel steht.« Er blickte auf den Jungen hinunter. »Ich habe gehört, dass Tuia dich adoptieren will. Das freut mich.« Wieder sah er Tuia an. »Außerdem habe ich erfahren, dass du heiraten willst. Meinen Glückwunsch.«

»Ich danke dir«, erwiderte sie, und dann deutete sie etwas verlegen auf Kedar. »Ich habe mir Kedar ausgesucht. Du weißt doch, er war Seths Lehrer. Ihr kennt euch, nicht wahr?«

»Aber ja«, bestätigte Kedar und verbeugte sich.

Baliniris Augen suchten ihren Blick und lasen lange darin. Tuia erschrak, als sie bemerkte, wie er sie sah: Eine Frau in fortgeschrittenem Alter, die sich mit einem alten Mann in einer Ehe ohne Leidenschaft verbinden wollte, die sich mit weniger zufrieden gab, als sie hätte bekommen können, und die ihm deshalb Leid tat. *Ach, Baliniri, wenn du doch nur … wenn wir doch nur …*

»Oh, sieh nur, Tuia!« Kedars Stimme klang so nüchtern, so trocken und so besonnen wie immer. »Da kommen sie! Die Amme mit dem Baby und … sie bringt noch jemanden mit!«

Baliniri wandte sich um. »Ah, Hauptmann, sehr gut! Demnach habt Ihr sie gefunden!«

»Ja, Herr. Dieses Mädchen hatte ihnen geholfen, und weil sie keine Familie zu haben scheint, habe ich sie gleich mitgenommen.«

Zur allgemeinen Überraschung schien Baliniri das Mädchen zu kennen. »Aset, das ist ja eine schöne Überraschung! Ich dachte, du wärst längst auf der anderen Seite!«

Mit misstrauischem Blick musterte Tuia das Mädchen. Gab es vielleicht Anzeichen, dass zwischen den beiden …? Aber nein, diese junge Frau schien Baliniri nur zu kennen. Vielleicht war sie die

Frau eines Freundes? »Vielleicht möchte sie uns begleiten?«, bot Tuia kurz entschlossen an. »Jeder, der sich um Ketans Kind sorgt, ist uns willkommen. Baliniri, möchtest du uns nicht bekannt machen?«

»Aber natürlich! Tuia, dies ist Aset. Mit ihrer Hilfe ist Kamose nach Oberägypten gelangt. Außerdem war sie maßgeblich an der Befreiung des Kindergefängnisses beteiligt. Aset, darf ich dir Tuia vorstellen? Sie ist die Witwe des verstorbenen Waffenschmieds Ben-Hadad. Ihr Begleiter ist Kedar, der Lehrer.«

»Es freut mich sehr«, sagte das Mädchen.

Tuia beschloss, die Kleine zu mögen, denn ihr gefiel das offene, freundliche Lächeln des Mädchens. Eine anständige Person mit einer sanften Seele – gefühlvoll, aber gleichzeitig auch mutig und tapfer wie eine Löwin. Irgendwie spürte Tuia, dass diesem Mädchen erst kürzlich sehr wehgetan worden war. »Ich nehme dich gern in unserer Familie auf. Ich besitze auf der anderen Seite ein Haus. Du kannst bei uns wohnen, wenn du möchtest. Wo ist Kamose?«

»Ich wünschte, ich könnte diese Frage beantworten«, sagte Baliniri und seufzte aus tiefstem Herzen. »Wir hoffen, dass Riki und auch Kamose bald zurückkehren. Ob mit oder ohne die Verstärkungen. Kamose sollte Nehsi von Nubien als Bundesgenossen gewinnen, und Riki habe ich nach Teti ausgeschickt.«

»Teti! Ich dachte, die sei längst verheiratet und weggezogen. Wo ist sie denn?«

Baliniri lachte zwar, aber seine Blicke hatten stets den Fluss im Auge. In einiger Entfernung, über den nördlich gelegenen Hügeln, wo sich der Nil durch die roten Felsen schlängelte, stieg eine kleine Rauchwolke in den Himmel. »Nein, nein«, sagte er, »verheiratet ist sie nicht. Sie lebt in der Wüste und hat das Schmieden erlernt. Außerdem hat sie eine Gruppe von Kriegerinnen um sich geschart – sozusagen meine Geheimwaffe. Aber falls sie nicht rechtzeitig kommt ... Ich habe eigentlich gehofft, dass Riki sie herbringt. Ich habe mich auf seinen unwiderstehlichen Charme verlassen und hoffe, dass er mich nicht enttäuscht.« Wieder blickte er den Fluss entlang. »Hauptmann, das Signalfeuer ... habt Ihr die Botschaft schon entschlüsselt?«

»Noch nicht, Herr. Vorläufig ist das nur die übliche Einleitung.«

»Verfolgt das Signal und meldet mir das Ergebnis!« Er wandte sich wieder an Tuia. »Hier kommt dein Boot – ich wünsche euch eine glückliche Überfahrt.«

Nach einer kurzen Verbeugung gesellte er sich wieder zu dem Hauptmann und beobachtete gemeinsam mit ihm den Horizont. Während Tuia und die Ihren ihre Habseligkeiten zum Boot trugen, konnten sie Teile des Gesprächs aufschnappen.

»... so bald! Ich hätte gehofft, dass es zumindest noch einen halben Tag länger dauern würde!«

»... alarmiert den König! Alle Einheiten auf ihre Plätze – und zwar in doppelter Stärke!«

Erschrocken blickte Tuia stromabwärts, aber sie sah nichts weiter als das Signal: unschuldige Rauchwölkchen, die in den blauen Himmel emporstiegen. Hinter ihr bellten die Offiziere ihre Befehle. Ein jammervolles Klagen erhob sich in einem der Boote, und plötzlich herrschte am Kai hektische Betriebsamkeit.

Der Krieg war gekommen! Der Krieg war nach Theben gekommen!

Vom Dach des Palastes aus bemerkte Sekenenre die Rauchwolken. Er konnte die Botschaft nicht lesen, aber sie war auch so deutlich genug. Er seufzte und lächelte wehmütig. »Nun ist es also so weit«, sagte er. Seine Finger trommelten auf die Brüstung, während seine Blicke den Fluss nach feindlichen Segeln absuchten.

Er war überrascht, wie wenig Angst er empfand. Stattdessen hatte er das Gefühl, als ob ihn etwas Gutes erwartete, dem er furchtlos und gespannt entgegensehen konnte.

Ob das falsch war? Vielleicht durfte ein König die Angelegenheit nicht in erster Linie als persönliche Auseinandersetzung begreifen, in der er seinen Mut beweisen konnte. Immerhin würde Theben fallen, falls die Hay siegten, und Nomaden und Barbaren würden sein Volk unterdrücken ... Arm und Reich wären Vergewaltigungen, Mord und Folter ausgesetzt, alle Frauen und Töchter ...

Ihn schauderte. Und wieder dachte er: *Ich sollte sie alle in Sicherheit bringen. Vielleicht ist ja noch Zeit genug ...*

Nein. Man hatte bereits bekannt gegeben, dass der Pharao und seine Familie das Schicksal der Stadt teilen würden. Diese Nachricht hatte alle Zurückbleibenden mit neuem Mut erfüllt. Seine gestrige Rede hatte der Armee neue Kraft gegeben. Ja, es war eine gute, eine mitreißende Rede gewesen, falls er sich überhaupt so loben durfte. Die Männer hatten ihm lange und erfreut zugejubelt, wie es seinem Vater niemals widerfahren war. Nein, von dieser Position gab es kein Zurück mehr.

Unwillkürlich schlichen sich dunkle Gedanken in seine Überlegungen – Gedanken an Tod, Niederlage und Zerstörung. Er schloss die Augen und verfluchte die Dämonen, die sein Herz schwer machten.

Vielleicht würde er heute sterben.

Vielleicht würde er heute sterben – aber bestimmt nicht wie ein reicher Mann in seinem Bett, umgeben von Freunden und Verwandten, die ihm den Weg aus diesem Dasein in die Nachwelt mit sanften Worten versüßten.

Eher würde er gewaltsam sterben – durch die Hand eines heimtückischen, besessenen Barbaren. Er würde ihm nicht nur das Herz durchbohren, sondern ihn enthaupten und seine Überreste auf langen Spießen zur Schau stellen, um die Herzen der Ägypter ängstlich und kleinmütig zu machen.

Ein gewaltsamer Übergang in die Nachwelt und Verletzungen durch das Schwert seines Gegners würden seine Seele in das dunkle Land verbannen, wo sie keine Ruhe fand …

Schluss jetzt! Er durfte diesen Gedanken nicht nachgeben und sich in Angst hineinsteigern. Solche Gedanken schwächten den Körper und verhinderten, dass er den feindlichen Angriff abschmetterte. Er musste tapfer sein – für seine Soldaten, für sein Volk und für sich selbst. Er musste alle Stärke und allen Mut zusammennehmen-

»Mein lieber Mann«, hörte er eine Stimme sagen.

Er drehte sich um. Ah-Hotep stand mit verschränkten Armen hinter ihm. Der Ausdruck ihres Gesichts war nicht zu deuten. Sie lächelte. »Ich wollte mit dir sprechen, bevor sie kommen. Störe ich?«

»Nein.« Eine Welle der Zuneigung durchströmte ihn. Ah-Hotep war noch immer seine vertrauteste Frau und Gefährtin, obwohl sie ihm keine Kinder geschenkt hatte. »Du störst mich nie.« Er schloss sie in die Arme und fühlte, wie eine gewisse Stärke von ihr auf ihn überging. »Von allen Menschen wünsche ich mir deine Gesellschaft in diesem Augenblick am meisten«, erklärte er leidenschaftlich. »Ich danke dir für dein Kommen.«

Sie ergriff seine Hände. Deutlich konnte er aus der Nähe die kleinen Fältchen um ihre Augen erkennen, doch für ihn waren sie Erinnerungen an ihre vielen glücklichen Jahre. Sie war mit ihm verheiratet worden, als er dem Kindesalter kaum entwachsen war, und er war mit ihr erwachsen geworden. Sie verkörperte für ihn Frau, Mutter und Geliebte in einer Person. Selbst als ihre Unfruchtbarkeit ihn zur Ehe mit anderen Frauen zwang, änderte sich daran nichts. Er hatte immer nur in ihrem Bett Freude empfunden.

»Ich hatte eine Vorahnung«, begann er.

»Denke nicht darüber nach«, sagte sie. »Denke nur daran, dass du als Sieger zu mir zurückkehren wirst.«

Er blickte sie an ... und irgendwie ahnte er, dass sie irgendwann, irgendwann vor ihrer Hochzeit, dieselben Worte bereits einmal zu einem Mann gesagt hatte ... Mit Sicherheit hatte es einmal einen anderen Mann gegeben, einen starken Mann vielleicht, einen untersetzten, kräftigen Soldaten, dem man solche Worte mit auf den Weg gab. Ob sie wohl manchmal an diesen früheren Liebhaber dachte? Die starken Arme des Soldaten mit seinen schwachen verglich?

Leise sprach sie zu ihm: »Ich möchte, dass du eines weißt: Obgleich wir einander versprochen wurden, ohne dass wir uns gegenseitig erwählt haben, hat das Glück es gut mit mir gemeint. Wie hätte ich auch damals ahnen können, wie glücklich ich werden, welcher Reichtum an Gefühlen und Glück mich erwarten würde?«

»Mein Liebes«, begann er mit rauer Stimme, »ich ...«

Sie legte ihm zwei Finger auf die Lippen. »Ich wollte nur, dass du all das weißt. Falls das Schicksal uns trennt, möchte ich, dass du diesen Gedanken mit dir trägst, und falls du zu mir zurückkehrst, wird dich eine dankbare Frau erwarten, die dich liebt.«

Sie küsste ihn und umarmte ihn voller Herzlichkeit.

Und als er sich schließlich umwandte und über die Brüstung blickte, sah er unzählige breite Segel in den Farben der Nomadenkönige.

Krieg! Der Krieg war nach Theben gekommen!

III

Von seinem Aussichtspunkt auf dem Amuntempel aus beobachtete Baliniri, wie sich die Schiffe allmählich dem Kai näherten. Er blickte auf seine eigenen Linien hinunter. Die Bogenschützen unterhalb der Mauer hatten die Pfeile zwar eingelegt, aber die Bogen noch nicht gespannt. Er schüttelte den Kopf. *Nein. Lasst die Mistkerle näher herankommen.* Er ballte die Fäuste so heftig, dass sich gleichzeitig seine Schultern spannten. Nervös wiederholte er im Stillen noch einmal alle verabredeten Handzeichen, die seine Befehle übermitteln sollten. Und zum hundertsten Mal fragte er sich, wo Kamose blieb und warum Riki noch immer nicht zurück war. Verflixt, die Zeit wurde jetzt wirklich knapp!

»Herr!«, rief einer der Offiziere in drängendem Ton zu ihm empor. »Jetzt? Sie sind schon fast am Ufer!«

»Achtung!« Baliniri hob die Hand mit der Handfläche nach vorn und beobachtete ruhig und gefasst, wie die feindlichen Schiffe immer näher kamen. »*Jetzt!*«, schrie er dann aus Leibeskräften und senkte den Arm. Beim ersten Kommando hatten die Männer die Bogen gespannt, und nun sirrten die Pfeile durch die Luft. Sie stiegen hoch empor und regneten dann leise, fast elegant, auf die Männer in den vordersten Schiffen herunter.

Im selben Augenblick setzte das infernalische Kriegsgeschrei der Nubier ein, untermalt vom Dröhnen der Trommeln. Der Kriegsschrei des alten Musuri, den er als Kommandeur der Truppen des Akilleus übernommen und nach Ägypten gebracht hatte.

Der Effekt war beeindruckend – umso mehr, als auch die Pfeile ihr Ziel getroffen hatten. Auf den vordersten Schiffen waren viele Männer niedergestreckt worden, und von der luftigen Höhe aus konnte Baliniri deutlich sehen, wie das Blut aus den Körpern der Toten und Verwundeten strömte.

Wieder hob Baliniri die Hand, aber diesmal zur Faust geballt. Sobald das erste Schiff am Kai festmachte, fiel die Faust nach unten. Sekunden später flogen die Speere der ersten Verteidigungslinie durch die Luft. Unter Baliniris Augen traf einer der Speere einen jungen Hay, der gegen seine Kameraden taumelte und tot war, bevor die Hände ihn auffangen und auf den Boden legen konnten.

Baliniri hob den linken Arm und spreizte die Finger. Dann folgte der zweite Arm und vollführte zusammen mit dem anderen große Kreise durch die Luft. Augenblicklich griffen die beiden Flanken in das Kampfgeschehen ein. Sobald die ersten Hay das Ufer betraten, gerieten sie in die Zange. Das Kreischen steigerte sich in immer schrillere Höhen, während die Trommeln schneller und schneller schlugen.

Inzwischen folgte ein Schiff dem anderen, und je mehr Baliniri zählte, desto tiefer sank sein Herz, als er flüchtig die Mannschaftsstärke überschlug. Und weiter hinten auf dem Fluss schien der Nachschub nicht abreißen zu wollen.

Direkt unter ihm auf dem Kai hatte der beidseitige Angriff die Nomaden ein Stück weit zurückgeworfen, aber dahinter spuckten die Schiffe immer neue Soldaten aus, die ihren bedrängten Kameraden zu Hilfe kamen. Wieder sah Baliniri zu den Bogenschützen hinunter und gab ihnen das Zeichen zum Spannen der Waffen. Seine Arme fielen herab, und wieder regnete es Pfeile, sodass schon kurz vor der Landung der Schiffe viele Männer ihre Brust umklammerten und getroffen auf die Planken sanken …

Eines der Schiffe hielt sich im Hintergrund und ankerte außerhalb der Reichweite der Bogenschützen. Zwei kräftige Taue hielten es genau auf der Höhe des Kais, sodass Apophis von seinem Kommandostand aus bequem den Vorgängen an Land folgen konnte. Er beschattete seine Augen mit der Hand und blinzelte gegen die Sonne. »Kämpft, Ihr Feiglinge!«, schrie er seinen Fronttruppen zu. »Kämpft und verjagt sie! Der Kai gehört uns!«

Neben dem König stand Rasmik und beobachtete schweigend die Szene. Als Apophis Atem holen musste, ergriff er das Wort. »Die Männer schlagen sich bestens! Nur ein wenig Geduld.«

Ungehalten donnerte Apophis mit der Faust auf die Reling. »Geduld? Wenn ich sehe, dass sie wie ein Haufen Feiglinge wanken.«

»Ehrlich, Herr, sie schlagen sich besser, als ich erwartet hätte. Eigentlich habe ich damit gerechnet, dass wir die ersten fünf Schiffe verlieren. Doch so, wie es aussieht, haben wir bislang nur eines eingebüßt. Schaut nur, Herr! Die rechte Flanke rückt bereits vor. Wenn ihnen die linke auch noch folgt, werden wir den Kai in wenigen Augenblicken von allen Feinden gesäubert haben.«

Apophis starrte in die angegebene Richtung ... und lächelte. »Ihr habt Recht! Sie üben Druck aus ... Wunderbar ... Sie gewinnen immer mehr an Boden ...«

»Ja, Herr.« Rasmik lächelte mild. »Binnen kurzer Zeit wird der Kai uns gehören – außer sie haben noch eine gute Karte im Ärmel!« Er überlegte einen Augenblick und fluchte dann leise. »Verflixt! Der alte Fuchs!«

»Was meint Ihr?«

»Ich denke, ich habe Baliniris Taktik durchschaut! Er lässt seine Männer immer wieder ein kleines Stück zurückfallen und zieht uns damit immer weiter zu sich hin. Sobald wir ihm in die entvölkerte Stadt folgen ... wird sie keineswegs so verlassen sein, wie wir annehmen! Überall werden Straßenkämpfer auf uns lauern, die sich natürlich bestens auskennen! In jedem Hinterhalt werden sie auf uns warten ... Ja, genauso hätte ich mich auch verteidigt! Das hat er bei Mari gelernt, als er von einem Hinterhalt in den nächsten geriet.«

Die Mundwinkel des Königs sanken herab. »Soll das heißen, dass er uns eine Falle stellt?«

Rasmik lächelte säuerlich. »Ja, Herr, genau das befürchte ich.« Er deutete auf die Ansammlung auf dem Dach des Amuntempels. »Dort oben steht Baliniri. Seht Ihr? Er gibt seinen Leuten Befehle.«

»Ja, ja, ich sehe ihn – aber wo ist Sekenenre? Auf ihn habe ich es abgesehen! Oder hat er sich wie ein Feigling aus der Stadt geflüchtet?«

»Ich kann ihn nirgends ausmachen, Herr. Aber seht! Unsere Männer stoßen sehr schnell voran – das gefällt mir nicht. Ich denke, ich werde mich an Land begeben und dort das Kommando übernehmen. Bote!«

Augenblicklich stand ein Mann neben ihm. »Ja, Herr?«

»Blase das Signal zum Rückzug!« Ungläubig kniff der Bote die Augen zusammen und starrte ihn an. »Ja, hast du mich denn nicht verstanden? Los, das Signal zum Rückzug!«

In der Uniform Oberägyptens trat Sekenenre zu Baliniri auf das Dach. »Was machen sie da? Ich verstehe es nicht. Sie waren doch im Vorteil. Warum ...«

»Wir haben ihnen den Vormarsch gestattet, Herr. Eigentlich wollte ich sie in die Stadt locken, wo wir sie einzeln hätten abschlachten können. Aber offenbar ist dieser Rasmik nicht dumm und hat die Falle gerochen!«

»Falle? Aber ...«

»Ich muss mir etwas ausdenken, um sie doch noch dorthin zu locken.«

»Sie in die Stadt zu locken, wäre eine Möglichkeit«, sagte Sekenenre. »Aber es gibt noch eine andere, wie ich glaube. Vielleicht ist es jetzt an der Zeit, dass ich mein Gewicht als Pharao in die Waagschale werfe ...«

»Herr, ich verstehe nicht.«

»Seht nur! Das Schiff des Apophis lichtet die Anker und hält auf den Kai zu. Dort oben auf dem Kommandostand – das ist er, nicht wahr?«

»Ja, Herr, aber ...«

»Bote! Ich brauche einen Boten!«

Einer der Männer trat nach vorn. »Ja, Herr?«

»Merke dir genau, was ich dir sage: Bestelle Apophis, dass dein Herr ihn voller Zorn und Geringschätzung grüßen lässt. Richte ihm aus: Falls er sich selbst zur Hinrichtung in die Gewalt unserer Wachen begibt, bevor der Schatten des Tempels verschwindet, wird der rechtmäßige Herrscher Beider Ägypten erwägen, seine Männer zu schonen und ihnen freien Abzug zu gewähren.«

»Aber, Herr ...«, setzte Baliniri an. »Unterbrecht mich nicht!« Wieder wandte sich Sekenenre an den Boten. »Sage ihm, dass dein Herr dieses Angebot nur macht, damit Apophis sein Gesicht wahren kann und ihm eine erneute Flucht wie damals bei Lischt erspart bleibt. Hast du das verstanden?«

»Ja, Herr.«

»Sage ihm weiterhin, dass sich die Dinge vermutlich anders entwickelt hätten, wenn er ein Mann – und nicht dieser jämmerliche Abkömmling wäre, der von einer Hure, die man für einen *outnou* kaufen kann, und einem dreibeinigen Esel auf einer Bühne vor nubischen Misthändlern gezeugt wurde.«

»Aber, Herr ...«

»Haltet mich nicht auf, Baliniri! Es fängt gerade an, mir Spaß zu machen.« Dann wieder zu dem Boten: »Hast du dir alles gemerkt, mein Freund?«

»Ja, Herr, ›auf einer Bühne vor Misthändlern gezeugt wurde‹.«

»›Vor *nubischen* Misthändlern‹! Man weiß doch, was die Hay von Schwarzen halten!«

»Ja, Herr.«

»Nun gut«, sagte Sekenenre und sah Baliniri in die Augen.

»Ich ahne, was Ihr beabsichtigt, Herr – und ich verbiete es Euch rundheraus!«

»Ihr könnt mir nichts verbieten. Ich kann jeden Eurer Befehle aufheben. Ich kann Euch sogar festsetzen oder töten lassen. Also haltet Euch zurück, Baliniri!«

Schweigend und mit großer Sorge sah Baliniri den Pharao an.

»Also weiter«, sagte Sekenenre. »Bestelle diesem Hochstapler – und benutze genau dieses Wort, außer es fällt dir noch ein schlimmeres ein: Falls er ein Mann mit Verstand und gesunden Gliedern ist und nicht doch eine Missgeburt dieser Schlampe, würde ich ihm gern vor den Wällen von Theben gegenübertreten und Mann gegen Mann mit ihm kämpfen, bis einer von uns beiden stirbt.«

»Herr!«, erhob Baliniri Einspruch. »Ich kann das nicht verant...«

Der Pharao überhörte den Einwurf. »Nun, Bote, hast du alles behalten?«

»Ja, Herr.«

»Dann mache dich auf den Weg. Wenn du ausgesprochen hast, spuckst du Apophis vor die Füße und sagst, dass ich das ebenfalls befohlen hätte!«

»Ja, Herr.«

Baliniri und der junge Pharao sahen einander in die Augen. Ein seltsamer Ausdruck lag auf Baliniris Gesicht – und wenn man nicht gewusst hätte, dass man den erfahrenen Eroberer von Mari vor sich hatte, hätte man annehmen können, dass er den Tränen nahe war!

Von einem Hügel ein Stück stromabwärts aus starrten Teti und Riki auf die Schiffe auf dem Nil hinunter. »Gute Götter!« Riki schnappte nach Luft. »Wir kommen zu spät! Sie sind bereits da! Wie sollen wir über den Fluss kommen, wo sie den Kai besetzt halten? Wir können doch nicht durch ihre Flotte segeln!«

Teti lächelte. »Weret?«

»Ja, Herrin?«

»Du übernimmst zusammen mit Seth eine Abteilung und überrascht sie von hinten mit Brandpfeilen.«

»Ja, Herrin!«

»Je mehr Schiffe ihr in Brand setzt, desto besser.«

»Ja, Herrin.«

»Riki und ich und die anderen werden den Fluss schwimmend überqueren. Kannst du schwimmen, Riki?«

»Wie ein Fisch.«

»Wunderbar. Sichere dein Schwert. Am besten hängst du es dir um den Hals.«

»Eigentlich bin ja ich der Kommandeur, aber offenbar weißt du genau, was du willst.«

Lächelnd zwinkerte sie ihm zu. »Ein weiser Kommandeur gibt seinen klugen Untergebenen die nötige Freiheit, damit sie sich entfalten können. Wie man sieht, bist du der Klügste von allen, mein Liebster.« Sie beugte sich nach vorn und flüsterte ihm etwas zu, das nur für seine Ohren bestimmt war. »Vergiss nicht – ich weiß, wie es ausgehen wird. An diesen Augenblick erinnere ich mich lebhaft.« Sie wandte sich an Seth. »Hier! Bring Kamose sein Schwert und informiere ihn über alles, was er wissen muss!«

Untersetzt, mit breiten Schultern und wahrscheinlich doppelt so schwer wie der junge Pharao sprang Apophis an Land. Auf dem

Kopf trug er den schweren Kampfhelm der Hay, und seine Unterarme und Schienbeine waren mit bronzenen Schilden bewehrt. Doch was der Umgebung des Pharao ein Stöhnen abnötigte, war der Brustpanzer, der in der Sonne glänzte. »Herr!«, rief Baliniri. »Gegen diesen Panzer hat Euer Schwert nicht die geringste Chance!«

Doch Sekenenre lächelte nur. »Das ist richtig, aber das Gewicht wird ihn ermüden. Und das wird mich stärken.« Bei diesen Worten musterte Baliniri unwillkürlich die schmächtigen Muskeln des Pharao. »Ich kann mich schneller bewegen als er, und je mehr er erlahmt, desto leichter kann ich mich außerhalb seiner Reichweite halten.«

»Aber er hat die Wahl der Waffen, und die Hay-Schwerter sind etwas länger als die ägyptischen! Er wird Euch immer noch erreichen können, wenn er sich bereits außerhalb Eurer Reichweite befindet!«

Nur fünfzehn Schritte entfernt blieb Apophis stehen und zückte ganz langsam die Waffe seiner Wahl.

Das Sonnenlicht schimmerte auf der langen Axt ... auf der gefürchteten Streitaxt der Hay!

IV

Baliniri empfand zwar allergrößten Respekt vor seinem Pharao, aber trotzdem wollte er ihm dieses Selbstmordkommando ausreden. »Herr«, bat er, »Ihr könnt unmöglich ...«

»Die Streitaxt ist nicht gerade meine bevorzugte Waffe, das ist richtig«, räumte der König huldreich ein. »Im Gegenteil. Aber nach den Regeln steht ihm die Wahl frei. Ich muss die Regeln beachten, wenn ich nicht meine Ehre aufs Spiel setzen will.« Er lächelte, als ob alle Furcht von ihm abgefallen wäre. »Ich habe nicht einmal eine Axt mitgebracht«, gestand er. »Könnte ich vielleicht Eure leihen, mein Freund?«

»Aber natürlich, Herr, aber ist das nötig? Ihr müsst doch nicht ...«

»Aber ich werde es tun! Ah! Eine wunderbare Waffe.« Sekenenre wog die Axt in der Hand. Baliniri musterte die schmächtigen Arme mit dunklen Vorahnungen. »So, nun noch den Schild – wärt Ihr so freundlich, Hauptmann?«

Sofort überließ ihm der angesprochene Offizier seinen Schild. Baliniri überschlug in Gedanken das Gewicht. Die Arme des Pharao würden nur zu bald erlahmen. »Herr, wenn ich Euch nicht doch noch davon abbringen kann, so hört wenigstens meinen Rat: Achtet auf seine Augen! Und erinnert Euch daran, wie man mit dem Schild täuscht. Manchmal kann man den Gegner damit aus dem Gleichgewicht bringen.«

»Für Ratschläge ist die Zeit zu knapp, alter Freund«, sagte der Pharao. Seine Augen waren auf den massigen Apophis gerichtet – auf die breite Brust unter dem Panzer. »Ganz gleich, wie es ausgeht, Baliniri – verkauft die Stadt so teuer wie möglich!«

»Die Mauern werden mit fremdem Blut besudelt sein«, versprach Baliniri feierlich. »Herr, ich ...« Seine Stimme versagte ihm, und er ballte die Fäuste, bis seine Muskeln erzitterten. Mit geschlossenen Augen rang er um Fassung. Dann strich er über Sekenenres Hand. »Herr, ich ...«

»Ich verstehe Euch auch ohne Worte«, versicherte Sekenenre leise. »Kümmert Euch um meine Frau. Einen Sohn habe ich nicht. Sorgt dafür, dass ein geeigneter ...« Er unterbrach sich und lächelte etwas angestrengt.

»Lebt wohl, Herr«, sagte Baliniri und kämpfte mit den Tränen.

Das Trommeln und das kreischende Schreien verstummten abrupt. In einer seltsam unwirklichen Stille lösten sich die Kontrahenten aus den jeweiligen Reihen und traten mit gemessenen Bewegungen in die Mitte des Halbkreises vor dem Stadttor von Theben.

»Na, na«, höhnte Apophis grinsend. »Ich höre ja gar keine Beleidigungen mehr? Fehlen dem kleinen Papagei etwa die Worte, wenn er dem Feind in Fleisch und Blut gegenübertritt? Hat die Katze vielleicht seine Zunge abgebissen? Oder ist sein Schnabel vor Angst erstarrt?«

Im Gegensatz zum tiefen Bass des massigen Apophis klang Sekenenres Stimme kindlicher denn je. »Ich rede, wenn es Zeit zum Reden ist«, entgegnete er. »Und ich kämpfe, wenn die Zeit dafür reif ist. Vielleicht ist das im Heimatland der Nomaden anders. Habt Ihr mich etwa missverstanden? Oder wollt Ihr, dass wir die Waffen niederlegen und uns mit Worten messen?«

Auf beiden Seiten entstand Gemurmel.

»Gut gezwitschert, kleines Vögelchen«, brummte Apophis. »Wenn Ihr den Kampf wollt, dann nur zu!«

Noch während er sprach, sprang er auf seinen Gegner zu.

Es war verblüffend, wie schnell er sich bewegte. Zwei Schritte brachten ihn bereits in Sekenenres Reichweite. Ein wilder Hieb der Axt hätte einen weniger beweglichen Mann längst gespalten, doch Sekenenre tänzelte geschickt zur Seite, und statt den Schlag zu parieren, stieß er über den Schild hinweg und schlug Apophis den Helm vom Kopf.

Apophis schäumte vor Wut. Ohne sich um den Helm zu kümmern, holte er zum nächsten Schwung aus, aber Sekenenre war längst nicht mehr dort, wo er ihn noch vermutete.

»Ich hätte Euch den Kopf abschlagen können«, rief der Pharao. »Aber ich wollte Euch nur demonstrieren, dass ich Euch jederzeit erreichen kann. Genau wie jetzt!« Er täuschte geschickt einmal oben, dann unten, und trat Apophis mit dem Fuß die Waffe aus der Hand.

In den ägyptischen Linien erhob sich erster Beifall. »Los!«, feuerte Baliniri ihn an. »Macht ihn fertig!«

Aber in dieser Sekunde spielte die mangelnde Kampferfahrung dem Pharao den ersten Streich. Großzügig gestattete er, dass sein Feind die Waffe aufhob.

»Das war Euer erster Fehler!«, stieß Apophis zwischen zusammengebissenen Zähnen hervor. »Es könnte Euer letzter gewesen sein!« Er schwang die Axt und kam Schritt um Schritt näher, ohne dass der Pharao ihn hätte aufhalten können.

Sekenenre wich zurück und parierte mit seiner Axt. Einen Schlag von der Seite konnte er mit dem Schild abwehren, aber zu einem eigenen Schlag kam er nicht.

»Passt auf, Herr!«, rief Baliniri. »Achtet auf die andere Hand!«

Aber da war es schon so gut wie zu spät. Plötzlich schlug Apophis seinen Schild krachend gegen den seines Gegners. Der Schlag kostete Sekenenre fast das Gleichgewicht, sodass ihm die Waffe beinahe aus der Hand gerutscht wäre. In derselben Sekunde drang Apophis auf ihn ein und schlug mit kräftigen Hieben den Schild beiseite. Sekenenre wich immer weiter zurück, wehrte sich schwach, indem er versuchte, die Hiebe zu parieren. Als er wieder einen mächtigen Hieb hinnehmen musste, stolperte er.

»*Haaaaaa!*«, schrie Apophis. Er machte einen Satz nach vorn und hackte auf seinen Gegner ein. Zum ersten Mal öffnete sich die Deckung des Königs, als er mit den Armen rudernd um sein Gleichgewicht kämpfte.

In einer verzweifelten Anstrengung duckte er sich unter dem nächsten Hieb hindurch und schlug Apophis die Waffe gegen die Beine. Der erste Schlag auf den Schenkel ließ das Blut hervorspritzen. Nun verlor Apophis das Gleichgewicht und stolperte. Dabei fluchte er lauthals in der Sprache der Hay.

»Verliert keine Zeit, Herr!«, bellte Baliniri.

Mit erhobener Axt sprang Sekenenre nach vorn.

Aber Apophis hatte sich wieder gefangen. Voll Wut und Schmerz steigerte er sich zu einem letzten, unglaublich kraftvollen Schlag!

Noch lange danach stand Baliniri die Szene wie ein Bild vor Augen. Nie würde er den überraschten, erschrockenen Gesichtsausdruck des jungen Königs vergessen, als die Axt niedersauste. In dieser Sekunde mischten sich Erwartung und Angst zu einem unsicheren Lächeln.

In der nächsten krachte die rasiermesserscharfe Schneide der bronzenen Axt in den Schädel des Pharao.

Der machtvolle Schlag grub das Metall tief in den Kopf und tötete den Pharao auf der Stelle. Seine Beine gaben nach, die Waffe entfiel seinen leblosen Händen und der Fall des Körpers zerrte Apophis die Waffe aus der Hand – so fest saß die Schneide im Knochen.

Der Körper des Pharao lag flach auf der Erde und bewegte sich nicht mehr.

So starb der König der Könige, der Sohn des Dedmose, der Goldene Pharao Beider Ägypten und Verteidiger von Theben.

Einige Augenblicke lang herrschte absolute Stille. Dann erhob sich auf der Seite der Hay ein gewaltiges Brüllen, und wieder einige Sekunden später, nachdem sich die Erstarrung gelöst hatte, pflanzte es sich auf ägyptischer Seite fort.

Baliniri und seine Kommandeure schrien ihre Befehle, aber es war umsonst. Apophis zog sein Schwert aus der Scheide und versuchte vergeblich, seine Männer um sich zu sammeln.

Völlig kopflos fielen die beiden Armeen in blindem Hass übereinander her.

Zu Baliniris Entsetzen strömten auch die Reserven aus den geöffneten Stadttoren auf das Schlachtfeld. »Zurück! Zurück, Ihr Narren!«, schrie er aus Leibeskräften, aber keiner hörte auf ihn. Sie schlugen das Schwert beiseite, mit dem er sie aufhalten und auf ihre Positionen zurückschicken wollte. In dem folgenden Durcheinander ging er zu Boden, und Sekunden später traf ihn ein Hay-Schwert mit der flachen Seite am Kopf. Ein blendend heller Blitz – und dann wurde es dunkel um ihn.

Aus sicherer Entfernung betrachtete Rasmik das Getümmel und fragte sich, wie und wo er eingreifen sollte. Nach allem, was er erkennen konnte, schienen seine Männer ein grandioses Gefecht zu liefern. Es war ihr Vorteil, dass die Gegenseite alle Befehle in den Wind schlug. Führerlos wie sie waren, waren sie womöglich eine leichte Beute. Sogar die Reserven hatten sich ihren Befehlen widersetzt und sich ins Getümmel gestürzt und damit Baliniris ausgeklügelten Plan eines Hinterhalts zunichte gemacht. Damit waren die Verteidiger der Stadt nicht länger im Vorteil. Seine eigenen Truppen waren zahlenmäßig weit überlegen, was ihnen im Kampf auf der freien Fläche den Sieg bringen würde. Innerhalb der Mauern jedoch, wie es Baliniris Strategie entsprochen hätte …

»Soll ich das Alarmsignal geben, Herr?«, fragte einer der Männer an seiner Seite.

»Nein«, antwortete Rasmik. »Lassen wir sie noch einige Augenblick gewähren. Ich will sehen, wie weit sie kommen, nachdem uns der Gegner so in die Hände spielt.«

Als Baliniri erwachte, musste er einige Male zwinkern, um den Staub aus seinen Augen zu entfernen. Mühevoll richtete er sich auf die Knie auf. Rund um ihn herum tobte der Kampf. Was war geschehen? Wenn er doch nur endlich aufstehen und sich umsehen …

In diesem Augenblick fiel ihm alles wieder ein. »Oh, Ihr Götter!«, stöhnte er mit einer heiseren Stimme, die nicht zu ihm zu gehören schien. »Sie haben verloren! Sie haben alles verschenkt!«

Er richtete sich auf und rieb sich die Augen. Wo war sein Schwert? Mit leeren Händen sah er sich um, und sein Herz sank vor Verzweiflung.

Direkt neben ihm focht ein riesiger Grieche genüsslich gegen einen winzig kleinen Ägypter. Trotz rasender Kopfschmerzen trat Baliniri dem Griechen die Beine weg und sah zu, wie der Ägypter den Mann erledigte. Dann spuckte er auf das Gesicht des Toten und entriss ihm seine Waffe. Wo befanden sich nur seine Offiziere? Er suchte nach einem Horn, damit er den Rückzug befehlen konnte. Er musste seine Männer sammeln und neue Befehle geben … aber nirgendwo entdeckte er einen seiner Offiziere. Fluchend durchbohrte er den nächstbesten Gegner.

Wenn er doch nur sehen könnte, was vor sich ging! Aber er steckte mitten im Gewühl, der Staub nahm ihm jede Sicht und er konnte nichts weiter als die nächsten Gestalten erkennen. Wenn er doch nur das Geschehen von oben betrachten könnte! Dann wüsste er sofort, was zu tun war!

Brüllend stürzte ein weiterer Grieche aus dem Staub auf ihn zu. Mitleidslos stieß Baliniri ihm das Schwert in die Kehle. Er sah die weißen Zähne, sah, wie der Mann sein Gesicht und seine Kehle umklammerte, bevor er zu Boden stürzte. Dann rannte er in Richtung der Mauer. Die Mauer! Von oben konnte er sich endlich einen Überblick verschaffen …

Doch die Hay blockierten den Fuß der Treppe innerhalb des Stadttors. Zwei Nomaden überwältigten gerade die ägyptischen

Wachen. Brüllend wie ein alter Löwe hackte Baliniri den ersten mit drei mächtigen Hieben in Stücke. Der zweite war hartnäckiger. Seufzend duckte sich Baliniri unter dem Schwung des Schwertes und rannte dem Mann die Waffe in die Eingeweide. Als der Nomade sich den Bauch hielt, durchschlug ihm Baliniri die große Ader am Hals. Das Blut spritzte aus der Wunde, während Baliniri dem Fallenden ins Gesicht trat und den Mann im nächsten Augenblick vergaß.

Er hetzte die Stufen empor und schämte sich, wie wenig Kraft er hatte. Oben angekommen stieß er auf einen gegnerischen Soldaten, der einen großen Bogen in der Hand hielt. Er konnte jedoch den Pfeil nicht mehr einspannen, weil Baliniri ihn einfach überrannte und mit einem Fußtritt von der Mauer schleuderte.

Nachdem er die Mauerkrone erklettert hatte, dauerte es einige Zeit, bis er sich orientiert hatte. Ein langer, wilder Fluch entrang sich ihm. Er konnte nur fluchen ... oder weinen.

»Ihr Götter!«, stöhnte er. »Es ist kaum noch jemand übrig! Wo sind alle meine Männer geblieben? Bestimmt sind noch einige in der Stadt ...«

Aber er wusste selbst, dass dem nicht so war. Ein Blick in die leblosen Gassen belehrte ihn eines Besseren. Als er sich wieder dem Kampfgeschehen zuwandte, blieben ihm selbst die Flüche im Hals stecken. Seitlich machte er ein abgerissenes Häuflein seiner Männer aus, das von einer Übermacht des Feindes umzingelt war. Dagegen wehrte sich auf der anderen Seite ein Trupp Ägypter erfolgreich gegen schwitzende und erbittert kämpfende Griechen. Direkt vor ihm, in der Mitte seiner Linien, schlugen sich seine Männer verbissen mit Beduinen und anderen Gestalten herum, die er nicht gleich erkennen konnte. Waren es Phrygier? Ihre Arme schienen nicht zu ermüden. Jedenfalls war das Kräfteverhältnis an dieser Stelle in etwa ausgeglichen, was sofort wieder Hoffnungen weckte.

In diesem Augenblick blickte er zum ersten Mal seit langem wieder zum Fluss hinüber und war fassungslos!

Die Schiffe! Sämtliche Schiffe der Hay brannten lichterloh!

Rasch suchten seine Blicke den Flusslauf ab. Wie war das geschehen? Wer hatte ... Dort! Kleine Boote tanzten auf dem Wasser, wandten sich langsam in den Strom und trieben flussabwärts, nachdem ihre Mission erfüllt war. Doch wo waren die Menschen, die die Segel in Brand gesteckt hatten? Offenbar hatten sie ihre Boote verlassen und waren irgendwo an Land gekommen. Aber wo? Wo waren sie? Er konnte nichts erkennen.

Er lief auf der Mauerkrone ein Stück weiter, um besser sehen zu können. Dabei stolperte er über etwas. Es war einer seiner Männer, den ein Pfeil in die Brust getroffen hatte. Rasch bückte er sich und nahm ihm das Horn ab. Endlich! Endlich konnte er Signal geben, konnte seine Leute zusammenrufen, und einen neuen Vorstoß planen.

Wieder sah er zum Nil hinüber, diesmal in südlicher Richtung. Und dann sah er sie. Aus dem Süden näherte sich eine Flotte mit schwarzen Segeln – mit Segeln so schwarz wie das Pech auf den Planken.

Und am Ufer, auf dem Kai, im Rücken der Hay erkannte er schlanke Frauenkörper! Sie waren mit angsterregenden schwarzen Schwertern und langen Bogen bewaffnet, und an ihren Gelenken schimmerten zahlreiche Goldreifen.

Teti und ihre Frauen waren gekommen!

Teti und Riki – und auf dem Fluss näherte sich Kamose mit den Nubiern!

V

Die zweite Abteilung der Frauen folgte Teti aus dem Fluss ans Ufer. Riki führte die Nachhut an und musste am Kai ein wenig verschnaufen. *Ihr Götter! Und ich dachte, ich wäre kräftig!* Aber diese Frauen übertrafen alles. Trotz der langen Strecke, die sie gegen die Strömung hatten schwimmen müssen, war ihnen keine Anstrengung anzumerken. Voller Kampfeswut warteten sie nur auf sein Kommando. Kopfschüttelnd wischte er sich die letzten Tropfen aus den Augen und pfiff leise vor sich hin.

Teti wandte sich zu ihm um. »Na los, Riki, du verpasst ja das Beste!«

Mit zusammengebissenen Zähnen trottete er hinter ihr her. Die hinteren Reihen der Hay hatten sich umgewandt und sahen ihnen entgegen, und einige von Tetis Frauen fochten bereits. Nach einem ersten Angriff mit den Bogen war es nun Zeit für die Handarbeit. Riki zückte sein Schwert und schlug sich mit wilden Hieben eine Gasse durch die Feinde.

In Kürze hatte er etwas Platz geschaffen, und drei Tote lagen zu seinen Füßen. In einer kurzen Verschnaufpause sah er sich um. Rechts von ihm duellierte sich eine der schlanken Frauen mit einem hochgewachsenen Hay. Als ihr der Nomade mit einem gewaltigen Hieb die Waffe aus der Hand schlug und dann ein wenig zurückwich, um zum letzten Stoß auszuholen, erkannte Riki die Frau. Es war Weret.

Er hechtete nach vorn und schlug die anstürmende Waffe beiseite. Im Gegenschwung traf er den Hay mit der flachen Seite seines Schwerts am Kopf. Es krachte ungesund.

»Weret!«, rief er. »Hebt das Schwert auf! Los! Den Kerl übernehme ich.«

Er sah, wie sie zwischen die Körper der Kämpfenden hinabtauchte. Brüllend und blutüberströmt ging der Hay auf ihn los. Riki fing den Schwung mit seinem Schert ab und sah, wie sein Gegner zusammenzuckte, als Bronze auf Eisen traf. Insgeheim dankte er den Göttern, dass Tetis Eisen standhielt. Der Soldat sprang zurück, wechselte die Waffe in die andere Hand und stürmte erneut auf Riki ein.

Dieser hatte ebenso rasch gewechselt. »Wenn es Euch so lieber ist …« Als der Nomadenkrieger täuschte und dann einen Schwung gegen Rikis Kopf führte, reckte dieser sein Schwert in die Höhe und ließ den Schlag abprallen. Im selben Augenblick zerbrach das bronzene Schwert in zwei Teile. Lachend durchbohrte Riki den Gegner.

Dieses Eisen war stabiler, als er gedacht hatte. Er hatte befürchtet, dass ihn das Gewicht schneller ermüden würde, aber davon war nichts zu spüren. Mit leisem Auflachen stürzte er sich wieder ins Getümmel und schlug die Gegner kurz und klein.

Seth stand auf dem Kai und beobachtete das Schlachtgetümmel in seinem Rücken mit wachsender Nervosität. Immer wieder sah er auf den Fluß hinaus, wo sich die schwarzen Segel näherten. Anfangs hatte er sich gefragt, ob er dem Kampf fernbleiben durfte, wenn sogar Frauen ihr Leben wagten. Doch schnell hatte sein Verstand die Oberhand gewonnen. Welchen Sinn machte es, einen fähigen Kämpfer zur Untätigkeit zu verurteilen, nur um Kamose zu empfangen?

Er beobachtete, wie die schwarzen Matrosen an den Leinen zerrten, um die Segel zu reffen. Sekunden später glitt das Erste der Schiffe sanft an den Kai. Zwei kräftige Männer sprangen herunter, sicherten die Leinen und halfen den Soldaten an Land.

Nervös spähte Seth nach dem einzigen weißen Gesicht. *Und wenn sie mich für einen feindlichen Hay-Nomaden halten?*

In diesem Augenblick tauchte der Mann auf, den er suchte. »Kamose!«, rief er so laut er konnte. »Kamose aus Avaris! Kamose, hierher!«

Seth sah, wie die dunklen Augen aufleuchteten und ihn fixierten. Doch als der schwarze Krieger ihm näher und näher kam, bellte Kamose ein Kommando. »Nein!«, rief er mit mächtiger Stimme. »Den überlass mir!«

Achselzuckend ließ ihn der Mann zufrieden. Inzwischen war Kamose herangekommen. »Und wer seid Ihr?«

»Ich bin Seth, Tetis Vetter, und ich habe etwas, das ich Euch mit Grüßen von ihr überreichen soll.« Er überreichte den Schwertgürtel, den er um den Hals getragen hatte.

Kamose zog das Schwert aus der Scheide und schwang es einige Male kräftig durch die Luft. »Es ist großartig! Ist es ... ist es *das* Schwert?«

»Nein, leider nicht«, antwortete Seth. »Aber im Moment ist das gleichgültig. Tut einfach so, als ob es es sei. Im Augenblick genügt das. Übrigens habe ich etwas über Euren Vater erfahren.« Er hielt inne. »Nun ... Ich wollte Euch nicht beleidigen ...«

»Das ist schon in Ordnung. Ich habe ihn mir nicht ausgesucht, und mit etwas Glück werde ich ihn auch bald los sein. Fahrt fort!«

»Nun gut. Es geht um den Hauptmann der Hay, der bei Lischt gefangen genommen wurde ...«

Inzwischen waren die Kräfte in etwa ausgeglichen, und an einigen Punkten befanden sich die Hay sogar auf dem Rückzug. Angespannt starrte Baliniri auf das Geschehen vor der Mauer hinunter und schlug mit der Hand auf die Brüstung. »Zerschmettert sie!«, feuerte er seine Männer an. »Dort! Dort drüben an der Mauer! Schneidet ihnen den Rückzug ab!«

Seine Blicke glitten über die Menge. Wo steckte Apophis? Ah, ja. Im Moment war er von Gardisten umringt und vom schlimmsten Kampfgeschehen abgeschirmt. Baliniris Blick wanderte wieder zum Fluss hinunter. Inzwischen hatten die Schiffe angelegt und spuckten große schwarze Kämpfer aus. Ja, dort war auch Kamose. Er sprach mit jemandem. Aber mit wem? Mit Seth!

»Er hat das Schwert!« Baliniri lachte aus vollem Hals. »Er hat es! Nun müssen wir ihn nur noch auf seinen Vater hetzen!«

In diesem Moment bildete sich durch einen taktischen Rückzug der Griechen direkt vor dem Stadttor ein fast kreisrunder freier Raum. Mitten auf dem Sand erkannte Baliniri die zarte Gestalt und die verrenkten Gliedmaßen des toten Pharao. Man hatte auf ihm herumgetrampelt, und das Geschehen war mehrmals über seinen leblosen Körper hin und her gewogt. Selbst die Axt war aus seinem Schädel verschwunden. Wie eine weggeworfene Puppe, ohne jede Würde, lag er dort inmitten der Kämpfer auf der Erde.

Tiefe Gefühle überwältigten Baliniri. Der schmächtige Mann war wie ein Held gestorben! Nicht nur Sieger waren Helden! Nein. Sekenenre war seinem Gegner freiwillig gegenübergetreten und ehrenhaft im Zweikampf gefallen. Trotz seiner schmächtigen Statur und seiner mangelnden Kraft hatte er sich zwischen sein Volk und die fremden Eroberer gestellt. Niemand durfte dieses Opfer verlangen, das dieser vorbildliche junge Pharao aus freien Stücken und ohne Bedauern für sein Volk gegeben hatte.

Im Augenblick war das Land ohne Pharao. Das bedeutete, dass nun er als Wesir die Stelle des Königs vertrat. Falls Theben heil aus dieser Schlacht hervorging, wollte er dafür sorgen, dass Sekenenre mit einem großen Tempel zu seinen Ehren und einem würdigen Fest …

Wie ein glühendes Messer schoss ihm ein Gedanke durch den

Kopf. Kein Pharao? Kein Erbe? Nicht einmal ein kleiner Sohn, für den er den Thron als Regent bewahren konnte? Was sollte werden, falls ...

Nein. Noch indem er darüber nachdachte, schob er den Gedanken bereits von sich. Nein. Er eignete sich nicht zum König. Vielleicht zum Königmacher, aber ein Herrscher war er nicht. Er stand lieber hinter dem Thron, statt darauf zu sitzen. Nein, diese Rolle war nicht die seine. Selbst wenn man sie ihm antrüge.

Aber vielleicht sollte er seine Stellung überdenken ... Er erinnerte sich, dass er Sekenenre vor dem Angriff versprochen hatte, sich um seine Frau zu kümmern. Ah-Hotep war für ihren jungen Mann zu alt gewesen, doch in vielem wäre vielleicht sie genau die richtige Frau für einen Mann seines Alters? Er hatte sie oft aufgesucht, oft mit ihr gesprochen – und stets hatte er ihren Blick bemerkt. Ihre Leidenschaft war noch lange nicht erloschen, so viel war sicher. Wieder dachte er an das Gerücht, dass sie sich in ihrer Jugend in einen Soldaten verliebt hatte, der ihre Räume bewacht hatte.

Sie war noch immer eine wunderschöne Frau. Der Mann, den sie heiratete, würde nicht nur seine Stellung verbessern, sondern auch eine unvergleichlich attraktive Frau gewinnen.

»Bah!«, sagte er dann. Solche Gedanken hatten wirklich bis später Zeit. Es ging nicht an, dass er auf diese Weise an die Frau eines Freundes dachte, dessen Blut auf dem Sand noch nicht einmal getrocknet war.

In diesem Moment bemerkte er, dass Kamose zur Brüstung emporsah. Der junge Mann winkte und zuckte fragend die Schultern. »Was will er nur?«, brummte Baliniri. Gleich darauf kam ihm die Erleuchtung. Er blickte über die Kämpfenden hinweg, sah, dass Apophis noch immer von den Garden geschützt wurde. Baliniri gestikulierte und deutete mit beiden Händen, bis Kamose ihm ein Zeichen gab, dass er verstanden hätte. Lächelnd nickte Baliniri ihm zu und hob die Hand zum Zeichen, dass er ihm für den bevorstehenden Kampf Glück wünschte.

Vor seinen Nubiern stürmte Kamose fechtend in Richtung der Stelle voran, die Baliniri ihm bezeichnet hatte. Urplötzlich griff ihn ein Nomade mit einem riesigen Krummschwert an. Kamose sah den Mann erst, als es schon fast zu spät war – das Schwert fiel bereits herab ... doch dann stolperte er und die Waffe grub sich in den Hals eines anderen!

Verwundert sah Kamose sich um. Im Gedränge hatte er die beiden Amunpriester zuerst nicht bemerkt, doch als das Schwert herabsauste, hatte der eine Priester den anderen gegen ihn geschubst. Nun lag der Mann tot am Boden!

Kamose staunte nicht schlecht, als der schmächtige Priester die Kapuze zurückstreifte und sein Gesicht entblößte. Es war ein attraktives Gesicht unter kurz geschorenen Haaren. »Mara!« Er schnappte nach Luft. »Was machst du denn hier?«

Sie lächelte und duckte sich, als ein Nomade auf sie zielte. »Offenbar bringe ich mich in Schwierigkeiten«, gab sie zur Antwort.

»Bringe dich lieber in Sicherheit!« Mit diesen Worten schob er sie beiseite. »Bringt sie nach hinten!«, befahl er einem seiner Männer. Bevor sie ging, presste sie ihm liebevoll die Hand gegen die Schulter. »Ich liebe dich«, flüsterte er. Er sah noch, wie sie erstaunt die Augen aufriss. Das hatte er noch nie gesagt. »Warte auf mich!«, rief er ihr nach.

Mit energischen Hieben bahnte er sich seinen Weg durch die Soldaten, bis er endlich das verhasste Gesicht zwischen den bärtigen Gardisten entdeckte. »Apophis!«, bellte er, so laut er konnte. »Vater, na los, komm zu mir!«

Der blanke Hass sprach aus seinen Worten. Apophis kniff die Augen zusammen. Dann erkannte er ihn. Ein Anflug von Angst huschte über sein Gesicht, doch gleich darauf war er wieder hinter der kühlen Fassade verschwunden.

»Ja, ich bin es!«, rief Kamose. »Es wird Zeit, dass wir unsere Differenzen ein für allemal erledigen!«

Die leidenschaftlich vorgebrachten Worte drangen auch zu den Ohren der Soldaten durch, und nach und nach erstarb der Kampf. Männer, die soeben noch erbittert gefochten hatten, ließen die Waffen sinken. In Kürze hatte sich eine freie Fläche gebildet, und alle warteten gespannt.

Hoch aufgerichtet trat Kamose vor seine Männer. Sein Schwert steckte wieder in der Scheide. Obwohl er aus verschiedenen kleineren Wunden blutete, wirkte er frisch und zu allem entschlossen.

Zögernd tat Apophis es ihm nach, das Schwert noch in der Hand, vom Blut der anderen befleckt.

»Vater!«, rief Kamose höhnisch. »Seit ich dich zuletzt gesehen habe, hast du dich verändert. Deine Fassung wirkt höchst frivol und lächerlich – so würdig wie ein Ochse am Bratspieß! Ich bin gespannt, wie schnell sie dich im Stich lassen wird.«

Ein säuerliches Lächeln war die Antwort. »Soldaten, hört meinen Rat: Wenn eine Dirne Euch einen Bastard gebiert, so ertränkt ihn auf der Stelle. Sonst besteht die Gefahr, dass mit dem Bart auch die Wut sprießt. Er könnte Euch obendrein eine Viertelstunde Eurer kostbaren Zeit stehlen.« Dann wandte er sich an Kamose. »Nun, mein Sohn, ich hoffe, du kannst mir etwas bieten! Hast du etwa bei einem Tölpel in Theben Fechtunterricht genommen, oder hast du deinen Mut mit *shepenn* und Palmwein beflügelt und hältst dich schon für einen großen Mann?«

»Dir etwas bieten?«, fragte Kamose in schneidend scharfem Ton. »Wie wäre es denn damit?«

Betont langsam zog er das Schwert aus der Scheide und hielt es hoch über den Kopf in die Sonne, sodass jeder das stumpfe schwarze Metall erkennen konnte.

Apophis erbleichte, aber er beherrschte sich.

»Es ist aus Eisen«, sagte Kamose. »Aber nicht aus irgendeinem Eisen, lieber Vater. Dieses Eisen stammt aus einem Land nördlich von Hayastan!«

Apophis stotterte. »Nörd … nördlich?«

Kamose grinste vor unterdrückter Wut. »Ja, Vater. Eisen aus Chalybia. Es stammt aus denselben Essen wie das Eisen, das die Hay vor Generationen aus ihrer Heimat vertrieben hat. Dieses Schwert ist ganz allein für dich bestimmt! Endlich hat es dich eingeholt! Dieses Eisen können die Hay nicht besiegen! Es hat die Hay von den Ufern des Kaspischen Meeres vertrieben und wird sie auch von den Ufern des Nils vertreiben. Deine alte Angst, Vater! Der Fluch hat dein Volk aus der Heimat vertrieben und wird dich in die Wüste jagen!«

Leichenblass stand Apophis da. Seine Lippen bewegten sich zwar, aber zu hören war nichts.

Kamoses Stimme dagegen klang wie das Brüllen eines Löwen. »Stell dich zum Kampf, Vater!«

VI

Angesichts des schwarzen Schwerts in der Hand seines Sohnes stand Apophis lange Zeit wie gebannt – wie eine Wüstenratte, die angstvoll in die kalten Augen einer Viper starrt. Auf die kurze Entfernung sah Kamose, wie dem alten Mann der Schweiß auf die Stirn trat und seine Hände bebten.

»Hört mich an!«, rief Kamose laut. »Ich wende mich an euch alle! Hört mich an, Söhne und Enkel der Nomaden, die durch Syrien und Kanaan zu uns kamen. Haben eure Väter euch erzählt, dass die Hungersnot euer Volk vertrieben hat? Eine Hungersnot, gegen die auch der tapferste Soldat nichts ausrichten kann und hilflos ist wie ein Kind? Glaubt mir, das ist nicht wahr!« Er machte eine kleine Pause, damit die Neuigkeit wirken konnte.

Prompt meldete sich ein Hay-Kommandeur zu Wort. »Glaubt ihm nicht!«

Aber andere in der Runde widersprachen ihm. »Lasst ihn reden! Lasst den Sohn unseres Königs reden!«

»Ihr wisst, wer ich bin, Landsleute. Ich habe ein Recht, gehört zu werden. Und zwar von euch allen. Ich bin nur zur Hälfte einer von euch, der Sohn eures Königs, und zur anderen Hälfte bin ich Ägypter. Ob der Anspruch meines Vaters auf den Thron legitimer ist als die Umstände meiner Geburt, sei dahingestellt.« Er sah Apophis scharf an, doch die Augen des Königs ruhten noch immer auf dem schwarzen Schwert in seiner Hand.

Also fuhr er fort: »Ich sage euch, dass eure Vorfahren euch belogen haben! Sie wollten, dass ihr euer Volk, das auch meines ist, für furchtloser und mächtiger haltet als andere. Aber das ist falsch! Unsere Vorfahren wurden von einem wesentlich kleineren Volk vertrieben, weil sie den eisernen Waffen nichts entgegensetzen konnten! Die Magier dieses Volkes haben eure Ahnen verflucht – das schwarze Metall sollte ihnen niemals nützen, sondern sie stets bekämpfen und sie bis zum Untergang verfolgen.«

Er konnte sehen, wie sich manche der Männer vor Schreck an die Kehle griffen. »Hört weiter«, bellte er, »und seht selbst! Seht, wie mein Vater, der Sohn einer vornehmen Familien, erbleicht, wenn ich ihm das Schwert zeige, das ihm den Tod bringen wird. Natürlich fürchtet sich der nomadische Teil in mir vor ihm, aber der ägyptische Teil kennt keine Schwäche. Ob ich die Wahrheit spreche? Seht ihn an. Steht ihm nicht der Schweiß auf der Stirn? Ist er nicht kreidebleich? Zittert er nicht an allen Gliedern?«

Von Frage zu Frage wurde das Gemurmel lauter. »Erzählt uns mehr!«, riefen die Männer, die weiter hinten standen. »Wir wollen noch mehr erfahren.«

»Ihr habt gehört, was ich zu sagen hatte! Nun werden die Taten sprechen«, erklärte Kamose. »Vater, nimm Haltung an! Oder soll ich dich abschlachten, ohne dass du dich wehrst? Hast du mich gehört? Ich zähle bis drei. Eins! Zwei!« Er zögerte einen Herzschlag lang. »Dr ...«

Apophis zuckte zusammen. Er biss die Zähne aufeinander und unter wildem Gebrüll machte er einen Ausfallschritt!

Sein machtvoller Stoß hätte Kamose wie einen Ochsen aufgespießt, wenn der junge Mann nicht leichtfüßig zur Seite gehüpft wäre. Apophis sammelte sich und zielte dann mit einem heimtückischen Stoß gegen Kamoses Eingeweide. Aber Kamose war schon längst nicht mehr dort.

Kamose grinste. »Mein Vater brennt vor Eifer! Er fürchtet den Fluch und will ihn abwehren! Aber seht! Es wird ihm nicht gelingen. Das Schicksal lässt sich nicht überlisten.« Er nahm wieder seine Kampfposition ein. »Komm, Vater, du wirst schon merken, dass ich kein so blutloses Kind wie Sekenenre bin. Ich bin ein Mann, der sich mit dir messen kann, der dir vielleicht sogar überlegen ist! Im Grunde ist es gleichgültig, wie gut ich bin, denn dich verfolgt der Fluch! Selbst wenn ich nur meine Stimme erhebe, weicht dir das Blut aus den Gliedern. Dein starker Arm wird schwach! Deine Beine zittern unter deinem Gewicht, und der kalte Schweiß läuft dir über die Stirn in die Augen!«

»Stirb!«, schrie Apophis urplötzlich und zielte nach einer geschickten Täuschung auf Kamoses Hals.

Dieser hob das eiserne Schwert. Die Klingen schlugen mit einem dumpfen Schlag aneinander. Rasch zog Apophis sein Schwert zurück und erstarrte, als er nur noch den Stumpf in der Hand hielt.

Kamose lächelte kalt – so kalt wie das große Meer im Winter. »Gebt ihm ein neues Schwert, aber es wird ihm nichts nützen. So wenig wie das nächste. Drei Waffen sind ihm gestattet. Bevor er das vierte Schwert ergreifen kann, werde ich ihn töten, so wie er meine Mutter getötet hat!«

Mit Wut und Hass im Blick nahm Apophis ein neues Schwert in Empfang. Dann sah er seinen Sohn vielsagend an. Als er schließlich das Schwert hob, mahlten seine Kiefer. Doch mit einer Bewegung, der das Auge nicht folgen konnte, schlug Kamose es ihm aus der Hand.

»Gebt ihm das dritte Schwert!«, kommandierte er. »Rasch! Gebt ihm das dritte.«

Apophis leere Hand fuhr wie eine Kralle durch die Luft. »Greift an!«, befahl er dem Offizier an seiner Seite und floh durch die Menge.

Nach kurzem Zögern stürzten sich die beiden Armeen verbissen hackend und schlagend aufeinander. Kriegsgeschrei und Trommeln waren vergessen. Nur das Klingen des Metalls war in der ungewöhnlichen Stille zu hören, und dazwischen das Stöhnen der Verwundeten.

Doch als die Nubier im Rücken der Hay in den Kampf eingriffen, stimmten sie ihr schrilles Falsett an, das schon immer größte Furcht in den Herzen der Feinde erweckt hatte. Die Hälfte der feindlichen Truppen wandte sich um und trat der neuen Gefahr entgegen. Es herrschte ein unglaubliches Chaos, jeder focht nach Gutdünken, eine Ordnung existierte nicht länger und der Kampf wurde ständig verbissener.

Kurz vor dem Zweikampf war einer der Offiziere zu Baliniri emporgeklettert. »War das nicht eindrucksvoll?«, fragte Baliniri, nachdem der Kampf vorüber war.

Der Mann war noch immer sprachlos. »Ja, sehr eindrucksvoll. Was denkt Ihr? Stimmt die Geschichte, die der junge Mann erzählt hat?«

»Ich weiß es nicht. Anfangs dachte ich, dass er Apophis nur täuschen wollte, doch Apophis hatte tatsächlich Angst! Vielleicht war ja nur die Prophezeiung der Grund – falls er abergläubisch ist, würde das genügen. Aber …« Er hielt inne und überlegte.

»Ihr habt Recht, Herr. Eher steckt sehr viel mehr dahinter.«

»Während des Kampfes habe ich immer wieder über die Nachfolge des Pharao nachgedacht. Sekenenre hat keinen männlichen Nachkommen hinterlassen … Und in der königlichen Familie gibt es niemanden, der nach Alter, Abstammung und Intelligenz für dieses Amt infrage käme …«

»Denkt Ihr vielleicht …?«

»Ja, ich denke, dass wir unseren neuen Pharao gefunden haben – ganz gleich, was ihm prophezeit wurde. Habt Ihr gesehen, wie er die Menge in der Hand hatte, wie er die Männer motiviert und die Lage beherrscht hat?«

»Ja, Herr, das war wirklich bemerkenswert.«

»Ja, und … Seht nur! Die Hay und ihre Verbündeten weichen zurück, sie lassen sich immer weiter zum Fluss zurückdrängen. Vielleicht haben sie es auf die nubischen Schiffe abgesehen! Ja, genau – das scheint ihre Absicht zu sein.«

»Denkt Ihr, Herr, dass wir sie in den Fluss drängen sollten?«

»Nein, nein, das ist ganz und gar nicht meine Absicht. Vor kurzem hat mich ein Bote erreicht. Er ist über das Rote Meer und dann quer durch die Wüste hierher gelangt. Isesi hat die Revolution im Delta begonnen. Sollen die Nomaden doch in ihr Schwarzes Land zurückkehren – sie werden schon früh genug merken, welche Schwierigkeiten sie bei der Rückkehr erwarten! Das sind wunderbare Nachrichten, nicht wahr? Aber die Nachricht von Josephs Gefangennahme hat mich erschüttert. Ich hatte sehr auf seine Hilfe gebaut, wenn wir in das Delta einmarschieren. Isesis Leute rechnen Joseph jedoch zu ihren Feinden. Also wird es ihm vermutlich auch nicht besser ergehen, wenn wir gewinnen und das Delta besetzen.« Er biss sich auf die Lippe und überlegte. »Einen kleinen Hoffnungsschimmer allerdings gibt es …«

»Was meint Ihr damit, Herr?«

»Vergesst es. Darum muss ich mich später kümmern.« Er beugte sich über die Brüstung und rief einen Mann vor dem Tor an. »Kamose! Kamose, schaut nach oben!«

»Was gibt es, Baliniri?« Der junge Mann grinste. Seine Kleidung war zerrissen, und er blutete aus kleineren Schnittwunden. Aber sonst war er unverletzt und wirkte sogar noch erstaunlich frisch.

»Gebt Befehl! Lasst die Hay entkommen!«

»Schon geschehen.« Kamose lächelte. »Ich werde Apophis töten, sobald ich ihn das nächste Mal mit einem Schwert in der Hand antreffe. Wenn die Prophezeiung richtig ist, wird das allerdings erst im Delta geschehen.«

Baliniri nickte und lächelte. »Es gibt Neuigkeiten von Isesi! Die Revolution hat bereits begonnen! Wenn sie nach Hause kommen, werden sie alle Hände voll zu tun haben!«

»Ausgezeichnet! Nehsi schickt uns außerdem noch die doppelte Anzahl Soldaten. Ich brauche noch ein wenig Zeit, um sie neu zu organisieren. Die Anführer kenne ich bereits. Es sind wahre Riesen – Nuer und Dinka aus dem Sudd. Eigentlich sind sie untereinander verfeindet, aber für den Sohn des Akilleus halten sie zusammen!«

»Wie lange werdet Ihr brauchen?«, fragte Baliniri. Doch im selben Augenblick übertönte ihn das Geschrei am Kai, wo die Ägypter die Hay bedrängten, die fieberhaft in die Schiffe kletterten.

»Einen Monat, denke ich. Vielleicht auch zwei. Ich kann Euch schlecht verstehen. Ich komme nach oben.« Er schob sein Schwert in die Scheide zurück und sprang zwei Stufen auf einmal nehmend die Treppe hinauf. Erstaunt registrierte Baliniri, dass er nicht einmal keuchte. »Seht sie Euch an! Dies ist schon die zweite Niederlage, die sie nach Hause bringen!«

»Und beide Male hat Apophis sie schmählich im Stich gelassen.«

»Ja.« Kamose grinste. »Ist das nicht eine verrückte Geschichte? Seth hat mir davon berichtet – die Geschichte ist wahr!« Er lachte leise vor sich hin. »Ich muss allerdings zugeben, dass meine Behauptung, dies sei das legendäre Schwert aus Chalybia, gelogen war. Seht Ihr, hier sind einige Kerben. Und die Klinge muss auch wieder gerade gebogen werden.« Er vollführte einige Hiebe. »In Wirklichkeit ist es nicht besser als irgendein anderes Schwert aus Tetis Produktion.« Plötzlich beugte er sich über die Balustrade. »Mara!«, schrie er. »Komm herauf! Ich bin hier oben – oben auf der Mauer!«

Fasziniert blickte Baliniri hinunter. Inzwischen hatte das Mädchen den Priesterumhang abgestreift. Ihre weiblichen Rundungen straften die kurz geschnittenen Haare Lügen. »Ich habe sie nicht mehr gesehen, seit sie damals mit Riki vor Hakoris geflüchtet ist. Welch wunderschöne junge Frau!«

»Ja, nicht wahr?« Mara flog die Treppe empor und direkt in Kamoses Arme. »Sie hat mir das Leben gerettet. Nun – von heute an muss sie das nicht mehr! Von heute an ...«

»›Von heute an‹ – glaubst du etwa, dass ich von heute an zu Hause sitze und spinne und koche?«

Kamose verschloss ihr den Mund mit einem Kuss. Und Baliniri strahlte. Welch ein schönes Paar!

Er blinzelte. »Kamose«, sagte er dann, »lasst den Leichnam des Königs in den Amuntempel bringen. Wir werden ein feierliches Begräbnis veranstalten. Er hat mit großem Mut für sein Volk gekämpft. Er wusste, dass es seinen Tod bedeutete, und trotzdem hat er die Entscheidung gesucht. Ich bin von grenzenlosem Stolz erfüllt, und ich möchte, dass Ihr seine Totenrede sprecht.«

»Selbstverständlich«, sagte Kamose. Doch dann zögerte er und sah Baliniri verwundert an. »Aber wird diese Rede normalerweise nicht vom ...«

»Vom Nachfolger des Pharao gesprochen?«, vollendete Baliniri Kamoses Frage. »Das ist richtig. Als Wesir bin ich mit dem Protokoll bestens vertraut, mein Freund.« Er lächelte. »Ihr dachtet, dass Ihr Apophis töten müsstet, um Pharao zu werden. Aber ich werde Euch die Krone übergeben, die Ihr heute bereits errungen habt. Ihr werdet die Krone Beider Ägypten tragen, wenn Ihr das Delta erobert. Das wird die Menschen beeindrucken und das Schwarze und das Rote Land endlich wieder unter einer Regierung vereinen.«

Zum ersten Mal war Kamose sprachlos. »Aber ich bin ... ich bin doch nur zur Hälfte Ägypter ... Zur anderen Hälfte bin ich ein Hay!«

»Einige unserer besten Könige in der langen Liste der Pharaonen waren keine reinen Ägypter.« Lächelnd sah er Mara an. »Und wie ich sehe, werden Eure Nachkommen bereits sehr viel mehr ägyptisches Blut in ihren Adern haben. Seit Amenemhet IV hatte kein Pharao durch Abstammung Anspruch auf den Thron. Viel wichtiger als das Blut ist die Fähigkeit, die Menschen zu gewinnen, und das habt Ihr heute gezeigt. Wenn Ihr nun auch noch die richtige Rede am Leichnam Sekenenres sprecht ...«

»Keine Angst! Sie werden weinen wie die Kinder.«

Baliniri schloss die jungen Leute in die Arme und blickte mit ihnen gemeinsam über das inzwischen entvölkerte Schlachtfeld. Einige der nubischen Schiffe schwammen bereits auf dem Fluss. Auf dem zweiten erkannten sie die vertraute Statur des Apophis, der zu ihnen herüberstarrte. Kamose reckte das schwarze Schwert in die Höhe und fuchtelte damit durch die Luft. Als Antwort erhob die Gestalt auf dem Schiff in einer machtlosen Drohgebärde die Faust.

»Eines allerdings gibt es noch«, sagte Baliniri. »Und am besten erzähle ich es sofort. Joseph ...«

»Joseph wird selbst für sich sorgen müssen, fürchte ich«, schnitt Kamose ihm das Wort ab. »Er und auch all die anderen Fremden, die er aus Kanaan mitgebracht hat. Ihr habt keine Vorstellung, welche Abneigung sich inzwischen gegen diese Menschen entwickelt hat, die es sich in Ägypten gut gehen lassen, während das Volk hungert.«

In dieser Art sprach er noch eine Weile weiter, während Baliniri nur kummervoll lächelte und daran dachte, wie Kamose soeben noch seine fremde Herkunft entschuldigt hatte. Er würde seinen ganzen Einfluss geltend machen müssen, um Kamose noch umzustimmen. Joseph hatte es verdient. Außerdem sollten sie bei der Errichtung des neuen Staates keinesfalls auf seine Erfahrung verzichten.

Inzwischen hatte sich auch das letzte Schiff vom Ufer gelöst, und die Zurückgebliebenen feierten den Abzug mit Jubel und Pfiffen. Als das letzte Schiff hinter der Flussbiegung verschwunden war, brachen die ägyptischen Soldaten in Begeisterungsschreie aus.

Entschlossen schob Baliniri alle Bedenken beiseite und drückte Kamose und Mara an seine Brust. Theben war gerettet! Der erste Schritt der langen Reise zur Freiheit war getan.

VII

Kummervoll und erschöpft entließ Ah-Hotep alle ihre Frauen und bat sie, die Tür hinter sich zu schließen. Zum ersten Mal seit Tagen war sie endlich allein. Sie schlüpfte aus den Sandalen und ging hinüber zum Ankleidetisch. Die steinernen Fliesen unter ihren Sohlen fühlten sich wunderbar kühl an. Vorsichtig legte sie den goldenen Kopfschmuck ab und betrachtete versonnen den goldenen Kopf der Kobra, der mit Türkisen, Karneolen und Amethysten besetzt war. Als sie auch noch die schwarze Perücke abgenommen hatte, schüttelte sie ihr kurzes Haar.

Das Gesicht, das ihr im blank polierten Metallspiegel entgegenblickte, wirkte müde und seltsam fremd. Seufzend entfernte sie die Schminke des ersten Auges und bemerkte die kleinen Falten. Trotzdem wirkte dieses eine Auge sehr viel jünger als das andere, das noch mit schwarzer Kohle und grünen Lidschatten verziert war.

Sie seufzte erneut – diesmal noch etwas tiefer. *Du wirst allmählich alt.* Nun, neu war ihr das nicht. Besonders nicht nach einem so anstrengenden Tag wie heute. Mit dem feierlichen Begräbnis ihres Mannes und der Krönung des neuen Pharaos Kamose und seiner Frau, Königin Mara, hatte sie diesen Teil ihres Lebens abgeschlossen.

Welche Zukunft erwartete sie? Welche Freuden warteten noch auf eine Frau, die den größten Teil ihres Lebens als Königin verbracht hatte? Ohne die Liebe von Kindern oder Enkeln musste sie nun den verbleibenden Jahren entgegensehen.

Mit einem kleinen Bedauern lächelte sie dem Bild in dem kleinen Spiegel zu. Kamoses Trauerrede auf ihren verstorbenen Mann hatte sie trotz der vorgeschriebenen Sätze tief berührt: »Wie der Sonnengott ist er hinter dem Horizont untergegangen, und alles, was Osiris verlangt, wurde erfüllt. Er wurde in der Königsbarke über den Fluss gerudert und in seinem ewigen Haus im Westen zur Ruhe gebettet.« Sie lächelte. Lauter große Worte. Ihr eigener Abschied aus dieser Welt würde sehr viel bescheidener ausfallen. Niemand würde eine Ansprache halten oder Gedichte auf sie verfassen. Doch genau so war es ihr am liebsten. Je weniger Aufmerksamkeit, desto besser. Ohne Sekenenre ...

Nein! Sie hatte sich ausdrücklich verboten, heute an ihn zu denken und in Selbstmitleid zu versinken. Nur so konnte sie die würdevolle Haltung durchhalten. Als die Krönung des neuen Pharao begann, hatte sie sich ganz in die Betrachtung der prunkvollen Zeremonie und der herrlichen Gewänder vertieft und voll ästhetischem Hochgenuss der Hymne gelauscht, die ein Harfenspieler dem Gott Ra dargebracht hatte. Für diese Augenblicke hatte sie alle Gefühle zum Schweigen verurteilt, weil sie ihr nur Kummer und Verzweiflung gebracht hätten.

Rasch entfernte sie auch die Bemalung des anderen Auges. Dann richtete sie ihr Haar und legte ein schlichtes weißes Gewand an. Sie blickte sich im Raum um. Nur zu bald würde sie ihre Sachen packen und die vertraute Umgebung verlassen müssen ...

In diesem Augenblick klopfte es an der Tür.

»Wer ist da?«

»Baliniri«, antwortete die dunkle, vertraute Stimme. »Es tut mit Leid, Euch zu stören, aber einige Dokumente benötigen das Königliche Siegel.«

Achselzuckend ließ sie Baliniri eintreten. »Verzeiht, dass ich mich bereits umgezogen habe, aber ich will mich möglichst schnell an das neue Leben gewöhnen. Der Abschied von diesen Formalitäten ist nur der erste Schritt.«

»Aber nein, ich muss mich entschuldigen, dass ich Euch so spät noch aufsuche.« Er deutete eine Verbeugung an. »Unter anderem bin ich auch gekommen, um Euch für alle Zukunft der loyalen Unterstützung des neuen Herrschers zu versichern. Und um mein ganz persönliches Bedauern auszudrücken.«

Er sagte das so warmherzig, dass sie ihm in die Augen blickte. »Die Versicherung akzeptiere ich mit großer Dankbarkeit. Ich habe gehört, dass Ihr meinen Mann von seiner Absicht abhalten wolltet ... Dafür danke ich Euch.«

Baliniri neigte den Kopf. »Es ist meine Aufgabe, dem Pharao zu dienen – doch lieben muss ich ihn nicht. Aber Sekenenre habe ich sehr geschätzt. Ich habe ihn höher geschätzt als seinen Vater, doch er konnte mir darin nicht folgen. Er hat seinen Vater leider stets für bedeutender gehalten als sich selbst.«

»Ich bin sehr froh, dass es einen Menschen gibt, der außer mir sein großes Herz und seinen Mut kannte.« Nach einer kleinen Pause setzte sie noch einmal zum Sprechen an. »Baliniri, ich weiß, dass Euer Besuch nicht nur dem Protokoll dient ... Dürfte ich Euch vielleicht um einen Gefallen bitten?«

»Um alles, Herrin«, erklärte er ohne nachzudenken.

»Nun gut. Ihr kennt sicher die Geschichte von der jungen Prinzessin, die sich in einen Soldaten verliebt hat und von ihm getrennt wurde?« Sie holte tief Luft, bevor sie fortfuhr. »Ihr wisst bestimmt auch, dass sie ein Kind von diesem Mann bekommen hat, das man ihr weggenommen hat und das von fremden Menschen aufgezogen wurde?«

»Ja, Herrin.«

»Das erleichtert die Sache.« Sie seufzte. »Natürlich entspricht alles der Wahrheit. Es hat sich außerdem lange vor meiner Hochzeit ereignet. In meiner Ehe mit Sekenenre ...«

»Gab es keine solchen Geschichten mehr«, ergänzte Baliniri mit einer kleinen Verbeugung. »Wenn es sie gegeben hätte, hätte ich sie unterdrückt.«

»Wie dem auch sei. Also wusstet Ihr von mir – und Baba aus El-Kab?«

»Ja, Herrin.«

»Und Ihr wusstet auch von dem Kind und von der Frau namens Net, die ihn erzogen hat?«

Lange Zeit sagte Baliniri nichts. Dann erhellte ein liebevolles Lächeln sein Gesicht. »Ja, Herrin. Würdet Ihr Euren Sohn gern sehen?«

Fassungslos starrte sie ihn an. »Ja, kennt Ihr *ihn* denn? *Lebt* er?«

Baliniri faltete seine Hände. »Ihr kennt ihn ebenfalls! Zumindest habt Ihr ihn schon einmal bei Hof gesehen. Seit ich Wesir bin, war er immer in der Nähe. Und – Ihr werdet stolz sein, Herrin, dass gerade er Euer Sohn ist. Ich habe sozusagen aus der Ferne über ihn gewacht. Ich habe ihn nach Nets Tod aus Avaris hierher nach Theben geholt. Damals hat er als Waisenkind auf der Straße gelebt.«

»Oh, nein!«

»Regt Euch nicht unnötig auf! Es hat ihn geprägt, ihn stark, mutig und anständig werden lassen. Er hat erlebt, was Elend bedeutet, und doch die Unschuld seines Herzens nie verloren. Diese wundervolle Güte konnte kein Elend besiegen. Die junge Königin hat mir berichtet, dass er noch immer so ist, wie sie ihn damals kennengelernt hat! Ein tapferer, treuer Junge, den ich selbst nicht für ein Königreich am Indus eintauschen würde!«

Fragend sah sie ihn an. »Weiß er von mir?«

»Nein, aber er sehnt sich nach diesem Wissen. Ich möchte es ihm gern sagen ... Doch das bedeutet, Euer Geheimnis zu offenbaren ... Und um genau das zu besprechen, bin ich hier, Herrin. Möchtet Ihr, dass er es erfährt?«

Sekundenlang meinte sie, ohnmächtig umzusinken. Sie klammerte sich an einen Stuhl und kämpfte um ihr Gleichgewicht. »Gebt mir einen Augenblick Zeit«, sagte sie. »ich weiß nicht, was ich denken soll. Wer ist es, Baliniri?«

»Sein wirklicher Name – den er allerdings nicht kennt – ist Ahmes pen-Nekhbet. Im Augenblick trägt er immer noch den Namen, den man ihm als Kind in Avaris gegeben hat.«

»Ihr sagt, ich hätte ihn schon gesehen? Kenne ich ihn?«

»Ja, Herrin. Im Augenblick wartet er draußen vor dieser Tür. Er hat keine Ahnung, warum ich ihn mitgenommen habe, und er weiß auch nicht, in welchem Teil des Palastes er sich hier befindet. Darf ich ihn hereinholen?«

Ihr Herz klopfte rasend schnell – zu schnell. Sie sank auf den Stuhl und presste die Hand auf ihr Herz. Sie brachte kein Wort heraus und nickte nur.

»Nun gut.« Baliniri ging zur Tür und öffnete sie weit.

Ja, sie hatte ihn schon gesehen und kannte seinen guten Ruf! Der Held von Lischt – der einzige, allseits beliebte und respektierte Offizier in Baliniris Armee. Ja – von allen Menschen, die sie kannte, war er derjenige, den sie am liebsten ihren Sohn genannt hätte. Sie lächelte unter Tränen, aber es war ihr unmöglich, etwas zu sagen. Sie schüttelte nur den Kopf, weil sie nichts von alledem glauben konnte.

Riki trat der früheren Königin gegenüber und verbeugte sich tief. »Herrin«, sagte er. »Ich entschuldige mich für dieses plötzliche Eindringen ... Es ist unverzeihlich ... Ich ...«

Beruhigend legte ihm Baliniri die Hand auf die Schulter. »Riki«, sagte er, »oder vielmehr Ahmes pen-Nekhbet, du wolltest doch immer erfahren, wer du bist.«

»Ja«, bestätigte Riki. Er wirkte etwas verwirrt. »Übrigens ... habe ich Euch schon gesagt, dass ich Mariet gefunden habe, als sie gerade gestorben war. Ich konnte sie nur noch bestatten. Von heute an werde ich nie wieder ...«

»Riki«, unterbrach ihn Baliniri seelenruhig. »Ich möchte dich mit deiner Mutter bekannt ...« Die Stimme versagte ihm. Er verbeugte sich, um seinen Respekt und seine tiefe Zuneigung auszudrücken. Dann wandte er sich ohne ein weiteres Wort zum Gehen. Vor dem Verlassen des Raums blieb er kurz stehen und warf einen Blick auf die Gesichter. Erst danach schloss er vor Rührung blinzelnd die Tür hinter sich.

Seth saß im Haus seiner Mutter und blickte neugierig auf das kleine Bündel in seinem Arm hinunter. »Ich denke, er bekommt Ketans Augen«, bemerkte er. »Allerdings habe ich wenig Erfahrung mit Neugeborenen. Wie heißt er?«

»Er hat noch keinen Namen«, sagte Tuia. »Ketan war viel zu verzweifelt, um daran zu denken. Ich dachte, dass du uns vielleicht raten könntest?«

»Nun gut.« Seth lächelte. »Dann nennen wir ihn Sinuhe. Sinuhe – nach dem Helden der Geschichte, die wir alle auf den Knien unserer Mütter gehört haben. Ein Wanderer, der nach vielen Abenteuern in der Fremde glücklich nach Hause zurückkehrt und dort in Frieden und Reichtum lebt. Wir wollen ihn nach einem Menschen nennen, dessen Leben ein glückliches Ende genommen hat.«

Kedar und Tuia wechselten beglückte Blicke. »Sinuhe ist wunderbar«, sagte Tuia. »Es macht uns überglücklich, mein lieber

Sohn, dass wir jeden Tag neue Seiten an dir entdecken dürfen!«

Seth wiegte den Kopf. »Heute war ich im *Basar der Vier Winde*. Stellt euch vor, man hat mich nicht erkannt! Und weißt du was, Mutter? Es kam mir plötzlich alles ganz fremd vor – als ob ein anderer diesen Teil meines Lebens erlebt hätte. Ich sah mich um, suchte nach dem zerlumpten jungen Mann, der sich dort immer herumgetrieben hat und die Menschen wie ein Idiot oder Spaßmacher unterhalten hat. Er ist verschwunden, Mutter. Er ist für immer verschwunden.«

Tuias Hand umschloss die seine. »Ich weiß. In Avaris lebte einmal ein kleines zerlumptes Mädchen ... Nach ihr habe ich auch einmal gesucht. Solche Zeiten gehen vorüber. Wir ändern uns und werden erwachsen.«

»Ich weiß, Mutter. Zumindest hat es mein Verstand begriffen, meine Gefühle allerdings sind immer noch ein wenig zwiespältig.«

»Willkommen in der menschlichen Gesellschaft, mein Sohn«, sagte Kedar leise. »Was wirst du jetzt tun? Hast du schon Zukunftspläne?«

»Ja«, antwortete Seth. »Es gibt eine Aufgabe, die ich unbedingt tun muss. Sie ist die Voraussetzung dafür, dass wir die Nomaden eines Tages endgültig verjagen können. Wie ihr wisst, haben wir Apophis gestern angelogen, was das Schwert betraf, mit dem Kamose ihm gegenübertrat. Irgendwann wird er es erfahren. Nun, ich denke, es ist meine Pflicht, diese Lüge aus der Welt zu schaffen. Ich werde nach Chalybia reisen.«

»Und warum gerade du?«, fragte Tuia.

»Mutter, ich bin ein Kind des Löwen! Ich habe längst alle Geheimnisse unseres Berufs begriffen – allerdings nur in der Theorie. Doch nun möchte ich den Beruf erlernen. Ich werde zusammen mit Teti an den Öfen arbeiten und die Familientradition fortführen.« Er zeigte ihr seine Hände. »Noch gibt es keine Abzeichen eines Waffenschmieds, aber meine Hände werden jeden Tag stärker. Während ich mit Teti arbeite und forsche, wird Weret mich im Gebrauch des Schwerts unterrichten. Ich möchte auf allen Gebieten der Beste werden.« Er zog die Stirn kraus. »Allerdings weigert sie sich, mir das Bogenschießen beizubringen. Sie behauptet, dass ich das nie lernen würde. Aber ich will es ihr zeigen! Ich muss nur noch jemanden finden, der mich unterrichten kann.«

Jemand betrat den Innenhof. »Wie wäre es denn mit mir?«, fragte eine fröhliche Stimme. »Mein Bruder hat mich darin unterwiesen – ich bin recht gut.«

Seth starrte die junge Frau an.

»Mein lieber Sohn, ich möchte dir unsere Freundin Aset vorstellen. Sie hat die Kinder in Avaris befreit. Seit sie in Theben ist, lebt sie bei uns und kümmert sich um Sinuhe.«

»Ihr seid Aset? Riki hat mir eine Menge von Euch erzählt.« Die Bemerkung über Kamose und Mara verschluckte er gerade noch rechtzeitig. Natürlich hatte er längst gehört, wie sehr dieses Mädchen in Kamose verliebt gewesen und wie niedergeschlagen sie war, seit die beiden geheiratet hatten. Vom ersten Augenblick an mochte er dieses Mädchen. Ihre Ehrenhaftigkeit, ihre natürliche Würde und ihre Verletzlichkeit rührten ihn an. Er sah die Hoffnung, die in ihren Augen leuchtete ... Überhaupt, diese Augen ... Er spürte, wie sehr ihm ihr Blick zu Herzen ging.

Er lächelte. »Verzeiht, ich bin manchmal so unhöflich wie ein Ochse. Glaubt Ihr wirklich, dass Ihr mir helfen könnt?«

Die großen Augen leuchteten voller Wärme. »Ich will es gern versuchen«, sagte Aset mit sanfter Stimme. »Wann wollt Ihr beginnen?«

Weret und ihre Frauen waren keineswegs begeistert, wie schnell und problemlos Teti wieder in die vertraute Welt Thebens zurückgefunden hatte. In Kleid und Sandalen saß sie am Grab ihres Bruders und blickte auf den Stein hinunter, der seinen Leichnam bedeckte. Sie sah sich rasch nach beiden Seiten um, bevor sie laut mit ihm sprach.

»Ich bin sehr glücklich«, sagte sie. »Erinnerst du dich, Ketan? Nach Netrus Tod wollte ich nie wieder einen Mann an meinem Leben teilhaben lassen. Ich glaube, ich habe mich gefürchtet, noch einmal so glücklich zu werden.«

Ein leichter Wind wehte vom Fluss herüber und fuhr ihr in die Haare. Versonnen blickte sie über das Wasser. »Wenn mir damals jemand prophezeit hätte, dass ich dieses Glück zweimal im Leben erfahren und der Preis dafür die kurze Zeitspanne sein würde ... Wahrscheinlich hätte mich das früher nur traurig gemacht, mir vielleicht sogar das Herz gebrochen. Doch heute ist alles anders.«

Ein Lächeln spielte um ihre Mundwinkel. »Heute bringt mir der Gedanke Frieden. Ich weiß, wie alles ausgehen wird, und es schreckt mich nicht. Du weißt genau wie ich, was geschehen wird, nicht wahr, mein lieber Ketan? Als wir so eng miteinander verbunden waren, habe ich gespürt, wie glücklich du warst. Dieses Gefühl spüre ich heute noch. Alles, was mir in der kurzen Zeit, die mir noch bleibt, widerfährt, kann mich nie wieder unglücklich machen. Dieses Wissen trage ich in mir ... und die Erinnerung ...«

Ein bunter Schmetterling umflatterte Tetis Kopf. Sie saß ganz still und streckte den Finger aus. Zu ihrer großen Überraschung ließ sich die winzige Kreatur tatsächlich für einen kurzen Moment nieder und schlug mit seinen prachtvollen Flügeln.

»Das Leben ist so kurz, Ketan«, flüsterte Teti. »Es währt kaum länger als das Leben dieses Schmetterlings – dagegen dauert das Leben in der Nachwelt endlos. Man könnte glauben, dass die kurze Zeitspanne nicht weiter ins Gewicht fällt, aber das ist falsch. Sie ist einzigartig und wunderschön. So wunderschön! Solange wir leben, merken wir es kaum, weil wir immer beschäftigt sind. Wir wollen das Glück erhaschen und versuchen, es festzuhalten. Und wir sind unglücklich, wenn es uns verlässt. Wenn ich versuchte, diesen Schmetterling zu fangen, würde er wegfliegen, und ich hätte nichts gewonnen. Doch sieh nur – ich lasse ihm seine Freiheit, und deshalb vertraut er mir. Nur weil ich nichts erzwingen will, kann ich diesen wunderbaren Augenblick genießen.« Die kleinen Flügel schlugen einige Male, und dann flatterte der Schmetterling auf und davon.

Teti seufzte und fühlte fast ein wenig Trauer, dass niemand das Leben so sehen konnte, wie sie es erblickt hatte. »Wir sind alle so blind, Ketan. Die wunderschönen Momente gehen vorbei, und wir bleiben mit leeren Händen und Herzen zurück.«

Sie schüttelte den Kopf. »Ich liebe Riki so sehr, und ich wünschte, ich könnte ihm den Schmerz und die Trauer ersparen. Aber ich kann ihm auch etwas von dem Wissen weitergeben, ohne ihm die Zukunft zu entdecken. Ich muss ihm ein Vorbild sein. Weißt du, Männer sind so empfindlich und so stolz! Aber keine Angst, ich werde sehr vorsichtig sein.«

Lächelnd stand sie auf. »Auf Wiedersehen, mein lieber Bruder. Falls Baliniri Erfolg gehabt hat, wird Riki inzwischen seine Mutter kennengelernt haben. Dieses Glück wird ihn ebenso verwirren wie später der Kummer. Ich möchte zu ihm gehen und ihm helfen. Er ist so stark – und doch so verletzlich. Innerlich ist er noch so unschuldig wie ein Kind. Deswegen habe ich mich auch in ihn verliebt.« Sie lächelte. »Ich weiß, ich muss vieles für mich behalten, denn er könnte das Wissen um die Zukunft nicht ertragen.«

Für einen kurzen Moment verspürte sie eine leichte Traurigkeit. *So kurz!* Dann wanderten ihre Blicke zur Stadt hinüber, über den trägen Strom und hinauf zum blauen Himmel.

Und doch ... trotz der kurzen Zeit ... so wunderschön! So wunderschön!

Ein tiefes Gefühl der Liebe für Riki durchströmte ihr Herz. Er brauchte sie. Rasch lenkte sie ihre Schritte zur Stadt. Sie fühlte sich stark und sehr gefasst. Es blieb ihnen nicht mehr viel Zeit, aber die wollte sie so gut wie möglich nutzen.

Epilog

Inzwischen hätte die Glut längst kalt sein müssen, doch der leichte Wind hatte sie hartnäckig noch einmal angefacht. Dafür erlosch sie nun umso schneller. Die Gestalt des Geschichtenerzählers war nun eins mit der Dunkelheit, nur der gesammelte Ausdruck seines Gesichts und das Leuchten in seinen Augen waren noch schwach zu erkennen.

»Theben war gerettet«, sagte er, »und gleichzeitig begann die große Rebellion. Der neue Pharao im Roten Land versprach, das Delta endgültig von den verhassten Eindringlingen zu befreien. Als sich die Ägypter zur großen Fahrt stromabwärts rüsteten, um gegen den uralten Feind zu kämpfen, war der Umsturz in Avaris und überall im Schwarzen Land bereits in vollem Gange.

»Neue Schwierigkeiten zogen herauf, als die Retter des Schwarzen Landes zu Unterdrückern der Kinder Israels wurden. Josephs frühere Macht in Ägypten war dahin. Mit Beginn der neuen Dynastie wollten Jakobs Söhne nach Kanaan aufbrechen, doch alle Wege waren ihnen verschlossen. Nach und nach gerieten die ehemaligen Herrscher des Landes im Norden immer tiefer in die Knechtschaft ihrer fremden Heimat.«

Unter den Zuhörern, die ganz am Rand des Halbkreises lagerten, erhob sich leises Gemurmel. Der Geschichtenerzähler hob den Kopf und blickte in ihre Richtung.

»Mit dem großen Krieg um das Delta wendete sich auch das Schicksal der Kinder des Löwen. Auf der Suche nach dem Geheimnis, das seinen Vorvätern abhanden gekommen war, erwählte sich Seth ein Leben voller Unwägbarkeiten in einem fremden Land. Teti und Aset brachten neue Kinder des Löwen zur Welt, und Ketans Sohn Sinuhe wuchs heran, ohne zu ahnen, dass die Familientradition ein Leben für ihn bereithielt, das sein Vater niemals hatte voraussehen können.«

Nach einer längeren Pause sprach der Geschichtenerzähler

weiter. »Das Schicksal geht sonderbare Wege, meine Kinder. Jeder Sieg birgt den Samen der Niederlage. Neues Glück erblüht auf den Feldern der Trauer.

»Morgen werdet ihr hören, wie der Wind das Schicksal wendet. Im Herzen der Feinde Israels erwuchs ein Geschwür, das Verhängnis über Ägypten bringen sollte, und im Lager der Unterdrücker ging die Saat des Befreiers auf. Als sich die Fesseln täglich enger um Jakobs Kinder schlossen, als eine Anordnung der Unterdrücker ihren Frauen das Gebähren von Söhnen verbat, bekam eine Frau aus dem Stamm von Levi einen Sohn. Um das Kind vor dem Pharao zu retten, bettete sie es in ein Papyruskörbchen und übergab es dem Nil. Das Schicksal wollte es, das eine Priesterin aus königlichem Haus das Kind im Schilf entdeckte und wie ihr eigenes erzog ...«

Der fast unsichtbar im Dunkeln kauernden Menge entrang sich ein tiefer Seufzer. Dann erhob sich eine Stimme: »Das war Moses, er spricht von Moses!«

Im vergehenden Licht legte der alte Mann seine knöchernen Hände zusammen und verneigte sich. Dann ging er mit sicherem Schritt in die Dunkelheit davon, als ob die Sonne seinen Weg erleuchtete.

Peter Danielson

Im Zeichen des Löwen
Roman
Aus dem Amerikanischen von Gabriele L. Ulrich-Hunter
Band 14348

Die Insel der Göttin
Roman
Aus dem Amerikanischen von Brigitte Gruss
Band 14349

Die Nomadenkönige
Roman
Aus dem Amerikanischen von Brigitte Gruss
Band 14672

Die Rache des Löwen
Roman
Aus dem Amerikanischen von Gabriele L. Ulrich-Hunter
Band 14812

Fischer Taschenbuch Verlag

fi 555 015 / 1 / a

Peter Danielson

Der Löwe in Ägypten
Roman
Aus dem Amerikanischen von Brigitte Gruss
Band 14813

Der goldene Pharao
Roman
Aus dem Amerikanischen von Gabriele L. Ulrich-Hunter
Band 14893

Der Herrscher vom Nil
Roman
Aus dem Amerikanischen von Brigitte Gruss und Wolfgang Seidel
Band 15023

Fischer Taschenbuch Verlag

fi 555 015 / 1 / b